KB140919

러브 온 더 브레인

Love on the Brain

러브 온 더 브레인

알리 헤이즐우드 장편소설
허형은 옮김

나의 '그렘스' 멤버들에게

1장

고삐: 실망

*고삐: 뇌 시상상부의 구성 요소 중 하나로, 도파민과 세로토닌에 관련된 행동 및 인지기능에 관여한다. -옮긴이

내가 가장 좋아하는 잡학적 상식은 이것이다. '마리 스쿼도프스카 퀴리 박사는 자기 결혼식에 연구실 가운을 입고 왔다'는 것.

알고 보면 참 멋진 이야기다. 한 과학자 친구가 마리를 피에르 퀴리에게 소개해주었다. 둘은 서로의 논문을 읽었다고 어색하게 고백한 후에 우라늄 용액이 찰랑이는 비커 너머로 은근한 눈빛을 주고받았다. 그 후로 1년도 채 안 되어 피에르가 마리에게 청혼했다. 하지만 마리는 애초에 학위를 딸 동안만 프랑스에 머물 예정이었기에 어쩔 수 없이 청혼을 거절하고 폴란드로 돌아갔다.

엉엉 흑흑.

여기서 이 이야기의 악당이자 비자발적 큐피드인 크라쿠프 대학이 등장한다. 여자라는 이유로 마리의 교수직을 거부한 참 고상하신

학교다. 이 얼마나 저열한 짓인가. 그런데 이 결정은 다행스러운 부작용을 낳았다. 마리를 아직 방사능에 절지 않은, 사랑이 넘치는 피에르의 품으로 곧장 돌려보낸 것이다. 이 아름다운 덕후들은 1895년 결혼했고, 억대 연봉은 꿈도 못 꾸던 마리는 매일 연구실에 입고 가도 될 정도로 편한 드레스를 장만했다. 우리 퀴리 박사님은 실용성 빼면 시체라니까.

알다시피 이야기는 십여 년 후인 1906년으로 빨리 감기를 하면 멋짐이 반감된다. 피에르가 마차에 깔려 죽으면서 마리와 두 딸만 세상에 덩그러니 남게 됐기 때문이다. 여기서 이 이야기의 진짜 교훈이 나온다. 바로, '사랑하는 사람이 곁에 있어줄 거라 믿는 건 매우 어리석은 짓'이라는 것. 어떤 식으로든 그들은 떠나게 되어 있다. 어쩌면 어느 비 오는 아침, 루 도핀 거리에서 넘어져 말이 끄는 수레에 두개골이 으깨질 수도 있다. 외계인에게 납치되어 광활한 우주 어딘가로 사라질 수도 있고 *아니면 결혼식을 6개월 앞두고 예비 신랑이 예비 신부의 가장 친한 친구와 자는 바람에 결혼식이 취소되고 계약금 수천 달러를 잃게 되는 수도 있다.*

가능성은 무궁무진하다.

혹자는 크라쿠프 대학 정도면 시시한 악당인 거 아니냐고 지적할 수도 있다. 그 지적에 나도 일부 동의한다(오해는 하지 마시길. 나도 우리 퀴리 박사가 〈프리티 우먼〉 주인공처럼 웨딩 가운 겸 연구실 가운을 입고 노벨상 메달 두 개를 목에 건 채 크라쿠프 대학에 당당히 걸어 들어가면서 "당신들 큰 실수한 거야!"라고 외치는 상상을 한다). 하지만, 진짜 악당은 따로 있다. 한밤중에 천장을 보며 마리를 통곡하게 한 진짜 나쁜 놈들은 바로 '상실'과 '비통함'이다. 그리고 인간관계의 본질적인 '덧없음'이다. 진짜 악당은 '사랑'이라는 얘기다. 끊임없이 자발적 핵붕괴를 일으키는 불안정한 동위원소. 게다가 이 악당은 영원히 벌도 받지 않는다.

그럼 대신 믿을 수 있는 건 뭐냐고? 평생토록 절대로 퀴리 박사를 저버리지 않은 게 뭘까? 그건 바로 박사의 '호기심'이다. 박사의 '발견'과 '업적'이다.

과학. 가장 중요한 것은 과학이라는 말이다.

나사(NASA)에서 가장 권위 있는 신경공학 연구 프로젝트 중 하나인 '블링크(BLINK)'의 연구팀장으로 내가, 바로 나, 비 퀴닉스바사가! 선정됐다는 연락이 온 순간 괴성을 지른 것도 그래서다. 나는 국립보건원 베데스다 연구소의 창문 없는 내 초소형 사무실에서 방이 떠나가라 기쁨에 차 소리를 지른다. 일반인도 아니고 '나사 우주비행사들'을 위해 내가 설계할 퍼포먼스 강화 기기를 상상하며 소리를 지르다가 입을 탁 다문다. 내가 헤드폰 없이 90년대 여성 록 밴드 음악만 듣는다고 이웃 연구실이 정식으로 불만을 제기했던 것이 떠올라서다. 윽, 이 사무실 벽은 습자지만큼 얇지. 그래서 나는 손등으로 입을 틀어막고 살을 콱 깨문 채 최대한 소리 없이 펄쩍펄쩍 뛰면서 속으로만 흥분을 분출한다.

퀴리 박사도 1891년 늦게나마 파리 대학에 입학했을 때 분명 이런 기분을 느꼈을 것이다. 뭐랄까, (바라건대 비非방사성의) 과학적 발견으로 활짝 열릴 새로운 세계가 드디어 손이 닿을 거리에 놓인 기분? 내 일생을 통틀어 가장 중대한 순간이니 기념비적인 축하 파티를 열어야 마땅하다. 최고의 순간들을 손에 꼽자면….

- 좋아하는 동료 세 명에게 소식을 전한 뒤 다 같이 단골 바로 몰려가 레몬드롭 칵테일을 연거푸 들이켠다. 그리고 우리 연구실의 못생긴 중년 남자 상사 트레버가 자기랑 사랑에 빠지지 말라고 경고한 것을 번갈아 흉내 내며 깔깔댄다(연구소 남자들은 망상에 빠지는 경향이 있다. 물론 피에르 퀴리는 빼고. 피에르는 절대 그럴 사람이 아니지).

- 머리색을 핑크에서 보라로 바꾼다(염색은 별수 없이 집에서 한다. 말단직 연구원은 미용실 갈 돈이 없으니까. 염색을 끝내면 욕조 바닥이 무지개 폭탄이 터진 꼴이 되지만, 라쿤 사건 이후로 어차피 보증금은 못 돌려받게 생겼으니까 뭐. 아참, 라쿤 사건은… 정말로 모르는 게 낫다).

- 빅토리아 시크릿 매장에 가서 (마지막으로 남한테 알몸을 보인 게 백만 년은 됐고, 앞으로도 백만 년 동안은 그럴 일 없겠지만) 예쁜 초록색 란제리를 산다. 나 자신에게 거액을 쓴 것에 대한 죄책감은 조금도 느끼지 않는다.

- 벼르고 벼르던 '소파에서 마라톤까지' 앱을 다운받아 첫 번째 달리기를 실행한다(그러고는 나의 과한 야망을 저주하면서 절뚝이며 집으로 돌아와 '소파에서 5K까지'로 목표를 낮춘다. 매

일 운동하는 사람이 존재하다니, 믿을 수가 없네).

- 야식을 얻어먹으러 종종 찾아오는, 자기 주인 못지 않게 나이 든 이웃집 고양이 피니아스에게 줄 간식을 굽는다(녀석은 감사의 표시로 내 컨버스 운동화를 박박 찢어놓는다. 퀴리 박사님은 아마 애견인이었을 것이다. 정말 지혜롭기도 하시지).

한마디로 진탕 즐긴다. 월요일이 닥쳐도 슬프지 않다. 실험하고, 연구실 미팅도 하고, 저칼로리 도시락 린 퀴진으로 끼니를 때운 후 라크루아 탄산수를 옆에 끼고서 데이터를 분석한다. 어차피 똑같은 나날이지만, 블링크에 참여할 생각을 하니 구태의연한 일들도 신선하고 짜릿하게 느껴진다.

솔직히 말하면 그동안 토할 정도로 걱정했다. 6개월간 연구비 지원 신청을 네 건이나 거절당한 후, 내 커리어에 더 이상 진전은 없겠구나 싶어 체념했다. 심지어 여기서 끝일지도 모른다고 생각했다. 트레버가 자기 사무실로 호출할 때마다 1년 단기계약을 더는 갱신해줄 수 없다고 통보하려는 줄 알고 심장이 벌렁벌렁 뛰고 손바닥에 땀이 축축이 뱄다. 그러니까 말하자면, 박사 학위를 딴 이래 지난 2년간 내 인생이 그리 순탄하지 않았다는 얘기다.

하지만 그런 나날도 이젠 안녕이다. 나사와의 계약은 향후 내 커리어 발전에 발판이 될 기회니까. 어쨌거나 조시 마틴이나 행크 말릭, 아니면 내 연구를 툭하면 깎아내리는 재수 없는 얀 반데베르그 같은 쟁쟁한 남자 연구원들과 치열하게 경쟁해서 최종적으로 내가 뽑혔단 말이지. 나름의 좌절을 셀 수 없이 많이 겪으면서도 거의 20년간 뇌 연구에 매달려온 끝에 블링크 프로그램을 이끌 수석 신경과학자로 내가 선정된 것이다! 우주비행사들이 우주에서 사용할 장비를 내가 설계하는 것이다. 틈만 나면 성차별적 발언을 일삼는 트레버의 축축한 손아귀에서 드디어 벗어난다. 그리고 장기 계약을 따내고 직접 선택한 분야를 연구할 나만의 연구실을 얻게 되는 것이다. 커리어의 전환점이 될 사건이다. 내가 인생에서 진심으로 신경 쓰는 것은 커리어뿐이니까.

덕분에 며칠 동안 구름 위를 걷고 있다. 무중력 상태다. 붕 떠서 다니는 것 같다.

그러다 월요일 오후 4시 33분, 이메일 수신 알림이 울린다. 나사에서 온 메일이다. 블링크를 공동으로 이끌 사람의 이름을 본 순간, 발밑에서 구름이 싹 사라진다.

♥♥♥

"리바이 워드 기억나?"

"브렌트 다 에트바스(독일어로 '뭐가 타고 있나'-옮긴이)-, 응?" 잠이 덜 깨꽉 잠긴 마라이케의 목소리가 형편없는 통화 품질과 장거리 때문에 더 아득히 들려온다. "비? 언니야? 지금 몇 신데?"

"메릴랜드는 8시 15분이고-." 나는 속으로 재빨리 시차를 계산한다. 몇 주 전, 라이케(마라이케의 애칭-옮긴이)는 타지키스탄에 있었는데 지금은… 포르투갈로 갔던가? "너 있는 데는 새벽 2시."

라이케는 끙차 힘을 주고, 낑낑거리고, 긴 신음을 뱉는다. 태어나서부터 20년간 한 방을 썼기 때문에 라이케의 온갖 소리에 익숙하다. 소파에 기대앉아 잠자코 기다리자 이윽고 라이케가 묻는다.

"누가 죽기라도 했어?"

"아무도 안 죽었어. 아니다, 누군가는 죽었겠지만 우리가 아는 사람은 아니야. 자고 있었던 거 맞아? 어디 아파? 비행기 표 끊을까?" 클럽에서 몸을 흔들거나 지중해에서 나체로 수영하거나 이베리아반도의 숲에서 마법사 무리와 신나게 뛰어놀고 있을 줄 알았는데. 진심으로 걱정된다. 이 밤에 이렇게 잘 애가 아닌데.

"어, 아냐. 돈이 또 바닥났어." 동생이 하품을 한다. "노르웨이로 갈 비행기 표값을 모을 때까지 낮에는 버릇없는 부잣집 포르투갈 남자애들 개인 과외를 해주고 있어."

나는 굳이 "왜 노르웨이야?"라고 묻지 않는다. 라이케가 "왜 안 되는데?"라고 답할 게 뻔하니까. 대신 이렇게 묻는다.

"돈 좀 보내줄까?" 나도 뭐 돈이 넘쳐나진 않고 특히나 (알고 보니 시기상조였던) 축하 파티 이후 더 쪼들리는 상태지만, 앞으로 더 졸라매면 푼돈 정도는 보내줄 수 있다. 며칠간 밥을 안 먹는다든가.

"됐어, 애들 부모가 후하게 줘. 아! 비, 어제 열두 살 먹은 놈이 내 가슴을 만지려고 했어."

"우웩! 그래서 어떻게 했어?"

"당연히 손가락을 잘라버리겠다고 했지. 그건 그렇고, 무슨 대단한 일이기에 날 깨운 거야?"

"미안."

"안 미안하면서."

"맞아, 안 미안해." 나는 미소 짓는다. 한밤중에 깨워서 긴급 수다도 못 떨거면 DNA가 100퍼센트 일치하는 사람이 존재하는 게 다 무슨 소용인가?

"내가 전에 얘기한 연구 프로젝트 기억나? 블링크라고."

"네가 나사에서 팀장 맡게 되었다던 그거? 그 어마무시한 신경과학으로 어마무시한 헬멧 제작해서, 우주비행사의 임무 수행력을 어마무시하게 향상시킬 거라던?"

"대충 맞아. 그런데 알고 보니 내가 단독 팀장이 아니라 '공동'으로 이끄는 거였어. 연구비를 국립보건원하고 나사 두 군데서 지원하거든. 어느 기관이 총괄할지 서로 기 싸움을 하다가 결국 팀장을 두 명 뽑기로 했대." 곁눈으로 주황색 물체가 언뜻 보인다. 우리 집 부엌 창틀에 늘어져 있는 피니아스다. 나는 녀석을 들어오게 하고 머리를 두어 번 긁어준다. "냐오." 녀석은 사랑스럽게 울고는 내 손을 핥는다. "리바이 워드라고 기억나?"

"혹시 옛날에 나랑 잤는데 임질 걸려서 나한테 연락하려는 남자야?"

"뭐? 아니. 내가 대학원 다닐 때 알던 남자야." 나는 이렇게 말하면서 고양이 사료를 쟁여둔 찬장을 연다.

"우리 연구실에서 공학박사 과정 밟은 남자. 내가 박사 시작했을 때 그 사람은 5년 차였는데-."

"리바이 워드… 아, 그 얼간이!"

"맞아, 그 인간!"

"기억나! 그 사람 좀… 섹시하지 않았어? 키 크고? 몸 좋고?"

웃음이 새어 나오는 걸 참으며 피니아스의 밥그릇에 사료를 좌르륵 쏟는다. "네가 내 대학원 시절 원수에 대해 기억하는 게 그놈 키가 192센티미터라는 것뿐이라니, 웃어야 할지 울어야 할지 모르겠다." 마리 퀴리 박사의 자매인 저명한 의학박사 브로니스와바 드우스카와 교육개혁가 헬레나 샬라이오바라면 저러지 않았을 텐데. 물론 그 둘도 라이케처럼 음란마귀가 씌여 있었다면 얘랑 똑같은 반응을 보였을 것이다.

"그런데다가 몸도 좋잖아. 내가 코끼리처럼 모든 걸 기억하는 걸 자랑스럽게 여겨."

"그래, 자랑스러워. 아무튼 나사 쪽 공동 팀장이 누구인지 알려줬는데 말이야."

"말도 안 돼." 라이케가 일어나 앉은 게 틀림없다. 갑자기 목소리가 또렷해진 걸 보니. "그게 말이 돼?"

"말 돼." 나는 동생이 신이 나서 미친 듯이 깔깔 웃는 소리를 들으며 빈 캔을 쓰레기통에 휙 던진다. "야, 안타까운 척이라도 해줘."

"아, 그래줄 수 있지. 하지만 내가 과연 그럴까?"

"절대 아니지."

"그 소식 듣고 울었어?"

"아니."

"책상에 머리 박았어?"

"아니."

"거짓말 마. 지금 이마에 혹 없어?"

"… 조그만 거 하나."

"아, 비. 한밤중에 전화해서 이런 놀라운 소식을 전해줘서 고마워. 그 자식 말이야, 너한테 더럽게 못생겼다고 한 놈 아니야?"

리바이가 그런 적은 없고 정확히는 그런 표현을 쓴 것도 아니지만, 나는 소리 내어 크게 웃는다. 그 소리가 너무 컸는지 피니아스가 화들짝 놀라 이쪽을 흘끔 본다.

"너는 어쩜 그걸 기억하고 있냐."

"왜 이래, 그때 나도 엄청 기분 상했다고. 네가 얼마나 섹시한데."

"너랑 똑같이 생겼으니까 그렇게 말하는 거잖아."

"그런가? 똑같이 생긴 줄 몰랐네."

사실 우리가 완전히 똑같이 생기진 않았다. 라이케랑 내가 키가 작고 마른 건 맞다. 그리고 둘 다 좌우 대칭 얼굴에 눈동자가 파랗고 머리카락은 어두운색의 직모다. 그래도 〈패어런트 트랩〉에 나오는 쌍둥이를 흉내 내던 시기는 한참 지났고, 스물여덟 살인 지금 우리를 외모로 헷갈릴 사람은 없다. 지난 10년간 내 머리색이 여러 파스텔 색상으로 바뀐 데다, 내가 피어싱을 광적으로 좋아하고 타투도 하나씩 더해갔기 때문에 더더욱 헷갈릴 수가 없다. 한 곳에 오래 머무르지 못하고 예술가 기질이 있는 라이케는 우리 집안의 진정한 자유인이지만, 자유로운 패션에는 시큰둥하다. 그래서 자매 중 재미없는 과학자인 내가 화려한 패션을 담당하고 있다.

"그래서, 그놈 맞아? 나까지 싸잡아서 모욕한 놈?"

"응. 리바이 워드. 그 인간 말고 누구겠어."

나는 피니아스의 그릇에 물을 따라준다. 당시 상황이 정확히 그렇게 전개되지는 않았다. 리바이는 대놓고 나를 모욕한 적이 없다. 하지만 은근하게는 뭐….

대학원 2년 차에 첫 연구 주제 발표를 하게 됐을 때, 나는 몇 날 며칠 밤을 새워가며 준비했다. 발표 내용을 달달 암기하고, 파워포인트 자료를 여섯 번이나 고치고, 발표할 때 입을 의상까지 머리 싸매고 고민했다. 고민 끝에 평소보다 힘 줘서 차려입고 갔는데, 대학원에서 제일 친했던 애니가 리바이를 불러와 나에 대한 칭찬을 유도한 것이다(의도는 좋았으나 판단을 삐끗한 거지).

"얘 오늘 유난히 예쁘지 않아요?"

그게 아마 애니가 떠올릴 수 있는 유일한 대화거리였을 것이다. 원래도 애니는 리바이가 분위기 있다는 둥 저 새카만 머리와 떡 벌어진 어깨 좀 보라는 둥 얼굴이 너무 독특하게 잘생겼다는 둥 떠들어대곤 했으니까. 그가 어서 수줍음을 극복하고 자기한테 데이트 신청을 했으면 좋겠다고도 했지. 하지만 웬걸, 리바이는 대화를 할 생각이 전혀 없는 것 같았다. 특유의 꿰뚫어보는 듯한 녹색 눈으로 나를 가만히 뜯어보기만 했다. 그렇게 내 머리부터 발끝까지 잠시 훑어보더니 입을 열고는….

아무 말도 안 했다. 한 마디도.

그는 그저 내 전 약혼자였던 팀이 나중에 "벙찐 얼굴"이라고 묘사한 표정을 짓더니 억지스럽고 가식적인 칭찬조차 없이 고개만 까딱하고는 휙 나가버렸다. 그 후 이 이야기에는 저절로 살이 붙었다. 뒷말의 온상인 대학원이 대학원다운 짓을 해버린 것이다. 리바이가 내 원피스에 토했다질 않나, 나더러 얼굴에 종이봉투라도 쓰고 다니라고 무릎 꿇고 빌었다질 않나, 리바이가 너무 경악해서 뇌를 씻어내려고 표백제를 마셨다가 회복 불가한 뇌 손상을 입었다질 않나. 동기들 사이에 별의별 말이 다 돌았다. 나는 내 일을 대수롭지 않게 여기려고 노력하는 편이라서 내가 농담거리가 되어도 웃어넘기곤 한다. 하지만 소문이 하도 흉흉하다 보니 나중에는 내가 진짜 토 나오게 생겼는지 의심하기 시작했다.

그래도 리바이를 탓한 적은 없다. 강요에 굴복해 억지로 칭찬하기를 거부한 걸 가지고 원한을 품은 적도 없다. 그리고 토 나오는 얼굴이 아니라고 말해주지 않은 것에 대해서도. 어쨌거나 내 주변 남자들과는 다르게 리바이는 늘 남자들 사이에서 인정받는 타입으로 보였다. 진지하고 자제력 강하고 조금 음울한 타입이랄까. 열정적이고 재능 넘치는 알파남. 그게 정확히 무슨 뜻인지는 모르겠지만. 코에 동그란 피어싱을 달고 파란색 그라데이션 염색을 한 여자는 그가 생각하는 이상적 미인의 범주에 들어가지 않을 테고. 뭐, 그래도 괜찮다.

내가 리바이에게 원한을 품는 이유는 박사과정이 겹쳤던 때에 그가 보인 행동 때문이다. 내가 말할 때 절대로 눈을 안 마주쳤던 것이나 저널 클럽에서 내 발표 차례마다 늘 핑계를 대고 빠졌던 것. 또 여럿이 대화하는데 내가 끼어드는 즉시 어디론가 가버렸던 것이나 나를 하찮게 보는지 내가 연구실에 들어가도 "안녕." 한마디조차 안 했던 것 그리고 내가 무슨 소름끼치는 괴물인 양 심기 불편한 표정으로 강렬히 쏘아본 것에 대해 나는 분노할 자격이 있다. 무엇보다 팀과 내가 약혼했을 때, 리바이가 팀을 따로 불러내 나보다 훨씬 더 좋은 사람이 있을 거라고 말한 것에 대해 나는 분노할 자격이 있단 말이다! 세상에 어떤 인간이 그런 짓을 한단 말인가?

무엇보다 나를 별 볼 일 없는 과학자라고 생각하는 걸 숨기려고 하지도 않는 것에 대해 화낼 자격이 있다. 다른 건 얼마든지 넘어갈 수 있는데 내 연구를 존중하지 않는다? 그럼 내가 영원히 칼을 갈지.

영원히는 아니고, 그놈 가랑이에 칼을 쑤시는 날까지만.

리바이가 내 공식 철천지원수가 된 건 4월의 어느 화요일, 장소는 박사과정 지도 교수 사무실이었다. 우리의 지도 교수님 서맨사 리는 지금도 그렇지만 그때도 이미 뇌 영상 분야의 최고 권위자였다. 살아있는 인간의 두개골을 쪼개지 않고서 뇌를 연구할 방법이 존재한다면, 그런 방법을 떠올리거나 마스터하는 건 언제나 샘(서맨사) 교수님일 것이다. 교수님은 워낙 대단한 연구를 하고 연구비도 펑펑 지원받고 학제 간 연구도 활발했기 때문에 그녀의 지도를 받는 박사과정생의 수도 많고 분야도 다양했다. 그중에는 나처럼 행동의 신경기반을 연구하는 데 관심 있는 인지신경과학 전공생도 있고 컴퓨터공학이나 생물학, 심리학 전공생도 있었다. 그리고 엔지니어도.

늘 북적거리고 정신없는 샘 교수님의 연구실에서도 리바이는 유독 튀었다. 그는 교수님이 선호하는 문제 해결 방식에 특히 능했다. 뇌 영상을 예술로 승화하는 재주가 있었던 것이다. 그는 이미 박사과정 1년 차 때 포스트닥터들이 10년째 해결하지 못해 머리만 긁던 휴대용 적외선분광기의 설계 아이디어를 생각해냈다. 3년 차에는 연구실의 데이터 파이프라인을 획기적으로 개선했다. 4년 차에는 〈사이언스지〉에 논문을 실었다. 그리고 5년 차, 내가 연구실에 들어간 바로 그 해에 교수님이 우리 둘을 사무실로 호출했다.

"전부터 추진하고 싶었던 아주 멋진 프로젝트가 있는데." 그날도 교수님은 평소처럼 열정적으로 운을 뗐다. "잘만 하면 아예 이 바닥 판도를 뒤집을 수도 있을 정도로 엄청난 연구야. 바로 그래서 우리 연구실 최고의 신경과학자와 최고의 공학자가 공동으로 진행해줬으면 해."

바람이 솔솔 부는 초봄의 오후였다. 똑똑히 기억한다. 왜냐하면 그날 아침에 잊지 못할 일이 벌어졌으니까. 팀이 연구실 한복판에서 무릎 꿇고 나에게 청혼한 것이다. 너무 연극적이라 내 스타일은 아니었지만 불만은 없었다. 누가 영원히 곁에 있어주겠다는데 무슨 불만이 있겠나. 그래서 팀과 지그시 눈을 맞추고 눈물을 삼키며 "예스." 라고 했다.

그러고 나서 불과 몇 시간 후, 나는 주먹을 너무 꽉 쥐는 바람에 약혼반지가 살을 아프게 파고드는 걸 참아야 했다.

"공동 연구 할 시간이 없어요, 교수님." 리바이가 이렇게 말했기 때문이다. 최대한 나에게서 멀리 떨어져 있는데도 어쩜 그리 작은 사무실을 존재감으로 꽉 채우던지. 공간의 무게중심마저 그쪽으로 이동하는 것 같았다. 리바이는 그렇게 말하면서 나에게 눈길조차 주지 않았다. 원래도 그런 적 없지만.

교수님은 미간을 찌푸렸다. "며칠 전에는 해보겠다더니."

"말이 잘못 나갔어요." 속을 알 수 없는 완고한 표정이었다.

"죄송해요, 교수님. 시간이 부족해서요."

나는 목을 큼큼 가다듬고 그에게 몇 발짝 다가가 구슬리는 투로 말했다. "제가 아직 1년 차이긴 한데요, 제 몫의 연구는 성실히 해낼 수 있거든요. 그건 보장해요. 그리고-."

"그것 때문이 아닙니다." 리바이가 대꾸했다. 아주 잠깐이지만 녹색과 검은색이 섞인 얼어붙게 차가운 그의 눈동자가 내 눈과 마주쳤고, 잠시 동안 그는 도저히 시선을 피하지 못하는 것처럼 굳어버렸다. 내 심장이 요동쳤다. "말했다시피, 지금은 새 프로젝트에 들어갈 시간이 없어서."

그날 왜 혼자 교수님의 사무실에서 나왔는지, 또 왜 문밖에서 서성댔는지 기억나지 않는다. 별일 아니라고 나 자신을 다독였다. 그냥 리바이가 바빠서 그런 거라고. 다들 바쁘니까. 대학원이 원래 바쁜 박사과정생들이 바쁘게 왔다갔다하는 곳 아닌가. 나도 정신없이 바쁘고. 왜냐하면 교수님 말대로 나는 우리 연구실 최고의 신경과학자 중 한 명이니까. 내가 진행 중인 프로젝트가 얼마나 많은데.

교수님의 걱정 어린 질문이 들려오기 전까지는 아무렇지 않았다. "왜 마음이 바뀐 거야? 이 프로젝트가 성공할 거라고 한 건 너였잖아."

"알아요. 근데 못 하겠어요. 죄송합니다."

"뭘 못 하겠다는 거야?"

"비랑 같이 일하는 거요."

교수님이 이유를 물었지만 나는 더 듣지 않았다. 원래 대학원 과정을 밟는 사람은 피학을 즐기는 성향이 다분하다. 하지만 누가 지도교수에게 내 험담을 하는 걸 잠자코 듣고 있는 건 그 수준을 넘어서는 일이다. 그래서 씩씩대며 자리를 떴고, 바로 다음 주에 리바이가 자기 논문 초고를 봐주기로 했다며 애니가 방방 뛰었을 때는 더 이상

나 자신을 속이지 않기로 결심한 상태였다.

리바이 워드, 고귀하신 워드 박사께서는 나를 죽도록 싫어하고 있었다.

나를.

꼭 집어서 나만.

리바이는 과묵하고 진지하며 다소 음울한 스타일의 키 큰 남자다. 말수가 적고 내향적인 사람. 속을 잘 드러내지 않고 퉁명스럽지. 그런 사람에게 나를 좋아해달라고 할 수는 없는 노릇이고 그럴 생각도 없었다. 그래도 다른 모든 사람에게 점잖고 예의바르고 심지어 친근하게도 굴 수 있으면 나한테도 노력은 해줄 수 있지 않나. 하지만 그가 그럴 리 없지. 리바이 워드는 나를 싫어하는 게 틀림없었고, 그런 혐오를 내가 알아챈 이상….

어쩌겠어. 나도 똑같이 싫어할 수밖에.

"듣고 있어?" 라이케가 묻는다.

"응." 내가 웅얼거린다. "리바이 생각 좀 하느라."

"그럼 그 인간 나사에 있는 거야? 누가 큐리오시티(나사의 화성 탐사 자동차—옮긴이) 회수하라고 그 자식을 화성에 보내지 않으려나?"

"안타깝지만, 프로젝트 공동 진행을 마무리하기 전에는 그런 일 없을 거야." 지난 몇 년간 내 커리어가 수면 무호흡증인 하마처럼 숨구멍을 찾아 헐떡이는 사이 리바이는 쭉 승승장구했다. 나로서는 이가 갈릴 정도로 순조롭게. 흥미로운 연구 결과를 여러 건 학술지에 발표했고, 국방부에서 대규모 지원금도 따냈으며, 지도 교수님이 전체 발송한 이메일에 따르면 〈포브스〉가 뽑은 혁신가 과학 부문에서

40대 이하 주목할 만한 10인에 들기까지 했단다. 내가 할복자살하지 않고 그의 성공을 지켜볼 수 있었던 이유는 딱 하나, 그의 연구가 뇌 영상에서 점점 멀어져갔기 때문이다. 그 덕에 우리는 딱히 경쟁자라 할 수는 없는 관계가 되었고, 나도 뭐…. 그 인간을 떠올리지 않을 수 있었다. 그 인간 생각을 아예 안 하는 건 아주 훌륭한 인생 팁이었고 꽤나 효과적이었다. 적어도 어제까지는.

진짜로, 뭐 이딴 날이 다 있어?

"돌아가는 꼴이 재밌긴 한데, 그래도 동생이니까 공감하는 척은 해줄게. 그 사람이랑 다시 일하는 거 얼마나 걱정돼? 1부터 '종이봉투에 대고 과호흡하기'까지 중에서 고르다면?"

나는 피니아스가 남긴 물을 데이지 꽃 화분에 쏟아버린다.

"나를 삼류 과학자로 여기는 사람과 같이 일해야 하는 상황이니까… 적어도 천식용 호흡기 두 개는 필요하지."

"너 같은 사람이 어디 있다고. 세계 최고의 과학자인데."

"참나, 고맙기도 해라." 라이케는 비록 별자리 운세와 크리스털 점성술도 '과학'의 범주에 넣는 사람이지만, 방금 칭찬은 유효한 걸로 친다. "견디기 힘들 것 같아. 기분 더럽겠지. 리바이가 예전 그대로라면 나는–. 라이케, 너 지금 오줌 싸니?"

잠시 동안 졸졸 물 흐르는 소리만 들려온다. "… 그럴지도. 내 방광을 깨운 건 너였잖아. 아무튼 하던 얘기나 계속해봐."

나도 모르게 피식 웃으며 고개를 젓는다. "그 인간이 피츠버그대 시절이랑 달라진 게 조금도 없다면 지구상 최악의 동료일 거야. 게다가 그 인간 영역에 내가 들어가는 거잖아."

"그렇지, 네가 휴스턴으로 이사 가니까."

"3개월만 있을 거야. 연구 조교랑 같이 다음 주에 떠나."

"부럽네. 나는 가정법 조사가 뭔지 배울 마음조차 없는 포르투갈 남자애들한테 성희롱이나 당하면서 여기에 얼마나 갇혀 있어야 할지 모르는데. 나 여기서 썩어간다고, 비."

라이케와 나는 부모님이 계실 때나 돌아가신 후에도 고무공처럼 이리저리 내던져졌다. 그런 성장 과정에 이렇게 극과 극의 반응을 보이는 것이 지금도 참 어이없다. 우리는 친척 집을 전전하면서 십여 개국을 옮겨 다니며 살았는데, 라이케는 더 많은 나라에서 살아보고 싶어한다. 여행하면서 새로운 곳을 보고 새로운 것을 경험하고 싶단다. 마치 변화에 대한 갈망이 뇌에 각인되어 있는 것 같다. 라이케는 우리가 고등학교를 졸업한 날, 당장 짐을 싸서 훌쩍 떠나더니 지난 10년간 모든 대륙을 밟아봤다. 그런데도 여전히 한 곳에 몇 주만 머물면 지루하다고 투덜댔다.

나는 그 반대다. 뿌리를 내리고 싶다. 안전하다는 느낌을 원한다. 안정감도. 팀과 함께하면 그런 걸 얻을 수 있을 줄 알았다. 하지만 아까도 말했다시피 남에게 기대는 건 위험한 짓이다. 영속성과 사랑은 양립하기 힘든 게 분명하고, 그러므로 현재 나는 커리어에 집중하고 있다. 국립보건원 정규직 연구원이 되고 싶다. 블링크에 참여하는 것이 그걸 위한 완벽한 디딤돌이 되어줄 것이다.

"방금 무슨 생각이 떠올랐게?"

"물 내리는 거 깜빡한 거?"

"유럽 배관은 소음이 심해서 밤에 물 못 내려. 물 내리면 이웃이

항의 쪽지를 붙여놓는단 말이야. 어쨌든 들어봐. 3년 전, 내가 여름에 호주에서 수박 땄을 때 있잖아. 그때 휴스턴 출신 남자를 만났거든. 귀엽고 화끈한 남자였어. 지금 걔 이메일 주소 알아내서 싱글이냐고 물어볼–."

"싫어."

"걔 눈이 되게 예쁘고 혀를 자기 코끝에 대는 재주도 있었어. 그거, 전체 인구의 대충 10퍼센트만 된다며."

그게 사실인지 확인해 봐야겠다고 머릿속에 메모해둔다.

"난 휴스턴에 일하러 가는 거지, 혀로 코를 찍는 남자랑 데이트하러 가는 거 아냐."

"둘 다 하면 어때서."

"난 데이트 안 해."

"왜?"

"알잖아."

"아니, 모르겠는데." 라이케의 말투가 평소의 고집스러운 투로 변한다. "저기, 네가 마지막으로 남자를 만났을 때 결과가 안 좋았던 건 나도 아는데–."

"약혼까지 했었지."

"그게 그거지. 암튼 일이 조금 잘못되긴 했지." 세상에서 가장 함축적인 그 표현에 나는 한쪽 눈썹을 치켜올린다. "그리고 네가 또 상처받기 싫어서 감정적으로 벽을 치는 것도 알아. 그렇다고 연애를 전혀 안 할 필요는 없잖아. 네가 가진 달걀을 몽땅 과학이라는 한 바구니에 담아선 안 돼. 더 좋은 바구니가 얼마나 많은데. 섹스 바구니도 있고, 애무 바구니도 있고, 너의 비싼 비건 요리를 대신 계산해주는 남자친구 바구니도 있고 또-." 그때 피니아스가 큰 소리로 *미야웅* 운다. 저 미친 타이밍 좀 봐.

"비! 고양이 입양하고 싶다고 노래를 부르더니 드디어 키우는 거야?"

"옆집 고양이야." 동생의 설교를 끊어줘서 고맙다는 뜻으로 허리를 숙여 조용히 녀석과 박치기를 한다.

"혀로 코끝 찍는 남자 만나기 싫으면 최소한 고양이라도 들여라. 벌써 이상한 이름도 정해놨잖아."

"미야우리 퀴리가 어때서. 그리고, 싫어."

"어릴 때부터 원했던 거잖아! 우리가 오스트리아에 살았을 때 기억나? 『해리 포터』 놀이 할 때마다 네가 소환한 수호 패트로누스는 항상 새끼고양이였던 거?"

"네 패트로누스는 블롭피시였고." 내 얼굴에 웃음이 번진다. 우리 둘은 『해리 포터』를 독일어판으로 읽었는데, 하필 몇 주 후 영국에 있는 외가 쪽 친척 집에 얹혀살러 가게 됐다. 마치 소설처럼 그 친척은 우리에게 손바닥만 한 빈방을 내주는 것조차 못마땅해 했다. 아악, 이사는 지긋지긋해. 제3자가 보면 거지같겠지만 내가 너무나 사랑하는 이 베데스다 아파트를 떠나야 하는 것도 못내 아쉽다. "어쨌든 『해리 포터』 놀이는 끝나고, 나는 고양이 안 들일 거야."

"왜?"

"왜냐고? 최근 나온 통계에 따르면 고양이는 13년에서 17년쯤 후에 죽을 테고 그럼 내 심장은 열셋에서 열일곱 조각으로 갈가리 찢길 테니까."

"아 진짜 뭔."

"그냥 남의 고양이나 사랑해주고, 걔가 언제 죽었는지는 영원히 모르고 싶다."

쿵 소리가 들린다. 라이케가 침대에 몸을 던진 소리일 것이다. "네 증상이 무슨 병의 징후인지 알아? 정확한 병명은 말이지-."

"병 아니야. 이 얘기는 이미 했잖-."

"회피형 애착이야. 너는 병적으로 독립적이고 상대방이 언젠가 너를 떠날 게 두려워서 절대로 곁을 안 내주지. 아주 울타리를 단단히 쳐놓잖아. 이걸 '비-펜스'라고 부르는 게 좋겠다. 하여간 조금이라도 감정 비슷한 게 감지되면 그 안에서 벌벌 떨면서." 라이케의 목소리가 점점 잦아들더니 턱이 나갈 듯 시원한 하품 소리가 들려온다. 순간 동생을 향한 애정이 뭉클한다. 이 녀석의 취미가 심심하면 웹닥터에 내 성격적 특징을 입력한 뒤 상상 질환을 진단하는 것이라 해도.

"가서 자, 라이케. 또 전화할게."

"응, 자야겠다." 이번에는 작은 하품 소리가 들린다.

"근데 내 말이 맞아, 빙구야. 너는 틀렸고."

"그래그래. 잘 자라, 아가야."

전화를 끊고서 잠시만 더 피니아스를 쓰다듬는다. 그러다 녀석이 초봄 밤의 신선한 바람을 맞으러 나가버리자 나는 짐을 싸기 시작한다. 스키니진과 온갖 밝은 색의 상의를 개다가 한동안 못 봤던 옷을 발견한다. 푸른 바탕에 노란 물방울무늬가 있는 면 원피스다. 우리 퀴리 박사님이 웨딩 가운으로 입었던 것과 똑같은 푸른색. 한 5백만 년 전에 타겟 마트의 봄 신상이었던 원피스. 12달러쯤이었나. 리바이가 나를 지능을 갖춘 발가락 티눈 혹은 자연이 만들어낸 가장 역겨운 생물이라고 판정한 바로 그날 입었던 옷이다.

나는 어깨를 으쓱하고는 그걸 여행 가방에 쑤셔 넣는다.

2장

미주신경: 졸도

*미주신경: 제10뇌신경으로, 여러 개로 나누어져서 심장이나 인두 등에 분포하며 감각 및 운동 신경의 역할을 한다. -옮긴이

"근데 있죠, 아르마딜로한테서 문둥병 옮을 수 있대요."

나는 비행기 창에 박고 있던 코를 떼고 연구 조교 로시오를 흘끔 본다. "정말?"

"네. 수천 년 전에 아르마딜로가 인간한테서 옮았는데 이제 되갚아주고 있어요." 로시오는 어깨를 으쓱한다.

"복수는 천 년을 묵혀야 제 맛이라잖아요."

혹시 뺑인가 해서 로시오의 예쁘장한 얼굴을 요리조리 뜯어본다. 아이라이너를 넓게 펴발라서 더 커보이는 눈만 봐서는 무슨 생각을 하는지 통 알 수가 없다. 머리카락은 세상에서 가장 진한 검은색이라는 밴타블랙이라서 가시광을 99퍼센트 흡수해버린다. 도톰한 입술은 특유의 뾰로통한 표정이고 양 입꼬리는 아래를 향하고 있다. 음.

생각을 전혀 못 읽겠군.

"진짜야?"

"제가 왜 거짓말을 하겠어요?"

"지난주에 스티븐 킹이 『위니 더 푸』 스핀오프 집필 중이라고 하늘에 대고 맹세했잖아."

그리고 나는 그 말을 믿었지. 레이디 가가가 유명한 사탄 숭배자라는 말을 믿은 것처럼. 또 배드민턴 채가 인간의 뼈와 내장으로 만들어졌다는 말을 믿은 것처럼. 고스족다운 인간의 혐오와 음침하고 무표정한 냉소는 로시오의 트레이드마크인데, 그 말을 그대로 믿은 내가 바보다. 문제는 로시오가 던지는 미친 소리 중 가끔 하나씩은 추후 조사(즉, 구글 검색)를 통해 진실로 드러난다는 것이다. 예를 들면 텍사스 전기톱 살인이 실화를 바탕으로 한 이야기인 줄 누가 알았겠나? 로시오를 만나기 전까지 나는 몰랐다. 로시오를 만나기 전에는 잠도 훨씬 잘 잤다.

"그럼 믿지 마시든가." 로시오는 어깨를 으쓱하고는 대학원 입학시험 대비용 문제집으로 눈길을 돌린다.

"가서 아르마딜로를 쓰다듬고 죽든가요."

진짜 이상한 친구야. 그래서 내가 예뻐하지만.

"있지, 알렉스하고 몇 달간 떨어져 있는 거 진짜 괜찮아?"

로시오를 남자친구와 떼어놓게 되어서 조금 죄책감이 든다. 스물두 살의 나에게 몇 달간 팀과 떨어져 지내라고 했으면 나는 바다에 뛰어들었을 것이다. 하지만 그랬던 나는 천하의 바보 멍청이였음이 드러났으니까 뭐. 오히려 로시오는 이번 기회를 반기는 것 같다. 가을 학기에 존스홉킨스 대학 신경과학과 박사과정에 지원할 거라는데, 이력서에 '나사에서 근무'라고 쓰면 점수는 확실히 딸 테니 도리어 잘됐다. 내가 같이 가자고 했을 때 로시오는 나를 덥석 껴안기까지 했다. 그때 순간적으로 약한 모습을 보인 것을 지금은 깊이 후회하고 있을 것이다.

"괜찮냐고요? 장난해요?" 로시오가 나를 미친 사람 보듯 쳐다본다. "텍사스에 3개월 있으면 라 요로나를 최소 몇 번은 볼 텐데요?"

"라… 뭐?"

로시오는 어이가 없다는 듯이 에어팟을 귀에 쑤셔 넣는다.

"보스는 저명한 페미니스트 유령에 대해 정말 하나도 모르시네요."

나는 미소가 번지는 걸 참으며 다시 창문으로 고개를 돌린다. 1905년 퀴리 박사는 노벨상 상금을 털어 첫 연구 조교를 고용했다. 퀴리 박사도 나처럼 크툴루를 숭상하며 음울한 분위기를 풍기는 조금은 무서운 여자와 함께 일하게 됐을지 궁금하다. 나는 구름을 멍하니 구경하다가 이내 지겨워져서 주머니에서 휴대폰을 꺼내 무료 기내 와이파이에 접속한다. 로시오가 이쪽을 보고 있지는 않은지 슬쩍 확인한 후 휴대폰 액정을 내 몸 쪽으로 돌린다.

나는, 주로 게을러서 그렇지만, 뭔가 숨기지를 못한다. 내가 한 거짓말이나 하지 않은 말을 일일이 기억하느라 인지노동을 해야 하다니, 그런 수고는 사절이다. 그런 나에게도 비밀이 하나 있다. 그 누구에게도 말하지 않은 한 가지 비밀. 심지어 쌍둥이 동생에게도 말한 적 없다. 라이케를 신뢰하지 않아서 그런 건 아니다. 라이케에게는 내 목숨도 맡길 수 있다. 다만, 다음과 같은 장면을 무리 없이 상상할 정도로 개를 잘 알아서 그렇다. 내 상상 속에서 하늘하늘한 원피스를 입은 라이케는 아말피 해변에 있는 트라토리아 식당에서 만난 스코틀랜드인 양치기 청년과 은근한 눈빛을 주고받는다. 둘은 방금 전 벨로루시 출신 농부에게서 산 환각버섯을 함께 즐기기로 한다. 반쯤 뿅 갔을 때 라이케가 절대로 발설하지 말라고 내가 신신당부했던 사실을 툭 뱉는다. 쌍둥이 언니 비 쾨닉스바사가 트위터에서 가장 인기 있고 말도 많은 과학자 계정 중 하나를 운영하고 있다고. 그런데 하필 그 양치기 청년의 사촌 형이 숨겨진 남성인권연대 활동가였던 것이다! 그가 나한테 우편으로 주머니쥐 사체를 보내는 걸로 모자라 또라이 친구들에게 내 트위터 계정을 까발리는 바람에 내가 회사에서 잘리는 상상.

고맙지만 사양하겠다. 그런 일을 감수하기에는 내 일을 (그리고 주머니쥐도) 너무 사랑하니까.

내가 @마리라면어떻게할까(WWMD) 계정을 만든 건 대학원 첫 학기 때였다. 당시 신경해부학 수업을 맡았는데, 학생들에게 수업의 질 개선을 위한 진솔한 피드백을 받고자 학기 중 익명의 설문 조사를 실시했더랬다. 답변으로 받은 건… 진솔한 '강의' 피드백은 아니었다. 나체로 강의하면 수업이 더 흥미로워질 거라거나 살 좀 찌우라거나 가슴 보형물 주입술을 받으라거나 머리카락을 "부자연스러운 색"으로 염색하는 것 좀 그만두고 피어싱도 다 빼라거나. "30센티 고추" 맛을 보고 싶으면 연락하라며 자기 전화번호를 첨부한 놈도 있었다. (하! 그러셔.)

하나같이 역겨운 메시지였지만, 정작 나를 화장실로 달려가 흐느껴 울게 한 건 남자친구였던 팀을 포함한 같은 연구실 동기들의 반응이었다. 그들은 농담을 가지고 뭔 호들갑이냐며 웃어넘기더니 학과장에게 신고하겠다는 나를 뜯어말렸다. 별것 아닌 걸로 난리를 친다고.

물론 그렇게 말한 동료들은 전부 다 남자였다. (아니 진짜로. 남자들 왜 이러는 건데?)

그날 밤 나는 울다가 잠들었다. 이튿날 잠에서 깼을 때, 스템(STEM 과학·기술·공학·수학–옮긴이) 계열에 나처럼 고립된 기분을 느끼는 여자가 얼마나 많을까 문득 궁금해졌다. 그래서 충동적으로 트위터 앱을 다운받아 @마리라면어떻게할까 계정을 만들었다. 선글라스 낀 퀴리 박사를 허접하게 포토샵한 사진을 프로필에 올리고 소개 글은 딱 한 줄만 썼다. *1889년 이래 주기율표를 점점 더 여성스럽게 만들고 있는 시스젠더 여성*. 그저 허공에 대고 소리를 지르고 싶었다. 나의 첫 트윗을 다른 누가 보리라고는 꿈에도 생각 못 했다. 큰 오산이었다.

@마리라면어떻게할까 라 소르본 대학 최초의 여성 교수 퀴리 박사님이라면 학생들이 나체로 수업해달라고 했을 때 어떻게 했을까?

@198888 그 새끼 수명을 단축시켰겠죠.

@애나아아아 **피에르한테 일렀겠죠!!!**

@에밀리89 그 새끼 바지에 폴로늄을 넣고 고추가 쪼그라드는 걸 지켜봤을 것 같은데요.

@바이오웜55 방사선 쏴요. **그 놈한테 방사선 쏘라고.**

@루시인더시 혹시 본인이 당한 일이에요? 정말 속상하시겠어요. 나도 어떤 학생이 내 엉덩이를 가지고 뭐라 한 적 있는데 진짜 역

겨웠어요. 근데 아무도 내 얘기를 안 믿어줬어요.

이후 5~6년에 걸쳐 내 트윗이 〈크로니클 오브 하이어 에듀케이션〉에 몇 번 인용되고, 〈뉴욕타임스〉에도 기사가 한 차례 실린 데다가 백만 팔로워를 얻으면서 이 계정은 나의 행복한 안식처로 자리 잡았다. 가장 뿌듯한 건 나 말고도 많은 사람에게 안식처가 됐다는 것이다. @마리라면어떻게할까는 일종의 치유 공간으로 진화했고, 이제 그곳에서는 스템 계열 여성들이 자유롭게 자기 이야기를 쏟아내며 서로 조언을 주고받고 있다. 그리고… 신나게 씹기도 하고.

아, 얼마나 찰지게 씹는지. 아주 작정하고 씹는데, 그렇게 후련할 수가 없다.

@바이올로지새라 있죠, 원래 아이디어도 내가 냈고, 1년 넘게 연구를 진행한 프로젝트가 제1 저자 칸에 남의 이름이 실린 채 발표된다면 **@마리라면어떻게할까**요? 제2, 제3 저자들도 다 남자고요. 왜냐하면 뭐, 이 바닥이 원래 그러니까.

"으악." 나는 얼굴을 구기며 새라의 트윗을 인용 리트윗한다.

마리라면 그 자식들 커피에 라듐을 조금씩 넣을 거예요. 그리고 학내 연구윤리위원회에 보고한 뒤 담당기관이 밟는 절차를 하나하나 철저히 기록으로 남길 테고요♥

'트윗' 버튼을 누른 다음 좌석 팔걸이를 손가락으로 토독토독 두드리며 기다린다. 사실 이 계정의 꽃은 내 답변이 아니다. 당연히 아니고말고. 사람들이 @마리라면어떻게할까를 찾는 진짜 이유는….

그래, 이거지. 내 트윗 아래로 줄줄이 타래가 이어지는 걸 보고 입이 찢어진다.

@닥터앨릭스 나도 똑같은 일을 당했어요. 저자 중 내가 유일하게 여성이자 유색인이었는데 수정을 몇 번 거치면서 논문에서 내 이름이 쏙 빠졌어요. 더 얘기하고 싶으면 디엠 주세요, 새라.

@에이미버나드 과학계여성연합 회원인데, 우리 홈페이지에 가면 이럴 때 대처법이 올라와 있어요(슬프지만 흔한 일이라서요)!

@더지올로지션 저도 **@바이올로지새라** 님하고 똑같은 일을 겪고 있어요. 저는 윤리위원회에 보고했고 아직 해결 중이지만, 자세히 얘기 나누고 싶으시면 디엠 환영이에요.

@스티브해리슨 야, 착각하지 마. 지가 그렇게 대단한 줄 아나. 제1 저자로 오를 정도로 기여도가 **대단치** 않나 보지. 네가 불쌍해서 너희 팀이 데리고 있어준 거고 실력이 안 되면 당연히 **아웃**인 거야. 뭐든지 다 여자라서 그렇대. 그냥 지가 **'루저'**인 걸 가지고.

여자들끼리 얘기하는데 지나가던 남자가 주제넘게 끼어드는 건 어디를 가나 마찬가지인가 보다.

방구석 공대 찌질이에게 말대꾸를 해주면 헬게이트가 열린다는 것쯤 터득한 지 오래다. 공연히 그 인간들 자아만 부풀려주는 건 내가 가장 원하지 않는 바다. 자기 울분을 해소하고 싶다면 보통 사람들처럼 헬스클럽 가서 땀을 빼든가 RPG 게임이나 하면 될 텐데.

@스티브해리슨이 참견한 트윗을 숨김 처리 하려는데 벌써 누군가가 댓글을 단 게 보인다.

@슈맥카데믹스 맞는 말이에요, 마리. 자기가 루저인 걸 인정해야 할 때가 있지요. 스티브는 매일 그러는데요.

쿡쿡 웃음이 터진다.

@마리라면어떻게할까 저런, 스티브. 자학은 적당히 해.

@슈맥카데믹스 걔는 과학자로 대접받으려면 자기보다 열 배는 노력하라고 여자애한테 헛소리나 하는 초딩 남자애예요.

@마리라면어떻게할까 스티브, 그랬쪄요.

@스티븐해리슨 닥쳐. 스템 계열 여자들 밀어준다고 지랄해서 스템이 망했잖아. 능력에 따라 평가받아야지 **보지 달렸다고 띄워주는 게 말이 되냐.** 자꾸 그러니까 이젠 당연히 여자를 채용해야 되는 줄 알아서 그년들이 **더 자격 있는** 남자들 일자리를 싹 쓸어가는 거 아냐. 스템은 이제 망했어. **다 너네 때문이야.**

@마리라면어떻게할까 에구, 우리 스티브 그렇게 속상했쪄요.

@슈맥커데믹스 토닥토닥.

그러자 스티브가 우리 둘을 모두 차단한다. 그걸 보고 내가 또 낄

낄 웃으니 로시오가 나를 이상하게 쳐다본다. @슈맥카데믹스는 학계 종사자의 또 다른 인기 트위터 계정으로, 나는 이 계정을 제일 좋아한다. 그는 주로 논문을 써야 하는데 딴짓하고 있다고 푸념하거나 엘리트주의와 대학원의 '그들만이 사는 세상'을 조롱하거나 수준 낮고 편향적인 연구를 지적하는 트윗을 올린다.

처음에는 그를 경계했다. 계정 소개에 "시스젠더 남자"라고 되어 있으니까. 인터넷에서 시스젠더 남성이 보이는 행태라면 빤하잖나. 그런데 뜻밖에 우리 둘이 연합전선 비슷한 걸 구축하게 되었다. 스템 계열에 여자가 존재하는 것 자체를 못 견디는 공대 찌질이들이 내 멘션에 끼어들면 슈맥카데믹스가 그놈들 조롱하는 것을 거들어준다.

우리가 언제부터 디엠을 주고받기 시작했더라. 그가 사실은 게이머게이트 때 활약했던 인터넷 트롤이고 내 신상을 털러 온 거면 어쩌나 걱정하는 것을 내가 언제 그만뒀는지, 언제부터 내가 그를 친구로 여기기 시작했는지 잘 모르겠다. 하지만 몇 년 후 우리는 이렇게 서로의 실명도 모른 채 일주일에 몇 번씩 다양한 주제로 수다를 떨고 있다. 슈맥이 초등학교 2학년 때 머리에 이가 세 번이나 생겼던 사실은 알면서 그가 어느 시간대에 사는지 모르는 건 이상한가? 조금은 그럴지도. 하지만 동시에 해방감이 든다. 게다가 온라인에서 실명을 밝히고 자기 의견을 드러내는 게 얼마나 위험한 짓인데. 인터넷이라는 바다는 음침한 사이버 범죄자로 득실거리지 않나. 마크 주커버그가 자기 컴퓨터 웹캠을 테이프로 가려도 괜찮다면, 나에게도 과하다 싶을 정도로 익명성을 고집할 권리가 있다.

승무원이 쟁반에 물을 가져와서 내민다. 나는 고개를 저은 다음,

씩 웃으며 슈맥에게 디엠을 보낸다.

마리: 스티브는 이제 우리랑 놀기 싫은가 봐요.

슈맥: 우리 스티브가 애기 때 부둥부둥을 충분히 못 받았나 봐요.

마리: ㅋㅋㅋㅋ

슈맥: 어떻게 지내요?

마리: 잘 지내요! 다음 주에 엄청 멋진 프로젝트를 새로 시작해요. 징그러운 상사한테서 벗어날 절호의 기회예요.

슈맥: 그러길 바라요. 그런 놈이 여태 안 잘리다니.

마리: 연줄 덕이죠. 그리고 관성. 슈맥은요?

슈맥: 회사에 흥미로운 일이 벌어지고 있어요.

마리: 좋은 쪽으로?

슈맥: 사내 정치 쪽으로. 그러니 아니라고 해야겠죠.

마리: 물어보기 겁나네. 나머지는요?

슈맥: 묘하게 돌아가고 있어요.

마리: 고양이가 또 구두에 똥 쌌어요?

슈맥: 아뇨, 근데 며칠 전에 장화에서 토마토 한 알을 발견하긴 했어요.

마리: 다음엔 꼭 사진 보내줘요! 근데 무슨 일인데요?

슈맥: 별일 아니에요, 진짜로.

마리: 그러지 말고요, 좀!

슈맥: 무슨 일이 있는 건 어떻게 아는 거예요?

마리: 느낌표 안 붙이는 거 보면 알죠!

슈맥: !!!!!!!11!!1!!!!!

마리: 슈맥.

슈맥: 지금 깊은 한숨 쉬고 있음.

마리: 그러시겠죠. 어서 털어놔요!

슈맥: 여자 얘기예요.

마리: 오오오오오! 전부 다 말해줘요!!!!!!!11!!1!!!!!

슈맥: 말하고 자시고 할 것도 없어요.

마리: 최근에 만난 여자예요?

슈맥: 아니요. 오래 전부터 알던 사람인데 다시 만났어요.

슈맥: 근데 결혼한 여자예요.

마리: 슈맥이랑요?

슈맥: 애석하게도 아니요.

슈맥: 미안한데, 지금 우리 연구실을 재배치하고 있거든요. 누군가 5백만 달러짜리 기계를 부수기 전에 가봐야겠어요. 그럼 다음에 또.

마리: 좋아요, 하지만 유부녀와 벌이는 처절한 연애 얘기 나중에 다 해줘야 해요.

슈맥: 나도 그 처절한 연애 하고 싶네요.

클릭 한 번에 슈맥과 연결된다는 건 큰 위안이다. 내가 왕재수 리바이의 살얼음 낀 냉혹한 연구실을 향해 날아가고 있는 지금은 특히 더 그렇다.

트위터를 닫고 이메일 앱을 열어 사흘 전 내가 보낸 메일에 리바이가 드디어 답장했는지 확인한다.

오랜만이에요, 다시 같이 일하게 돼서 기대가 커요. 이번 주말에 만나서 블링크에 대해 얘기 나눌까요?

고작 두어 줄짜리 메일인데 리바이는 답장도 못할 정도로 바빴나 보다. 나에 대한 혐오가 너무 컸거나. 아니면 둘 다이거나.

으윽.

머리 받침대에 기대어 눈을 감은 채 퀴리 박사라면 리바이 워드를 어떻게 했을까 상상해본다. 아마 그 인간 주머니에 방사성 동위원소 물질을 한 줌 숨겨놓은 다음 팝콘을 먹으면서 핵붕괴 마법 쇼를 구경했을 것이다.

맞아, 딱 그랬을 거야.

얼마 후 나는 스르륵 잠이 든다. 리바이가 반은 아르마딜로, 반은 인간으로 꿈에 등장한다. 그가 녹색기가 도는 창백한 피부를 어스름히 빛내면서 값비싼 장비로 장화에서 토마토 한 알을 꺼낸다. 그 자체로도 이상한데 여기서 가장 이상한 건 그가 드디어 나에게 다정하다는 것이다.

♥♥♥

우리는 회사 측의 배려로 존슨 스페이스 센터 바로 외곽에 위치한 작은 풀옵션 직원용 아파트에 들어간다. 앞으로 근무할 설리번 디스커버리 빌딩에서 아주 가깝다. 코앞으로 통근이라니 믿을 수가 없다.

"그래도 보스는 매일 지각할 거라는 데 내 한쪽 팔 걸게요."

로시오가 한마디하자 나는 내가 지낼 아파트의 현관문을 열면서 로시오를 째려본다. 성장기의 상당 부분을 "몇 시에 만나자."가 그냥 하는 소리에 불과한 이탈리아에서 보낸 건 내 잘못이 아닌데.

숙소는 월세 내고 사는 메릴랜드의 내 아파트보다 훨씬 낫다. 라쿤 소동 때문일지도 모르고, 어쩌면 내가 가구의 90퍼센트를 이케아 반품 상품 할인 코너에서 구입해서 그럴 확률도 높다. 이 아파트에는 발코니도 있고 식기세척기도 있고 또 물이 매번 확실히 내려가는 변기도 있다. 벌써 삶의 질이 수직 상승하는 것 같은데. 세상의 반대편을 체험하는 것 같다. 나는 신이 나서 찬장과 벽장 문을 죄다 열어보고(다 비어 있다. 내가 뭘 기대했는지 나도 모르겠다.) 라이케와 직장 동료들에게 보낼 사진을 잔뜩 찍는다. 냉장고에 내가 제일 좋아하는 ("내가 한 발광(發光)하지"라고 쓰여 있는 비커를 든 마리 퀴리가 그려진) 자석을 붙인다. 발코니에는 벌새 모이통을 걸어놓고, 또….

아직 오후 2시 반밖에 안 됐잖아. 아아악.

나는 시간이 남으면 어쩔 줄 모르는 사람이 아니다. 낮잠을 자거나 트위즐러 젤리를 씹으며 드라마 〈오피스〉를 한 시즌 정주행하면서 다섯 시간쯤 통으로 보낼 수 있다. 아니면 아직 '소파에서 5K까지' 프로그램을 따를 열의… 까지는 아니고 그럴 마음이 조금은 남아 있을 때 얼른 2단계로 진입하든가. 그치만 기껏 여기에 왔는데! 휴스턴에! 스페이스 센터 가까이에! 내 평생 제일 멋진 프로젝트에 착수할 참인데!

오늘은 금요일이고 월요일이 되어야 첫 출근이지만 엉덩이가 들썩거려 가만히 있지 못하겠다. 그래서 로시오에게 혹시 스페이스 센터에 가보고 싶은지 문자를 보내고 [답: 싫어요.], 같이 저녁 먹을 생각 있는지도 물어본다. [답: 나는 짐승 사체만 먹어요.]

정말 못됐어. 사랑스러운 인간 같으니.

휴스턴의 첫인상은 이거다. '엄청 크네.' 이어서 든 생각은 '습하네.' 그 다음은 '습하고 크네.' 메릴랜드에는 쌓인 눈이 다 안 녹고 남아 있는데, 스페이스 센터에는 벌써 초목과 꽃이 무성하다. 탁 트인 공간과 아찔하게 높은 빌딩이 공존하고 옛 나사 우주선들까지 전시되어 있다. 관광 온 가족들이 눈에 띄고, 그걸 보니 놀이공원이 떠오른다. 앞으로 3개월간 출근만 하면 로켓을 볼 수 있다니 정말 믿을 수가 없다. 국립보건원 연구소에서 눈빛이 느끼한 교통안전요원을 매일 마주하는 것보다 백배 천배 낫다.

디스커버리 빌딩은 스페이스 센터 외곽에 자리하고 있다. 광활하고 미래지향적인 분위기의 3층짜리 건물로, 전면이 유리인 벽과 아무리 봐도 어디로 연결되는지 모를 복잡한 계단으로 이루어져 있다. 대리석을 깐 홀에 들어서는데 문득 내 사무실에도 창이 있을까 궁금해진다. 자연광은 익숙하지 않은데. 비타민D를 갑자기 흡수하면 죽을지도 몰라.

"비 쾨닉스바사라고 합니다." 나는 안내데스크 직원에게 웃어 보인다. "월요일부터 여기서 일할 건데, 미리 견학해도 될까요?"

직원은 미안한 미소를 지어 보인다.

"사원증이 없으면 들여보내 드릴 수 없어요. 엔지니어링 연구실이 위층에 있는데 보안이 삼엄해서요."

그렇군, 알겠어. 엔지니어링 연구실이라. 리바이의 연구실이겠군. 그 자식은 지금 위층에서 열심히 일하고 있겠네. 엔지니어링과 관련된 일을 하고 있겠지. 내 이메일엔 답장도 않고.

"괜찮아요, 하는 수 없죠. 그럼 그냥-."

"쾨닉스바사 박사님? 비?"

뒤를 돌아보니 금발의 젊은 남자가 서 있다. 위협적이지 않은 정도로 잘생겼고 보통 키에, 난생처음 보는데도 오랜 친구를 만난 것처럼 나에게 미소 짓고 있다. "… 안녕하세요?"

"엿들으려던 건 아닌데 우연히 이름을 들어서요. 저는 가이예요. 가이 코왈스키."

갑자기 머릿속에 불이 들어온다. 나는 활짝 웃으며 대꾸한다.

"가이 씨! 직접 만나니 정말 반가워요!" 블링크에 참여하게 됐다고 처음 통보받았을 때 자잘한 문제를 도와줄 담당자로 연결된 사람이 가이였고, 우리는 몇 차례 이메일을 주고받았다. 가이는 우주비행사(진짜 우주비행사!)인데 지상 근무 동안은 블링크에서 일한다고 했다. 블링크에 대해 속속들이 알고 있어서 처음엔 그가 공동 팀장인 줄 알았다.

가이가 따스한 악수로 나를 반긴다. "박사님 연구의 팬입니다! 발표된 논문도 다 읽었어요. 블링크에 귀한 인재가 되실 거예요."

"저도 가이 씨 팬이에요. 협업할 생각하니 벌써 신나요."

비행기에서 수분이 쪽 빠지지 않았다면 눈물이 났을 것이다. 왕재수 리바이 박사가 1년에 걸쳐 준 것보다 방금 1분간 더 많은 긍정적 피드백을 준 이 친절하고 호감 가는 남자가 블링크 공동 팀장이 아니라니. 내가 어느 신을 노하게 해서 이렇게 됐을까. 제우스? 아니면 에로스? 포세이돈이 틀림없어. 반항심 넘치는 사춘기 때 발틱해에 오줌을 싸지 말았어야 했어.

"제가 구경시켜 드릴까요? 제 손님으로 들어오시면 돼요." 그가 안내 직원에게 고갯짓을 하더니 나에게 따라오라고 손짓한다.

"괜히 바쁘신데 저 때문에…. 그 뭐냐, 우주비행사 일 하고 계셨던 거 아니에요?"

"다음 임무가 아직 안 떨어졌어요. 박사님 가이드 하는 게 디버깅보다 천 배는 재밌죠." 어깨를 으쓱해 보이는 그에게서 소년미 비슷한 게 엿보인다. 이 사람과 잘 지낼 수 있을 것 같다. 벌써 느낌이 온다.

"휴스턴에 오래 사셨어요?" 함께 엘리베이터에 타면서 내가 묻는다.

"8년쯤요. 대학원 졸업하자마자 나사에 들어왔어요. 우주비행단에 지원해서 훈련받고 바로 임무에 투입됐죠." 나는 속으로 암산을 해본다. 그럼 30대 중반일 텐데 내가 짐작했던 것보다 조금 나이가 있다. "지난 2~3년은 블링크의 전신이었던 프로그램에서 일했어요. 헬멧 설계하고 무선 통신시스템을 개선하는 작업이었죠. 그러다 어느 시점에 보니 신경자극 전문가를 모셔와야겠더라고요." 그러면서 가이가 내게 따뜻한 미소를 지어 보인다.

"우리가 같이 얼마나 대단한 걸 만들어낼지 기대돼요." 몇 년간 이 프로젝트에 몸담았던 사람을 제치고 어째서 리바이가 팀장을 맡았는지를 알게 될 순간 또한 엄청 기대된다. 너무 불공평하지 않은가. 가이에게 그리고 나에게도.

엘리베이터 문이 열리고 가이가 구석에 있는 특이한 분위기의 카페를 가리킨다. "저기 보이시죠. 저 집, 커피는 최악인데 샌드위치가 기가 막하게 맛있어요. 혹시 배고파요?"

"아뇨, 괜찮아요."

"정말요? 제가 쏠게요. 에그 샌드위치가 끝내주거든요."

"달걀을 안 먹어서요."

"맞혀볼게요. 비건이죠?"

나는 고개를 끄덕인다. 내가 속한 집단의 이미지가 더 나빠지지 않게 하려고 새로운 사람을 만날 때마다 처음 세 번은 '비건'을 입에 담지 않으려고 신중을 기하지만, 상대방이 먼저 말을 꺼내면 나도 별 수 없다.

"제 딸을 소개해 드려야겠네요. 딸아이가 얼마 전 동물성 식품을 절대 안 먹겠다고 선언했거든요." 그가 한숨을 푹 내쉰다. "지난 주말에 설마 눈치챌까 싶어서 시리얼에 일반 우유를 부어줬거든요. 그랬더니 아이가 자기 변호사 팀이 연락할 테니 기다리라지 뭐예요."

"몇 살인데요?"

"얼마 전에 여섯 살 됐어요."

나는 깔깔 웃는다. "고생 좀 하시겠어요."

나는 일곱 살 때부터 고기를 안 먹기 시작했다. 나의 시칠리아인 할머니가 매일 식탁에 올리는 맛난 뽈로(닭고기) 너겟과 농장에서 풀 뜯는 귀여운 갈리네(암탉)가 내가 생각했던 것보다 훨씬 더… 가까운 관계인 걸 알고부터다. 그리 대단한 반전이 아닌 건 나도 안다. 어쨌든 라이케는 나만큼 심란해하지 않았다. 내가 "*돼지도 가족이 있어. 엄마랑 아빠랑 형제자매가 보고 싶어 할 거야.*"라며 다급하게 설명했을 때도 라이케는 생각에 잠겨 고개를 끄덕이더니 이렇게 말했다. *"그러니까 돼지 일가족을 다 먹어야 한다는 거지?"* 나는 그로부터 1~2년 후 완전 비건이 되었다. 반면에 내 쌍둥이 동생은 동물성 식품 2인분을 먹어치우는 걸 인생 목표로 삼은 듯했다. 그렇게 우리는 둘이서 일반인 1인분의 탄소 발자국을 생성하고 있다.

"엔지니어링팀 연구실은 이 복도 끝에 있어요." 가이가 설명한다. 유리와 목재가 꽤 흥미롭게 어우러진 공간이다. 어떤 방은 안이 훤히 들여다보인다. "좀 산만하죠. 직원 대부분은 오늘 출근 안 했어요. 기기들 재배치하고 연구실을 새로 꾸미고 있거든요. 현재 진행 중인 프로젝트가 많지만 제일 주목받는 건 단연 블링크예요. 다른 우주비행사들도 가끔 얼굴 들이밀고 힙한 최신 장비 언제 쓸 수 있느냐고 물어봐요."

내가 씩 웃으며 대꾸한다. "정말요?"

"그럼요."

말 그대로 우주비행사들한테 힙한 최신 장비를 만들어주는 게 내 일이라니. 내 링크드인 프로필에 그렇게 추가하면 되겠다. 아무도 링크드인 안 쓰지만.

"신경과학 연구실은-, 박사님 연구실이죠. 오른쪽에 마련될 거예요. 그렇게 해야-." 그때 가이의 휴대폰이 울린다.

"죄송해요. 이것 좀 받아도 될까요?"

"그럼요." 나는 그의 ("자연의 엔지니어"라고 쓰여 있는) 비버가 그려진 폰케이스를 보고 슬며시 웃으며 고개를 돌린다.

친구들 보여주려고 건물 내부 사진을 몇 장 찍으면 가이가 한심하다고 여길까. '한심하게 여겨도 할 수 없지.'하고 휴대폰을 꺼내는데 복도 저쪽에서 무슨 소리가 들린다. 작고 귀여운 소리인데 어쩐지 약간….

"미야오."

나는 가이를 흘끔 돌아본다. 그는 나이가 아주 어린 누군가에게 〈모아나〉 영화를 어떻게 트는지 설명하느라 정신이 팔려 있다. 그래서 혼자 조사해보기로 한다. 사람이 있는 방이 거의 없고, 연구실마다 꼭 나사에서 쓸 것처럼 생긴 거대하고 추상적인 모양의 기기들이 들어차 있다. 건물 어디선가 남자들의 목소리가 들리지만 다른 존재는 그림자도-.

"미야오."

돌아보니 몇 발짝 떨어진 곳에 아직 어려 보이는 예쁜 삼색 고양이가 호기심 어린 눈으로 나를 빤히 쳐다보고 있다.

"어머나, 누구세요?" 내가 천천히 손을 내민다. 새끼고양이가 다가와 조심스레 내 손가락 냄새를 맡더니 반갑다며 내 손에 머리를 쿵 박는다.

웃음이 터진다. "착한 아이구나." 나는 쭈그려 앉아 녀석의 턱 밑을 살살 긁어준다. 녀석이 장난스러운 연인처럼 내 손가락 끝을 살짝 깨문다.

"정말 미'묘'네. 이런 데서 만나다니 이런 신'묘'한 인연이 있나."

녀석이 못마땅한 눈길을 던지더니 고개를 돌린다. 말장난을 알아듣는 모양인데.

"에이 왜 그래, 장난이잖냐옹." 녀석이 질렸다는 듯 째려본다. 그러더니 바로 옆에 온갖 상자며 육중한 기기를 천장에 닿도록 아슬아슬하게 쌓아놓은 카트로 훌쩍 점프해 올라간다. "어디 가니?"

나는 눈을 가늘게 뜨고 녀석이 어디로 숨었는지 살피다가 순간 멈칫한다. 방금 말한 기기, 아슬아슬하게 쌓여 있는 그 기기가 실제로 아슬아슬한 상태인 걸 알아챈 것이다. 게다가 고양이 녀석이 하필 그게 더 위태로워질 지점을 건드려 놓았다. 이제 그 기기가 내 머리 위로 떨어진다.

바로.

지금.

피할 시간은 딱 3초뿐이다. 그럼 안 되는데. 왜냐하면 갑자기 몸뚱이가 돌덩이로 변했는지 뇌의 명령을 전혀 안 따른다. 나는 겁에 질려 마비된 채 얼어붙고, 아예 눈을 질끈 감는다. 오만 가지 생각이 일제히 머릿속을 점령한다. 고양이는 괜찮은가? 나, 죽는 건가? 세상에, 이렇게 죽나 보다. 만화 〈와일 E. 코요테〉의 캐릭터처럼 텅스텐 망치에 맞아 짜부돼서. 21세기의 피에르 퀴리네. 그 사람, 말이 끄는 수레에 두개골이 으깨져서 죽었잖아. 나는 사랑스러운 아내 마리에게 인계해줄 파리 대학 물리학 과장직도 없는데. 평생 하려던 연구의 10분의 1도 못 마쳤는데. 하고 싶은 일이 너무 많은데 여기서 이렇게 가다니, 아 제발-.

그때 뭔가가 나를 세게 덮쳐 내 몸을 벽 쪽으로 확 밀친다.

통증밖에 안 느껴진다.

한 몇 초간. 하지만 이내 통증은 가라앉고 이번에는 소음이 덮친다. 바닥에 와르르 쏟아진 금속 장비들이 깡깡 부딪히는 소리, 경악에 찬 비명, 아득하게 들려오는 귀를 찢는 "미야옹." 소리, 그리고 내 귓가에 들려오는… 누군가의 거친 숨소리. 3센티미터도 채 안 떨어진 데서 나는 것 같은데.

숨을 헐떡이며 눈을 번쩍 떠보니….

녹색이 시야에 들어온다.

보이는 거라곤 녹색뿐이다. 야외의 풀처럼 짙은 녹색은 아니고 비행기에서 먹은 피스타치오 열매처럼 탁한 녹색도 아니다. 나를 꿰뚫는 듯한 밝고 강렬한 녹색이다. 어딘지 익숙하지만 뭔지 정확히 말하기는 어려운 색. 꼭 뭐 같으냐면….

눈이다. 나는 여태 본 것 중 가장 선명한 녹색 눈동자를 들여다보고 있다. 언젠가 본 적이 있는 눈이다. 곱슬곱슬한 검은 머리칼이 감싼 두 눈과 선이 굵고 각진 윤곽에 도톰한 입술이 자리한 얼굴. 완벽하진 않지만 발끈할 정도로 잘생긴 얼굴. 그 얼굴을 따라 시선을 내리니 큼직하고 딴딴한 몸이 보인다. 지금 나를 벽에 밀어붙이고 있는 몸, 떡 벌어진 가슴팍과 통나무만큼 굵은 허벅지 두 개. 그중 하나는 내 다리 사이를 비집고 들어와 내 몸을 지탱하고 있다. 꿈쩍도 안 한 채. 이 남자에게서는 숲 향기마저 난다. 게다가 저 입은 또 어떻고. 아직도 내 위에서 거친 숨을 토해내고 있는 입. 아마 320킬로그램쯤 나가는 기계공학장비에 깔린 나를 끌어내느라 힘을 써서 그럴–.

잠깐, 내가 아는 입 같은데.

리바이.

리바이잖아.

나는 리바이 워드를 지난 6년간 만나지 못했다. 숨통 트이고 평온한 6년이었지. 그런데 그가 지금 여기, 나사 스페이스 센터 한복판에서 나를 벽으로 밀어붙이고 있다니. 근데 왜 이렇게… 잘생겼….

"리바이!" 누군가가 외친다. 우당탕 굉음이 멎는다. 떨어질 건 다 떨어졌나 보다. "괜찮아?"

리바이는 움직이지 않고 고개를 돌리지도 않는다. 그의 입과 목이 움직인다. 뭐라고 말을 하려는지 입술이 벌어지는데 소리는 안 들린다. 대신 한 손이 다급하면서도 다정하게 내 뺨을 감싼다. 손이 워낙 큼직해서 감촉이 포근하다. 아늑한 녹색에 폭 싸인 기분이다. 그 손이 내게서 떨어지자 나도 모르게 우는 소리가 나온다. 목구멍 깊은 곳에서 내 의지와 상관없이 나오는 애원하는 듯한 소리다. 하지만 그 손이 그저 내 뒤통수로 옮겨간 것을 안 순간 나는 우는 소리를 멈춘다. 손은 다시 내 쇄골 사이 옴폭 파인 데로 옮겨간다. 거기서 다시 내 눈썹으로 가 내려온 머리카락을 뒤로 넘겨준다.

조심스러운 손길이다. 힘이 들어갔지만 섬세하다. 머무르는 듯하지만 긴박감이 어린 손길. 나를 살피는 양, 내가 멀쩡한지 확인하려는 듯. 나를 눈에 담아두는 듯.

시선을 든 나는 처음으로 리바이의 눈에 미처 감추지 못한 깊은 걱정이 어려 있는 것을 알아챘다.

그의 입술이 달싹거리는 모양을 보아하니 어라? 내 이름을 부르는 건가? 한 번 그리고 또 한 번. 마치 기도하듯이?

"리바이? 리바이, 그 여자 분은 괜찮은…."

눈꺼풀이 닫히고 어둠이 의식을 삼킨다.

3장

각회: 주의

*각회: '각이랑/모이랑'이라고도 하며 뇌의 두정엽과 측두엽 위에 위치하여 언어와 관련된 역할을 한다. –옮긴이

원래 평일에는 보통 알람을 오전 7시에 맞춰놓는다. 그래놓고는 비몽사몽간에 세 번에서 여덟 번쯤 '다시 알림' 버튼을 누른다. 세 번이면 대성공이다. 여덟 번쯤 되면 출근길에 광견병 걸린 메뚜기 떼의 습격을 받아 차가운 죽음의 품에 안기고 싶어진다. 하지만 이번 월요일에는 전례 없는 일이 일어난다. 내가 새벽 5시 45분에 초롱초롱한 눈으로 벌떡 일어난 것이다. 야간용 치아교정기를 뱉고 욕실로 달려가 온수가 나오기를 기다리지도 않고 물줄기 아래로 들어간다.

그 정도로 안달이 났다.

오트밀에 아몬드 우유를 붓다 말고, 한 발광하고 계신 우리 퀴리 박사님 자석에 대고 손가락 총을 쏜다. "오늘은 블링크 프로젝트를 시작하는 날이에요. 좋은 기운을 보내주세요. 방사능은 잠시 넣어두

시고요."

이만큼 신났던 적이 언제였더라. 아마 이만큼 신나는 일에 참여한 적이 없어서일 것이다. 벽장 앞에 서서 옷을 고르면서 지난 금요일에 있었던 일을 떠올리지 않기 위해 그것, 그러니까 순수한 '기대감'에만 집중한다.

솔직히 떠올리고 자시고 할 것도 없다. 어차피 기절하기 직전까지만 기억나니까. 맞다. 나는 리바이 얼간이 각하의 품에서 마치 남근 선망을 가진 20세기 히스테리 환자처럼 픽 쓰러졌다.

새로운 일도 아니다. 나는 툭하면 기절하니까. 장시간 공복이어도 기절하고 커다란 털 거미 사진을 봐도 기절하고 앉아 있다가 너무 빨리 일어나도 기절한다. 평범한 일상을 영위하는 데 필요한 최소한의 혈압마저 유지하지 못하는 내 몸뚱이의 이 이해할 수 없는 메커니즘 때문에 나는, 라이케가 신나게 지적하는 것처럼 졸도광이 되었다. 의사들은 처음에는 영문을 몰라 머리를 긁지만 결국에는 대수롭지 않게 여긴다. 그래서 나는 의식을 되찾자마자 툭툭 털고 일어나 하던 일을 계속하는 법을 익힌 지 오래다.

그런데 지난 금요일은 평소와 달랐다. 몇 분 만에 정신이 들긴 했다. 그리고 당연히 고양이는 온데간데없었다. 그런데 신경세포가 잘못된 신호를 보냈는지 절대로 일어날 리 없는 일을 환각으로 보고 말았다. 리바이 워드가 나를 공주처럼 곱게 안아 들어 로비로 데려가 소파에 살며시 내려놓은 것이다. 환각은 거기서 멈추지 않았다. 리바이 워드가 카트를 아무렇게나 방치한 엔지니어를 호되게 혼내는 장면도 보았다. 그건 여러 가지 이유로 꿈결의 환각이었음이 틀림없다.

첫째, 리바이가 좀 무섭긴 하지만 그 정도로 무섭게 구는 사람은 아니다. 화가 나도 고함을 치기보다 차가운 냉대와 조용한 경멸로 사람을 말려 죽이는 타입이다. 물론 우리가 떨어져 있는 동안 그가 새로운 차원의 냉혈한으로 거듭났다면 얘기가 다르지만. 만약 그랬다면…. 망했군.

둘째, 내가 관련된 사건에서 리바이가 내가 아닌 다른 사람과 맞서는 건 상상하기 어렵다. 여기서 “어렵다”는 건 불가능하다는 뜻이다. 그가 나를 구해준 건 맞지만, 내가 누군지도 모르고 벽으로 밀쳤을 확률이 꽤 높다. 어쨌거나 그는 재수탱이 워드 박사니까. 하나 남은 빈자리인 내 옆에 앉느니 두 시간에 걸친 회의 내내 서 있는 편을 택한 인간. 포커 판에서 자기가 한창 이기고 있는데도 누가 나를 끼워주자 즉시 손 털고 빠진 인간. 피츠버그 대학원을 졸업하는 날, 연구실 동료들과 포옹하다가 내 차례가 오자 갑자기 악수로 전환한 인간. 만약 누가 나를 칼로 찌르고 있는 걸 목격한다면 나더러 왜 칼로 돌진하느냐고 힐난할 인간이다. 그런 뒤 숫돌을 꺼낼 것이다.

지난 금요일에 내 두뇌의 가동률이 급격히 떨어진 게 틀림없다. 아무튼 벽장을 멍하니 들여다보면서 대학원 시절의 원수가 내 목숨을 구해준 사실을 곱씹으며 민망해할 수도 있겠지만, 간만에 신나는 기분을 만끽하며 출근복을 고르는 편이 훨씬 낫다.

검은색 스키니진과 물방울무늬의 빨간색 상의를 고른다. 네덜란드의 소젖 짜는 아가씨도 부러워 울고 갈 만큼 완벽하게 머리를 쫑쫑 땋아 내리고 빨간 립스틱을 바른다. 장신구는 비교적 단출하게 한다. 평소에 늘 하는 귀고리랑 제일 좋아하는 코 피어싱을 끼고 왼손에 외할머니한테 물려받은 반지를 끼는 정도로만.

남의 결혼반지를 끼는 게 좀 이상하긴 하지만 내가 유일하게 간직한 할머니의 유품이다. 이 반지는 특별히 행운이 필요한 날 낀다. 라이케와 나는 부모님이 돌아가신 후 바로 이탈리아 메시나의 외할머니 집으로 가서 살았다. 3년 후 외할머니마저 돌아가셔서 또 다른 데로 가야 했지만, 잠깐씩 머물렀던 집들과 수많은 친척들 가운데 우리를 가장 사랑해준 사람은 할머니였다. 그래서 라이케는 할머니의 약혼반지를 끼고 나는 할머니의 결혼반지를 끼게 되었다. 그래야 공평하지. 아무튼 나는 @마리라면어떻게할까 계정에 유쾌하고 짤막한 메시지를 올리고 집을 나선다.

신나는 월요일! 킵 캄 앤드 퀴리 온, 친구들! 👩‍🔬👩‍🔬👩‍🔬👩‍🔬👩‍🔬

('진정하고 계속 하라 Keep Calm and Carry On'을 비튼 말장난-옮긴이)

"자기도 신나지?" 로시오를 픽업하면서 내가 대뜸 묻는다.

로시오는 나를 잡아먹을 듯 노려보더니 한마디한다. "프랑스는 기요틴을 1977년까지 사형 도구로 사용했대요." 나는 닥치라는 뜻으로 알아듣고 그저 얼빠진 사람처럼 히죽거린다. 우리가 나사 사원증 사진을 찍는 동안에도, 또 정식 사옥 투어를 받으러 가이와 만났을 때도 여전히 히죽히죽 웃고 있다. 긍정적 에너지와 희망에서 우러나온 미소다. "내가 이 프로젝트를 끝내주게 성공시키겠어.", "너의 뇌를 제대로 자극해줄게.", "신경과학은 내 손 안에 있다."고 말하는 미소다.

그 미소는 가이가 자기 사원증을 이용해 또 다른 빈 사무실을 연 순간 일그러진다.

"그리고 여기는 경두개 자기자극 기계가 들어올 곳이고요." 가이가 설명한다. 지금까지 그에게서 들은 문장의 변주에 불과하다. 한두 번도 아니고 계속 반복해서 들은 문장.

"여기는 뇌파검사실이 꾸려질 방이에요."

"여기는 일단 심의위원회가 프로젝트를 승인하면 박사님이 참가 신청자 받을 곳이고요."

"여기는 박사님이 요청하신 시험실이 들어설 곳입니다."

앞으로 뭔가가 들어설 예정이지만 아직 들어서지 않은 방들만 잔뜩 봤다. 나사와 국립보건원 간에 오간 얘기로는, 연구 진행에 필요한 모든 장비가 내가 출근할 때쯤 다 준비되어 있을 거라더니.

나는 계속 미소 지으려고 애쓴다. 조금 지연된 거겠지. 퀴리 박사님도 1903년에 노벨상 받았을 때 제대로 된 연구실이 없어서 창고를 개조해 연구를 진행했잖아. "과학은 결국 길을 찾아냅니다." 머릿속에서 제프 골드블럼의 목소리가 이렇게 뇌까린다(영화 〈쥬라기 공원〉에 나온 이안 박사의 대사 "생명은 결국 길을 찾아냅니다 Life finds a way"를 살짝 바꾼 말—옮긴이).

하지만 가이가 마지막 방의 문을 열고 "여기가 두 분이 사용하실 연구실이에요. 컴퓨터 한 대도 곧 도착한답니다."라고 말했을 때 마침내 내 미소가 찡그림으로 변한다.

꽤 좋은 방이다. 널찍하고 햇빛도 잘 들고, 드물게 썩은 데가 없어서 적당히 경추를 지지해줄 것 같은 책상과 의자도 갖춰져 있다. 그렇긴 한데….

우선 걸리는 점은, 내 연구실이 엔지니어링팀 연구실과 더 이상 멀 수 없을 만치 떨어져 있다는 것이다. 농담이 아니다. 누가 각도기를 가지고 리바이의 사무실과 가장 먼 지점인 X를 구한다면 'X=내 책상'이라는 답에 이를 것이다. 학제 간 연구와 협력을 추구하는 일터는 무슨. 그런데 이것도 부차적인 문제에 불과하다. 왜냐하면….

"방금 컴퓨터 '한 대'라고 하셨어요?" 로시오가 식겁한 얼굴로 묻는다.

가이가 고개를 끄덕인다.

"기물 신청 목록에 기입하신 대로, 한 대요."

"우리가 다루는 종류의 데이터를 처리하려면 못해도 열 대는 필요한데요." 로시오가 지적한다. "다변량통계분석을 해야 한다고요. 독립성분분석도 해야 하고, 다차원척도분석이랑 반복분할분석도 해야 하고. 또 식스 시그마-."

"그럼 더 필요해요?"

"최소한 주판이라도 사다 줘요."

"뭐요?" 가이가 어리둥절해서 눈을 깜빡인다.

"신청 목록에 컴퓨터 다섯 대라고 썼어요." 내가 로시오에게 눈치를 주며 대신 대꾸한다. "다섯 대 전부 필요해요."

"알겠어요." 가이가 고개를 끄덕이며 휴대폰을 꺼낸다. "메모해 놓고 리바이한테 전달할게요. 어차피 지금 만나러 갈 거니까 같이 가시죠."

갑자기 심장 박동이 빨라진다. 마지막으로 봤을 때 그가 나를 〈사관과 신사〉의 주인공처럼 안아서 데려갔다고 내 뇌가 멋대로 지어냈다. 그 전의 기억은 그가 1년 내내 나를 세무감사원처럼 기피했던 것이라 그럴 것이다. 초조하게 할머니의 반지를 만지작거리면서 이번 만남은 또 얼마나 거대한 재앙으로 번질까 궁금해 하는데, 유리벽 너머 무언가가 내 시선을 사로잡는다.

가이가 알아채고 묻는다.

"프로토타입 헬멧 살짝 보고 가실래요?"

내 눈이 휘둥그레진다. "저기 있는 게 그거예요?"

가이가 웃으며 고개를 끄덕인다.

"아직 프레임만 갖춰졌지만 보여드릴 수는 있어요."

"보여주시면 저는 좋지요." 나는 숨을 헐떡이며 대꾸한다. 흥분해서 숨찬 소리가 나오는 게 너무 쪽팔린다. 아무래도 '소파에서 5K까지' 앱을 꾸준히 활용해야겠다.

연구실 내부는 생각했던 것보다 훨씬 크다. 작업대가 십여 개나 있고, 난생처음 보는 기계들이 벽에 늘어서 있는 데다가 연구원들이 각자의 작업 구역에서 일에 열중하고 있다. 리바이의 연구실은 내 연구실과 다르게 장비가 다 갖춰져 있는 게 약간 분하지만, 그것을 보자마자 분함은 즉시 녹는다.

그것.

블링크는 복잡하고 섬세하며 성공에 큰 명운이 걸려 있는 프로젝트이지만 수행할 과제는 사실 단순하다. 뇌에 가하는 자기자극(내 전문분야)에 대해 지금까지 알려진 지식을 가지고 우주비행사의 '주의 과실' 즉, 여러 가지 일이 동시에 발생할 때 피할 수 없는 주의 오류를 감소시킬 특수 헬멧을 제작하는 것(이건 리바이의 전문분야)이다. 수십 년간 쌓아온 과학 지식과 엔지니어들이 완성시킨 무선 자극 기술 그리고 신경과학자들이 축적해온 뇌 영상 자료가 합쳐진 결과물이다. 덕분에 우리가 여기까지 온 것이다.

신경과학과 엔지니어링이 낳은 아주 귀한 자식이랄까.

이게 얼마나 획기적인 일인지 전달이 잘 안 되는데, 서로 다른 두 분야의 관념적 연구가 합쳐져 학계와 실제 세계의 간극을 이어주는 거라고 하면 이해가 될까. 어떤 과학자에게도 피가 끓을 만치 흥분되는 그림이다. 그리고 내리막을 탄 커리어 때문에 지난 몇 년간 견뎌야 했던 거지같은 일들을 고려하면 나에게는 꿈이 이루어진 것이나 마찬가지다.

그게 꿈이 아니라 실제라는 증거가 눈앞에 있는 지금은 더더욱.

"저거 혹시…?"

"맞습니다."

로시오가 나지막이 "우와." 하고 감탄한다. 러브크래프트 작품에 열광하는 부루퉁한 십 대 소녀가 아닌 진지한 어른 같은 말투다. 우리가 만난 이래 처음으로 듣는 소리다. 놀려주고 싶지만 나 자신도 헬멧에 정신이 팔려버렸다. 가이가 설계가 어떻고 개발 단계가 어떻고 설명 중이지만, 귓등으로 흘려들으며 몇 발짝 다가간다. 케블러 섬유와 탄소 섬유를 혼합해 만들었고 얼굴을 덮는 가리개에 체온 감지 및 안구 움직임 추적 기능이 부착되어 있으리라는 건 이미 알고 있었다. 새로운 기능 추가가 가능하도록 최적화된 전체 구조일 것이라는 것도. 다만 생김새가 이토록 미끈할 것은 예상치 못했다. 숨 멎도록 멋있는 이 하드웨어에 내가 개발할 소프트웨어를 장착한다니.

너무나 아름답다. 잘 빠졌다. 그리고….

설계가 잘못되었다.

전부 잘못됐다.

나는 인상을 쓰며 내피 구멍의 패턴을 자세히 들여다본다.

"저건 신경자극 아웃풋용이에요?"

헬멧 스테이션에서 작업하던 엔지니어가 내게 어리둥절한 시선을 보낸다. "쾨닉스바사 박사님이셔, 라마르." 가이가 설명한다.

"국립보건원에서 오신 신경과학자."

"그 기절한 분?"

꼬리표처럼 따라다닐 줄 알았다니까. 늘 이렇다. 고등학교 때도 내 별명은 '기절 인형'이었다. 쓸모없는 자율신경계 같으니. "그게 바로 저예요." 나는 웃어 보인다. "이게 아웃풋 홀의 최종 위치예요?"

"그럴걸요. 왜요?"

나는 몸을 더 바짝 기울인다. "작동 안 할 거예요." 몇 초 정적이 이어지고, 나는 그리드의 나머지 부분을 살펴본다.

"왜 그렇게 생각하세요?" 가이가 묻는다.

"서로 너무 바짝 붙어 있어요. 홀 말이에요. 국제표준 10-20 전극부착 시스템을 적용한 것 같은데, 뇌신경 데이터 기록에는 효과적이지만 뇌 자극용으로는…." 나는 입술을 깨문다. "예를 들면, 여기를 보세요. 이 부위는 각회를 자극할 거잖아요, 맞죠?"

"그럴걸요? 잠깐만요, 확인 좀…." 라마르가 허둥대며 도표를 들여다보지만, 나는 확인하지 않아도 안다. 뇌는 내가 절대로 헤매지 않는 유일한 곳이니까. "적당한 주파수로 상단에 자극을 주면 의식이 활성화하죠. 그게 바로 우리가 원하는 바고요. 그렇죠? 그런데 잘못해서 하부에 자극을 주면 환각을 일으킬 수 있어요. 그림자가 자기를 따라오는 것 같다거나 자신이 동시에 두 장소에 있는 것처럼 느껴진다거나 그런 거요. 우주에 있는 사람이 그런 현상을 겪으면 어떤 일이 일어날지 생각해보세요." 내가 손톱으로 헬멧 내피를 톡톡 두드린다. "아웃풋 홀 간격을 넓혀야 해요."

"그렇지만…." 라마르는 심히 당황한 눈치다.

"워드 박사님이 설계하신 건데요."

"흠, 워드 박사가 각회에 대해 과연 그렇게 빠삭할까요?" 나는 여전히 헬멧에 정신이 팔린 채 중얼거린다.

뒤이은 침묵에 눈치를 챘어야 하는데. 최소한 연구실의 공기가 극적으로 바뀐 건 알아챘어야 한다. 하지만 나는 알아채지 못하고 헬멧만 들여다보면서 실행 가능한 조정안과 대안을 머릿속에 메모한다. 그러다 어느 순간 연구실 저 구석에서 누군가 목을 가다듬는 소리에 흠칫한다. 그제야 시선을 들고 비로소 그를 발견한다.

리바이.

그가 연구실 문간에 서 있다.

거기서 나를 빤히 바라보고 있다.

그저 빤히 보기만 한다. 훌쩍 솟은 근엄한 설산처럼. 특유의 표정으로. 몇 년 전과 똑같이 과묵하고 웃음기 없는 얼굴이다. 후지산 급의 못마땅함을 내보이며.

망할.

빰이 확 달아오른다. 그럼 그렇지, 왜 아니겠어. 내가 재수 없는 동료처럼 직장에서 대놓고 그의 신경해부학 지식을 까는 순간에 들어오다니. 내 인생은 늘 이런 식이라니까. 최악의 타이밍에 저지르는 실수와 뒤따르는 어색한 긴장감.

"보리스 소장님이랑 나는 먼저 회의실에 자리 잡았는데. 준비 됐어?" 그가 근엄한 중저음으로 묻는다. 내 심장이 쿵쿵 뛴다. 나는 필사적으로 대꾸할 말을 찾는다.

그 순간 가이가 대답하고, 나는 리바이가 나한테 말을 건 게 아님을 깨닫는다. 그는 아예 나와 내가 방금 한 말을 완벽하게 무시하고 있다. "그래. 가려던 참이었어. 잠깐 옆길로 샜네."

리바이는 고개를 한 번 끄덕이고 홱 돌아선다. 자기를 따라오라는 확실한 무언의 명령이다. 다들 꼬리 치는 강아지처럼 그 명령에 따른다. 대학원 때도 저랬지. 이목을 사로잡는 존재감을 타고난 리더. 결코 적으로 둬서는 안 될 것 같은 사람.

한편, 나는 어떤가. 몇 년이나 그의 적으로 지냈으며 한술 더 떠 방금 몇 마디 말로 그 자격을 연장한 자랑스러운 동료 되시겠다.

"저 사람이 워드 박사예요?" 회의실에 들어가면서 로시오가 속삭여 묻는다.

"응."

"으엑. 이보다 더 완벽한 타이밍은 없겠네요, 보스."

나는 인상을 쓰며 대꾸한다. "혹시 내 말을 못 들었을 확률은?"

"글쎄요. 워드 박사가 위생 관념이 형편없어서 귓구멍에 대박 큰 귀지가 들어 있을 확률은요?"

회의실은 이미 꽉 차 있다. 나는 한숨을 쉬며 제일 먼저 눈에 띄는 빈자리에 착석한다. 그런데 앉자마자 그게 리바이의 맞은편 자리인 걸 깨닫는다. 어색함 레벨이 핵폭탄 급으로 수직상승한다. 산 넘어 산이다.

누군가가 도넛 상자 두 개를 테이블 한가운데 놓자 환호가 터진다. 나사 직원들도 다른 평범한 연구원들과 똑같이 공짜 간식에 열광하나 보다. 일제히 자기가 먹을 도넛을 찜해놓고 서로 팔꿈치로 밀치고 난리다. 정신없는 와중에 가이가 외친다.

"구석에 하나, 파란색 설탕 입힌 건 비건용이에요." 내가 그에게 고마워하는 눈빛을 보내자 그가 윙크로 화답한다. 이렇게 괜찮은 인간이 공동 팀장이 될 뻔했단 말이지.

도넛 상자 주변이 한산해지기를 기다리면서 회의실에 모인 사람들을 살펴본다. 리바이의 연구팀은 '남탕 연대'인 것으로 보인다. 다른 말로 하면 소시지 파티, 테스토스테론 찌개, 전형적인 남사당패. 로시오와 나 말고 여성 팀원은 딱 한 명뿐인데, 금발의 그 팀원은 지금 휴대폰만 내려다보고 있다. 나는 그 팀원의 손톱에 칠해진 완벽한 물결무늬와 분홍색 반짝이에 홀렸다가 간신히 시선을 돌린다.

뭐, 남탕 연대도 나쁘긴 하지만 적어도 고추 대잔치보다는 한 단계 낫지. 애니와 나는 참석자 중에 여자가 딱 한 명뿐인 연구실 회의를 '고추 대잔치'라고 부르곤 했다. 나는 대학원 시절, 고추 대잔치 상황을 수없이 겪으면서 불쾌하게 고립되는 상황부터 숨 막히게 신경 곤두서는 상황까지 다양한 경험치를 쌓았다. 그래서 나중에는 애니와 둘이 스케줄을 맞춰 회의에 함께 참석하곤 했다. 우리는 어차피 공생관계였기에 그리 어려운 일도 아니었다.

애석하게도 우리 팀 남자 동료 중 아무도 남탕 연대와 고추 대잔치가 여자들에게 얼마나 끔찍한 상황인지 이해하지 못했다. "*대학원은 모두에게 힘들어.*" 내가 남자 교수로만 이루어진 논문 지도 위원회에 대해 불평할 때마다 팀은 이렇게 말했다. "*평소에 마리 퀴리를 그렇게 찬양하면서. 마리 퀴리는 당대 과학계를 통틀어 유일한 여성이었는데 노벨상을 두 번이나 탔잖아.*"

뭐래, 우리 퀴리 박사님은 당대 유일한 여성 과학자가 아니었다. 리제 마이트너 박사, 에미 뇌터 박사, 앨리스 볼, 네티 스티븐스 박사, 헨리에타 리빗 등 셀 수 없이 많은 여성 과학자가 당대에 활동하면서 그들의 섬세한 손가락으로, 팀의 애석한 궁둥이가 평생 해낼 수 있는 것보다 몇 배 대단한 업적을 일구었다. 하지만 그 사실을 팀은 몰랐다. 왜냐하면 (나도 나중에야 깨달았지만) 팀은 멍청하니까.

"자, 시작합시다." 테이블 상석에서 이마가 벗겨진 빨강머리 남자가 손뼉을 짝 치자 다들 허둥지둥 착석한다. 나는 내 비건 도넛을 집으려고 몸을 숙이지만, 손이 허공에 그대로 멈춘다.

비건 도넛이 없다. 상자를 몇 번이나 확인해도 시나몬 도넛밖에 안 남아 있다. 고개를 들자 이런 광경이 눈에 들어온다. 도넛을 크게 한 입 깨무는 리바이의 치아 뒤로 파란색 설탕 코팅이 사라지는 광경. 망할 내 도넛을. 다른 도넛이 열댓 개나 있건만. 네네, 리바이 전하께서는 내가 유일하게 먹을 수 있는 도넛을 굳이 드셔야겠다고요. 세상에 어떤 무심하고 생각 없는 똥멍청이가 잔뜩 굶주린 비건의 유일한 먹을거리를 빼앗는데?

"저는 보리스 코빙턴 박사입니다." 빨강머리 남자가 회의의 문을 연다. 기진맥진하고 부스스한 계피색 완숙계란 같은 모습이다. 회의에 헐레벌떡 뛰어온 것처럼 보이지만, 그의 앞에는 문서가 다섯 더미로 가지런히 정리되어 있다.

"나사 디스커버리 연구소가 진행하는 모든 프로젝트를 총괄하고 있습니다. 여러분의 상사라는 뜻이지요." 다들 웃음을 터뜨리고 악의 없는 야유도 섞여 나온다. 엔지니어링은 시끌벅적 활기찬 팀인 것 같다.

"그건 다들 이미 알고 있겠죠. 쾨닉스바사 박사와 코르토레알 씨만 빼고. 두 분은 우리 연구소 사상 가장 야심찬 프로젝트가 좌초하지 않도록 도움을 주기 위해 오셨습니다. 우리 나사 팀과의 조율은 리바이가 맡겠지만, 다른 팀원들도 두 분을 따뜻하게 환영해주기 바랍니다." 모두 박수를 친다. (내) 도넛의 마지막 한입을 먹어치우느라 바쁜 리바이만 빼고. 저 왕재수탱이.

"자, 제가 근사한 연설을 했다 치고 모두가 좋아하는 순서로 넘어갑시다. 어색함을 깨는 자기소개 시간." 거의 모두가 앓는 소리를 내지만 나는 보리스가 마음에 든다. 국립보건원의 내 직속 상관보다 천 배는 괜찮은 사람 같다. 그 증거로, 1분을 꽉 채워 말했는데 아직 불쾌한 말은 한마디도 안 뱉었다.

"돌아가면서 이름과 맡은 일을 얘기하고, 또 어디 보자…. 제일 좋아하는 영화도 말해봅시다." 또 한 차례 앓는 소리가 나온다.

"어린이 여러분, 조용 조용. 리바이부터 시작하지."

모두의 시선이 자신에게 쏠리는데도 리바이는 내 도넛을 느긋하게 씹어 삼킨다. 나도 모르게 그의 목에 눈이 가고, 순간 기묘한 환각

적 감각이 덮친다. 내 허벅지 사이를 파고드는 그의 허벅지, 벽에 밀쳐지는 느낌, 그의 목 아래쪽에서 나는 싱그러운 숲 향기-.

잠깐. 뭐지?

"리바이 워드, 선임 엔지니어입니다. 그리고…." 그가 아랫입술에 묻은 설탕가루를 혀로 핥는다. "〈제국의 역습〉."

아니 지금, 장난해? 내 도넛을 훔치더니 이젠 내가 제일 좋아하는 영화까지?

"케일리 잭슨입니다." 금발 여자가 배턴을 이어받는다. "블링크의 프로젝트 관리자이고, 〈금발이 너무해〉요." 꼭 〈금발이 너무해〉의 여학생 클럽 자매 같은 말투다. 그래서 그런지 본능적으로 호감이 간다. 그런데 내 옆에 앉은 로시오는 몸이 굳는다. 흘끔 보니 미간을 잔뜩 찌푸리고 있다.

이상하네.

서른 명 넘게 모인 자리라 자기소개는 금세 지루해진다. 라마르 에반스와 마크 코스텔로가 〈킬빌2〉가 〈킬빌1〉보다 나은지 아닌지를 두고 싸우는 것 같다. 집중하려고 애쓰는데 왠지 이마 가운데가 묘하게 찌릿찌릿한 느낌이 든다.

고개를 돌리자 리바이가 나를 빤히 쳐다보고 있다. 내가 무심코 일깨운 듯한 모종의 감정이 진하게 밴 눈으로. 그가 내 도넛을 뺏은 것도 또 내 이메일에 아직 답장을 안 한 것도 조금 화가 나지만, 방금 보리스가 한 말을 되새긴다. 리바이가 나의 주 협력자라는 것. 그래서 착하게 굴기로 마음먹고 그에게 조심스럽게 미소를 지어 보인다. '각회 어쩌구 지적한 건 미안해요. 앞으로 잘 지내봐요. 그리고 내 목숨 구해줘서 고마워요!' 이런 뜻을 담아서.

그는 미소를 돌려주지 않고 고개를 돌리더니 커피를 한 모금 마신다. 어유 씨, 얄미워 죽겠-.

"보스 차례예요." 로시오가 팔꿈치로 나를 쿡 찌른다.

"앗, 어, 그러네. 죄송해요. 비 쾨닉스바사, 신경과학 연구팀 팀장이고요. 어…." 여기서 잠시 머뭇거린다. "〈제국의 역습〉." 테이블 위 리바이의 주먹에 불끈 힘이 들어가는 게 곁눈으로 보인다. 젠장, 그냥 〈아바타〉라고 할걸.

회의가 끝나자 케일리가 다가와 로시오에게 말을 건다.

"코르토레알 씨. 로시오라고 불러도 될까요? 이 서류에 서명 좀 해주세요." 케일리는 상냥하게 웃으며 펜을 내밀지만 로시오는 펜을 받아들지 않는다. 대신, 그대로 얼어붙은 채 입을 헤 벌리고 몇 초간 케일리를 빤히 쳐다본다. 내가 팔꿈치로 옆구리를 찌르자 비로소 얼음땡 된다. 이거 흥미로운데.

"왼손잡이시네요." 서명하는 로시오를 보고 케일리가 말한다.

"저돈데. 좌파 뭉쳐라! 뭔지 알죠?"

그러자 로시오가 고개도 안 들고 대꾸한다.

"왼손잡이는 편두통, 알레르기, 불면증, 알코올 중독증을 앓을 확률이 더 높고 평균적으로 오른손잡이보다 수명이 3년 짧아요."

"아." 케일리의 눈이 휘둥그레진다. "저는, 어, 그런 줄…."

이 발랄한 캘리포니아 밸리걸과 음침한 고스걸의 대결을 계속 지켜보고 싶지만 리바이가 회의실에서 나가는 게 보인다. 말 걸기가 죽기보다 싫지만 어차피 언젠가는 대화해야 하기에 황급히 그를 쫓아간다. 그를 따라잡았을 때 나는 불쌍할 정도로 숨을 헐떡이고 있다.

"리바이, 잠깐만요!"

그의 등줄기가 뻣뻣해지는 모양새를 내가 확대 해석하는 건지도 모르지만, 멈춰선 그의 모습은 꼭 탈옥 성공을 코앞에 두고 교도관에게 들킨 죄수 같다. 그는 커다란 몸집에 어울리지 않는 우아한 몸짓으로 천천히 돌아선다. 새카만 머리칼에 녹색 눈동자 그리고 묘하게 강렬한 표정까지, 전부 여전하다.

사실 그건 대학원 때도 동기들끼리 씹고 뜯고 즐기던 주제였다. 연구 결과 분석을 시작할 때까지 기다리는 동안 우리끼리 입씨름하곤 했다. "*리바이는 과연 잘생긴 것인가? 아니면 키 192센티미터에, 로도스의 거상 같은 체격이라 잘생겨 보이는 건가?*" 다들 한마디씩 거들었다. 예를 들어 애니는 "*10점 만점에 10점, 기회만 된다면 덮치겠어.*"라고 한결같이 주장하는 쪽이었다. 반면에, 나는 "*으엑, 소오름.*"이라고 받아치며 웃어넘겼고 애니를 '배신자'라고 불렀다. 근데 그건…. 전혀 다른 이유로 아주 정확한 지적이 되고 말았다.

지금 와서 보면 당시 리바이 팬클럽의 존재에 내가 왜 충격 받았는지 잘 모르겠다. 〈네이처 뉴로사이언스〉에 논문이 다수 실린 데다 실험실 작업대를 한 손으로 들었다 놨다 할 수 있을 것처럼 생긴 진지하고 과묵한 남자가 핫하다는 평을 듣는 게 그리 이상한 일은 아닌데.

내가 그렇게 생각했다는 건 아니고! 물론 앞으로도 그럴 일은 없을 것이다. 지금 내 다리 사이를 비집고 들어오는 그의 허벅지 따위 나는 전혀 떠올리고 있지 않다.

"안녕하세요." 나는 머뭇머뭇 웃어 보인다. 리바이가 대꾸하지 않아서 내가 말을 계속한다. "저번에는 고마웠어요." 또 대꾸가 없다. 그래서 나는 또 말을 이어간다. "내가 딱히, 그러니까… 일부러 말썽부리려고 카트 앞에 서 있었던 건 아니에요."

할머니 반지 뱅뱅 돌리는 짓 멈춰. 당장.

"거기에 고양이가 있어서—."

"고양이?"

"네. 삼색 고양이요. 새끼였어요. 흰색 바탕에 귀는 주황색이랑 검은색 섞인 얼룩인데, 또 엄청 귀여운…." 그의 미심쩍은 표정에 내가 얼른 덧붙인다. "진짜예요. 진짜로 고양이가 있었어요."

"건물 안에요?"

"네." 내가 미간을 찌푸린다.

"카트로 뛰어올랐어요. 그래서 상자가 다 떨어졌고요."

그가 전혀 안 믿는 표정으로 고개를 끄덕인다. 자알한다. 이제 내가 고양이 얘기를 지어냈다고 생각하잖아.

잠깐. 내가 진짜로 고양이를 상상해냈나? 환각을 본 건가, 혹시?

"무슨 일로 불렀죠?"

"아." 나는 뒤통수를 긁는다. "별것 아니에요. 그냥, 어, 다시 협업하게 돼서 반갑다고 말하려고요." 리바이가 곧장 대답하지 않자 끔찍한 생각이 내 뇌리를 스친다. 리바이는 나를 기억하지 못하는 거야. 내가 누군지 모르는구나.

"어, 우리 피츠버그대에서 같은 연구실에 있었어요. 리바이가 졸업했을 때 나는 1년 차였고요. 같이 공부한 시기가 많이 겹치진 않지만…."

리바이의 턱에 힘이 들어갔다가 이내 풀린다.

“기억나요.” 그가 말한다.

“아, 잘됐네요.” 다행이다. 대학원 시절의 철천지원수가 나를 까맣게 잊었다면 수치스러워 죽었을지 모르니까.

“기억 못 할지도 몰라서.”

“내 해마는 멀쩡해요.” 그가 눈길을 돌리더니 조금 퉁명스럽게 덧붙인다. “밴더빌트로 간 줄 알았는데. 슈라이버의 연구실로요.”

리바이가 그걸 알고 있는 게 놀랍다. 내가 신경과학 분야 최고 권위자인 슈라이버의 팀에 합류하기로 결정했을 당시, 리바이는 피츠버그에서 박사과정을 마치고 다른 연구소로 간 지 오래였다. 물론 지금은 다 쓸데없는 얘기지만. 왜냐하면 2년 전 그 난리가 있고서 나는 다른 연구직을 찾기 위해 온갖 수단을 동원해야 했으니까. 그때 일은 별로 떠올리고 싶지 않다. 그래서 하이에나에게 내 연약한 부위를 드러내지 않기 위해 최대한 중립적인 어조로 “아니요.”라고 말한다.

“국립보건원에서 일해요. 트레버 슬레이트의 팀에서요. 트레버도 꽤 훌륭한 리더예요.” 거짓말이다. 틈만 나면 여자가 남자보다 뇌가 작아서 열등하다는 말을 입에 올려서 그런 것만은 아니다.

“팀은 잘 지내요?”

아, 이건 정말 잔인한 질문 아닌가. 팀과 리바이가 협력 연구를 진행 중인 걸 내가 아는데. 심지어 둘은 작년에 우리 분야 주요 학술대회에서 공동으로 패널 발표까지 했단 말이다. 말인즉, 팀과 내가 파혼한 걸 리바이가 모를 리 없다는 거다. 게다가 팀이 나한테 무슨 짓을 했는지도 아주 잘 알 것이다. 왜냐하면 딴말 필요 없이 팀이 나한테 한 짓은 모두가 아니까. 연구실 동료들, 교수진, 건물 관리인들, 피츠버그 대학 식당에서 샌드위치 파는 아주머니까지 모두가 알고 있었다. 그것도 내가 알기 한참 전부터.

나는 억지로 웃는다. "좋아요. 잘 지내요." 아마 사실일 것이다. 팀 같은 인간은 항상 멀쩡히 살길을 찾으니까. 조금 삐끗한 걸로 꼬리뼈가 부러지고 병원비 갚느라 몇 년을 고생하는 나 같은 부류와 다르게.

"있죠, 아까 한 말요. 각회 어쩌구…. 기분 상하라고 그런 거 아니에요. 생각 없이 나간 말이에요."

"괜찮아요."

"화 안 났으면 좋겠네요. 주제넘게 굴려던 건 아니었으니까."

"화 안 났어요."

나는 그의 얼굴을 빤히 올려다본다. 화난 것 같지는 않다. 하지만 화가 안 난 것 같지도 않다. 그냥 원래 리바이 같다. 과묵하지만 열정이 엿보이고 속을 알 수 없으며 나에게 호감이라고는 한 방울도 없는 바로 그 리바이.

"좋아요. 잘됐네요." 내 시선이 그의 큼직한 이두박근으로 내려갔다가 이어서 그의 주먹으로 떨어진다. 그는 또 다시 주먹을 꽉 쥐고 있다. 왕재수 박사는 여전히 나를 싫어하는군. 알 게 뭐람. 내 문제도 아닌데. 나한테서 나쁜 기운이 읽히나보지. 상관없다. 나는 여기서 수행할 임무가 있고, 그걸 어떻게든 잘 해낼 거니까. 나는 어깨를 쫙 펴고 말한다.

"가이 씨가 아까 사옥 구경시켜줬거든요. 근데 우리가 쓸 기기가 하나도 준비되어 있지 않더라고요. 언제쯤 도착 예정인가요?"

그러자 리바이가 입에 힘을 준다. "처리 중이에요. 연락 줄게요."

"알았어요. 나랑 내 조교는 컴퓨터가 도착하기 전엔 아무것도 할 수가 없으니 빨리 올수록 좋아요."

"연락 줄게요." 리바이가 딱딱한 투로 반복한다.

"좋아요. 블링크에 대한 얘기는 언제 만나서 할까요?"

"편한 시간 정해서 이메일 해요."

"언제든 좋아요. 기기들 도착하기 전에는 할 일이 없어서-."

"그냥 이메일로 알려줘요." 참을성을 쥐어짜는 듯한 단호한 어조다. '나는 어른이니까 까다로운 아이도 얼마든지 상대할 수 있어.'라는 속마음이 역력히 드러나서 나도 이쯤에서 물러난다.

"좋아요. 그러죠." 나는 고개를 끄덕이고 대충 손을 흔들어 보인 후에 뒤돌아서서 걷는다.

앞으로 3개월간 저 인간이랑 같이 일해야 하다니 나도 참 복 터졌네. 연구에 기여할 팀원이 아니라 배꼽에 낀 때 취급받는 걸 누가 마다하랴. 내가 이러려고 신경과학 박사학위 땄잖아. 연구의 걸림돌로 등극하고 세상에서 제일 재수 없는 인간한테 어린애 취급받으려고. 운도 좋지.

"한 가지 더요." 리바이가 불쑥 말한다. 나는 돌아서서 고개를 갸우뚱한다. 리바이는 늘 그렇듯 무슨 생각을 하는지 짐작이 안 되는 표정이다. 망할, 그의 허벅지 감촉은 왜 또 떠오르는 거야? 지금 이러면 안 되지, 성가신 잡생각들아.

"디스커버리 빌딩은 복장 규정이 있어요."

그의 말이 언뜻 이해되지 않는다. 그러다 한 박자 늦게 이해된 순간 나는 내 옷차림을 내려다본다. 설마 나를 두고 하는 소리는 아니겠지? 청바지하고 블라우스인데. 자기도 청바지에 휴스턴 마라톤 기념 티셔츠 입고 있으면서. (맙소사, 아마 SNS에 매일 운동 기록 올리는 짜증나는 부류일 거야.)

"그런데요?" 나는 그가 어서 해명하기를 바라며 재촉한다.

"피어싱이라든가 특정 색깔의 머리 염색, 그리고 특정한… 타입의 화장은 용납 안 돼요." 그의 시선이 내 어깨 앞으로 늘어뜨려진 땋은 머리가닥에 꽂혔다가 슬슬 올라가 내 머리통 위 어딘가에 고정된다. 마치 1초 이상은 나를 똑바로 못 보겠다는 듯. 내 모습, 내 존재 자체가 거슬린다는 듯. "케일리한테 규정집 보내라고 할게요."

"… 용납이 안 된다고요?"

"맞아요."

"그런 말을 왜 나한테…?"

"앞으로는 신경 써서 복장 규정을 따르도록 해요."

정강이를 세게 차주고 싶다. 아니면 저 주둥이에 주먹을 꽂든가. 아니다. 진짜로 하고 싶은 건 그의 턱주가리를 꽉 붙잡고 그가 추하고 불쾌하게 여기는 게 틀림없는 내 얼굴을 몇 초간 바라보게 하는 것이다. 하지만 그러는 대신 양손을 골반에 얹고 씩 웃는다. 그리고 일부러 유쾌한 투로 말한다. 나는 유쾌한 사람이니까, 젠장.

"재밌네요. 리바이의 팀 절반이 운동복이나 반바지 차림이고 옷으로 안 가려진 부위의 타투도 훤히 보이는 데다가 에런은, 이름이 에런 맞죠? 그 사람은 아예 귓불에 구멍 확장기도 달고 있던데요. 지금 설마 성차별적인 이중 잣대를 적용하는 건 아니겠죠?"

리바이는 당황한 마음을 가라앉히려는 듯 눈을 질끈 감는다. 치미는 분노를 억누르려는 것도 같다. 그렇지만 뭐에 대한 분노란 말인가? 내 피어싱? 내 머리? 내가 현실에 존재하는 것?

"알았으니까 복장 규정 지켜요."

이런 미치고 팔짝 뛸 노릇이.

"진심이에요?"

리바이가 고개를 끄덕인다. 순간 더는 그와 같은 공간에 있기 힘들 정도로 분노가 치민다.

"알겠어요. 앞으로는 용납 가능한 수준으로 입고 다니도록 노력하죠."

그러고는 홱 돌아서 그를 지나쳐 도로 회의실 쪽으로 간다. 가면서 내 어깨가 그의 상체를 슬쩍 밀었을지도 모르지만, 나는 무릎으로 그의 급소를 차지 않으려고 애쓰느라 사과할 정신 따위 없다.

4장

해마곁이랑: 의심

*해마곁이랑: 대뇌 반구의 아래 안쪽에 있는 긴 이랑으로,
기억을 저장하는 역할을 한다. -옮긴이

블링크 팀으로 출근한 둘째 날은 딱 첫째 날만큼 잘 풀린다.

"무슨 소리야, 우리 연구실에 우리가 못 들어간다니?"

"말했잖아요. 누가 그 둘레에 해자를 파고 물에 악어를 풀어놨다고. 곰이랑 육식성 나방도요." 내가 말없이 빤히 쳐다보자 로시오는 한숨을 푹 쉬며 사원증을 문 옆에 달린 리더기에 댄다. 그러자 빨간불이 들어오면서 삐- 소리가 난다. "우리 사원증이 안 먹혀요."

나는 눈을 굴리며 대꾸한다.

"가서 케일리 데려올게. 어떻게든 해결해줄 거야."

"안 돼요!"

로시오가 답지 않게 심히 당황한 목소리라 나는 한쪽 눈썹을 치킨다. "안 되다니?"

"케일리 불러오지 말아요. 그냥, 문 부수고 들어가면 되겠네요. 셋에 미는 거예요, 알았죠? 하나, 둘-."

"케일리를 부르면 왜 안 되는데?"

"그냥요." 로시오가 침을 꼴깍 삼킨다. "난 그 사람 싫어요. 마녀예요. 우리 가족한테 저주를 걸지도 몰라요. 그럼 앞으로 몇 세기 동안 우리 집안에서 태어나는 아기는 죄다 내성 발톱일 거라고요."

"애 안 낳을 거라고 하지 않았어?"

"안 낳을 거예요. 보스가 걱정돼서 하는 소리예요."

내가 고개를 갸우뚱한다. "로, 더위 먹었어? 챙 넓은 모자 사줄까? 휴스턴은 볼티모어보다 훨씬 덥잖아."

"우리 그냥 집에 돌아가는 게 어때요? 어차피 기기도 안 왔잖아요. 들어가서 뭐 하게요?"

로시오가 오늘따라 진짜 이상하다. 솔직히 말하면 늘 이상하지만. "글쎄, 난 노트북 컴퓨터를 가져왔어. 그걸로- 앗, 가이 씨!"

"안녕하세요. 몇 가지 질문이 있는데, 대답해줄 시간 있어요?"

"그럼요. 우리 좀 들여보내 줄래요? 사원증이 안 읽혀요."

가이는 우리를 들여보내자마자 나에게 뇌 자극이며 공간 인지 따위에 대해 질문을 퍼붓기 시작한다. 이야기를 나누다보니 어느새 한 시간이 훌쩍 간다. "심층 구조까지 도달하기는 어렵겠지만, 아마 우회 방법은 생각해낼 수 있을 거예요." 나는 이렇게 설명을 마무리한다. 우리 사이에는 도식과 뇌 그림이 가득한 종이가 놓여 있다. "기기들이 도착하는 대로 어떻게 풀어갈지 보여드릴게요." 그러고는 머뭇거리며 혀 안쪽을 깨문다. "어, 뭐 좀 물어봐도 돼요?"

"데이트하자고요?"

"그건 아니고요."

"잘됐네요. 나도 데이트보다 데이터 분석이 더 좋거든요."

피식 웃음이 나온다. 가이를 보면 내 영국계 사촌이 생각난다. 사람 잘 홀리고 미소가 매력적인 애였는데. "저도요. 근데 그게 아니라… 신경자극 기기가 아직 준비 안 된 이유가 있나요?"

문제가 있으면 리바이에게 얘기해야 하는 건 알지만 리바이는 지금 내가 보낸 이메일을 세 통째 씹고 있다. 대체 무슨 짓을 해야 답장을 하려나. 이메일을 코믹산스체로 써야 답장하려나? 아니면 글자를 삼원색으로 쓸까?

"으음." 가이가 입술을 깨물더니 주위를 살핀다. 로시오는 귀에 에어팟을 꽂고 노트북으로 코딩 작업에 몰두 중이다.

"케일리 말로는 승인 문제래요."

"승인이요?"

"연구기금을 비용으로 처리하고 새 기기를 들여오려면 관계자 몇 사람의 서명을 받아야 한대요."

내가 미간을 찌푸린다. "누구의 서명을 받아야 하는데요?"

"일단 보리스 소장님이 있고, 소장님의 상관들한테도 받아야 해요. 물론 리바이한테도요. 뭐 때문에 지연되는지 몰라도 리바이가 금세 해결해줄 거예요."

리바이가 바로 그 지연의 원인일 확률은 내가 세금 신고하면서 실수할 확률과 비슷하지만(즉, 매우 높지만) 나는 그 사실을 입 밖에 내지 않는다. "알고 지낸 지 오래됐어요? 리바이 말이에요."

"꽤 됐죠. 리바이가 피터하고 친했거든요. 그래서 리바이가 블링크 프로젝트 팀장 자리에 지원한 것 같아요." 피터가 누군지 물어보고 싶지만 가이는 내가 이미 안다고 생각하는 모양이다. 어제 만난 사람 중 한 명인가? 난 역시 이름 외우는 데 소질이 없다.

"리바이는 엔지니어로서도 끝내주지만 훌륭한 리더이기도 해요. 내가 첫 우주비행 임무에 나갔을 때 리바이는 나사의 제트추진연구소에서 일하고 있었어요. 그쪽에서 리바이가 팀 옮기는 걸 얼마나 아쉬워했는데요."

나는 미간을 찌푸린다. 오늘 아침 다른 엔지니어들과 얘기하는 리바이를 지나쳤는데 다들 리바이가 조금 전 자조적으로 뱉은 공놀이 농담에 웃음을 터뜨리고 있었다. 아마 아부성 웃음이었을 것이다. 좋아, 리바이가 일 잘하는 건 그렇다 치자. 그치만 그 인간이 사랑받는 상사라는 건 너무 나간 것 아닌가? 저렇게 맞춰주기 힘들고 차가운 성격인 왕재수 박사가 설마. 그리고 말이 나왔으니 말인데, 대체 왜 팀장으로 가이 대신 제트추진연구소 사람을 데려온 거야?

신이 나에게 벌을 내리는 걸로 밖엔 설명이 안 된다. 내가 전생에 강아지를 많이 괴롭혔나 보다. 아니면 드라큘라였거나.

"리바이는 괜찮은 남자예요." 가이가 말을 잇는다. "좋은 친구이기도 하고요. 내가 전처한테 쫓겨났을 때 자기 픽업트럭으로 이삿짐 옮기는 것도 도와줬어요." 물론 그러시겠지. 아무렴, 하루에 갈매기 스무 마리는 죽일 만큼 엄청난 생태 발자국을 남기는 차를 굳이 몰아야겠지. 그러면서 내 비건 도넛까지 먹어치우고.

"그리고 가끔 우리끼리 같이 애들을 보기도 해요. 맥주 한잔하면서 〈배틀스타 갤럭티카〉 얘기를 하면, 여섯 살배기 둘이 서로 자기가 〈모아나〉 주인공을 하겠다고 싸우는 걸 지켜보는 것도 참을 만하거든요."

내 입이 쩍 벌어진다. 뭐라고? 리바이한테 애가 있다고? 조그마한 인간 아이가?

"기기 걱정은 안 하셔도 될 거예요, 비. 리바이가 해결해줄 테니까. 문제 해결 능력이 뛰어난 친구거든요." 가이는 내게 눈을 찡긋 해 보이더니 일어선다. "두 천재 분들께서 앞으로 뭘 보여주실지 잔뜩 기대됩니다."

리바이가 해결해줄 테니까.

가이가 연구실에서 나가는 걸 지켜보면서 나는 그보다 더 불길한 말이 있을까 생각한다.

♥♥♥

나에 관한 재밌는 사실 하나. 나는 꽤나 감수성이 넘치지만 속으로는 상당히 폭력적인 환상을 품고 살아가는 사람이라는 것이다.

편도체가 지나치게 활성화되어서 그런지도 모르겠다. 아니면 에스트로겐이 과하게 분비되거나. 그도 아니면 인격 형성기에 롤모델로 삼을 부모가 없어서 이렇게 됐는지도 모르고. 원인이 뭔지는 모르겠지만, 내가 때때로 사람 죽이는 공상을 한다는 사실을 부인할 수 없다.

여기서 *때때로*는 '자주'를 뜻한다.

그리고 *사람*은 '리바이 워드'를 말하고.

나사 출근 셋째 날, 처음으로 생생한 공상에 빠진다. 그를 독살하는 상상이다. 그의 시체를 내려다보며 갈비뼈를 힘껏 찬 다음 "이건 내가 보낸 일곱 통의 이메일에 단 한 번도 답장을 안 한 대가다."라고 선언할 수만 있다면 빠르고 고통 없는 죽음에도 만족하겠다. 그런 다음, 말도 안 되게 큰 그의 손을 꽉 밟고 이렇게 말할 것이다. "이건 내가 네놈 사무실을 기습했을 때 단 한 번도 사무실에 붙어 있지 않았던 것에 대한 복수고." 흐뭇한 상상이다. 덕분에 남는 시간을 버틸 수 있다. 그런데 남는 시간이 참… 많다. 뇌에 전기 자극을 주는 것이 내가 맡은 주된 업무인데 그건 또 망할 놈의 기기가 도착해야만 진행할 수 있으니까 그럴 수 밖에.

나흘째가 되자 리바이 같은 놈은 잘 벼린 나이프로 칼빵을 맞아야 싸다는 확신이 들기에 이른다. 나는 2층에 있는 공동 휴게실에서 아기 요다 그림이 그려진 스타워즈 머그잔에 커피를 따르고 있는 그를 급습한다. 머그잔에는 "요다 베스트 엔지니어('유아 더 You are the'를 '요다 Yoda'로 바꾼 말장난–옮긴이)"라고 적혀 있는데, 저딴 놈한테는 과분할 만치 귀엽다. 자기가 산 걸까 아니면 아이한테서 선물 받은 걸까, 순간 궁금해진다. 만약 아이에게 받은 거라면 그 아이 또한 그에겐 과분하다.

"여기 있었네요." 나는 싱크대에 한쪽 골반을 기대며 그에게 웃어 보인다. 젠장, 키는 또 왜 저렇게 큰 거야. 어깨는 왜 저리 넓고. 천년 묵은 떡갈나무 같네. 저렇게 떡대 좋은 인간이 귀여운 덕후 머그잔을 쓰다니.

"어떻게 지내요?"

리바이가 흠칫하며 나를 내려다본다. 한순간 그의 눈에 몹시 당황한 빛이 어린다. 덫에 걸린 짐승 마냥. 다음 순간 평소의 무표정으로 돌아가지만 손이 미끄러지고 만다. 커피가 머그잔에서 조금 넘치고 리바이는 3도 화상을 간신히 면한다.

내가 무슨 동굴에 사는 트롤인가. 옆에 있기 역겨울 정도여서 저리 허둥대나. 나한테 이런 힘이 있었다니.

"왔어요?" 리바이가 키친타월로 젖은 곳을 꾹꾹 닦아내며 대꾸한다. "잘 지내요."도 아니고, "당신은요?"도 아니고, "어이, 오늘 날이 참 습하네."도 아니고.

나는 속으로 한숨을 내쉰다.

"내가 신청한 기기는 어떻게 됐어요?"

"해결하는 중이에요."

나를 똑바로 보지 않으면서 나에게 말하는 기술이 참으로 감탄스럽다. 이게 정식 올림픽 종목이었다면 리바이는 거뜬히 금메달을 따고 시리얼 상자에 얼굴도 실렸을 것이다.

"왜 아직 도착을 안 한 거죠? 보건원 쪽 연구기금을 사용하는 데 무슨 문제라도 있대요?"

"승인 때문에 그래요. 근데 우리가-."

"해결 중이라고요, 알겠어요." 나는 계속 미소를 띠고 있다. 잡아먹을 듯 예의 바르게. 신경과학이 이야기하는 긍정강화에는 반박의 여지가 없다. 모든 것은 도파민에 좌우된다.

"누구의 승인을 기다리는 거예요?"

수많은 다발로 이루어진 거대한 그의 근육이 순간 경직된다.

"두어 사람요." 그의 시선이 내 얼굴에, 이어서 할머니 반지를 뱅글뱅글 돌리고 있는 내 엄지에 꽂힌다. 그러더니 곧 흩어진다.

"누구의 승인을 못 받았는데요? 내가 직접 얘기하면 도움이 될지 몰라요. 좀 더 빨리 처리해달라고."

"안 돼요."

그래. 당연히 그러시겠지.

"프로토타입 설계도 좀 봐도 돼요? 살펴보고 메모 좀 하게요."

"서버에 올라가 있잖아요. 비도 접근 권한이 있고."

"있는 거 맞아요? 그 문제 관련해서 이메일을 보냈는데요. 그거랑 또-."

리바이의 주머니에서 휴대폰이 울린다. 그는 발신자 이름을 확인하더니 내가 말을 이어가기 전에 조용히 "어." 하며 전화를 받는다. 여자 목소리가 아득히 들려온다. 리바이는 나를 쳐다보지도 않고 입 모양으로만 "잠깐만요."라고 말한 후 휴게실에서 나간다. 나만 덩그러니 남겨진다. 내 머릿속에서 펼쳐지는 사람을 찌르는 공상과 함께.

닷새째, 나의 공상이 한 단계 더 진화한다. 이 물로 리바이를 익사시키면 어떨까(머리칼이 상당히 길어서 움켜쥐고 물에 처넣기 딱 좋겠던데, 아니면 목에 쇳덩이를 달든가) 공상하면서 정수기 교체용 물통을 내 연구실로 질질 끌고 가는데, 어느 순간 사람의 목소리가 들려와 걸음을 멈추고 소리를 듣는다.

그래, 말은 바로 해야지. '엿'듣는다.

"휴스턴에 사신 지는 얼마나 됐어요?" 로시오가 묻는다.

"5~6년 됐어요." 중저음이 대답한다. 리바이의 목소리다.

"라 요로나는 몇 번이나 보셨고요?"

잠시 침묵이 흐른다. "그 전설 속 여자요?"

"그냥 여자 아니거든요." 로시오가 기가 찬 듯 코웃음을 친다.

"어두운색 머리의 키 큰 숙녀 귀신이에요. 한 남자에게 배신당한 후 복수로 자기 아이들을 물에 빠뜨려 죽였죠. 그때 이후로 신부처럼 새하얀 드레스를 입고 남부 강줄기를 배회하면서 강둑에서 흐느껴 운대요."

"죽인 게 후회돼서요?"

"아뇨. 다른 아이들을 유인해서 빠뜨려 죽이려고요. 대단하죠? 내 롤모델이에요."

리바이의 나지막한 웃음에 나는 내심 놀란다. 은근슬쩍 놀리는 말투도 뜻밖이다. 따뜻한 말투잖아. 뭐지?

"아직은 그분을 만나뵙는, 어, 영광은 누리지 못했지만, 근처에 강을 따라 하이킹하기 좋은 코스가 몇 개 있어요. 이메일로 알려줄게요."

이게 무슨 일이야? 저 인간이 어떻게 대화를 하고 있지? 멀쩡한 사람처럼? 대답 대신 "흠." 단음절만 내뱉거나 고개만 까딱이거나 단답형 대꾸를 하는 대신 온전한 문장으로 대화하고 있잖아? 그리고 이메일을 보낸다니? 보낼 줄 알았어? 그건 그렇고 나는 왜, 왜, 대체 왜 저 자식이 내 몸을 망할 놈의 벽에 밀어붙이는 장면을 상상하고 있는 거야? 왜 또?

"보내주시면 좋죠. 원래 자연은 기피하는데, 제일 좋아하는 셀럽을 만날 수 있다면 맑은 공기와 햇빛쯤 참을 수 있어요."

"그분을 셀렙이라고 하기에는-."

사무실에 들어선 순간 나는 이제껏 목격한 것 중 가장 범상치 않은 광경을 맞닥뜨리고는 얼이 빠져 걸음을 멈춘다.

리바이 워드 박사가 '웃고' 있잖아.

이제 보니 저 인간도 다른 사람을 보고 웃을 줄 아네. 웃는 데 필요한 안면근육이 있는 놈이었어. 비록 내가 들어가자마자 보조개가 폭 팬 소년 같은 웃음이 싹 가시고 눈빛도 어두워지지만. 특정 사람들한테만 웃어줄 수 있는 거야? 그럼 나는 "사람들"이 아닌가?

"보스, 좋은 아침." 로시오가 자기 자리에서 나에게 손을 흔든다. "리바이 박사님이 들여보내줬어요. 우리 사원증은 아직도 안 되네요."

"고마워요, 리바이. 사원증 문제가 언제쯤 해결될지 혹시 알아요?"

차가운 녹색. 녹색도 차가울 수가 있나? 리바이의 눈동자가 그걸 해내네. "해결 중이에요." 그가 문을 향해 걸음을 옮긴다. 그런데 가려나보다 싶은 순간, 내가 질질 끌고 온 물통을 한 손, 겨우, 한 손!으로 번쩍 들어 정수기 상부에 끼운다.

"그럴 필요 없-."

"별거 아니에요." 리바이가 대꾸한다. 이두박근으로 사람 이렇게 홀려도 되는 건가. 저놈 며칠만이라도 감옥에 처넣어야 해. 더불어 우리가 신청한 기기가 언제 도착할지, 내 이메일에 답장은 할 건지, 과연 언제쯤 내가 다중 구문으로 이루어진 복합 문장으로 대화를 나눌 상대로 등극할지 물어보기도 전에 휑 가버린 죄도 추가로 물었으면 좋겠군.

"보스?"

나는 천천히 돌아본다. 로시오가 의아해하는 표정으로 나를 보고 있다. "응?"

"리바이 박사가 보스를 별로 안 좋아하는 것 같아요."

나는 한숨을 토한다. 우리의 요상한 원한 관계에 로시오까지 끌어들여서는 안 되는 건 잘 알겠다. 프로답지 못하거니와 로시오가 가장 곤란한 타이밍에 어떤 말을 내뱉을지 모르니까. 그렇지만 빤한 사실을 부인하는 건 소용없다. "리바이하고는 원래 알던 사이야."

"보스가 남들 앞에서 리바이 박사의 신경과학 지식을 디스하기 전부터요?"

"응."

"이제 알겠어요."

"그래?"

"네. 두 분이 뜨거운 관계였다가 사이가 틀어졌고, 그러다 그분이 보스의 집사와 질척한 포옹을 나누고 있는 걸 발견한 거예요. 그래서 보스가 리바이 박사의 배를 69번 찌른 다음 죽게 내버려둔 거죠? 근데 휴스턴에 와 보니 리바이 박사가 멀쩡히 살아 있어서 충격을 받았고요."

내가 고개를 까딱 기울인다.

"과학자 두 명 연봉으로 집사를 고용할 수 있다고?"

로시오가 잠시 생각에 잠긴다.

"인정해요, 그 부분은 현실성이 떨어지네요."

"리바이랑은 같은 대학원을 나왔어. 근데…." 우리 사이를 어떻게 점잖게 표현할지 솔직히 모르겠다. 사이가 안 좋았다고 말하고 싶지만 애초에 '사이'라 할 게 없었으니. 리바이가 싫은 티를 내거나 극구 피해서 서로 말도 안 섞는 사이였는데 뭘.

"리바이가 나를 좀 안 좋게 생각했어."

로시오는 충분히 이해가 간다는 듯 고개를 끄덕인다. 매정한 여자 같으니. 그래서 내가 좋아하지.

"처음부터 보스를 싫어했어요, 아님 서서히 싫어하게 됐어요?"

"아, 그건-." 나는 말을 멈춘다.

정말로 모르겠다. 우리의 첫 만남이 어땠는지 떠올려보려 하지만 도무지 기억이 안 난다. 틀림없이 내 박사과정 첫날, 그러니까 팀과 내가 샘 교수님의 연구실에 합류한 날이었을 텐데 기억이 전혀 없다. 리바이는 샘 교수님의 연구실에서 나랑 공동 연구하기를 거부한 사건이 있기 한참 전부터 나에게 적대적으로 굴었지만, 정확히 언제부터 나를 싫어했는지는 당최 모르겠다. 흥미롭군. 팀이나 애니라면 알지도 모른다. 하지만 둘 중 누구하고든 다시 말을 섞느니 코발트 중독으로 서서히 죽어가는 편을 택하겠다.

"잘 모르겠어." 내가 어깨를 으쓱한다. "둘 다가 아닐까?"

"혹시 보스에 대한 그분의 비호감이 내가 작업할 컴퓨터 한 대가 없어서 일주일간 휴대폰으로 틱톡만 들여다본 것과 관계가 있어요?"

나는 내 자리에 털썩 앉는다. 두 가지 사실이 상관관계가 있다고 짐작되지만 증명할 수는 없고, 어떻게 해야 될지도 모르겠다. 이러지도 저러지도 못할 상황이다. 이곳 나사의 다른 연구원들 아니면 심지어 국립보건원 동료들에게라도 얘기해볼까 했지만, 다들 이 프로젝트를 성공시키려면 리바이에게는 내가 필요할 텐데, 나를 엿 먹이려고 그가 스스로를 엿 먹일 리가 없다고 지적할 게 빤하다. 어쩌면 내가 뭔가 잘못해서 그렇게 됐다고 생각할지도 모른다. 나는 아직 프로젝트 리더로서의 자질을 증명해 보이지 못했으니까.

그리고 다른 고려 사항도 있다. 입 밖에 꺼내기 싫고 떠올리기도 싫지만 인정할 건 해야겠지. 내 커리어가 묘목이라면 리바이의 커리어는 풍성한 바오바브나무라는 사실 말이다. 그는 거친 풍파도 거뜬히 견뎌낼 수 있다. 연구비 지원 프로젝트를 몇 건이나 완료했고 학제 간 연구도 여러 번 성공적으로 이끈 경력이 있다. 그러니 블링크가 실패해도 그에게는 돌에 걸려 휘청하는 정도의 타격일 것이다. 나에게는 차가 완파되는 대형 사고겠지만.

과대망상일까? 그럴지도. 커피를 좀 줄이고, 밤새 리바이 제거 계획 짜는 짓 좀 그만둬야지. 그 인간은 월세도 안 내면서 내 머릿속에 살고 있잖아. 내 성(姓)이 뭔지도 모르는 인간인데.

"모르겠어, 로." 또 한숨이 나온다.

"상관이 있을 수도 있지 않을까? 아님 말고."

"흐음." 로시오가 몸을 젖혀 등받이에 기댄다.

"리바이 박사의 복수 때문에 보스의 커리어뿐 아니라 죄 없는 사람의 커리어도 망가지고 있다는 걸 상기시키면 도움이 될까 모르겠네요. 아, 여기서 죄 없는 사람은 저예요."

나는 웃음이 나오는 걸 참는다. "꼭 집어 말해줘서 고마워."

"이럴 때 어떻게 하면 좋은지 아세요?"

"제발, '그 인간 배를 69번 찌르라'는 말은 하지 마."

"그렇게 말할 생각 없었어요. 보스한테는 너무 아까운 조언이에요. 그보다는 @마리라면어떻게할까에 물어보면 좋겠어요. 트위터요. 그 계정 아세요?"

나는 얼어붙는다. 뺨이 확 달아오른다. 로시오의 얼굴을 찬찬히 뜯어보지만 그냥 평소처럼 부루퉁하면서 지루해하는 표정이다. 금시초문이라고 둘러댈까 잠시 고민하지만, 과한 부정으로 들릴 것 같다. "응."

"그럴 줄 알았어요. 보스는 마리 퀴리 광팬이니까. 마리 퀴리 양말도 세 켤레나 가지고 있잖아요." 일곱 켤레지만 나는 부정도 긍정도 아닌 "흐음." 소리로 대답을 대신한다. "마리 계정에 얘기해봐요. 계정주가 리트윗하면 조언이 쏟아질 거예요. 나는 만날 상담해요."

그렇단 말이지?

"그래? 실명 계정으로?"

"아니요, 비공개 계정을 여러 개 만들어서요. 내 개인사가 알려지는 건 싫어요."

"왜?"

"트위터에 불평을 엄청 하거든요. 예를 들면 보스에 대해."

나는 또 미소가 새어 나오는 걸 참는다. 참기가 쉽지 않다.

"내가 뭘 어쨌기에?"

"만날 책상에서 드시는 비건 식단 '린 퀴진' 있잖아요?"

"그게 왜?"

"구린내 나요."

그날 밤, 나는 발코니에 의자를 끌어다 놓고 앉아 낙담스러울 정도로 외면 받고 있는 벌새 모이통을 물끄러미 보면서 최대한 애매하게 질문을 작성해본다.

> @마리라면어떻게할까… 연구 협력자가 나에게 원한을 품고서 공동 프로젝트를 망치려 드는 것 같다면?

써놓고 보니 너무 터무니없는 소리 같아서 '트윗' 버튼을 누르기 망설여진다. 대신 구글창을 열고 편집증적 사고가 발현될 확률이 높은 연령을 검색해본 후(젠장, 내가 딱 그 연령대다.) 라이케에게 전화해 근황을 업데이트한다.

"죽을 뻔했다니, 무슨 소리야? 눈앞에 생이 주마등처럼 지나갔어? 내가 떠오르진 않고? 끝내 입양 못한 고양이들은? 절대로 품는 걸 허락하지 않았던 사랑이 후회되지는 않았어? 마지막 순간에 비-펜스 빗장을 풀긴 풀었어?"

내가 왜 굴하지 않고 동생에게 온갖 창피한 일을 미주알고주알 털어놓는지 나도 모르겠다. 동생의 무자비한 논평 없이도 내 인생은 충분히 수치스러운데. "아무 생각도 안 들었어."

"마리 퀴리 생각했지?" 라이케가 호탕하게 웃는다. "이 별종. 그 얼간이가 대체 어쩌다가 너를 구해주게 된 거야? 갑자기 어디서 나타났는데?"

듣고 보니 좋은 질문이다. 리바이가 어떻게 그리 재빠르게 끼어들 수 있었는지 나도 모르겠다.

"타이밍 좋게 그 자리에 있었던 거 아닐까."

"덕분에 철천지원수 리바이한테 빚지게 됐네. 대박 사건이다."

"너, 너무 즐거워하는 거 아니야?"

"비-펜스, 나 오늘 30유로 받고 종일 독일어 문법 가르쳤어. 이 정도 재미는 누려야지."

한숨이 푹 나온다. 실망스럽게도 여전히 파리만 날리는 내 벌새 모이통을 보고 있자니 심장이 아파온다. 피니아스가 보고 싶다. 베데스다의 아파트에 차곡차곡 모아둔 자질구레한 장식품들도 그립다. 라이케도 보고 싶다. 실제로 만나서 꼭 껴안고 싶고 같은 시간대에 있고 싶다. 마트에 가면 올리브가 어느 통로에 있는지 알던 나날이 그립다. 연구에 몰두하던 시간이 그립다. 블링크가 일생일대의 기회인 줄 알고 자축하던 사흘간의 짜릿한 흥분이 그립다. 내가 정신병 증세가 발현될 나이인지 구글에 검색하지 않아도 되던 때가 그립다.

"나 미친 걸까? 리바이가 진짜 나를 엿 먹이는 거 맞나?"

"안 미쳤어. 네가 미쳤다면 나도 미쳤겠지. 유전자니 뭐니 그런 것 때문에." 라이케를 너무 잘 아는지라 딱히 위로가 되진 않는다. 조금도.

"그치만 아무리 리바이가 너를 싫어한다 해도 작정하고 네 연구를 망치려 든다는 건 믿기 힘든데. 그 정도로 증오하려면 얼마나 많은 기운과 동기부여와 시간이 필요한데. 그 정도면 거의 사랑이라고. 근데 리바이가 그 정도로 너를 좋아하진 않잖아. 내가 보기에는 그 인간이 그냥 기 싸움 하느라 너를 적극적으로 안 도와주는 것 같아. 그러니까 진정하고 그놈한테 단호하게 얘기를 해봐."

나는 또 한 번 한숨을 내쉰다. "네 말이 맞는 것 같네."

"맞는 것 같다고?"

나는 배시시 웃는다. "아마 맞겠지."

"흠. 우주비행사 가이 얘기나 좀 해봐. 우주인 가이는 귀여워?"

"착해."

"어라, 그럼 귀엽진 않은 거?"

잠자리에 들 때쯤에는 라이케의 말이 옳다는 확신이 든다. 더 단호하게 요구해야겠어. 다음 주에 어떻게 할지 계획이 선다. 월요일 아침까지 신청한 기기의 도착일이 확정되지 않는다면 문명인답게 리바이를 불러내 이딴 짓 집어치우라고 말하겠어. 대화가 잘 안 풀리면 '그 원피스' 입고 출근하겠다고 협박해야지. 그 옷이 리바이의 약점인 게 틀림없으니까. 휴스턴에 체류하는 내내 매일 저녁 원피스 손빨래를 해야 한대도 불사하겠어. 그걸로 리바이를 괴롭힐 수 있다면.

나는 누군가에게 역겨운 상대인 것도 때로 쓸모가 있다는 생각에 천장을 보며 씩 웃는다. 옆으로 돌아눕자 이불이 바스락거린다. 거의 만족스러운 기분이다. 조심스럽게 낙관적이랄까. 블링크는 잘 될 거야. 내가 그렇게 되도록 할 거니까.

그런데 '월요일 사건'이 터지고 만다.

5장

편도체: 분노

* 편도체: 뇌 구조에서 측두엽 전방의 피질 내측에 위치하며,
공포와 공격성을 처리한다. -옮긴이

사건은 국립보건원의 상관 트레버가 [비, 최대한 빨리 통화해야겠는데.]라고 통보한 것으로부터 시작된다. 내용을 확인한 나는 오트밀 그릇에 대고 신음을 토한다.

신경과학은 상대적으로 새롭게 떠오르는 분야인데, 트레버는 그냥저냥한 실력으로 신경과학 관련 연구직이 우후죽순 생겨나고 연구기금이 쏟아질 무렵 운 좋게 한자리 잡은 케이스다. 거기서 20년이 후루룩 지나는 동안 열심히 인맥을 다져놓은 덕에 아무리 무능해도 자리를 보전할 수 있게 되었다. 뇌 모형에서 후두엽이 어디인지 짚어보라고 하면 못 짚을 게 심히 의심되는데도 말이다.

나는 걸어서 출근하는 길에 그에게 전화한다. 습한 아침 공기 때문에 얼마 안 가 온몸이 땀범벅이 된다. 트레버의 첫 마디는 이것이

다. "비, 블링크 프로젝트는 어디쯤 왔나?"

아, 저는 아주 잘 지내고 있어요, 물어봐줘서 고마워요. 트레버 박사님은요?

"막 2주차에 접어들었어요."

"아니, 프로젝트 진행이 얼마나 됐느냐고." 그가 발끈한다.

"수트는 완성됐어?"

"헬멧입니다. 수트가 아니고 헬멧이에요." 우리는 뇌를 연구하는 사람들이니 이 정도는 쉽게 기억할 법도 한데.

"알 게 뭐야." 그가 조급하게 받아친다. "완성됐어?"

트레버가 너무 너무 안 그립다. 블링크가 내 이력서를 화려하게 장식해줘서 트레버의 머리카락 한 올도 안 닿는 자리로 이직할 날이 고대된다. "아직 안 됐어요. 예상 기간이 3개월이잖아요. 아직 착수도 안 했습니다."

침묵이 흐른다. "무슨 소리야, 착수도 안 했다니?"

"아직 기기도 없어요. 뇌전도 검사기도 없고 경두개 자기자극기도 없고 컴퓨터도 없고, 심지어 제 연구실에 들어가지도 못해요. 신청서에 전부 기입했고, 그것도 몇 주 전에 요청했는데 하나도 도착하지 않았어요."

"뭐야?"

"무슨 승인을 받아야 한다나. 근데 누구의 승인인지 도통 알아낼 수가 없어요."

"지금 장난하자는 거야?"

그의 목소리에 담긴 분노에 내 심장이 쿵쿵 뛴다. 몹시 열 받은 것 같다. 내 편이 생긴 건가? 아무리 형편없는 인간이어도 내 편이라면 쓸모는 있을 테니. 트레버가 높으신 분들께 조금 압력을 넣으면 그쪽에서 개입할 테고 그럼 리바이도 더는 질질 끌지 못할 것이다.

맙소사. 대체 왜 첫날 바로 트레버한테 연락하지 않았지?

"제 말이요. 멍청한 시간낭비잖아요, 프로답지 못하고. 누구한테 가야 이 상황을 해결해줄지 모르겠지만 그래도-."

"그럼 자네가 최대한 빨리 알아내야지. 일주일 동안 대체 뭘 한 거야? 우주 박물관 견학했어? 비, 자네 지금 휴가 간 거 아니야."

"저는-."

"블링크를 진행하는 건 자네 책임이라고. 아니면 왜 자네를 고용했겠나?"

이거지. 이래서 내가 트레버한테 전화를 안 한 거였지.

"여기서 저는 권한도 인맥도 없어요. 나사 쪽 담당자가 리바이인데, 제가 무슨 짓을 해도-."

"뭐든 충분히 하지 않았나 보지." 그러더니 트레버가 심호흡을 한다.

"잘 들어, 비. 어제 저녁에 조지 크레이머 소장님한테서 전화가 왔어."

크레이머는 우리가 속한 국립보건원 연구소의 소장이다. 포스트닥터인 내 위치와는 일억 광년만큼 떨어진 곳에 있는 높으신 분이라 누구인지 떠올리는 데 몇 초 걸린다.

"금요일에 크레이머 소장님이 보건원장이랑 국회의원 두 분하고 면담했대. 그 자리에서 다들 동의한 게 뭐냐면, 블링크가 국민한테 모범적 세금 사용 사례로 먹힐 만한 프로젝트라는 거야. 우주비행사랑 뇌 연구의 조합이잖아. 이 조합이면 평균적인 미국인한테 시장성 테스트도 이미 합격한 거나 마찬가지라고. 섹시한 연구 주제라 이 말이야." 나는 진저리를 친다. 트레버가 그 냄새 나는 입으로 "섹시" 운운하는 것을 다시는 듣고 싶지 않다.

"게다가 이미 국민적 지지를 받는 두 공공기관의 협력 프로젝트잖아. 잘하면 현 정부가 여론에서 점수 딸 기회인데, 지금 점수를 반드시 따야만 하는 상황이라고."

미간이 찌푸려진다. 트레버는 1분 넘게 떠들면서 과학과 관련된 이야기는 하나도 입에 올리지 않았다.

"무슨 뜻인지 모르겠는데요?"

"지금 블링크에 이목이 굉장히 집중되어 있다는 뜻이야. 자네가 어떻게 하느냐에 달렸다고. 크레이머 소장이 매주 상황 보고 하래, 오늘부터 바로."

"오늘 당장 상황 보고 하랬다고요?"

"오늘도 하고, 앞으로도 매주."

어, 그건 좀 곤란한데. 보고할 건덕지가 있어야 하지? 진전이 전혀 안 돼서 보고할 게 없다고 해? 내가 리바이 워드 박사를 상대로 떠올린 미성년자 관람불가 등급의 치밀한 살인 판타지도 보고서로 쳐주려나? 그걸 그래픽 노블로 내볼까 고민 중이긴 한데.

"그리고 비," 트레버의 얘기는 끝나지 않았다. "크레이머 소장님은 노력은 성과로 안 쳐주셔. 오직 결과만을 쳐주시지."

"잠깐만요. 보고라면 소장님이 원하시는 만큼 자주 올릴 수 있는데요, 이건 기업 홍보가 아니고 과학이잖아요. 저도 소장님만큼 결과를 원하지만, 이건 우주비행사의 두뇌 활동을 바꿔놓는 장비를 설계하는 프로젝트라고요. 실험을 서둘러 밀어붙이다가 치명적 실수라도 저지르게 되면-."

"그럼 자네는 이 프로젝트에서 아웃이야."

나도 모르게 입이 쩍 벌어진다. 나는 횡단보도 한복판에서 우뚝 멈춰 선다. 그러다 지나가려던 차가 클랙슨을 울리는 바람에 화들짝 놀라 인도로 뛰어 올라간다. "무슨, 방금 뭐라고 하셨어요?"

"빠릿빠릿하게 굴지 않으면 자네를 불러들이고 다른 사람을 투입할 거란 말일세."

"왜요? 누구요?"

"행크 아니면 얀. 아니면 다른 사람. 대체인력이 얼마나 많은데. 그 자리에 얼마나 많은 사람이 지원했는지 알아?"

"그게 포인트잖아요! 제가 가장 적격이니까 블링크 팀장으로 선택된 건데, 이제 와서 다른 사람으로 교체하실 수는 없어요!"

"자네가 일주일이나 있으면서 아무 결과도 내놓지 못할 거면 얼마든지 교체할 수 있어. 비, 자네가 신경자극 분야에서 최고든 아니든 상관없어. 당장 정신 차리지 않으면 자네는 아웃이야."

사무실에 도착할 때쯤에는 심장이 쿵쾅대고 머릿속은 뒤죽박죽이 된다. 트레버가 나를 블링크에서 뺄 권한이 있나? 아니야. 없을 거야. 아니, 어쩌면 있을지도. 감도 못 잡겠다.

망할, 당연히 뺄 수 있겠지. 뭔들 못하겠어? 내가 임무를 못해내고 있다는 걸 상부에 보여주기만 한다면. 그런데 왕재수 리바이 덕분에 충분히 보여줄 수 있게 됐잖아. 아악, 미워 죽겠네.

살해 판타지가 최종 단계에 이른다. 러시아 스타일인 종축 꿰뚫기를 해주는 걸로. 그 말뚝을 내 침실 창 바로 앞에 심어주마. 그럼 잠자리에 들 때 마지막으로, 또 잠에서 깨서 제일 처음으로 보는 것이 그가 고통 받는 모습이겠지. 그의 몸에 골고루 과즙을 뿌려주겠어. 벌새들이 그의 피로 잔치를 벌이게. 빈틈없는 계획이야.

로시오가 오전 반차를 내서 연구실에는 나 혼자다. 하고 싶은 대로 해도 된다. 이를테면 책상에 머리 박기 같은 것. 지금 나한테 어떤 선택지가 있지? 우선 기기가 언제 도착할지 확답을 받아야 하는데 누구에게 물어볼지조차 모르겠다. 가이한테 말하면 리바이한테 물어보라고 할 테고 리바이는 나를 상대도 안 하려고 하고….

순간 어떤 아이디어가 번쩍 떠올라서 몸을 일으켜 앉는다. 2분 후 나는 내가 사용하는 설비를 생산하는 회사인 스팀케이스와 통화하고 있다. "나사의 설리번 디스커버리 연구소에서 일하는 비 쾨닉스바사 박사인데요. 저희가 주문한 기기의 배송상태를 확인하고 싶어서요. TMS(경두개 전기 자극) 시스템이에요."

"확인해 드리겠습니다." 고객상담부 직원의 마음을 가라앉히는 차분한 목소리가 들려온다. "송장 번호 알고 계세요?"

"어, 지금 당장은 모르는데요. 제, 어, 조수가 자리를 비워서요. 하지만 연구책임자가 저 아니면 리바이 워드 박사라고 발주서에 기재되어 있을 거예요."

"잠시만 기다려주십시오. 아, 네. 워드 박사님으로 되어 있네요. 그런데 주문이 취소된 걸로 나와요."

속이 뒤틀리기 시작한다. 나는 전화기를 떨어뜨리지 않기 위해 손에 힘을 준다. "그런…." 목을 가다듬고 말을 잇는다. "다시 한번 확인해주시겠어요?"

"원래는 지난 월요일에 발송됐어야 하는데 워드 박사님이 저번 주 금요일에 취소하셨어요." 리바이가 휴스턴에 온 나를 처음 본 날이다. 내 목숨을 구해준 날. 그가 나와 다시는 함께 일할 의사가 없다고 결정한 날.

"아…. 알겠습니다." 나는 상담원이 나를 볼 수 없는데도 고개를 끄덕인다. "감사합니다." 통화 종료음이 유난히 크게 들린다. 그 소리가 한동안 내 머릿속에서 울린다.

어쩌면 좋을지 모르겠다. 어떻게 하지? 젠장. *젠장.* 이럴 때 어떻게 할지 아는 사람은? 단연코 우리 퀴리 박사님이지. 근데 또 한 명 있다. 바로 애니다. 애니가 박사 3년 차였을 때 어떤 놈이 실험 재료인 광섬유 케이블을 훔쳐간 적이 있었다. 애니는 자판 x를 칠 때마다 랍스터 장갑을 낀 여자가 거대한 성기 모양 코스튬을 입은 남자와 음란행위를 벌이는 영상이 뜨도록 그놈의 컴퓨터에 프로그램을 삽입해 놓았다. 그것 때문에 그놈은 대학원에서 잘릴 뻔했다. 그날 밤 우리는 수박 상그리아를 말아서 애니의 아파트 옥상에 갖고 올라가 마카레나 춤을 제멋대로 추며 승리를 자축했다.

물론 애니가 뭘 알고 뭘 모르는지는 이제 상관없다. 그 애는 내 삶에서 퇴장한 지 오래니까. 애니는 나름의 선택을 했다. 그녀 나름의 이유로. 나는 결코 이해하지 못할 이유. 그리고 나는–.

"비 박사님?"

나는 휴대폰을 책상에 내려놓고 땀 맺힌 손바닥을 청바지에 문지르며 문 쪽을 쳐다본다. "안녕하세요, 케일리." 오늘 케일리는 내 기분과 정반대로 화사한 꽃분홍색 레이스 원피스를 입고 있다.

"로시오 있어요?"

"반차 냈어요. 시험 보느라." 나는 방금 전 통화 때문에 아직도 진정이 안 돼서 침을 힘겹게 삼킨다. 아니, 트레버와의 통화까지 포함해서지.

"내가 뭐 도와줄 거 있어요?"

"아뇨. 로시오한테 물어볼 게 있어서…." 케일리가 어깨를 으쓱하며 얼굴을 살짝 붉히더니 허둥지둥 덧붙인다.

"오늘 오전 회의에 안 오셔서 놀랐어요."

나는 고개를 갸우뚱한다. "무슨 회의요?"

"우주비행사팀과의 합동 회의요."

속이 아까보다 더 비틀린다. 조짐이 좋지 않다.

"우주비행사팀이라고요."

"네, 리바이 박사님이랑 가이 씨가 소집한 회의요. 피드백 받으려고요. 헬멧에 어떤 옵션을 장착할지 브레인스토밍도 하고요. 유용한 의견이 많이 나왔어요."

"언제… 회의가 언제로 잡혔었죠?"

"오늘 아침 8시요. 지난주에 잡혔는데…." 케일리의 눈이 휘둥그레진다. "알고 계셨던 거 아니에요?"

나는 시선을 돌리며 고개를 젓는다. 이렇게 수치스러울 수가. 게다가 피가 부글부글 끓도록 모욕적이다. 다른 것도 끓고.

"세상에." 진심으로 심란해하는 뉘앙스다.

"어떻게 된 일일까요. 영문을 모르겠네요."

나는 소리 없이 씁쓸한 웃음을 뱉는다. "나는 알아요."

"제가 할 수 있는 일 없을까요? 프로젝트 관리자로서 사과드리고 싶어요!"

"아뇨, 내가…." 나는 억지로 웃음을 띠고 말한다. "케일리 잘못이 아니에요. 줄곧 잘해줬잖아요." 케일리의 상사에 대해서도 한마디 하고픈 충동을 간신히 누른다. 나한테 아주 자알 해주셨다고. 그렇지만 케일리를 곤란하게 하고 싶지 않고, 일단 입을 열면 쌍욕이 터질 것 같아서 입을 다문다.

케일리가 돌아간 후 한참 동안 자리에 앉아 텅 빈 책상과 의자들, 내 연구실이라는 곳의 새하얀 벽을 물끄러미 바라본다. 이 방에서 연구에 매진해 커리어를 성공 궤도에 올리면 인생이 충만하고 행복해질 줄 알았건만. 손의 떨림이 멈추고 내 심장이 육중한 압착기에 눌리고 있는 느낌이 사라질 때까지 멍하니 앉아 있다.

그리고 일어서서 심호흡을 한 다음 리바이의 연구실로 씩씩하게 직행한다.

♥♥♥

노크를 하지만 대답을 기다리지는 않는다. 문을 벌컥 열고 들어가 등 뒤로 닫고, 곧바로 가슴팍에 팔짱을 낀 채 말을 와르르 쏟아낸다. 왠지는 모르지만 미소를 띠고서.

"왜죠?" 컴퓨터 화면에 시선을 고정하고 있던 리바이가 고개를 든다. 고개를 무심히 떨구었다가 도로 움찔 드는데, 아주 작은 '움찔'이지만 나는 알아챘다. 리바이는 나를 처음 볼 때마다 늘 똑같은 표정을 짓는다. 패닉에 빠진 표정. 하지만 곧 평정을 찾으면, 얼굴에 표정이 싹 사라진다. 감정의 스펙트럼을 넓히는 훈련이 절실해 보인다. 내가 자기한테 무슨 짓이라도 할 것 같아서 저러나? 사이언톨로지로 개종이라도 시키려는 줄 아나? 아니면 다단계 제품 강매라도 할까 봐? 장티푸스 옮길 것 같나?

"진짜로, 왜 그랬는지만 알려줘요. 그만하라고도 안 할게요. 알기라도 해야겠다고요. 왜죠? 나한테서 고수 이파리 구린내라도 나요? 대학원 때 내가 주차 자리 뺏은 적 있어요? 나만 보면 어렸을 때 〈레전드 오브 젤다〉 최종 레벨 깨기 직전에 게임기에 주스를 퍼부은 애가 떠올라요?"

리바이는 자리에 앉은 채 감히 영문을 모르겠다는 얼굴로 눈만 깜빡인다. 이 인간의 배짱 크기만큼은 인정해야겠다. 흥, 초소형 고추를 감추려고 배짱이라도 큰 척하는 거겠지만. "무슨 소리예요?"

내 미소가 일그러진다. "리바이, 이러지 말아요."

"무슨 일인지 감도 안 오네요. 근데 내가 지금 많이 바쁘니까-."

"그 얘기 말인데요, 나는 안 바쁘거든요? 전혀요. 중학교 여름방학 이후로 이렇게 안 바쁜 적은 처음이에요. 근데 리바이는 이미 알고 있었겠죠. 그래서 다시 묻는데…, 왜 그랬어요?"

리바이가 의자 등받이에 기대앉는다. 책상에 반쯤 가려져 있는데도 존재감이 상당하다. 영하 몇십 도의 냉랭함이 뿜어져 나온다. 녹색 눈동자는 눈이 쌓인 가문비나무 같다. "지금 당장 처리해야 할 일이 있어서요. 약속 잡고 나중에 얘기하면 어떨까요?"

"그러죠. 그럼 이메일을 보낼까요?" 나는 작게 웃음을 터뜨린다.

"그러면 되겠네요."

"그렇겠죠. 그럼 내가 지금껏 보낸 이메일하고 똑같은 수의 답장을 받게 될까요?"

"물론이죠." 리바이가 미간을 찌푸린다.

"0통이겠네요, 그럼."

그의 미간 주름이 더 깊어진다. "난 모든 이메일에 답장했는데요."

"그러세요?" 어디서 새빨간 거짓말을.

"그럼 이메일 서버 문젠가 보네요. 내가 지금 스팸 폴더를 확인하면 리바이가 오늘 아침 회의 공지한 메일도 찾을 수 있겠네요?"

그 순간 공기가 달라진다. 리바이가 나를 쉽게 치워버리지 못하리라는 걸 깨달은 순간이다. 그가 일어나서 책상을 빙 돌아 나오더니 책상 끄트머리에 엉덩이를 걸친다. 그러고는 가슴팍에 팔짱을 끼고 나를 잠시 조용히 뜯어본다.

우리 꼴을 좀 보라지. 사방에 회전초가 데굴데굴 구르는데 느긋한 척 마주보고 서 있는 원수들 같잖아. 현대판 서부극이 따로 없네.

내가 먼저 총을 빼 든다.

"이게 다 이메일 착오로 생긴 일이라는 거예요?"

리바이는 대답하지 않는다. 내 오른쪽 어깨 위 어딘가를 빤히 응시할 뿐.

"말이 되네요. 당연히 전달됐어야 할 이메일은 전달이 안 되고, 전달되지 말아야 할 이메일은 전달되고. 내 경두개전자극기 주문을 취소한 이메일도 설명이 되네요. 이메일이 자기 스스로 발송되었군요. 이메일 자경단이 날뛰고 있나. 어이쿠, 아웃룩 서비스는 똥줄 타겠어." 리바이의 가짜 느긋함에 금이 가기 시작한다.

"가만 보면 이렇게밖에 설명이 안 돼요. 왜냐하면 지난주에 내가 언제쯤 기기가 도착할지 아느냐고 물었을 때 리바이는 곧 도착할 거라고 했죠. 당신이 나한테 거짓말할 이유가 없으니까. 안 그래요?"

짜증나게 잘생긴 그의 얼굴이 잔뜩 굳는다. 놀랍게도 평소보다 더. "나는 비한테 거짓말할 마음 없어요." 진지하면서도 열 받은 말투다. 마치 내가 믿어주는 게 아주 중요한 것처럼. 하, 어이없네.

"그러시겠죠." 나는 문을 등으로 밀며 연구실 안으로 들어와 어슬렁거린다. "강제 조항도 아닌 복장 규범을 딱 나한테만 들이대지도 않을 테고, 남한테 들여보내 달라고 사정하지 않고는 내 연구실에 드나들지 못하게 하지도 않겠죠." 이렇게 말하며 서가 앞에서 걸음을 멈춘다. 두꺼운 엔지니어링 관련 서적 틈틈이 사적인 물건 몇 개가 눈에 띈다. 그 물건들은 내가 아직 받아들일 준비가 안 된 리바이의 인간적인 면모를 드러낸다. 아이가 그린 검은 고양이 그림과 SF 영화 캐릭터를 본뜬 보블헤드 인형들 그리고 액자에 넣은 사진 두 장. 하나는 키 크고 어두운색 머리칼의 한 남자와 리바이가 거대한 암벽을 자유등반 하는 사진이다. 다른 하나는 한 여자의 사진이다. 길고 짙은 금발의 아주 아름다운 여자. 상당히 젊은데 리바이 또래로 보인다. 숱이 풍성한 어두운색 곱슬머리의 아기를 안고서 카메라를 향해 활짝 웃고 있다. 액자 테두리에 단추며 조가비, 나뭇가지 따위가 붙어있는 걸로 봐서 누군가가 손수 만든 게 분명하다.

내 심장이 무겁게 쿵 내려앉는다.

아이가 있다는 건 알고 있었다. 알게 된 후 몇 번이나 속으로 그 사실을 곱씹어보기까지 했다. 유부남인 게 놀랍지도 않다. 반지는 안 끼고 다니지만 그게 무슨 의미가 있으랴. 나는 반지를 자주 끼고 다니지만 확실한 미혼이니까. 정말, 이게 왜 이렇게 충격적인 건지 나도 모르겠다. 리바이가 누구와 깨를 볶든 내가 개인적으로 얻을 것도 잃을 것도 없고, 내가 하하호호 잘 사는 커플을 부러워하는 타입도 아닌데 말이다. 하지만 사진에서 묻어나는 가족적인 분위기는 지난 주 리바이가 전화를 받았을 때 들려줬던 다정한 목소리를 떠올리게 한다. 이 모든 것이 리바이에게 분명 '집'이라 부를 만한 것이 있음을 말해준다. 오직 그만을 위한 장소, 매일 저녁 돌아갈 누군가의 품. 게다가 커리어도 나보다 훨씬 안정적이고.

사람을 차갑게 쏘아보고 무례하게 고개 까딱할 줄밖에 모르는 리바이 워드에게 속한 곳이 있다니. 나는 없는데. 세상이 불공평하다는 말은 진짜다.

나는 패배감에 한숨을 뱉고 돌아서서 그를 마주본다.

"그냥 왜 그랬는지만 말해줘요, 리바이."

"그렇게 단순한 상황이 아니에요."

"그래요? 내가 보기엔 꽤 단순한데."

리바이는 고개를 젓고 할 말을 신중히 고르더니, 내 평생 들어본 것 중 가장 황당한 네 마디를 뱉는다. "나한테 며칠만 시간을 줘요."

"며칠이요? 리바이, 로시오하고 나는 일하려고 이사까지 왔어요. 친구며 가족, 파트너 전부 다 메릴랜드에 남겨두고요. 그런데 와서 손가락만 빨고 앉아 있-."

"그럼 며칠 집에 다녀오든가." 그가 차가운 말투로 받아친다.

"가서 파트너랑 며칠 지내다가 돌아오면…."

"지금 그게 중요한 게 아니잖아요!" 나는 앞머리에 거칠게 손가락을 찔러 넣는다. 라이케는 리바이와 차분히 대화해 보라고 했는데, 차분한 대화는 이미 대기권을 벗어나 성층권까지 날아간 지 오래다. 이쯤 되면 옆 연구실 직원들도 내 언성을 들었을 게 분명하다. 들으라지.

"지금 보건원 연구소장님은 진척 상황을 보고하라고 성화고, 내 상관도 빠른 시일 내로 결과물을 내놓지 않으면 나를 다른 사람으로 교체하겠다고 난리예요. 나한테는 그 기기들이 절실하다고요. 나를 위해서 해결해달라는 게 아니에요. 우리 프로젝트를 위해서 해달라고요!" 말하면서 리바이에게 다가갔나 보다. 아니면 그가 나에게 다가왔거나. 갑자기 그의 체취가 난다. 소나무향과 비누향 그리고 깨끗한 남자의 살 냄새.

"블링크가 잘되기를 바라긴 하는 거예요?"

그러자 리바이의 눈에서 불꽃이 튄다.

"당연하죠! 다시는 그런 소리 하지 말아요." 그가 상체를 숙이고 어금니를 깨문 채 말을 뱉는다.

내가 이 정도로 누군가를 미워한 적이 있었던가. 앞으로도 없을 것 같다. 그렇다는 것을 세포설을 믿는 만큼 굳게 믿는다.

"하는 짓을 봐서는 안 그런 것 같은데요."

"모르면서 함부로 말하지 말아요."

"모르는 건 그쪽 같은데요." 나는 그에게 다가가 검지로 그의 가슴팍을 쿡 찌른다. "프로젝트 운영하는 꼴을 보아하니."

"나를 좀 믿어달라는 거예요."

"믿어달라?" 내가 그의 면전에 대고 웃음을 터뜨린다. "내가 뭣 때문에 리바이를 믿어야 하는데요?" 이러면서 가슴팍을 한 번 더 쿡 찌르자 이번에는 그가 내 손가락을 자기 손바닥으로 말아 쥔다.

이상한 일이 벌어진다. 그의 손이 내 손바닥으로 스르륵 미끄러지더니 잠시 그대로 내 손을 그러쥐고 있다. 맞닿은 살갗이 찌릿찌릿하고 목구멍에 숨이 턱 걸린다. 리바이도 마찬가지다. 그 때문에 리바이는 자기가 나를, 그러니까 7대양 통틀어 가장 혐오스러운 존재인 이 '나'를 만지고 있는 걸 알아챈다. 그가 데인 듯 손을 뗀다.

"할 수 있는 건 다 해보고 있어요." 리바이가 다시 입을 연다.

"혹시 '아무것도 안 한다'를 그렇게 말하는 거예요?"

"나한테 주어진 자원의 한도 내에서-."

"하이고, 말이 되는 소리를 하세요."

"게다가 비가 모르는 게 있는데-."

"그럼 얘기를 해요! 해명을 하라고요!"

뒤이은 침묵에서 나는 나름의 결론을 내린다. 그의 턱이 움찔하는 것, 또 그가 몸을 펴더니 마치 이 얘기는 끝났고 나와는 더 볼일 없는 듯 홱 돌아서 세 걸음 멀어지는 것을 보고. 본론은 꺼내지도 않았잖아, 이 나쁜 자식아.

"좋아요. 알겠어요." 나는 어깨를 으쓱한다.

"그럼 리바이의 윗선에 얘기할게요."

"뭐라고요?" 리바이가 충격 받은 얼굴로 쳐다본다.

오호라, 이제 좀 걱정이 되는가 보네. 밟은 지렁이가 꿈틀해서 놀랐나 본데. 인생의 쓴맛을 처음 보나.

"나는 어쨌든 블링크를 진행해야 돼요. 리바이가 이런 식으로 나오면 나는 더 높은 사람한테 가는 수밖에 없어요."

"더 높은 사람?" 리바이가 잠시 눈을 감는다. "그런 거 없어요."

"무슨, 그럼…." 말이 제대로 나오지 않는다. 맙소사, 이 남자의 자존감은 남들과는 다른 중력장에서 노나 보지? 암흑 물질과 자만심으로 꽉 찬 인간 블랙홀이네.

"그 말이 어떻게 들리는지 알고 하는 소리예요?"

"그런 거 하지 마요, 비."

"왜 안 되는데요? 그럼 리바이가 스팀케이스에 연락해서 내가 신청한 기기를 배송시켜줄 거예요? 우리 연구실을 다른 팀하고 뚝 떨어져 있지 않은 데로 옮겨줄 거예요? 이제부터는 중요한 회의에 우리도 불러줄 거예요?"

"그렇게 단순한 문제가…."

뭐 이런 거지 똥싸개 같은.

"그렇게 단순한 문제 맞아요. 더 이상 단순할 수가 없다고요. 해결할 생각이 없으면 윗선에 얘기하지 말라고 할 자격도 없어요."

"그러지 말아요. 가만히 있는 편이 나아요."

지금 나를 협박하는 건가?

"나도 그 편이 나을 줄 알았거든요? 근데 이렇게 되고 보니 더 얘기해야겠네요. 어디 두고 봐요."

나는 휙 돌아서 당장 보리스의 사무실로 쳐들어갈 작정으로 성큼성큼 문으로 간다. 그런데 문고리에 손을 올리자마자 어떤 생각이 떠올라서 다시 돌아선다.

"아, 한 가지 더요." 나는 딱딱하게 굳은 그의 얼굴에 대고 이를 갈며 내뱉는다. "비건 도넛은 비건한테 양보해, 이 왕재수야."

♥♥♥

쫓아오는 시늉도 안 하는 걸 보니 리바이는 우리가 나눈 대화로 별로 심란해하는 것 같지도 않다. 분노로 추진력을 얻은 나는 그대로 보리스의 사무실로 직행하고 싶은데, 복도에서 로시오와 마주친다. 로시오는 사형수처럼 초점 없는 눈으로 바닥에 시선을 고정한 채 발을 질질 끌며 걸어오고 있다. 평소보다 더 침울한 얼굴로.

나는 걸음을 멈춘다. 어서 기기를 받고 당장 누군가의 커리어를 망치고 싶은 마음이 굴뚝같지만, 그를 증오하는 마음보다 로시오를 아끼는 마음이 더 큰가 보다. 아주 조금 더.

"GRE 어떻게 봤어?" 대학원 입학 자격시험 GRE는 SAT(미국의 대입 수능시험-옮긴이)와 비슷하다. 말인즉, 대학원에 들어갈 자격을 얻기 위해 말도 안 되게 높은 점수를 받아야만 하는 답답한 표준화 검사라는 뜻이다. 정작 대학원에서 얼마나 잘 해내느냐는 전혀 변별하지 못하는데 말이다. 나도 학부 마지막 해에 팀과 같은 대학원과정에 들어가야 하는데 시험을 망치면 어쩌나 노심초사했던 게 기억난다. 막상 시험을 쳐보니 내 점수가 팀의 점수보다 높았고 대학원도 내가 팀보다 더 여러 군데에 합격했다. 지금 생각해보면 팀을 버리고 혼자 UCLA로 갔어야 했다. 그랬다면 그렇게 상처받지도 않았을 뿐더러 왕재수 박사한테 노출되는 시간도 최소화할 수 있었을 텐데.

"보스." 로시오가 우울하게 고개를 저으며 말한다.

"바다가 어느 쪽이죠?"

나는 내 왼쪽을 가리킨다. 로시오가 즉시 그리로 어기적어기적 걷기 시작한다.

"로, 먼저 건물에서 나간 다음에…. 근데 뭐 하려고?"

"바닷물에 들어가려고요. 잘 있어요."

"잠깐." 내가 로시오를 빙 돌아가 그녀를 마주보고 선다.

"어떻게 됐는데?"

로시오가 또 한 번 고개를 젓는다. 눈이 빨갛다. "망했어요."

"얼마나 망했는데?"

"바닥을 깔 정도."

"음, 존스홉킨스 가려면 99퍼센트까지는 받을 필요 없어."

"수리 40퍼센트, 언어 52퍼센트."

어, 낮긴 낮다. "그래도 언제든 재시험 치면 되잖아."

"2백 달러만 내면 칠 수 있기야 있죠. 근데 이게 벌써 세 번째라고요. 몇 번을 쳐도 점수가 오르지 않아요. 저주받은 거 같아요." 로시오는 멍하니 허공을 응시한다. "라 요로나가 그런 걸까요? 내가 연구 관두고 자기랑 같이 물가에 어슬렁댔으면 해서 이러는 걸까요?

어쩌면 학계를 뜨는 게 나을지도 모르겠어요."

"안 돼. 내가 점수 올리는 거 도와줄게."

"어떻게요? 저주를 푸는 마법이라도 쓰게요? 라 요로나한테 첫 아이와 숫처녀 까마귀 백 마리의 피를 바치겠다고 맹세하려고요?"

"뭐? 아니. 과외를 해주겠다고."

"과외요?" 로시오가 잔뜩 인상을 쓴다. "보스, 수학 잘해요?"

내 전공의 대부분이 뇌 연구에 응용되는 고등통계학에 기반하고 있는 걸 지적하고 싶지만, 꾹 참고 대신 로시오를 꼭 안아준다.

"괜찮을 거야, 내가 장담해."

"무슨 일이 일어나고 있는 거죠? 왜 본인 몸으로 나를 꽉 쥐어짜는 거예요?"

로시오와의 대화는 10분이 채 안 걸렸지만, 그조차 치명적인 실수였음이 밝혀진다. 왜냐하면 내가 개미 새끼 한 마리 안 보이는 3층으로 올라가 리바이의 인생을 남김없이 조져줄 각오로 보리스의 사무실 문 앞에 섰을 때, 문은 닫혀 있고 안에서 목소리가 새어 나오고 있기 때문이다.

그중 하나는 다름 아닌 리바이 워드의 목소리다.

6장

헤슐회: 옳소, 옳소.

*헤슐회: '횡측두회'라고도 하는 측두엽 상부 피질에 위치한 이랑으로,
청각 정보를 일차적으로 처리한다. –옮긴이

리바이가 나보다 한발 앞서 보리스에게 쪼르르 달려가다니 믿을 수가 없다. 내가 로시오와 얘기하는 사이, 우리 연구실을 스리슬쩍 지나쳐 갈 수 있단 걸 예상했어야 하는데. 이런 음침한 뒷공작이 저 놈 전공이니까. 나는 심술 난 여섯 살짜리처럼 실제로 발을 동동 구른다. 애처럼 구는 지경에 이르고 말다니. 이제 어쩐다? 무작정 쳐들어가 리바이가 거짓말로 보리스를 세뇌하는 걸 저지해? 리바이가 나올 때까지 기다렸다가 뒷수습에 총력을 기울여? 아니면 바닥에 몸을 말고 누워서 엉엉 울까?

퀴리 박사님이라면 어떻게 해야 할지 알 텐데. 반면 쾨닉스바사 박사는 길 잃은 송아지처럼 두리번거리면서, 복도가 텅 빈 덕에 내가 연구소장실 앞에서 얼쩡대는 걸 아무한테도 들킬 일이 없는 것에 감

사하고 있다. 과학자가 되겠다고 결심했을 땐 내가 이론적 틀이나 연구 프로토콜, 통계 모델과 씨름하고 있을 줄 알았지. 짜릿한 고교 생활을 뒤늦게 맛보고 있을 줄은 몰랐다.

그런데 어느 순간, 안에서 몇 마디가 또렷이 들린다.

"프로답지 못하잖아요." 리바이가 말한다.

"그건 나도 동의하네." 보리스가 대꾸한다.

"게다가 과학적 진보가 이루어지는 방식에도 부합하지 않고요." 차분하게 짜증내는 말투다. 그런 말투는 원래 기술적으로 구사하는 게 불가능하지만, 리바이는 모순을 실현하는 재주가 있으니까.

"이런 상황은 지속불가능해요."

"전적으로 동의하네."

"이 문제를 꺼낼 때마다 그렇게 말씀하셨지만, 솔직히 이 일이 블링크랑 국립보건원, 또 나사에도 장기적으로 얼마나 엄청난 해를 끼칠지 이해 못 하시는 것 같아요. 그리고 이건 대인관계 면에서도 상당히 불쾌하다고요." 나는 마디가 하얘지도록 주먹을 꽉 쥐고 문에 더 바짝 다가간다. 보리스에게 저딴 개소리를 늘어놓다니. 내가 자기한테 불쾌한 존재라고? 어떻게 불쾌한데? 역겹게 생겨서? 문을 벌컥 열어젖히고 반박하려는 순간, 리바이가 말을 잇는다.

"비가 이런 식으로 지내게 둘 수는 없어요. 뭔가 조치를 취해야 해요."

세상에, 내가 지금 다른 차원에 갇힌 건가?

"알았네. 내가 어떻게 해주길 바라나?"

괴성이 터져 나올 것 같다. 여기서 리바이가 뭐라고 대꾸하든 나는 분노의 사자후를 토해낼 것이다. 아직 터지지 않은 비명을 억누르느라 벌써부터 온몸이 부들부들 떨린다. 비명이 목구멍까지 올라왔다.

"비가 자기 할 일을 할 수 있게 해주십시오."

비명이 울컥 치솟아 올라와 후두에 이르고 성대를 통과한 다음-잠깐, 뭐? 리바이가 방금 뭐라고 한 거야?

"내가 할 수 있는 건 다 했네." 보리스는 약간 미안해하는 투다. 반대로 리바이는 단호하고 한 발짝도 물러서지 않을 기세다.

"그걸로는 부족해요. 비한테 이 건물 내에 블링크와 관련된 모든 구역에 대한 접근 권한을 승인해줘야 하고, nasa.gov 이메일 주소도 생성해주고, 프로젝트 회의에 참석할 수 있게 해줘야 해요. 신청한 기기도 하나도 빠짐없이 지금 당장 와야 하고요. 사실 한참 전에 도착했어야 하죠."

"주문을 취소한 건 자네잖나."

"비가 요청한 시스템이 아니어서 취소한 거잖아요. 왜 하위 버전의 제품에 예산을 많이 소진해요?"

"리바이, 지난주에 자네가 매일 이 문제로 찾아왔을 때마다 내가 말했지. 연구만 잘한다고 되는 게 아니라 정치도 해야 한다고."

이제 나는 문에 한쪽 귀와 양 손바닥을 찰싹 붙이고 서 있다. 나무로 만든 문 위로 손가락이 바들바들 떨리지만 감각은 전혀 느껴지지 않는다. 온몸이 마비된 기분이다.

"저는 이 연봉 받고 정치질까지 할 생각 없어요, 소장님."

"나는 싫어도 해야 해. 이 얘기는 이미 끝냈잖나. 상황이 많이 변했다고. 그것도 너무 빠르게 변했어. 국장님은 나사가 이 프로젝트의 공을 차지하고 주도권을 가져간다면 국립보건원과 협력하는 것에 찬성한다는 입장이었네. 그런데 어느 순간 보건원이 더 큰 몫을 차지하겠다고 나섰잖나. 나사가 고분고분 내줄 리 없지."

"내줘야 합니다."

"국장님이 엄청난 압력을 받고 있어. 잠재적 여파가 상상 이상이야. 만약 우리가 기술 특허를 내면 얼마나 광범위하게 적용할 수 있을지, 또 수익은 얼마나 낼지 아무도 가늠 못해. 그러니 국장님으로선 보건원이 특허의 절반을 뚝 떼어가는 걸 용납하지 않을 수밖에."

뒤따른 침묵에 두 사람이 느끼는 답답함이 진하게 배어 있다. 리바이가 머리칼을 쓸어 넘기는 모습이 눈에 선하다.

"나사는 단독으로 프로젝트를 진행할 예산이 없어요. 그래서 보건원과 손잡은 거잖아요. 지금 윗선에서는 보건원과 공을 나누느니 차라리 블링크가 망하기를 바란다는 말씀이세요? 그리고 보건원이 철수하면 신경과학 쪽 연구는 누가 맡을 건데요?"

"쾨닉스바사 박사가 신경과학계의 유일한 인재는 아니잖나. 우리 나사에도 몇 명-."

"비 정도로 능력이 되는 사람은 없죠, 적어도 뇌 자극 분야에서는요."

다른 차원에 온 게 맞았어. 상상을 뛰어넘는 괴상한 차원에. 세상이 뒤집힌 기분이고 심장박동이 귓바퀴에서 쿵쿵댄다. 방금 리바이 워드가 나에 대해 좋은 얘기를 했다. 몸속에서 차갑고 미끈미끈한 뭔가가 요동친다. 토할 것 같은데 동시에 속이 텅 빈 느낌이다. 좀 아까는 분노로 터질 것 같았는데 갑자기 진이 쭉 빠진다.

"우리끼리 어떻게든 해나가겠지. 리바이, 블링크는 다음번 예산 검토 회의에 상정될 거고 그때쯤엔 나사가 최종 펀딩을 승인할 걸세. 그럼 보건원이 필요 없게 될 거야. 자네는 프로젝트 총책임자가 될 거고."

"그건 1년 후의 얘기잖습니까. 게다가 장담도 못 하고요. 설리번 프로토타입이 채택될 걸 장담 못하는 것처럼요."

잠시 침묵이 뒤따른다. "자네한테 이 일이 얼마나 중요한지 알아. 나도 같은 마음이야. 하지만-."

"아닐 겁니다."

"뭐라고 했나?"

리바이가 다이아몬드라도 자를 수 있을 만큼 딱딱한 목소리로 대꾸한다. "같은 마음이 아니실 거라고요."

"리바이."

"진심이시면 기기 구입을 승인해주십시오."

한숨 소리가 들린다. "리바이, 나는 자네를 꽤나 좋아하네. 진심이야. 똑똑하고, 엔지니어 중에서도 최고로 손꼽히는 인재라고 할 수 있지. 하지만 자네는 아직 젊어서 상부가 어떤 압력에 시달리는지 이해 못 해. 블링크는 올해 안에 성사될 확률이 낮아. 받아들이는 게 좋을 걸세."

몇 초가 흐른다. 리바이가 뭐라고 대답하는지 잘 안 들려서 나는 문에 귀를 더 찰싹 붙인다. 하지만 그러지 말았어야 했다. 곧바로 문이 벌컥 열렸기 때문이다. 내가 재빨리 뒤로 물러나서 다행히 보리스한테는 안 들켰지만 리바이가 나왔을 때 나는 여전히 바로 거기, 문 옆에 서 있다. 그가 문을 쾅 닫더니 잔뜩 화난 얼굴로 성큼성큼 걸음을 뗀다. 하지만 곧 나를 발견하고 얼어붙는다.

화가 단단히 나 보인다. 덩치도 유난히 커 보이고. 화가 난 거인 같다.

무슨 말이라도 해야 하는데. 아무렇지 않은 척해. 비품 창고를 찾아서 방금 올라온 척할까. '앗, 리바이, 연필깎이는 어디서 갖다 쓰면 돼요?' 문제는 그럴 타이밍이 한참 지났다는 것이다. 우리가 미처 숨기지 못한 감정이 그대로 드러난 표정으로 서로를 뜯어보는데, 순간 묘한 느낌이 덮친다. 리바이가 나를 처음으로 제대로 보고 있는 느낌. 아니, 정확히는 내가 처음으로 그를 제대로 보는 느낌이다. 마치 그동안 우리의 눈앞에서 서로의 모습을 투과시켰던 만화경의 조잡한 거울 장치가 산산이 깨지면서 파편들이 훅 날아가버린 느낌.

똑바로 보고 있기가 힘들다. 그래서 내 발로 시선을 떨어뜨린다. 다행히 내가 신은 인조가죽 샌들의 귀여운 데이지 그림을 보고 있자니 그 느낌은 차차 잦아든다.

손가락의 떨림은 좀처럼 가시지 않아서 잘라내 버리고 싶다. 내 눈물샘이 단 한 방울이라도 눈물을 내보내면 영원히 틀어막아 버릴 것이다. 간신히 질질 짜는 꼴은 안 보이고 대면할 수 있겠다 싶어진 순간 커다란 손이 내 팔꿈치를 감싼다. 민소매를 입지 말았어야 했어.

"뭘 어쩌려는-?"

리바이가 한 손가락을 자기 입에 갖다 대고 조용히 하라는 신호를 보내더니 나를 복도 저쪽으로 데려간다.

"어디로-." 내가 다시 입을 열자 리바이가 낮게 깐 음성으로 나를 저지한다.

"쉿." 내 팔꿈치를 쥔 손아귀에 힘이 들어가진 않았지만 놔줄 생각은 없는 듯하다. 그 손길에 분하게도 욕지기가 가라앉는다.

뭘 어쩌려는지 모르겠지만 나는 일단 눈을 감고 그가 이끄는 대로 따른다.

♥♥♥

나는 원래 이해가 느리다. 늘 그랬다.

할머니가 세상을 떠났을 때도 주변 사람들이 흐느끼는 걸 한동안 듣고 있다가 비로소 백발의 의사가 한 얘기를 이해할 수 있었다. 라이케가 고등학교를 졸업하고, 남들처럼 1년 정도 쉬는 대신 10년은 세계를 여행하겠다고 했을 때도 걔가 인도네시아행 비행기를 타기 전까지는 내가 얼마나 외로워질지 깨닫지 못했다. 동거하던 아파트에서 팀이 나갔을 때도 며칠 후 건조기에 남아 있던 그의 짝짝이 양말을 발견한 후에야 우리 사이가 완전히 끝났음을 이해했다.

보리스의 사무실에서 엿들은 이야기가 의미하는 것 역시 디스커버리 빌딩 뒤 조그만 정원의 벤치에 앉아 팔꿈치를 무릎에 괴고 이마를 두 손에 묻고서야 비로소 이해되기 시작한다.

이렇게 예쁜 곳이 있는 줄 몰랐다. 느릅나무 두 그루와 맞은편의 떡갈나무 한 그루가 딱 내가 앉은 곳에 그늘을 드리우고 있다. '이제부터 여기 나와서 점심 먹어야겠군. 그럼 린 퀴진 구린내가 연구실에 진동하지 않겠지.' 순간 속이 뒤틀린다. '이제부터' 같은 건 없을지도 모르는데 무슨 소리람.

"괜찮아요?"

나는 시선을 든다. 조금 더 든다. 거기서 더 든다. 리바이가 앞에 서 있다. 그는 여전히 차가운 분노에 휩싸여 있지만 아까보다는 진정된 듯하다. 하나부터 열까지 세면서 화를 조금 가라앉혔지만 언제라도 원점으로 돌아가 책상 하나쯤, 아니 세 개쯤 엎을 기세다. 눈에서 걱정하는 기색이 엿보인다. 왠지는 모르지만 또 다시 그가 나를 벽으로 밀어붙이는 감각이 느껴진다. 그의 살 냄새와 내 손가락에 닿는 단단한 근육의 감촉도.

내 뇌가 단단히 잘못된 게 분명해.

"여러 번 확인했어요," 리바이가 중얼거린다.

"비한테서 이메일이 일곱 통 왔고, 내가 보낸 답장도 다 발신됐더라고요. 왜 수신되지 않았는지 모르겠어요. 가이가 오늘 아침 회의를 공지한 메일도 똑같은 오류가 난 것 같은데 책임은 내가 질게요. 비한테 진작 나사 이메일을 만들어줬어야 해요."

날씨가 완벽하리만치 좋은데도 나는 으슬으슬 추운 동시에 식은 땀이 난다. 내 몸처럼 복잡한 유기체가 또 있을까.

"왜죠?" 내가 대뜸 묻는다. 뭘 묻는 건지 나도 모르겠다.

리바이가 천천히 숨을 토해낸다. "얘기 얼마나 들었어요."

"글쎄요. 꽤 많이요."

리바이가 고개를 끄덕인다. "나사는 블링크에서 어떤 특허가 나오든 그걸 독점하기를 원해요. 그런데 당장은 프로젝트를 추진할 예산이 없고 그래서 울며 겨자 먹기로 국립보건원을 끌어들인 거예요.

그런데 보건원이 특허 공동소유를 주장하고 있고, 나사는 차라리 블링크를 자연 소멸하게 내버려두는 게 보건원과 대립하는 것보다 낫다고 결론 내렸대요."

"그게 대책이에요? 자연 소멸시키자?"

리바이는 대답하는 대신 걱정과 다른 무언가, 꼭 집어 표현하기 어려운 감정이 담긴 표정으로 나를 물끄러미 본다. 마음이 영 편치 않다. 왜 그런지 깨달은 순간 웃음이 터지려고 한다. 리바이가 1초 이상 나와 눈을 맞춘 게 이번이 처음이라서 그렇다. 나와 눈이 마주치자마자 내 머리 위 어딘가로 시선을 피하지 않은 게 처음이라서.

나는 고개를 돌린다. 차가운 녹색 시선을 받고 있을 기분이 아니다. "내가 보건원에 얘기하면 어떨까요?"

그가 잠시 머뭇거린다. "얘기할 수는 있겠죠."

"그런데요?"

"토 달 생각 없어요. 충분히 비의 권한 내의 일이에요. 필요하면 나도 지지할게요."

"… 그렇지만?"

내가 그를 살펴본다. 그의 한쪽 손에 조그맣게 긁힌 자국이 나 있다. 팔뚝에 털이 보이고 셔츠는 넓은 어깨 때문에 팽팽하다. 이 각도에서 보는 리바이는 평소보다 더 위압적이다. 성장기에 뭘 먹은 거야, 1등급 비료?

"비가 보건원에 보고할 경우 내가 상상할 수 있는 유일한 결과는 보건원이 발을 빼고 보건원과 나사 인간 연구 지사와의 관계가 어그러지는 거예요. 그럼 블링크는 기약 없이 중단될 테고요."

"적어도 내년까지는 미뤄지겠죠. 그리고 재개된다 해도 나사 단독 주도의 프로젝트가 될 테고요." 어느 쪽이든 나는 망한 거다. 캐치-22(조지프 헬러가 쓴 전쟁 소설로, 제목을 '진퇴양난'이라는 뜻으로 쓴다-옮긴이) 꼴 났네. 어쩐지 그 소설 싫더라.

"보고하지 말아야 한다는 건 아니에요." 리바이가 조심스럽게 덧붙인다. "그렇지만 블링크가 협력 프로젝트로 진행되는 걸 궁극적으로 원한다면 보고는 현명하지 못한 대처일 수 있다는 거죠."

이게 내 잘못이 아니라고 트레버를 설득해야 할 건 두말할 것 없고. 차라리 나사가 인간으로 둔갑한 외계인에게 점령당했다고 설득하는 편이 더 가망 있겠다. 그래, 그렇게 얘기해야겠다. 어차피 다른 수도 없잖아.

"다른 선택지는 뭔데요?" 내가 묻는다. 나는 도무지 모르겠다.

"지금 시도해보는 중이에요."

"뭘 어떻게 하고 있는데요?"

"일단 보리스 소장님이 우리 편인 건 엄청 유리해요. 게다가… 소장님을 설득하는 수단으로 쓸 만한 것들도 있고요."

"그래서 그것들이 얼마나 잘 먹혀들던가요?"

리바이가 나를 째려보지만, 진심인 것 같지는 않다.

"잘 안 먹히고 있어요. 아직은." 그가 투덜댄다.

그건 안 봐도 알겠네.

"그러니까 한마디로, 지금 블링크가 잘 되길 바라는 건 세상에 나 하나뿐이라는 거네요."

그러자 리바이가 인상을 쓴다. "나도 있어요." 아까 프로젝트가 잘되기를 바라기는 하느냐고 비난했을 때 그가 보인 분노가 떠오른다. 맙소사, 그게 한 시간도 안 된 일이라니. 90년 전 같은데.

"다른 많은 사람들도 바라고요. 엔지니어들, 우주비행사들, 또 이 프로젝트가 연기되면 길에 나앉을 계약직들도 있어요." 그의 넓은 어깨가 조금 움츠러드는 것 같다. "그중 제일 윗선에 있는 건 비와 나지만요. 바로 그래서 소장님이 필요하다는 거예요."

"듣자 하니 리바이는 몇 달 버티면 블링크를 거저먹을 수 있을 것 같은데요."

"안 돼요." 리바이가 고개를 젓는다. "블링크는 당장 진행해야 해요. 지연되면 내가 프로젝트를 이끌지 못하게 될 수도 있고 지금의 프로토타입이 수정될 가능성도 있어요." 한 치도 물러서지 않겠다는 말투다. 혹시 아빠로서 "당장 장난감 정리하고 자러 가."라고 할 때도 이런 목소리일까 궁금해진다. 상당히 효과적인 것 같은데. 만약 나도 애를 낳는다면 이만큼 권위적인 말투를 잘 소화할 수 있으면 좋겠다.

"그래도, 일이 어떻게 되든 리바이한테는 타격이 없잖아요." 말투에서 씁쓸함을 지울 수가 없다. "국립보건원이 인력을 줄인다 해도요. 판단 기준은 지원금을 교부받은 프로젝트가 성공적으로 완료되는가가 되겠죠. 나는 프로젝트를 완수하지 못한 사람으로 찍힐 테고. 그 이유가… 내가 노력을 안 했거나 과학자로서 자격이 없어서가 아닌 데도요. 내 자격은 충분하니까. 맹세코 자격이 되고도 남는다고요. 게다가-."

"자격 있는 거 알아요." 리바이가 한마디한다. 진심으로 하는 말 같다. "그리고 나한테도 이 프로젝트는 단순히 한 건의 미션이 아니에요. 이거 맡으려고 소속까지 바꿨다고요. 연줄 동원해서."

나는 손으로 얼굴을 쓸어내린다. 이게 웬 난리인가. "나사가 훼방 놓고 있다고 나한테 말해줬으면 좋았잖아요. 나는 또 리바이가…."

리바이가 나를 보며 눈을 끔벅거린다. "내가 뭐요?"

"알잖아요. 그렇고 그런 이유로 나를 몰아내려는 줄 알았다고요."

"그렇고 그런 이유?"

"네." 나는 어깨를 으쓱한다. "대학원 때처럼요."

"대학원 때 내가 무슨 이유로 어쨌는데요?"

"그러니까, 리바이가 나를…. 알잖아요."

"모르겠는데요."

나는 진이 빠져서 이마를 벅벅 긁는다. "나를 싫어했잖아요."

그러자 리바이는 마치 내가 털뭉치라도 토한 것 마냥 황당한 얼굴로 쳐다본다. 나를 살점 갉아 먹는 고슴도치 피하듯 기를 쓰고 피했던 게 리바이 본인이 아니라 그의 사악한 쌍둥이였던 것처럼. "비, 나는 비 안 싫어해요."

와. *와*, 여러모로 기가 막힌다. 나를 편의점 초밥 마냥 하찮게 취급했던 사람이 눈 하나 깜빡하지 않고 거짓말을 하는 것도 어이가 없는데…. 리바이가 나를 부를 때 내 이름을 말한 것도 이번이 처음이다. 아니 내가 그걸 세고 있었던 건 아닌데, "비"라고 부르는 어감이 누구도 흉내 내지 못하게 '리바이'스러워서 들었으면 잊었을 리 없다.

"그러시겠죠." 그는 얼빠진 동시에 열성 어린 표정으로 나를 계속 바라본다. 나는 콧방귀를 뀌며 비죽 웃는다. "우리가 대학원 때 주고

받은 말과 행동을 내가 전부 오해했나 보네요." 리바이가 보리스에게 내가 훌륭한 신경과학자라고 말하긴 했으니 그간 의심해온 것처럼 나를 무능한 과학자로 여기지는 않는 것 같다. 아마 나의… 다른 모든 면을 싫어하나 보지. 아, 됐어.

"내가 싫어하지 않는 거 알잖아요." 리바이가 힐난하는 투로 재차 말한다.

"그럼요, 그럼요."

"비."

그가 또 한 번 특유의 어조로 내 이름을 부르는 순간, 내 눈앞이 분노로 새빨개진다.

"당연히 알다마다요. 리바이가 그렇게 가차 없이 냉정하고 거만하고 쌀쌀맞게 굴었는데 어떻게 내가 모를 수 있어요." 나는 울분이 목구멍까지 차올라 벌떡 일어선다.

"몇 년 동안이나 나를 피하면서 딱히 이유도 없이 협력 연구도 거절하고, 최소한의 예의 차린 대화도 거부하고, 내가 무슨 역겹고 열등한 존재인 것처럼 대했잖아요. 심지어 내 약혼자한테 다른 여자랑 결혼하라고 했으면서. 그래 놓고 뭐, 나를 안 싫어한다고요?"

리바이의 목젖이 울렁거린다. 그는 충격받고 당황한 표정으로 멍하니 나를 바라본다. 마치 내가 폴로 스틱으로 자기를 한 대 치기라도 한 것처럼. 나는 진실을 말했을 뿐인데. 갑자기 눈이 따끔거린다. 눈물을 안 보이려고 입술을 꾹 깨물지만 이번에도 멍청한 몸이 나를 배신해 이내 울음이 터진다. 리바이 앞에서 울다니. 이 인간이 미워 죽겠다.

리바이에게 화가 난 게 아니다. 그냥 미워 죽겠다.

나를 이따위로 대해서, 나는 못 가진 든든한 커리어를 가져서, 더러운 똥물 같은 이 프로젝트 뒤에서 진행되고 있던 정치 공작을 감쪽같이 숨겨서 리바이가 밉다. 너무 밉다. 미워 죽겠다. 결함 있는 에어백이나 팀을 증오하는 정도로, 아니면 올해 세 번째로 하는 이사를 진저리내는 정도로 열렬히 그를 미워한다. 나를 이 꼴로 만들어서, 그리고 자기가 만들어놓은 이 꼴을 굳이 곁에 남아 지켜봐서 더 밉다.

미워 죽겠다. 그리고 이렇게 격한 감정도 그만 느끼고 싶다.

"비."

"이럴 가치 없어." 나는 손등으로 뺨을 훔치고는 그에게 눈길도 안 주고 걸음을 옮긴다. 물론 그는, 덩치가 어디 안 가니까, 그것조차 어렵게 만든다.

"잠깐만요."

"국립보건원에 상황 보고할 거예요." 나는 걸음을 멈추지도 돌아보지도 않고 말한다. "나 때문에 프로젝트가 망했다고 상관들이 믿게 놔둘 수는 없어요. 그래서 리바이가 곤란해진다면 미안하고, 그것 때문에 블링크가 지연된다면 그것도 미안해요."

"그건 괜찮아요. 하지만 부탁인데, 잠깐만 기다-."

아니. 기다리고 싶지 않고 단 한마디도 더 듣고 싶지 않다. 나는 더 이상 그의 목소리가 안 들릴 때까지, 눈물로 앞이 뿌얘질 때까지 귀여운 데이지 샌들을 성큼성큼 내디딘다. 스페이스 센터에서 나와서 내가 휴스턴을, 텍사스를, 아예 미국을 떠나는 상상을 한다. 비행기를 타고 포르투갈로 가서 라이케에게 꼬옥 안기는 상상을 한다.

집에 닿을 때까지 그런 상상을 하지만 기분은 조금도 나아지지 않는다.

♥♥♥

집에 와서도 휴대폰만 노려보고 있다. 아무것도 안 하고 그렇게 침울하게 휴대폰만 빤히 내려다보는데 액정 화면에 트위터 알림이 뜬다.

> **@사브리짱95** 지질학 박사과정 2년 차인데 너무 고생스럽네요. 온 우주가 박사과정을 포기하라고 부추기는 것 같을 때 **@마리라면어떻게할까요**?

어이쿠, 너무 내 얘기 같잖아. 내 무력감은 아까 앨라니스 모리세트가 여태껏 발표한 노래를 절반쯤 듣고, 오렌지셔벗을 두 통 반 넘게 퍼먹었을 때 진작 임계 질량에 이르렀다. 덕분에 지금은 몸이 문서 절단기를 통과한 기분이다. 남이 쓰고 버린 면봉이 된 기분, 또는 변기 물에 쓸려 내려간 휴지가 된 기분. 이 상태로는 커리어 고민에 빠진 젊고 똑똑한 여성에게는 고사하고 내 창문에 날아와 부딪히는 나방에게조차 조언할 자격이 안 된다. 그래서 나는 @마리라면어떻게할까 커뮤니티가 @사브리짱95의 고민을 대신 해결해주길 기대하며 그 트윗을 리트윗한다.

"나도 학계를 떠야 하나." 내가 의자 등받이에 기대 칸막이 없는 구조의 부엌 저편에 있는 마리 퀴리 자석을 물끄러미 보며 혼잣말한다. "일을 그만둬야 할까요?"

퀴리 박사님은 대꾸가 없다. 무언의 승낙일까? 내가 할 수 있는 다른 일들도 있으니까. 독일어 대격 문법을 얼른 복습한 다음 그리스에서 라이케를 만나는 거야. 올리브오일 제조하는 대기업들이 십 대에 접어든 자기네 가업승계자에게 우리를 외국어 과외선생으로 붙여줄지도 모르잖아. 아니면 요전에 떠올린 시트콤 아이디어를 판다거나. 베이지안 통계학자와 빈도주의자가 마지못해 룸메이트가 되는 설정의 시트콤. 아니면 인어 세계를 배경으로 한 영 어덜트 소설을 쓰든가. 그도 아니면 굴다리 밑에 한자리 잡고서 사람들한테 수수께끼를 내고 통행료를 걷든가.

일을 그만두지 말아야 하나. 적어도 쾨닉스바사 쌍둥이 중 한 명은 안정적인 직업이 있어야 하는데. 나머지 한 명이 공공장소에서 지나친 노출로 체포되면 보석금을 대야 하니까. 라이케가 어떤 앤지 고려하면 그런 날이 당장 닥쳐도 이상하지 않지.

그렇지만 또 블링크가 망하면 트레버가 나랑 재계약해주지 않을 게 거의 확실한데.

이렇게 보니 내 커리어는 한 편의 궁극적인 짝사랑 스토리 같다. 피드백은 잘 받는데 정치적 이유로 끝내 연구비는 따내지 못한 지원서들과 기대했던 스타급 과학자 대신 만난 거지 같은 상관으로 점철된 걸로 모자라, 이제는 국립보건원과 나사가 추수감사절 모임에서 이죽거리는 사촌지간처럼 아웅다웅하고 있으니. 성공적 커리어의 디딤돌이 되리라 여겼던 일자리가 패배 확률 100퍼센트 게임으로 변했다면 그때는 손절하고 발을 뺄 때지. 안 그래?

하지만 신경과학 연구 빼면 나한테 뭐가 남지? 인간이 자기 뇌의 10퍼센트만 쓴다고 우기는 사람들을(심지어 이거 가지고 영화까지 만들었던데. 맙소사, 할리우드 각본가들은 아무도 사실 확인을 안 하는 거야?) 바로잡아주고픈 강렬한 욕구를 빼면 나는 뭐지? 정치적 보수주의자가 진보주의자에 비해 편도체가 크다는 걸 사람들은 알까? 런던의 택시 기사들이 시내 큰길과 작은길을 달달 외우면서 측두엽이 남들보다 커진다는 사실은? 뇌의 차이가 성격 차이를 시사한다는 건? 우리는 신경 체계, 즉 각각의 다양하고 독특한 패턴으로 신호를 발하는 수십억 뉴런으로 이루어진 복잡한 조합이다. 그 뉴런 중 일부가 무엇을 해낼 수 있는지 알아내는 데 인생을 바치는 것보다 더 짜릿한 일이 뭐가 있을까?

나는 거울을 안 보려고 기를 쓰며 이를 닦는다. 내가 내 일을 너무 많이 사랑하나 보다. 학교로 돌아가 아무리 지루해도 새로운 공부를 시작하는 게 나을지 모른다. 경매라든가 조선술이라든가 스포츠 중계라든가. 일단 울음부터 그쳐야겠다. 아니, 그치지 말까. 이참에 모든 감정을 한꺼번에 다 느끼는 게 나을지도 모르겠다. 그래야 나중에 문제 해결 모드에 돌입할 수 있으니까. 내일 이 사달을 트레버에게 보고할 때 눈물이 다 말라 있게. 로시오에게 짐 싸라고 통보할 때 울지 않게.

머리가 베개에 닿는 순간, 뭐라도 하지 않으면 머리가 터질 것 같은 기분이 든다. 뭐든. 그래서 충동적으로 슈맥에게 디엠을 보낸다.

마리: 학계를 떠날 생각, 해본 적 있어요?

즉각 답장이 온다.

슈맥: 오늘은 확실히 그런 생각이 드네요.

마리: 슈맥도 나처럼 인생이 넌더리나요? 이런 우연이.

슈맥: 우리 별자리가 같은가 보죠.

마리: ㅋㅋㅋ

슈맥: 무슨 일인데요?

마리: 맡은 프로젝트가 개판이 됐어요. 게다가 내가 만나본 최악의 낙타 거시기 같은 놈하고 일하고 있고요. 장담하는데 그 인간, 비행기 이륙할 때 휴대폰을 비행기 모드로 안 켜는 양아치일걸요. 아마 막대 아이스크림도 깨물어 먹을 거예요. 자기 손바닥에 대고 재채기하고는 그 손으로 악수하고요.

슈맥: 소름 돋게 구체적이네요.

마리: 사실이니까요!

슈맥: 물론 그렇겠죠.

마리: 그 여자는 어때요?

슈맥: 여전히 유부녀 상태죠 뭐. 게다가 나를 낙타 거시기 같은 놈이라고 생각하고 있을 거예요.

마리: 그럴 리가요. 둘이 아직 화끈하게 사고 안 쳤어요?

슈맥: 그 반대예요, 슬프게도.

마리: 최소한 못 보는 사이 못생겨지지는 않았어요?

슈맥: 여전히 내가 본 여자 중 제일 아름다워요.

내 심장이 두근거린다. 오, 슈맥.

슈맥: 그건 그렇고, 일 그만두고 고양이 훈련사가 되면 인생이 얼마나 편해질까 생각 중이었어요. 문제는 우리 집 고양이도 거실 카펫에 오줌 못 싸게 훈련시키지 못하고 있다는 거죠.

마리: 그런 상황이면 문제가 되겠네요.

마리: 우리가 자신의 너무 많은 부분을 일에 쏟는다는 생각, 해본 적 있어요?

슈맥: 힘든 날에는 그런 생각도 하죠.

마리: 좋은 날도 있어요? 그런 날이 오긴 와요?

슈맥: 내가 마지막으로 맛본 좋은 날은 중학교 때였어요. 과학발명대회에서 은상 탔을 때.

마리: 부상으로 토이저러스 상품권 받았어요?

슈맥: 아뇨. 마리 퀴리 보블헤드요. 비커도 두 개 들고 있는데, 불 다 끄면 빛이 나요.

마리: 으아아. 그걸 가질 수만 있다면 살인이라도 하겠어요.

슈맥: 우리가 만나게 된다면 그거 줄게요.

우리는 한참 채팅을 이어간다. 위로를 나누는 동안은 기분이 나아지지만 휴대폰을 침대 테이블에 내려놓는 순간 다시금 무력감이 밀려온다. 잠들기 직전 마지막으로 떠오른 장면은, 옛날에 리바이가 나에게 저지른 짓들을 다다다 쏟아냈을 때 그의 얼굴에 떠오른 충격 어린 표정이다. 그 표정은 절대 재관람하고 싶지 않은 영화의 포스터처럼 눈꺼풀 뒷면에 아로새겨진다.

7장

안와전두피질: 희망

*안와전두피질: 눈 바로 뒤에 위치하며 욕구나 동기와 연관된 정보를 받아들이고 감정적·정서적 반응을 조절한다. -옮긴이

아침 알람이 울리지만 나는 다시 알림이 켜지게 내버려둔다.

한 번. 두 번. 세 번, 다섯 번, 여덟 번, 열두 번 울리게 내버려둔다. 아니, 이거 왜 계속 울리는 거야? 대체 왜 알람 설정을 이 따위로….

"비?"

나는 간신히 눈을 뜬다. 눈알이 뻑뻑하고 눈곱 때문에 눈이 잘 안 떠진다.

"비?"

젠장. 나도 모르게 발신자 미상의 전화를 받았네.

"저나 바다삼다." 발음이 뭉개진다. 나는 수면용 교정기를 퉤 뱉는다. "죄송합니다, 전화 받았습니다."

"당장 와줘야겠어요."

중저음의 발신자 정체를 즉시 알아챈다. "리바이?" 눈을 끔벅이며 시계를 확인한다. 오전 6시 43분. 눈꺼풀이 자꾸 주저앉으려고 한다. "네? 어디로 오라는 거예요?"

"7시까지 보리스 소장님의 사무실로 올 수 있어요?"

그 말에 나는 침대에서 벌떡 일어나 앉… 는 건 아니고 꼭두새벽에 가능한 정도로만 몸을 일으킨다. "무슨 소리예요?"

"블링크에 계속 남아서 일하고 싶어요?" 흔들림 없는 목소리다. 단호한 말투. 주변 소음이 들린다. 바깥에 있고 어디로 걸어가고 있는 모양이다.

"뭐라고요?"

"국립보건원에 나사 상황을 보고했어요?"

"아직요, 근데-."

"그럼 블링크에 계속 남아 일하고 싶어요?"

나는 손바닥으로 눈을 꾹 누른다. 지금 악몽을 꾸는 거 맞지?

"그럴 수 없다고 결론 내린 줄 알았는데요."

"이제는 가능할지 몰라요. 나한테… 무슨 수가 있어요." 잠시 말이 끊긴다. "약간 도박 같긴 하지만."

"뭔데요?"

"소장님의 마음을 바꿔서 우리를 밀어주게 할 만한 거요." 그러더니 그는 말을 끊는다. "전화로는 얘기하기 힘들어요."

수상한 소리로 들리는데. 내 대퇴골로 배드민턴 라켓 손잡이를 만들 사람들한테 나를 넘기려고 어딘가로 유인하는 것 같잖아.

"그냥 이따가 만나면 안 돼요?"

"안 돼요. 한 시간 후 소장님이 나사 국장님이랑 전화 회의를 할 건데 그 전에 우리가 소장님을 만나야 돼요."

나는 손으로 얼굴을 벅벅 비빈다. 이러기엔 너무 지쳤다.

"리바이, 너무 수상한 소리로 들리는데요. 게다가 나는 방금 깼다고요. 나를 으슥한 데로 불러내 암살할 작정이라면 그냥 했다 치고 각자의 길을–."

"들어봐요. 어제 비가 한 얘기 말인데…." 그가 건물 안으로 들어갔는지 주변 소음이 사라진다. 내 귀에 그의 풍성한 중저음 목소리만 들려온다. 침 삼키는 소리까지 들리는 것 같다.

"비 말고 함께 일하고 싶은 신경과학자는 없어요. 단 한 명도."

명치를 한 대 맞은 것 같다. 그 말을 듣자마자 폐에서 공기가 훅 빠져나가고, 갑자기 요상하고 터무니없으며 타이밍도 부적절한 생각이 뇌리에 스친다. 이 음울하고 과묵한 남자가 아름다운 여자를 신부로 맞이한 게 그렇게 놀라운 일도 아니라는 생각. 이런 말을 아무렇지 않게 하니까.

덕분에 잠에서 확 깨긴 하네. "무슨 일인데 그래요?"

"비, 휴스턴에 계속 머물면서 블링크 연구를 하고 싶어요?" 리바이가 다시 묻는다. 그런데 이번엔 잠깐 입을 다물더니 덧붙인다.

"나하고 같이요."

그 순간 나는 내가 미쳤음을 알게 된다. 정신 나갔구나. 완전 정신 나간 미친 인간이구나. 알람이 오전 6시 45분을 가리키는데 이 시각에 짜릿한 전율이 척추를, 아니 척추가 있어야 할 자리를 타고 내려가는 걸 보면. 나는 눈을 질끈 감는다. 입에서 말이 멋대로 나온다.

"네."

♥♥♥

7시를 2분 넘긴 시각, 충분한 수면으로 기운을 얻은 내가 기합 바짝 들어간 복장을 하고서 엘리베이터에서 휘적휘적 내린다.

농담이다. 플란넬 셔츠에 레깅스 차림이고 브래지어도 깜빡한 데다, 시간상 양치질과 세수 중 하나만 할 수 있어서 전자를 택했다. 이 말은 곧 리바이가 나를 발견했을 때 나는 허둥지둥 눈곱을 떼고 있다는 뜻이다. 나는 초조한 동시에 졸리다. 최악의 조합이네. 리바이는 한밤중에 뛰쳐나온 사람 같지 않게 정돈된 상태로 보리스의 사무실 앞에서 기다리고 있다가 나를 보자마자 문을 노크한다. 나는 가볍게 뛰기 시작하고, 문 앞에 닿을 때쯤에는 부스스한 데다 땀까지 흘리면서 숨을 헐떡이고 있다.

즐거운 내 인생. 요추천자(허리에서 뇌척수액을 뽑는 검사/치료법-옮긴이) 받는 것만큼 즐겁네.

"어떻게 된 거예요?"

"설명할 시간이 없어요. 근데 아까도 말했지만 약간은 도박이에요. 들어가면 다 아는 것처럼 굴어요."

나는 미간을 찌푸린다. "뭘 알아요?"

보리스가 들어오라고 소리친다.

"그냥 내가 하는 대로 장단만 맞춰요." 그러더니 리바이가 나에게 먼저 들어가라고 손짓한다.

"우리가 공동 리더인줄 알았는데." 내가 중얼거린다.

그의 입꼬리가 슬쩍 올라간다.

"그럼 내 공동 리드에 장단 맞춰요."

"이 상황이 살해 후 자살로 끝나지 않을 거라고 약속해줘요."

리바이가 어깨를 으쓱하며 문을 열더니 견갑골 사이를 밀어 나를 들여보낸다. "그건 봐야 알겠죠."

보리스는 우리가 들이닥칠 줄 전혀 몰랐던 눈치다. 눈알을 굴리면서 눈을 가늘게 뜨는 것이 '거참 피곤하게.', '또 자네들 둘이야.', '이러고 있을 시간 없어.'라고 한꺼번에 말하는 것 같다. 그가 책상 뒤에 일어서서 허리에 양손을 얹는다.

나는 주춤 물러선다. 회의에 들어가는데 불길에 뛰어드는 기분이 드는 건 왜일까? 내가 무슨 일에 발을 들인 거야? 그리고 왜, 도대체 왜 나는 리바이 워드를 믿어봐도 좋다고 판단한 거지?

"안 돼." 보리스가 대뜸 말한다. "리바이, 이 문제는 다시 논하지 않겠네. 더구나 국립보건원 직원 앞에서는. 곧 회의가 있어서 준비해야 하니 이만…." 하지만 리바이가 전혀 동요하지 않고 침착하게 휴대폰을 책상에 내려놓자 보리스의 목소리에 어린 짜증이 잦아든다. 휴대폰 액정에 사진이 떠 있는데, 내 위치에서는 잘 안 보인다. 자세히 보려고 까치발로 서서 몸을 앞으로 숙이는데 리바이가 내 플란넬 셔츠 뒷자락을 잡아당기며 한쪽 눈썹을 치켜올린다. '나한테 장단 맞추라고 했잖아요.'라는 뜻 같다. 나는 최대한 '어떻게 돌아가는 건지 알면 더 잘 맞춰주겠지만, 뭐 좋아요.'라는 뜻을 담아 인상을 팍 쓴다.

보리스를 흘끔 보니 그의 이마 한가운데 일자 주름이 깊게 패 있다. "헬멧 프로토타입에 변화를 준 거야? 승인한 기억이 없는데."

"변화 안 줬습니다."

"이건 내가 승인한 디자인 같지 않은데."

"아닌 게 맞습니다." 리바이가 손을 내밀자 보리스가 휴대폰을 돌려주고, 리바이는 액정에 다른 사진을 띄운다. 머리에 뭔가를 쓰고 있는 사람의 사진이다. 보리스의 눈썹 위 주름이 더 깊어진다.

"언제 찍힌 사진이지?"

"그건 말 안 하는 편이 나을 것 같습니다."

보리스가 눈을 번득인다.

"리바이, 어제 한 얘기 때문에 이런 일을 꾸며내는 거라면-."

"매그테크라는 회사입니다. 기반이 탄탄하고 본사는 로테르담에 있죠. 과학기술 분야에 주력하는 곳입니다. 무선 신경자극 헬멧을 개발 중이라는 사실을 공개한 지도 좀 됐습니다." 리바이는 잠시 뜸을 들인다. "군대와 민병대에 꾸준히 전투 장비를 공급해온 회사예요."

"어느 군대?"

"돈을 주겠다면 어디든요."

"얼마나 앞서 있지?"

"이 설계도와 제… 지인이 준 정보를 토대로 추측하자면 블링크와 거의 비슷한 단계로 보입니다." 리바이가 좀 과하게 힘이 들어간 눈빛으로 보리스의 시선을 붙든다. "적어도 블링크가 도달했던 단계요. 중단되기 전에."

보리스가 나를 흘끔 살핀다. "엄밀히 말해 블링크는 중단된 적 없네." 그가 방어적인 투로 말한다.

"엄밀히는 그렇죠." 상관에게 이야기하는데도 리바이의 말투는 어쩐지 지배적인 느낌이다. 보리스가 얼굴을 붉히며 휴대폰을 도로 건넨다. 나는 리바이가 그걸 주머니에 넣기 전에 휙 낚아채 사진을 들여다본다.

신경자극 헬멧이다. 그 헬멧의 설계도와 프로토타입 사진. 우리 것과 똑같지는 않지만 비슷하다. 소름 돋도록 비슷하다. '젠장, 이기기 쉽지 않겠네.' 수준으로.

"그쪽에서 블링크에 대해 아나?" 보리스가 묻는다.

"그건 확실히는 모릅니다. 하지만 우리 쪽 프로토타입은 못 봤을 겁니다."

"그쪽에 신경과학자가 없어요. 적어도 실력 있는 사람은요." 내가 사진에 신경이 팔려 무심히 덧붙인다.

"그걸 어떻게 알지?" 보리스가 묻는다.

나는 어깨를 으쓱하며 설명한다. "딱 보면 알죠. 그쪽도 리바이가 저지른 실수를 똑같이 저지르고 있거든요. 아웃풋 홀의 위치요. 아니 도대체 엔지니어들은 왜 외부 전문가한테 자문을 구할 생각을 안 하는 거예요? 무슨 벡터계산법 규칙이라도 돼요? 공학의 제1법칙, 약점을 드러내지 말라. 절대로 질문하지 말라. 외부인과 협력하느니 공학도끼리 오류 있고 사용 불가능한 프로토타입을 설계하라." 고개를 든 순간 보리스와 리바이가 나를 빤히 보고 있는 걸 알아채고 입을 탁 닫는다. 이래서 커피 마시기 전인 나를 공공장소에 풀어놓으면 안 된다는 거야.

"요점이 뭐냐면요." 내가 헛기침을 한 뒤 말을 잇는다. "저쪽도 썩 잘 풀리고 있지는 않고, 헬멧을 시착하자마자 그걸 알아챌 거라는 거예요." 리바이에게 휴대폰을 건네는데 거칠고 따스한 그의 손가락이 내 손가락을 스친다. 우리의 시선이 한순간 공중에서 얽혀들었다가 흩어진다.

"그 설계도랑 사진 말이야." 보리스가 말한다. "어디서 구했나?"

"그건 중요하지 않아요."

보리스의 눈이 접시만큼 휘둥그레진다. "설마 우리 회사 선임 엔지니어가 커리어를 걸고 일종의 산업스파이 짓을 벌인 건–."

"소장님." 리바이가 말을 자른다. "이걸로 판도가 변했어요. 블링크를 재개해야 돼요. 지금 당장. 저쪽의 헬멧 콘셉트가 우리 거랑 유사해요. 만약 매그테크가 작동 가능한 프로토타입을 완성해서 한발 앞서 특허를 따내면 우리는 수백만 달러를 변기에 흘려보낸 꼴이 될 거예요. 게다가 저쪽이 그 설계를 가지고 뭘 만들어낼지, 누구한테 팔지도 예측 못하고요." 보리스가 눈을 감고 이마를 벅벅 긁는다. 마음이 약해진 신호를 기다렸다는 듯 리바이가 곧바로 덧붙인다.

"비하고 제가 있잖아요. 우리는 준비가 됐어요. 세 달 안에 이 프로젝트를 끝낼 수 있어요. 단, 필요한 기기가 마련되면요. 완성시킬 수 있다고요."

보리스는 눈을 뜨지 않는다. 오히려 이 상황을 1초도 더 견디기 힘들다는 듯, 더 질끈 감는다.

"정말로 할 수 있겠나? 세 달 안에 끝낼 수 있다고?"

리바이가 나를 돌아본다.

나는 솔직히 장담은 못 하겠다. 과학은 그런 식으로 이루어지지 않는다. 마감을 정해놓고 거기 맞춰 해치울 수 없고 실패하면 주어지는 위로상도 없다. 완벽한 연구 계획을 짜놓고 몇 달간 하루 한 시간씩 자고 절박함과 린 퀴진으로만 배를 채우며 매진해도 바라던 것과 정반대의 결과가 나올 수 있다. 과학은 봐주지 않는다. 과학에서 믿을 건 가변성뿐이다. 과학은 자기가 하고 싶은 대로 한다. 아, 그런 과학을 내가 얼마나 사랑하는지.

하지만 나는 활짝 웃어 보인다.

"당연히 할 수 있죠. 그 네덜란드 팀보다 훨씬 잘해낼 수 있어요."

"알았네. 알았어." 보리스가 기진맥진한 채 머리칼을 쓸어 넘긴다. "국장님하고 면담이, 젠장, 10분밖에 안 남았군. 아무튼 밀어붙여 보겠네. 이따 연락하지. 그런데… 자네 말이 맞아. 이걸로 상황이 달라졌어." 그가 반은 짜증과 반은 피로, 또 조금은 존경도 섞인 눈으로 리바이를 바라본다.

"블링크를 부활시킨 걸 축하해줘야겠군."

머릿속에서 폭죽이 터진다. 맙소사. *마압소사*.

일이 이렇게 풀리나.

"일단 국장님을 설득하면, 앞으로는 한 치의 오류도 용납되지 않을 걸세. 세계 최고의 신경자극 헬멧을 만들어내야 해." 리바이와 나는 의미심장한 시선을 교환하면서 고개를 끄덕인다. 사무실을 나서는 우리의 등 뒤로 보리스가 나지막이 욕설을 뱉는 게 들린다.

일이 이렇게 되자 나는 조금 겁에 질린다. 우리가 정식으로 진행 승인을 받으면 온 세상 사람들과 나아가 그들의 일가친척까지 우리를 압박할 것이다. 나사와 국립보건원의 높으신 분들도 독수리마냥 우리 머리 위를 맴돌 것이다. 나는 한 12선쯤 되는 백인 창조론자 상원의원에게 뇌신경 자극은 침술과 전혀 다르다는 걸 설명해야 할 것이다.

아니, 내가 누굴 속이려 들어? 실제로 블링크를 통해 똥고집 엔지니어들의 오류를 바로잡을 수만 있다면 앞에 말한 것들쯤 얼마든지 감수할 거면서. 한 시간 전에는 완전히 물 건너간 줄 알았던 그 기회가 다시 주어진 건데….

나는 한 손을 입에 대고 웃음 섞인 날숨을 토해낸다. 그렇게 될 것 같은데. 아니, 아마도 그렇게 될 것 같다. 나사에는 인간을 달에 보낼 만큼 똑똑한 천재들이 득실거리잖아, 안 그래? 그러니 멍청하게 블링크를 훼방 놓진 않겠지. 두 번째 기회가 없을 상황이라면 더더욱. 리바이가 무슨 수를 쓴 건지 모르겠지만-.

리바이.

문득 고개를 들자 그가 바보처럼 허공에 대고 배시시 웃는 나를 부드러운 미소를 머금은 채 바라보고 있다. 평소 같으면 뭘 보느냐고 땍땍거렸겠지만 눈이 마주친 순간 더 찢어지게 웃음이 번진다. 그렇게 보리스의 사무실 앞에서 얼빠진 사람들처럼 실실 웃으며 한동안 서 있는데, 그러다 어느 순간 그의 표정이 진지해진다.

"비." 대체 뭐지, 리바이가 내 이름을 부르는 건 왜 다른 거지? 음조 때문인가? 중저음이라서? 아니면 전혀 다른 무엇인가?

"어제 일 말인데요."

내가 고개를 젓는다. "아니에요. 내가…." 아, 이번 사과는 고통스럽겠다. 수치스러운 건 덤이고. 대장내시경만큼 피하고 싶은 사과지만 단숨에 해치워야지.

"있죠, 리바이가 좀더 터놓고 상황을 말해줬어야 하지만 나도 리바이를… 원숭이 볼기짝이라고 부르진 말아야했어요. 아니, 망할 자식이라고 했던가? 뭐를 속으로 생각하고 뭐를 실제로 뱉었는지 기억이 안 나지만…. 아무튼 연구실로 들이닥쳐서 욕 퍼부은 거 미안해요." 자, 됐다. 대장내시경 마쳤다. 이제 내 대장은 뽀독뽀독 깨끗해.

그런데 리바이는 내 사과를 듣는 둥 마는 둥 한다.

"비가 했던 말이요, 내가 비를 싫어한다고 한 거. 그리고 내가 옛날에 했다는 짓들에 대해-."

"아니에요. 내가 지나쳤어요. 물론, 다 사실이긴 하지만." 나는 여기서 숨을 한 번 크게 들이쉰다. "있죠, 나를 프로답게 대하기만 한다면 얼마든지 싫어해도 돼요. 그래도 솔직히 따지자면, 사람이 왜 그래요? 나는 아주 사랑스러운 사람이라고요." 그에게 장난스러운 미소를 지어 보이지만 그는 내가 놀리고 있는 걸 알아채지 못하는지(어제에 비하면 약간 덜하지만) 여전히 충격 어린 표정으로 나를 빤히 본다. 이크. 나는 체중을 발꿈치에 실으면서 흠흠 헛기침을 한다.

"미안. 농담이에요. 나한테 비호감적인 면이 많은 건 알고 있고 또 리바이는… 리바이죠. 나는… 음, 나고요. 암튼 아주 다르죠. 우리가 말하자면 숙적, 아니 철천지원수? 아무튼 그런 사이지만 그것 때문에 리바이가 블링크를 방해하는 줄 알고 화가 났어요. 그런데 전혀 아니었네요. 그러니 멋대로 짐작한 건 사과하고, 또… 리바이는 하던 대로 해도 돼요." 나는 90퍼센트쯤 진심어린 미소를 지어 보인다.

"일할 때 정중하고 공정하기만 한다면 마음껏 나를 싫어해도 돼요. 실컷 미워해요. 어디 내가 가루가 되도록 혐오해봐요. 곱게 빻아서 오차원으로 증발할 때까지 증오해도 돼요." 진심이다. 리바이가 나를 혐오하는 게 좋다는 건 아니지만, 그가 나를 싫어하는 바람에 내 커리어가 망했다고 생각한 어제보다는 백 번 나은 상황이라 한결 마음이 편하다. 대충 정리하자면.

"근데 진짜로 산업스파이 짓이라도 한 거예요?"

"아니에요. 아니, 어쩌면 그랬을 수도 있고. 친구가 아는 사람이 있는데 그 사람이 일하는 데가-." 말하다 말고 리바이가 눈을 감는다. "비는 아직 이해 못 한 것 같아요."

내가 고개를 갸우뚱한다. "내가 뭘 이해 못 했는데요?"

"나는 비를 싫어하지 않아요."

"그래요." 그러시겠지.

"그럼 7년 동안이나 나한테 재수 없게 군 이유는…?"

리바이가 한숨을 토한다. 그의 넓은 가슴팍이 덩달아 부풀었다 꺼진다. 소매에 털 한 가닥이 붙어 있는 게 눈에 띈다. 반려동물을 키우나? 개를 좋아하는 타입 같은데. 딸아이가 키우는 개일지도.

"내가 원래 재수 없는 놈이라 그래요. 근데 그것보단 그냥 멍청해서 그렇죠."

"리바이, 괜찮아요. 정말로 다 이해한다니까요. 프랑스에서 살았을 때 내 동생이 우리 반의 이네스라는 애를 엄청 좋아했는데 나는 걔가 꼴도 보기 싫었거든요. 이유도 없이 머리카락을 잡아당기고 싶고 그랬어요. 진짜 잡아당긴 적도 한 번 있어요. 근데 그건… 실수였던 게, 프랑스 사람인 숙모는 애들이 말썽부리면 저녁을 굶기는 벌을 주는 타입이었거든요." 나는 어깨를 으쓱한다. 리바이는 이제 손가락으로 콧잔등을 누르고 있다. 잠이 덜 깬 내가 이 정도로 주절댈 수 있다는 것에 충격받은 것 같다. 나를 싫어할 이유가 하나 더 생겼겠네.

"무슨 말이냐면, 누군가가 싫은 건 본능적 반응일 수 있다는 거예요. 첫눈에 반하는 거랑 똑같이. 뭔 줄 알죠? 그냥… 그 반대일 뿐."

리바이가 눈을 번쩍 뜬다. "비." 그가 침을 꿀꺽 삼킨다.

"나는-."

"리바이 박사님! 여기 계셨네요." 케일리가 아이패드를 들고 우리에게 다가온다. 내가 케일리에게 손을 흔드는 동안에도 리바이는 나에게서 눈길을 거두지 않는다. "결재 받을 게 두 건 있는데, 좀 이따 가이 씨하고 두 분이 조나스 씨와 회의도 있고…. 박사님?"

무슨 이유에선지 리바이가 여전히 나를 빤히 바라보고 있다. 게다가 또 뭔가에 충격받은 표정이다. 내 코에 눈곱이 붙어 있나?

"박사님?"

역시 세 번은 불러줘야 귀에 들어오는 법인지 리바이가 마침내 눈을 돌린다. "아, 케일리."

두 사람이 이야기를 나누기 시작한다. 나는 한 번 더 손을 흔들어 준 후 커피와 브라가 있었으면 하고 간절히 바라며 발걸음을 옮긴다. 엘리베이터에 타기 전에 왜 마지막으로 한 번 돌아봤는지 모르겠다. 정말로 왜 그랬는지 모르겠지만 리바이가 또 나를 쳐다보고 있다.

케일리가 말을 하고 있는데도.

♥♥♥

오후 2시, 브라를 입은 상태로 (스포츠 브라도 브라고, 건설적 비판은 사양한다.) 열한 잔째 커피를 홀짝이는데 리바이에게서 문자가 온다.

[비, 이메일을 믿을 수 없어서 문자 보내요. 신청한 기기와 컴퓨터가 내일 도착할 거예요. 최대한 빨리 회의를 잡아서 블링크 상황을 재검토합시다. 케일리가 곧 가서 nasa.gov 이메일을 설정해줄 거예요. 그럼 비도 서버에 접근할 수 있어요. 또 필요한 게 있으면 얘기해요.]

참, 나도 나다. 했던 짓을 또 반복하는 걸 보면, 지난 몇 주간 배운 게 없나 보다. 아무튼 나는 의자에서 용수철처럼 튀어 올라 연구실 한복판에서 귀가 찢어져라 기쁨의 환호를 지르며 팔짝팔짝 뛴다. 이제 됐어. 이제 됐어. 이제 됐어. 이제 됐–.

"어… 보스?"

휙 돌아보니 로시오가 자기 자리에서 놀란 표정으로 눈을 끔벅거리고 있다.

"미안." 나는 얼굴이 확 달아올라 얼른 자리에 앉는다.

"미안. 그냥… 좋은 소식이 있어서."

"비건주의교 독재자 교주가 보스를 놔줘서 드디어 진짜 음식을 먹을 수 있게 됐어요?"

"뭐? 아니야."

"그럼 마리 퀴리 무덤 근처에 묏자리라도 얻었어요?"

"그건 불가능해. 퀴리 박사님 유골은 파리 팡테옹에 모셔져 있거든." 나는 고개를 젓고 말을 잇는다.

"우리가 신청한 기기들이 오고 있대! 내일 도착이래!"

그러자 로시오가 실제로 미소를 짓는다. 망할 디지털 카메라는 필요할 땐 어디 있는 거야? "정말로요?"

"응! 그리고 케일리가 곧 와서 nasa.gov 이메일 주소도 설정해주기로 했-, 어디 가?" 가방에 노트북을 쑤셔 넣는 로시오의 얼굴에 심히 당황한 기색이 어려 있다.

"집에요."

"그렇지만 곧-."

"어차피 컴퓨터는 내일 도착하니까 오늘은 있을 필요 없잖아요."

"그래도 할 수 있는 일이…."

내가 상관이라는 사실을 상기시키기도 전에 로시오는 가버린다. 나도 권한을 행사하는 법을 언젠가는 배우고 말 테다. 하지만 오늘은 아니다. 그리고 별로 신경 쓰이지도 않는다. 로시오의 등 뒤로 문이 닫히자마자 또 의자에서 튀어올라 몇 분 더 펄쩍펄쩍 뛴다.

8장

중심전회: 움직임

*중심전회: 전두엽 표면에 위치해서 운동 통제에 관여하는 영역으로,
'중심앞이랑'이라고도 한다. -옮긴이

재미있는 사실 하나를 알려주자면, 퀴리 박사의 제일 절친한 친구는 엔지니어였다. 정말이지 의외 아닌가?

당연히 고추 대잔치인 리바이의 팀에서 제일 능력 있고 똘똘하다는 팀원들과 마주앉아 있는데 문득 이런 생각이 든다. 세상에 누가 자진해서 엔지니어 무리와 시간을 보낼까? 그런데 그 일이 실제로 벌어지고 있다. 칠면조고기맛 옥수수 사탕이나 여드름 짜는 영상, 그 외에 수많은 있을 법하지 않은 일들처럼 실제로 있는 현상이란 말이다.

마리 퀴리 관련해서 떠올리기조차 괴롭고, 내가 가장 좋아하지 않는 사실은 이것이다. 피에르가 사망한 후 마리가 폴 랑주뱅이라는 건장하고 젊은 물리학자와 사귀기 시작했다는 것. 솔직히 우리 박사님은 그래도 된다. 아직 젊은 과부였고, 그때까지 인생의 대부분을

우라늄광을 와인용 포도인 양 밟으며 보냈으니까. 그런 박사님이 남자랑 좀 뒹굴겠다는데, 그에 대한 적절한 반응은 "침대는 어디에 놓아드릴깝쇼, 퀴리 부인?" 이것밖에 없다는 데 다들 동의할 것이다. 안 그런가?

하지만 현실은 그렇지 않았다.

소문을 접한 언론이 퀴리 박사를 마녀 사냥하듯 괴롭힌 것이다. 마치 퀴리 박사가 기차를 타고 사라예보로 가서 몸소 프란츠 페르디난트 대공을 암살이라도 한 것처럼 흥분해 날뛰었다. 하는 말들도 가관이었다. 퀴리 부인은 불륜녀라는 둥(폴이 아내와 헤어진 지 한참 됐는데도) 퀴리 부인이 피에르의 이름에 먹칠을 하고 있다는 둥(피에르는 아마 무신론주의 과학자와 뉴턴과 그 친구들에게 그늘을 드리워줄 사과나무가 가득한 물리학자의 천국에서 마리에게 하이파이브를 보내고 있었을 텐데.) 마흔 살 다된 폴보다 다섯 살 연상이니(히익 어떡해!) 어린 남자 노리는 파렴치한이라는 둥(세상에 이를 어째!). 남자들이 똑똑한 여자보다 더 싫어하는 게 하나 있다면, 그건 바로 성적 자기결정권을 행사하는 똑똑한 여자다. 하여간 온갖 혐오 섞인 공격이 쏟아졌다. 성차별주의를 흠씬 끼얹고 반유대주의 헛소리도 난무하더니 급기야 권총 결투가 벌어졌고 "폴란드 태생 쓰레기"라는 말도 나돌았다. 퀴리 박사는 우울의 바다에 깊게 침잠했다.

바로 여기서 엔지니어 절친이 등장한다.

그녀의 이름은 허사 에어턴. 다방면에 뛰어난 친구였다. 고등학교 때 한 명쯤 있었을 법한, 전 과목 A를 받으면서 축구팀 주장도 하고 연극부에서는 조명을 담당하면서 방과 후에는 여성권리운동도 이끌던 친구를 떠올려보라. 허사는 전기 아크를 연구한 것으로 유명하다. 전기 아크는 일종의 번개인데 훨씬 멋있다고 보면 된다. 나는 허사가 과학 지식을 활용해 마리의 적들을 제우스의 번개처럼 치지직 불태워버리는 상상을 즐겨 한다. 물론, 실제 서로에 대한 두 사람의 애정과 정신적 지지는 주로 프랑스 언론을 피해 한적한 곳에서 함께 휴가를 보내는 형태로 발현되었다.

뭐, 조용하고 소소한 순간들로 연결되며 치명적 번개는 동반되지 않는 우정도 있는 법이니까. 실망스럽지만 어쩌겠나. *그런가 하면 배신과 상처로 점철되는 우정도 있고. 서로 좋아하는 배달 맛집을 외울 정도로 친했던 친구의 전화번호를 차단한 사실을 잊으려고 2년이나 발버둥치기도 하고 말이지.*

아무튼 내가 생각하는 이 이야기의 교훈은 '엔지니어라고 전부 다 찌질이는 아니라는 것'이다. 하지만 내가 협력해야 하는 엔지니어들은 칼빵을 부르는 부류인 경우가 많다. 예를 들면 지금 마주한 사람 말이다. 여기, 내 눈을 똑바로 보며 2분 만에 무려 세 번째로 "그건 불가능해요."라고 말하고 있는 블링크의 소재 담당 마크를 보라. 알았어, 마크. 다시 설명해주지.

"아웃풋 채널의 간격을 더 넓히지 않으면-."

"불가능해요."

네 번, 네 번째다. 그것도…. 으윽, 아직 2분이 안 지났네.

나는 심호흡을 하면서 옛 상담사의 조언을 떠올린다. 팀과 헤어지고 얼마 후 내 자존감이 땅굴을 파고들어가 거기서 투덜대는 구더기들 그리고 중생대 화석들과 함께 파티를 벌였을 무렵 짧게 상담했던 사람이다. 그녀는 내가 통제할 수 없는 것(다른 사람들)을 놔주고 내가 통제할 수 있는 것(내 반응)에 초점을 맞추는 태도가 중요하다고 했다. 그 사람은 종종 내가 한 말을 살짝 틀어 나를 자각하게 하는 신통한 재주를 부리곤 했다.

소재 담당 엔지니어 마크에게 그 묘수를 써먹어볼 차례다.

"헬멧의 내피 형태를 고려하면 현재로선 불가능한 일을 요구하고 있다는 건 나도 알아요." 내가 격려의 뜻으로 미소를 지어 보인다. "그렇지만 제가 신경과학자 입장에서 뭘 어떻게 할지 설명해주면 우리가 절충안을 찾을 수–."

"불가능해요."

내가 책상에 머리를 박지 않은 건 순전히 때마침 리바이가 문을 벌컥 열고 들어와서 그렇다. 그는 헨리 셔츠 소매를 걷어 올리며 아침인사로 대충 우리 쪽을 향해 고개를 끄덕인다. 그의 강인해 보이는 팔뚝은 좀 미친 것처럼 멋지다. 내가 왜 이런 걸 알아채고 있지? 아악. 리바이가 페니의 학교 일로 늦을 거라는 건 케일리에게 들어서 알고 있었다. 페니가 리바이의 딸 이름인가 보다. 리바이에게는 딸이 있으니까. 그 사실이 더는 충격으로 다가오지 않을 때가 되어야(즉, 영겁의 시간이 흐른 후) 그만 언급할 것 같다.

다들 리바이에게 인사를 한다. 순간 왠지 가슴이 울렁거린다. 이메일을 주고받기는 했지만 어제 이후로 대면하는 건 처음인데, 어제 나는 그에게 프로답게 군다는 조건으로 마음껏 나를 혐오해도 된다고 공식적으로 허락했으니까. 그가 어떻게 나올지 궁금하다. 그의 연약한 감수성을 존중하는 뜻에서 오늘은 가진 것 중 제일 작은 코 피어싱을 끼고, 내가 가진 유일하게 얌전한 옷인 앤 테일러 원피스를 입었다. 화해의 제스처인데 받아들이지 않았단 봐라.

"무슨 말인지 알겠어요." 내가 마크에게 말한다. "소재의 특성상 물리적으로 불가능한 요소가 있긴 있죠. 하지만 우리가 거기서-."

"불가능해요." 마크가 유일하게 아는 어휘를 되풀이한다.

"가능한 해법을 찾아내서-."

"안 돼요."

그가 새로운 어휘를 장착한 걸 칭찬하려는 순간, 리바이가 끼어든다. "말 끝날 때까지 기다려, 마크." 그러더니 내 옆자리에 앉는다. "뭐라고 하려고 했죠, 비?"

으응? 지금 무슨 일이 일어나고 있는 거지?

"그…. 어, 지금 문제되는 게 아웃풋 홀의 위치거든요. 의도한 영역을 자극하려면 홀 배치를 바꿔야 해요."

리바이가 고개를 끄덕인다. "예를 들면 각회요?"

얼굴이 화끈 달아오른다. 아 좀, 사과했잖아! 팀원들 앞에서 나를 은근히 디스한 그를 째려보는데, 그의 눈에 묘한 빛이 어린 걸 알아챈다. 저건 꼭…. 잠깐, 그럴 리 없는데. 설마 나를 놀리는 거야?

"맞, 맞아요." 내가 어쩔 줄 모르고 더듬는다.

"각회 같은 부위요. 뇌의 다른 부위도 마찬가지고요."

"난 이미 얘기했어요." 마크가 키가 너무 작아 롤러코스터를 못 타게 된 여섯 살짜리마냥 부루퉁하게 받아친다.

"우리가 내피에 사용한 케블러 혼합소재의 속성을 고려하면 아웃풋 홀 간격은 그대로 유지해야 한다고요."

아니, 그가 실제로 한 말은 "불가능해요."였다. 그걸 지적하려는데 리바이가 입을 연다. "그럼 케블러 혼합을 바꾸면 되겠네." 내가 보기에는 충분히 고려해볼 만한 완벽히 합리적인 대안 같은데, 나머지 다섯 명은 21세기에 글루텐 함유 식품을 먹자는 소리라도 들은 양 펄쩍 뛴다. 왁자지껄 반박이 오간다. 혀 차는 소리도 들린다. 프레드인가 뭔가 하는 남자는 숨을 헉 들이마신다.

"그럼 상당한 변화를 주는 게 될 텐데요." 마크가 징징댄다.

"불가피한 일이야. 헬멧에 신경자극 장치를 제대로 장착하는 게 중요해."

"하지만 그건 설리번 프로토타입이 요구하는 것과 다르잖아요."

설리번 프로토타입이 언급되는 걸 듣는 게 이번이 두 번째고, 그 이름이 언급된 후 숨 막히는 침묵이 뒤따르는 것도 두 번째다. 지난번과 다른 점은 오늘 내가 그 자리에 함께 있다는 것이다. 덕분에 모두가 불편한 기색으로 리바이를 쳐다보는 것을 목격한다. 혹시 리바이가 설리번 프로토타입의 주 개발자인가? 그럴 리가, 그는 블링크에 새로 투입됐는데. 설리번은 디스커버리 연구소 이름이잖아. 그럼 거기서 따온 걸지도? 가이에게 물어보고 싶지만 그는 오늘 오전에 로시오와 케일리와 함께 기기를 설치할 거라고 했다.

"최대한 원안에 충실하게 만들긴 할 테지만 설리번 프로토타입은 원래 신경과학을 염두에 두고 설계된 거였어." 리바이가 늘 그렇듯 반박을 허락하지 않는 말투에다가 모든 게 큰 남자의 자신감까지 곁들여 말하자 다들 진지하게 고개를 끄덕인다. 도넛 하나 더 먹겠다고 서로 밀치는 남자 무리, 잠옷 차림으로 출근하는 남자 무리에게 기대하기 힘든 수위의 진지함이다. 분명 내가 모르고 있는 게 있다. 여기는 대체 뭐지, 〈트윈 픽스〉 세계관인가? 어째서 모두 비밀을 안고 있는 거지?

우리는 두어 시간 더 세부 사항을 논의한다. 향후 몇 주에 걸쳐 내가 우주비행사들 가운데 첫 번째 임상실험팀의 뇌를 한 사람씩 매핑하는 사이 엔지니어링팀은 헬멧 내피를 손보기로 결정한다. 리바이가 와 있으니 그의 팀원들도 내 제안에 더 순순히 동의한다. 이게 바로 '고추 무게 얹기' 현상이다. 애니와 나는 그렇게 불렀다. 고추 대잔치나 남탕 연대에서 여자인 나를 남자 한 명이 지지하면, 나머지 사람들도 내 의견을 더 진지하게 받아들이는 현상을 뜻한다. 그 남자가 무리에서 존중받을수록 '고추 무게 얹기'는 더 큰 힘을 발휘한다.

노골적인 사례를 하나 소개하겠다. 우리 퀴리 박사님은 본인이 최초로 아이디어를 떠올린 방사능 이론으로 노벨상 후보에 오르지 못했다가 예스타 미타그레플레르라는 한 스웨덴 수학자가 남성으로만 이루어진 노벨상 위원회에 탄원을 넣고서야 후보로 고려되었다. 그보다 덜 노골적인 사례도 여기 있다. 엔지니어링팀과의 회의 중에 내가 측두엽의 깊은 곳까지 자극을 주지 못할 거라고 지적하자, 이름이 프레드일지도 모르는 남자가 이렇게 말한다.

"아닌데요, 줄 수 있어요. 저도 학부 때 신경과학 수업 들었거든요." 아이고, 저런. 그 수업 2주 전에 들었나보다. "내측 측두엽에 자극을 주는 데 성공한 사례가 있었던 걸로 거의 확신해요."

나는 속으로만 한숨을 푹 쉰다. "연구자가 누구였는데요?"

"뭐더라…. 성이 웰치였나? 시카고에서 연구한다고 했던가?"

"잭 월시요? 노스웨스턴 대학?"

"맞아요."

나는 고개를 끄덕이며 미소 짓는다. 아니, 미소를 짓지 말았어야 한다. 어쩌면 내가 이딴 거지같은 일을 겪는 것도 너무 자주 미소를 보여서인지 모른다. "잭은 측두엽 해마를 직접적으로 자극하지는 않았어요. 거기 연결된 후두부를 자극했죠."

"하지만 논문을 보면-."

"프레드." 리바이가 말을 자른다. 그는 오른손에 반쯤 먹은 사과를 들고 자기 덩치 때문에 상대적으로 작아 보이는 의자 등받이에 느긋하게 기대앉아 있다. "이 주제에 대해서는 학술논문을 열 몇 편 발표한 신경과학 박사의 말을 믿어도 될 것 같은데." 그가 조용하지만 권위적인 목소리로 덧붙인다. 그러더니 사과를 한입 더 베어 무는 것으로 이 대화는 종료된다.

봤나? 바로 이것이 '고추 무게 얹기'다. 안 통하는 적이 없다. 그리고 매번 나는 테이블을 엎고픈 충동을 느끼지만 꾹 참고 다음 안건으로 넘어간다. 어쩌겠나? 너무 지쳤는걸.

그리고 이제 사과도 먹고 싶어졌다.

물병을 채우러 밖으로 나가는데 배가 요란하게 꼬르륵거린다. 내 책상 위에서 해동되고 있을 린 퀴진을 떠올리며 입맛을 다시는 순간, 그 소리가 들린다.

"냐아오."

새가 지저귀는 것 같은 녀석의 울음을 바로 알아챈다. 내 삼색이, 아니, 그 삼색이가 식수대 뒤에서 빼꼼 내다보고 있다.

"안녕, 예쁜아." 나는 무릎을 꿇고 앉아 녀석을 쓰다듬는다.

"지난번엔 어디로 가버렸던 거야?"

뿌르릅, 냐아오. 고로록 고로록.

"여기서 혼자 뭐해?"

머리 콩콩.

"쥐 사냥하는 거야? 텍사스 발톱살인먀옹 출동이야?" 내 썰렁한 개그에 나 혼자 웃음을 터뜨린다. 삼색이는 나를 죽일 듯 째려보더니 총총 가버린다.

"야아, 너무해. 조금은 웃겼잖아. 개그 포인트 *화악*-실했다고!"

삼색이가 마지막으로 한 번 더 째려보더니 모퉁이를 돌아 사라진다. 내가 계속 낄낄대고 있는데 뒤에서 발소리가 들린다. 나는 돌아보지 않는다. 그럴 필요도 없다. 누군지 아니까.

"고양이가 있었어요." 내가 자신 없는 투로 말한다.

리바이는 나를 지나쳐 식수대로 가서 물병을 채운다. 키가 워낙 커서 식수대 위로 몸을 반은 접어야 한다. 면 티셔츠 소매 안에서 팔 근육이 움직인다. 대학원 때도 이렇게 덩치가 컸던가? 아니면 내가 쪼그라들었나? 스트레스 때문일 거야. 아니면 골다공증이 조기 발병했거나. 퇴근길에 칼슘 강화 두부를 사 가야겠어.

"그래요." 리바이가 이도 저도 아닌 투로 대꾸한다. 시선은 물에 고정한 채.

"아니, 정말이라니까요."

"아, 네."

"진짜예요. 저쪽으로 갔어요." 내가 오른쪽을 가리킨다. 리바이가 정중하게 고개를 끄덕이며 그쪽을 흘끔 보더니 물을 홀짝이며 도로 회의실로 들어가 버린다.

나는 복도 한복판에 무릎을 꿇은 채 한숨을 내쉰다. 저 왕재수가 나를 믿든 말든 무슨 상관이람.

어차피 저놈은 고양이를 싫어할 거야.

♥♥♥

"기기 설치 다 됐어요. 가이가 우리 컴퓨터도 설정해줬고요." 숙소로 걸어가는 길에 로시오가 알린다.

나는 텁텁한 오후의 공기 속에 미소 짓는다.

"잘됐네. 가이랑 케일리랑 작업하는 건 괜찮았어?"

"평생의 원수랑 일하는 건 괜찮았어요?"

"로." 내가 로시오를 흘겨본다. 어쩌면 평생 안 낳을지 모를 딸이 십 대 청소년이 됐을 때를 대비한 연습으로 로시오를 상대하는 것보다 더 좋은 건 없다.

"그럭저럭 괜찮았어요." 로시오가 중얼거린다. 그 말투에 나는 미간을 찌푸린다.

"그래?"

"네."

"괜찮지 않은 걸로 들리는데. 무슨 문제라도 있어?"

"있죠. 여러 개요. 지구온난화, 체계적으로 자행되는 인종차별, 생태 지위의 과밀화, 스웨덴 로맨틱 공포 영화 명작인 〈렛 미 인〉의

불필요한 할리우드 리메이크."

"로시오." 내가 인도에서 우뚝 멈춰 선다. "혹시 다른 직원들 태도에 문제가 있거나 가이가 불편하게 했다면 기탄없이 얘기–."

"가이를 만나본 거 맞아요?" 로시오가 콧방귀를 섞어 대꾸한다. "미어캣과 성당 복사 소년이 낳은, 천하에 제일 무해한 동물 같은 사람인데."

"그건 굉장히 무례하지만…." 나는 눈을 깜빡이며 말을 잇는다.

"심란할 정도로 정확한 묘사네. 오늘 기분이 별로인 것 같은데, 뭔가 마음에 걸리는 게 있으면 내가–." 로시오가 불분명하게 뭐라고 웅얼거린다. 내가 로시오 쪽으로 몸을 기울인다.

"방금 뭐라고 했어?"

로시오가 또 웅얼거린다.

"뭐라고? 못 들었–."

"케일리가 너무 싫다고요!" 로시오가 너무 크게 외치는 바람에 길 건너편에서 유아차를 밀던 남자가 우리를 흘끔 돌아본다.

"케일리가… 싫다고?"

"방금 말했잖아요." 로시오가 휙 돌더니 성큼성큼 걸음을 뗀다. 나는 걸음을 재촉해 쫓아간다.

"잠깐만, 진심으로 하는 소리야?"

"저는 언제나 진심만 말해요."

그건 사실이 아니다. "케일리가 무슨 짓이라도 했어?"

"했어요."

"그럼 말해줘, 부탁이야." 내가 달래려고 로시오의 어깨에 손을 얹는다. "내가 도와줄게, 뭐든."

"그 바보 같은 곱슬머리." 로시오가 뱉듯이 말한다.

"망할 피보나치 나선 같잖아요. 모양이 대수적이고 성장인자도 황금비율이란 말이에요. 게다가 생긴 것도 꼭 금실 같고. 지가 뭐 신데렐라야? 우리가 파리 디즈니랜드에 와 있나?"

나는 눈을 깜빡거린다. "로, 혹시-."

"게다가 스스로를 존중할 줄 아는 사람 중에 그렇게 반짝이를 많이 바르고 다니는 사람이 어디 있어요? 반어법도 아니고 정말."

"나는 반짝이 좋아하는데."

"안 좋아하시잖아요." 로시오가 으르렁거린다. 나는 기세에 눌려 고개만 끄덕인다. 그래, 이제 안 좋아할게.

"그리고 아까 케일리가 뭘 떨어뜨렸는데, 뭐라고 한 줄 아세요?"

"어이쿠?"

"'에그머니나.' 이랬어요. '헉, 에그머니나!' 제가 왜 케일리랑 같이 일 못 하겠는지 이제 아시겠죠?"

나는 시간을 벌기 위해 고개를 끄덕인다. 이것 참…. 흥미롭군. 최소한 흥미롭긴 해.

"그게, 음, 둘이 서로 굉장히 다른 타입이고 친해지기 힘들다는 건 알겠어. 그래도 그런… 스팽글에 대한-."

"분홍색 스팽글."

"… 분홍 스팽글에 대한 혐오를 극복하고 같이 잘 지내주면 안 될까."

"불가능해요. 그만둘래요."

"있지, 방금 말한 것 중 어느 것도 정식으로 불만을 제기할 정당한 사유가 되지 못해. 동료의 패션을 단속할 권한은 없다고."

로시오가 인상을 쓴다. "케일리가 막대사탕을 먹었다고 하면 제 편 들어주실래요? 안에 껌 들어 있는 사탕."

"그래도 안 돼." 나는 미소 짓는다.

"뭐 하나 알려줄까? 로시오가 케일리에게 느끼는 감정 말이야, 리바이가 나한테 느끼는 거랑 똑같아."

"무슨 소리예요?"

"리바이는 내 머리 스타일을 질색해. 내 피어싱이랑 옷차림도. 아마 내 얼굴을 고어 영화에 나오는 피 튀기는 장면쯤으로 여길걸."

"피 튀기는 고어 영화가 얼마나 멋진데."

"리바이는 동의하지 않을걸. 그래도 리바이가 내가 못난이 두꺼비라는 사실을 모른 척해줘서 우리는 협력해나가고 있어. 그러니 로시오도 그렇게 해봐."

로시오는 시무룩해져서 다시 걸음을 뗀다.

"리바이 박사가 진짜로 보스의 외모를 싫어해요?"

"응. 옛날부터 쭉 그랬어."

"거 참 이상하네요."

"뭐가 이상한데?"

"그분이 보스를 빤히 쳐다보거든요. 항상."

"아, 아니야." 웃음이 터진다. "나를 안 쳐다보려고 상당히 애쓰는 편이지. 나를 보지 않는 게 그 인간한테는 크로스핏 운동이야."

"그 반대인데요. 적어도 보스가 그분을 보고 있지 않을 때는요."

혹시 약에 취했느냐고 물으려는데 로시오가 어깨를 으쓱한다.

"상관없어요. 보스가 내가 케일리를 싫어하는 걸 지지해주지 않는다면 노르웨이 데스메탈 틀어놓고 알렉스한테 전화해서 울분을 쏟아놓는 수밖에요."

"낭만적인 저녁이 되겠네." 나는 로시오의 등을 토닥여준다.

집에 온 나는 피넛버터컵 초콜릿이나 우걱우걱 먹으며 고추 무게 없기의 부당함에 대해 토로하는 트윗을 수십 개 올리고 싶지만, 디엠을 확인하는 걸로 만족하기로 한다. 슈맥의 메시지가 와 있는 걸 보자 절로 미소가 번진다.

슈맥: 어떻게 지내요?

마리: 묘하게도 훨씬 잘 풀리고 있어요.

슈맥: 낙타 거시기 놈이 자체발화라도 했어요?

마리: ㅋㅋㅋ 아뇨. 그 사람, 생각보다 덜 낙타 거시기였어요. 그래도 여전히 재수 없는 놈이긴 해요. 그냥 낙타 거시기까지는 아닐 뿐. 대신 뭐냐, 오리 거시기 정도?

슈맥: 오리 거시기 본 적 있어요?

마리: 아뇨? 작고 귀엽겠죠 뭐.

그가 보낸 사진이 뜨기 전에 톱니바퀴 아이콘이 뱅글뱅글 도는 것을 잠시 지켜본다. 사진이 뜨고 처음엔 언뜻 나사인 줄 알았다가 곧 그것이 깃털 달린 조그만 몸뚱이에 달려 있는 것을 알아채고 그 다음엔….

마리: 오마이갓! 저 지옥에서 온 괴물은 뭐예요?

슈맥: 마리의 동료요.

마리: 아까 한 말 취소예요! 강등했던 거 되돌릴래요! 다시 낙타 거시기예요!

마리: 근데 여자친구랑는 어떻게 지내요?

슈맥: 했던 말 또 하자면, 그 사람이 제 여자친구였으면 좋겠네요.

마리: 어떻게 되어 가고 있는데요?

다소 긴 공백이 이어진다. 그 사이 나는 동기부여 제대로 받은 어른인 척하기로 하고, 운동복 반바지와 "마리 퀴리&동위원소-1911 유럽 투어"라고 적힌 티셔츠로 갈아입는다.

슈맥: 엉망진창이에요.

마리: 어쩌다요?

슈맥: 내가 다 망쳐놨어요.

마리: 수습 불가 수준으로?

슈맥: 아마도. 쌓인 게 많아서요.

마리: 얘기하고 싶어요?

한동안 화면 하단에서 점 세 개가 깜빡이기에 그 틈을 타 '소파에서 5K까지' 앱을 확인한다. 오늘은 5분 달리고 1분 걷고 또 5분 더 달리라는군. 이 정도면 할 만하지.

아니, 나 자신을 속이지 말자. 죽도록 힘들겠네.

슈맥: 상황이 좀 복잡해요. 내가 지금보다 어렸을 때 처음 만난 것도 한몫했고.

마리: 제발 옛날에 공대 찌질이였다는 말은 하지 말아요.

슈맥: 그보다는 그냥 재수 없는 놈이었어요.

마리: 인터넷에서 여자 몇 명이나 괴롭혔어요?

슈맥: 0명이요. 근데 어렸을 때 살벌하고 대화 없는 환경에서 자랐어요. 덕분에 나도 살벌하고 대화할 줄 모르는 사람으로 살다가 어느 날 평생 이렇게 살 수는 없다는 걸 깨달았죠. 그래서 상담을 받기 시작했고 덕분에 그… 감당 못할 정도로 강렬한 감정을 소화하는 법을 배웠어요. 물론 그 여자와 얘기할 때면 머릿속이 하얘져서 그간 발전한 게 싹 원점으로 돌아오지만요.

마리: 아이쿠.

슈맥: 내 행동이 상대방에게 어떻게 받아들여질지 짐작도 못 했는데, 당시 상황에 비춰보니 확실히 알겠더라고요. 그건 그렇다 쳐도 얘기를 들어보니 그녀의 남편이 그동안 거짓말을 해서 오해의 골이 더 깊어진 게 아닌가 의심돼요.

마리: 그 여자한테 말하는 게 좋지 않을까요? 나라면 듣고 싶을 거예요.

슈맥: 어차피 무의미해요. 남편하고 행복하게 잘 살고 있으니까.

나는 숨을 한번 깊이 들이마신다.

마리: 그럼 내 얘기 좀 들어봐요. 오랫동안 나는 어떤 사람과 행복

하게 잘 지내는 줄 알았는데 어느 날 그 사람이 병적인 거짓말쟁인 걸 알게 됐어요. 그런데 경험상 거짓말로 이어진 관계는 오래 못 가더라고요. 장기적으로는요. 그러니 슈맥도 사실대로 털어놓는 게 그 여자한테도 좋은 일 하는 거예요.

모든 관계가 어차피 언젠가 끝난다는 말은 굳이 하지 않는다. 그렇게 말하면 보통 상대방이 방어적으로 나오니까. 그런 건 각자 겪어보고 깨달아야 한다.

슈맥: 그런 일을 겪었다니 유감이네요.

마리: 나도, 그쪽 상황이 그렇게 되어 간다니 마음 아프네요.

슈맥: 우리 좀 봐요. 두 명의 불쌍한 과학자네요.

마리: 불쌍하지 않은 과학자도 있어요?

슈맥: 내 주변엔 없어요.

운동화를 신다가, 슈맥 생각에 마음이 아프다. 유부녀를 몰래 사랑하다니, 얼마나 괴로울지 상상도 안 간다. 이런 가슴 아픈 상황이 자꾸 보이니까 '주식회사 비'의 기업 사명이 더 정당성을 얻는 거다. '비-펜스 가드를 올려라. 절대로, 결단코, 누구와도 사랑에 빠지지 말라.' 만약에 내가 또다시 사랑에 상처받는다면 그 상대는 신경과학일 것이다. 멍청한 팀보다는 더 확실하게 내 심장을 부숴놓겠지. 연애를 하지 않고 심장을 사수하겠다는 내 결정을 우리 퀴리 박사님도 지지해줄 것이다. 그건 확실하다.

아무튼 나는 소파에서 용수철처럼 튀어 올라 닭죽마냥 질척한 휴스턴의 공기로 용감하게 달려 나간다.

♥♥♥

스페이스 센터 헬스장에서 달리기를 한다면 바닥에서 흐느적대는 나를 동료 중 누군가가 목격할 텐데, 그건 죄 없는 사람에게 못할 짓이다. 구글이 오늘도 나를 도와, 5분 거리에 작은 묘지가 있다고 알려준다. 묘비에 새겨진 앨포드나 브록홀스트 같은 아기 이름을 읽다 보면 고문 같은 달리기에서 신경을 다소 분산시킬 수 있을지 모른다. 귀에 에어팟을 꽂고 앨라니스 모리세트 앨범을 연속으로 재생한 뒤 묘지로 향한다. 지금이 저녁 6시 43분이니까, 집에 돌아가서 샤워하면 딱 〈러브 아일랜드〉 볼 시간이 될 것 같다.

〈러브 아일랜드〉가 뭐 어때서, 흥. 저평가된 쇼라고.

실망스럽게도 소파에 앉아 운동하는 생각을 하는 것만으로는 유산소 운동 능력치가 조금도 향상되지 않았다. 그 사실을 달리기 시작하고 3분 만에 묘비 앞에 쓰러지듯 주저앉으며 깨닫는다. 묘비에는 “노아 F. 무어(‘이제 그만 No More’와 발음이 비슷하다–옮긴이), 1834–1902”라고 새겨져 있다. (놀랍도록 적절한 이름이군.) 땀에 절어 풀밭에 누워 귀에서 울리는 심장 박동을 듣는다. 심장 박동이 아니라 앨라니스 모리세트가 내지르는 소리일 수도 있다.

나는 이런 것에 적합한 사람이 아니다. 여기서 “이런 것”이란 간식 쟁여 놓은 찬장까지 팔 뻗는 것 이상으로 힘든 일 전부를 뜻한다.

우연찮게도 내 찬장들은 전부 간식용이다. 퀴리 박사가 자전거 타기와 숲길 산책이라는 공통 취미를 기반으로 남편과 애정을 나눴다는 건 안다. 하지만 우리 모두가 퀴리 박사님처럼 교양 넘치고 학자로서도 뛰어난 데다 운동 능력까지 갖출 수는 없으니까.

해가 지는 걸 보고 땅바닥에서 겨우 몸을 일으켜 노아에게 작별 인사를 한 후 휘적휘적 집으로 향한다. 그런데 출입구에 거의 다다랐을 때 뭔가를 알아챘다. 출입구가 없어졌다는 걸. 아까 들어올 때 통과했던 높다란 정문이 닫힌 것이다. 덜컹덜컹 흔들어보지만 어림없다. 주위를 둘러본다. 담은 너무 높아서 넘을 수 없다. 사실 152센티미터인 나에게는 모든 것이 너무 높다.

숨을 한 번 크게 들이쉰다. 괜찮아. 별일 아니야. 나 여기 갇힌 거 아니야. 담을 따라가다 보면 내가 쉽게 기어오를 만큼 비교적 낮은 구역이 나올 거야.

안 나올지도 모르고. 15분이 지나서도 낮은 곳은 한 군데조차 발견하지 못하고, 이제 휴스턴은 확실히 황혼녘에 접어들어 몇 발짝 앞을 보는 데도 손전등 앱을 켜야 한다. 머릿속에서 상황을 정리해본다. 나는 혼자(미안 노아, 너는 안 쳐줘.) 일몰 후 묘지에 갇혔으며, 휴대폰 배터리는 20퍼센트 남아 있다. 아, 이런.

패닉이 덮치려는 걸 감지하자 즉시 녀석의 목줄을 당긴다. 안 돼, 앉아. 나빠, 패닉. 간식 안 줘. 절망에 빠지기 전에 목표 지향적 문제 해결 모드로 전환해야 한다. 자, 어쩌면 좋을까?

누군가가 듣기를 바라며 소리를 지를 수도 있지만, 듣는다 한들 그 사람이 뭘 해줄 수 있을까? 벨트를 풀어서 밧줄로 사용해? 흐음.

그랬다간 두부 외상을 입을 것 같은데. 이건 패스.

911을 호출할 수도 있다. 하지만 911 대원들은 진짜 응급상황인 사람들을 구하느라 바쁠 텐데. 어리석게 밤중에 묘지에 자진해서 들어가 갇히지 않은 사람들 말이야. 그냥 아는 사람한테 전화하는 게 낫겠다. 사다리를 갖다 달라고 부탁할 수도 있고. 그래, 그게 좋겠어.

나는 휴스턴에 사는 사람 두 명의 전화번호를 알고 있다. 하지만 두 번째 인물은 없는 거나 마찬가지다. 그 사람한테 연락하느니 노아의 미끌미끌한 해골 팔에 안겨 자는 편을 택하겠다. 괜찮다. 왜냐하면 첫 번째 인물은 로시오니까. 로시오가 아파트 관리인한테 사다리를 빌려서 우리 렌트카로 여기까지 실어 오면 되겠다. 현실적으로 따져도 한밤의 묘지는 로시오의 자연적 서식지나 다름없는데 뭐. 오히려 여기로 불러내면 좋아서 방방 뛰겠지.

전화를 받기만 한다면. 나는 로시오에게 한 번 그리고 또 한 번 전화를 건다. 총 일곱 번을 건다. 문득 Z세대는 전화통화를 하느니 쐐기풀밭에 뒹구는 편을 선호한다는 게 기억나서 문자를 보낸다. 답이 없다. 이제 내 쓸모없는 휴대폰의 배터리는 18퍼센트 남았고, 모기 떼가 내 정강이에서 피를 쪽쪽 빨고 있다. 로시오는 아마 "토르의 망치" 비슷한 이름의 메탈 밴드와 화상 섹스를 즐기고 있을 것이다.

그럼 누구에게 연락한다? 라이케가 비행기로 여기까지 오는 데 얼마나 걸릴까? 혀를 코끝에 댈 줄 아는 휴스턴 남자의 전화번호를 알려달라기엔 너무 늦었나? 슈맥이 나 모르게 근처에 살고 있을 확률은? 가이에게 이메일을 보낼까? 그치만 가이는 애가 있는걸. 밤에는 이메일 확인을 안 할지도 몰라.

이제 배터리는 12퍼센트 남았고, 받은 전화 기록 중 휴스턴 지역 번호 832로 시작하는 번호에 눈길이 간다. 아예 번호를 저장도 안 해 놓았다. 걸 일이 없을 줄 알았으니까.

안 돼. 난 못 해. 리바이에게는 전화 못 해. 아마 집에서 완벽한 부인과 완벽한 저녁을 먹은 다음 강아지랑 놀아주고 딸의 산수 숙제를 도와주고 있을 거야. 새카만 머리가 곱슬곱슬한 페니라는 아이. 그래, 난 못 해. 그가 나를 더 싫어하게 될 거야. 게다가 수치심은 또 어떻게 견뎌. 이미 한 번 그가 나를 구해준 적이 있는데.

배터리 9퍼센트에 사방은 깜깜하고 이제는 내가 미워진다. 다른 방도가 없다. 박사 논문 방어도 해냈고, 우울증도 극복했고, 몇 년째 매달 비키니 왁싱도 잘 받고 있는데 리바이의 번호를 한 번 누르는 게 일생 가장 어려운 일로 느껴지다니. 그냥 여기서 밤을 보낼까 보다. 어쩌면 야생 고양이 떼가 온기를 나눠줄지도 몰라. 어쩌면-.

"여보세요?"

아, 젠장. 받았잖아. 왜 받은 거야? 밀레니얼 세대면서. 우리도 전화 통화 꺼린단-.

"여보세요?"

"어, 미안해요. 비예요. 쾨닉스바사요. 직장 동료인데. 나사에서 같이 일하는."

잠시 침묵이 흐른다. "누군지 알아요, 비."

"아. 그렇군요. 저기…." 나는 눈을 질끈 감는다. "제가 좀 곤란한 상황에 처했는데 혹시 리바이가-."

"어디예요?" 그는 조금의 주저함도 없이 대꾸한다.

"그게, 스페이스 센터 근처 어떤 묘지에 있는데요. 그린우드?"

"그린포레스트군요. 갇혔어요?"

"그, 어떻게 알았어요?"

"해가 졌는데 묘지에서 전화하고 있잖아요. 묘지는 원래 해질 때 닫아요."

45분 전이라면 굉장히 유용했을 정보로군.

"그렇군요. 그… 여기 담이 높고 휴대폰은 죽어가고 있는데 내가 좀-."

"정문으로 가서 기다려요. 혹시 손전등 앱 켰으면, 이제 끄고 있어요. 모르는 사람하고 대화하지 말고. 10분 안에 갈게요." 잠시 후 그가 덧붙인다. "내가 갈 테니까 이제 괜찮아요. 걱정 마요, 알았죠?"

그는 내가 사다리를 가져오라고 말하기도 전에 전화를 끊는다. 게다가 가만 생각해보니, 여기로 와서 나를 구해달라는 말도 하지 않았는데.

9장

내측 전두피질: 내가 잘못 짚었나?

*내측 전두피질: 대뇌 피질의 전두엽 앞부분을 덮고 있으며,
생각과 행동을 조율하는 역할을 한다. -옮긴이

리바이가 나타난 순간, 나는 모기와 귀신들 그리고 모기 귀신들에게서 나를 구해준 게 너무 고마워서 그에게 뽀뽀라도 해주고 싶어진다. 동시에 인간의 모습을 한 재난, 비 쾨닉스바사가 어디까지 수치를 당할 수 있는지 목격한 그를 죽여버리고 싶다. 어쩌겠나? 내 안에 여러 자아가 있는데.

리바이는 내가 더 이상 손가락질할 자격이 없어진, 기름 콸콸 먹는 픽업트럭에서 내려 묘지 담을 슥 살피더니 정문을 사이에 두고 나와 마주선다. 고맙게도 그는 속으로만 히죽거렸는지 티내지 않고 중립적인 표정으로 묻는다. "괜찮아요?"

수치스러워 죽기 직전인데 괜찮다고 해도 되나? 대충 대답하자. "네."

"다행이네요. 이렇게 합시다. 내가 문틈으로 사다리를 밀어 넣을 테니 그걸 딛고 담 꼭대기로 올라가요. 내가 건너편에서 비를 잡아줄게요."

나는 미간을 찌푸린다. 그의 말투가 굉장히… 자신에 차 있고 통제권을 쥔 사람처럼 들린다. 평소에 안 그렇다는 건 아닌데, 오늘따라 그 말투가 내게서… 색다른 반응을 이끌어낸다. 맙소사. 혹시 나, 위기에 처한 아가씨가 된 거야?

"그럼 사다리는 어떻게 회수하게요?"

"내가 내일 아침에 차 타고 와서 수거할게요."

"누가 훔쳐가면요?"

"그럼 조상 대대로 내려온 유물을 잃는 거죠, 뭐."

"진짜로요?"

"아뇨. 준비 됐어요?"

준비 안 됐지만 상관없다. 리바이가 사다리를 깃털마냥 가볍게 들어 올려 문틈으로 밀어 넣는다. 받아보니 제법 무거워서 똑바로 지탱하지도 못하는 바람에 내가 우스운 꼴이 된다. 나에게는 다른 재주가 있다고 속으로 자신을 달래는데, 리바이가 죔쇠를 풀고 안전장치 채우는 법을 차근차근 설명한다. 내가 남한테 교육받는 것을 짜증스러워하는 걸 눈치챘는지 그가 불쑥 말한다.

"그래도 비는 각회에 대해서는 빠삭하잖아요."

쏘아붙이려고 돌아선 나는 그의 표정을 보고 멈칫한다. 또 나를 놀리는 건가? 두 번째로? 오늘 하루에만?

알 게 뭐야. 나는 사다리를 타고 올라간다. 올라가는 데 정신이 팔려서 다행이다. 왜냐하면 말이다, 내 몸뚱이가 기절하는 걸 좋아한다고 얘기했던가? 높은 곳에 올라가면 더 기절하려 든다는 것도 얘기해야겠다. 반쯤 올라갔는데 머리가 핑핑 돌기 시작한다. 나는 사다리 측면 손잡이를 꽉 붙잡고 심호흡을 한다. 할 수 있어. 기절하지 않고 정상 혈압을 유지할 수 있어. 그렇게 높이 올라온 것도 아니잖아. 자, 한번 내려다봐, 그럼….

"그러지 마요." 리바이가 명령한다.

내가 그를 돌아본다. 그보다 몇 센티미터 높이 있는데 이 각도에서 보니 더 잘생겨 보인다. 젠장, 미워 죽겠네. 나도 밉고.

"뭘 그러지 말아요?"

"내려다보지 말라고요. 그래서 좋을 거 없어요."

리바이가 그걸 어떻게 알….

"위를 봐요. 한 발씩 다음 칸을 디뎌요, 천천히. 좋아요, 잘하고 있어요." 리바이의 조언이 정말로 효과가 있는 건지 아니면 누가 옆에서 잔소리해서 내 혈압이 자연히 치솟은 건지 모르겠지만, 어쨌든 나는 빈 감자 자루마냥 풀썩 거꾸러지지 않고 무사히 꼭대기까지 올라간다. 그때서야 나는 최악의 단계가 남아 있음을 깨닫는다.

"그냥 꼭대기에서 몸을 반대쪽으로 넘겨요." 리바이가 말한다. 그는 나를 받으려고 내 발에서 몇 센티미터 아래에 머리를 둔 채 바로 밑에서 팔을 치켜들고 있다.

"세상에." 기절이 다 뭐냐. 토하지 않으면 다행이겠네.

"못 받으면 어쩌려고요? 내가 너무 무거우면 어떡해요? 우리 둘 다 넘어지면요? 나 때문에 리바이 목이 부러지면 어떡해요?"

"받을 거고, 딱 봐도 무겁지 않고, 안 넘어질 거고, 안 부러질 거예요. 어서요, 비." 그가 참을성 있게 말한다. "눈 딱 감고 넘어와요."

봤나? 운동하려 들면 이런 꼴을 당한다. 안전하게 소파에 딱 붙어 있거라, 애들아.

"준비 됐어요?" 그가 같이 힘내자는 투로 묻는다. 왕재수탱이 리바이랑 하는 신뢰 게임이라니. 아아, 내 인생이 왜 이렇게 됐지? 퀴리 박사님, 부디 저를 지켜주세요!

나는 잡고 있던 것을 놓아버린다. 짧은 순간 내 몸이 공중에 떠 있다. 언제라도 추락해 달걀처럼 파사삭 깨질 것 같다. 하지만 다음 순간 단단한 손이 내 허리를 감싸고, 나는 열흘 만에 두 번째로 리바이의 품에 안긴다. 내가 떨어질 때 담을 너무 세게 밀었는지 의도했던 것보다 그와 더 바짝 붙어 있다. 그가 나를 바닥에 내려주는데 내 몸의 앞면이 그의 몸에 비벼지고 모든 게 고스란히 느껴진다. 말 그대로 모든 게. 내 손바닥에 닿은 그의 단단한 어깨 근육, 셔츠를 뚫고 전달되는 그의 체온, 내 배를 세게 누르는 그의 벨트, 내 아랫배가 찌릿찌릿하게 만드는 그의-

잠깐, 뭐? 안 돼.

상대는 리바이 워드라고. 유부남이자 한 아이의 아빠. 낙타 거시기 같은 놈. 대체 무슨 생각을 하는 거야?

"괜찮아요?"

나는 당황해서 고개를 끄덕인다. "이렇게 빨리 와줘서 고마워요."

"천만에요." 리바이가 고개를 돌린다. 그의 얼굴이 달아오른 것 같다.

"저녁 시간을 방해해서 정말 미안해요. 로시오한테 전화했지만 로시오는 지금… 어디에 있는지 모르겠어요."

"나한테 전화하길 잘했어요."

진심인가? 믿기 어려운데.

"아무튼, 정말 고마워요. 어떻게 보답하면 좋을까요? 기름값 줄까요?"

리바이가 고개를 젓는다. "집까지 태워줄게요."

"아, 그럴 필요 없어요. 5분 거리니까."

"사방이 캄캄하고 인도도 없잖아요." 그가 조수석 문을 열고 있어서 나는 어쩔 수 없이 차에 탄다. 에이, 몰라. 같은 공간에서 1분은 더 생존할 수 있겠지.

트럭 안은 (이런 게 가능한 줄 몰랐는데) 아주 깨끗한 데다가 좋은 냄새까지 난다. 뒷좌석에는 내 위장을 허기로 경련하게 하는 초콜릿바 몇 개와 균이 옮든 말든 마시고 싶은 물이 반쯤 찬 텀블러가 있다. 거기다 수동 기어 트럭이네. 하, 잘났어.

"회사에서 제공한 아파트에 묵고 있죠?"

나는 반바지 단을 끌어내리면서 고개를 끄덕인다. 앉으면 바지가 이렇게 쑥 올라가다니 마음에 안 든다. 리바이가 자진해서 내 허벅지를 훑어보지는 않겠지만 그래도 조금 신경 쓰인다. 옛날에 팀이 O자 다리라고 놀려댄 게 마음에 남아 있다. 그럴 때마다 애니가 내 편을 들어주면서 으르렁댔는데. 내 다리는 흠잡을 데 없고 너 같은 놈의 의견은 아무도 듣고 싶어 하지 않는다고. 그러면 또 나는….

트럭이 출발한다. 익숙한 목소리가 차 내부를 채우지만 리바이가 재빨리 NPR 라디오로 채널을 돌린다. 나는 눈을 깜빡인다. 라디오 진행자가 우편 투표에 대해 뭐라고 얘기한다.

"방금 전에… 펄 잼이었어요?"

"네."

"바이탤러지 앨범이요?"

"맞아요."

하. 펄 잼은 내가 제일 좋아하는 밴드는 아니지만 꽤 훌륭한데, 리바이가 훌륭한 노래를 좋아한다니 얄밉다. 리바이는 데이브 매튜스 밴드나 좋아해야 하는데. 인세인 클라운 포시 광팬이든가. 등허리에 니켈백 타투를 새겼든가. 딱 그 수준이어야 만족스러운데.

"묘지에서 뭐 하고 있었어요?" 리바이가 묻는다.

"그냥… 달리기요."

"달리기를 해요?" 의외라는 뉘앙스다. 기분 나쁘게스리.

"이봐요, 내가 꼬챙이 같은 건 알지만-."

"안 그래요." 리바이가 내 말을 끊는다.

"꼬챙이 같지 않아요. 난 그냥, 대학원 때 비가…."

내가 그를 돌아본다. 그의 입꼬리가 올라가 있다.

"내가 뭐요?"

"운동하면서 보낸 1분은 결코 돌려받지 못할 1분이라고 말한 게 기억나서요."

그런 말을 한 기억이 없는데. 특히나 리바이에게는. 대학원 재학 당시 우리가 주고받은 말이 통틀어 열두 마디도 안 되는 마당에. 그래도 내가 할 만한 말 같기는 하다.

"알고 보니 유산소 운동을 많이 할수록 해마도 건강하대서요. 디폴트 모드 네트워크랑 다중 축삭 돌기 다발과의 전반적 연결성은 말할 것도 없고요. 그래서…." 나는 어깨를 으쓱한다. "과학적 연구에 따르면 운동은 좋은 거라는 사실을 내키진 않지만 인정하게 됐죠."

리바이가 쿡쿡 웃는다. 그러자 그의 눈가에 주름이 잡히고, 그걸 보니 얘기를 계속하고 싶어진다. 아니 딱히 그를 웃게 만들고 싶다는 건 아니고. 내가 왜 그러겠나?

"지금 '소파에서 5K까지'라는 걸 하고 있는데… 으웩."

"으웩이라고요?"

"으웩이에요."

그의 미소가 조금 더 환해진다. "몇 주짜리 프로그램이에요?"

"4주요."

"시작한 지 얼마나 됐는데요?"

"2주쯤요."

"지금까지 몇 킬로미터 뛰었어요?"

"… 0.3킬로미터요. 벽에 부딪혔어요. 달리기 시작한 지, 어, 3분쯤에요." 리바이가 못 믿겠다는 눈길을 보낸다.

"좀 봐줘요, 중학교 때 이후 달리기는 두 번째라고요."

"텍사스는 공기가 너무 더워요. 달리기는 아침에 하는 게 좋을 거예요. 근데 비는 아침형 인간이 아니죠?" 리바이가 생각에 잠겨 입술을 깨문다. 그걸 리바이가 어떻게 아는지 궁금해진다. 하지만 곧, 슬프게도 오전 11시 이전의 나를 한 번만 보면 누구든 알 수 있으리라는 걸 깨닫는다.

"스페이스 센터에 헬스장이 있는데, 비도 이용 권한이 있을 거예요."

"확인해봤어요. 계약직은 무료가 아니던데, 내 신경체계가 한 달에 70달러나 내고 지켜줄 가치가 있는지 모르겠네요." 라디오에서는 아리 샤피로가 현장에 나가 있는 기자에게 무슨 페이스북 관련 법정 다툼에 대해 묻고 있다. "리바이는 5킬로미터 뛰어요?"

"아니요."

나는 눈을 가늘게 뜬다. "마라톤 이하는 안 뛴다 이거예요?"

"나는…." 리바이가 쑥스러워하며 머뭇거린다.

"가끔 하프 마라톤 뛰어요."

"그렇군요. 자, 그럼." 차가 주차장으로 들어서자 내가 활달하게 말한다. "구해주고 집에도 데려다줘서 정말 고마워요. 근데 이제 마음 편히 리바이를 미워하게 혼자만의 시간을 가져야겠어요."

그가 또 웃음을 터뜨린다. 저 웃음 소리, 왜 이렇게 듣기 좋지?

"그러지 마요, 나도 달리기는 힘들어요."

그러시겠지. 한 55킬로미터 달린 후부터.

"어쨌든 고마워요. 벌써 두 번째 나를 구해줬네요."

우리가 원수지간임에도 불구하고. 대단한 기록 아닌가?

"두 번째요?"

"네." 내가 안전벨트를 풀며 대답한다. "첫 번째는 연구실이었죠. 내가 거의… 팬케이크처럼 짜부됐을 때, 기억나요?"

"아." 그 말에 리바이의 턱이 굳는다. "그랬죠."

"그럼, 좋은 저녁 보내요." 말하면서 나는 주머니를 더듬거린다. "방해해서 미안-." 더 본격적으로 주머니를 뒤진다. 그러다 아예 앉은 자리에서 몸을 비틀어 좌석에 떨어졌을지 모를 물건을 찾아 두리번거리지만 찾지 못한다. 차 안은 아까 탔을 때만큼 깔끔하다.

"어라…."

"왜 그래요?"

"그게…." 나는 눈을 감고 오늘 하루를 되짚어본다. 반바지를 입었지. 열쇠를 주머니에 넣었고. 달릴 때 열쇠가 다리에 부딪히는 걸 느꼈고 그러다가…. 젠장. 묘비 앞에 널브러졌을 때 떨어졌나 보네. "망할 노아 무어." 내가 나지막이 중얼거린다.

"뭐라고요?"

"열쇠를 묘지에 떨어뜨린 것 같아요." 절망 섞인 신음이 나온다. "망할, 아파트 관리인은 일곱 시에 퇴근하는데." 세상에, 오늘 일진이 나쁜가? 나는 아랫입술을 깨문 채 내게 어떤 선택지가 있는지 따져본다. 일단 로시오네 소파에서 자고 아침에 일어나자마자 열쇠 찾으러 가도 되겠지. 물론 로시오가 지금 어디 있는지 모르고 내가 찾아가면 문을 열어줄지도 장담할 수 없지만. 휴대폰 배터리가 4퍼센트 남은 것도 별 도움은….

리바이가 트럭 시동을 다시 걸자 나는 흠칫 놀란다.

"어, 고맙지만 묘지로 돌아가지 않아도 돼요. 그 안에 어떻게 들어가야 할지도 모르겠고 또-."

"묘지로 다시 데려가는 거 아니에요." 리바이가 나를 보지도 않고 대꾸한다. "안전벨트 매요."

"네?"

"안전벨트 매라고요." 그가 한 번 더 말한다.

나는 영문을 모른 채 안전벨트를 맨다. "어디 가는데요?"

"집이요."

"누구네 집이요?"

"우리 집이요."

내 입이 툭 벌어진다. 잘못 들은 게 틀림없어. "뭐라고요?"

"오늘 밤에 있을 곳이 필요하잖아요, 아니에요?"

"맞아요, 하지만… 로시오네 소파에서 자면 돼요. 아니면 열쇠공을 부르든가. 리바이네 집에 갈 수는 없어요."

"왜요?"

"그냥요." 신경이 곤두선 열두 살짜리 애 같은 목소리가 나온다. 갑자기 왜 이렇게 잘해주는 거야? 나사 때문에 우리 프로젝트가 좌초될 뻔한 걸 말해주지 않아서 죄책감을 느끼나? 뭐, 그럴 만하지. 그렇지만 리바이의 집에 가서 그가 얼마나 완벽한 가족과 사는지 목격하느니 차라리 다리 밑에서 자면서 플랑크톤을 먹겠다. 개인적인 감정은 없지만 부러워서 돌아버릴까봐 그렇다. 게다가 땀에 젖은 양말을 신고 묘지 냄새를 풍기며 리바이의 아내와 첫 대면을 할 수는 없다. 리바이가 그동안 아내에게 나에 대해 뭐라고 얘기했을지 누가 아나? "리바이도 오늘 저녁에 뭐 할지 계획이 있을 거 아니에요."

"계획 없어요."

"그리고 폐를 끼치는 것도 싫어요."

"폐 끼칠 일 없어요."

"게다가 리바이는 나를 미워하잖아요."

리바이가 질렸다는 듯 잠깐 눈을 감자 덜컥 걱정이 된다. 어쨌거나 그는 지금 운전 중 아닌가.

"비, 상상 속에만 존재하는 이유 말고 우리 집에 가기 싫은 다른 이유가 있어요?" 그가 한숨을 섞어 묻는다.

"그…. 재워주겠다니 굉장히 고맙지만 불편해서 그래요."

이렇게 말하니 비로소 알아듣는 눈치다. 그가 핸들을 쥔 손에 힘을 주면서 조용히 말한다. "나랑 같이 있는 게 안전하지 않은 기분이 든다면 전적으로 존중해요. 도로 집에 데려다줄게요. 하지만 비가 오늘밤 안전하게 있을 곳을 구하기 전에는 떠나지 않을–."

"예? 아니에요. 리바이랑 같이 있으면 안전하다고 느껴요." 말을 하다가 문득 나는 그것이 진실임을, 그리고 그게 나에게 얼마나 드문 일인지를 깨닫는다. 잘 모르는 남자들과 함께 있을 때면 은근히 위협을 느낄 때가 많다. 며칠 전에도 저녁 늦게 가이가 내 연구실로 와 수다를 떨었는데 그가 내내 친절하게 굴었는데도 불구하고 나도 모르게 문으로 자꾸 시선이 갔다. 하지만 리바이는 다르다. 그래서 의아하다. 특히 여태껏 우리의 상호작용이 줄곧 적대적이었던 것을 고려하면. 그리고 리바이의 몸집이 빅토리아 시대 저택만 한 것도 고려하면. "그래서가 아니에요."

"그럼…?"

나는 눈을 감고 머리를 헤드레스트에 툭 기댄다. 빠져나갈 방법이 없는 건가? 이렇게 된 이상 이 불구덩이에 아예 뛰어들어 버릴까.

"그럼, 고마워요." 나는 낙담한 기분이 티 나지 않게 신경 쓰며 말한다. "큰 폐가 아니라면 오늘밤 리바이네 집에서 묵을게요."

♥♥♥

리바이의 집을 본 순간 화염방사기로 불을 지르고 싶어진다. 너무 완벽해서.

솔직히 말하자면 그냥 평범한 집이다. 하지만 내가 이상적으로 여기는 집과 완벽히 일치한다. 그런데 또 솔직히 말하자면 내 이상의 집도 그리 대단한 건 아니다. 내가 평생 꿈꿔온 건, 교외의 예쁜 벽돌집에서 2.5명의 아이를 키우며 앞마당에 나비가 꼬이는 식물을 잔뜩 기르는 것이다. 정신 분석가한테 얘기하면 아마 내가 인격형성기에 여기저기 떠도는 생활을 계속한 탓이라고 할 것이다. 어쩌겠나, 내가 안정감에 집착하는 타입인 것을?

물론 여기서 "평생 꿈꿔왔다"는 건 2년 전까지를 말한다. 인간이 다른 한 인간의 인생을 망쳐놓을 만큼 잔인한 존재임을 알게 된 후로는 그 꿈에서 '가족'을 지워버렸다. 그래도 '집'은 남았다. 어쨌든 리바이의 트럭이 진입로로 들어서는 순간 심장이 저릿한 걸 보면 그런 것 같다. 내가 제일 먼저 알아챈 건 리바이가 정원에 자연이 제공하는 벌새 먹이이며, 내가 가장 좋아하는 식물인 아가스타슈를 키운다는 것이다. 으으 분하다. 둘째로, 진입로에 다른 차가 없다. 이상하군. 하지만 집 안에 조명이 몇 개 켜져 있는 걸 보니 어쩌면 아내의 차는 그냥 차고에 있는지도 모른다. 그래, 아마 그런 걸 거야.

나는 나 같은 사람에겐 부당할 만치 차체가 높은 트럭에서 욱신거리는 근육과 벌써부터 가려운 다리로 훌쩍 뛰어내린다.

"정말 괜찮은 거 맞아요?"

리바이가 말없이 '이 얘기만 일곱 번은 하지 않았어요?'라는 표정을 지으며 나를 현관문으로 데려간다. 진입로를 따라 올라가는데 사방에서 반딧불이 떼가 우리를 반긴다. 나는 열불이 날 정도로 이 집이 부러워진다. 게다가 좀 있으면 리바이의 아내도 만날 텐데. 아마 둘이서 리바이의 옛 연구실 못난이 동료한테 붙여준 별명도 있을 거야. 프랑켄비라든가 비-질라 같은. 잠깐, 둘 다 좀 귀엽잖아. 두 사람을 위해서라도 그보다는 나쁜 별명을 지어냈기를 바란다.

집 안이 무척 고요해서 다른 가족들은 다 잠들었나 싶다.

"조용히 해야 돼요?" 내가 속삭여 묻는다.

리바이가 어리둥절한 표정을 짓는다. "그러고 싶으면요." 그가 보통의 음량으로 대꾸한다. 혹시 벽이 죄다 방음인가?

리바이가 아주 엄한 아빠이거나 아니면 부부가 아이 뒤치다꺼리하는 데 도가 텄나 보다. 널려 있는 장난감이나 잡동사니도 하나 없이 집이 말끔하고 휑한 걸 보면. 엔지니어 저널 몇 권과 벽에 붙여놓은 SF 영화 포스터들이 눈에 띄고, 커피 테이블에는 아이작 아시모프의 책이 펼쳐져 있다. 내가 좋아하는 작가 중 한 명인데. 내가 싫어하는 이 남자가 어째서 이렇게 내가 좋아하는 것들에 둘러싸여 있을 수가 있지? 미치고 팔짝 뛸 노릇이네.

"위층에 안 쓰는 침실이 세 개 있어요. 마음에 드는 방으로 골라요." 안 쓰는 침실이 세 개나 있다고? 집이 대체 얼마나 큰 거야?

"그중 하나는 사실 내 서재인데 소파를 잡아당기면 침대가 되거든요. 샤워할래요?"

"샤워요?"

"내 말은-." 리바이는 당황한 기색이다. "하고 싶다면요. 운동 했잖아요. 안 해도 돼요. 그러니까 이상한 뜻은-."

"땀 흘려서 생선비린내 나니까 씻으라고요?"

"어…."

"내가 주유소 화장실만큼 더럽다고요?"

이제 그는 당황한 기색이 역력하다. 나는 웃음이 터진다. 얼굴이 빨개진 그가 귀여워 보인다.

"걱정 마요. 나 냄새 나는 것 맞고 샤워하고 싶으니까."

리바이가 침을 꿀꺽 삼키며 고개를 끄덕인다.

"안방 욕실을 써야 할 거예요. 비누랑 수건이 다 거기 있어서."

근데 안방에는 아내가 있지 않나…?

"원한다면 옷 세탁하고 건조해 줄게요. 그동안은 내 옷 입고 있어요. 맞는 옷이 있을지 모르겠네. 비가 워낙…." 그가 헛기침을 하고 말을 잇는다. "조그매서."

잠깐, 혹시 이혼한 건가? 그래서 결혼반지를 안 끼고 다니나? 그렇지만 이혼했다면 사무실에 아내 사진을 갖다놓지는 않을 거 아니야. 맙소사, 아내가 죽었나? 아냐, 그랬다면 가이가 얘기해줬을 텐데. 안 해줬으려나?

"아이폰이죠?" 리바이가 거실에서 나갔다가 충전기를 갖고 돌아와 내민다. "이거 써요."

나는 받아들지 않는다. 대신 그의 짜증나게 잘생긴 얼굴을 멍하니 올려다보고…. 에잇, 궁금해서 돌아버리겠네.

"있잖아요." 내가 의도했던 것보다 더 덤벼들듯이 말이 나온다.

"무례한 거 알지만 그냥 있자니 기분이 너무 이상해서 그냥 대놓고 물어볼게요." 그러고는 숨을 크게 들이마신다.

"가족들은 어디에 있어요?"

리바이가 여전히 충전기를 내민 채 어깨를 으쓱한다.

"무례한 질문 아닌데요. 부모님은 댈러스에 계세요. 큰형은 베이거스 공군기지에 살고 작은형은 얼마 전에 벨기에 기지로 발령 나서-."

"그 가족 말고요. 다른 가족이요."

그의 고개가 갸우뚱 기운다. "혹시 우리 아버지한테 숨겨둔 가족이 있다는 말이에요, 아니면…?"

"아뇨. 리바이의 딸 말이에요. 어디 있어요?"

"내 뭐요?" 그가 눈을 가늘게 뜨고 나를 쳐다본다.

"사무실에 딸 사진 갖다 놨잖아요." 내가 기어들어가는 목소리로 말한다. "그리고 가이가 둘이 같이 애들을 돌본다고 했단 말이에요."

"아." 리바이가 웃음 띤 얼굴로 고개를 젓는다. "페니는 내 딸이 아니에요. 근데 그 사진은 페니가 준 거 맞아요. 학교 미술시간에 액자 틀을 만들었대요."

딸이 아니라고? *아아*.

"그럼 페니의 엄마하고 연인 사이인 건 맞아요?"

"아니요. 릴리하고는 아주 오래전에 잠깐 만나긴 했는데 지금은 친구 사이예요. 릴리는 교사고 1년 전에 싱글맘이 됐어요. 내가 가끔 페니를 봐주고 릴리가 아침에 너무 바쁘면 대신 학교에 데려다주기도 해요. 뭐 그런 식으로 자잘하게 도와주죠."

아.

"아." 쳇, 바보가 된 기분 환상적이네.

"그럼 리바이는… 혼자 살아요?"

그가 고개를 끄덕인다. 하지만 이내 눈을 휘둥그레 뜨면서 주춤 물러선다. "아. 알겠다."

"뭘 알아요?"

"왜 물어봤는지요. 미안해요, 우리 둘만 있는 집에서 자는 게 불안할 수 있다는 것까진 생각 못 했어요. 그럼 내가–."

"아, 아니에요." 내가 그를 안심시키려고 한 발짝 다가선다.

"그냥 궁금해서 물어본 거예요. 솔직히 말도 안 되는 것 같아서요, 리바이가–." 무슨 말이 튀어나오려는지 깨닫고 얼른 입을 탁 닫지만 리바이는 다 알아챈다.

"나랑 결혼하려는 사람이 있는 게 충격이었어요?" 리바이가 웃음을 참으며 묻는다.

그럼요.

"전혀 아니에요! 리바이는 똑똑하잖아요. 그리고, 어, 키도 크고. 머리숱도 아직 풍성하고. 또, 리바이가 싫어하지 않는 여자들한테는 과거에 나한테 했던 것보다 훨씬 다정하게 대할 거 아니에요!"

"비, 나는 비를 싫어하지–." 말하다 말고 리바이는 숨을 훅 토해낸다. "트럭에 타요."

"왜요?"

"다시 묘지에 데려다 놓게요. 코요테 밥이나 되라고."

"'과거에'라고 했잖아요." 내가 황급히 덧붙인다. "오늘은 나한테 잘해줬고요! 좀비 떼의 공격에서 구해줬고, 또, 프레드랑 마크한테서도 구해줬고!"

리바이가 인상을 쓰고 대꾸한다.

"그 둘은 대체 뭐가 문제인지 모르겠어요."

"여성 혐오에 절어서 그렇다는 데 한 표 던지겠어요." 나는 말을 계속할까 망설인다. 그러다가 속으로 '될 되로 돼라.'를 내뱉고는 말을 잇는다. "그리고 리바이네 팀이 100퍼센트 남자에 거의 100퍼센트 백인으로 구성된 것도 한몫할 거예요."

반박을 기대했건만 의외로 리바이는 순순히 대꾸한다.

"맞아요. 당혹스러운 수준이죠."

"직접 고른 팀원들이잖아요."

그가 고개를 젓는다. "전임자가 꾸린 팀을 그대로 인계받았어요."

"네?"

"내가 새로 뽑은 건 케일리밖에 없어요." 그가 한숨을 푹 쉰다. "마크에게는 공식적으로 견책 조치를 내렸어요. 오늘 마크가 보인 태도는 기록에 남을 거예요. 그리고 오늘 낮에 팀 회의를 열어서 비가 팀의 공동 팀장이고 비가 내리는 지시도 똑같이 유효하다고 못 박아뒀고요. 만약 오늘 같은 일이 또 생기면 나한테 알려줘요. 바로 처리할 테니까. 따라와요, 갈아입을 옷 줄게요."

리바이가 오늘 회의까지 열어 공식적으로 내 권위에 무게를 얹어준 게 너무 어안이 벙벙해서 나는 잠자코 그를 따라간다. 위층은 아래층만큼 예쁘면서 더 개성이 엿보인다. 턴테이블과 CD, 벽에 걸린 사진이 눈에 띄고 심지어 우리 집에 있는 것과 똑같은 피츠버그 대학

축구팀 걸개도 있다. 하지만 그의 침실은…. 그의 침실은 전혀 다른 세계다. 인테리어 카탈로그를 보는 것 같다. 커다란 창이 두 면에 나 있는 코너룸에 목재 가구와 천장까지 닿는 높은 책장들이 들어서 있고 한가운데는 킹사이즈 침대가 놓여 있다. 그리고 그 이불에서 쌔근쌔근 자고 있는 건….

"혹시 고양이 알레르기 있어요?"

리바이가 서랍을 뒤적이며 묻는다.

나는 고개를 젓다가 그가 나를 못 본다는 걸 떠올리고 대답한다.

"아뇨."

"슈뢰딩거가 귀찮게 굴지는 않을 거예요. 나이 많고 꼬장꼬장해서." 슈뢰딩거라니!

"고양이 싫어하는 줄 알았는데."

그러자 리바이가 어리둥절한 표정으로 돌아본다. "왜요?"

"글쎄요. 오늘 내 고양이한테 못되게 굴었잖아요."

"그 가상의 고양이요?"

"펠리세트는 진짜 있어요! 내가 직접 눈곱도 떼줬다고요. 그러니까-."

"펠리세트?"

나는 고집스럽게 입을 꾹 다문다.

"우주에 최초로 나간 고양이 이름이에요."

그 말에 리바이가 한쪽 눈썹을 치켜올린다.

"근데 상상 속 고양이에게 그 이름을 붙여줬다고요. 알겠어요."

나는 눈을 흘기고는 그쯤에서 그만둔다. 침대 위에 몸을 돌돌 말고 있는 까만색 털뭉치를 쓰다듬고 싶은 마음이 간절하지만 리바이가 옷을 내밀고 있다. 흰색 브이넥 티셔츠하고 또….

“친구가 나한테 장난으로 선물한 박서 브리프를 잠옷으로 입으라고 하면 기분 나빠할 거예요? 사이즈도 아주 작고 내가 한 번도 안 입은 건데.”

“그거… 플라밍고 무늬예요?”

리바이의 두 뺨이 붉게 물든다. “안 입은 이유가 사이즈 때문만은 아니었어요. 아, 그리고 이것도 필요할지 몰라요.” 그가 내민 건 가려움 완화 크림이다.

“고마워요. 어떻게 알았어요?”

리바이가 아직도 약간 민망해하는 표정으로 어깨를 으쓱한다. “아까부터 다리를 심하게 긁고 있어서요.”

“맞아요, 나 벌레한테 인기 있어요.” 내가 어깨를 으쓱하며 대꾸한다. “전 남자친구는 내가 모기 미끼로 쓸모 있어서 데리고 다니는 거라고 했어요.” 팀이 한 짓을 돌아보면 그게 농담이 아니었을 확률이 높다.

10분 후 나는 젖은 머리에서 소나무향을 풍기며 아래층으로 내려간다. 지난 몇 주간 몰아친, 있을 법하지 않은 사건들 중 가장 기이한 일이 리바이와 내가 같은 데오도란트 제품을 쓴다는 걸 알게 된 것이라니. 어쩌겠나? 남성용 제품이 더 싸고 향도 더 좋고 내 체취를 더 효과적으로 감춰주는걸. 리바이의 겨드랑이와 내 겨드랑이의 요구가 겹친다는 사실을 어떻게 받아들여야 할지 모르겠지만, 일단은 덮어두기로 한다.

의외로 조리도구를 제대로 갖춘 아늑한 부엌에서 여태껏 맡아본 것 중 가장 군침 도는 냄새가 난다. 리바이가 등을 보인 채 가스레인지 앞에서 뭔가 조리하고 있는데, 가만 보니 내가 입은 것과 색깔만 다른 티셔츠를 입고 있는 것 같다. 내가 입으니까 서커스 텐트 같은데 리바이한테는 완벽하리만치 잘 맞네.

"조금만 있으면 요리가 다…." 말하면서 돌아선 리바이가 나를 보더니 말을 멈춘다.

나는 셔츠를 양손으로 한 움큼씩 쥐고 한쪽 무릎을 까딱 굽혀 절한다. "이 가운을 선사해주신 은혜에 감읍하옵니다, 영주님."

"별…." 그가 꽉 잠긴 목소리로 대꾸한다.

"별말씀을. 저녁은 5분이면 돼요."

프라이팬과 냄비를 향해 다시 돌아서는 그의 등을 보며 나는 미간을 찌푸린다. 고기와 유제품은 안 넣었기를 바라는 건 너무 큰 욕심이겠지? 그건 그렇고 왜 이렇게 잘해주는 거야?

"고맙지만…." 나는 가스레인지로 타박타박 걸어간다. 리바이는 타코를 만들고 있다. 아악, 나 타코 엄청 좋아하는데.

"이렇게까지 할 필요 없는데."

"어차피 내 저녁을 준비할 참이었어요."

"저녁을 대접해준다니 고맙긴 한데, 아무래도 나는 못 먹을…." 시선이 타코 속 재료에 꽂히는 순간, 나는 말을 멈춘다. 고기가 아니라 포르토벨로 버섯이다. 그 옆에는 유제품이 함유되지 않은 사워크림 병과 식물성 슈레드 체다치즈 봉지가 놓여 있다.

나는 눈을 가늘게 뜬다. 충동적으로 까치발을 들고 제일 가까운 찬장을 연다. 안에는 퀴노아와 한천 분말, 메이플 시럽이 들어 있다. 다음 칸에는 견과류와 각종 씨앗류, 대추 한 봉지가 있다. 나는 눈에 힘을 주며 냉장고로 옮겨간다. 내 냉장고의 더 비싸고 더 고급스러운 버전 같다. 안에는 아몬드유와 두부, 과일과 채소, 코코넛을 베이스로 한 요거트, 미소 된장이 들어 있다. 세상에.

오마이갓.

"비건이잖아." 나는 나지막하게 중얼거린다.

"비건 맞아요."

내가 고개를 번쩍 든다. 리바이가 영문은 모르겠지만 해명을 기다린다는 표정으로 나를 빤히 바라보고 있다. 우리의 공통점을 열 개째 발견해서 그런다는 걸 리바이에게 어떻게 설명해야 할까. SF 장르와 고양이와 과학, 그리고 오늘 보니 똑같은 남성용 데오도란트 제품도 선호하고 또 뭐가 있을지 누가 아나. 나도 이렇게 당황스러운데 리바이가 알면 얼마나 진저리칠지 상상도 안 된다. 말해줄까 고민하다가 그렇게까지 잔인한 짓은 하고 싶지 않아서 관둔다. 오늘 나한테 많이 잘해줬는데. 그래서 대신 목을 가다듬고 이렇게 말한다.

"어, 나도 비건이에요."

"눈치챘어요. 저번에··· 비건 도넛 먹었다고 화내는 거 보고."

"아아, 맙소사. 그 일은 까맣게 잊고 있었네."

내가 두 손에 얼굴을 파묻는다. "미안해요. 진심으로요. 믿거나 말거나지만, 원래는 동료들이 식물성 제품에 손도 못 대게 공격하는 정신 나간 사이코는 아니거든요."

"괜찮아요."

나는 관자놀이를 문지른다. "나도 할 말이 없진 않은데, 리바이는 친환경과 거리가 제일 먼 차를 몰잖아요."

"포드 F-150인데요. 알고 보면 꽤나 친환경적인 모델인데."

"그래요?" 나는 미간을 찌푸린다. "뭐, 그래도 할 말 더 있는데, 대학원 때 사냥 즐기지 않았어요?"

리바이의 어깨가 아주 약간 경직된다.

"가족들이 전부 사냥을 좋아해서 십 대 때 억지로 몇 번 같이 갔어요. 거절할 줄 알게 된 후론 안 갔고."

"끔찍했겠네요." 리바이는 어깨를 으쓱하고 말지만 애써 괜찮은 척하는 걸로 보인다. "알았어요. 그렇다면 더는 할 말 없네요. 그냥 내가 사이코인 걸로 쳐요."

리바이가 씩 웃으며 대꾸한다.

"비가 비건인 줄은 나도 몰랐는데요 뭘. 피츠버그 다닐 당시 팀이 비한테 고기가 들어간 점심을 사다줬던 걸로 기억해서."

"그랬었죠." 나는 씁쓸하게 말을 잇는다. "팀은 내가 괜히 고집 부리는 거고, 한번 고기 맛을 보면 보통의 식단으로 돌아갈 거라고 믿는 주의였어요." 리바이의 경악한 표정에 웃고 만다. "맞아요. 팀은 만날 내 식사에 넌비건 식품을 몰래 넣곤 했어요. 정말 최악의 남자친구였죠. 암튼, 리바이는 비건이 된 지 얼마나 됐어요?"

"한 20년쯤."

"우-우-우. 어떤 동물 때문이었어요?"

무슨 얘기인지 리바이는 곧바로 알아듣는다. "염소요. 치즈 광고에 나온 염소였죠. 눈빛이 너무… 사람이 말을 거는 것 같았어요."

나는 진지하게 고개를 끄덕인다. "마음이 많이 안 좋았겠어요."

"부모님한테는 확실히 그랬죠. 흰살코기도 고기냐를 두고 한 10년간 치열하게 싸웠으니까." 리바이가 내게 접시를 건네며 음식을 내키는 대로 담으라고 손짓한다. "비는 어땠는데요?"

"닭이었어요. 진짜 귀여운 닭이었죠. 가끔 나한테 다가와서 기대곤 했는데 어느 날… 알죠?"

"너무 잘 알죠." 리바이가 한숨을 뱉는다.

5분 후, 가질 수 있다면 새끼손가락이라도 기꺼이 잘라 주고픈 조그맣고 아늑한 빌트인 테이블에 맛있어 보이는 음식을 양껏 담은 접시와 수입 맥주를 놓고 둘이 앉아 있는데 문득 이런 생각이 든다. 여기 온 지 1시간이 지났는데 아직 불편한 순간이 단 1초도 없었다고. 저녁 내내 나만의 행복한 장소(퀴리 박사님과 함께 일본 나라현의 흐드러진 벚꽃나무 아래)에 가 있는 상상을 하며 견딜 각오를 했는데 리바이가 신기할 만치… 마음 편하게 해준 것이다.

"리바이." 나는 그가 타코를 한 입 베어 물기 전에 불쑥 말한다. "오늘 일 고마워요. 별로 친하지도 좋아하지도 않는 사람한테 이렇게 잘해주는 게 쉽지 않은 거 잘 알아요. 집에 재워주는 것도."

리바이가 눈을 감는다. 내가 우리 사이의 적대 기류를 언급할 때마다 저런다(이 정도로 진실을 외면하는 성향일 줄이야). 하지만 다시 눈을 떴을 때 그는 진지하게 나와 눈을 맞춘다.

"맞아요. 쉽지 않아요. 근데 비가 생각하는 이유 때문은 아니에요."

내가 미간을 찌푸리며 그게 무슨 소리냐고 물으려는데 그가 얼른 말을 끊는다.

"어서 먹어요, 비." 그가 부드럽게 권한다.

나는 안 그래도 허기져서 시키는 대로 한다.

10장

배외측 전전두피질: 진실이 아닌 것들

*배외측 전전두피질: 뇌의 전두엽 피질 영역으로, 기억과 인지 유연성, 계획을 실행하는 것과 관련되어 있다. -옮긴이

"이제 언어중추를 차단할게요."

가이가 체념 섞인 한숨을 내쉬며 속눈썹 사이로 올려다본다.

"아, 내 언어중추 차단하는 거 너무 싫더라."

나는 웃음을 터뜨린다. 가이는 오늘 오전 내가 테스트할 세 번째 우주비행사다. 가이도 블링크팀 일원이라 원래 그의 뇌는 매핑 대상이 아니었는데, 최초 테스트 그룹에서 한 명이 마지막 순간에 빠지는 바람에 대신 들어오게 되었다. 뇌 자극은 매우 까다로운 작업이다. 뉴런이 어떻게 반응할지 워낙 예측하기 어려운데, 뇌전증을 앓거나 전기자극에 이상 반응을 보인 적이 있는 사람의 경우 더더욱 그렇다. 아무리 뇌 자극 프로토콜을 철저히 설계해도 실험 대상자가 진한 커피 한 잔을 마신 걸로 위험에 처할 수 있다. 그래서 우리는 실험 대상

인 우주비행사 중 한 명이 발작 병력이 있음을 알게 됐을 때 그 사람 대신 가이를 넣기로 했다. 가이는 뛸 듯이 기뻐했다.

"브로카 영역을 타깃으로 자극을 줄 거예요." 내가 가이에게 알린다.

"아, 예. 그 유명한 브로카 영역이요." 가이가 잘 안다는 듯 고개를 끄덕인다.

나는 슬며시 웃음 짓는다. "좌뇌 후부 하전두회예요. 최대 25헤르츠까지 연속으로 자극을 줄게요."

"저녁 식사 데이트도 하기 전에요?" 가이가 쯧쯧 혀를 찬다.

"의도한 효과가 있는지 보려면 가이가 말을 해야 돼요. 시를 읊든 프리스타일 랩을 하든 상관없어요." 오늘 테스트한 다른 우주비행사들은 셰익스피어 소네트와 국기에 대한 맹세를 읊었다.

"뭐든 된다고요?"

나는 가이의 귀에서 1인치 떨어진 부위에 전기자극 코일을 붙이면서 대꾸한다. "옙."

"그렇다면야." 가이가 목을 가다듬더니 입을 연다.

"마이 론리니스 이즈 킬링 미 앤드 아이- 아이 머스트 컨페스 아이 스틸 빌리브(브리트니 스피어스의 'Baby One More Time' 가사-옮긴이)-."

연구실에 있는 다른 사람들과 함께 나도 웃음을 터뜨린다. 웃는 사람 중에 리바이도 있다. 가이와 꽤 친한 걸 보면 상당히 괜찮은 사람인 것 같다(리바이 말고 가이, 리바이를 괜찮은 사람이라고 평하는 것은 거부한다). 원래대로면 가이가 블링크의 리더였어야 하는 걸 감안하면 더 그렇다. 그런데도 가이는, 적어도 내가 장비를 준비하는 동안 리바이랑 구기 종목 경기 선발을 두고 스스럼없이 수다 떠는 것을 보면 별로 개의치 않는 것 같다.

"마이 론리니스 이즈 킬링 미 앤드 아이- 아이 머스트 커-," 가이가 미간을 찌푸린다. "죄송해요, 아이 머스트 커-," 미간의 주름이 깊어진다. "머스트 커-," 그가 눈을 빠르게 깜빡이면서 한 번 더 버벅댄다. 나는 옆에서 메모를 하는 로시오에게 말한다.

"MNI 좌표 마이너스 38, 16, 50에서 언어 정지."

곧바로 박수가 터진다. 뭐 그럴 필요까진 없는데. 그래도 조금은 흐뭇하다. 아침에 엔지니어링팀 전체가 1차 뇌 매핑 과정을 참관하러 연구실에 발을 질질 끌며 모여들었을 때만 해도 다들 도망가고 싶은 티가 역력했다. 그리고 리바이가 팀원들에게 뇌 자극 실험에 심드렁한 태도를 절대 보이지 말라고 일러둔 것도 티가 났다.

다들 착한 사람들이다. 적어도 노력은 했으니까. 슬프게도 고등학교에서 엔지니어 지망생들이 연극부가 아닌 로봇 제작 동아리로 모여드는 데는 다 이유가 있다.

신경과학이 스스로 명예를 지킬 줄 알아서 다행이다. 내가 코일을 가지고 진기명기 쇼를 조금 보여주니 다들 자지러졌다. 적당한 부위에 적당한 프리퀀시로 자극을 가하면, 장식장에 박사학위증과 훈장이 가득한 아이큐가 세 자리인 우주비행사들이 일시적으로 숫자 세는 법을 잊거나("우와! 이거 진짜예요?") 손가락을 놀릴 줄 모르게 되거나("소오름!") 매일 보는 직장 동료의 얼굴을 잊거나("비, 도대체 어떻게 한 거예요?") 혹은, 말하는 법을 잊기도 한다("이렇게 신기한 건 태어나서 처음 봐요!"). 뇌 자극 실험이 이렇게나 짜릿하며, 그걸 부정하는 자는 신경과학의 매운맛을 보게 될 것이다. 연구실이 여태 북적이는 것도 그 때문이다. 원래 첫 시범 후 엔지니어들이 자기 자리로 돌아가야 하는데 다들 남아서 구경하기로 한 것이다. 그것도, 하염없이.

불신자 무리에게 신경과학의 경이를 전도하는 기분이 이보다 짜릿할 수는 없을 거다. 퀴리 박사도 전리 방사선 연구에 대한 열정을 전파했을 때 이런 기분이었을까? 물론 퀴리 박사님은 불안정한 방사성 동위원소에 장기간 보호 장비 없이 노출되어 결국 재생불량성 빈혈을 앓게 됐고 요양원에서 최후를 맞았지만…. 내 말의 요지는 다들 알아들었을 것이다. 뭐냐면, 내가 "가이한테서 뽑을 수 있는 데이터는 다 뽑은 것 같아요. 오늘 실험은 이걸로 마무리하죠."라고 말했을 때 연구실에 모인 무리에게서 실망 어린 탄식이 터져나온다는 뜻이다. 리바이와 나는 재밌어하는 눈길을 주고받는다.

하나 확실히 해두는데, 우리는 친구도 뭣도 아니다. 저녁 식사를 한 번 같이 하고, 우연히 책장의 4분의 3이 내가 좋아하는 책으로 채워진 방에서 하룻밤 자고, 연신 하품하며 노아 무어의 묘지로 가는 동안 내가 아침형 인간이 아니라는 사실을 그가 존중하여 고맙게도 입 다물고 있었다고 해서 우리 둘이 친구가 된 건 절대 아니다. 우리는 여전히 서로 싫어하고 애초에 만난 것을 유감으로 여기며 서로의 집안에 수두가 퍼지기를 바라고 어쩌고 하는 사이니까. 하지만 지난주에 비건 타코를 먹으면서 우리가 위태롭지만 아주 기본적인 수준의 동맹관계를 맺은 걸로 보인다. 내가 리바이의 일을 도와주고 그도 내가 하는 일을 도와주기로.

거의 협력 연구를 하는 기분이다. 미친 소리로 들리는 건 나도 안다.

점심으로 나는 늘 그렇듯 처량해 보이는 린 퀴진 팩을 데운 후, 읽으려고 벼르던 학술지 한 뭉치를 챙겨 건물 뒤편 피크닉 테이블로 나간다. 한 5분쯤 병아리콩을 오물오물 씹고 있는데 익숙한 목소리가 들려온다.

"비!" 가이와 리바이가 각자 종이컵과 샌드위치 봉투를 들고 다가오고 있다. "합석해도 괜찮아요?" 가이가 묻는다.

전기요법에 관한 기사가 저절로 내 머리에 들어오진 않을 테니 괜찮다고 할 수는 없지만, 나는 별수 없이 고개를 끄덕인다. 리바이에게는 안됐다는 표정을 지어 보이지만('우리가 원수지간인 걸 가이가 몰라서 억지로 나랑 같이 먹게 된 건 유감이에요.') 리바이는 알아듣지 못한 것 같다. 그는 별로 개의치 않는 듯 희미하게 웃으며 내 맞은편에 앉는다. 그의 셔츠 안에서 움직이는 근육에 시선이 닿자 뜨거운 기운이 내 척추를 타고 흘러내린다.

흠, 이상하군.

가이는 활짝 웃으며 내 옆에 앉는다. 새삼 가이가 건실하고 싹싹하고 진정한 '귀여운 남자'라는 생각이 든다.

심한 대상화이자 환원주의적인 행태이며 누가 물으면 우린 그런 적 없다고 단호히 부인할 얘기를 하나 하겠다. 대학원 다닐 때 애니가 세상에는 세 종류의 매력남이 있다고 했다. 애니 스스로 만들어낸 분류 체계인지 아니면 꿈에 아프로디테가 나타나 지혜를 내려줬는지 그도 아니면 〈틴 보그〉에서 본 걸 그대로 읊은 건지 모르겠지만,

아무튼 다음과 같다.

첫째로 '귀여운 타입'이다. 외모도 괜찮고 성격도 호감형이라 위협적이지 않고 접근이 쉬워 보이는 매력남이 여기 속한다. 팀이 바로 이 부류고 가이를 비롯한 남자 과학자 대부분도 여기 속한다. 아마 피에르 퀴리도 그랬을 것이다. 지금 생각해보니 여태껏 나한테 관심을 보였던 남자는 전부 이 타입이었다. 어쩌면 내가 몸집이 작고 옷을 특이하게 입으며, 격의 없이 굴어서 그런지도 모른다. 내가 남자였다면 나도 '귀여운 타입'이었을 것이다. 여기에 속한 남자들이 그걸 본능적으로 알아채서 나한테 접근하는 것이다.

둘째로 '잘생긴 타입'이 있다. 애니의 설명으로는 이 부류는 쓸데가 없다. '잘생긴 남자'란 영화 예고편이나 향수 광고에서나 볼 수 있는 얼굴의 좌우가 완벽히 대칭인 남자로, 객관적으로도 입이 헤 벌어지지만 어딘지 접근하기 어려운 구석이 있다. 그들은 너무나 꿈결 같은 존재라 추상적이기까지 하다. 그래서 성격이 특이하거나 소소한 결점이 있거나 관심사가 매우 제한적이거나 하여간 현실적으로 다가올 부분이 하나라도 있어야 한다. 안 그러면 상대방이 금방 질려서 떨어져나갈 것이다. 물론 우리 사회는 잘생긴 남자들에게 훌륭한 성품을 갖출 것을 장려하지 않기에 나는 이 부류는 쓸데가 없다는 애니의 의견에 동의한다.

마지막이지만 결코 무시할 수는 없는 부류로 '섹시한 타입'이 있다. 애니라면 리바이가 '섹시한 타입'의 표본이니 어쩌니 하며 몇 시간이고 떠들어댈 테지만 나는 정식으로 이의를 제기하고 싶다. 아니, 아예 이 부류의 존재를 전면 부정하고자 한다. 불가항력으로 성적 끌림을 느끼게 하는 남자들이 있다니, 말도 안 된다. 보기만 해도 몸이 찌릿찌릿해지고 머릿속에서 도무지 지울 수 없으며, 후두엽 피질에 전기자극을 받아 섬광처럼 번쩍 번쩍 떠오르는 남자라니. 육체적이고 짐승 같고 원시적인 매력이 넘치는 수컷 같은 남자. 존재감 강하고 듬직하고. 말만 들어도 가상의 존재 같지 않나?

"자, 말해봐요." 가이가 '귀여운 타입'의 미소를 띠며 불쑥 말한다. "내 뇌의 어디가 잘못된 거예요?"

"잘못된 데 없어요, 제가 알기론."

"기분 좋은 소식이네요. 그럼 제가 공식적으로 제정신이라고 제 전처를 좀 설득해줄래요?"

"소견서 써줄게요."

"잘됐다." 가이가 찡긋 윙크한다. 그러고 보니 가이는 윙크를 참 많이 하는 것 같다. "그래서, 휴스턴에서 지내보니 어때요?"

"아직 제대로 구경도 못 했어요. 스페이스 센터만 가봤죠."

"묘지하고." 리바이가 한마디 거든다. 내가 째려보면서 복수로 그의 포도 몇 알을 훔친다. 리바이는 내가 그러든 말든 살짝 웃는다.

"내가 도와줄 수 있는데." 가이가 툭 던진다.

"그래요." 나는 리바이를 째려보면서 훔친 포도를 보란 듯이 먹느라 정신이 팔려서 건성으로 대꾸한다.

"정말요?"

"그럼요."

리바이가 한쪽 눈썹을 슥 올리면서 샌드위치를 한 입 베어 문다. 꼭 도전장을 내미는 것 같아서 나는 그의 딸기 한 알을 낚아챈다.

"같이 저녁 먹으러 가면 좋겠네요." 가이가 말한다.

"내일 저녁에 시간 돼요?"

순간 리바이와 내가 동시에 그를 휙 돌아본다. 나는 속으로 방금 대화를 뒤로 돌려서 내가 뭐에 동의했는지 확인한다. 데이트? 휴스턴 탐험? 결혼?

안 돼. 안 돼, 안 돼, 안 돼. 나는 데이트에 관심이 없고, 가이에게도 관심이 없는 데다가 가이와 데이트하는 데는 관심이 마이너스로 없다. 대신 나에게 있는 건? 아무 때나 불쑥 떠오르는 괴상한 생각들이다. 예를 들면 지금도 리바이가 내 몸을 자기에게 밀착시킨 채 땅에 내려줬을 때 허리를 감쌌던 그의 손의 느낌이 불쑥 떠오른다.

"어, 그게…."

"아니면 이번 주말은 어때요?"

"아." 나는 리바이에게 당황한 눈길을 보낸다. 도와줘요, 제발.

"고맙지만 사실 나는…."

"저녁에 언제 시간 비는지 말만 해요. 내가 얼마든지 맞출 수 있으니까."

"가이." 리바이가 낮게 깐 목소리로 넌지시 말한다.

"비의 왼손을 봐."

나는 어리둥절해서 내 손을 내려다본다. 여전히 딸기를 쥐고 있을 뿐인데. 도대체 뭘 보라는…. 아, 우리 할머니 결혼반지. 오늘 아침에 끼고 나왔지. 뇌 매핑 세션이 잘되게 해달라고 빌면서.

"아 젠장, 미안해요." 가이가 즉시 사과한다.

"그런 줄도 모르고-."

"아, 괜찮아요. 나는…." 결혼한 게 아니라고 말하려는데 리바이가 터준 탈출 구멍을 닫아버리는 건 어리석은 짓이라는 생각이 든다. 그래서 헛기침을 하고 말을 잇는다. "기분 안 상했어요."

"그래요. 그래도 미안해요." 가이가 리바이를 향해 몸을 기울이고 은밀한 투로 속삭인다. "그냥 궁금해서 그러는데, 비의 남편은 몸집이 얼마나 커? 홧김에 주먹 날리는 사람이야?"

"앗, 아니에요." 내가 고개를 젓는다. "사실 남편은…."

존재하지도 않아요.

"걱정 마." 리바이가 대꾸한다. "팀은 온순한 남자니까."

나는 속으로 얼굴을 두 손에 파묻는다. 가이한테 내가 팀과 결혼한 사이라고 말하다니. 너무 쉽게 반증할 수 있는 최악의 거짓말이잖아. 그냥 아무 남자나 지어낼 것이지.

"그래도 낭심 보호대를 차야 할까?" 가이가 묻는다.

리바이는 어깨를 으쓱한다. "아무래도 그러는 게 좋겠지."

나는 병아리콩을 내려다보며 이게 내 점심이 아니라 리바이의 점심이었으면 한다. 과일이 훨씬 맛있는데. 거짓말도 반증하기 어려운 거짓말이 훨씬 낫고.

"정말 기분 안 상했어요, 비?" 가이가 조금 걱정 어린 투로 다시 묻는다. "불쾌하게 하려던 건 아니었어요."

왕재수 박사한테 도움을 청하니 이 꼴이 되지. 나는 리바이를 한 번 더 째려보고는 딸기 한 개를 더 훔쳐오면서 한숨을 내쉰다.

"전혀요. 전혀 기분 안 상했어요."

♥♥♥

라이케: 뭔 소리야? 리바이가 너랑 팀이 결혼한 사이라고 거짓말 했다니?

비: 내가 당황한 거 보고 도와주려고 그런 거야.

라이케: 첫째, 너를 곤란하게 만든 가이 피에리가 잘못한 거야.

비: 그 사람 이름 그거 아니거든!

비: 하지만 옳은 지적이야.

라이케: 둘째, 거짓말 치고 형편없어. 가이 피에리가 너를 아는 사람 아무나 붙잡고 조금만 얘기해도 금방 탄로 날 테니까. 후환이 있을걸.

비: 잘 알고 있어.

라이케: 셋째, 네가 팀하고 결혼하지 않은 거 리바이도 알지?

비: 응. 리바이는 팀이랑 친하고 협력 연구도 하는 사이니까. 팀한테 더 좋은 사람 찾아보라고 한 것도 리바이였어.

라이케: 아니 진짜로, 가이 피에리한테 그냥 싫다고 했어야지. 완전 뭐 됐네.

비: 그건 나도 아는데, 넌 내 혈육이고 나는 나약한 인간에 불과하고 **지금은 비난이 아니라 애정과 연민이 절실하다고.**

라이케: 너한테 절실한 건 종합정신감정이야.

라이케: 그치만 ♥♥♥

GRE 과외를 받기로 한 로시오를 기다리는 동안, 블루베리 스무

디를 홀짝이며 북적이는 커피숍을 둘러본다.

아마 별일 없을 것이다. 가이와 대화하다가 내 결혼생활이(정확히는 그것의 부재가) 입에 오를 가능성은 별로 없으니까. 게다가 그것 말고도 고민거리는 많다. 현재 설계 중인 뇌 자극 프로토콜이라든가 임금차별이라든가. 한동안 펠리세트가 안 보이는 것도 걱정된다. 그래도 내가 연구실에 놔두는 간식은 부지런히 찾아 먹는 것 같은데. 암튼 이런 게 중요한 고민거리지.

"그거 아세요?" 로시오가 맞은편 의자에 앉으며 인사 대신 묻는다. "피가 달걀의 완벽한 대체제라는 거요." 나는 눈을 깜빡거린다. 로시오는 그걸 이야기를 계속하라는 신호로 해석한다.

"달걀 한 개 당 65그램. 단백질 함유량이 놀랍도록 비슷하죠."

"… 흥미롭네." 흥미롭지 않아.

"달걀 대신 피 케이크를 먹어도 될 거예요. 아니면 피 아이스크림이나 피 머랭, 피 파파르델레나 피 파운드케이크, 피 오믈렛이나 아니면 원한다면 피 스크램블도 있고 피 티라미수, 피 키시-."

"대충 알아들었어."

"좋아요." 로시오가 씩 웃는다.

"그냥 알아두시라고요. 피도 비건식에 해당할 수 있으니까."

나는 몇 가지를 지적하려고 입을 열었다가 그냥 이러고 만다.

"고마워, 로. 그렇게 생각해주다니. 근데 머리가 왜 젖었어? '피 묻은 거'라고는 하지 마."

"체육관 수영장에 다녀왔어요. 내 체중을 못 이긴 허약한 버드나무 가지가 부러지면서 덴마크의 어느 개울에 빠져 잔잔한 강물에 둥실 떠내려가는 오필리아 흉내 내기를 좋아해서요."

"오필리아는 버드나무 위에서 뭐 하고 있었는데?"

"미쳐 있었잖아요, 사랑에." 로시오가 나에게 눈을 부라린다.

"이런데도 세상은 여자의 마음이 갈대라지."

"꽤 좋은 수영장인 것 같네."

"존 에버렛 밀레 경(1852년 작 〈오필리아〉로 유명한 영국 화가-옮긴이)의 그림 같은 곳이에요. 수영모 착용이 필수고 중세 드레스 착용은 금지인 것만 빼고. 파시스트들 같으니."

"흠. 나도 회원권 살까."

"안 사도 돼요. 나사 직원은 무료예요."

"외부 계약직은 해당 안 되지 않아?"

"나한테 이용료 내라고 안 하던데요?" 로시오가 어깨를 으쓱하며 백팩에서 GRE 문제집을 꺼낸다.

"양적 추론부터 해도 돼요? 평행사변형 들여다보면 덴마크 개울에 코 박고 죽고 싶어지긴 하지만요. '또' 말이죠."

똑똑하고 수학이라면 씹어먹을 수준이며 언어능력도 뛰어난 내 연구 조교가 어째서 GRE 점수는 그렇게 엉망인지 30분 만에 그 이유가 명확해진다. 시험 난이도가 로시오에게는 너무 낮아서 그렇다. 그리고 그와 관련해 한 가지 덧붙이자면, 지금 우리는 서로 죽이기 직전이다.

"정답은 B라니까." 문제집을 한 장 쭉 찢어내 로시오의 입에 쑤셔 넣고픈 충동을 억누르며 내가 재차 말한다. "다른 경우를 대입해서 풀 필요가 없어. X는 이것을 y 제곱한 지수니까."

"그건 X가 정수일 경우잖아요. 유리수면 어떡해요? 실수면요? 아니면 최악의 경우 무리수면요?"

"X가 무리수가 아니라고 내가 장담할게." 내가 씩씩대며 말한다.

"그걸 어떻게 알아요?" 로시오가 으르렁댄다.

"상식으로 알지!"

"상식은 파이 값도 못 푸는 멍청한 사람한테나 필요한 거죠."

"그럼 지금 내가-."

"안녕, 여러분!"

"뭐야?" 우리가 동시에 소리 지른다. 아주 진한 핑크색 음료 위로 케일리가 빼꼼 얼굴을 내민 채 눈을 끔벅거린다.

"방해할 생각은 없었-."

"아뇨, 방해 아니에요." 내가 안심시키려고 미소를 짓는다.

"미안해요, 얘기하다 보니 감정이 격해져서. 우리끼리 좀… 의견 차가 있었어요." 케일리는 보라색 점프수트 차림에 하트 모양 선글라스를 쓰고 피시테일 스타일로 땋은 머리를 갈비뼈까지 치렁치렁 드리우고 있다. 거기다 수박 모양 핸드백을 메고 분홍색 꽃 한가운데 이니셜 'K'가 박힌 목걸이까지 했다.

케일리가 되고 싶다.

"아." 케일리가 고개를 까딱 기울인다. "제가 도와드릴까요?" 진심으로 마음이 쓰이는 듯 열성적인 말투다. 나는 테이블 밑으로 로시오가 발로 차는 걸 무시하고 말한다. "우리랑 같이 대학원 입학 자격시험이라는 거대 권력에 맞서 싸워볼래요?"

내가 뭘 기대했는지는 모르겠지만, 케일리가 기가 차다는 듯 숨을 뱉고 눈알을 굴리며 바로 의자를 빼서 앉는 반응은 상당히 의외다.

“정말 모욕적이에요. GRE건 SAT건 특정 대상을 떨어뜨릴 목적으로 제도화한 장치에 불과한데 대학원들이 학생을 뽑는 과정에서 그 제도에 이렇게까지 의존하는 게 어이없어요. 21세기에 접어든 지도 20년이 지났는데 아직도 삼첩기만큼 구시대적이고 개념화한 지능에 기준을 둔 시험을 사용하다니. 대학원에서 잘 해내느냐는 GRE로 측정이 불가능한 자질에 달려있다고요. 그걸 모두가 다 아는데 왜 대학원 입시 제도를 전인적 접근법으로 뜯어고치지 않는 거죠? 게다가 GRE는 응시료만 수백 달러예요! 대체 누가 그 시험에 돈을 쏟아부을 정도로 자금 가용성을 갖추고 있는데요? 시험 준비반 수업이며 문제집이며 과외비는 또 어떻게 내고요? 그럴 여력이 없는 사람이 누군지 아세요? 부자 빼고 전부 다요.” 케일리가 정확하고 감탄이 나오도록 우아한 움직임으로 내 코앞에 손가락을 까딱거린다.

“표준화된 시험에서 가장 점수가 낮게 나오는 게 누군지 아세요? 여자와 소수자예요. 자기실현적 예언이라니까요. 너희는 열등하다고 끊임없이 사회에게 주입당한 집단이 극도의 불안 상태로 시험에 응해서 제 실력에 한참 못 미치는 결과를 내는 거죠. 이런 걸 고정관념의 위협이라고 하고 이미 관련 연구 논문도 수두룩해요. GRE가 대학원 과정을 마칠 능력이 되는 사람을 선별하는 데 형편없는 기능을 한다는 연구 결과도 마찬가지로 수두룩하고요. 그런데도 전국의 대학원 입학 심사위원회는 콧방귀도 안 뀌고 그저 돈 많은 백인 남자들의 지위를 높여줄 목적으로 고안된 제도를 고집하고 있어요.” 그러더니 케일리는 고개를 흔들어 땋은 머리카락을 어깨 뒤로 넘긴다.

"불태워버려야 해요."

"뭘… 불태워요?"

"전부 다요." 케일리가 격앙된 목소리로 힘주어 말한다. 그러더니 빨대로 새침하게 음료를 한 모금 빨아 마신다. 진심으로 내가 케일리였으면 좋겠다.

나는 로시오를 흘끔 봤다가 다시 제대로 살핀다. 로시오는 입을 살짝 벌리고 얼굴이 벌개진 채 숨을 가쁘게 쉬며 케일리를 빤히 바라보고 있다. 오른손으로는 낭떠러지에서 붙잡은 바위인 양 문제집을 꽉 움켜쥐고 있다.

"괜찮아, 로?" 내가 묻자 그녀는 눈길을 거두지 않고 끄덕인다.

케일리가 어깨를 으쓱하며 말을 잇는다.

"아무튼, GRE 얘기는 왜 나온 거예요?"

"로시오가 그 시험을 쳐야 해서 내가 과외를 해주던 참이었거든요. 근데…." 여기서 나는 헛기침을 한다. "효과가 있다 없다 해서. 방금 전엔 무리수냐 아니냐를 놓고 서로 목 조르기 직전이었어요."

"대충 얘기하자면 그래요." 로시오가 웅얼거린다.

"아." 케일리가 별것 아니라는 듯 손을 허공에 휘젓는다. "무리수는 고려할 필요도 없어요. GRE 특징이 뭐냐면, 아는 게 적을수록 성적이 잘 나온다는 거예요."

내가 로시오에게 '내가 뭐랬어.'라는 눈빛을 보내고 로시오는 나를 또 발로 찬다. "시험 준비반 수업에서 푸는 기술을 알려줘요. 실제 수학보다 그걸 더 많이 가르쳐준다니까요."

"GRE 시험 본 적 있어요?" 로시오가 묻는다.

"그럼요. 지금 이 프로젝트 관리자 일은 임시직이에요. 가을 학기에 교육학 박사과정 들어가요. 존스홉킨스에서."

로시오가 미간을 찌푸린다. "가을에… 존스홉킨스에 간다고요?"

"네!" 케일리가 행복한 얼굴로 고개를 끄덕인다. "부모님이 학원비 대주셔서 시험 준비반에 다녔는데 그때 만든 노트가 잔뜩 있어요. 내용도 거의 다 기억하고요. 내가 도와줄까요?"

로시오가 겁에 질린 얼굴로 돌아봐서 나는 웃음이 터질 뻔하지만 간신히 참는다. 대신에 내 스무디를 들고 일어선다.

"그렇게 물어봐주다니 참 친절하시네요." 로시오가 나에게 발길질을 하지만 나는 스리슬쩍 빠져나온다. "나는 스페이스 센터 체육관에 좀 가보려고요. 로시오가 나도 무료로 이용할 수 있대서."

"가능해요. 리바이 박사님께서 저번에 저한테 직원 등급 바꿔놓으라고 했어요."

"누구의 등급이요?"

"비 박사님 거요. 로시오 것도." 케일리가 눈을 찡긋한다. "그래서 두 분을 정직원으로 바꿔놨죠, 직원 혜택 누리시라고."

"우와, 고마워요. 정말-."

뜻밖이라고? 기대 안 했다고? 리바이가 그랬을 리 없으니 지어낸 게 틀림없다고?

"마음도 넓으시네요."

"리바이 박사님 진짜 좋으시죠. 여태껏 겪어본 상사 중 최고예요. 저번엔 나사를 들들 볶아서 저도 건강보험 적용받게 해줬다니까요!" 케일리가 활짝 웃으며 로시오를 돌아본다. 로시오는 또 한 번 덴마크 어디의 강물에 뛰어들 기세다. "그럼, 어디서부터 할까요?"

눈빛으로 나를 태워버리려는 로시오에게 손을 흔들어 인사한다. 이보다 더 좋은 과외 선생이 있을까. 로시오한테는 과분하지. 인도로 나간 나는 휴대폰을 꺼내 재빨리 트위터에 한마디 올린다.

> **@마리라면어떻게할까**…? 고등교육 접근을 가로막는 거대 장애물 중 하나가 GRE, 즉 1) 비싸고 2) 전반적인 대학원 학업성취에 대한 예측 정확도가 심히 떨어지며 3) 저소득층과 소수자 그리고 시스젠더 남성이 아닌 사람에게 불리한 시험이라면?

휴대폰을 도로 주머니에 넣는데 생각이 다시 체육관으로 향한다. 아마 리바이는 매주 다른 묘지로 나를 데리러 오기 싫어서 체육관이나 열심히 다니라고 그랬을 거야. 솔직히 그걸 비난할 수는 없지.

그래. 그래서 그랬을 거야.

11장

측좌핵: 도박하기

*측좌핵: '중격의지핵' 이라고도 하는 도파민 회로의 일부로,
대뇌 보상체계의 핵심이다. -옮긴이

"리바이? 혹시 최신 업데이트된-."

"설계도는 서버에 올려져 있어요." 리바이가 미니 스크루드라이버를 이로 문 채 웅얼거린다. 만지고 있는 전선과 금속판 더미에서 눈을 떼지 않는다.

금요일 밤 9시가 넘은 시각, 다른 사람들은 다 퇴근했다. 이번 주 저녁 내내 그랬듯 엔지니어링팀 연구실에는 내가 '적대적이지만 편안한 침묵'이라 이름 붙인 분위기 속에 우리 둘만 남아 일하고 있다. 다른 종류의 침묵과 매우 흡사하지만 다른 점이 있다면… 리바이가 나를 좋아하지 않는다는 걸 내가 알고 있으며, 리바이도 내가 알고 있다는 것을 알고 있고 그리고 내가 그를 좋아하지 않는 것도 그가 알고 있다는 것이다. 하지만 그는 그 얘기를 입에 올리지 않으며 나

도 그것에 대해 생각하지 않는다. 그럴 이유가 없으니까.

뭐, 그렇게 됐다. 우리의 '적대적이지만 편안한 침묵'은 한마디로 그냥 보통의 편안한 침묵이다. 우리는 서로 마주보고 각자의 작업대에 앉아 있다. 바깥 나무들의 윤곽을 잘 보려고 연구실 조명은 조도를 낮춰둔다. 그리고 각자의 작업에 몰두한다. 가끔가다 블링크에 대해 한마디하거나 의견과 의구심을 주고받는다. 각자의 연구실에서 그렇게 할 수도 있지만 노트북 컴퓨터에서 고개를 들고 곧바로 물어보는 편이 이메일로 써 보내는 것보다 훨씬 낫다. "안녕, 리바이."와 "비 쾨닉스바사 드림." 이라고 일일이 쓰는 게 얼마나 귀찮은데.

게다가 리바이는 간식도 잘 챙겨온다. 자기가 먹으려고 가져오는 거겠지만 분량 재는 데 서툴러서인지 늘 너무 많이 만들어 온다. 덕분에 지금까지 수제 견과류믹스, 과카몰리와 짭짤한 크래커 콤보, 쌀뻥튀기, 팝콘, 콩 디핑소스를 곁들인 피타 칩 그리고 네 종류의 에너지볼을 얻어먹었다.

그렇다. 그는 나보다 요리를 훨씬 잘한다.

아니, 그의 간식을 거절할 정도로 나는 자존심이 세지 않다. 나는 누구의 간식이든 거절할 처지가 아니다.

게다가 내가 휴스턴에 온 지 한 달밖에 안 됐는데 우리는 벌써 작동 가능한 버전의 프로토타입을 거의 완성했다. 그러니 나는 간식을 먹으면서 자축할 자격이 있다.

"서버에 있는 건 예전 설계도잖아요, 새 버전이 아니라."

리바이가 입에서 스크루 드라이버를 빼고 대꾸한다.

"올려져 있어요. 내가 올렸는데."

"잘못된 파일이에요."

그러자 리바이가 고개를 든다. "다시 확인해줄래요?"

나는 눈을 굴리며 한숨을 쉬지만 부탁받은 대로 한다. 그가 오늘 만들어 온 다크 초콜릿과 피넛버터 에너지볼이 이미 내 혀에서 살살 녹아 없어졌으니까. "확인했어요. 없는 거 맞아요."

"확실해요?"

"네."

"있어야 하는데." 마치 미 핵무기 암호 보호 설정의 중요한 단계에 몰두해 있는데 내가 방해라도 한 것처럼 리바이가 조바심 난 표정으로 나를 본다.

"없다니까요. 내기할래요?"

"뭘 걸 건데요?"

"가만있자." 내 말이 맞는 걸 알았을 때 그의 표정을 보는 게 섹스보다 짜릿할 것 같은데. 뭐, 확실히 팀과의 섹스보다는 짜릿하겠지. "백만 달러요."

"난 백만 달러 없는데. 있어요?"

"당연하죠, 이래 보여도 일개 하급 연구원이라구요." 리바이가 쿡쿡 웃는다. 그러자 내 안에서 뭔가가 요동친다. 나는 모른 척한다.

"슈뢰딩거 걸어요."

"내 고양이를 판돈으로 걸지는 않겠어요."

"질 것 같아서 그러나."

"아뇨, 내 고양이는 열일곱 살이고 주기적으로 항문낭을 짜줘야 해서 그래요. 그래도 개를 갖고 싶다면야…."

"아뇨, 됐어요." 내가 얼굴을 구기며 대꾸한다. 나는 팔뚝을 손가락으로 두드리면서 리바이가 가진 것 중 내가 원하는 게 뭐가 있을까 생각해본다. 한 달간 내가 먹을 간식을 만들어 오라고 할 수도 있겠지만 이미 자기도 모르게 그러고 있으니 패스. 지금도 잘 작동하는 시스템을 왜 건드리나?

"내가 이기면 리바이가 타투 하나 하기로 해요."

"어떤 타투요?"

"염소요. 영구적인 걸로." 악당 같은 말투로 덧붙인다.

"그렇게는 못 해요."

"왜요?"

"이미 있어서요." 내가 웃음을 터뜨린다.

"아, 알았다! 머그컵 있죠? '요다 베스트 엔지니어'라고 써 있는."

"그거 왜요?"

"그거 줘요. 근데 '신경과학자'라고 쓰여 있는 걸로."

리바이가 한쪽 눈썹을 치켜올린다. "그거, 직장 상사가 스스로 '세계 최고의 상사'라고 인쇄된 머그컵 사는 거랑 똑같잖아요. 축하해요, 방금 나사 공식 마이클 스콧으로 등극하셨습니다."

"진심 뿌듯하네요. 어쨌든, 그럼 딜한 거예요." 내가 노트북 화면을 그를 향해 돌린다. "이리 와서 설계도의 부재에 놀라 보시죠."

"잠깐. 나는요?"

"리바이는 뭐요?"

"내 말이 맞으면 비는 어쩔 건데요?"

"아." 내가 어깨를 으쓱한다. "원하는 건 뭐든 해줄게요. 어차피 내 말이 맞으니까. 내가 피땀 흘려 모은 백만 달러 줄까요?"

"그건 됐고요." 리바이가 고개를 저으며 생각에 잠긴다.

"내가 휴스턴에서 지내는 동안 가서 불쌍한 슈뢰딩거의 항문낭 짜줄까요?"

"끌리는 제안이지만 슈뢰딩거는 자기 항문을 아무한테나 안 맡겨요." 그러더니 그는 선이 굵고 조각같이 미끈한 턱을 톡톡 두드린다. 어라? 내가 그걸 왜 의식하고 있지?

"내가 맞으면 비가 휴스턴 5킬로미터 달리기에 참가 신청해요."

내가 어깨를 으쓱한다. "좋아요. 얼마든지 신청-."

"그리고 실제로 뛰기로 해요."

웃음이 터진다. "말도 안 돼요."

"왜죠?"

"왜냐하면 나는 이제 겨우 달리기 프로그램 4단계까지 왔고 아직도 1.5킬로만에 주저앉으니까요. 5킬로를 뛰라니, 온몸의 피를 거머리로 뽑아내는 것만큼 상쾌하겠네요."

"나도 같이 뛸게요."

"그니까, 100미터 길이 다리로 옆에서 느긋하게 걸어가 주겠다?"

"내가 훈련시켜줄게요."

"아, 리바이, 리바이. 이 순진한 강아지 같은 사람." 나는 나를 손가락으로 가리켜 보인다. 오늘 저녁에는 코에 스터드를 끼우고 은하수 무늬 레깅스에 흰 탱크톱을 입고 왔다. 보라색 머리카락은 어깨까지 내려오게 풀고. 아마 내 등의 타투 중 하나는 훤히 보일 것이다. 나의 모든 것이 '리바이의 약점'임을 외치고 있다.

"이 빼짝 마르고 발육 덜 되고 근육 한 점 없는 몸뚱이 보여요? 이건 소파와 공생하며 살도록 설계된 몸이라고요. 수백만 옴의 힘으로 훈련에 저항하죠."

리바이가 한참 동안 내 몸을 뚫어져라 보더니 얼굴을 붉히며 고개를 돌린다. 불쌍한 리바이, 보고 있기 힘든가 본데.

"상관없잖아요. 어차피 비가 이길 걸 확신한다면."

"그건 그렇죠." 내가 어깨를 으쓱한다.

"좋아요. 와서 패배의 쓴맛을 보시라."

리바이가 100미터는 될 것 같은 말도 안 되게 긴 다리로 몇 걸음 만에 내 작업대로 온다. 그런데 내가 친히 자기를 향해 돌려놓은 노트북 앞으로 오는 대신 작업대를 빙 돌아와 내 뒤에 서더니 화면을 우리 쪽으로 도로 돌린다. 곧 닥칠 자신의 참패를 나한테 더 잘 보여주려고 그러나. "어서 새 머그컵으로 리바이의 눈물을 맛보고 싶네요." 내가 중얼거린다.

"그건 두고 봐야죠." 리바이가 왼손을 작업대에 괴고 오른손으로 마우스를 쥔다. 내가 높은 스툴 의자에 앉아 있는데도 그가 십여 센티는 더 크고, 그래서 나는 그의 품에 갇힌 꼴이 된다. 불편하고 숨막힐 법도 한데 리바이가 여유 공간을 넉넉히 둬서 크게 신경 쓰이지 않는다. 별 뜻 없다는 걸 알아서 더 그렇다. 왜냐하면 리바이니까, 나는 나고. 에어컨 바람이 너무 세서 그의 몸이 뿜는 열기가 오히려 기분 좋게 느껴진다. 리바이는 이 일을 그만두고 묵직한 담요 대역으로 취직해도 잘 나갈 것 같다.

"이상한데." 얼굴을 찌푸린 걸 목소리만으로도 알 수 있다.

"파일이 없잖아."

"머그컵, 20온스짜리로도 주문 가능해요?"

"여기 있어야 하는데." 그가 몸을 숙이자 그의 턱이 내 정수리를 스친다. 끔찍한 느낌은 아니다. 오히려 반대다. "내가 저장했는데."

"꿈속에서 한 거 아니에요? 나도 가끔 아침에 분명 일어나서 이를 닦은 것 같은데 아직 이불 속일 때가 있거든요. 뭐, 새 머그컵 받으면 모닝커피 마실 생각에 벌떡 일어날 것 같지만."

"이상하네, 정말." 내가 의기양양해서 깐죽대는데 아쉽게도 리바이는 관심을 안 준다. 아주 잘 깐죽대고 있는데. "봐요." 리바이가 빠르게 타자를 쳐 로그 인터페이스 화면을 띄우는데 그의 팔꿈치 안쪽이 내 위쪽 팔뚝에 스친다.

"보이죠? 누군가가, 그러니까 내가 오후 1시 16분에 파일을 저장했어요. 근데 4시 23분에 다른 누군가가 그걸 삭제했고…."

그가 뭘 말하려는 건지 나는 즉시 알아챈다. 목을 살짝 꺾고 그를 올려다보니 바로 10센티 위에서 그가 이미 나를 내려다보고 있다. 아아, 저 눈. 마치 새로운 녹색 계열 색상을 발명한 것 같잖아.

"나 아니에요!" 내가 불쑥 말한다.

"내 고양이를 얼마나 원하기에 이렇게까지 해요?"

"녀석의 항문낭 문제를 알게 된 지금은 전보다 훨씬 덜 원해요."

"내 머그컵은요?"

"아주 많이, 그치만 내가 그런 게 아니라구요!"

리바이가 의심 어린 표정으로 "흐음." 한다. 내 얼굴에 그의 숨이 훅 끼친다. 민트 향, 그리고 피넛버터 냄새도 약간. "당신 말을 믿고 싶기도 하고, 이렇게 삭제되는 게 처음이 아니기 때문에 믿을게요."

"무슨 소리예요?"

"어제 비가 보낸 두정부 전국 프리퀀시 리스트 있죠? 이메일로 보내고 서버에도 올린 그거. 파일이 없더라고요."

내가 인상을 확 쓴다. "분명 올렸는데."

"알아요. 그러잖아도 엔지니어들이 파일이 사라지거나 엉뚱한 데 저장되어 있다고 불평했어요. 아니면 자료가 손상됐거나. 사소한 문제가 여러 번 있었어요."

"서버 에러일지도 몰라요."

"아니면 사람이 저지른 실수거나."

"누가 파일을 옮겼는지 알아낼 수 있어요?"

리바이가 자판을 조금 더 두드리더니 대답한다. "시스템이 그렇게 설계되지 않아서 로그만 봐서는 알 수 없어요. 알아낼 수 있는 게 뭔지 알아요?" 내가 고개를 젓자 머리가 그의 가슴팍에 부딪힌다. "파일이 어디로 옮겨졌는지 그리고 아직 서버의 다른 폴더에 남아 있는지는 알 수 있어요. 우리 설계도의 경우-, 여깄네요." 그가 스페이스바를 눌러 이미지를 화면에 띄운다.

"아, 잘됐다. 내가 찾던 게 바로 저거-." 내가 이 부딪히는 소리를 내며 입을 탁 다문다. "잠깐만요."

"5킬로 달리기 행사가 여러 개 있는데 어느 걸로 신청할까요?" 리바이가 혀를 볼 안쪽에 대고 굴리며 고민하는 척한다.

"보통 6월에는 우주를 테마로 한 마라톤이 열리는데-."

"이건 말도 안 돼." 나는 몸을 틀어 앉는다.

"파일이 있어야 할 곳에 없었잖아요."

"내기 조건은 파일이 '서버'에 올라와 있느냐였잖아요." 리바이가 흡족한 미소를 짓는다. "항문낭 짜기를 걸지 않은 게 다행이죠?"

"내가 특정 폴더를 말한 거라는 거 알잖아요."

"어느 폴더인지 구체적으로 말하지 그랬어요, 그럼." 리바이가 위로하는 척 내 어깨에 한 손을 얹는다(확 깨물어버릴까?). 그의 몸 모든 부위가 내 몸의 모든 부위를 완전히 감싸는 모양새가 너무 어이없다. 또 하나 어이없는 건 그의 몸이 내 몸에 밀착된 감각이 여전히 시도 때도 없이 떠오른다는 것이다. 그리고 이렇게 바짝 붙어 있자니 그의 허벅지가 내 다리 사이를 파고들던 감각, 그 사이를 끈질기게 문지르던 그 단단한….

"둘이서 뭐 해?"

보리스가 연구실 문간에 서 있는 걸 발견한 순간 리바이에게서 떨어지면서 "아무 짓도 안 했어요, 아무 짓도 안 했다고요! 우린 그냥 일하고 있었어요."라고 소리치고픈 충동이 든다. 하지만 우리 둘은 아주 적절한 간격을 두고 떨어져 있다. 리바이가 워낙 덩치가 커서 그렇지 않게 느껴질 뿐이지. 몸에서 열도 뿜고. 그게 리바이니까.

"5킬로미터 달리기에 참가 신청하려던 중이었어요." 리바이가 대답한다. "오셨어요?"

"5킬로라고?" 보리스는 계속 문간에 서서 늘 그렇듯 피곤한 얼굴로 우리를 가만히 살핀다. "사실은 알려줄 게 있어서 왔어."

"나쁜 얘기예요?"

"좋은 얘기는 아니야."

"그럼 나쁜 애기네요."

보리스가 인쇄물을 들고 다가온다.

"두 사람, 인간 뇌 영상화 학회에 갈 거야?"

인간 뇌 영상화(HBI) 학회는 신경과학 분야에서 열리는 수많은 학술회의 중 하나다. 그다지 명망 있는 학회는 아니지만 지난 몇 년 사이에는 "파티 같은 학회"라는 명성도 얻었다. 흥미진진한 도시에서 열리는 데다 곁다리 이벤트도 많고 업계의 큰 기업들에게서 후원을 많이 받기 때문이다. 덕분에 젊고 힙한 신경과학자들이 모여서 인맥을 다지고 진탕 노는 학회로 자리잡았다. 하지만 나는 힙한 사람이 아니다. 그리고 리바이는 신경과학자가 아니다.

"아니요." 내가 보리스에게 대답한다. "올해는 어디서 열려요?"

"뉴올리언스. 이번 주말에."

"재밌겠다. 가시게요?"

보리스가 고개를 저으며 인쇄물을 내민다.

"아니. 근데 우리가 아는 누군가는 참석해."

"매그테크요?" 리바이가 내 어깨너머로 인쇄물을 읽으며 묻는다.

"그동안 그쪽 동향을 주시하고 있었거든. HBI에서 자기네 헬멧을 발표할 거야."

"특허 신청은 냈대요?"

"아직."

"그런데도 발표하는 건…."

"그다지 영리하지 않은 한 수라는 거지? 내 생각엔 일부러 노출시켜서 새로운 투자자를 끌어들이려는 것 같아. 우리한텐 저쪽이 어디까지 왔나 알아낼 절호의 기회야."

"그러니까 뉴올리언스 HBI 학회에 사람을 보내 매그테크의 헬멧이 우리 것과 비교해 얼마나 진전됐나 보고를 받자는 말씀이죠?"

"아니." 보리스가 연구실에 들어오고 처음으로 미소 짓는다.

"난 지금 자네들 둘한테 그렇게 하라고 지시하는 거야."

♥♥♥

"난 그냥 가제트 형사 노릇 하러 뉴올리언스까지 가는 게 시간 낭비 같다는 말이에요." 리바이가 하도 데려다주겠다고 우겨서("휴스턴이 밤에 얼마나 위험한데요.", "길에 뭐가 도사리고 있을 줄 알고요.", "데려다주게 하든가 아니면 내가 3미터 뒤에서 따라가든가 둘 중 하나 선택해요.") 어쩔 수 없이 그와 같이 걸어가면서 내가 이렇게 말한다. 그는 자전거를 끌며 걷고 있다. 거의 매일 그걸 타고 출근하는 모양이다. 하 , 좀 대충 살면 안 되나. 벨트에 매단 안전모가 몇 걸음마다 그의 허벅지에 부딪혀 튕긴다. 마음을 가라앉히는 그 박자가 내 투덜거림에 적당한 배경음이 되어준다.

"우리가 못해도 콜롬보 형사는 되죠."

"가제트가 콜롬보보다 직위가 높아요. 오해는 마요, 경쟁 상대의 진전 상태를 체크하는 게 중요하다는 건 나도 아니까. 근데 다른 사람을 보내는 게 낫지 않아요?"

"우리만큼 블링크에 빠삭한 사람이 없는 데다 신경과학 전문은 비뿐이잖아요."

"프레드가 학부 때 신경과학 수업을 듣긴 들었다는데."

리바이가 슬며시 웃는다. "적어도 주말에 걸쳐서 다녀오는 일정이잖아요. 출근일은 안 빼먹겠네."

내가 한쪽 눈썹을 슥 올린다. 우리 둘 다 매주 주말 근무를 해온 건 사실이다. "리바이는 왜 이렇게 아무렇지 않은 거예요?"

리바이가 어깨를 으쓱한다.

"소장님에게 언제 대들지는 신중하게 결정해야 하니까요."

"이건 대들 가치가 없어요? 리바이가 역사상 가장 혐오하는 사람과 한 공간에 이틀이나 있어야 한다고요."

"일론 머스크도 참석한대요?"

"아니, 나 말이에요."

리바이가 깊은 한숨을 내쉬며 이마를 문지른다. "이 얘기는 이미 끝냈잖아요, 비. 그것도 그렇지만 팀원들이 파일 백업 같은 기본적인 업무에서도 자꾸 실수를 하니," 리바이가 장난스럽게 말을 잇는다. "이런… 첩보 임무를 어떻게 믿고 맡기겠어요." 그가 "첩보 임무"라는 말을 하면서 씩 웃자 내 심장이 한 박자를 건너뛴다. 웬일로 리바이에게서 '귀여운 타입'의 기운이 감지되지? 아마 그가 재밌어할 때 제법 귀여워서 그런가 보다.

"난 여전히 사람이 저지른 오류가 아니라는 데 한 표예요." 나는 귀여우니 마니 생각 안 하려고 애쓰며 대꾸한다.

"어느 쪽이든 엔지니어링팀 회의를 열어서 앞으로 더 조심하라고 겁 좀 줄게요."

"잠깐." 내가 숙소 건물 차양 아래서 걸음을 멈춘다. "그러면 안 돼요. 팀원 중 누군가가 그랬다는 게 확실치도 않잖아요."

"나는 확신하는데."

"증거도 없잖아요." 리바이가 혼란스러운 표정으로 나를 본다. "팀원들이 안 했을지 모르는 일을 가지고 혼내면 안 되지 않겠어요?"

"팀원들이 그랬어요."

나는 답답해서 헛기침을 한다.

"설명 안 될 오작동으로 그렇게 된 거면 어떡해요?"

"아니잖아요."

"그걸 어떻게-." 나는 말을 끊고 입을 꾹 다문다. "있죠, 우린 공동 리더잖아요. 징계 결정도 같이 내려야죠. 그러니까 내가 동의하기 전까지는 리바이 혼자 팀원한테 어떤 징계도 내려서는 안 된다는 얘기예요. 근데 나는 팀원이 그랬다는 확실한 증거를 확보하기 전에는 동의 안 할 거예요." 리바이가 온화하면서도 즐거워 보이는 표정으로 나를 내려다본다. 마치 내가 답답해하는 게 자못 사랑스럽다는 듯. 사디스트 같으니. "알겠죠?" 내가 대답을 재촉한다.

리바이가 고개를 끄덕인다. "알았어요." 그가 안전모를 쓰고 턱 밑에서 딸깍 여민다. 그의 이두박근이 불끈거리는 것을 나는 분명히 안 봤다.

"아참, 비?"

"네?"

자전거에 훌쩍 올라탄 그가 멀어져 가면서 한마디 던진다.

"어느 달리기 대회에 참가할지 알려줄게요."

그는 이미 나한테 등을 보이고 있지만 나는 아랑곳하지 않고 가운뎃손가락을 날린다.

12장

복측 선조체: 갈망

*복측 선조체: 대뇌 기저부에 위치하면서
보상, 집행, 자기조절 및 운동처리에 관여한다. -옮긴이

슈맥: GRE 트윗이 꽤 흥하는 것 같죠?

확실히 흥하고 있다.

*꽤*가 "아주 많이"를 의미한다면. 그리고 *흥하다*가 "난리 났다"는 뜻으로 한 말이라면.

어쩌다 이렇게 됐는지 나도 모르겠다. 그 트윗을 올린 뒤에 나는 GRE 때문에 부정적 경험을 한 사람들의 성토 트윗을 읽다가 잠이 들었다. 다음날 일어나보니 해시태그(#공정한대학원입시)가 실시간 트렌드로 올라와 있었다. 거기다 스템 계열 여성 단체들과 소수자 단체 수십 곳이 GRE 파업을 선언하고는 학생들에게 GRE 성적을 뺀 대학원 지원서를 제출하라고 격려하고 있지 뭔가.

@생물학하는올리비아웨이 모두가 그렇게 하면 대학원들도 경험과 이력, 여태까지 들인 노력과 실력만으로 우리를 평가할 수밖에 없을 거예요. 이미 그렇게 하고 있어야 마땅하죠.

내가 스템 계열 여성들을 얼마나 사랑하는지 얘기했던가? 정말이지 온 마음을 다해 사랑한다.

두 시간 후 〈디 애틀랜틱〉의 기자에게서 인터뷰를 요청하는 메시지가 왔다. 이어서 CNN이 메시지를 보내왔다. 그러더니 〈더 크로니클 오브 하이어 에듀케이션〉도 연락해왔다. 다음은 폭스 뉴스였다(하! 내가 잘도!). 나는 더 광범위한 청중에게 이 이슈를 퍼뜨리기 위해 슈맥과 손잡았고, 우리는 GRE를 입시 도구로 쓰는 관례에 과학적 근거가 없음을 꼬집는 1천자 분량의 글을 작성해 올렸다. 더불어 나는 뉴스 매체들에 해시태그 운동을 시작한 여성들을 인터뷰할 것을 권했다(폭스 뉴스는 빼고. 그쪽 메시지는 '읽씹' 상태로 놔두었다). 몇 사람이 자진해서 언론사에 접촉해 시험 비용을 대려면 최저시급을 받으며 몇 시간이나 일해야 하는지, 과외를 받을 여력이 되는 부유한 학생들이 성적을 얼마나 더 잘 받는지, 월등한 학부 평균 성적과 풍부한 연구 경험에도 불구하고 고작 몇 퍼센트 포인트의 GRE 점수 차로 커트라인에 못 미쳐서 꿈꾸던 대학원에 불합격하는 실망감이 얼마나 쓰라린지 털어놓았다. 인터뷰는 아직도 계속되고 있고 점점 더 많은 이들이 목소리를 내고 있다.

이제 #공정한대학원입시는 하나의 운동이 되었고, 이대로면 이 바보 같고 불공정한 시험을 실제로 없앨 수도 있을 것 같다. 그런 연유로 나는 한껏 들떠버렸다.

또 누가 들떠 있느냐? 바로 로시오다. 로시오는 연구실 문을 벌컥 열고 들어오더니 이렇게 선언했다. "형제자매들과 연대하는 뜻에서 GRE 대비는 더 이상 안 하기로 했어요. 존스홉킨스는 다른 지원 서류만 가지고 내가 얼마나 끝내주는 과학자인지 판단하라고 해요."

나는 노트북 화면에서 눈을 떼고 고개를 끄덕였다.

"그 결정 응원해."

"어쩌다 이렇게 됐는지 아시죠?" 무슨 은밀한 얘기를 하듯 로시오는 내 책상 위로 몸을 기울였다. "요전 날 우리가 GRE가 얼마나 거지같은지 얘기했잖아요. 근데 마리가 화두를 던지면서 사람들이 들고일어났어요. 이게 우연일 리 없어요."

"어," 나는 대답을 더듬었다. "그건, 뭐냐, 아마 우연이 맞을 거-."

"우연 같은 건 존재하지 않아요." 로시오의 다크하고 영롱한 눈이 내 눈을 똑바로 응시했다.

"누구한테 감사해야 할지 우리 둘 다 잘 알잖아요."

"아, 난 괜찮-."

"라 요로나." 그러면서 로시오는 주머니에서 휴대폰을 꺼내 나에게 아름다운 개울 사진을 몇 장 보여주었다. 눈을 형형히 빛내면서. "이 근처에서 그분이 목격된 장소를 하나씩 찾아가서 약소하나마 공물을 바치고 있었거든요."

"공물?"

"네. 타로카드나 시체의 아름다움을 찬양한 자작시, 나뭇가지로 만든 별 모양 부적 같은 거요. 흔히들 바치는 거 있잖아요."

"흔히들… 바치는…."

"마치 여신님이 '로시오, 너에게서 동질감을 느낀다. 후계자로 삼아도 좋겠구나.'라고 말씀하시는 것 같아요." 로시오는 씩 웃으며 가방을 자기 책상에 내려놓는다. "너무 행복해요, 보스."

나도 마주 웃어 주고는 @마리라면어떻게할까 계정주가 누군지 로시오가 눈치채지 못한 것에 안도하며 다시 일을 하기 시작한다. 혹시 퀴리 박사님도 아무도 모르게 이중생활을 하지는 않았을까? 가끔 궁금해진다. 시대를 따지면 퀴리 박사님이 살인마 잭이었을 수도 있는데. 불가능한 건 없으니까, 그치?

마리: 우리가 진짜로 GRE를 폐지시킬 수 있을까요?

슈맥: 그 어느 때보다 그럴 법해 보이긴 해유.

마리: 내 생각도요. 아 참, 도와줘서 고마워요.

슈맥과 나의 팔로워 수는 비슷하지만 팔로워 집단의 구성은 이보다 더 다를 수 없다. 남탕에게 내 의견에 무게를 얹어줘서 고맙다고 인사치레하기는 싫지만, '마리라면' 계정주와 말을 섞느니 제 목구멍에 응유를 들이붓겠다는 남자가 학계에 태반인 게 현실이다. 그러니 상관없다. 나도 기회만 되면 기꺼이 그들의 목구멍에 응유를 드럼통째 들이부을 테니까. 그래도 어쨌든 #공정한대학원입시 운동은 지지 세력을 가릴 처지가 아니다.

마리: 그 여자는 어때요?

슈맥: 낙타 거시기는 어때요?

마리: 놀랍게도 우린 잘 지내고 있어요. 아직 난투극이 안 벌어졌다면 우리가 협력 연구를 하고 있다고 봐도 좋을지도요? 그건 그렇고 말도 참 잘 돌리네. 그 여자 얘기 좀 해봐요.

슈맥: 다 잘되어 가요.

마리: '잘'이라는 말은 정의가 가변적이에요. 범위를 좁혀봐요.

슈맥: 얼마나요?

마리: 엄청 좁게요.

슈맥: 알았어요. 좁게 보자면 상황은 최악의 방향으로 아주 잘 돌아가고 있어요. 프로젝트 특성상 최근 같이 일하는 시간이 많아졌어요. 아마 그래서 내가 목요일 저녁에 맥주를 네 캔째 따고 있는 거겠지만.

마리: 같이 일하는 게 뭐가 나빠서요?

슈맥: 그냥… 그녀에 대해 이것저것 알게 되거든요.

마리: 이것저것?

슈맥: 좋아하는 음식이 뭔지, 주로 어떤 TV 프로그램을 시청하는지, 어떤 것에 웃는지, 반려동물을 어떻게 생각하는지 그런 거요. 뭘 싫어하는 지도 알게 되고요(나 말고 다른 것들요). 머릿속에 그녀의 특징을 수백만 개 분류해 저장하고 있는데, 전부 너무 매력적이에요. 사람 자체가 매혹적이죠. 똑똑하고 재미있고 과학자로서 뛰어나고. 또… 다른 것들도 있어요. 내가 자주 떠올리는 것들. 근데 지금 난 취했고 이런 얘기는 부적절하니 그만할래요.

마리: 난 부적절한 얘기 좋아하는데.

슈맥: 그래요?

마리: 가끔은요. 말해봐요.

슈맥: 내가 그 사람을 불편하게 만들 짓은 절대 안 할 거라는 걸 알아줘요.

마리: 슈맥, 알아요. 그리고 혹시 그랬다간 내가 녹슨 외과용 메스로 당신 거시기를 썰어버릴 건데요 뭐.

슈맥: 공정한 응징이네요.

마리: 말해봐요.

부엌의 시계가 째깍거린다. 밤늦게 이동하는 차들의 소음이 아득히 창을 스쳐 가고 어느새 내 휴대폰 화면이 꺼진다. 슈맥이 얘기를 계속하지 않으려나 보다. 나한테 속을 터놓지 않으려는 것 같아서 왠지 좀 슬프다. 그의 삶에 대해 아는 건 별로 없지만, 그가 나한테 터놓지 않으면 다른 사람한테는 더욱 안 터놓을 거라는 느낌이 든다. 어둠에 익숙해진 눈이 스르륵 감기려는 찰나 휴대폰 액정이 반짝 켜진다.

나도 모르게 폐에서 숨이 훅 빠져나간다.

슈맥: 그녀한테서 어떤 체취가 나는지 알아요. 머리를 올리면 목덜미의 주근깨가 드러나는 것도 알고요. 윗입술이 아랫입술보다 약간 도톰한 것도, 펜을 쥘 때 손목이 어떻게 구부러지는지도. 이건 나쁜 생각이라는 걸 알지만, 아주 단단히 잘못됐다는 걸 알지만, 나는 그녀의 몸이 어떻게 생겼는지 잘 알아요. 그걸 떠올리면서 잠드

는데, 아침에 일어나서 출근하면 그녀가 거기 있어요. 어떻게 이러나 싶죠. 그녀가 동의할 걸 알고서 일부러 어떤 말을 할 때도 있어요. 나한테 "흐음." 소리 내는 걸 듣고 싶어서. 그럴 때면 내 망할 등줄기에 누가 뜨거운 물을 들이붓는 것 같아요. 근데 결혼한 여자잖아요. 멋진 여자예요. 나를 신뢰하고. 근데 나는 그 여자를 내 사무실로 데려가 옷을 벗기고 차마 말로 표현 못할 온갖 짓을 저지르고 싶다는 생각뿐이에요. 그녀에게 말해주고 싶어요. 당신은 정말로 눈부시고 내 머릿속의 당신은 너무 찬란해서 가끔 나는 다른 어떤 일에도 집중할 수가 없다고. 어떤 방에 들어갔다가 왜 들어갔는지 까먹을 때도 있어요. 너무 정신이 팔려서. 그녀를 벽에 밀어붙이고 싶고 그녀도 나를 있는 힘껏 밀어붙여줬으면 좋겠어요. 내가 그녀의 남편을 만난 날로 시간을 거슬러 올라가 그 자식을 한 대 친 다음 다시 미래로 돌아와 또 한 대 치고 싶어요. 그녀에게 꽃과 음식과 책을 잔뜩 사주고 싶어요. 손을 잡고 싶고 그녀를 내 침실에 가둬놓고 싶어요. 그녀는 지금껏 내가 원했던 것들의 총체예요. 아예 혈관에 그녀를 주입하고 싶으면서도 다시는 안 봤으면 좋겠어요. 그녀 같은 존재는 또 없는데 이런 감정 때문에 죽을 것 같아요. 떨어져 있을 때는 이 감정이 반쯤 잠들어 있었는데 이제는 매일 보니까 내 몸뚱이가 지가 십 대 소년인 줄 아나 봐요. 정말 어떻게 해야 할지를 모르겠어요. 뭘 어쩌면 좋을지. 어차피 할 수 있는 것도 없지만. 그래서 그냥… 아무것도 안 하려고요.

숨이 안 쉬어진다. 몸도 안 움직인다. 목구멍에 걸린 덩어리가 삼켜지지도 않는다. 눈물이 날 것만 같다. 슈맥을 위한 눈물, 누군가가 자신을 향해 이토록 거대한 갈망을 품고 있다는 걸 죽었다 깨나도 모를 그 여자를 위한 눈물. 어쩌면 나를 위한 눈물인지도 모른다. 이런 감정을 다시는, 결코 다시는 느끼지 않겠노라 결심했으니까. 그렇게 결심했는데 지금 와서는, 이제서야 처음으로 내가 얼마나 큰 대가를 치르게 생겼는지 알 것 같다. 그게 얼마나 큰 희생일지.

마리: 아, 슈맥.

달리 무슨 말을 하겠나? 자신을 사랑하지 않는 상대와 사랑에 빠졌는데. 게다가 유부녀고. 이런 이야기에 해피엔딩은 없다. 슈맥도 아는 것 같다. 이런 한마디로 대답하는 걸 보면.

슈맥: 그러게요.

♥♥♥

"안녕하세요."

나는 쓰고 있던 원고를 치워두고 라마르에게 미소 짓는다.

"무슨 일이에요?"

"별일 아니에요. 서버의 로그 시스템을 업데이트했다고 알려드리려고요."

"그래요?"

"네. 박사님이 따로 하실 건 없고요, 사용자가 파일을 제거하거나 옮기거나 수정하면 자동으로 추적이 되게 해놨어요. 수상한 활동이 발생하면 누가 무슨 짓을 했는지 알 수 있어요."

"잘됐네요." 나는 미간을 살짝 찌푸리며 말을 잇는다.

"그런데 왜 그렇게 했어요?"

"최근 발생한 문제들 때문에요."

"어떤 거요?"

"파일이 사라진다거나 뭐 그런 거요. 리바이가 엔지니어링팀 회의를 소집해서 불같이 화를 내더니 저한테 서버 코드를 바꾸라고 했어요." 라마르가 멋쩍은 듯 어깨를 으쓱한다. "골치 아프게 해드려서 죄송해요." 그가 사무실에서 나가고, 나는 원고를 멍하니 쳐다본다. 3분 후 누가 문을 똑똑 두드리는데도 계속 멍하니 보고 있다.

"여기는 공기순환구가 왜 이래요?" 리바이가 조금 전의 라마르와 사뭇 다르게 문을 꽉 메우며 서 있다.

"창살이 없잖아요. 관리과에 전화해서–."

"안 돼요!" 내가 의자를 빙글 돌린다. "거기로 펠리세트가 드나든단 말이에요. 내가 놔둔 간식 먹으러!"

그러자 리바이가 한쪽 눈썹을 스윽 올린다.

"통풍구 살을 떼놓는 이유가 상상 속 고양이…."

"상상 속 고양이 아니거든요? 저번에 내 컴퓨터 옆에서 발자국도 발견했다고요. 문자로 사진 보내줬잖아요." 거기에 리바이는 [린 퀴진 한 덩이를 흘린 것 같은데요.] 라고 답장했지. 얄미운 인간.

"알았어요. 내일 말인데, 뉴올리언스까지 다섯 시간 넘게 걸리니까 일찍 출발해야겠어요. 렌트카 픽업하고 운전하는 건 내가 할게요. 비는 차에서 자도 돼요. 근데 6시쯤에는 출발을-."

"회의를 열었다고요."

리바이가 고개를 갸우뚱한다. 새카만 머리카락 한 가닥이 눈썹 위에 살랑 떨어진다. "네?"

"엔지니어들한테 사라진 파일 얘기를 했다면서요."

"아. 그랬죠." 그가 입을 꾹 다문다.

나는 이유도 모르는 채 일어선다. 그리고 역시나 이유는 모르겠지만 허리에 양손을 짚는다. "그러지 말라고 했잖아요."

"비. 그렇게 해야 했어요."

"증거를 찾기 전까진 안 하기로 했잖아요."

리바이가 가슴팍에 팔짱을 낀다. 어깨선이 고집스러워 보인다. "안 하기로 한 건 아니죠. 비가 그 문제로 정식 회의를 소집하긴 싫다고 했고 그래서 안 했잖아요. 근데 나는 엔지니어 부서 팀장이니까 우리 팀한테 이런 문제가 있다고 알리기로 한 거고."

코웃음이 나온다. "리바이의 팀이라고 해봤자 나랑 로시오 빼고 전부잖아요. 말장난 잘하네."

"그게 왜 그렇게 거슬리는 거예요?"

"왜냐하면, 그렇잖아요."

"더 자세히 말해줘야겠는데요."

"왜냐하면 나 몰래 했으니까요." 내가 발끈해서 내뱉는다. "한 달 전 나사가 블링크를 엎으려고 했을 때 나한테 말 안 해준 것처럼."

"그거랑은 다르죠."

“따지고 보면 같아요. 이건 원칙의 문제라고요.” 나는 볼 안쪽을 깨물었다가 이렇게 덧붙인다. “우리가 공동 팀장이라면 징계 조치를 내리기 전에 둘이 합의를 봐야죠.”

“징계 내린 거 없어요. 딱 5분간 진행된 회의에서 내가 중요한 파일 가지고 장난치지 말라고 한마디했을 뿐이에요. 나는 팀 기강을 바짝 조이는 편이고 우리 팀은 거기에 익숙해요. 이 문제로 뭐라 그러는 사람은 비밖에 없어요.”

“그럼 왜 회의를 연다고 나한테 말 안 했어요?”

리바이의 눈빛이 단호해지면서 뭔가 뜨겁고 어두운 그리고 답답한 기색이 어린다. 그가 말없이 내 얼굴을 뚫어져라 본다. 연구실의 긴장도가 한층 높아진다. 일이 커질 것 같다. 대놓고 한판 벌어질 분위기다. 그는 나한테 당신 일이나 신경 쓰라고 고함칠 테고 나는 그에게 린 퀴진을 던지겠지. 우리는 주먹질을 할 테고 그럼 사람들이 우르르 달려와 우리를 떼어놓으면서 한바탕 난리가 나겠지.

하지만 리바이는 그냥 이렇게만 말한다. “6시에 데리러 갈게요.” 완고한 말투다. 냉혹하고 이견을 허락하지 않는 말투. 지난 5주간 나와 이야기할 때의 말투와 사뭇 다르다.

왜 그럴까. 나를 미워하나. 나는 그를 미워하나. 너무나 이해 안 되는 게 많아서 대답하는 것도 잊어버렸지만, 상관없다. 리바이는 이미 가버렸으니까.

13장

상구: 저것 좀 봐!

*상구: 중뇌 뒤쪽에 튀어나온 사구체 중 위쪽 2구를 칭하며,
시각반사중추가 있다. -옮긴이

1시간 24분 17초.

18초.

19초.

20초.

내가 레몬과 합성피혁 냄새 그리고 리바이의 향긋한 남성적 체취가 희미하게 밴 닛산 알티마에 탄 후 흐른 시간이다. 우리가 침묵을 이어간 시간이기도 하다. 철저히 열과 성을 다해 침묵한 시간.

엄청 신나는 주말이 되겠군. 서로 최대한 말을 안 걸면서 007 노릇을 해야 하다니. 실패할 수가 없는 계획이야.

내 잘못일까? 그럴지도 모른다. 오늘 아침 리바이에게 "좋은 아침."이라고 인사하기를 거부하면서 내가 보기에도 말도 안 되게 유

치한 이 대치 상황을 촉발했는지도 모르겠다. 내가 문제를 일으킨 장본인인지도 모른다. 하지만 그러거나 말거나다. 지금 머리 뚜껑이 열릴 정도로 화가 났으니까. 그래서 더 작정하고 입을 다물고 있다. 여태껏 쌓인 리바이에 대한 불만을 죄다 끌어모아 이글이글 하얗게 불타는 커다란 초신성 같은 침묵으로 똘똘 뭉쳐….

솔직히 리바이가 눈치챘는지조차 모르겠다.

어제 막 『베이비시터스 클럽』을 다 읽은 11살짜리처럼 아침 인사를 거부하는 나를 보고 그가 한쪽 눈썹을 슥 올리긴 했다. 하지만 그는 금세 별일 아닌 양 털어버렸다. 그러더니 그냥 CD를 틀고 바로 차를 출발시켰다. 태연하고 편안하게. CD는 무려 퍼펙트 서클의 〈메르 드 놈〉이었다. 맙소사, 완벽한 음악 취향으로 내 마음을 녹일 셈인가.

이 침묵에 대해 생각조차 안 하고 있다는 데 내 손가락을 걸겠다. 신경도 안 쓰겠지. 나는 〈주디스〉의 박자에 맞춰 꽁한 상태로 할머니 반지나 초조하게 뱅글뱅글 돌리고 있는데, 리바이는 열역학 법칙이나 샴푸 없이 머리 감기 운동에 참여할지 말지 따위나 고민하고 있겠지. 남자들은 평소에 무슨 생각을 하지? 다우존스 생각하려나. 섹시한 중년 여성이 출연하는 포르노라든가. 다음 데이트 상대라든가.

리바이가 데이트는 하나? 그를 '섹시한 타입'으로 분류하는 사람이 많은 걸 보면 하기는 하겠지. 결혼은 안 했지만 장기간 연애를 하고 있을지도 모른다. 아니면 슈맥처럼 누군가를 열렬히 사랑하고 있거나. 불쌍한 슈맥. 그가 한 말을 떠올리면, 이 생각 저 생각이 뒤엉키면서 이유도 모르게 가슴이 아프다. 리바이가 어떤 여자에게 슈맥처럼 진지하고 무서울 만치 강렬한 감정을 품고 있는 걸 상상해도 가슴이 아프다. 슈맥이 그 여자에게 하고 싶다던 걸 리바이가 하는 걸 떠올려도.

나는 리바이가 나를 벽에 밀어붙이는 단편적 기억이 왜 아직도 불쑥 떠오르는지 의아해하며 몸을 부르르 떤다. 있는지 없는지도 모를 그의 여자친구가 세상에서 가장 운 좋은 여자인지 아니면 그 반대일지도 궁금하고. 내가 그걸 대체 왜 궁금해 하는지도 궁금-.

"미안해요."

"뭐라고요?" 고개를 너무 빨리 홱 돌려서 목에 담이 온 것 같다.

"미안하다고요."

"뭐가요?" 내가 목을 주무르며 묻는다.

리바이는 전방 도로에 시선을 고정한 채 한쪽 눈썹을 올린다.

"이거 혹시 교육법의 일종이에요? '바보들에게 사과하는 법 가르치기' 같은 거예요?"

"아뇨. 진짜로 감이 안 잡혀서 그래요."

"그럼, 비의 승인을 구하지도 않고 회의 열어서 미안해요."

내가 눈을 가늘게 뜨고 되묻는다. "… 진짜예요?"

"뭐가 진짜예요?"

"지금… 진짜로 사과하는 거냐고요."

"넵."

"아." 나는 고개를 끄덕인다. "그럼 정확히 해두자면, 내 승인을 구하긴 했죠. 내가 명백히 승인을 해주지 않았을 뿐."

"맞아요." 어쩐지 웃지 않으려고 볼 안쪽을 깨물고 있는 표정이다. “비의 명백한 조언을 따르지 않았어요. 비의 권위를 해치거나 의견을 하찮게 취급하려던 건 아니에요. 내 생각엔 그냥….” 리바이가 잠시 입을 꾹 다문다. “아니, 생각하는 정도가 아니라 확실히 알아요. 내가 블링크에 너무 매달리고 있다는 거 말이죠. 그래서 더 통제하려 들고 더 이래라저래라하는 거예요. 비의 지적이 옳아요. 중요한 문제를 의논도 없이 나 혼자 처리한 게 두 번째네요.” 마침내 리바이가 나를 돌아본다. “미안해요, 비.”

“와우.” 나는 눈을 깜빡거린다. 여러 번.

“와우?”

“아주 모범적인 사과예요.” 내가 실망한 척 고개를 젓는다.

“이러면 내가 남은 세 시간 반 동안 매우 어른스러운 침묵 대응을 어떻게 유지해요?”

“뉴올리언스에 도착하면 멈출 생각이었어요?”

“그건 아닌데, 현실적으로 그렇잖아요. 입 다물고 생까기를 제대로 실행하려면 신경 쓸 게 많은데, 무엇보다 나는 게으른 사람이거든요.”

리바이가 낮게 웃음을 터뜨린다. “그럼, 음악 바꿀까요?”

“왜요?”

“비의 저조한 기분에 90년대 후반 그런지 밴드가 제격인 것 같아서 틀었는데 이렇게 빨리 분노를 극복한다면 조금 덜-.”

“덜 화내는 음악이 어울리겠다고요?”

“맞아요.”

“선택지로 뭐가 있는데요?”

리바이가 자기 휴대폰 암호(338338)를 선선히 알려주면서 음악 폴더를 뒤져보라고 하는데 심히 묘한 기분이 든다. 뒤져보니 남부끄러운 니클백 노래는 한 곡도 없다(얄미워). 90년대, 그러니까 딱 내가 좋아하는 시대의 밴드 곡이 대부분인데 단지 하나같이….

셔플 모드로 틀어놓고 좌석에 편히 기대앉아 바깥의 아름다운 경치를 내다보면서 내가 유일하게 떠올린 비판의 한마디를 툭 던진다. "여자도 음악 하는 거 알고는 있죠?"

"무슨 뜻이에요?"

"아무것도 아니에요." 내가 어깨를 으쓱하며 대꾸한다. "그냥, 리바이의 음악 라이브러리에 온통 분노한 백인 남자 노래뿐이라서요."

리바이가 미간을 살짝 찌푸린다. "그렇지 않아요."

"그렇군요. 그래서 라이브러리에 정확히…," 나는 몇 초간 라이브러리를 스크롤한다. 몇 초 더 한다. 그러다 1분을 꽉 채운다.

"… 도합 0명의 여자 가수 노래가 있는 거군요."

"그럴 리 없는데."

"그럴 리 없는 일을 해내네요."

리바이의 미간 주름이 깊어진다. "우연히 그렇게 된 거예요."

"흐음."

"좋아요. 별로 자랑스럽진 않네요. 하지만 나 역시 성장기에 분노가 가득한 백인 남자애였다는 사실이 내 음악 취향에 영향을 줬을지 몰라요."

나는 콧방귀를 뀐다. "그러셨겠죠. 뭐 그 분노를 생산적으로 풀고 싶다면 내가 싱어송라이터 몇 명 추천해줄 수-." 그 순간 갓길의 뭔가가 눈에 띈다. 나는 더 잘 보려고 고개를 쭉 뺀다.

"아악! 세상에!"

"왜 그래요?" 리바이가 걱정 어린 눈길을 보낸다.

"아무것도 아니에요. 그냥…." 나는 말하다 말고 눈가를 훔친다. "아무것도 아니에요."

"비? 지금… 우는 거예요?"

"아뇨." 거짓말이다. 별로 그럴듯하지도 않은.

"여성 싱어송라이터 때문에 그래요?" 리바이가 잔뜩 당황한 말투로 묻는다. "앨범 하나 살게요. 베스트 음반이 뭔지 말만 해요. 솔직히 뭐가 좋은지 가릴 정도로 알지는 못하지만-."

"아뇨. 아니에요, 그게… 죽은 주머니쥐가 있었어요. 갓길에."

"아."

"나한테 좀… 문제가 있어요. 로드킬 관련해서."

"문제요?"

"그게… 동물은 엄청 귀엽잖아요. 거미만 빼고. 근데 거미는 진짜 동물은 아니니까요."

"동물… 맞긴 한데."

"저 주머니쥐가 어디로 가고 있었는지 누가 알겠어요? 가족이 있었는지도 모르죠. 어쩌면 애들 먹이를 가지고 집으로 가던 중이었는지도 모르고. 그럼 걔들은 지금쯤 엄마 어디 있냐고 울고 있을 거 아니에요." 말하다 보니 울음이 점점 격해진다. 나는 뺨을 훔치고 코를 훌쩍거린다.

"야생 짐승이 전통적 핵가족 형태를 따르는지는 의문-."

째려보는 내 눈길을 의식한 리바이가 입을 다문다. 그러더니 목덜미를 긁으며 덧붙인다. "슬픈 얘기네요."

"괜찮아요. 난 아무렇지 않아요. 난 정서적으로 안정됐어요."

리바이의 입꼬리가 슬쩍 올라간다. "안정된 거 맞아요?"

"이건 아무것도 아니에요. 팀은 나를 강하게 만든답시고 '로드킬 알아맞히기' 같은 멍청한 게임도 시켰는데, 한번은 말 그대로 눈물이 바닥난 적도 있어요." 리바이의 턱이 눈에 띄게 경직된다.

"그리고 열두 살 때는 벨기에의 어느 고속도로에서 피범벅인 고슴도치 가족을 봤거든요. 기름 넣으려고 잠깐 차 세웠을 때 내가 하도 울어서 우리 삼촌이 아동학대한 줄 알고 연방 경찰이 심문한 적도 있어요."

"알겠어요. 뉴올리언스까지 정차 없이 쭉 가기."

"아니에요, 다 울었어요. 진짜예요. 이제 나는 말라비틀어진 심장을 가진 어른이에요."

리바이가 못 믿겠다는 얼굴로 슬쩍 보더니 갑자기 이렇게 묻는다. "벨기에라고요?" 호기심 어린 목소리다.

"네. 근데 너무 흥분하진 마요. 플랑드르 쪽이었으니까."

"프랑스에서 살았다고 하지 않았어요?"

"여기저기서 다 살아봤어요." 나는 샌들을 벗고 대시보드에 발을 얹으면서 리바이가 내 샛노란 색 페디큐어나 말도 못하게 흉측한 새끼발가락에 기분 상하지 않기를 속으로 빈다. 내가 '콰지모토우'라고 부르는 발가락들이다.

"우리는 독일에서 태어났거든요. 아빠는 폴란드계 독일인이었고 엄마는 이탈리아인과 미국인의 혼혈이었어요. 우리 부모님은 굉장히… 유목민이라고나 할까? 아빠는 기술 전문 저술가여서 아무 데서나 일하는 게 가능했어요. 그래서 두 분이 한 곳에서 몇 달만 살다가 새로운 곳으로 가곤 했죠. 게다가 친척들도 곳곳에 흩어져 살았거든요. 그래서 부모님이 돌아가셨을 때 우리는-."

"돌아가셨어요?" 리바이가 눈을 휘둥그레 뜨고 나를 돌아본다.

"네. 끔찍한 자동차 사고로요. 에어백이 안 터졌죠. 그 차 모델은 리콜됐지만…." 내가 어깨를 으쓱한다. "우리가 네 살 때였어요."

"우리라뇨?" 예상했던 것보다 더 내 인생 이야기에 푹 빠져든 눈치다. 그냥 침묵이 불편해서 억지로 물어보는 줄 알았는데.

"쌍둥이 동생이 있어요. 우리는 부모님에 대한 기억이 거의 없어요. 암튼 부모님 돌아가시고 우리는 친척 집을 전전했어요. 이탈리아에서도 살아봤고 독일로 갔다가 거기서 또 독일 다른 지방으로 이동하고 그다음엔 스위스, 미국, 폴란드, 스페인, 프랑스, 벨기에, 영국, 또 독일, 일본에서도 잠깐 살았다가 다시 미국으로 오고. 그런 식이었어요."

"사는 데마다 현지어도 다 익혔고요?"

"대충요. 현지 학교에 등록해야 했거든요. 말 나왔으니 말인데 그게 얼마나 괴로운 일인지 모를 거예요. 몇 달마다 친구를 새로 사귀는 거요. 말할 줄도 모르는 언어 수십 가지가 생각나는 바람에 내 머릿속이 도무지 이해 안 될 때도 많았어요. 그것도 그렇고 우리 둘은 가는 학교마다 억양이 이상하고 그 나라 문화를 이해 못하는 애들로 찍혀서 제대로 섞여든 적이 없었어요. 나 그만 보고 전방의 도로를 살펴야 되는 거 아니에요?"

리바이가 멍한 기운을 털어내듯 몇 번 눈을 깜빡이고는 시선을 전방으로 돌리며 중얼거린다. "미안해요."

"아무튼, 오만 나라에서 살아봤고 오만 친척들한테 얹혀살았어요. 그러다 결국 둘이 미국의 외숙모에게 와서 고등학교 과정의 마지막 2년을 마쳤죠." 나는 또 한 번 어깨를 으쓱한다. "그 후로는 쭉 미국에서 살았고요."

"쌍둥이 동생은요?"

"라이케는 늘 떠돌고 싶어 하는 게 엄마 아빠를 닮았어요. 혼자 살아도 되는 나이가 되자마자 떠났고, 지난 10년간 온갖 곳을 떠돌면서 별의별 일로 하루하루 벌어먹고 있어요. 걔는 그냥… 큰 욕심이 없는 애예요. 뭔지 알죠?" 웃음이 터진다.

"부모님이 살아계셨으면 라이케하고 편먹고 너는 왜 여행을 안 좋아하느냐고 나를 볶아댔을 걸요? 근데 안 좋아하는 걸 어떡해요. 새로운 곳에 가보고 새로운 추억을 만드는 데 열광하는 건 라이케고 나는 끝없이 새로운 걸 추구하면 어떤 것에도 충만함을 못 느낄 거라고 믿는 쪽이에요." 나는 머리를 쓸어 넘기다가 보라색으로 염색한 가닥의 끝을 만지작거린다. "모르겠어요. 내가 게을러서 그런지도 모르죠."

"그건 아니에요." 리바이가 불쑥 말한다. 내가 그를 올려다본다. "안정감을 원해서 그렇죠. 변하지 않는 것." 그는 마치 잃어버렸던 퍼즐 조각을 찾았고 그걸로 완성시킨 그림이 이제야 이해가 된다는 듯 고개를 끄덕인다. "어딘가에 속하는 기분이 들 만큼 충분히 오래 머물고 싶은 마음이겠죠."

"어이, 프로이트 씨." 내가 덤덤하게 대꾸한다.

"요청하지도 않은 상담 끝났어요?"

리바이가 얼굴을 붉힌다. "3백 달러 되시겠습니다."

"시세에 얼추 맞네요."

"일란성 쌍둥이예요?"

"네. 근데 라이케는 자기가 더 예쁘다고 우겨요. 바보인가." 내가 못 말린다는 듯 눈을 굴린다.

"자주 봐요?"

나는 고개를 젓는다. "거의 2년째 못 보고 있어요." 2년 전에도 그나마 알래스카로 가는 도중 뉴욕에서 경유하는 라이케를 딱 이틀 본 게 다였고 그전에는 어디에 있었다더라…. 하나도 기억이 안 난다. 이제는 일일이 기억하기도 힘들다.

"그래도 통화는 엄청 자주 해요." 내가 씩 웃으며 덧붙인다. "전화로 라이케한테 리바이 욕을 엄청 하거든요."

"몸 둘 바를 모르겠네요." 리바이가 웃으며 대꾸한다.

"자매 사이가 친해서 좋겠어요."

"리바이는 안 친해요? 혹시 리바이가 허락도 안 받고 마음대로 일을 저지르는 못된 버릇으로 형제 사이에 균열을 일으켜서 그래요?"

리바이가 웃음기 머금은 얼굴로 고개를 젓는다.

"균열 같은 거 없어요. 그냥… 균열의 반대말이 뭐죠?"

"폐쇄?"

"맞아요. 그거."

형제간에 사이가 어떻건 그가 지금 상태를 마음에 들어 하지는 않는 눈치여서 나는 마음이 조금 찔린다.

"미안해요. 리바이가 모든 일에 통제 성향이 강해서 가족들이 미워하는 거라고 말하려던 건 아니었어요."

그러자 리바이가 피식 웃는다. "모든 걸 통제하려고 드는 건 비도 마찬가지잖아요. 내 생각엔 일가친척을 통틀어 나만 직업군인이 아니라서 그런 것 같아요."

"진짜요?"

"네."

나는 다리를 접고 몸을 틀어 그를 똑바로 본다. "가족 간에 무언의 규칙이라도 있어요? 군 장교가 되지 않으면 너는 실패자다?"

"무언이라뇨, 대놓고 말하는데. 나는 우리 집안 공식 실패자예요. 사촌 일곱 명 중에 유일하게 민간인인 사람. 또래 압박이 말도 못해요."

"으악."

"작년 추수감사절 모임에서는 삼촌이 나한테 가족 이름에 먹칠하지 말고 성을 바꾸라고 대놓고 말했어요. 삼촌이 블루문 맥주를 한 궤짝 들이키기도 전에 나온 말이 그 정도예요."

인상이 절로 구겨진다.

"리바이는 〈네이처〉에 논문도 실린 나사 소속 엔지니어잖아요."

"내 논문 발표 실적을 일일이 찾아보고 있었어요?"

나는 딴청을 피운다. "아니거든요. 샘 교수님이 리바이가 얼마나 잘났는지 귀에 피나도록 얘기해서 알고 있을 뿐이에요."

"내년 추수감사절 모임에는 교수님을 모셔야겠네."

"있잖아요." 내가 검지로 그의 이두박근을 쿡 찌르며 말한다. 셔츠 소매에 덮여 있는데도 팔뚝이 얼마나 단단하고 따스한지 그대로 느껴진다. "우리가 그 뭐냐… 철천지원수?"

"그냥 원수 정도로 해두죠."

"… 그거인 줄 리바이네 가족은 모르잖아요. 게다가 내가 추수감사절에 하는 일이라 봤자 비건 마시멜로우를 몇 개까지 입에 넣을 수 있나 실험하는 게 다거든요. 그니까 내년에 리바이가 얼마나 잘난 과학자인지 가족들한테 떠벌려줄 사람이 필요하거나 아니면 시원하게 빰 때려줄 사람이 필요하다면 얼마든지 같이 가줄 수 있어요." 내가 장난스럽게 웃자 잠시 후 리바이도 좀 더 부드러운 미소를 짓는다.

어쩐지 마음이 편하다. 여기에 있는 게, 우리가 이 순간을 함께 하는 게. 어쩌면 리바이와 내가 이 관계에서 각자 정확히 어떤 위치에 있는지 잘 알아서 그런지도 모르겠다. 아니면 우리 둘 다 지금 인생에서 가장 중요한 게 블링크라서 그런지도 모르고. 어쩌면 우리 사이에 어떤 연결고리가 있는지도 모른다. 그게 비록 아주 묘하고 아주 복잡한 것일지라도.

나는 등받이에 기대며 말한다.

"고아여서 좋은 점이 바로 그거예요."

"뭐요?"

"실망시킬 부모가 없다는 것."

리바이가 곰곰이 곱씹더니 대꾸한다. "반박 못하겠네요."

이후 우리는 '적대적이지만 편안한 침묵'으로 돌아간다. 한동안 그렇게 있다가 나는 마음을 어루만지는 나지막한 톰 요크의 목소리를 들으며 사르르 잠든다.

♥♥♥

HBI 학회에 온 지 3분 30초 만에 첫 번째 아는 사람과 마주친다. 샘 교수님의 연구실에서 연구 조교로 일했고 지금은 (그의 배지를 힐끔 확인해보니) 스토니 브루크 대학에서 박사과정을 밟고 있는 전 동료다. 우리는 포옹을 나누고 잠시 근황 얘기를 주고받은 뒤 언제 주말에 만나 한잔하기로 약속하고(그럴 일 없다.) 헤어진다. 그런 다음 돌아보니 이번에는 리바이가 자기가 아는 사람("나 엔지니어요." 하고 그랜드캐니언 꼭대기에서 외치는 듯한 허리색을 차고 안경 체인을 늘어뜨린 나이 지긋한 남자)을 만나 얘기 중이다. 이 사이클이 20분은 계속된다.

"아이고." 마침내 우리 둘만 남았을 때 내가 앓는 소리를 뱉는다. 우리가 뭐 유명인사는 아니지만 뇌 영상 학계가 워낙 좁아서 이 모양이다. 근친적이고 발을 뺄 수도 없고. 하여간 폐쇄적인 세계를 묘사하는 온갖 형용사를 다 갖다 붙여도 무리가 없는 곳이 이 바닥이다.

"지난 10개월간보다 방금 20분 동안 사교활동을 더 많이 했어요." 리바이가 중얼거린다.

"나도 리바이가 웃는 걸 적어도 네 번은 봤어요." 나는 그의 팔을 토닥토닥 두드려준다. "힘들었겠어요."

"좀 누워야겠어요."

"얼음팩 구해올 테니 뺨 좀 식혀요. 얼얼하잖아요." 북적거리는 학회장 홀을 둘러보며 내가 왜 학회를 싫어하는지 새삼 깨닫는다.

"근데 우리 오늘은 왜 온 거예요? 매그테크 프레젠테이션은 내일인데."

"보리스 소장님의 명령으로요. 우리가 단지 기웃거리려고 온 게 아닌 척하자는 하찮은 계략이죠."

내가 장난스럽게 웃으며 받아친다. "우리가 특급 스파이고 소장님이 우리의 관리자인 것 같은 기분 든 적 있어요?"

리바이가 우스워하면서도 반은 장난으로 째려본다. "없어요."

"아, 왜요. 내가 제임스 본드고 소장님이 M이면 딱이잖아요."

"비가 제임스 본드면 난 뭔데요?"

"본드걸이죠. 내가 리바이를 유혹해서 설계도를 빼돌린 다음 마티니 한잔하면서 리바이를 칼로 푹 찌를 거예요." 그러면서 리바이에게 윙크를 하는데 그의 얼굴이 벌겋게 달아올라 있다. 너무 나갔나?

"내 말은 그런 뜻이-."

"듣고 싶은 엔지니어링 강연이 몇 개 있어요." 갑자기 그가 이렇게 말하면서 학회 프로그램북을 가리킨다. 놀랍도록 멀쩡한 말투다. 아무래도 내가 착각했나 보다. "비는요?"

"4시에 흥미로워 보이는 패널 발표가 있던데. 그리고 나가서 한잔하는 신성한 의무도 다해야죠. 크고 편안한(뉴올리언스의 별칭은 Big Easy다-옮긴이) 주에 왔으니."

"아, 혹시…."

"혹시 뭐요?" 내가 고개를 까딱 기울이고 묻는다.

리바이가 목을 가다듬고 말을 잇는다. "누가 같이 갔으면 해요? 친구랑 이미 약속이 잡혀 있는 건지 아니면…."

"친구요?"

"비 친구 있잖아요."

"누구요?"

"이름 까먹었는데, 샘 교수님의 연구실에 있던 동료 있잖아요. 까만 머리에 기능적 근적외 분광법을 연구했고 또…." 리바이가 눈을 가늘게 뜬다. "아니다, 기억나는 건 그게 다예요."

"애니 조핸슨 얘기하는 거예요?"

"그럴 걸요? 맞는 것 같네요."

리바이가 프로그램북을 흘끔 내려다본다.

애니가 그렇게 쫓아다녔는데 리바이가 애니의 이름을 잊은 게 놀랍다. 맙소사, 애니는 리바이의 혈액형까지 꿰고 있었는데. 아마 사회보장번호도 알고 있었을 거다. "내가 왜 걔랑 한잔하러 가요?"

"그냥 그런 줄 알았죠." 리바이가 다른 데 정신이 팔린 채 대꾸한다. "둘이 붙어 다녔잖아요."

심장이 빠르게 뛰기 시작한다. 리바이는 딱히 어떤 의도 없이 말하는 걸 텐데. "걔는 지금 여기 없잖아요."

리바이는 나한테 눈길도 안 준 채 여전히 프로그램북을 읽고 있다. "방금 본 것 같아서요."

내가 획 돌아선다. 손바닥이 축축해지고 있는 것, 맞다. 그런데 가끔 그러니까 별일 아닐 것이다. 다들 가끔은 손바닥에 땀이 나니까. 미친 듯이 주위를 둘러보지만 애니는 여기 없는 것 같다. 있을 리가 없잖아. 리바이는 애니의 이름도 기억 못했는데 얼굴을 알아봤을 리 없어. 아마 검은 머리카락을 가진 여자는 다 비슷하게 생겼다고 생각할-.

애니.

짧아진 머리, 예쁜 연보라색 원피스, 고운 입매에 어린 시원시원한 미소. 배지를 찾아가는 테이블 앞에 서서 누군가와 대화하고 있다. 방금 애니에게 다가가서 커피를 건넨 남자와. 그 남자는 바로….

팀.

팀이다. 팀이 보인다. 하지만 딱 1초간만 보인다. 곧 시야가 흐릿해지면서 커다란 검은 점들이 세상을 잠식해간다. 몸이 후끈거린다. 아니, 차갑다. 식은땀이 난다. 몸이 부들부들 떨리기 시작하고 심장이 쿵쾅대면서 내가 둥실 떠오르는 것 같다.

"비." 리바이의 음성이 잠시 나를 붙잡아둔다. 따스하고 깊고, 걱정 어린 듬직한 목소리다. 다행이야, 그가 여기 있어서. 안 그랬으면 나는 바람에 내동댕이쳐진 잔해처럼 산산이 흩어졌을 거야.

"비, 괜찮아요?"

괜찮지 않다. 죽을 것 같다. 기절하는 건가. 공황발작이 온 거야. 심장과 머리가 터져버릴 것 같아.

"비?"

지금 리바이가 나를 붙잡고 있다. 또 이렇게 그의 품에 안기니 안전한 기분이 든다. 어째서 리바이가 곁에 있을 때, 오직 그가 곁에 있을 때만 안전한 기분이 드….

14장

수도관주위회색질 & 해마: 고통스러운 기억들

*수도관주위회색질 & 해마: 수도관주위회색질은 통증 및 방어행동에 관여하고, 해마는 장기 기억과 공간 개념, 감정적 행동을 조절한다. –옮긴이

여긴 내 호텔 방이 아닌데.

첫째로, 창밖 경치가 훨씬 좋다. 테이블과 의자가 척척 겹쳐 쌓여 있는 테라스 대신 북적이는 뉴올리언스 거리가 그림처럼 펼쳐진 전경이 내다보인다. 둘째, 소나무향과 비누향이 희미하게 난다. 셋째, 아마 이게 가장 중요한 차이점일 텐데, 지저분하지 않다. 나한테 한 가지 재능이 있다면 그건 호텔 방을 고의적 파괴 행위 없이도 들어간 지 3분 만에 완전히 초토화할 수 있다는 거니까.

내가 이런 특수 스킬도 갖춘 여자라고.

하여간 일단 침대에서 일어나 앉는다. 이것도 아마 내 침대가 아닐 것이다. 제일 먼저 눈에 들어오는 건 녹색이다. 범상치 않은 녹색. '리바이 그린.'

"어이." 나는 약간 멍청하게 그에게 말하고는 곧바로 베개에 도로 머리를 털썩 떨어뜨린다. 온몸의 기가 다 빠져나간 느낌이다. 기진맥진하다. 메스껍고 약에 취한 것 같다. 근데 내가 여기에 어떻게 온 거지?

리바이가 와서 내 바로 옆쪽 침대 가장자리에 앉는다. "좀 어때요?" 깊이 울리는 중저음의 목소리가 일종의 단서가 된다. 이 목소리를 조금 전까지 들었던 거 같은데. 그때는 숨을 쉴 수가 없었지. 숨을 쉴 수 없었던 이유는…?

"내가 기절했어요?"

리바이가 고개를 끄덕인다. "곧바로는 아니고. 엘리베이터까지 나랑 같이 걸어갔어요. 거기서부터는 내가 안아서 여기로 데려왔고."

순간 모든 게 기억난다. 팀, 애니. 팀과 애니. 그 둘이 학회장에 와 있다. 둘이 이야기하고 있었다. 나는 리바이의 침대에 있는 게 분명하고 내 머릿속은 뒤죽박죽이고 당장이라도 또 발작이 일어날 것만 같고 또-.

"숨을 크게 쉬어요." 리바이가 일러준다.

"들이쉬고 내쉬고. 생각은 하지 말아요, 알겠죠? 그냥 호흡에 집중해요. 천천히." 적당히 권위 있는 음성이다. 적당한 정도의 명령조. 나는 이런 상태, 그러니까 폭발하기 직전일 때 나를 지탱해줄 구조물이 필요하다. 이를테면 외주를 준 대뇌전두엽 같은. 진정될 때까지 나 대신 생각해줄 사람이 필요하다. 그런데 뭐가 더 당황스러운지 모르겠다. 리바이가 그 역할을 해주고 있는 것과 그게 별로 놀랍지 않은 일로 느껴지는 것 둘 중에.

"고마워요." 정신이 어느 정도 돌아온 후 내가 말한다. 고개를 옆으로 돌리자 오른쪽 뺨이 베개에 닿는다.

"이렇게까지…. 아무튼 고마워요."

리바이가 안심하지 못한 기색으로 내 얼굴을 살핀다.

"좀 나아졌어요?"

"조금요. 호들갑 떨지 않아줘서 고마워요."

그가 나와 눈을 맞춘 채 고개를 젓고 나는 심호흡을 몇 번 더 한다. 심호흡하는 건 꽤 좋은 생각 같다.

"무슨 일인지 얘기하고 싶어요?"

"별로요."

리바이는 고개를 끄덕이더니 몇 주 전 바닥에 납작 짜부라질 뻔한 나를 구해준 후 했던 행동을 반복한다. 내 이마에 따스한 손을 얹고 머리칼을 쓸어 넘겨주는 것. 지난 몇 달간 이보다 더 좋은 감촉을 느껴본 적이 있던가. 아니, 지난 몇 년간.

"내가 해줄 게 있을까요?"

"없어요."

그가 또 한 번 고개를 끄덕이고는 일어서려고 한다. 그러자 내 안의 불안감이 몇 배 증폭되어 되살아난다.

"혹시-,"

나는 나도 모르게 그의 벨트 구멍에 손가락을 끼운 것을 알아채고 얼굴을 붉히며 즉시 손가락을 뺀다. 하지만 아무리 민망해도 입에서 이런 말이 튀어나오는 건 막지 못한다.

"계속 옆에 있어주면 안 돼요? 부탁이에요. 가고 싶은 데가 있는 건 알지만-."

"가고 싶은 곳 없어요." 리바이가 숨도 안 쉬고 대답한다. "여기 말고 있고 싶은 데 없어요." 우리는 이제 블링크와 피넛버터 에너지볼, 펠리세트의 실존 여부에 대한 논쟁만큼이나 우리 관계의 일부가 된 '적대적이지만 편안한 침묵' 속에 한동안 머문다. 1분쯤 아니 어쩌면 30분쯤 지나서 그가 묻는다.

"어떻게 된 거예요, 비?" 강요하거나 비난하거나 창피해하는 투였다면 나도 말하기 싫다고 쏘아붙이기 쉬웠을 것이다. 대신 가식 없이 순수한 걱정만이 어려 있는 그의 눈을 보니 그냥 털어놓고 싶은 정도가 아니라 꼭 털어놓아야 할 것 같다.

"대학원 마지막 학기에 애니랑 사이가 틀어졌어요. 그때 이후로 대화한 적 없어요."

"근데 내가 눈치 없게 굴었군요." 리바이가 눈을 감는다.

"아니에요." 내가 그의 손목을 그러쥔다. "리바이는-."

"저기 있다고 가리키기까지 하고…."

"리바이가 어떻게 알았겠어요." 나는 코를 훌쩍인다. "내 말은, 리바이가 눈치 없는 놈인 건 맞지만 다른 이유로 그렇다는 거죠." 이러면서 웃어 보인다. 땀과 눈물과 번진 마스카라로 두 뺨이 번들거리는 내 꼴이 얼마나 우스워 보일까. 그래도 리바이는 별로 개의치 않는 듯하다. 내 얼굴을 살며시 감싸고 엄지 손가락으로 볼을 쓰다듬는 걸 보면. 원수지간 주제에 서로 이렇게 많이 만져도 되나 싶지만 그냥 내버려 두련다. 오히려 기분 좋기까지 하다.

"애니는 밴더빌트 대학에서 연구하고 있었죠." 리바이가 혼잣말처럼 중얼거린다. "슈라이버의 연구실에서."

"그 말은 애니를 기억한다는 거네요."

"비의 이런 반응을 보고 기억이 되살아났어요. 다른 기억들도." 그는 내 볼에 계속 손을 대고 있다. 그런데 그게 전혀 신경 쓰이지 않는다. "그래서 비가 슈라이버 팀에 가지 않은 거예요? 그 멍청한 트레버 슬레이트의 연구실에 들어간 것도 그래서예요?"

"트레버는 멍청하지 않아요." 내가 그의 말을 정정한다. "성차별주의자에 지능 딸리는 개새끼지. 근데, 맞아요. 우리는 다 같이 포스트닥터 과정을 밟기로 했었어요. 같이 내시빌로 가려고 졸업 시기까지 맞췄죠. 근데…." 나는 애써 아무렇지 않은 듯 어깨를 으쓱한다. "근데 일이 그 모양이 됐고 나는 같이 갈 수 없게 됐어요. 도저히 애니하고 팀이랑 같이 있을 수 없었어요."

"팀이라뇨?" 리바이가 눈썹을 찌푸린다.

"우리 셋이 슈라이버의 연구실에 들어가기로 했었거든요."

"그건 그런데, 팀이 여기서 왜 나와요?"

여기서부터가 말하기 어려운 부분이다. 딱 두 번 입 밖으로 꺼낸 이야기다. 한 번은 라이케에게 그리고 한참 후에 상담사한테 털어놓은 이야기. 나는 억지로 심호흡을 한다. 깊게 들이쉬고 내쉬고.

"애니랑 멀어진 게 팀 때문이었어요."

리바이의 몸이 굳는다. 그의 손이 미끄러져 내려가 내 목덜미를 감싼다. 이유는 모르겠지만 나한테 딱 필요했던 게 그거였던 것 같다. "비."

“팀이 어땠는지 리바이도 알겠죠. 그건 모두가 알고 있었으니까.” 이렇게 말하고 피식 웃는데 눈물이 다시 뚝뚝 떨어진다. 소리 없이 그리고 멈출 수도 없이.

“뭐, 나만 빼고 다요. 나는…. 내가 팀을 학부 신입생 때 만난 거 알아요? 팀이 나를 좋아했어요. 그해 연말에 나는 갈 데가 없었는데 팀이 자기네 가족이랑 연휴를 같이 보내겠느냐고 물었어요. 당연히 그러겠다고 했죠. 너무 좋았어요. 아, 팀네 가족들 보고 싶다. 어머님이 나한테 양말도 떠주셨어요. 남한테 따뜻하게 지내라고 그런 걸 떠주다니, 세상에 그보다 더 다정한 일이 어디 있어요? 지금도 쌀쌀해지면 그 양말 신어요.” 나는 손목으로 눈물을 슥 훔친다.

“상담 선생님이 그러는데 내가 현실을 보고 싶어하지 않아서 그런 거래요. 팀이 실제로 어떤 인간인지 인정하기 싫어서요. 왜냐하면 우리 관계에 너무 많은 걸 투자했고 팀이 못된 놈인 걸 인정하면 팀의 가족도 놓아줘야 하니까요. 그 말이 맞을 거예요. 근데 난 그냥 팀을 믿고 싶었던 것 같아요. 뭔지 알죠? 우리는 꽤 오래 사귀었어요. 팀이 결혼하자고까지 했고요. 아무도 선뜻 그러지 않을 때 팀만이 자기 삶에 나를 초대했어요. 그런 사람은 믿게 마련이잖아요, 안 그래요?”

“비.” 리바이가 해석할 수 없는 표정으로 나를 바라본다. 아마 이제껏 나를 그렇게 바라본 사람이 없었기에 해석할 수 없는 것이다.

“아무튼, 다른 여학생이 여럿 있었어요. 여자들. 그 여자들을 탓한 적은 없어요. 내 연애를 잘 유지하는 건 그 사람들이 할 일이 아니니까요. 팀만 탓했죠.” 입술에서 짭짤함과 흥건한 물기가 느껴진다.

"약혼한 지 3년째 됐을 때 알게 됐어요. 팀한테 따지면서 약혼반지도 빼버렸고 우리 사이는 끝났고 너는 나를 배신했다고, 임질 걸려서 고추나 떨어졌으면 좋겠다고 퍼부었어요. 사실 내가 뭐라고 했는지 기억도 안 나요. 죽도록 화가 나서 눈물도 안 나오더라고요. 근데 팀이 이러는 거예요. 별 뜻 없었다고. 내가 그렇게 속상해할 줄 몰랐고 당장 멈추겠다고. 팀은 내가…." 그가 상황을 어찌나 교묘히 비틀어 내 잘못으로 몰고 갔는지 그 말을 그대로 되풀이하기도 힘들다.

"*네가 좀 더 자주 잠자리에서 나한테 달려들었으면. 네가 잠자리에서 더 잘했다면. 네가 섹스를 즐길 줄 알고 뜨겁게 만들 줄 알았다면. 적어도 노력은 할 수 있었잖아.*" 이렇게 말했지.

"7년이나 사귀었어요. 그렇게 오래 내 인생에 머문 사람은 없었으니까 팀을 다시 받아줬어요. 그리고 내가 더 노력했죠. 우리… 관계를 개선하려고. 팀을 행복하게 해주려고. 난 피해자가 아니에요. 다 알고 선택했으니까. 내가 원하는 게 결혼이라면, 안정된 삶이라면 그렇게 빨리 팀을 포기해선 안 된다고 생각했어요. 뿌린 대로 거두는 법이니까." 내가 떨리는 숨을 토해낸다.

"그런데 팀과 애니가-." 여기서 목소리가 잦아들어 더는 안 나온다. 하지만 나머지 이야기는 리바이 혼자서도 충분히 유추할 수 있는 부분이다. 이미 알만큼 안다. 심지어 별로 알고 싶지 않았을 부분까지 알았을 것이다. 그러니 내가 일일이 말해줄 필요 없다. 내가 그렇게 당하고도 얼마나 꼴사납게 매달렸는지, 얼마나 자존심이 없었으면 바람 피운 약혼자를 다시 받아준 걸로 모자라 그가 그러고도 계속 바람 피운 걸 까맣게 모르고 있었는지를. 그것도 나랑 제일 친한 친구랑 내가 매일 출근하는 연구실에서.

애니는 자주 떠올리지 않는다. 애니를 잃은 고통만큼은 어떻게 감당해야 할지 아직 터득하지 못했기 때문이다.

"걔가 왜 그랬는지 모르겠어요. 근데 그 둘과 함께 밴더빌트에 갈 수는 없었어요. 커리어적으로 자살에 가까운 선택이었지만 아무튼 못 가겠더라고요."

"그럼…." 내 목덜미를 쥔 리바이의 손에 힘이 들어간다.

"팀하고 결혼한 게 아니었네요. 결혼한 적이 없는 거였어."

내가 쓰디쓴 미소를 짓는다. "제일 비참한 건 내가 오랫동안 팀을 용서하려고 노력했다는 거예요. 근데 그럴 수 없었고 그래서…."

나는 고개를 절레절레 젓는다. 리바이는 어리벙벙한 표정으로 눈만 깜빡인다.

"결혼한 게 아니었어." 그가 또 한 번 중얼거린다. 그가 충격 받은 걸 뒤늦게 알아챈 내가 일어나 앉는다.

"내가… 결혼한 줄 알았어요?" 리바이가 고개를 끄덕이고 내가 울음기 어린 웃음을 토해낸다. "당연히 알 줄 알았는데. 리바이는 팀하고 협력 연구를 했잖아요. 가이가 그렇게 믿게 내버려 둔 건, 내가 곤란한 상황에서 빠져나가게 일부러 리바이가 그렇게 말해준 거라고 생각해서였어요. 그리고…." 내가 왼손을 들어 보인다.

"이건 할머니한테 물려받은 반지예요. 나 결혼 안 했어요. 팀하고 말 안 한 지는 몇 년 됐고요."

리바이가 알아들을 수 없는 말을 소리 없이 중얼거리더니 갑자기 화상이라도 입은 것처럼 자기 손을 나에게서 잡아 뺀다. 그러더니 벌떡 일어나 창가로 가 바깥을 내다보며 머리를 쓸어올린다. 화났나?

"리바이?"

대답이 없다. 그는 깊은 상념에 빠졌거나 천재지변급 사건을 애써 받아들이는 듯 손가락으로 입을 살살 쓰다듬는다.

"리바이가 팀하고 협력 연구를 하는 거 알아요. 혹시 이것 때문에 리바이가 난처해진다면-."

"안 해요." 마침내 그가 돌아선다. 방금 무슨 일이 있었는지는 몰라도 평정을 찾은 듯하다. 그의 초록색 눈이 유난히 형형히 빛난다. 어느 때보다 짙게 빛나고 있다. "협력 연구 말이에요."

나는 일어나 앉아 매트리스 옆으로 다리를 늘어뜨린다.

"팀하고 더 이상 협력 연구를 안 한다고요?"

"그래요."

"언제부터요?"

"지금부터."

"네? 그치만-."

"강연 들으러 갈 마음 없어졌어요." 리바이가 내 말을 끊는다.

"비는 쉬어야겠어요?"

"쉬다뇨?"

그가 나와 침대를 어정쩡하게 가리킨다.

"아까 그, 기절한 것 때문에."

"아, 괜찮아요. 기절할 때마다 푹 쉬어야 한다면 나는… 1년 내내 누워 있게요."

"그렇다면 하고 싶은 게 있어요."

"뭔데요?"

리바이가 대답을 피한다. "같이 할래요?"

뭘 말하는 건지는 모르겠지만 어차피 내 스케줄이 꽉 찬 것도 아니니까. "그럴까요?"

내 대답에 리바이가 의기양양하게 씩 웃는 걸 본 순간 차가운 기운이 등골을 타고 내려간다. 곧 후회할 일이 벌어질 것 같은 예감이 들어서.

♥♥♥

"진짜 싫다."

"알아요."

"어떻게 알았담?" 나는 이마에 붙은 땀범벅의 보라색 머리카락을 쓸어 넘긴다. 손이 덜덜 떨린다. 두 다리는 슬라임으로 만들어진 나뭇가지처럼 후들거린다. 목구멍에서 쇠맛이 선명하게 난다. 죽어간다는 신호일까? 그럴지도. 멈추고 싶지만 런닝머신이 계속 움직여서 그럴 수도 없다. 내가 쓰러지면 워킹 벨트가 나를 축축한 어둠의 소용돌이로 삼켜버릴 테니까.

"숨 몰아쉬는 거 보고 알았어요? 아니면 토하려고 하는 것?"

"비가 달리기 시작하고 여덟 번이나 '싫다'고 말해서 알았어요. 정확히 60초 됐네요." 그가 자기 런닝머신에서 내 쪽으로 몸을 기울여 감속 버튼을 누른다. "잘했어요. 이제 잠시 걸어요." 그러더니 몸을 다시 펴고, 나라면 구더기 떼에게 쫓겨도 내지 못할 속도로 계속

해서 달린다. "3분 걷다가 60초 더 달려요." 숨이 찬 기색도 없다. 생체공학적으로 개조한 폐라도 달렸나?

"그런 다음 3분 더 걷고 정리 운동을 해요."

"잠깐." 내가 머리칼을 귀 뒤로 넘기며 말한다. 운동용 헤어밴드 하나 장만해야겠어. "그게 다예요?"

"넵."

"2분만 뛰면 된다고요? 그걸로 훈련이 충분하다고요?"

"넵."

"그걸 어떻게 알아요? 전에 '소파에서 5K까지' 해봤어요? 아니, 소파에 늘어져본 적은 있어요?" 내가 미심쩍게 그를 위아래로 훑어본다. 허벅지 중간까지 오는 반바지와 피츠버그 대학 로고가 새겨진 티셔츠를 입은 그가 심란할 정도로 멋져 보인다. 등에 손바닥만 한 크기로 번지고 있는 땀 때문에 면 셔츠가 상체에 찰싹 달라붙었다. 세상에 달리기 하면서 섹시해 보이는 사람이 존재하다니 믿을 수 없다. 엿이나 먹어라, 다들.

"자료조사 좀 했죠."

나는 웃음을 터뜨린다. "자료조사를 했다고요?"

"당연하죠." 리바이가 발끈한 표정을 짓는다. "내가 5킬로미터 대비해서 훈련시켜준다고 했잖아요. 뱉은 말은 지켜요."

"아니면 내기를 무효로 해주는 방법도 있고요."

"네–. 꿈 깨시고요."

나는 고개를 저으며 웃는다. "조사까지 하다니 어이가 없네요. 굉장히 배려 넘치거나 아니면 내가 이제껏 본 것 중에 가장 가학적인 짓이에요." 잠시 고민하다가 덧붙인다. "아무래도 후자 같은데."

"조용히 해요. 안 그러면 '육식주의자들을 위한 5킬로미터 달리기'에 등록시킬 테니까."

그 말에 나는 입을 다물고 계속 걷는다.

3시간 후 우리는 프렌치 쿼터의 어느 술집에 앉아 있다.

둘이 같이.

그러니까, 나하고 리바이 워드 둘이 술을 마시고 있다. 한 테이블에서 사제라크 칵테일을 홀짝이면서. 종업원이 내 잔에 하트 모양 빨대를 넣어준 걸 보고 낄낄거리며.

어쩌다 이렇게 됐는지 나도 모르겠다. 구글 검색을 했던 것 같고 '술 마시는 놀라'라는 웹사이트를 집중적으로 훑어봤던 것 같다. 그 다음에 5분 정도 걸어가는 동안 나는 리바이의 한 걸음이 정확히 내 두 걸음과 일치한다는 걸 알아냈다. 그런데 같이 나가 놀면 재밌을 거라는 판단에 어쩌다 이르렀는지는 전혀 기억이 안 난다.

에이, 뭐. 이렇게 된 거 사제라크나 즐겨야지.

"그래서 말인데요." 내가 술을 길게 한 모금 마시고서 입을 연다. 위스키가 짜릿하게 목구멍을 태우며 내려간다. "이번 주말엔 슈뢰딩거의 항문을 누가 봐주고 있어요?"

리바이가 빙긋 웃으며 호박색 액체가 든 잔을 빙빙 돌린다. 샤워 후 머리를 말리지 않아서 젖은 머리칼 몇 가닥이 귀에 달라붙었다. "가이요."

"불쌍한 가이." 내가 몸을 앞으로 기울인다. 알딸딸하니 기분 좋게 모든 것이 흐릿해지기 시작한다. 음, 알코올이 이래서 좋지.

"하기 어려워요? 누구한테 배웠어요? 도구가 필요해요? 해주면 슈뢰딩거는 좋아해요? 어떤 냄새가 나요?"

"아니요. 수의사한테 배웠고, 장갑이랑 간식만 있으면 되고, 슈뢰딩거가 그걸 좋아한다면 본심을 잘 숨기고 있는 거고, 역한 냄새가 나요."

그의 대답에 즐거워하며 나는 술을 한 모금 더 마신다.

"그런데 어쩌다가… 짜줘야 하는 고양이를 키우게 된 거예요?"

"17년 전 처음 데려왔을 땐 안 그랬어요. 15년 동안 내가 자기를 대책 없이 사랑하게 만들어서 지금 이러고 있는 거죠." 그가 어깨를 으쓱한다. "일주일에 한 번씩 짜주면서."

나는 아마도 필요 이상으로 깔깔 웃는다. 흠, 알코올이 도는군. "그럼 새끼 때 입양한 거예요? 보호소에서?"

"정원 창고 밑에서요. 말라비틀어진 비둘기 날개를 씹고 있는 걸 보고 재는 내가 돌봐줘야겠다 싶었죠."

"그때 리바이는 몇 살이었는데요?"

"열다섯 살요."

"그럼 둘 다 거의 평생을 서로와 함께한 셈이네요."

리바이가 고개를 끄덕인다. "부모님이 반려동물을 좋아하는 타입이 아니라서 내가 독립하면서 걔를 데려가거나 아니며 혼자 알아서 살게 내버려두거나 둘 중 하나였어요. 그래서 녀석은 나랑 대학에 같이 갔죠. 대학원도요. 내가 공부를 열심히 안 하면 책상에 뛰어 올라와서 실눈 뜨고 째려보곤 했어요. 얄미운 녀석."

"슈뢰딩거가 리바이의 성공 뒤에 숨은 주역이네요!"

"그렇게까지는 말 안 하겠-."

"리바이의 지식의 원천!"

"그건 너무 멀리 나간-."

"리바이가 취직할 수 있었던 유일한 이유!" 그가 한쪽 눈썹을 슥 치켜올리자 나는 더 신나게 웃어젖힌다. 나 웃긴 사람이야. 음, 알코올 덕분이겠지. "리바이 대신 항문낭을 짜주다니, 가이도 참 착하죠."

"정확히는 슈뢰딩거한테 밥 주는 일만 맡겼어요. 항문낭은 내가 출발하기 전에 짰고. 근데 맞아요, 착하죠."

"좀 부적절한 질문이 떠올랐어요. 혹시… 리바이가 가이의 자리를 가로챘어요?"

리바이가 생각에 잠겨 고개를 끄덕인다.

"그렇기도 하고 아니기도 해요. 내가 여기로 부서를 이동하지 않았으면 가이가 블링크 팀장이 됐을 거예요. 하지만 팀을 이끈 경험과 신경과학 분야에서 일해본 경력은 내가 더 많으니까요."

"가이가 꽤 너그럽네요."

"그렇죠."

"나였으면 손톱 가는 줄로 리바이를 찔렀을 텐데."

"아무렴요." 리바이가 웃으며 대꾸한다.

"가이는 마음속 깊이 자기가 더 쿨한 인간인 걸 아나 봐요."

리바이의 어리둥절한 표정에 내가 설명을 덧붙인다.

"가이는 우주비행사잖아요."

"… 그런데요?"

"이런 거죠. 나사가 고등학교고 각 부서가 학생들 무리라면, 우주비행사들은 풋볼 선수 무리에 해당해요."

"고등학교에서 풋볼이 아직도 대세예요? 뇌 손상을 그렇게 입는데도?"

"네! 황당하죠? 아무튼 엔지니어들은 범생이 집단에 가깝고요."

"그럼 나도 범생이에요?"

나는 몸을 뒤로 빼고 그를 찬찬히 뜯어본다. 몸집만 보면 라인배커(상대팀에 태클을 걸며 방어하는 수비수-옮긴이) 같은데.

"실제로는 타이트 엔드(태클에서 2야드 이내 자리 잡는 공격수-옮긴이)로 뛰었어요." 리바이가 정정한다.

젠장, 내가 소리 내서 말했나?

"그래요. 리바이는 범생이에요."

"인정해요. 그럼 신경과학자는요?"

"흐음. 신경과학자들은 미술반 애들이에요. 아니면 외국 교환학생. 알고 보면 쿨한데 아무도 안 알아주는 무리. 중요한 건 가이는 우주에 나가 봤고 그러니 멋진 패거리에 속한다는 거예요."

"논리는 납득이 가는데, 하나 틀린 게 있어요. 가이는 우주에 나간 적이 없고 앞으로도 없을 거예요."

내 미간에 주름이 잡힌다.

"첫 우주탐사 미션 때 리바이랑 같이 일했다고 하던데요?"

"지상 직원으로 일했어요. 국제 우주정거장에 가기로 되어 있었는데 심리검사 마지막 단계에서 탈락했어요. 그렇다고 가이한테 무슨 문제가 있다는 건 아니고요. 그런 검사들이 워낙 강도가 높거든요. 아무튼 내가 만나본 우주비행사들은 대부분 땅에 단단히 발 딛고

사는 타입인데."

"땅에 발 딛고래!" 내가 너무 크게 웃어서 주변 사람들이 흘끔 쳐다본다. 리바이는 못 말리겠다는 듯이 절레절레 고개를 젓는다.

"근데 우주비행사가 되려면 스템 계열 학위가 있어야 해요. 즉, 그들도 범생이라는 얘기죠. 그저 남들보다 특수한 훈련을 더 받았을 뿐."

"잠깐만요." 내가 다시 몸을 숙이며 말한다.

"리바이의 최종 목표도 우주비행사가 되는 거예요?"

그가 입을 꾹 다물며 잠시 생각에 잠긴다.

"이야기 하나 해줄까요."

"오오. 이야기!"

"근데 비밀 지켜줘야 해요."

"창피한 이야기예요?"

"약간."

내가 입을 뾰루퉁하니 내민다.

"그럼 비밀 지킬 수 없어요. 리바이는 내 원수니까, 원수 이름에 먹칠하는 게 마땅히 할 일이잖아요. 계약서에 그렇게 되어 있다고요."

"그럼 이야기 안 해요."

"아, 왜 이래요!" 나는 그를 흘겨본다.

"알았어요, 아무한테도 말 안 할게요. 근데 이건 알아둬요. 비밀 지키다 숨넘어갈지도 모른다는 거."

리바이가 고개를 끄덕인다. "그 정도 위험은 감수할게요. 우리 가족이 나한테 불만이 많다고 얘기했죠?"

"추수감사절에 가서 한 대 때려주겠다는 내 제안, 아직 유효해요."

"새겨둘게요. 나사에 취직한 후 어머니가 나를 조용히 부르더니 우주비행단에 지원하면 아버지가 용서해줄지도 모른다고 했어요."

내 눈이 휘둥그레진다. "그래서, 했어요?"

"했죠."

"그런데요?" 나도 모르게 점점 더 몸이 앞으로 기울어진다. 숨넘어갈 듯 긴장감이 넘친다. "합격했어요?"

"아뇨. 1차 관문도 통과 못 했어요."

"말도 안 돼! 왜요?"

"키가 너무 크대요. 최근에 키 제한이 더 엄격해졌거든요. 188센티 이상, 155센티 이하는 안 된대요."

리바이와 내가 정반대의 이유로 우주비행사 키 제한에 걸린다는 사실을 잠시 곱씹어본다. 이런 미친.

"많이 상심했어요?"

"우리 가족은 그랬죠." 그러더니 리바이가 내 눈을 똑바로 보며 말한다. "나는 너무 안도해서 그날 밤 친구랑 필름이 끊기도록 술을 마셨어요."

"뭐라고요?"

리바이가 고개를 휙 젖히고 남은 술을 단번에 입에 털어넣는다. 난 지금 리바이의 목젖을 빤히 쳐다보고 있지 않다. 아니라고.

"우주가 얼마나 소름 끼치게 무서운데요. 오존층이며 달의 인력

같은 게 존재하는 건 당연히 감사하지만 나더러 우주에 가라니, 꼬치에 꿰어서 강제로 보내지 않는 한 절대로 자진해선 안 갈 거예요. 우주는 계속 확장하면서 점점 차가워지고, 은하의 먼지는 한 뭉텅이씩 바깥으로 빨려 나가는 데다가 시속 몇백만 마일로 블랙홀들이 떠다니지, 거기다 태양폭풍도 언제 타오를지 모른다고요. 상황이 그런데 나사 우주인들은 솔직히 영 못미더운 우주복을 입고 거기 나가서 자기 소변을 정제한 물을 마시고, 발등에 악피증 생기는 것도 참고 자기가 싼 고무공 같은 똥이 눈앞에서 둥둥 떠다니는 것도 참아가며 지내잖아요. 또 뇌척수액이 팽창해 안구를 눌러서 시력 저하되지 장내 박테리아 상태도 똥물 수준이지. 말장난 아니고 진짜 똥물요. 1초 만에 사람을 말 그대로 지져버릴 수도 있는 감마선이 주위에 상존하지. 근데 그보다 나쁜 게 뭔지 알아요? 냄새예요. 우주는 썩은 달걀이 가득한 변기 냄새가 나는데 그걸 피할 수도 없거든요. 본부가 귀환하라고 할 때까지 그 냄새를 맡으면서 버텨야 돼요. 그러니 이건 진심이에요. 커트라인보다 4센티 더 커서 얼마나 다행인지 몰라요."

나는 멍하니 그를 쳐다본다. 계속 본다. 입을 헤 벌린 채 몇 초 더 빤히 본다. 키 192센티미터에 근육 무게만 90킬로그램은 나가면서 우주가 얼마나 무서운지 나한테 5분 동안 열변을 토한 이 남자를 멍하니 바라본다.

아, 맙소사. 나 이 남자 좋아하는 것 같은데.

"우주가 안 무섭게 느껴지는 포맷은 딱 하나밖에 없어요." 그가 불쑥 말한다.

"뭔데요?"

"스타워즈 영화."

아, *망할.*

나는 의자를 박차고 일어나 그의 손을 덥석 잡고 그를 술집 밖으로 끌어낸다. 그는 순순히 따라온다. "비? 지금 어디 가는-."

나는 뒤도 안 돌아보고 대꾸한다.

"내 방에 가요. 〈제국의 역습〉 보러."

♥♥♥

"요다는 좀 재수 없어요." 내가 몸을 기울이고 리바이의 무릎에 놓인 봉투에서 팝콘을 한 줌 집어 온다. 내 팝콘 봉투는 애석하게도 진작에 비었다. 아껴 먹을걸.

"원래 제다이는 다 재수 없어요." 리바이가 어깨를 으쓱한다.

"강제로 금욕해서 그래요."

내가 리바이 워드와 나란히 침대에 누워 있다니 믿을 수가 없다. 리바이 워드랑 같이 영화를 보다니. 근데 이상한 기분이 안 들다니. 팝콘을 한 줌 더 훔치다가 그의 엄지를 콱 쥔다. "미안해요!"

"그건 비건식 아니에요." 이렇게 말하는 그의 목소리에 묘한 기색이 어려 있다. 그의 얼굴에 반사된 TV 불빛이 음영을 드리웠고, 나는 거기서 눈을 떼지 못하겠다. 우아한 콧대와 의외로 도톰한 입술, 어둠 속에 푸르스름한 빛을 띠는 새카만 머리카락에서.

"왜요?" 리바이가 화면에 눈을 고정한 채 묻는다.

"왜라니, 뭐가요?"

"나 쳐다보고 있잖아요."

"아." 눈을 돌려야 하지만 내가 지금 좀 취해 있다. 리바이를 바라보는 게 좋기도 하고. "아무것도 아니에요. 그냥…."

그러자 리바이가 마침내 돌아본다. "그냥?"

"그냥…. 우리 좀 봐요." 배시시 웃음이 나온다.

"서로 싫어하지 않는 사이 같잖아요."

"그거야 안 싫어하니까요."

"어라." 내가 고개를 기울이며 받아친다.

"이제 나 안 싫어하기로 했어요?"

"새 규칙 하나." 그가 나를 향해 제대로 돌아앉자 그의 말도 안 되게 긴 다리가 내 다리에 스친다. 습지대인 다고바에서는 요다가 훈련을 명분 삼아 불쌍한 루크를 개고생시키고 있다.

"내가 비를 싫어한다고 말할 때마다 우리 집 와서 슈뢰딩거 항문낭 짜주기."

"내가 그걸 안 즐기리란 법 있어요?"

"그럼 피학적 성향이 있는 게 분명하니 이렇게 하죠. 내가 비한테 품고 있다는 그 존재하지도 않는 적의를 입에 한 번 올릴 때마다 벌칙 달리기에 1킬로미터씩 얹는 걸로."

"그런 게 어딨어요."

"그게 싫으면 어떻게 할지 알죠." 그러면서 그는 팝콘 한 알을 입에 쏙 넣는다.

"흠. 그럼 내가 리바이를 싫어한다고 말하는 건 돼요?"

리바이가 시선을 돌린다. "글쎄요. 나 싫어해요?"

내가 리바이를 싫어하나? 아니. 응. 아니. 대학원 때 그가 나한테 얼마나 못되게 굴었는지 하나도 안 잊었고, 나사 출근 첫날 그가 내 옷차림을 지적한 것과 그동안 나한테 저지른 온갖 못된 짓들도 하나도 안 잊었다. 그렇지만 오늘처럼 파란만장한 날에, 리바이가 대재앙급 난리에서 나를 구해준 터라 그깟 일쯤 아무것도 아닌 걸로 느껴진다.

그러니 아닌 걸로 하자. 나는 리바이를 싫어하지 않는 걸로. 아니, 조금 좋아한다. 근데 그걸 인정하기는 싫다. 그래서 한과 레이아가 화면에서 서로 자기가 상대방을 더 사랑한다며 옥신각신하는 동안 나는 슬쩍 말을 돌린다.

"내일 뭐 입을 거예요?"

리바이가 어리둥절해서 나를 본다. "몰라요. 그게 중요해요?"

"당연하죠! 첩보 활동을 하는데."

리바이는 '쟤가 또 개소리하네.'라는 표정으로 고개를 끄덕인다.

"그럼 트렌치코트 같은 안 튀는 옷으로 입을게요. 선글라스도 쓰고. 가짜 콧수염 챙겨 왔겠죠?"

내가 그의 팔을 찰싹 때린다. "다들 자기처럼 옛날부터 첩보 활동을 해온 줄 아나. 그건 그렇고 매그테크 사진은 어떻게 된 거예요?"

"비밀이에요."

"소장님 말처럼 리바이가 커리어를 걸고 구해온 거예요?"

"노코멘트."

나는 눈알을 굴려 보인다. "뭐, 정말로 그런 거라면… 고마워요." 나는 베개에 머리를 대고 영화로 시선을 돌린다. 나는 우키가 좋더라. 외계인 종족 중에 최고야.

“있잖아요, 비?”

“네?”

“만약 내일 애니랑 팀을 마주쳤는데… 오늘처럼 이상한 기분이 들면요. 내 손을 꼭 잡아요, 알겠죠?”

그런다고 뭐가 나아지냐고 물어야 하는데. 리바이의 손은 효과 좋은 안정제 주사가 아니라고 지적해야 하는데. 하지만 그가 옳은지도 모른다. 그렇게 하면 효과가 있을지도 모른다. 그래서 그냥 고개를 끄덕이고는 그의 무릎에서 팝콘을 봉투째 뺏어온다.

리바이의 말이 맞긴 맞다. 우주라는 공간은 무섭다.

15장

방추형 얼굴 영역: 익숙한 얼굴들

*방추형 얼굴 영역: 하측두엽 방추이랑에 있는 부위로,
얼굴을 인식하는 기능을 한다. -옮긴이

"저쪽이 신경과학자를 영입했어요." 엔지니어들이 네덜란드 억양이 강하게 묻어나는 영어로 자기네 '신경자극 헤드기어'를 설명하고 있는 연단에 시선을 꽂은 채, 리바이가 말한다.

고개를 끄덕이고 싶지만 속이 울렁거린다. 매그테크의 헬멧은 우리랑 같은 단계까지 개발되었다. 어쩌면 약간 더 나아갔을 수도 있고. 아주 조금이지만 어쨌든. 아침으로 먹은 바나나가 위에서 재주넘기를 한다. "그러네요."

"저쪽은 아웃풋 위치 문제를 다른 식으로 해결했군." 리바이가 중얼거린다. 손마디가 하얗게 되도록 의자 팔걸이를 꽉 쥔 채 혼잣말을 한다.

그렇다. 거지같은 상황이다.

있죠, 퀴리 박사님. 피에르랑 벌거벗고 뒹굴면서 재미 보는 중이신 건 알겠는데요, 그리고 이게 부담스러운 부탁인 것도 아는데요. 박사님이나 허사가 매그테크의 '신경자극 헤드기어'를 방사능 레이저로 지져주신다면 정말로 감사하겠어요. 저쪽이 우리보다 먼저 특허를 따면, 제일 높은 값을 쳐주겠다는 아무 민병대에나 그걸 팔아버릴 거예요. 박사님도 아시다시피 인간은 딱히 인지력 향상이 이루어지지 않아도 서로 학살하는 데 아무 문제가 없거든요. 그럼이만수고.

"하드웨어랑 소프트웨어 융합 단계에서 막혔군." 리바이가 말한다.

"맞아요. 우리랑 똑같이." 나는 앉은 자리에서 꼼지락거린다. 이번 출장은 헛걸음이었어. 완전 시간 낭비야. 당장 휴스턴으로 돌아가서 다섯 시간, 열 시간, 아니 스무 시간 내리 일하고 싶다. 그동안 축적한 데이터를 부스러기 한 조각까지 철저히 재검토한 후에, 다음 단계로 가는 데 도움이 될 만한 자료 중 내가 놓친 게 있나 확인하고 싶다.

이건 시간 싸움이다. 처음부터 줄곧 그랬다. 블링크에 합류한 첫 주의 불안감을 극복한 후 다시 주어진 기회가 마냥 고마워서 그 사실을 까맣게 잊고 있었을 뿐. 최선을 다하고 조금씩 진전하고. 그 정도면 충분할 줄 알았다. 하지만 현실은 그걸로 충분치 않다. 몇 주 만에 처음으로 나는 국립보건원에서의 내 일을 진지하게 생각해본다. 그동안 트레버와 보건원 소장에게 주간 보고서를 꼬박꼬박 보냈다. 그런데 "잘했어."나 "앞으로도 수고해요." 외에는 별다른 반응이 없었다. 그들이 내 보고서를 읽기나 하는지 혹시 그럴싸한 전문용어 나오는 부분만 훑는 건 아닌지 궁금하다. 신경망이라든가 전자펄스 같은

용어, 신경가소성도 어김없이 이목을 끄는 단어고.

매그테크가 결승선에 먼저 도달할지도 모른다고 보고하면 그들은 어떤 반응을 보일까? 나 때문이라고 화낼까? 내 일자리는 무사할까? 그토록 바라던 승진은 어떻게 되려나? 잘리거나 아니면 영원히 트레버 밑에서 일하게 되겠지. 내 직업적 야망의 종착지가 이거란 말인가? 죽을 때까지 '둘 중 덜 나쁜 쪽 고르기'에 만족하기?

"*과학자가 되어봐.*" 사람들은 이렇게 말했다. "*재미있을 거야.*" 이렇게도 말했지.

"갑시다." 프레젠테이션이 끝나자마자 리바이가 용수철처럼 벌떡 일어선다.

"지금 출발하면 오후 서너 시에는 집에 도착할 수 있을 거예요."

에어컨이 나오는 곳에서 이렇게 빨리 나가고 싶었던 적이 없었다. "연구실에 틀어박혀서 쓰러질 때까지 일하고 싶죠?"

"옙." 그가 힘주어 단음절로 대답한다.

적어도 우리 둘이 같은 마음이로군.

"있죠," 내가 사람들을 헤치고 나아가면서 입을 연다. "기울기장 문제를 해결할 아이디어가 떠오른 것-"

"오래 살고 볼 일이네. 리바이! 비!"

우리는 우뚝 멈춰 선다. 하지만 뒤를 돌아보진 않는다. 그럴 필요가 없다. 사람 목소리는 얼굴과 같아서 여간해선 잊을 수 없다. 중요한 사람의 목소리라면 더 그렇다. 부모라든가 형제자매라든가 절친한 친구나 인생 파트너, 짝사랑했던 상대의 목소리.

그리고 박사과정 지도 교수의 목소리도.

"둘이 여기 와 있는데 내가 몰랐다니 이런 말도 안 되는 일이."

리바이가 나와 눈을 맞춘다. '망할.' 그의 확대되는 동공에서 이런 심경이 읽힌다. '그러게요.' 나는 텔레파시로 대답한다. 그의 표정이 어두워진다.

나는 샘 교수님을 좋아한다. 우리 둘 다 샘 교수님을 좋아한다. 리바이와 교수님 얘기를 한 적은 없지만, 나와 샘 교수님이 그랬듯이 두 사람 역시 특별한 사제관계였다는 건 안다. 그녀는 더할 나위 없이 훌륭한 지도 교수였다. 똑똑하고 지지를 아끼지 않고 학생들을 진심으로 생각해줬다. 팀과 애니와 사이가 틀어졌을 때, 교수님에게 도저히 사실대로 말할 용기가 없었다. 그래서 좋게 헤어졌다고 대충 둘러대고 존재하지도 않은 볼티모어의 친척네로 가야 한다고 거짓말했다. 트레버의 연구실에 내 자리를 마련해준 사람이 바로 샘 교수님이었다. 게다가 교수님은 밴더빌트 대학의 더 좋은 자리를 마다한 나를 비난한 적도 없었다. 그래서 나는 교수님의 연락을 늘 반긴다. 커피를 한잔하며 근황을 듣는 것도 좋아한다. 항상 그랬다.

지금만 빼고.

교수님이 포근하게 안아주자 미소가 절로 지어진다. 어, 이건 기분 좋네. 교수님은 키가 크고 기골이 장대하다. 그리고 제대로 사람을 안을 줄 안다. 나도 웃음을 터뜨리며 교수님을 꼭 안아준다.

"이렇게 봬서 정말 반가워요, 교수님."

"누가 할 소리. 그리고 리바이도, 어디 보자. 자네 키가 더 컸나?" 리바이와의 포옹은 조금 전 나와의 포옹보다 조금 건조하다. 그와 별개로 리바이가 누군가와 포옹을 하는 것, 그리고 그의 입가에 애정 어린 미소가 번지는 것은 좀 충격이다.

"제가 알기론 더 안 컸어요. 이렇게 뵈니 좋네요."

"둘이 여기 온 걸 내가 왜 몰랐지?"

"프로그램에 이름이 안 올라 있어서요. 저희는 어떤 프레젠테이션 하나만 들으러 온 거예요."

"둘이 같이?" 교수님의 눈이 휘둥그레진다. 그녀는 우리 둘을 번갈아 보더니 무슨 뜻인지 알 수 없는 흡족한 미소를 지으며 리바이를 본다. 그러더니 리바이의 두 손을 덥석 잡는다.

"그런 사이인 줄 몰랐어, 리바이. 정말 잘됐다. 이렇게 되기를 오랫동안 바랐는데 드디어 이런 좋은-."

"비랑 저는 나사 프로젝트팀에서 같이 일하고 있어요. 일시적으로요." 리바이가 황급히 덧붙인다. 마치 자기가 아직도 트리케라톱스 인형을 안고 자는 걸 엄마가 만천하에 떠벌리기 전에 잽싸게 막으려는 십 대 소년 같다.

교수님은 숨을 헉 들이마시면서 손으로 입을 가린다. "그렇구나. 그래, 나사 프로젝트. 내가 그걸 잊고 있었네. 그래도 자네들 둘 다 내 브런치 모임에 와줘야겠어. 한…." 교수님이 휴대폰을 흘끔 확인한다. "10분 후에 시작이야. 내가 지도한 졸업생들 전부 오기로 되어 있어. 당연히 내가 쏘는 거고."

이런, 이런.

이런, *망할망할망할*, 이런.

제발 팀과 애니가 사이좋게 우에보스 란체로스 먹는 꼴을 30분이나 보게 하지 말아 달라고 빌기 위해 리바이를 흘끔 보는데, 그는 이미 고개를 젓고 있다.

“초대는 감사하지만 저희는 좀 힘들겠어요. 지금 바로 출발해야 해서요.”

“아유, 무슨 소리야. 브런치는 한 시간도 안 걸릴 텐데. 그냥 얼굴 비추고 간단히 인사만 하고 공짜 아침밥 먹어. 둘 다 빼짝 말라서는.”

어떻게 리바이의 가슴팍이나 팔뚝 혹은 다리를… 하여간 어디든 그의 몸을 보고 “빼짝 말랐다”고 할 수 있는지 모르겠지만 리바이는 1초도 머뭇거리지 않고 대꾸한다. “저흰 정말 가 봐야 해요.”

“어허, 안 될 말씀.” 교수님이 받아친다. 우리 샘 교수님이 강압적인 면이 있다고 말했던가? 수십 년간 연구실을 운영하다 보면 어쩔 수 없이 그렇게 되나 보다.

“내가 제일 아끼는 제자가 자네들 둘인데, 둘이 참석을 안 하면 뭐 하러 연구실 브런치 모임을 여나? 취소하고 말지!”

“저희가 여기 온 거 3분 전까지 모르셨잖아요.” 리바이가 참을성 있게 지적한다.

“근데 지금은 알잖아. 그리고….” 교수님은 몸을 기울이더니 우리 어깨에 한 손씩 얹는다. “오늘 중대 발표를 할 거야. 내가 이번 학기 말에 은퇴하거든. 은퇴하면 학회 순회도 더는 안 할 작정이고. 그러니 다음번 같은 건 없어.”

리바이가 고개를 끄덕인다.

“알겠습니다, 교수님. 근데 저희는 정말로-.”

“갈게요.” 내가 불쑥 끼어든다. “장소 알려주세요.” 교수님이 신이 난 얼굴로 손뼉까지 치자 나는 웃음을 터뜨리고 만다.

"정말 가고 싶어요?" 교수님이 우리 대화를 못 듣는 데까지 멀어지자 리바이가 조용히 묻는다.

"전혀 가고 싶지 않아요." 이 모임에 가는 대신 하고 싶은 일 목록을 작성하려면 몇 기가바이트의 클라우드 공간이 필요할 정도다.

"그렇지만 교수님이 은퇴를 발표할 예정이고 이 자리가 교수님한테 그렇게 중요하다면 안 갈 수 없잖아요. 우리를 위해 그렇게 애써 주셨는데." 나는 이부프로펜 진통제가 있었으면 하고 바라면서 관자놀이를 문지른다.

"그리고, 내 옛날 상담선생님이 자랑스러워하실 거예요."

리바이는 한참 동안 내 얼굴을 살핀다. 그러더니 고개를 한 번 끄덕인다. 내키지 않는 기색이다. "좋아요. 그래도 언제든 상태가 안 좋아지면 나한테 즉시 말해요. 그럼 바로 다른 데로 데려가 줄게요." 그가 하도 권위적으로 말해서 평소 같았으면 닥치라고 쏘아줬을 텐데…. 그런 충동이 안 든다. 오히려 그 반대다. 이상하군.

"그리고 내 손 잡는 거 잊지 말아요."

"알았어요, 오빠." 나는 이 말이 묘한 뉘앙스로 들릴 수도 있다는 걸 한 박자 늦게 깨닫는다. 하지만 주워 담을 수도 없어서 빨개진 얼굴로 휙 돌아서 학회장에서 성큼성큼 걸어나간다. 이크.

하루가 이보다 엉망일 수는 없겠다. 그런데 아직 10시 7분밖에 안 됐다니.

♥♥♥

이런 장면을 상상해 보라. 당신이 레스토랑에 들어서자마자 입구에 있던 직원이 모임 테이블로 안내한다. 둥근 테이블은 만석이지만 당신과 일행이 도착하자 직원이 의자 두 개를 더 내오고, 덕분에 모임 내내 양옆 사람과 친밀하게 팔꿈치를 부딪치게 생겼다. 이야, 신난다. 휘둥그레 뜬 몇 쌍의 눈과 놀라서 들이마시는 숨 그리고 "세상에, 이게 얼마만이야?"라는 인사가 당신들을 맞이한다. 몇몇은 당신을 향한 것이고 또 몇몇은 당신의 일행을 향한 것이다. 둘 모두를 향한 반응도 있다. 덕분에 초대한 사람 외에는 아무도 당신이 오는 줄 모르고 있었음을 깨닫는다. 와, 이렇게 신날 수가.

그래도 안부를 주고받고 옛 친구들에게 어떻게 지내는지 묻고 싶다. 그런데 뭔가가 계속 마음에 걸린다. 아주 조그만 벌레가 뒤통수에서 꼬물거리는 것 같다. 처음에는 유일하게 일어서서 당신을 환영해주지 않은 두 사람 때문인 것 같았다. 그중 한 사람과 당신이 약혼했던 사이였고 다른 한 사람과는 자매처럼 사이가 좋았던 것 때문일 수도 있다. 그럴 만도 하다. 그런 상황이면 누구든 심기가 편치 않을 테니까. 안 그런가?

그런데 잘 보면 그것 말고도 긴장감을 높이는 다른 요인이 있다. 테이블에 앉은 거의 모두가 당신과 당신의 전 약혼자 그리고 자매처럼 친했던 사람 사이에 정확히 어떤 일이 있었는지 알고 있다. 당신이 얼마나 초라하게 학교를 떠났고 얼마나 급하게 다른 일자리를 구해야 했으며 그 때문에 얼마나 비참했는지 다 알고 있다. 그들이 악한 사람들은 아니지만 그럼에도 공기에서 어떤 조짐이, 곧 한바탕 드라마가 펼쳐질 것을 기대하는 분위기가 뚜렷이 감지된다. 당신이 주인공인 드라마가.

여기까지 이해했는가? 좋다. 왜냐하면 이 양파에는 한 겹이 더 있으니까. 그 한 겹 덕분에 이 브런치 모임의 막장 스케일이 평범한 주말 드라마 수준에서 한 단계 올라가는데, 그건 당신의 일행과 관계가 있다. 예전에 당신이 이 사람들과 어울렸을 당시에는 그와 당신의 사이가 썩 좋지 않았는데, 그런 그가 당신과 함께 나타나자 좌중의 분위기는 흥분으로 터지기 직전이다. 어떻게 된 건지 사람들은 짐작도 할 수 없으니까. 이 드라마는 원래도 재미가 보장됐었지만 이제는 빌어먹을 〈해밀턴〉급이다.

이 장면이 눈앞에 그려지는가? 이 상황의 엄청난 불쾌감이 온몸으로 느껴지는가? 테이블 밑으로 기어들어가 몸을 앞뒤로 흔들다가 잠들고 싶지 않은가? 좋다. 잘됐다. 그게 티모시 윌리엄 카슨이 내게 다가와 인사를 건넸을 때, 정확히 내가 느낀 감정이니까.

"안녕, 비."

이 자식의 불알을 차주고 싶다. 하지만 슬프게도 너무 여러 사람의 눈이 쏠려 있다. 내가 비록 루이지애나 변호사 시험에 합격한 적은 없지만 남의 그것을 차는 행위가 이 훌륭한 주에서 폭행으로 간주된다는 것쯤은 알고 있다. 그래서 위장에서 꿈틀대는 불편함을 무시하고 정성껏 위선적인 미소를 띠며 대꾸한다.

"안녕, 팀. 좋아 보이네."

사실이 아니다. 그냥 그래 보인다. 그럭저럭 괜찮아 보인다. 아니, 슬슬 썩은 본성이 드러나기 시작해 그 추함을 대신 담아둘 도리안 그레이식 초상화를 의뢰해야 하게 생긴 '귀여운 타입' 남자로 보인다. 그런대로 봐줄만 하지만 내 옆에 서 있는 남자와는 비교도 안 된다. 그 남자가 옆에서 툭 던진다. "팀."

"리바이! 요새 별일 없어?"

"뭐, 그냥."

"우리 협력 프로젝트도 슬슬 진행해야지." 팀이 꼴 보기 싫게 입술을 오므린다. "그간 내가 엄청 바빴어."

리바이는 얼굴에 미소를 유지하고 팀이 다가와 상남자 스타일 포옹을 시도하자 말없이 받아준다.

그걸 보자 내 얼굴이 일그러진다. 뭐지? 리바이는 내 편인 줄 알았는데. 음, 이 생각을 말로 옮기니 유치하긴 하네. 내가 그런 걸 바라는 건 너무한 가. 리바이랑 나는 친구라고 하기엔 어정쩡한 사이고 내 싸움을 그가 거들어줄 의무는 없고 또 리바이는 자기가 원하면 얼마든지 누구하고든 포옹을 나눌 자유가 있으니까….

리바이가 팀과 단순히 포옹하고 있는 게 아님을 알아챈 순간, 이런 생각은 즉시 증발한다. 그는 팀의 어깨를 꽉 쥔 채 귀에다 뭐라고 중얼거리고 있다. 뭐라고 하는지 안 들리지만, 잠시 후 리바이가 몸을 떼자 팀의 낯빛은 내가 생전 처음 보는 수준으로 하얗게 질려 있다. 입도 일자로 꾹 다문 데다가 표정도… 거의 겁에 질려 보인다.

팀이 겁에 질린 건가?

"난, 네가, 그럴 뜻은 없었는데-." 그가 더듬더듬 대꾸하지만 리바이가 말을 뚝 자른다.

"만나서 반가웠어." 리바이가 부하 직원 해산시키듯 명령조로 말한다. 팀은 그게 썩 꺼지라는 뜻인 걸 바로 알아챈다.

"방금 그거 뭐예요?" 내 의자를 빼주는 리바이에게 내가 속삭인다. 의자를 빼주다니 우리가 1963년으로 회귀했나.

"저기 봐요." 그가 교수님 앞에 놓인 음식을 가리킨다.

"퀴노아 볼도 있나 봐요."

"팀이 왜 겁에 질린 거예요?"

"그랬어요?" 리바이는 아무것도 모른다는 표정을 짓는다.

"리바이, 팀한테 뭐라고 했어요?"

리바이가 내 말을 무시한다.

"교수님, 그 볼에 혹시 달걀도 들어갔어요?"

첫 20분은 별 탈 없이 흘러간다. 원형 테이블의 단점은 누구 한 명도 철저히 무시하기 어렵다는 것이다. 그래도 팀과 애니가 적당히 멀리 있어서 나는 지나치게 쭈뼛대지 않으면서 다른 사람들과 그럭저럭 대화를 나눈다. 진심으로 기분 좋은 면면도 있다. 샘 교수님과 한자리에 있는 것 자체가 그렇고, 지인 누구누구가 결혼했고 애를 몇 낳았으며 누가 교수가 됐고 집을 샀다더라 하는 근황을 전해 듣는 것도 그렇다. 가끔 리바이의 팔꿈치가 내 팔꿈치에 스치는 것으로 내가 철저히 혼자는 아님을 실감한다. 누군가 내 편이 있었네. 〈스타워즈〉를 좋아하고 우주에 나가기엔 키가 너무 크고 아기 고양이를 입양해 평생 돌봐주는 그런 사람.

그런데 어느 순간 대화가 잦아들고 테이블 맞은편의 누군가가 대뜸 묻는다. "둘이 어쩌다 같이 일하게 된 거야?"

그 한마디에 모두가 귀를 쫑긋 세운다. 온 시선이 리바이와 나에게 쏠린다. 애석하게도 리바이는 웨지감자를 우물우물 씹고 있다. 그래서 내가 대답한다.

"국립보건원하고 나사의 협력 프로젝트야, 마이크."

"아, 그렇구나." 마이크는 이미 좀 취한 것 같은데 펀치를 한 모금 더 마신다. 내가 연구실에 합류했을 때 마이크는 박사과정 3년 차였고 왕재수였다.

"그렇다 쳐도 너희 둘이 어떻게 같이 일하고 있어? 리바이, 회의 한 번 할 때마다 뇌 세척이라도 하는 거야? 아니면…."

내 뺨이 확 달아오른다. 몇몇은 킬킬 웃음을 터뜨리고 대놓고 깔깔 웃는 사람도 있고 민망해서 고개를 돌리는 사람도 있다. 교수님은 인상을 찌푸린다. 팀이 비죽거리는 게 곁눈으로 보인다. 나는 말문이 막힌다. 재치 있는 말로 받아치고 싶지만 리바이가 나를 질색하는 게 아직도 연구팀에서 제일 재미있는 농담인 것이 너무 민망하다. 뭐라고 말해야 할지도 모른 채 일단 입을 여는데-.

"우린 아주 잘 지내." 리바이가 모든 게 더 큰 남자만이 갖는 차분함과 '나는 탱탱볼 하나로도 너를 죽일 수 있어.'라는 자신감이 합쳐진 어조로 마이크에게 말한다. 그러더니 느긋하게 내 좌석 등받이에 자기 팔을 얹고 내 접시에서 포도 한 알을 집는다. 좌중에 귀가 먹을 듯한 침묵이 내려앉는다. 다들 우리를 쳐다보고 있다. 모두가.

"너는 어떻게 지내, 마이크?" 리바이는 내 접시에서 시선을 들지도 않고 묻는다. "네 종신재직 심사, 생각보다 잘 안 풀리고 있다며. 어떻게 됐어?"

맙소사. 이런 맙소사. *이러어어언* 맙소사. 감자 다 먹었구나?

"엇, 어…."

"그래, 얌전히 입 다물 줄 알았어."

대화 주제가 다른 방향으로 옮겨가고 제대로 혼난 마이크도 자기 접시로 시선을 떨군 틈을 타 리바이가 내 귀에 대고 속삭인다.

"궁금해서 그러는데요. 대학원 때 다들 내가 비를 싫어한다고 생각했어요? 그러니까 비의 망상이 아니었던 거예요?"

"모두가 아는 사실이었어요."

내 어깨에 두른 그의 팔이 그의 턱만큼 단단히 경직된다.

잠시 후 나는 양해를 구하고 화장실로 간다. 눈화장은 무시하고 찬물로 그냥 세수를 해버린다. 아이라이너 좀 번져도 누가 쳐다본다고? 리바이가? 리바이는 '질질 짜는 비'를 벌써 몇 번은 봤다.

다음 순간 나는 그녀를 발견한다. 거울 속 애니. 애니가 바로 뒤에 서서 내가 세면대를 다 쓰고 비키기를 기다리고 있다. 세면대가 세 개나 더 있고 화장실에 다른 사람은 한 명도 없는 걸 보면 그게 아닌 것도 같지만. 어쩌면 나를 기다리고 있는 건지도 모른다.

머리가 지끈거린다. 심장도 욱신거린다. 애니가 2년 전 쪼개놓은 부위 위주로. 애니랑 얘기 못 하겠다. 난 못 해. 못 한다고. 소매로 천천히 얼굴의 물기를 닦아낸다. 그런 다음 마음을 단단히 먹고 뒤돌아 애니를 마주본다.

애니는 숨이 멎도록 아름답다. 언제나 그랬다. 애니에게는 말로 표현 못할 특별한 분위기가 있다. 함께 있는 것만으로 기분을 들뜨게 하는 그런 기운 말이다. 이상하게도 그 느낌은 여전하다. 친숙함과 애정과 경이로움이 한데 섞인 감정이 뾰족한 칼날이 되어 나를 깊숙이 찌른다. 나는 애니의 얼굴을 가만히 바라본다. 팀을 다시 보는 것도 괴롭긴 했지만 그건 애니와 한 공간에 있는 것에 비하면 아무것도, 정말이지 아무것도 아니다.

갑자기 덜컥 겁이 난다. 애니는 잘 골라 뱉은 몇 마디 말로 내게 어마어마한 상처를 줄 수 있으니까. 그런데 애니가 "비." 하고 부르는 순간 나는 애니가 울고 있는 걸 알아챈다. 눈이 따가운 걸 보니 나도 울고 있나 보다.

"안녕, 애니." 내가 애써 웃음 짓는다. "오랜만이네."

"그러게. 나는…. 응." 애니가 고개를 끄덕인다. 입술이 떨리고 있다. "머리 예쁘다. 네가 했던 머리 중 제일 마음에 드는 색을 꼽으라면 보라색을 꼽을지도 모르겠어."

"고마워." 둘 다 잠시 입을 다문다. "작년엔 주황색으로 염색했었어. 그랬더니 도로에 세워놓는 교통 안전 고깔 같더라." 진한 아쉬움이 어린 침묵이 길게 늘어진다. 우리가 1초도 쉬지 않고 수다를 떨었던 때가 떠오른다.

"어, 난 이만…." 내가 문 쪽으로 움직이는데 애니가 내 팔뚝을 지그시 잡아 나를 멈춰 세운다.

"가지 마, 제발. 부탁이야, 비, 우리 잠깐…." 애니가 미소 짓는다. "보고 싶었어."

나도 애니가 보고 싶었다. 매일매일 보고 싶지만 말하지는 않을 것이다. 애니가 미우니까. 이놈의 피곤한 다중 자아.

"네가 준 그 앨범, 엄청 많이 들었어. 마음에 드는지 안 드는지 아직도 모르겠지만. 작년에는 디즈니랜드에 갔는데 거기에 스타워즈 테마파크가 있는 거야. 그거 보고 네 생각이 났어. 난 슈라이버의 연구실에서 친구를 사귀지 못했어. 팀원들이 다 남자라서. 완전 남탕이라니까. 여자가 두 명 있긴 한데, 둘이 짝꿍인 데다 나를 별로 좋아하지 않는 것 같아. 그리고….” 애니는 이제 아까보다 더 심하게, 그리고 정말 애니다운 자조적인 웃음을 섞어 울고 있다.

“그래, 너랑 리바이가 그렇게 됐구나? 리바이는 피츠버그에 있을 때보다 더 섹시해졌더라.”

나는 고개를 젓는다. “그런 거 아니야.”

“리바이가 꿈꾸던 걸 네가 다 실현시켜줬구나. 리바이가 그 어느 때보다 행복해 보이는 걸 보면. 뭐 리바이가 행복해하는 모습은 한 번도 본 적 없지만.”

차가운 기운이 등줄기를 타고 내려간다. 애니가 무슨 소리를 하는 건지 모르겠다. “사실 리바이는 나 싫어했어.” 내가 고집스럽게 반박한다.

“아닐걸. 적어도 일반적인 의미로 싫어하지는 않았을 거야. 리바이는 단지 심하게–.” 말하다 말고 애니는 고개를 단호히 젓는다.

“이런 얘기 하려고 온 게 아닌데 내가 왜 계속 주절대고 있는지 모르겠다….” 그러더니 숨을 한 번 깊이 들이마신다.

“미안해.”

뭘 사과하는지 모르는 척할 수도 있다. 지난 2년간 애니 생각을 매일 하지 않은 척할 수도 있다. 또 옆구리가 당기도록 서로를 깔깔 웃게 만들던 나날을 그리워하지 않은 척할 수도 있겠지만 그러려면 진이 빠질 테고 아직 오전 11시 15분밖에 안 됐는데 난 이미 지칠 대로 지쳤다.

“이유가 뭐야?” 내가 대뜸 묻는다. 애니와의 일에 한해서는 혼자 속으로도 잘 떠올리지 않았던 질문이다. “왜 그랬어?”

“나도 모르겠어.” 애니가 눈을 감는다. “모르겠어, 비. 나도 오랫동안 그걸 이해해보려고 노력했어. 근데… 모르겠더라.”

나는 고개를 끄덕인다. 진심인 걸 알겠으니까. 애니가 나를 사랑하는 건 의심한 적 없다.

“너를 질투해서 그랬을까?”

“질투?”

애니가 어깨를 으쓱한다.

“네가 너무 예뻐서. 우리 연구실에서 제일 예뻤잖아. 외국 여기저기서 살아본 화려한 과거도 있고. 또 뭐든 잘하고 항상… 행복해하고 쿨하고 유쾌해서. 힘도 안 들이고 다 잘하는 것 같아 보여서.”

애니가 말한 것 중 정말로 그랬던 건 하나도 없다. 전혀 그렇지 않았다. 하지만 나는 리바이를 떠올려 본다. 찔러도 피 한 방울 안 나올 듯 냉혹하고 오만해 보였지만 실제로는 찌르면 피도 나오고 냉혹하지도 오만하지도 않은 리바이. 실제와 정반대의 인물로 오해받는 게 그리 있을 법하지 않은 일은 아닌가 보다.

“그리고 너랑 팀도 그렇고…. 우리끼리 아무리 붙어 다녀도 결국 너는 팀하고 같이 집에 가고 나는 혼자 남겨지는 처지였잖아. 그러다 보니 우리 사이에 어떤… 내가 결코 비집고 들어갈 수 없는 어떤 것이 존재하는 것 같았어.”

"그래서 나를… 벌주려고 그런 거야?"

"아니! 아니야, 난 그냥… 너처럼 되고 싶었을 뿐이야." 그러더니 애니가 자조적인 표정을 짓는다. "근데 내가 멍청해서 네가 가진 것 중 제일 안 좋은 걸 탐냈던 거지. 팀하고 자는 것." 그러면서 울음기 어린 쾌활한 웃음을 터뜨린다.

"우린 결국… 우리 사이는 일주일 만에 끝났어. 그리고 나는 팀을 좋아한 적도 없어. 너도 알지? 오히려 경멸했지. 팀과 사귀기엔 네가 너무 아까웠고 그건 다들 알고 있었어. 나도 알았지. 팀도 알았고. 그런 짓을 저지른 순간 나는, 아니 저지르는 동안에도 자꾸 네 생각이 났어. 팀이 침대에서 형편없어서 그런 것만은 아니고. 말도 안 되게 못된 짓인데도 그런 짓을 저지르면 혹시 내가… 어떻게든 우월한 사람이 되지 않을까 했어. 너만큼 쿨한 사람이 될 줄 알았어. 맙소사, 사람이 얼마나 맛이 가면 그러니. 지금도 맛이 가 있지만." 애니가 두 손가락으로 눈물을 훔친다. 그러는 동안에도 눈물이 뚝뚝 흐른다.

"미안하다고 말하고 싶었어. 근데 네가 내 번호를 차단해 놨더라. 그래서 일단 너한테 시간을 좀 준 다음 밴더빌트에서 얼굴 보며 얘기해야지 했어. 근데 여름 다 가고 학기가 시작됐는데 네가 안 오는 거야…." 애니가 고개를 저으며 말을 잇는다. "미안해. 정말, 정말 미안해. 매일 그 생각을 했는데-."

"나도 미안해."

그러자 애니가 어이없다는 표정을 짓는다.

"네가 미안할 게 뭐가 있다고."

"네 약혼자랑 바람 피우진 않았지만… 네가 너 자체로 부족한 인간이라고 느꼈을 때 옆에 있어주지 못해서 미안해. 제일 친한 친구였는데, 나는 그저 네가… 어떤 일에도 흔들리지 않는 사람인 줄 알았어."

잠시 침묵이 내려앉고 이윽고 애니가 입을 뗀다.

"이건 결코 자축하자고 하는 얘기는 아닌데 네가 팀하고 결혼하지 않아서 정말 다행이다. 리바이랑 사귀게 되어서 잘됐어. 너한테 훨씬 잘 어울리는 사람이야."

그것만 꼭 집어 반박해봤자 별 의미 없을 것 같다. 사실이 아닌 부분까지 포함해서 여태 애니가 한 말에 나도 다 동의하는 마당에. 그래서 고개를 끄덕이고 걸음을 옮긴다.

"비?" 애니가 뒤에서 부른다.

내가 돌아본다.

"가끔 문자 보내도 돼?"

용서나 심판, 자기 보호 같은 거창한 생각을 떠올려야 마땅할 것이다. 우리의 입장이 바뀌었다면, 너한테 내가 문자해도 괜찮겠느냐고 되물어야 할 것이다. 뇌가 흐물흐물한 상태가 아닐 때 진중하게 고민한 후 대답하는 게 옳을 것이다. 하지만 나는 이래야 하느니 저래야 하느니 따위 다 잊고 제일 먼저 떠오르는 걸 말한다.

"우리가 노력은 해볼 수 있겠지."

애니가 안도한 얼굴로 고개를 끄덕인다.

화장실에서 나가니 문 앞에 리바이가 서 있다. 무슨 집채만 한 짐승이 벽에 붙어 있는 것 같다. 애니가 나를 따라오는 걸 보고 혹시 자신이 필요할까 싶어 쫓아온 건 묻지 않아도 알 수 있다. 그에게는 거짓말할 필요도 없고 뺨에 흐르는 눈물을 감추면서 괜찮다고 안심시킬 필요도 없다. 어떤 것도 해명할 필요가 없다.

갈 준비 됐느냐는 말에 그저 고개를 끄덕이고 그가 내민 손을 잡기만 하면 된다.

16장

시상하핵: 방해

*시상하핵: 기저핵 제어 시스템의 구성 요소로,
행동에 관여한다. -옮긴이

리바이의 차가 귀로의 마지막 구간인 주간고속도로에 진입할 때쯤, 나는 스트레스 해소용 낮잠에서 네 시간 만에 부스스 깨어난다. 깨자마자 블링크에 대한 생각이 떠오른다.

"주파 자극 장치 말인데요, 혹시 자기열 효과를 이용해서-," 그때 갓길에 납작하게 짓뭉개져 있는 뭔가가 눈에 띈다.

"저거 뭐예요?"

"우와." 리바이가 부자연스럽게 쾌활한 목소리로 말한다.

"오른쪽에 농장 좀 봐요!"

"아니 저기에 저거, 아, 안 돼."

"난 아무것도 못 봤는데요."

"죽은 라쿤이에요?"

"아니요."

"맞잖아요!" 또 울음이 터진다. 48시간 동안 일곱 번째다. 이쯤 되면 누관이 말라버릴 법도 한데, 아니네. "불쌍한 것."

"있죠, 라쿤 맞아요. 근데 노화로 죽은 라쿤이에요."

"뭐라고요?"

"아까 그 자리에서 명이 다했어요. 잠든 채 평화롭게 숨을 거뒀는데 그 후에 차가 깔고 지나간 거예요. 그러니 슬퍼할 것 없어요."

내가 리바이를 노려본다. 적어도 눈물은 쏙 들어갔네.

"자기열 속성을 이용해서 뭘 어떻게 하자고요?"

"개소리로 얼버무리는 솜씨가 보통이 아니네요." 나는 두 다리를 들어올려 그의 팔뚝을 툭 찬 다음 글러브박스에 얹는다.

"그래도 고마워요. 주말 내내 내 기분 챙겨줘서. 내가 절망의 구렁텅이로 다이빙 하지 않게 잡아준 것도요. 약속할게요, 어른 상태로 복귀하겠다고. 지금부터요."

"아, 좀 살겠네." 리바이가 무표정하게 중얼거린다.

웃음이 터진다. "근데 진짜로요. 팀한테 뭐라고 했어요?"

"인사했죠. 잘 지내냐고 물어보고."

"장난하지 말고요. 귀에 대고 뭐라고 했잖아요."

"달콤한 말 몇 마디 해줬어요."

코웃음이 나온다. "놀랍지도 않네요. 그 연구실에서 팀이랑 놀아나지 않은 상대는 리바이가 유일할 거예요." 그 말에 핸들을 쥔 리바이의 손에 힘이 들어가자 나는 즉시 말한 것을 후회한다.

"어, 농담이에요. 이제는 신경 안 써요. 가령, 팀이 급성 치질로 데굴데굴 구르면 안타까워할 거냐고 묻는다면? 내 대답은 '아니요.'지만, 일부러 가서 칼로 찌르는 수고까지는 안 하겠어요. 내 마음이 이런 줄은 나도 이번 주말에야 알았어요. 근데 알게 되니… 후련하네요."

이 무관심에 가까운 상태에서 해방감마저 느껴진다. 지난 몇 년간 품었던 적개심보다 훨씬 더 나를 행복하게 해준다. 게다가 애니와 나눈 대화는… 아직 본격적으로 되새김질하지는 않았지만 이번 주말이 완전히 시간 낭비는 아니었다는 생각이 든다. 내가 지금 일 때문에 또다시 은은한 패닉에 빠지려 한다는 것만 빼고.

"팀한테 뭐라고 했는지 몰라도… 고마워요. 그 인간이 바지에 오줌 지릴 뻔한 거 보고 어찌나 통쾌하던지."

리바이가 고개를 젓는다.

"고마워할 것 없어요. 이기적인 짓이었으니까."

"팀이 리바이한테 뭘 어쨌는데요? 샌드위치에 몰래 베이컨이라도 넣었어요? 팀이라면 그런 짓을 하고도 남을–."

"아뇨." 리바이는 입을 꾹 다물고 전방을 주시한다.

"나한테 거짓말을 했어요."

"아, 네." 내가 다 안다는 듯 고개를 주억거린다.

"그것 또한 팀이라면 하고도 남을 짓이죠."

NPR 지역 방송이 침묵을 메운다. 라흐마니노프의 무슨 교향곡이 흘러나온다. 이윽고 리바이가 입을 열어 침묵을 깬다.

"비, 내가… 이 얘기를 해도 좋을지 모르겠는데요. 근데 숨기는 게 도움이 됐던 적은 없으니 그냥 말할게요. 비가 솔직하게 얘기하라고 부탁하기도 했고."

"그랬죠." 무슨 얘기를 꺼내려는지 감도 안 잡혀서 나는 그의 얼굴을 찬찬히 살핀다.

"비를 처음 만났을 당시에요." 그가 말을 신중히 골라가며 천천히 운을 뗀다. "내가 사람들하고 대화하는 데 좀 문제가 있었어요. 특정 주제에 대해서."

"그러니까… 실어증 같은 거요?"

리바이가 설핏 웃으며 고개를 젓는다. "그런 건 아니고요."

박사과정 5년 차의 리바이를 떠올려 본다. 존재감이 대단하고 어떤 문제에도 굴하지 않을 것 같고 무섭도록 똑똑했던 그를. 그렇지만 애니도 절대 흔들리지 않을 것처럼 보였고 나 역시 모든 걸 쉽게 해내는 사람으로 보였다니 뭐. 그러고 보면 우리가 대학원에 다니면서 참 단단히 망가진 모양이다.

"전혀 몰랐어요. 리바이는 뭐든 척척 잘 해내고 자신감 넘치고 대인관계도 원만했으니까." 나는 잠시 생각하다가 덧붙인다.

"물론 나하고의 관계만 빼고."

"내가 설명을 제대로 못 한 것 같네요. 정상적인 사람들과 대화하는 데는 아무 문제 없었어요. 문제가 있는 상대는… 비였죠."

"내가 정상이 아니라는 얘기예요?" 내가 인상을 쓴다.

리바이가 소리 없는 웃음을 터뜨린다.

"확실히 정상은 아니죠. 나한테는요."

"그게 무슨 뜻이에요?" 나는 이틀이나 놀랍도록 다정다감하게 굴어놓고 왜 또 나를 살살 긁는지 의아해서 그를 향해 아예 몸을 돌려 앉는다. 몹쓸 상태가 재발한 건가?

"리바이가 나를 못생겼다거나 아니면 비호감이라고 생각했다고 해서 내가 정상이 아니었던 건-."

"못생겼다고 생각한 적 없어요." 핸들을 잡은 그의 손에 아까보다 더 힘이 들어간다. "단 한 번도."

"웃기시네. 나한테 만날 어떻게 굴었는지-."

"오히려 그 반대였죠."

내가 미간을 찌푸린다.

"그건 또 무슨…." 앗.

아.

아아.

방금 그 말은 그럼…? 아니야. 그럴 리 없어. 리바이가 그럴 리가. 그럴 리가 있을까? 당시 우리 사이가… 에이, 설마 그런 뜻은 아니겠지. 그런 뜻일까?

"나는…." 1초 만에 머릿속이 텅 빈다. 완벽하게 철저히 새하얘진다. 갑자기 몸이 차갑게 식으면서 감각이 마비된다. 나는 몸을 기울여 냉방을 끈다. 어떻게 대꾸해야 할지 모르겠다. 흉곽에서 탈출할 것처럼 날뛰는 심장을 어떻게 진정시킬지도 모르겠다.

"그 말은 그러니까 리바이가…?"

그가 고개를 끄덕인다.

"내 말… 내 말을 끝까지 듣지도 않았으면서."

"비가 상상할 수 있는 가장 순한 맛부터 가장 매운맛까지 어떤 것이든… 그게 당시 내가 품었던 마음일 거예요." 리바이가 침을 꿀꺽 삼킨다. "비는 항상 내 의식에 머물러 있었어요. 무슨 짓을 해도 내보낼 수가 없었죠."

나는 불타는 고구마 같은 얼굴로 창밖을 내다본다. 리바이가 한 말을 내가 똑바로 해석했을 리 없어. 이건 오해야. 내 뇌에서 이상한 현상이 일어나고 있는 게 틀림없어. 내가 묻고 싶은 건 "지금은 어떤데요? 아직도 내가 의식에 자리하고 있나요?"다.

"나를 만날 흉측한 괴물 보듯 빤히 쳐다봤으면서."

"쳐다보지 않으려고 노력했는데… 그러기가 어려웠어요."

"아뇨, 아뇨. 그것 말고도, 그 원피스. 내가 그 원피스 입은 거 보고 질색했잖아요. 파란색 원피스 있잖아요, 물방울무늬."

"무슨 원피스인지 알아요, 비."

"질색했으니까 알겠죠." 내가 당황해서 받아친다.

"질색하지 않았어요." 차분한 말투다. "그냥 좀 놀랐을 뿐."

"타깃 마트에서 산 싸구려 원피스를 보고 놀랐다고요?"

"아뇨, 비. 그걸 입은 비에 대한 내 반응이 그랬다는 거예요."

나는 고개를 젓는다. 이건 말도 안 돼.

"내 옆자리에도 극구 안 앉으려고 했잖아요."

"비가 옆에 있으면 머리가 안 돌아갔으니까요." 그가 허스키한 목소리로 대꾸한다.

"아뇨, 이건 아니죠! 나랑 협력 연구도 안 하려고 했잖아요. 팀한테는 더 괜찮은 사람하고 결혼하라고 충고했고, 나를 무슨 흑사병처럼 피해놓고는."

"팀이 나한테 경고했어요."

내가 그를 획 돌아본다. "뭐라고요?"

"나더러 비한테서 떨어지라고 했어요."

"팀이…." 나도 모르게 입으로 손이 올라간다. 팀이, 매우 평균적인 덩치인 팀이 별로 온순하지 않은 들소 같은 리바이와 뿔을 부딪치는 모습을 상상한다. "팀이 왜 그런…?"

"내가 비한테… 관심 있는 걸 비가 알고 있다고 했어요. 나 때문에 비가 불편해한다고. 나를 불쾌해한다고." 리바이의 목이 뭔가를 삼키듯 울렁거린다. "그러니 최대한 피해 다니라고 했어요. 그래서 그렇게 했죠. 어떤 면에선 그게 더 쉬웠어요."

"쉽다뇨?"

그러자 리바이가 자조적인 웃음을 띠며 어깨를 으쓱한다.

"왜냐하면… 간절히 원하는데 갖지 못하면 어느 순간 견디기 힘들어지거든요. 금세 그렇게 되죠." 그가 입술을 축이고 말을 잇는다.

"그게 아니어도 난 무슨 말을 해야 할지 몰랐어요. 비가 하나 알아야 할 게, 우리 집안은 아무도 속마음을 표현하지 않는 분위기였어요. 그래서 비 옆에 가면 말이 제대로 안 나왔고, 그걸 보고 비뿐 아니라 모두가 내가 비를 싫어한다고 생각한 거예요. 난… 난 정말 몰랐어요. 지금이라도 사과하고 싶어요."

그가 하는 말을 믿을 수 없다. 내가 똑바로 듣고 있는 건지 의심스럽다. 팀이 다 알고 있었으면서 리바이를 나한테서 떼어놨고 그러면서 뒤로는 피츠버그대 학생 전체와 돌아가며 바람을 피우고 있었다는 게 도무지 믿기지 않는다.

"이 얘기를 왜 하는 거예요? 왜 지금에야 얘기하는데요?"

그러자 그가 오직 리바이 워드만이 지을 수 있는 진지하고 열성적인 표정으로 나를 바라보고, 그 순간 내 안에서 뭔가가 솟구친다. 아릿하면서도 달콤하고 혼란스러운 뭔가가. 숨이 멎을 듯 경이롭고 진하면서 무서운 뭔가가. 아직 형체가 제대로 갖춰지지 않고 윤곽만 잡힌 감정이. 그것이 목구멍 뒤쪽에 그리고 혀끝에 아슬아슬 걸려 있다. 사라지기 전에 확실히 맛보고 싶다. 그래서 한껏 손을 뻗어 거의 닿으려는 순간 리바이가 말을 잇는다.

"비, 나는-."

그때 내 휴대폰이 울린다. 나는 짜증과 안도감에 신음을 토하며 허둥지둥 전화를 받는다. "여보세요?"

"비, 보리스 코빙턴이네."

엥?

"자네들 돌아왔나?"

구글 지도를 흘끔 확인한다. "10분쯤 더 가야 돼요."

"도착하자마자 디스커버리 빌딩으로 올 수 있나?"

"그럴게요." 나는 미간을 찌푸리면서 스피커폰을 누른다.

"혹시 블링크랑 관계된 일이에요?"

"아니야. 아니, 맞아. 근데 간접적으로만." 보리스의 목소리에 무척 피곤하고 또 약간… 민망한 기색이 어려 있다. 리바이와 나는 의미심장한 눈길을 교환한다.

"무슨 일인데 그러세요?"

보리스가 한숨을 훅 뱉는다. "잭슨 씨하고 코르토레알 씨와 관계된 일이야. 부탁이네, 최대한 빨리 와주게."

그 말에 리바이가 액셀을 더 힘껏 밟는다.

♥♥♥

나는 보리스의 사무실을 둘러보고 네 번이나 눈을 깜빡이고서야 묻는다. “그게 무슨 소리세요, ‘일터에서 성행위는 금지’라니?”

보리스의 피부가 여느 때보다 더 벌겋게 달아올라 있다. 그는 책상 뒤로 조금 더 물러난다. “말 그대로네. 그….”

“쾨닉스바사 박사님은 제 엄마가 아니고 저는 미성년자가 아닙니다.” 손님용 의자 중 하나에 앉은 로시오가 당당히 말한다.

“이 대화는 히파 법율 위반이에요.”

보리스가 손가락으로 콧잔등을 누른다. 보아하니 같은 얘기를 이미 한참 하고 있었던 듯하다. “히파는 건강 기록에나 적용되지 코르토레알 씨처럼 연구실에서 섹스하다 걸린 경우와는 상관없어요. 그 연구실은 다른 모든 구역과 똑같이 고도의 보안을 요구하는 프로젝트 때문에 24시간 감시 중이고. 아, 걱정은 말아요. 가이가 보안 관리자인데 녹화분은 전부 삭제하기로 했으니까. 하지만 리바이가 잭슨 씨의 직속 상관인 것처럼 비가 코르토레알 씨의 직속 상관이고, 나사 직원이 그… 일터에서 성행위를 했을 경우 징계 조치가 필요한 고로 두 사람에게 고지를 하는 겁니다.”

나는 리바이를 흘끔 본다. 그는 아무 표정이 없다. 속으로는 진흙탕에 뒹구는 돼지처럼 신나게 깔깔대고 있을 것이다. 틀림없다.

“죄송한데요.” 내가 목덜미를 긁으며 말한다. “하나 확실히 하려고 그러는데 둘이 그러니까….”

“우리 둘이 섹스를 했다고요.” 로시오가 당당히 대꾸한다.

나는 고개를 끄덕인다. 로시오 옆의 케일리는 분홍색 매니큐어를 칠한 자기 손톱만 뚫어져라 들여다보고 있다. 우리가 들어온 이래로 한 번도 고개를 들지 않았다.

"어…." 할 말이 안 떠오른다. 전혀. 단 한마디도. 혹시 퀴리 박사님이 이런 경우 도움이 될 조언을 남기시지 않았을까? 박사님이 남긴 기록이 서기 3,500년 이전에는 손도 못 댈 정도로 방사능을 심하게 뿜지만 않았어도. 그냥 내가 방호복 입고 파리 국립도서관에 가서–.

"이번 일은 기록으로 남기지 않겠어요." 보리스가 말한다. "비와 리바이가 잘 알아서… 처리할 거라고 믿어요," 여기서 그는 내가 만나본 중에 가장 똑똑하면서 갑자기 색정증이 발동한 게 틀림없는 두 여성을 대충 손짓으로 가리킨다. "하지만 내가 무릎 꿇고 빌 테니 제발 다시는 그런 짓은 하지 말아줘요."

"감사합니다." 마음으로 느끼는 만큼 말투에도 고마움이 묻어나길 바라며 내가 대답한다.

건물 밖으로 나가는 동안 다들 숨소리도 내지 않는다. 그러다 밖에 나온 순간 둥글게 둘러서서 적대감(로시오)과 민망함(케일리) 그리고 감추지 못한 즐거움(리바이)이 섞인 표정으로 서로를 바라본다. 내 표정은 중립이기를 바란다. 아마 아니겠지만.

"음…. 그런 일이 있었군." 내가 운을 뗀다.

로시오가 고개를 끄덕인다. "그랬죠."

"보리스 소장님한테 어떻게… 발각된 거야?"

"가이가 뭐 찾으러 연구실에 왔다가 우리가 보스의 책상 위에서 뒹굴고 있는 걸 보고 일러바쳤어요."

"내 책상, 도대체 왜 내 책상에서…." 나는 입을 탁 다문다. 그리고 깊이 숨을 들이마신다. "하나만 확실히 하자." 내가 둘을 번갈아 보며 말한다. "서로… 동의하고 한 거지?"

"그럼요." 두 사람은 시선을 맞추고 배시시 웃으며 동시에 대답한다.

내가 큼큼 헛기침을 한다. "더 하고 싶은 말 있어요?" 리바이에게 묻는다. 도와달라는 뜻인데 그는 웃지 않으려고 입술을 깨물며 고개를 젓는다. 웃음 참는 데는 실패한다.

"좋아, 뭐. 둘이 뭘 하건 우리가 상관할 일은 아니니까."

"태어나서 처음으로 보스 말에 동의해요." 로시오가 말한다.

"그래? 태어나서 처음으로?"

로시오가 고개를 끄덕인다. 배은망덕한 말썽꾸러기 같으니.

"둘이 좋다면 우리도 오케이야. 근데 부탁인데, 어, 카메라 앞에서는 참아줘. 일부러 섹스 동영상을 남기려는 게 아니라면." 내가 황급히 덧붙인다.

"만약 그러려는 거면 제발… 공공장소는 피해줄래요?"

케일리가 아까보다 약간은 덜 민망한 얼굴로 말없이 고개를 끄덕인다. 로시오는 코웃음을 친다. "알 게 뭐람." 그러더니 케일리의 손을 덥석 잡고 끌고 가버린다. "보스가 우리 엄마도 아니잖아요!" 로시오가 뒤도 돌아보지 않고 소리친다.

리바이와 나는 늦은 오후의 햇살 속에 멀어지는 두 사람의 모습을 바라본다. 둘이 길 저편의 조그만 점이 됐을 때쯤 리바이가 말한다. "우리가 십 대 딸을 뒀을 때를 대비해 좋은 연습이 됐어요."

내 심장이 한 박자 건너뛴다. '우리가 함께' 딸을 낳는다는 얘기가 아니잖아, 바보야.

"아직 어리잖아요. 전두엽이 충분히 발달하지 않아서 저래요."

리바이가 주머니에서 자동차 열쇠를 꺼내 내 얼굴 앞에서 흔든다. "집에 데려다줄 사람 필요해요? 스물세 살 딸내미들이 비의 마리 퀴리 마우스 패드 위에서 야한 짓을 한 트라우마를 진정시켜야죠."

"둘이 케일리네 집으로 가는 거여야 할 텐데."

"왜요?"

"내 방하고 로시오 방 사이의 벽이 무지 얇거든요."

"노이즈 캔슬링 헤드폰 좋은 걸로 하나 장만해요." 그가 나를 차 쪽으로 이끈다. "내가 운전하는 동안 휴대폰으로 주문해요."

♥♥♥

"그냥, 있을 것 같지 않은 일이잖아요." 내가 조수석에서 성토한다. "우선 로시오는 사귀는 사람이 있다고요. 앗, 두 사람 혹시 폴리아모리(끌리는 대상이 동시에 여러 명인 사랑의 형태-옮긴이)인가?"

"우리가 연구 조교들 연애에 이러쿵저러쿵해도 되는 거예요?"

"다른 때 같으면 안 된다고 했겠지만 내 책상에서 몹쓸 짓을 했으니 얼마든지 얘기해도 돼요."

리바이가 곰곰이 생각하더니 대꾸한다. "말 되네요."

"그리고… 저 둘은 서로 달라도 너무 다르다고요."

"그게 문제라고 생각해요?"

문제가 안 될 수도 있다. 그 둘이 낳은 아이들은 아이라이너를 너구리 눈처럼 칠할 줄 알뿐만 아니라 글리터까지 능숙하게 덧바를 줄 아는 성격이 원만한 사람으로 자랄지도 모른다.

"좋아요, 문제는 안 되겠네요. 근데 로시오는 케일리를 싫어했다고요. 케일리가 옆에 올 때마다 입을 꾹 다물고 한마디도 안 했어요. 케일리의 싫은 점을 목록으로 작성하기까지 했고요."

리바이가 슬쩍 웃으며 묻는다. "확신해요?"

"그럼요. 로시오가 나한테 직접 말해-." 순간 나는 불과 몇십 분 전에 리바이가 한 얘기가 떠올라 입을 탁 다문다. 보리스의 전화를 받고서 긴급대응 모드로 전환하는 바람에 잠시 잊었지만, 이제는 모든 게 되살아나 머릿속 일열 중앙에서 난리 부르스를 추고 있다. 덕분에 심장이 목구멍까지 올라오고 몸속 깊은 곳에 뜨거운 기운이 고이면서 낭떠러지에 아슬아슬하게 서 있는 기분이 든다. 어쩌면 지금 추락하고 있는지도 모른다. 이대로라면 빠르고 세게 추락하고야 말 것이다. 여기서 마음먹고 한 발짝만 내디딘다면….

퍼뜩 어떤 생각이 떠오른다. 떠오르는 정도가 아니라 뒤통수를 친다. 토르의 망치처럼 세게. 내가 숨을 헉 들이마신다.

"나, 알았어요."

리바이가 우리 숙소 건물 진입로로 들어서면서 묻는다.

"뭐라고 했어요?"

"알았다고요!"

"뭘… 알았는데요?"

"헬멧이요. 블링크. 호환성 문제를 어떻게 해결할지 알았어요. 종이 있어요? 망할! 차에 왜 종이도 안 갖다 두는 거예요?"

"렌트한 거라서-."

"우리 집! 집에 종이 있어요!" 차가 완전히 서기도 전에 나는 훌쩍 뛰어내려 계단을 마구 뛰어 올라간다. 아파트 문을 따고 들어가 펜과 공책을 찾아낸 다음, 불쌍할 정도로 숨을 헐떡이면서 손가락이 허락하는 최대치로 빠르게 적기 시작한다. 잠시 후 뒤에서 발소리가 들리고 리바이가 들어와 문을 닫는다. 앗, 문 닫는 걸 깜빡했구나.

"따라오라는 뜻으로 이해했는데, 혹시 아니라면-."

"봐요." 내가 그의 코 앞에 공책을 들이민다.

"이렇게 하면 될 거예요. 이거 보세요."

리바이는 몇 번 눈을 깜빡거린다.

"비, 이건… 영어가 아닌 것 같은데요."

나는 공책을 내 쪽으로 돌린다. 제길, 독일어로 썼네.

"알았어요. 그럼 이건 보지 말아요. 대신 내 말을 들어봐요. 근데 겁먹지는 말고. 그 동안 스위치보드에 문제가 있었잖아요? 그래서 고치려고 계속 매달렸는데, 그걸… 그냥 건너뛰면 어떨까요?"

"근데 그럼 프리퀀시가 달라서-."

"맞아요. 바로 그 부분에서 겁먹지 말라는 거예요."

"겁을 먹어요?"

"네." 나는 테이블에 물건을 치워 자리를 만든 다음 도해를 그리기 시작한다. "겁먹지 말아요."

"겁 안 나는데요."

"잘됐네요. 그럼 계속 겁내지 말아요."

"그, 내가 왜 겁을 내요?"

"내가 이제 보여줄 것 때문에요. 좀 무섭게 느껴질 수도 있으니까." 나는 방금 그린 도해 위에 펜 끝을 톡톡 두드린다.

"좋아요. 먼저 스위치보드를 제거해요." 그러면서 도해의 스위치보드 부분에 X를 긋는다. "그리고 별개의 회로를 설계해요. 그런 다음 각각의 자기열 속성을-."

"속도 조절 레버리지로 이용하자고요?" 리바이의 눈이 휘둥그레진다. "별개의 회로를 만들면-."

"무선 원격장치로 조종할 수 있겠죠." 내가 그를 향해 씩 웃는다. "될 것 같아요?"

리바이가 아랫입술을 깨물고서 도해를 살핀다. "배선 장치 넣는 게 좀 까다로울 거예요. 그리고 회로를 분리하는 것도. 하지만 잘만 우회하면…." 그러더니 숨이 멎을 듯 환한 미소를 지으며 돌아본다. "될지도 모르겠어요. 잘하면 될 것 같아요."

"그러면 매그테크 것보다 백배 천배 나은 모델이 될 거예요."

"최종 프로토타입은… 몇 주 후에 완성되겠네요. 어쩌면 며칠 내로." 그가 생각에 잠겨 입가를 문지른다.

"정말 끝내주는 아이디언데요."

나는 좋아서 펄쩍펄쩍 뛴다. 꼴사납지만 멈출 수가 없다. 달리기할 때는 이 기운이 다 어디로 가는 거야? "나 천재 아니에요?"

리바이는 못 말리겠다는 듯이 고개를 젓는다.

"천재 맞아요."

"그럼 연구실로 갈까요? 가서 바로 시작해요?"

"미화 부서가 아직 비의 책상을 소독 안 했을 텐데요?"

"좋은 지적이에요. 근데 뭐라도 하고 싶단 말이에요."

리바이가 못 말리겠다는 듯 웃는다.

"계속 펄쩍펄쩍 뛰는 건 어때요?"

"사실 조금 피곤해지려고 해요."

"좋아요, 그럼…." 그가 어깨를 으쓱하더니 무슨 일인지 내가 알아채기도 전에 두 팔로 나를 확 끌어안고 빙글빙글 돌린다. 내 다리가 저절로 그의 허리를 감싸고 그의 두 손이 내 허벅지를 받친다.

웃음이 터진다. 행복한 사람처럼 깔깔 웃는다. 파란만장한 주말이로군. 깃털이 된 기분이다. 누구도 나를 해칠 수 없을 것 같다. 제대로 연구하는 기분이 난다. 진짜 즐겁다. 쓸모 있고 중요한 것을 설계하는 게 이렇게 뿌듯하다니. 또 과거의 악령도 제대로 직시하고 있다. 게다가 혼자 빙글빙글 돌기 지쳤을 때 대신 빙글빙글 돌려줄 사람도 있다. 기분 째지고 짜릿하고 뭐든 할 수 있을 것 같다. 가장 나다우면서도 가장 나답지 않은 기분이다. 두 팔로 리바이의 목을 꽉 안고 있다가 그가 서서히 회전을 멈추었을 때 불쑥 묻는다.

"나한테 키스 안 할 거예요?"

어디서 튀어나온 말인지 모르겠다. 하지만 후회는 안 한다.

"안 할 거예요." 리바이는 미소를 거두지 않은 채 고개를 젓는다. 그가 조용히 대꾸한다. 보라색 머리칼 몇 가닥이 그의 이마를 스친다. 그의 뺨도. 그 정도로 우리는 가까이 붙어 있다. 그에게서 향기가 난다.

"왜요?"

"비가 내 키스를 원하는지 확신이 없어서요."

"아." 나는 고개를 끄덕인다. 그러자 내 머리카락이 그의 코를 간질인다. 그가 코를 찡그리자 나는 웃음을 터뜨린다.

"내가 원한다고 하면요? 그럼 키스할 거예요?"

"그래도 안 할 거예요." 그가 차분하게 말한다.

내 미소가 사그라진다. 앗, 망할. *망할*, 내가 또 꼴값을 떤 건가. "하기 싫어요?" 목소리가 기어들어간다. 그가 고개를 젓는다.

"그래서 그런 게 아니에요."

그래서겠지. 아니긴 뭘.

"그래요." 그의 품에 꽤 오래 안겨 있었는데 이제야 갑자기 그러고 있는 게 의식된다. 리바이는 이게 좋지 않은가 보다. 예전엔 나한테 매력을 느꼈지만 지금은 아닌가 보다. 내가 멋대로 넘겨짚었네. "미안해요. 혼자 앞서 나갈 생각은 아니었는데."

"비, 오해하지 말아요." 그가 보일 듯 말 듯한 미소를 짓는다. 우리의 이마가 맞닿고 내 살에 닿은 그의 살이 따스하다. 정말로, 진심으로 이 남자가 나한테 키스해줬음 좋겠다. 너무 원해서 몸이 타버릴 것 같다. "비가 앞서 나간 거 아니에요."

"그럼 왜…?"

그의 눈이 파르르 떨리며 감긴다. 그의 입술이 더 바짝 다가온다. "오히려 앞으로 나가지 않으면 어쩌나 무서워서 그래요."

팀과 처음 키스했던 건 〈2001: 스페이스 오디세이〉 시사회 후였다. 영화 내내 팀이 쿨쿨 잤다는 걸 나중에 알았지만 아무튼, 열여덟 살 먹은 비는 동생에게 전화해 세상에 이런 간질간질하고 사랑스러운 키스는 처음이라고 얘기했다. 하지만 열여덟 살 비는 바보였다. 그때의 비는 아무것도 몰랐던 것이다. 열여덟 살의 비는 팀이 눈에 띄게 허둥대지 않고 양치를 했다는 것만으로 그에게 높은 점수를 줬다. 스물여덟 살의 비는 시간을 거슬러가 열여덟 살 비의 뒤통수를 때리고 싶지만 지금은 진정, 진심으로, 진짜 맹세코 너무 감미로운 키스를 즐기느라 그럴 틈이 없다.

최고의 키스다.

천천히 시작되어서 그럴 것이다. 먼저 리바이와 나는 잠시 서로의 숨결을 마시며 우리 사이의 공기를 맛본다. 다른 사람이 그랬다면 이상했겠지만 리바이가 내리 깐 눈으로 내 입을 뚫어져라 보는 모습은 뭔가 독특한 느낌이다. 내 몸으로 그를 꼭 감싸 안고 있자니 쿵쿵대는 그의 심장박동과 달아오른 피부가 고스란히 느껴지고, 어느 순간 더는 아무것도 두렵지 않다. 리바이는 이걸 원한다. 나를 원한다. 그렇다는 걸 내 몸속에 고이는 뜨거운 기운과 그의 뺨에 퍼지는 홍조, 나보다 더 빠르고 더 크게 색색대는 그의 호흡으로 분명히 알 수 있다.

"비."

긴장감이 당장이라도 끊어질 듯 팽팽해져서 이대로 가다간 우리 둘이 각각 지구 반대편으로 튕겨나갈 것 같다. 내가 그 간격을 좁혀버리자 더는 아무것도 천천히 진행되지 않는다. 거세고 빠르게 입을 열고 부딪쳐온다. 축축한 혀로 밀어붙였다가 살짝살짝 깨문다. 이렇게 마구잡이인 키스는 처음이다. 하지만 이건 키스가 아닐지도 모른다. 그냥 두 사람이 서로 최대한 가까워지려는 발악일지 모른다. 그의 손이 내 엉덩이를 타고 미끄러져 올라간다. 내 손톱이 그의 두피를 파고든다. 그가 내 목에 얼굴을 묻은 채 "아, *아.*" 하는 놀라움 어린 짧은 신음을 뱉고 내 쇄골을 핥자 몸이 불붙은 듯 달아오른다. 30초 만에 진짜로 불이 붙은 듯 뜨거워지면서 욕구와 욕망으로 몸 전체가 박동한다. 브레이크가 없다. 그의 몸에 내 몸을 문지르고 그의 가슴팍에 닿은 내 젖꼭지가 단단해진다. 단단한 그의 복근은 내 중심부를 문지르기 딱 좋다.

"당신은 너무-." 리바이는 미치겠다는 듯 신음을 토한다. 나는 자극을 좇아 몸을 비벼대느라 키스를 제대로 이어가지 못하지만 그래도 괜찮다. 리바이가 나를 붙잡고 있으니까. 그의 큼지막한 손이 내 몸을 스르륵 타고 올라와 목을 감싸더니 내 머리를 살짝, 딱 좋은 각도로 튼다. 그의 혀가 입안을 파고들어 내 혀를 밀어내고 또….

음란하다. 이건 키스가 아니다. 이건 음란행위다. 음탕하다. 리바이가 나를 벽에 밀어붙이기에 나도 그의 몸을 힘껏 더 세게 밀어내자 우리 사이에 공기가 싹 사라진 것 같다. 내 셔츠 안으로 쑥 들어온 그의 손이 탐욕스러우면서 당당하게 움직인다. 하도 큼직해서 내 흉곽을 완전히 감싼다. 나는 몸을 뒤로 젖히면서 목구멍으로 터져 나오려는 신음을 삼킨다. 머리가 핑핑 돌고 몸은 녹아내리고 심지어 종소리마저 들리는 것 같은데….

종소리가 아니구나. 휴대폰이다. 휴대폰 수신음이 울리는 거였다. 그 소리가 티셔츠 위로 내 가슴을 살살 깨물던 리바이의 의식을 천천히 파고드는 것 같다. *아,* 조금만 더….

“전화.” 내가 엉덩이를 문지르던 걸 멈추고 속삭인다. 목소리를 최대한 크게 낸 게 그 정도다. 그런데 그의 한 손이 내 팬티 속으로 쑥 들어오더니 내 엉덩이를 자기 복근에 대고 위아래로 비비기 시작하고, 나는 그만 하려던 말을 잊고 만다. 방금 전 내가 문대던 딱 그 자리, 딱 그 리듬이다. 그걸 그새 익혀서 살을 파고들 정도로 내 엉덩이를 꽉 움켜쥐고서 내가 계속해서 쾌락을 좇게 해주고 있는 것이다. 어느 순간 정확히 원하던 지점에 자극이 들어온다. 그가 목구멍 깊은 데서 신음을 토하고 나는 몸을 관통하는 쾌락에 콧소리를 뱉는다. 눈알이 뒤로 넘어가는 것 같다. 그거야. 바로, 그래.

거기.

“리바이.” 내가 짧게 숨을 들이마신다.

“휴대폰, 지금 그거, *아아*… 받을 거예요?”

아니면 이 터질 듯한 압력이 해소될 때까지 계속해도 되고요. 그래, 그게 좋겠네요. 여기서 멈추는 건 참을 수 없는 고문일 테니까. 지금 내 둔부에 비벼지는 게 혹시 리바이의 성기인가? 아니야. 그럴 리가. 이렇게 큰 사람이 어디 있어?

휴대폰이 아직도 울리고 있다. 나는 무시할 태세가 되어 있지만 리바이는, 가만 보니 리바이는 무시하고 있는 게 아니다. 손으로는 내 반바지 속을 파고들면서 혀로 내 귀 바로 밑을 힘껏 빠는 그는 벨소리를 아예 듣지도 못하고 있다.

“리바이.” 그는 완전히 정신을 차리지는 못한 채, 내게서 몸을 떼지 않고 입술도 그대로 대고 있다. 하지만 움직임은 멈춘다. 내 몸을 감싼 두 손에 힘이 불끈 들어간다. 제일 좋아하는 장난감을 놓지 않으려는 아이 같다. "휴대폰이요. 받을 건지…."

리바이의 눈은 초점이 풀려 있다. 손도 제대로 못 가누는 상태지만 조심조심 힘겹게 나를 놓는다. 내가 지켜보는 가운데 그가 몇 초간 몸과 마음을 추스른 뒤 전화를 받는다. "워드입니다."

그의 가슴팍이 아직도 들썩거린다. 그는 나를, 오직 나만을 빤히 바라보면서 마치 통증이 느껴지는 듯 손바닥으로 단단해진 성기를 문지른다. 하지만 이내 시선을 돌리고 태도가 돌변한다. "다시 한 번 말해줄래?" 전화를 건 사람은 여성이다. 뭐라고 하는지는 모르겠지만 전에 들어본 적 있는 목소리다. 그의 연구실에 있는 사진에서 본 적이 있는 여자다.

"그럼, 당연하지." 리바이가 안심시키는 투로 말한다. 여전히 조금 쉬어 있지만 부드러운 목소리다. 친밀함이 묻어 있는 애정 어린 말투. 그는 아예 몸을 돌려 마치 내가 여기 없는 듯 등을 보인다. '사귀었던 사이구나.' 마음속 깊은 곳의 목소리가 알려준다. '네가 방금 리바이랑 하던 거? 리바이는 그 여자랑 했어. 그것 말고 다른 것도 많이.'

"금방 갈게."

순식간에 현실이 덮친다. 내가 방금… 그런 짓을 했어. 몇 년 동안 다른 사람과 이만큼 가까웠던 적이 없는데 지금, 그것도 리바이랑. 게다가 즐기기까지 했어. 나 자신을 까맣게 잊어버리고 체면마저 잊었건만 리바이는 안 좋았나? 하다 말고 가려는 걸 보니. 친구에게서 전화 한 통 받았다고. 사귀었던 친구. 망할. *망할*….

"비?" 내가 고개를 든다. 이글거리는 그의 눈과 마주친다. 그의 청바지 앞섶이 불룩하다. 음, 그 정도로 큰 게 맞았군.

"가 봐야 해요." 말하기 전에 그리고 말한 후에도 그의 목젖이 한 번씩 꿀렁인다. 자제력을 완전히 되찾지는 못한 것 같다. 내가 조르면 여기 있을까?

아마 안 그럴 것이다. 나도 그럴 생각 없고. "그래요."

"할 수만 있다면…."

"괜찮아요."

"내가 꼭…."

"네, 그래도 돼요…."

"네."

리바이가 뭘 말하려는지 통 모르겠고 내가 무슨 말을 하려는 건지 그도 전혀 모를 것이다. 사실 나도 모르니까. 그냥 서로의 말을 덮으며 되는대로 말하고 있을 뿐. 조금 전 서로의 몸을 덮었던 것처럼. *하.*

마지막으로 한 번 더 뒤돌아보고 그는 가버린다. 그가 계단을 반쯤 내려갔을 때 나는 내가 그린 도해 위에 덩그러니 놓인 자동차 열쇠를 발견한다. 그걸 집어들고 리바이를 쫓아간다.

"잠깐, 차 키 안 챙겼어요!"

리바이가 계단 제일 아래 칸에 멈춰 서서 손을 내민다. 그 손바닥에 열쇠를 넘겨주자마자 갈 줄 알았는데 뜻밖에도 그는 오히려 한 걸음 나에게 다가온다. 그리고 한 걸음 더.

한동안 그는 해석할 수 없는 뭔가를 가득 머금은 아름다운 녹색 눈으로 그저 나를 바라보기만 한다. 내 목구멍이 조여들고 위가 뒤틀린다. 미안하고 괜찮다고, 당신이 실수로 그런 걸 다 알고 있으니 이 일을 앞으로 다시는 입에 올리지 않아도 된다고 말해주고 싶다. 그런데 내가 뭐라고 말하기도 전에 그가 내 한쪽 볼을 살며시 쥐고 한 번 더 입을 맞춘다.

이번에는 다정하고 느리고 여유롭게 음미한다. 조금 전 입맞춤과 사뭇 다르게 서두르지 않고 부드럽게 머물러 있다.

전부 다 해보고 싶다. 리바이 워드가 할 줄 아는 모든 키스를 고급 와인 샘플 마냥 하나씩 맛보고 싶다.

나는 입술에 손을 대고 거기에 머문 온기를 느끼면서 리바이가 시야에서 사라질 때까지 그의 등에서 눈을 떼지 않는다.

17장

시상침: 손 뻗기 그리고 붙잡기

*시상침: 간뇌에 자리한 시상의 뒤쪽 중앙에 돌출된 부위로, 시각 정보 처리에 관여한다. -옮긴이

보낸 사람: Levi_Ward@nasa.gov

받는 사람: BLINK-CORE-ENGINEERING@MAILSERV, Bee-Koenigswasser@nasa.gov

제목: 블링크 - 월요일

오늘(월요일) 연차를 내서 출근하지 않을 예정입니다. 작업할 설계안 3종을 서버에 올려뒀습니다. 비가 하드웨어-소프트웨어 호환 문제를 해결할 훌륭한 솔루션을 생각해냈기에 최대한 빨리 장치 구현을 완료하고자 합니다. 질문 있으면 문자로 연락 바랍니다.

LW

이메일을 일곱 번째 읽으면서 내가 아이디어를 제시한 공을 인정 받았다는 사실에 일곱 번째 놀라고 있다. 스템 계열 헤테로 남성들에 대한 기대치가 얼마나 낮으면 이러나. 어이구 공대 찌질이 폐하님들, 내 아이디어를 내 거라고 해주셔서 그저 감읍하옵니다.

리바이가 내 아이디어를 팀원들에게 소개한 게 고맙지 않다는 얘기는 아니다. 내 입으로 말했다면 그들은 진지하게 생각하지 않았을지도 모르니까. 1903년 6월 영국 왕립과학연구소가 퀴리 박사를 특별 교수로 초빙했다가 열등한 여성의 뇌로 어찌 강의할 수 있겠냐며 강단에 서지 못하게 했던 것 기억하나? 그래서 퀴리 박사는 청중석에 앉아 있고 피에르가 대신 강연해야 했지.

말하자면, 세상에 변하는 게 많은 만큼 그대로인 것들도 많다는 얘기다. '고추 무게 얹기'는 여전히 자행되고 있으며, 가끔은 그걸 순순히 받아들이는 나 자신에게 화가 난다.

그리고 가끔은 다른 것들 때문에도 자신에게 화가 난다. 예를 들면 지금 일을 해야 하는데 리바이가 문자를 보냈을까 궁금해서 휴대폰을 확인하고 있다든가. 그가 문자를 보내지 않았다고 속상해한다든가. 또 갑자기 그가 매일 매분 매초 뭘 하고 있는지 알고 싶다든가.

어차피 내가 상관할 일이 아닌데. 전 여자친구랑 리바이가 같이 할 일이 있었겠지. 팀이 한 손으로 꼽을 수 없을 만큼 여러 번 바람을 피우지 않았더라면 나도 이런 것쯤 대수롭지 않게 넘겼을 것이다. 하지만 리바이가 무슨 일인지 설명을 안 해서 뭔가 숨기고 있는 건 아닌지 의심이 들기 시작했다. 그렇다고 오해할 건 없다. 우리가 한 키스가 그에게 큰 의미 없다는 건 나도 잘 아니까. 대학원 때 그가 나한테 마음이 있었다지만… 그게 뭐? 벌써 6년 전 일인데. 지난 6년간 얼마나 많은 것이 극적으로 변했던가. 〈왕좌의 게임〉 극본 퀄리티라든가. 손 소독제의 중요성이라든가. 오리 거시기에 대한 내 의견이라든가. 하지만 아무리 그래도 키스인데. 만약 리바이가 다른 사람과 사귀고 있다면…. 으엑. 그가 '팀_버전2'가 되는 건가? 아니, 그렇게 해충 같은 인간은 아닌데. 그런 짓은 하지 않을 사람이다. 그렇지만 남자들은 다 똑같은 존재 아닌가?

내 머리, 지금 폭발하고 있나?

"나랑 케이가 섹스하는 거 상상하는 중이에요?"

나는 흠칫 놀란다. 로시오가 자기 키보드 옆에 검은색 닥터 마틴 워커를 신은 발을 턱 올려놓은 채, 분홍색 막대사탕을 빨고 있다.

"언제부터 거기 있었어?"

"한 5분 전부터요. 보스가 궁지에 몰린 짐승 같은 표정으로 멍하니 앉아 있기에…. 뻑." 로시오가 큰 소리를 내며 입에서 막대사탕을 뺀다.

"그래서, 저랑 케이 상상한 거 맞아요? 그 책상에서 하는 거?"

"이거 성희롱인 것 같은데."

"난 괜찮아요."

"아니, 로시오가 나를 희롱하고 있다는-." 말하다 말고 한숨을 쉬며 고개를 젓는다. 로시오를 어쩌면 좋을까. 확 입양해서 애지중지 키우고 싶다. "별 문제 없지?"

로시오가 고개를 끄덕이며 사탕을 도로 입에 문다.

"그거… 딸기 맛이야?"

"딸기 맛 풍선껌 사탕이요. 케이가 줬어요."

"이제 케이라고 부른다 이거지?"

"그럼요."

내가 헛기침을 한 후 말을 잇는다.

"우리가 얼마 전에 나눈 대화를 떠올리고 있었어. 로시오가 별로… 케이를 안 좋아한다고 했잖아. 그래놓고-."

닥터 마틴 워커가 바닥을 탕 때린다. 세게. "난 케이를 사랑해요." 로시오가 대뜸 선언한다. "케이는 완벽해요. 케이가 머리에 분홍 리본을 달고 나만의 화사한 캘리포니아 신부가 되어주면 좋겠어요. 솜사탕 냄새가 나는 비누를 풀어서 케이를 거품 목욕 시켜주고 싶어요. 조그만 우산 꽂힌 달콤한 칵테일도 잔뜩 사주고 싶고요." 그러더니 상체를 숙이고 나를 무섭게 노려보며 말한다. "케이를 위해서라면 얼굴에 반짝이 가루도 바를 수 있다고요. 검은색 반짝이."

로시오가 너무 잡아먹을 듯 노려봐서 나는 약간 숨이 가빠진다. "알렉스도 알아?"

"걔랑은 헤어졌어요. 너는 핑크색이 부족해서 싫다고 했죠." 그러면서 어깨를 으쓱한다. "신경도 안 쓰던데요."

그 말에 나는 활짝 웃는다. "둘이 잘돼서 정말 기뻐."

그러자 로시오가 정색한다. "기뻐할 것 없어요. 어차피 삶은 고통뿐이고 그 끝은 죽음이니까."

"아, 그렇지. 내가 그걸 잊었네."

"아무튼, 이제 존스홉킨스 신경과학과에 들어가는 게 더 중요해졌어요. 케이가 거기로 간다니까. 그래서 우리는 GRE 대비에 쏟던 시간과 노력을 GRE 파괴로 전환하기로 했어요."

"파괴?"

"#공정한대학원입시 운동에 참여하려고요. 운동급으로 발전했거든요. 사람들이 기금을 모으고 대중의 인식을 높이는 활동도 진행하고 대학원들에 GRE 폐지 압력도 넣고 있어요. 우리도 행사 조직하는 거 도우려고요." 로시오의 눈이 두고 보라는 기색으로 번뜩인다.

"그 망할 시험에 수백 달러, 수백 시간을 퍼부었다고요, 보스. 수백이나요. 반드시 복수하겠어요. 그 같잖은 〈더 크로니클 오브 하이어 에듀케이션〉 기사를 본 마당이니 필히 복수해야죠."

무슨 기사를 말하는 건지는 모르겠지만, 금방 찾아낸다. 벤자민 그린이라는 사람이 쓴 논평이다. 구글 검색에 따르면 벤자민 그린은 STC의 부사장이란다. STC는 GRE를 파는 회사고.

도전자들에게 도전장을 내밀다: #공정한대학원입시가 잘못 알고 있는 부분

GRE 폐지가 새로운 트렌드로 부상 중이다. GRE는 지난 수십 년간 전국의 대학원 입시위원회가 평가 기준으로 삼아온 시험이다. **@마리라면어떻게할까** 계정이 트위터를 통해 GRE가 부추긴다는 '부조리함'에 먼저 이목을 집중시켰고, **@슈맥카데믹스**가 해당 시험제도의 문제점을 조목조목 파헤치는 글을 포스팅해 논란을 증폭시켰다. 두 계정은 팔로워가 도합 2백만에 이른다. 헌데 이 두 인플루언서의 정체는 무엇일까? 이들 뒤에 얼마나 거대한 자본이 도사리고 있는 것일까? STC 경쟁사들과 금전적으로 엮여 있는 건 아닐까?

게다가 이 인플루언서들은 GRE의 합당한 대안도 제시하지 않고 있다. 그들은 전인적인 입시 프로토콜을 언급하지만 입시위원회가 수천 건의 지원서를 꼼꼼히 읽는 것만 해도 엄청난 시간이 소모되며….

눈을 너무 심하게 굴려서 뒤통수까지 넘어갈 것 같다. 입시위원회라면 지원자들에게 의무를 다하기 위해 당연히 시간을 내야지. 그리고 이 남자는 대체 누군데 이래? 무슨, 1인으로 구성된 입주자 협회야? 거대한 자본이 도사리고 있다는 건 또 뭔 소리야? 저 인간 집에 쳐들어가서 내 급여가 너희 집 수영장 청소하는 꽃돌이한테 주는 팁보다 적다고 알려주고 싶다. 그리고 그 급여 중 트위터에서 나오는 건 한 푼도 없다고. 하지만 그린 씨가 어디에 사는지 몰라서 대신 슈맥에게 기사 링크를 DM으로 보낸다.

마리: 이 황당한 기사 봤어요? 벤자민 그린을 낙타 거시기2.0으로 공식 선포하겠어요.

그러다 문득 우리가 마지막으로 대화했을 때의 메시지, 그러니까 슈맥이 그 여자에 대해 속을 털어놓은 메시지에 눈이 간다. 심장이 찌릿하면서 무슨 이유에선지 리바이가 떠오른다. 그가 지금 다른 곳에 있다는 사실이. 그는 GRE를 어떻게 생각할까 궁금해진다. 내가 미쳐가나 보다.

슈맥의 답장을 기다리지 않고 그냥 로그아웃해버린 후 억지로 일로 주의를 돌린다.

♥♥♥

"뭐라고?"

"들어봐."

"뭐라고?!"

"그러니까—."

"뭐어라고?"

"내가—."

"뭐라고 했어?!"

나는 한숨을 푹 쉰다. "그래, 라이케. 다 끝나면 얘기해."

동생은 "뭐라고?!"를 여덟 번 더 외친다. "됐어, 다 했어. 아까 하던 얘기로 돌아가자. 그니까 너랑 리바이 얼간이 박사가 입술 박치기를 했고."

"더 나은 표현이 있을 것 같은데."

"서로 쪽쪽 빨았다. 세균을 교환했다. 타액을 섞었다. 껴안고 비볐다. 찐하게 입을 맞췄다."

"너는 지난번에 네가 딜도 차고 같이 뒹군 우크라이나 남자 얘기도 아주 자세히 들려줬잖아. 그때 나는 너의 반의 반도 호들갑 안 떨었다."

"그건 다르지."

"왜?"

"왜냐하면 나는 딜도 박기에 도가 튼 애고 너는 목에 칼이 들어와도 그런 짓은 안 할 애잖아. 너는 '신경과학이 내 낭군이니 평생 수절하겠소, 내 주위에 해자를 파고 비-펜스라고 불러주오.' 노래를 하는 애지. 근데 지금 너한테 폭 빠진 철천지원수랑 껴안고 뒹굴다니."

"빠졌던. 과거형이야. 그리고 그냥 키스 한 번 한 거야." 자꾸 우기다 보면 부엌 바닥에서 리바이랑 홀랑 벗고 뒹굴 뻔한 사실을 지울 수 있을지 모른다. 그리고 온종일 그가 어디 있을까 애태우며 궁금해한 것도.

"네가 결혼식을 한다면 나도 당연히 미국에 갈 거야. 그런데 얼마 전에 레딧 커뮤니티 게시판에서 결혼식 앞두고 괴물이 되는 신부 얘기를 읽었거든? 결혼식 테마에 맞춰서 금발로 염색하는 짓은 죽어도 안 할 거니까-."

"그럴 일 없어."

"맞아, 너라면 청록색으로 염색하라고 하겠지. 그래도 내 입장은 변함 없어."

"라이케, 그냥… 키스 한 번 한 거라니까. 리바이는 관심도 없어. 나도 다시는 남자한테 마음 줄 생각 없고. 결혼 선물을 돌려보내는 경험은 한 번으로 족해."

"내 건 안 돌려줬잖아!"

"안 받았으니까. 아무튼 그냥 키스한 게 다야. 순전히…."

육체적인 반응이었다. 타오를 듯 뜨거운. 기분 좋고 짜릿하고 야하고. 찐하고 아슬아슬하고 막나가는 것 같고. 하여간 진짜 진짜 진짜 좋았지. 평생 그렇게 흥분한 적은 없었을 정도로. 근데 이제 머리가 식었고 나는 더 이상 호르몬이 들끓는 십 대 청소년이 아니며, 그게 얼마나 어리석은 짓이었는지 안다. 멍청한 짓이었지. 10점 만점에 3점, 다시는 안 하고 싶은 경험. 게다가 다른 고민거리도 많고. 블링크라든가. 내 일자리도 위태위태하고. 내가 떠나면 펠리세트한테 밥은 누가 줄 것이며.

"아무것도 아니야. 순전히 무의미한 짓이었어."

"그래. 감정이 아직도 무섭구나. 사람들한테 선 긋는 게 세상에서 제일 중요하고. 비-펜스를 단단히 올리셨군. 그럼 내일 출근해서 그 사람 보면-."

"어차피 나는 역대 최고의 헬멧을 설계하고 그걸로 평생 안정된 일자리를 구축하느라 바빠서 정신없을 거야. 트레버한테서 벗어날 기횐데."

"그러시겠지. 그럼 아무 일도 없었던 척하는 데 그 재수탱이 박사도 동의한 거-."

그때 누가 문을 두드려서, 나는 시간을 확인한다. 밤 10시 28분이다. "끊어야겠어. 아마 로시오가 내가 지 엄마도 아니니 어쩌니 또 한바탕하러 온 걸 거야. 아니면 우리가 죽으면 소화관에 남은 효소가 안에서부터 신체를 부식시킨다는 얘기를 하러 왔거나."

"나는 네 직장 동료 중에 그 여자가 제일 좋더라."

"직장에서 다른 직원이랑 뒹굴다가 걸린 애인데? 그것도 내 책상에서."

"어떻게 그렇게 매번 과거의 자신을 뛰어넘지?"

나는 못 말리겠다는 표정으로 인사한다. "잘 지내, 라이케."

"너도 잘 있어, 비-펜스."

찾아온 사람은 로시오가 아니다. 로시오의 머리가 있을 자리에 널찍한 가슴팍이 있다. 그리고 거기서 몇 뼘 위에 리바이의 얼굴이 있다. "렌트카에 이걸 놓고 내렸더라고요." 그가 들어 올린 왼손에서 내 백팩이 달랑거린다.

"앗, 고마워요." 내가 가방을 받아 가슴팍에 꼭 껴안는다. 중학교 때부터 입었던 민소매 상의와 속옷으로 삼아도 좋을 만큼 해진 잠옷 바지 차림이라 그렇다. 정말로 로시오가 온 줄 알았는데. 얼굴이 빨개진 것도 같다. "어, 좀 들어올래요?"

리바이가 고개를 젓는다. "그냥 백팩 갖다주러 온 거예요."

내가 고개를 끄덕인다. 리바이도 고개를 끄덕인다. 잠시 침묵이 흐르고 우리 둘 다 몇 번 더 어색하게 고개를 끄덕이는데 그가 불쑥 말한다. "갈게요."

"네, 그래요. 잘 자요."

하필 그가 하늘색 헨리 셔츠를 입고 와서 근육질 등짝에서 눈을 떼지 못하겠다. 이제는 한 번 만져본 등짝이다. 구석구석. 멀어져가는 그를 삼킬 듯 바라보는 건 그래서인 것 같다. 널찍하고 단단하고 꼿꼿한 등짝에 홀려서. 계단참에 다다라 뒤를 돌아본 그가 여전히 문간에 서 있는 나를 발견하는 것도 그래서다. 여전히 빤히 바라보고 있는 나를.

그가 활짝 웃는다. 나도 웃는다. 우리의 얼굴에 따뜻하고 진솔한 미소가 잠시 머물고 나도 모르게 말한다.

"정말로 안 들어올래요?"

"싫어서가 아니라…." 리바이가 침을 꿀꺽 삼킨다.

"그러려고 온 게 아니라서요."

"아닌 거 알아요." 내가 슬쩍 비켜나자 그가 느릿느릿 약간 주뼛대며 몇 걸음 만에 안으로 들어온다. 커다란 덩치에 안 어울리게 우아한 움직임으로. 그는 집 안을 휘 둘러보면서 한 손으로 머리를 쓸어 넘긴다. 24시간 전 여기서 있었던 일을 떠올리는 걸까? 더 정확히는 28.5시간 전이지만, 어떤 미친 인간이 그걸 세고 있대?

"저거 벌새 모이통이에요?" 리바이가 묻는다.

"넵."

"벌새 손님 왔어요?"

"아직요."

"나도 아직요. 그러니까, 우리 집 정원에요."

"정원에 아가스타슈 기르는 거 봤어요." 우리는 또 한 번 미소를 주고받는다. "발코니에 나가서 앉을래요? 나한테 비싼 독일산 맥주가 있는데."

내가 늘 편안하게 몸을 펴고 앉는 의자에 리바이가 앉으니 아동용 가구처럼 보인다. 그가 큼지막한 손으로 쥔 맥주병은 미니어처로 보인다. 휴스턴의 밤하늘을 응시하는 그의 옆얼굴이 보고 있기 힘들 정도로 잘생겼다. 그는 깜짝 놀랄 정도로 이곳에 안 어울린다. 무슨 생각을 하는지 알고 싶다. 우리가 키스한 걸 후회하느냐고 묻고 싶다. 그를 다시 만지고 싶다.

"요전 날 저녁 일은 미안해요. 그리고 프로젝트가 중요한 단계에 있는데 연차 쓴 것도요. 위급 상황이었거든요."

아.

"혹시 그… 아내가 아니라는 분과 관련된 일이에요? 사진에 있던 분요."

리바이가 가볍게 웃는다. "그 사진 하나로 이야깃거리가 이렇게 끝없이 나오다니 재밌네요."

"놀랍죠?"

그의 미소가 잦아든다. "페니는 지병이 있어요. 뇌전증요. 지금은 관리가 가능하지만 아이는 하루가 다르게 자라니까 약을 자주 조정해줘야 해요. 딱 맞는 분량을 찾아내는 게 쉽지 않아요."

"안됐네요."

"괜찮아요. 의외로 페니가 아무렇지 않게 받아들이고 있거든요. 놀라울 정도로 제 앞가림을 잘하는 애예요." 그가 목을 젖혀 맥주를 한 모금 들이키더니 병에다 대고 얼굴을 찌푸린다. 진짜 맥주 맛을 모르다니, 야만인이군.

"그런데 릴리는, 그러니까 페니의 엄마는 많이 힘들어해요. 그럴 만도 하죠. 그래서 상황이 안 좋을 때 내가 최대한 옆에 있어주려고 해요."

나는 허공을 응시한다. 리바이라면 그럴 것 같다. 그런 사람이니까. "두 사람한테 리바이가 있어서 다행이에요."

"별로 도움도 안 되는걸요. 보통 페니랑 우노 카드 게임을 하거나 독성 물질이 들어간 슬라임을–."

"붕사예요."

"… 사줘서 릴리를 미치게 하죠. 맞다, 붕사. 어떻게 알았어요?"

"애 키우는 친구가 몇 있는데 그것 땜에 말이 많더라고요." 나는 어깨를 으쓱한다. "페니의 아빠는 어디에 있는데요?"

"1년쯤 전에 죽었어요." 리바이가 조금 망설이다가 말을 잇는다. "암벽 등반하다가 사고를 당했죠." 잠시 동안 나는 '그렇구나.' 생각한다. 그러다 퍼뜩 리바이의 사무실에 있는 사진이 떠오른다. 리바이와 같이 서 있던 키 크고 어두운색 머리의 남자.

"리바이의 사촌이었어요?"

"아니요." 리바이의 표정이 어두워진다.

"하지만 거의 평생을 가깝게 지냈어요. 유치원 때부터. 초등학교 때도 내내 줄설 때마다 짝꿍이었죠. 피터 설리번과 리바이 워드. T, U, V로 시작하는 성이 별로 없었거든요."

나는 맥주병을 테이블에 내려놓고 리바이의 얼굴을 살핀다. 설리번이라. 또 그 이름이네. 흔한 이름이니 자주 입에 오르내리는 거겠지. 그렇지만 뭔가가….

"프로토타입의 그 사람요?" 내가 중얼거린다.

"설리번 연구소의 설리번?"

리바이가 나를 보며 얘기했으면 좋겠다. 하지만 그는 휴스턴 시내를 내다보며 말을 이어간다.

"애초에 나는 엔지니어가 될 생각도 없었어요. 수의학을 전공하고 싶었죠. 그럴 거라고 선언까지 했는데 피터가 선택과목으로 공학 수업을 들으라고 했어요. 그 수업에서 우리 둘이 일종의 후각 피질을 만드는 프로젝트를 진행했죠. 냄새의 정체를 정확히 식별해내는 하드웨어예요. 피터가 어려운 작업은 거의 다 했고 나한테 일일이 가르쳐줬지만, 그렇게 신났던 적이 없었어요. 더 발전시켜서 상용화하면 병을 앓는 사람들한테 도움이 될지도 모른다는 생각도 들었고요."

"대단하네요."

"매번 정확하지는 않았어요." 그가 볼 안쪽을 깨문다. "최종 발표 때 교수님이 장치를 들여다보는데, 그 장치가 교수님한테 똥 냄새가 난다고 말해버린 거예요." 나는 웃음을 터뜨린다.

"아마 조금 더 손봤어야 했나 봐요. 그래도 나는 피터 덕분에 뇌 컴퓨터 인터페이스에 매료됐어요. 피터는 내가 만나본 가장 천재적인 엔지니어였어요." 말하다 말고 리바이가 입을 꾹 다문다. "피터가 추락해서 머리를 다치는 걸 내 눈으로 봤어요. 나는 암벽을 반쯤 올라간 상태라 3미터쯤 떨어져 있었죠. 그 소리, 그건 어떤 말로도 표현이 안 돼요. 릴리한테 어떻게 말해야 할지 모르겠더라고요. 페니는 아예 방에서 안 나오지…."

뭐가 이상한지 알아채지 못할 정도로 평이하고, 고통스러울 만치 덤덤한 어조라 나는 내 뺨이 눈물로 젖은 걸 안 순간 흠칫 놀란다. 팔을 뻗어 리바이를 안아주고 싶다. 아니, 그래야겠다. 하지만 나는 흩어져 있던 단서들을 종합해 마침내 전체 그림을 이해하느라 마비된 것처럼 그저 내 머릿속에 갇혀 있다.

"나사는 피터의 이름을 따서 연구소 이름을 바꿨어요. 프로토타입을 발명한 게 피터였으니까요."

죽기 전에. 그래서 리바이가 블링크로 오려고 했던 거구나. 자신이 블링크의 팀장으로 있는 동안 헬멧을 완성해야 하는 이유도 그거고. 그러기 위해 그토록 분투했던 것이다.

리바이. 아, 리바이.

"헬멧을 반드시 완성할 거예요." 그가 허공을 응시한 채 말한다. 병을 쥔 손에 힘이 잔뜩 들어가 있다. "피터가 설계했던 그대로. 그리고 피터의 이름을 붙일 거예요. 페니는 그걸 발명한 게 자기 아빠라는 걸 알 테고, 그럼…." 그가 말을 멈춘다. 더 말하면 목소리가 갈라질 걸 의식한 것처럼.

갑자기 두려움이 싹 가신다. 어떻게 해야 할지 알겠다. 아니 최소한 어떻게 하고 싶은지는 안다. 나는 일어서서 리바이의 손에서 병을 빼 철제난간에 달가닥 내려놓는다. 그런 다음 그의 무릎에 앉으면서 다리를 그의 허리 옆에 하나씩 늘어뜨리고 양팔로 그의 목을 감싼다. 그리고 그가 두 손으로 내 허리를 감쌀 때까지 기다린다. 어둠속에서 나를 보는 그의 눈빛이 촉촉이 빛날 때까지. 그러고는 나직이 말한다.

"우리가 헬멧을 완성할 거예요. 둘이 같이." 그의 입술에 내 입술을 포개고 비장하게 미소 짓는다.

"그럼 피터도 알 거예요. 페니도 릴리도 그리고 리바이도."

이번 키스는 한 방에 훅 가는 마약처럼 강렬하면서도 친근하다. 어쨌거나 온종일 리바이와 키스하는 생각밖에 안 했으니까. 내 혀에 그의 혀가 닿아 미끄러질 때마다, 내 등허리를 그의 손가락이 훑고 지나갈 때마다, 또 경외감 어린 그의 숨결이 내 턱을 스칠 때마다 쾌감이 몸을 관통한다. 그가 나를 더 바짝 끌어당기면서 내 살갗에 대고 신음을 토한다. 미처 끝내지 못한 그 문장들이 한 번에 한 뼘씩 나를 쾌락으로 밀어넣는다.

"당신은 정말…. 아, 비." 내가 이로 그의 목을 긁고 내려가자 그가 이렇게 내뱉는다. "당신 꿈을 꾸곤 했어." 손가락 끝으로 그의 배꼽 바로 밑 보드라운 털을 훑자 이렇게 말한다. "이러다간 나…. 천천히 해요, 안 그럼 나…." 그의 무릎 위에서 몸을 아래위로 움직이기 시작했을 땐 이렇게 말한다. 그의 성기에 내 중심부를 문지르는 것만으로 이미 생애 최고의 섹스를 한 느낌이다. 몸이 부르르 떨리는 동시에 쿵쿵 박동하고 쾌감으로 터져버릴 것 같다. 이미 팬티는 푹 젖어버렸는데도 나는 그에게 더 가까이 닿고 싶다. 더 가까이.

하지만 우리 둘 다 아직 옷을 그대로 입고 있다. 그가 부엌 조명이 어스름히 비치는 침대로 나를 데려가는데 짜증나 미쳐버리게도 옷이 그대로 남아 있다. 그의 손은 내 엉덩이를 거의 멍이 들 정도로 세게 쥐고 있고, 그는 계속해서 밭은 숨을 들이마신다. 달아오른 내 몸은 둥실 떠 있는 느낌이고 날카로운 열기로 가득하다. 리바이가 나를 내려다보며 말한다.

"비랑 하고 싶어요."

그러더니 내 쇄골을 살짝 깨문다. 아무래도 이로 뭘 하는 걸 좋아하나 보다. 긁고 물고 빨고. 그의 몸짓에 어딘지 게걸스럽고 투박하고 막무가내인 면이 있지만 그것 때문에 흥분이 식지는 않는다. 평소에는 그렇게 참을성 있고 꼼꼼한데 지금은 단 1초도 못 기다리겠다는 몸짓이다. 아무리 가져도 배고프다는 듯. "그래도 돼요?"

나는 그를 올려다보며 고개를 끄덕이고 그가 내 상의며 바지며 하여간 전부 다 벗기게 내버려둔다. 마치 갑자기 답을 찾은 듯, 종교적 경험이라도 하듯 내 몸을 내려다보는 그의 눈길에 나는 더 몸이 달아 꿈틀댄다.

“이건….” 그가 숨 가쁘게 말하면서 엄지로 내 유두의 피어싱을 보석 만지듯 쓰다듬는다.

“싫으면 빼버릴 수-.”

그가 “쉬잇.”하고 내 말을 막지만 그래도 괜찮다. 난 아무렇지 않다. 내 조그만 가슴이 세계에서 제일 경이로운 조각인 양 그가 뚫어져라 봐도, 그의 도톰한 입술이 부어오르도록, 내가 그의 머리칼을 쥐어뜯도록, 내 몸속이 흥건히 젖어서 허벅지까지 흘러내리는 게 느껴지도록 가슴을 애무해도 다 좋다. 착하다는 둥 완벽하다는 둥 나 때문에 미치겠다는 둥 처음 본 순간 자기 뇌의 화학회로가 망가져버렸다는 둥 그가 이상한 소리를 지껄여도 좋을 뿐이다.

내가 우리 둘을 뒤집어 그를 깔고 앉자 그의 팔꿈치가 단단한 벽에 부딪히고 나는 웃음이 터진다. 그가 나지막이 욕설을 뱉지만 내가 몸을 숙여 입을 맞추자 팔꿈치 통증은 곧 잊는 듯하다.

“리바이가 침대에 비해 너무 커서 그러잖아요.” 내가 웃으면서 그의 셔츠를 벗기자 맨살이 드러난다. 복근이 있다. 아주 뚜렷한 복근. 흉근도. 신화에나 존재하는 줄 알았던 근육들을 가지고 있다니.

“비의 침대가 나한테 너무 작은 거죠. 다음에 할 땐 우리 집으로 가요.” 그가 엉덩이를 들어 내가 지퍼 내리는 걸 거들며 말한다. 지퍼가 드득 내려가는 그 소리가 방에 울려 퍼진다. 이게 이렇게 에로틱한 소리였나 싶지만 내가 벌거벗은 채 그의 위에 올라타 있고 그의 성기가 내 다리 사이를 문지르고 있는 데다 그게 얼마나 먹음직스럽고 감질나고 안달 나게 큰지 고스란히 느껴지는 마당에 그런 건 금세 잊고 만다.

“마지막으로 한 지 좀 됐는데.” 그가 말한다.

“나도요.” 나는 가쁜 숨을 쉬며 그를 향해 몽롱한 눈을 깜빡인다. 어떤 힘에 이끌린 것처럼 그의 성기의 축축한 머리 부분을 손가락으로 건드린다. 그가 짧은 신음을 뱉으면서 입술을 깨문다. 못 참겠는지 엉덩이가 움찔한다. 약간 말을 타는 것 같다. 아니면 황소.

“콘돔 있어야 돼요?” 그가 묻는다. 나는 고개를 젓고 어서 다음으로 넘어가고 싶어서 입모양으로만 “피임약.”이라고 중얼거린다. “너무 빨리 끝나버릴지도 몰라요.” 내가 그의 성기를 내 입구에 대고 자세를 취하는데 그가 내 허벅지를 움켜쥐며 착 가라앉은 목소리로 경고한다.

“하지만 반드시 만족시켜줄게요. 입으로 아님 손가락으로. 만약에– 비, 비.”

그가 내 안에 들어오면 어떤 느낌일 거라고 기대했는지 나도 모르겠다. 아마 팀과 했을 때와 비슷할 거라고 기대했겠지. 대충 좋은 느낌. 운 좋으면 더 친밀해진 기분이 드는 정도. 최악의 경우, 잠깐이지만 너무 지루해서 ‘아참, 곧 세금 정산해야 되는데.’ 라고 생각한 적도 있었다. 그런데 리바이와는 전혀 다르다. 우선 내가 주도권을 쥐고 있다. 그의 성기를 조금씩 내 안에 받아들인다. 조금 들어갈 때마다 거기에 내 몸을 맞추고 적응하느라 힘들지만 그래도 내 선택이다. 쾌감과 통증으로 얼굴이 일그러진다. 이렇게는 안 되겠어. 리바이도 이렇게는 힘들 것 같은데. 우리 둘 다 이대로는 안 될 것 같지만 그래도 나는 그를 내 안에 들이려고 엉덩이를 힘껏 아래로 내리민다. 허벅지와 손이 가늘게 떨리는데도 그를 깊숙이 받아들여보려 애쓰지만….

못 하겠다.

들어올 여지가 없다. 다시 한 번 그를 조금만 더 받아들이려고 움직여 본다. 내 살갗에 땀이 맺힌다. 꽉 찬 느낌이 점점 더해가고 그러다 통증으로 변하지만 멈추지 않고 억지로 더….

"천천히 해요." 리바이가 짐승이 으르렁거리는 것처럼 말한다. 그의 두 손이 내 골반을 붙잡아 움직임을 멈춘다.

나는 눈을 뜨고 고개를 젓는다. "내가 좀 더…."

"서두르지 말아요." 그가 단호히 말한다. 반박을 허락하지 않겠다는 말투다. 우리는 땀으로 미끄덩거리는 몸을 맞댄 채 몸을 떨면서 숨을 헐떡인다. 내가 그 말대로 잠시 멈추자, 리바이가 만족한 듯 고개를 짧게 끄덕인다. "그래요."

그는 어디에 시선을 고정할지 마음을 못 정하는 듯 내 몸을 훑어본다. 그러다가 우리가 맞닿은 부위로 시선이 떨어지고 그가 그곳을 문지르기 시작한다. 촉촉이 젖은 클리토리스를 천천히 문지르자 내 몸의 긴장이 풀리면서 그를 끝까지 받아들인다. 다 들어오자 그의 골반뼈가 내 허벅지 밑을 파고든다. 내 몸이 수축하면서 그를 꽉 조이는 게 느껴지고, 신음을 뱉는 걸 보니 그도 느끼는 것 같다. 그가 끝까지 다 들어오자 나는 그의 몸 위로 무너진다.

"리바이." 그의 입에 대고 내가 중얼거린다. "너무 크잖아요."

우리 사이에 뭔가가 전율한다. 실체가 있는 것은 아니다. 어떤 감정이다. 그것은 내 몸 안에서 그리고 뇌에서도 진동한다.

"익숙해질 거예요." 리바이가 내 관자놀이에 대고 밭은 숨을 쉬고 떨리는 손으로 내 이마에 붙은 머리카락을 쓸어 넘긴다. 그 순간 내가 가득 찬 느낌이 들어서 더는 가만히 있지 못하겠다. 일단 엉덩이로 원을 그리면서 어떻게 하면 아픈지(별로 안 아프다.) 어떻게 해야 좋은지(좋은 건 엄청 많다.) 시험해본다. 내가 뭘 좋아하는지 알아간다. 어떤 각도가 좋은지 어떤 리듬이 짜릿한지. 리바이도 내 몸을 탐색하게 허락해준다. 그는 손을 대는 곳마다 전부 마음에 들어하는 것 같다. 야하고 민망하게 젖은 소리가 방안을 가득 채우지만 그러거나 말거나 나는 침대 헤드를 잡고 몸을 위아래로 움직이느라 정신없다. 안의 그 짜릿한 곳에 닿으려면-. 그래, 거기야. 그가 워낙 커서 내 몸이 한계치까지, 아니 거기서 조금 더 열린다. 나는 그의 가슴팍을 손으로 딛고 중심을 잡는다. 쿵쿵거리는 그의 심박을 손바닥으로 느끼며 계속해서 몸을 위아래로 움직인다. 감질나게 쌓이는 감각을 좇는다. 배 속 깊은 곳에서 짜릿한 감각이 화답한다. "좋아요?" 내가 묻는다.

대답이 없다. 아니, 대답하긴 하는데 알아듣기 힘든 말만 웅얼거린다. "제발, 가만히 있어 봐요.", "움직이지 말아 봐요.", "너무 작아.", "이러다간 나….", "아, 아!" 어디까지 가려나 보려고 내가 일부러 몸을 조이자 그는 더 횡설수설한다. 더는 몸이 열릴 여유가 없다. 조금도. 눈앞에 검은 점이 떠다닌다. 맥박이 몇 배나 빨라진다. 머리가 새하얘지면서 폐에서 산소가 훅 빠져나가고, 다음 순간 거대한 산이 무너져 내리듯 쾌락이 덮치면서 눈이 멀 듯한 짜릿함이 경련하는 내 몸을 훑고 지나간다. 나는 오르가슴이 잦아들 때까지 그의 쇄골에 대고 콧소리로 신음한다.

다시 정신이 돌아왔을 때는 리바이가 위에서 몸을 포갠 채 내 목에 거친 숨을 뱉으며 두 손으로 내 골반을 움켜쥐고 있다. 그는 알아들을 수 없는 말을 웅얼대면서 신음하고 뭔가를 애타게 좇아 몸을 움직이다가 어느 틈엔지 몸을 빼버렸다. 그래서 아직도 경련하는 내 몸이 아플 만치 텅 비게 느껴진다.

"왜…?" 꽉 잠긴 목소리가 나온다.

"오래 가려고요." 리바이가 숨을 몰아쉬며 대꾸한다. "끝나는 게 싫어서." 내가 다시 그를 내 안으로 이끌려고 하지만 그가 내 머리 위로 내 손목을 꽉 내리누른 채 입을 맞춘다. 이성의 끈을 놓아버린 듯한 진한 키스가 계속되면서 나의 나지막한 신음을 곧장 삼켜버린다. 그러다 그가 곧 다시 밀고 들어온다. 이 자세로 하니 더 깊숙이 들어온다. 더 세게. 다른 각도로. 그가 내 몸 전체를 한군데도 빠짐없이 덮고 이제 나는 그가 나에게 하게 해줬던 것을 그에게도 똑같이 허락한다. 내 몸을 가지고 쾌락을 좇게 해준다. 그는 밭은 움직임으로 파고들더니 이내 천천히 움직이고, 그러다 다시 깊숙이 밀고 들어온다. 이윽고 그의 자제력이 툭 끊어지고 그가 내 몸의 신경세포 하나하나를 건드리는 긴 리듬으로 움직인다. 묵직하게 눌리는 느낌이 좋다. 배 속 깊은 데서 토해내는 듯한 그의 신음소리도 듣기 좋다. 홀린 것처럼 초점이 흐려진 녹색 눈동자가 너무 좋다. 절정의 문턱에 간 느낌이 든다. 한 번 더, 아주 가까이.

좋다. 리바이의 느낌이 좋다. 우리 둘이 이러고 있는 게 좋다. 이렇게 같이 있는 게.

"비." 그가 내 뺨에 대고 불분명한 발음으로 말한다.

"비는 내가 원한 모든 것…."

내가 양손으로 땀이 축축하게 맺힌 그의 등을 쓸어내리고 산산이 부서지는 그를 꼭 끌어안는다.

18장

솔기핵: 행복

*솔기핵: '봉선핵'이라고도 하는 뇌줄기의 정중면을 따라 있는 신경세포 무리로,
정서, 수면, 통증 조절에 관여한다. -옮긴이

"놀라워." 가이의 목소리가 살짝 떨린다. 감탄과 약간의 두려움이 묻어 있다. 경외감이랄까? 중요한 건 그 한마디로 모두가 제각각 한마디씩 얹기 시작한 것이다.

"믿기지가 않아."

"작동하는 프로토타입이 있다는 게-."

"그렇게 간단한 솔루션이 있었다니-."

"블링크는 완성된 거나 마찬가지-."

"이렇게 명쾌한 방법으로 풀 수 있을 줄은-."

"씨팔 존나 멋져." 로시오가 누구보다 큰 목소리로 내뱉는다. 그러자 모두가 로시오를 쳐다보고 그걸 신호로 감탄 섞인 중얼거림은 왁자지껄한 남자 기숙사 파티로 변한다. 서로 하이파이브를 하고 포

웅하고 간간이 구호도 외치고 난리가 났다. 어디선가 맥주통이 나타나지 않은 게 신기하다.

리바이는 어젯밤에 입었던 헨리 셔츠 차림으로 연구실 반대편 작업대에 기대 서 있다. 오늘 아침에 내가 늘어날 대로 늘어난 홀치기 염색 캐미솔을 빌려주겠다고 했더니 그는 째려보기만 했다. 고마운 줄도 모르고 말이야. 그가 곧 내 시선을 의식하고 우리 둘 다 들킨 게 민망해서 눈길을 돌린다. 하지만 곧장 다시 시선이 얽혀든다. 이번에는 서로에게 웃어 보인다.

"축하 파티 해야죠!" 누군가가 외친다. 우리는 무시하고 계속 웃기만 한다.

팀하고 처음 잤을 때 나는 그가 만족하지 못했나 싶어서 겁에 질렸다. 팀이 나에게 전화 한 통도 하지 않았던 이틀 내내 내가 너무 못해서 그런가 걱정했다. 그 자식이 형편없었던 것에 집중했어야 하는데. 파혼에 쐐기를 박은 말다툼 때도 팀은 내가 잠자리에서 "수동적인 통나무 같아서" 자기가 다른 여자한테 눈을 돌리게 된 것이니 다 내 잘못이라고 몰아갔다(그게 무슨 뜻인지 팀이 떠난 후 구글 검색을 해보고 알았다). 돌아보면 우리 관계는 팀이 내 기분을 잡치게 하는 사건으로 시작하고 또 그렇게 끝났던 것 같다. 참 시적이군.

어쩌면 나는 지난 몇 년 새 남자들이 나를 어떻게 보는지 눈곱만큼도 신경 안 쓰는 법을 배웠는지도 모른다. 그래서 지난 24시간 동안 혹시 리바이가 나를 침대에서 형편없다고 생각하면 어쩌나 걱정하는 데 0초를 소비할 수 있었던 것 같다. 하지만 다른 이유도 있을 수 있다. 오늘 아침 그가 "가구로 재탄생한 고문 기구"라 부른 트윈베

드에서 서로 몸을 포갠 채 잠에서 깼을 때, 그가 나를 지긋이 바라봐서 그런 것일 수도 있다. 아니면 내가 피임약을 복용 중이며 우리 둘 다 하도 오랫동안 금욕하는 수도승처럼 살아서 성병에서 자유로울 수밖에 없다는 대화를 수줍어하면서도 조곤조곤 나눴기에 그런지도 모른다. 아니면 내가 무가당 두유를 컵에 따르지도 않고 꿀꺽꿀꺽 들이키는 걸 보고 그가 경악한 표정을 지어서인지도 모르겠다. 그것도 아니면 온종일 그가 나에게 스리슬쩍 보내고 있는 눈길 때문인지도 모르고.

얘기를 많이 나누지는 못했다. 아니다. 많이 나누긴 했다. 회로와 고주파 자극 열과 브로드만 영역에 대해서 대화를 했지, 평소처럼.

그런데 오늘은 보통 날이 아니다.

"자네들이 해낸 것 같군." 보리스가 내 옆에 와서 선다. 그는 축하한답시고 서로 바지를 위로 힘껏 잡아올리는 장난을 치고 있는 엔지니어들을 못마땅한 눈으로 흘끔 본다.

"신경 자극 소프트웨어는 더 손봐야 해요. 그런 다음 첫 우주비행사한테 테스트하려고요. 가이가 자원했어요." 이건 "가이가 제발 1번 시험 대상이 되게 해달라고 빌었어요."의 완곡한 표현이다. 우리 말고도 블링크에 애착을 가진 사람이 또 있다는 사실이 위안이 된다.

"언제인데?"

"다음 주요."

보리스가 고개를 끄덕인다.

"그럼 다음 주 금요일쯤으로 시연 일정 잡겠네."

"시연요?"

"상관들을 초청할 거야. 자네 쪽도. 그쪽 사람들이 또 더 높으신 분들을 초청할 테고."

나는 경악한 표정으로 그를 쳐다본다. "너무 이른데요. 프로젝트 데드라인이 몇 주 남았는데 그때까지 결함 파악 절차도 밟아야 합니다. 사람을 대상으로 하는 일인데 잘못되려면 얼마든지 잘못될 수 있잖아요."

"그렇지." 보리스가 흔들림 없는 눈빛으로 나를 바라본다.

"하지만 여기에 뭐가 달려 있는지 알잖나. 더구나 매그테크가 바짝 추격하고 있는 마당에. 이 프로젝트가 얼마나 많은 반발에 부딪혔는지도 알겠지. 지켜보는 눈이 많아. 과학적 지식은 없으면서 블링크에 눈독만 들이고 있는 사람들 말이야."

선뜻 대답이 안 나온다. 열흘이면 빠듯하다. 하지만 보리스가 어떤 압력을 받고 있는지도 잘 안다. 어쨌든 프로젝트 재개 승인을 받아낸 것도 보리스였으니까.

"알겠어요. 최선을 다해 볼게요." 나는 작업대를 밀며 똑바로 일어선다. "리바이한테도 전할게요."

"잠깐." 내가 걸음을 멈춘다. "비, 이 프로젝트 끝나면 어쩔 계획인가?"

"계획요?"

"트레버의 연구실에서 계속 일할 건가?" 나는 대답을 피하려고 입을 꾹 다물지만 보리스는 눈치가 빠르다. "트레버랑 몇 차례 얘기해봤네. 그 양반은 우리가 수트를 만드는 줄 알고 있더군."

"그분이 좀…." 나도 모르게 한숨이 나온다. "그렇죠."

보리스가 안됐다는 눈길을 보내며 대꾸한다. "이번 프로토타입이 성공하면 국립보건원은 아마 자네를 승진시킬 거야. 연구팀 운영을 맡길지도 모르고. 선택의 여지가 생길 거라는 얘기야. 근데 만약 그 선택지가 다 마음에 안 든다면… 나를 찾아오게."

"네?" 나는 눈을 동그랗게 뜨고 그를 본다.

"그러잖아도 본격적으로 뇌신경과학 연구팀을 신설하고 싶었어. 이건 우리가 만들어낼 수 있는 수많은 것 중 하나에 불과해." 그가 헬멧을 가리킨다. "우리 신경과학 부서는 팀원들이 흩어져 있어서 충분히 활용이 안 되고 있어. 그 팀을 제대로 이끌 사람이 필요해." 그가 피곤함이 어린 미소를 짓는다. "아무튼, 나는 리바이한테 시연 일정 알리러 가보겠네. 나쁜 소식 전할 때 그 친구가 인상 쓰는 거 보는 게 꽤 재밌거든."

나는 바보같이 거기 서서 허공에 대고 눈만 깜빡거린다. 방금 일자리 제의를 받은 건가? 나사의 일자리를? 연구팀을 운영하라고? 이거 혹시 환각인가? 건물 어딘가에서 일산화탄소가 새고 있나?

"축하 파티 하러 같이 갈 거예요?" 불쑥 묻는 가이의 음성에 나는 화들짝 놀란다.

나는 고개를 젓는다. 축하는 다소 이른 것 같다.

"저 빼고 재밌게 노세요."

"아유 그럼요." 그의 시선이 내 머리 위 어딘가에 꽂힌다. "너는?"

내가 돌아본다. 리바이가 뒤에 서 있다. "다음에."

"다른 계획 있어요?" 가이가 가버린 뒤 내가 리바이에게 묻는다. 마치 가문의 비밀로 전수되는 애플파이 레시피라도 묻는 듯 주위를 살피고 우리 둘만 있는 걸 확인한 후 말한다. 나 왜 이리 유난이지.

"원래는 우리 집 고양이랑 좋은 시간 보낼 계획이었는데."

"항문낭 짜는 날이에요?"

"가끔은 항문에 손 안 대고도 슈뢰딩거랑 좋은 시간 보내요." 리바이가 받아친다. "근데 그건 아니고요. 괜찮은 레스토랑을 아는데. 비건 식당이에요." 물어보기 민망한 듯 리바이의 시선이 사방으로 흩어진다. "한번 가보고 싶었던 데거든요. 같이 가서…."

나는 웃음을 터뜨린다. "그러지 않아도 돼요."

리바이가 어리둥절한 얼굴로 쳐다본다. "그러다뇨?"

"나를 어디 데려가는 거요. 데이트로."

그가 인상을 쓴다. "안 그래도 되는 거 알아요."

"우리가 그런 사이 아닌 거…." 우리가 그런 사이 아닌 걸 나도 안다고 말할 참이었다. 나를 좋은 데 데려가지 않아도 된다고. 지난밤 섹스는 환상적이었고 아직도 몸이 욱신거리고 잠이 쏟아지고 폭탄 같은 오르가슴 덕에 나른한 상태지만 당신이랑 더 했으면 좋겠다고. 만약 당신도 그럴 의향이 있다면. 서로 가려운 데 긁어주는 친구 사이에 대해 익히 들어봤다. 잠자리 친구. 섹파, 섹친이라고도 하나. 그런데 문득 우리가 함께 보낸 주말이 떠오른다. 사제라크 칵테일을 홀짝이며 〈스타워즈〉를 감상한 주말. 부가 혜택인 잠자리보다 우리의 우정이 (고작 몇 시간이지만) 더 오래됐고 그래서인지 그와 대화하면서 시간을 보내는 것도 좋을 것 같다. 그것도 그렇고 리바이는 아마 비건 식당에 같이 가줄 친구가 없을 것이다. 나도 베데스다에 가면 같은 처지다. 그래, 그래서 가자고 하는 거겠지.

"생각해보니 좋을 것 같아요. 예약 필요해요?"

리바이가 한쪽 눈썹을 치켜올린다.

"텍사스의 비건 식당인데요. 예약은 안 해도 될 거예요."

일이 어떻게 흘러갈지 뻔하다. 리바이는 몇 년간 쌓인 나를 향한 갈증을 속 시원히 해갈할 것이다. 나는 처음으로 섹스다운 섹스를 맛볼 테고. 그리고 우리 둘 다 연애에 따르는 심적 압박감이나 누군가를 너무 사랑해서 생기는 온갖 질척한 감정에 구애받지 않을 것이다. 그러니 오늘 저녁 식사는 데이트가 아니다. 그저 식사 취향을 공유하고, 호르몬이 들끓는 두 사람이 한 끼를 함께하는 것일 뿐. 그렇다 해도 나도 모르게 외모에 더 신경을 쓰고 있다. 가느다란 로즈골드 코 피어싱과 내가 제일 좋아하는 귀 피어싱 몇 개를 달고 클래식한 색감의 레드 립스틱을 바른다. 머리는 굵게 말아 어깨에 부드럽게 늘어뜨린다. 리바이가 데리러 오기 한참 전에 준비를 마쳐서, 발코니에 나가 기다린다.

마침 슈맥이 '인생 최고였다가 최악이었다가 다시 최고가 된 주말' 동안 오프라인 상태였던 것을 사과하면서 드디어 답장을 보내온 게 눈에 들어온다.

슈맥: STC는 지푸라기라도 붙잡으려고 발악하는 거예요. 마리에게 금전적 뒷배 따위 없고 그저 옳은 일이라서 #공정한대학원입시를 지지하는 걸 모두가 알아요.

마리: 사람들이 공정한 입시가 비효율적이라고 떠들어대는 게 너무 화나요. 무슨 상관이래요? 우리는 더 잘할 수 있고 더 잘해야만

해요.

슈맥: 똥감이에요.

마리: ???

슈맥: *동감이에요.

슈맥: 미안, 음성-문자 변환 기능 이용 중이에요. 운전 중이라.

마리: ㅋㅋㅋㅋ

마리: 어디 가는데요? 혹시 '최고였다가 최악이었다가 다시 최고가 된 주말'하고 관계있어요? 그거는 또 그 여자하고 관계있는 거 아니에요?

슈맥: 그녀를 좋은 식당에 데려가기로 했어요.

마리: 갸아아악@#$!%%^$%^

마리: (키보드 호들갑 좀 떨어봤어요, 혹시 슈맥의 음성-문자 변환이 작동 안 할 경우를 대비해 해명하자면.)

슈맥: 작동 안 했어요, 고마워요.

마리: 두 사람이 잘돼서 너어어무 기뻐요, 슈맥!

슈맥: 나도 기뻐요. 그녀가 조금 몸을 사리고 있긴 하지만.

마리: 몸을 사려요?

슈맥: 그럴 만한 이유가 있어요. 근데 스스로 인정할 마음의 준비가 안 된 것 같아요.

마리: 뭘 인정해요?

슈맥: 내가 이 관계에 진지하다는 거요. 내가 갈 데까지 갈 각오가 되어 있다는 것. 아니 적어도 상대방이 나를 내치지 않는 선까지는 가볼 작정이라는 것.

미간에 주름이 잡힌다. 잠깐, 그 여자는 결혼한 상태 아니었어? 이혼하지 않는다면 더는 갈 데가 없는 거 아닌가? 캐묻고 싶지만 유부녀랑 만난다고 내가 힐난하는 걸로 보일 것 같아 관둔다. 그런 건 정말 아니니까. 듣자 하니 그 여자 남편이 에펠탑에서 떠밀어도 시원찮을 놈인 것 같던데. 나도 저녁 약속이, 그것도 다름 아닌 낙타 거시기와 저녁 약속이 있다고 말하려는데 작은 소리가 들린다.

빨간색과 회색이 섞인 조그만 털뭉치가 예쁜 날개를 아기 천사처럼 파닥이며 새 모이통 주위를 공중부양하고 있다. 올해 첫 벌새가 찾아왔구나. "안녕, 예쁜아." 녀석은 모이통 구멍에 가느다란 부리를 콕 박더니 내가 사진을 찍을 틈도 주지 않고 후드득 날아가 버린다. 녀석이 주차장을 가로질러 날아가는 걸 눈으로 좇다가 리바이의 픽업트럭이 들어서는 걸 발견한다.

나는 아동용 수영장에 달려드는 열한 살짜리 꼬마처럼 아래층으로 우당탕 뛰어 내려간다. "첫 벌새가 왔어요!" 리바이가 차를 완전히 대기도 전에 트럭에 올라타면서 신이 나서 말한다.

"붉은목벌새였어요! 사진은 못 찍었지만 영역 동물이니까 또 올 거예요. 아 그리고 나는 코코넛 진저 병아리콩 수프 먹을래요. 내 동생은 인터넷으로 레스토랑 메뉴를 미리 확인하는 게 추접스럽다는데 내가 워낙 음식에 집착이 심해서…." 나는 말끝을 흐린다. 리바이가 입을 벌리고 나를 빤히 보고 있다. "내 얼굴에 벌새 똥 묻었구나, 맞죠?"

그는 계속 쳐다보기만 한다.

"티슈 있어요?" 내가 앞좌석 주변을 이리저리 살핀다.

"아니면 종이 쪼가리라도…."

"아니, 아니요. 뭐 안 묻었…." 말문이 막히는지 그가 고개를 세차게 흔든다.

"왜 그래요?"

"오늘 비가…." 그가 침을 삼킨다.

"내가 뭐요?"

"원피스. 오늘… 그 원피스 입었네요."

내가 내 몸을 흘끔 내려다본다. 아, 그렇지. 타깃 마트에서 산 그 원피스 입었지. "이 옷 안 싫어한다고 했잖아요."

"안 싫어해요." 그가 침을 꿀꺽 삼킨다. "정말로 안 싫어해요."

내가 그를 더 찬찬히 살핀다. 그러다 나를 보는 그의 눈빛을 알아챈다. 저 눈빛은…. "아." 내 심장 박동이 빨라진다.

"키스해도 돼요?" 그가 불쑥 묻는다. 이 쭈뼛대고 수줍어하는 버전의 리바이 워드와 사랑에 빠질 수도 있을 것 같다. 새벽 3시에 한 번 더 하지 않으면 죽을 것 같다며 내 목을 잘근잘근 깨물어 잠을 깨운 남자와 동일인이라니. 물론 나는 그러게 해줬지만. 아주 열성적으로. 지금도 그가 키스하게 내버려두고 있고. 어느새 우리는 십 대 애들처럼 진하게 애무하고 있다. 그의 손이 내 목덜미를 감싸고 혀끼리 미끄러지듯이 엉켜 든다. 묵직한 그의 몸이 나를 좌석으로 짓누른다. 그는 정말, 정말 능숙하다. 섹시하게 권위적이고 몸이 확 달아오르도록 끈질기다. 내 무릎에 지그시 놓여 있던 그의 손이 치마 속으로 미끄러져 들어와 만질만질한 다리를 따라 올라가더니 내 허벅지 안쪽을 움켜쥔다. 그러다 팬티 앞쪽을 스친 순간 내가 그의 입에다 대고 우는 소리를 내고, 그러자 그도 신음을 뱉는다. 나는 벌써 젖은 것 같다. 내가 벌써 젖은 걸 그도 안다. 손가락이 팬티 안으로 들어와 천을 옆으로 휙 젖히는 걸 보면. 내가 그와 입을 포갠 채로 숨을 흡 들이마시고 그의 엄지가 슬며시….

한 블록 너머에서 어떤 차가 클랙슨을 빵 울린다. 우리는 화들짝 놀라 떨어진다. 이크.

"이제 그만…."

"네. 출발해야죠."

둘 다 동의하지만 둘 다 마지못한 기색이다. 우리는 천천히 서로에게서 물러난다. 시동을 거는 그의 손이, 매일 정밀 드라이버를 능숙히 다루던 그 손이 살짝 떨리고 있다.

나는 창밖으로 시선을 돌리며 한마디 던진다. "리바이?"

"왜요?"

"이 말은 꼭 해주고 싶어서요…." 그러고는 씩 웃으며 말한다.

"빨간색 립스틱이 참 잘 어울리네요."

♥♥♥

이건 데이트가 아니다.

하지만 데이트라고 친다면, 일단 아니지만, 만약 맞다면 내 평생 최고의 데이트일 것이다.

물론 데이트가 아니기 때문에 그런 건 다 소용없지만.

그렇지만 혹시라도 데이트라면.

아니지만.

부인할 수 없을 정도로 거의 데이트처럼 느껴지는 순간이 있기는 했다. 어쩌면 내가 화장실에 간 사이 그가 계산을 해서 그런지도 모른다(나는 몇 마디 항의했지만 솔직히 남녀 임금 격차가 사라지는 날까지 어떤 남자든 내 저녁 값을 내겠다면 사양하지 않겠다). 어쩌면 우리가 잠시도, 단 한 순간도 대화를 멈추지 않아서 그런지도 모르고. 지나치게 성실한 웨이터 아치가 더 필요한 것이 없느냐고 물을 때마다 예의 바르게 고개만 끄덕일 정도로 우리는 쉴 새 없이 대화했다. 그렇지만 아무래도 가장 심한 트라우마로 남은 대학원 시절의 기억을 끄집어내며 시간 가는 줄 모르고 떠들어서 그런 것 같다.

"내가 연구실 미팅 때 데이터 발표를 했거든요. 1년 차 반쯤 지났을 때였나. 근데 발표하는 내내 리바이가 창밖만 내다보더라고요."

리바이는 그저 웃으며 천천히 음식을 씹는다. "그날 비가 머리에…." 그가 자기 이마 한가운데를 가리킨다. "요상한 걸 달고 와서 그랬어요."

"아마 머리띠였을 거예요. 한창 보호-시크 패션에 빠져 있었거든요." 그걸 떠올리니 새삼 진저리가 난다. "알았어요, 그 변명은 인정해주죠. 그치만 끝내주는 데이터 발표였다고요."

"알아요. 다 들었어요. 현출성 네트워크 연구였죠. 아주 흥미로웠어요. 근데 그냥…." 그가 어깨를 으쓱한다. 손으로 유리잔을 쥐지만 마시지는 않는다. "그날따라 귀여워서 빤히 쳐다보기 싫었어요."

나도 모르게 웃음이 터진다. "귀엽다고요?"

그가 도전장을 던지듯 한쪽 눈썹을 치켜올리며 받아친다.

"그때 내가 보호-시크 패션에 푹 빠져 있어서요."

"아, 그러셨어요. 보호-시크 뜻은 알아요, 리바이?"

"어…. 도시 이름 아닌가? 프랑스의…?"

나는 더 신나게 웃어젖힌다.

"알았어요. 하나 또 있어요. 그 왜, 리바이 친구 중에 미생물학 전공생이 연구실에 놀러온 적 있잖아요. 같이 야구한다던 친구."

"댄요. 그리고 농구예요. 야구공은 쥐어본 적도 없어요. 룰도 모르고."

"남자들 한 무리가 파자마를 입고 둘러서서 수다 떠는 스포츠예요. 아무튼 댄이 운동을 같이 하자고 리바이를 불러내러 우리 연구실에 들렀는데, 리바이가 나만 쏙 빼놓고 다른 동료들한테만 댄을 소개해주는 거예요."

리바이는 그저 고개를 끄덕이면서 빵을 뜯더니 먹지는 않는다. "기억나요."

"그게 재수 없는 행동이었다는 데는 이견이 없겠죠."

"아니면 이런 건지도 모르죠." 그가 빵을 내려놓고 등받이에 기대앉는다. "그 며칠 전에 술에 좀 취해서 내가 댄한테… 비라는 이름의 여자한테 관심이 있다고 말해버렸는데, 비는 흔한 이름이 아닌 데다가 댄은 또 당신 눈을 똑바로 보면서 '내 친구가 취해서 애타게 부르짖던 분 아니신가?'라고 물어볼 사람이라서 그랬다고."

심장이 미친 듯이 뛰지만 애써 무시하고 받아친다.

"재수 없게 군 걸 지적할 때마다 그럴싸한 이유를 대면 어떡해요."

리바이가 또 어깨를 으쓱한다. "얼마든지 변명할 수 있어요."

"그럼 출근 복장 사건은요? 몇 주 전에요."

그러자 그가 손으로 자기 눈을 가린다.

"나는 오른쪽 겨드랑이에 구멍 난 티셔츠를 입은 주제에 비한테 때와 장소에 맞는 옷을 입으라고 훈수 둔 날이요?"

"정말로 구멍 난 거 입고 있었어요?"

"집에 있는 티셔츠는 거의 다 겨드랑이에 구멍이 있어요. 그러니 통계상 그럴 거예요."

"이번 변명은 뭐예요?"

리바이가 한숨을 푹 쉰다. "그날 아침 보리스 소장님이 날 불러내서는 나사가 보건원을 따돌리기 위해 모든 수단을 동원할 거라고 언질을 줬어요. '염색한 머리를 트집 잡아서 비를 쫓아낸다 해도 놀랍지 않을 분위기야.'라고 하더라고요. 무심코 한 말이었겠지만 나는 심장이 철렁했어요." 그가 두 손을 들어 보인다. "그런데 비한테 회사에서 성차별을 부추긴다는 지적까지 받으니, 그날 무슨 007 영화에서 핵무기를 손에 넣고 으스대는 악당이 된 기분이었어요."

"그런 사정이 있으면 그냥 얘기하면 됐을 텐데, 참 어이가 없네요." 나는 복수로 그의 접시에서 브로콜리 라브를 잽싸게 채간다.

"내가 대인관계 기술이 뛰어난 훌륭한 중재자라서 그래요. 어쨌든 내 이력서에 따르면 말이죠."

"나는 이력서에 포르투갈어가 유창하다고 썼지만, 저번에 코임브라에서 음식 주문하려다가 화장실에 폭탄이 있다고 말해버렸는데요 뭘. 좋아요, 마지막으로 하나 더. 나랑 협력 연구 거절한 건 왜 그랬어요? 문 밖에 서 있다가 들었어요. 샘 교수님한테 나 때문에 프로젝트에 합류하기 싫다고 했잖아요."

"그걸 들었다고요?" 리바이가 미심쩍은 투로 되묻는다.

"샘 교수님 연구실의 그 두꺼운 나무문을 뚫고?"

"네." 나는 천진난만하게 속눈썹을 깜빡인다.

"그때부터 제임스 본드 꿈나무였던 거예요?"

"그랬을지도 모르죠. 그래서, 할 말 없어요?"

"내가 비 때문에 프로젝트에 합류하기 싫다고 말하는 걸 듣고 바로 자리를 떴어요?"

"그랬죠. 꼬리에서 불을 내뿜는 드래곤처럼 씩씩대며 내 연구실로 돌아갔어요."

"입이 아니라 꼬리요?"

"그런 게 있어요."

리바이는 고개를 끄덕인다. "비의 이름이 언급된 직후 자리를 떴으면 내가 교수님한테 한 나머지 얘기는 못 들었겠네요. 거기서 발생한 오해는 순전히 비의 잘못이에요."

나는 미간을 찌푸리며 대꾸한다. "얘기가 그렇게 돼요?"

"그럼요. 여기서 우리 둘 다 교훈을 얻을 수 있겠네요." 그가 아까 내려놓은 빵을 도로 집어든다.

"뭔데요? 문밖에서 엿듣지 말지어다?"

"아뇨. 엿들으려면 끝까지 엿들어라." 그는 입에 빵을 쏘옥 넣고는 의기양양한 미소를 지어 보인다.

♥♥♥

슈뢰딩거가 나를 알아보다니. 요전날 밤 내 목을 깔고 자서 질식하는 악몽을 안겨주고, 내 입에다 검은색 털 뭉치까지 넣어주며 다정한 시간을 보낸 덕일 것이다. 우리가 들어가자마자 녀석은 소파에서 내려와 살금살금 다가오더니 리바이가 남은 음식을 냉장고에 넣는 사이 내 맨 발목에 제 몸을 비벼댄다.

"나도 너 사랑해." 내가 애정을 뚝뚝 흘리며 말한다.

"너처럼 완벽하고 위엄 있는 동물이 어디 있니. 내가 목숨 바쳐서 지켜줄게. 드래곤 떼가 달려들어도 다 무찔러줄게."

"내가 찾아봤는데요." 리바이가 문간에 서서 말한다.

"꼬리에서 불을 내뿜는 거, 파이리 말한 거죠?"

"오, 그걸 알아냈네요." 슈뢰딩거의 턱 밑을 살살 긁어주자 녀석이 극락에 간 듯 눈을 가늘게 뜬다. "근데 드래곤이든 파이리든 불만 뿜으면 된 거죠. 안 그래, 슈뢰딩거? 그렇지?" 내가 그를 흘끔 올려다본다. "항문낭 짜기 1회 허락해준다고 하지 않았어요?"

리바이가 고개를 젓는다.

"그건 미끼였어요. 남이 하는 말 곧이곧대로 믿지 말아요."

"들었니, 슈뢰딩거? 네 아빠가 너의 기능부전 항문낭을 미끼로 썼대 글쎄."

그걸 보던 리바이가 미소를 짓는다. "원래 안 저런데."

"뭐가요?"

"슈뢰딩거는 다른 사람한테 낯을 가려요. 소파 밑에 숨을 때가 많고 예전엔 막 달려들었어요, 내…." 갑자기 말을 끊으니 궁금해 죽겠다.

"리바이의?"

그가 어깨를 으쓱하며 시선을 돌린다.

"여자친구랑 동거했었어요. 한 2년간."

"아." 슈뢰딩거가 옆으로 털썩 눕더니 골골거린다. "릴리요?"

"그 전에."

이쯤 되면 나 자신과 나의 뇌임을 자처하는 조그마한 도자기 개구리를 속이는 걸 포기하고 리바이가 '섹시한 타입'과 '잘생긴 타입' 그리고 '귀여운 타입'의 완벽한 조합임을 그냥 인정해야겠다. 왜, 한동안 상대에게 푹 빠져 있다가 그 사람이 내 잔디인형에 물주는 걸 깜빡한다든가 아니면 내 절친이랑 잔다든가 하는 경악스러운 짓을 저질러서 그날부로 콩깍지가 벗겨지는 순간이 있지 않나? 갑자기 3D안경을 쓴 듯 그 사람의 내면적 추함이 부각되어 보이는 순간 말이다.

그와 반대로 내가 '재수 없는 자식' 고글을 벗어버린 지금, 리바이가 최고의 신랑감 자격을 꾸준히 레벨업해 왔음을 인정할 수밖에 없다. 그는 언젠가 운이 좋은 여자를 더더욱 운이 좋게 해줄 것이다. 리바이가 여자친구와 동거했다는 사실에 왜 내 몸이 차갑게 식는지 모르겠다. 우리가 섹친이 된 지 24시간도 안 지났는데 말이다. 어차피 내가 상관할 일이 아닌데. 게다가 눈물 콧물 범벅으로 끝나버릴 폭풍 같은 연애(즉, 모든 연애)는 이제 넌더리 나기도 하고.

"슈뢰딩거가 여자친구를 싫어했어요?" 문제의 그 녀석은 애정 표현으로 내 엄지를 잘근잘근 씹고 있다.

"대신 변명하자면 전 여자친구는 개만 키워본 사람이었어요."

"언제 적 일이에요?" 내가 사고 현장에서 목을 쭉 빼고 기웃대는 이웃마냥 캐묻는다.

"대학원 때요. 그러니까 비를…." 리바이가 말끝을 흐린다. 하지만 은근한 눈빛으로 나를 지그시 바라본다. "비를 만나기 전에요."라고 말하려고 했던 걸까.

애니가 줄곧 주장하던 재밌는 이론이 있다. 누구나 인생이 획기적으로 변하는 원년이 있다는 이론이다. 살다 보면 어느 시점에 특별한 사람을 만난다고 한다. 그 사람이 인생을 뒤바꿀 만큼 너무나 중요한 사람이기 때문에 이후 10년, 20년 아니 65년이 지나서 돌아보면 자신의 인생이 두 시기로 나눠지는 순간이 그때였음을 안다는 것이다. 그 사람이 등장하기 전(기원전)과 등장한 후인 나만의 서력기원(기원후)으로 나뉜다는 말이다. 개인별 그레고리력이라고 할까.

한때는 팀이 나의 서력기원인 줄 알았지만 이제는 아니다. 아니, 같잖고 못미더운 인간 한 명이 나의 서력기원이 되는 것 자체를 아예 원하지 않는다. 대신 인생의 대전환점으로 삼기에 좋은 게 뭔지 아나? 바로 국립보건원에서 나의 연구팀을 맡는 것이다. 그런데 그 일이 생각했던 것보다 더 가까이 와 있는 것 같다. 애니한테 새 일자리를 얻는 것도 원년이 될 수 있냐고 문자로 묻고 싶지만 우리 사이가 아직 그 정도로 회복되지는 않은 것 같다. 그래도 언제든 문자를 보낼 수 있고, 우리 사이의 문이 살짝 열려 있다는 것을 아는 것만으로도 좋다.

리바이는 "비를 만나기 전"이라고 말하려 했던 게 아니다. 왜냐하면 내가 그의 서력기원이 아니니까. 그렇게 되고 싶지도 않다. 하지만 그가 곧 그런 여자를 만나리라 믿는다. 아마도 키가 180센티는 되고 별 재료 없이도 전자레인지쯤은 뚝딱 만들 수 있으며 시몬 바일스와 맞먹게 기품 있는 여자겠지. 두 사람은 경쟁심 강하고 운동 능력이 뛰어나며 머리가 무섭도록 좋은 아이를 줄줄이 낳을 것이다. 연구보조금 지원 신청 마감이 닥쳤든 말든 아니면 손님방에 장인어른, 장모님이 주무시고 있건 말건 매일 뜨거운 밤을 보낼 것이다. 봄이면 그들의 마당에 벌새들이 몰려들 테고 리바이는 방충문 달린 현관 앞에 앉아 벌새들을 관찰하며 더없이 행복해하겠지. 내가 내 연구실에서 조교들(물론 전부 여자일 것이다. 남들이 불공평하다고 뭐라 해도 신경 안 쓴다.)의 보조를 받아 연구를 진행하며 행복해할 것처럼.

그래도 리바이가 예전에 나를 좋아했다는 걸 알게 되어서 기쁘다. 태어나서 처음으로 발가락까지 찌릿해지는 섹스를 하게 되어서 기쁘다. 우리가 실제로 연애할 때 따르는 온갖 거추장스러운 감정에 구애받지 않고 잠자리만 나누는 가벼운 사이가 되어서 기쁘다. 우리가 서로의 기원전 시기에 잠시 머물 수 있어서 기쁘다. 내가 여기 이렇게 리바이와 함께 있어서 기쁘다. 행복하다고도 할 수 있을 것 같다.

"너 같이 사랑스러운 고양이가 어디 있니." 내가 이렇게 말하며 슈뢰딩거의 귀 뒤를 살살 긁어준다. "몸집이 굉장히 작네요."

"한배 형제 중 제일 작은 녀석이었어요."

녀석의 미치도록 귀여운 발바닥 젤리를 보자 저절로 미소가 나온다. "난 항상 최약체한테 끌리더라. 최약묘라고 해야 되나?"

"의외네요, 비처럼 고양이를 좋아하는 사람이 실제로는…."

"한 마리도 안 키워서요?"

"다섯 마리라고 하려고 했는데."

내가 쿡쿡 웃는다. "뭐, 펠리세트가 있긴 한데…."

"실존하는 고양이를 말한 거예요."

내가 그를 째려본다. "나도 할 수만 있다면 고양이 수십 마리 끼고 늙어 죽는 여자가 되고 싶어요. 근데 그럴 수가 없어요."

"왜죠?"

"그냥요." 나는 대답을 주저한다. 슈뢰딩거가 내 손가락 마사지에 가르랑 소리를 낸다. 녀석에게 점점 빠져든다. "감당할 수 없어서요."

"뭘 감당 못하는데요?"

"죽는 거요."

리바이가 호기심 어린 눈으로 나를 본다.

"한참 후의 일이잖아요. 20년 넘게 사는 애들도 있고. 데려와서 헤어지기 전까지 얼마나 많은 걸 같이할 수 있는데요."

"그렇지만 끝이 오긴 오잖아요. 불가피하게. 살아 있는 것들 간의 관계는 언젠가는 어떻게든 끝나게 마련이에요. 세상 이치가 그렇잖아요. 한쪽이 먼저 죽거나 다른 생물학적 욕구에 이끌려 떠나버리죠. 감정이란 본래 순간적인 거예요. 애초에 오래가지 않게 설계되고, 신경생리학적 변화로 초래된 일시적 상태일 뿐이라고요. 그런데 신경체계는 항상성 상태로 돌아가야만 하죠. 정서적 사건으로 맺어진 모든 관계는 끝이 나게 되어 있어요."

리바이는 동조하지 못하겠다는 표정이다. "모든 관계가요?"

"그럼요. 과학이죠."

그는 고개는 끄덕이면서도 이렇게 말한다. "초원들쥐는요?"

"걔네가 왜요?"

"한번 짝지으면 평생을 같이하잖아요."

내 반응을 살피는 그의 눈이 번뜩인다. 아주 진기한 생물학적 현상을 관찰하는 것 같다. 어쩐지 더는 우리가 변기에 죽은 금붕어를 흘려 보내는 비참한 심정에 대해 이야기하고 있지 않은 것 같다.

"초원들쥐는 예외죠. 걔네는 옥시토신과 바소프레신 수용체가 보상체계 전체에 퍼져 있잖아요."

"그거 자체가 감정이나 관계가 장기간 지속될 수 있다는 생물학적 증거 아니에요?"

"전혀 아니죠. 그래요, 귀여운 들쥐 두 마리가 알콩달콩한다 쳐요. 보기 좋죠. 근데 어느 날 밤 남편 들쥐가 동네 극장에서 〈라따뚜이〉 보려고 고속도로를 건너다가 이름 모를 대학생이랑 바람 피우려고 달려가던 쓰레기 같은 인간의 포드 머스탱에 깔려 죽어요. 그럼 남는 건? 슬픔에 젖은 아내 들쥐죠. 참담하지만 내가 말한 대로예요. 어떤 식으로든 끝난다."

"그럼 그 사이에서 일어난 일들은 의미가 없다는 거예요?"

리바이에게 묻고 싶다. "한 번이라도 버려진 적 있어요? 모든 걸 잃어본 적 있어요? 그게 어떤 기분인지 알아요? 그래본 적 없는 것 같아서 말이죠."라고. 하지만 매정하게 굴고 싶지 않다. 나는 매정한 사람이 아니다. 그저 나 자신을 보호하고 싶을 뿐. 리바이가 자신을 보호하고 싶지 않다면… 그건 그가 나보다 강한 사람이라 그렇겠지.

“그럴지도 모르죠.” 나는 어느 쪽에도 찬성하지 않는 투로 대꾸하고 슈뢰딩거가 리바이 쪽으로 우아하게 슬렁슬렁 걸어가는 걸 지켜본다. “아무튼, 오늘 저녁엔 뭐 할 계획이에요?”

“뭐 하고 싶은데요?”

나는 어깨를 으쓱한다. “몰라요. 리바이는 뭐 하고 싶은데요?”

그러자 그가 장난기 어린 얼굴로 웃는다.

“같이 나가서 달리기 하면 어떨까 하는데.”

♥♥♥

나는 리바이가 침대에서 표현을 잘 안 할 줄 알았다.

아니, 그런 생각을 많이 해봤다는 건 아니고 만약 누군가 내 머리에 총구를 대고 어떨 것 같냐고 물으면 아마 이렇게 대답했을 것이다. “리바이 워드는 침대에서 말이 없을 것 같아요. 재미없고. 왜냐하면 침대 밖에서 엄청 경계하는 타입이니까. 신음 몇 번은 하겠죠. 말도 몇 마디 하고요. 주로 지시하는 말. ‘더 빨리 해 봐. 천천히 해. 아니, 이 각도가 더 낫겠는데.’ 이런 말이요.” 이건 완전히 빗나간 대답이 되었을 것이다. 내 몸으로 쾌락을 연주하는 그를 보면 표현을 안 한다는 말은 아무도 못 할 테니까. 아무렴.

어쩌다가 내가 그의 침대에 몸을 쭉 펴고 엎드려서 내 척추를 따라 새겨진 자그마한 타투들을 쓰다듬는 그의 손길을 의식하며 가쁜 숨을 몰아쉬게 됐는지 잘 기억나지 않는다.

“영국.” 그가 꽉 잠기고 약간 떨리는 음성으로 말한다. “그리고,

이건 모르겠네. 그 다음 것도. 근데 이건 이탈리아. 그리고 일본."

"이탈리아는, 아-. 장화처럼 생겼잖아요. 쉽죠." 나는 아랫입술을 꽉 깨물며 침대에 이마를 묻는다. 그가 내 안에 들어와 있지 않다면 말하기가 더 쉬웠을 것이다. 내가 블링크 합류를 기념하려고 산 초록색 팬티를, 그러니까 리바이가 공동 리더라고 발표된 순간 구입을 후회한 팬티, 당분간 입을 일 없겠구나 했던 팬티, 리바이가 무려 1분 동안 할 말을 잃고 멍하니 바라본 그 팬티를 그가 옆으로 휙 젖히고 느리지만 거침없이 내 몸 깊숙이 들어오지 않았다면.

"다 너무 귀여워요. 선이 예쁘네." 그가 상체를 숙여 내 목에 입맞춘다. 그러자 내 안에서 그의 성기가 움직이고 우리 둘 다 신음을 토한다. 몸이 더는 내 것이 아닌 양 등이 저절로 휘고 또 내 엉덩이가 그의 배를 밀어붙이는 게 조금 부끄럽다. "이렇게는 너무 타이트할 거예요. 너무 좋아서 금방 끝날지도 몰라요."

섹스가 원래 안 이랬는데. 나는 원래 이렇지 않은데. 나는 너무 빨리 오르가슴에 이르거나 통제가 안 되거나 비명을 내지르는 타입이 아니란 말이다. 애초에 오르가슴을 자주 느끼는 타입이 아니다. 그런데 내 안에 리바이가 연주할 줄 아는 곳이 있다. 지난번에도 건드리더니 이번에도, 이 자세에서도 여지없이 건드린다. 아니, 어쩌면 이번엔 천천히 해서 그런지도…. 뭔지 모르겠지만 지난번보다 더 아찔하다.

그가 몇 차례 가볍게 시험해보듯 밀고 들어오고 나는 그의 침대 시트를 꽉 움켜쥔다. 내 손이 떨리고 있다.

"전부," 나는 말을 잠시 멈춘다. 그리고 정신을 가다듬는다. 목도

가다듬는다. 긴장했다가 다시 풀고.

"전부 내 집이에요. 내가 살았던 곳들."

"아름다워." 그가 내 둥근 어깨에 살짝 입을 맞춘다. "미치도록 아름다워." 마치 혼잣말하듯 그것들이 더는 내 타투가 아닌 양 중얼거린다. 곧 매트리스가 출렁이더니 조바심 어린 신음이 들린다. 다음 순간 한기가 느껴진다. 리바이가 더 이상 나와 살을 맞대고 있지 않다. 몸을 뒤로 뺀 것이다. 내 안에서 나가버렸다.

"뭐 하는 거…?" 뒤를 돌아보려 하지만 내 견갑골 사이에 펼쳐진 리바이의 손이 나를 지그시 내리누른다.

"너무 빨리 끝날 것 같아서 그래요." 억눌린 듯한 그의 목소리에 자조적 웃음기가 묻어 있다. 그의 미소를 볼 수는 없지만 머릿속에 그려볼 수 있다. 보일 듯 말 듯 따스하고 아름다운 미소일 것이다. 나는 내 몸을 훑는 그의 시선을 느끼며 떨리는 숨을 깊이 들이마시고 몸에 힘을 빼보려고 한다. 그의 손가락이 내 등줄기를 타고 내려가더니 엉덩이를 살짝 다른 각도로 올리면서 내 몸을 다시 배치하기 시작한다.

리바이가 숨을 훅 뱉는다. "몇 년 전 그때 그리고 나중에도. 상상 속에서 비한테 이렇게도 해보고 저렇게도 해봤는데 그래도 꼭 한 번 해보고 싶었던 건…." 그가 말끝을 흐린다. 몇 초간 거의 아무 소리도 들리지 않지만 그래도 괜찮다. 나는 그의 손에 달아오를 대로 달아올라 욕망으로 미치도록 떨리는 상태에서 한 걸음 물러나는 중이다. 잠깐 평정을 찾을 시간이 주어져서 오히려 다행이다. 이 침대에서 조금이나마 이성을 유지할 수 있다면 다행….

그의 양손바닥이 내 다리 사이로 가더니 두 다리를 넓게 벌린다. 갑자기 내 팬티가 완전히 확 젖혀진다. 중심부에 차가운 공기가 닿자 나는 숨을 들이마신다. 적나라하게 까발려진 기분이고 음란하게 느껴지기까지 하다. "너무…." 그의 목소리가 잦아들더니 다음 순간 억눌린 걸 터뜨리듯 낮은 소리로 내뱉는다. "아 진짜…." 뭐가 잘못돼서 그러냐고 물어보려는데 그가 내 엉덩이를 들어올린다.

"리바이?"

그의 혀, 입술, 코가 뒤에서 나를 파고들고 나는 놀라서 숨을 들이마신다. 처음에는 조심스럽게 살짝 살짝 핥으며 내 클리토리스를 자극하더니, 그곳을 살며시 벌린 후에는 이내 깊은 키스로 돌변한다. 나는 정신을 잃을 것만 같다.

"아아." 신음이 터져 나온다.

뒤에서 들려오는 소리라고는 내 중심부에 닿은 그의 입에서 나오는 만족감 어리고 나지막한 신음뿐이다. 그 진동 때문인지 아니면 열성적으로 파고드는 리바이의 입술과 혀 때문인지 아니면 내가 잘 차려놓은 상인 양 그가 내 몸을 활짝 열고 달려들어서 그런지 하여간 얼마 안 가 아랫배가 팽팽히 조여들더니 팔다리가 떨리기 시작하고 더 이상 나는 애원하는 소리를 억누르지 못하게 된다. 이대로는 오래 갈 수 없을 것 같다. 아니나 다를까 1분도 안 돼 그는 나를 다른 곳으로 보내 버린다.

이건 내 몸이 아니다. 아니, 내 몸일지 모르지만 지금은 리바이가 조종하고 있다. 그래도 나는 개의치 않는다. 쾌락이 파도처럼 덮쳐 나를 집어 삼키고 그게 물러가기도 전에 그가 한 번 더 내 몸을 이리저리 옮기는 게 느껴진다. 또다시 나는 매트리스에 배를 깐 채 그에게 맡겨진다.

그의 손가락이 나를 연다. 다음 순간 몸이 저항하느라 아주 잠깐 통증이 느껴지고, 그가 깊숙이 밀고 들어온다. 전에 들어왔을 때도 몸서리치게 좋았지만, 지금은 그때보다 더 젖어서 아주 작은 움직임에도 몇 배는 더 짜릿하다. 내 몸이 그를 감싼 채 경련하듯 조여든다.

말도.

안 되게.

짜릿하다.

"맙소사." 리바이가 짧은 신음을 내뱉는다. 그러더니 아까보다 흐트러진 움직임으로 깊이 밀고 들어온다. "비, 아직 안 끝났군요?"

맞아요. 아니에요. 나도 몰라요. 고개를 틀어 뒤를 보자 리바이가 나를 내려다보고 있다. 발갛게 달아오른 피부와 가늘게 떨리는 내 몸을. 그가 당분간 멈추지 않을 것을 나는 안다. 나는 또 한 번 안타까울 정도로 빨리 절정에 이를 것이고 리바이는 그러는 나를 1초도 놓치지 않고 눈에 담을 것이다. 부들부들 떨리는 통나무 같은 굵은 팔 안에 나를 가두고서 허기지고 뭐에 홀린 듯 번뜩이는 눈으로 나를 줄곧 응시할 것이다.

"당신은 판타지 그 자체야. 이러라고 현실에 온. 나를 위해 존재하는 사람. 아아, 비." 그의 움직임이 빨라진다. 불규칙하고 가끔 박자를 놓치기도 하지만 어쨌든 빨라진다.

더는 견딜 수 없다.

"안 되겠어요." 내가 신음을 섞어 말한다.

그러자 리바이가 즉시 멈춘다.

"아뇨." 이번엔 우는 소리를 낸다. "멈추지 말아요."

"그럼 왜…?"

"그냥… 나를 보지 말아요."

그도 마침내 알아들은 것 같다. "쉬잇." 그가 몸을 낮추더니 내 광대뼈에 입 맞춘다. 아까보다 더, 믿기지 않지만 아까보다 더 좋아진다. 그가 내 몸을 연주하는 법을 알아낸 것이다. 어떤 각도로 들어와야 쾌락이 극대화되는지를. 그가 더 얕게 작정하고 들어오고 나는 속절없이….

마구 지껄인다. "아! 조금만 더, 제발, 더 세게!" 따위의 말을 쏟아내는데 어째서인지 리바이는 내가 뭘 요구하는지 정확히 알아챘다. 내 말을 다 알아듣고는 고개를 숙여 내 목을 혀로 핥고 어깨를 깨물고 내 뒷덜미에 대고 쾌락의 신음을 토해낸다.

"믿을 수가 없어." 그가 내 귀에 거친 숨을 토하면서 목구멍 깊은 데서 나오는 소리로 속삭인다. "내가 아직도 이성을 잡고 있다니."

'나도 마찬가지예요.'라는 생각이 떠오른다. 다음 순간 나는 베개에 대고 그의 이름을 내지르며 이성을 놓는다.

19장

기저측 편도체: 거미공포증

*기저측 편도체: 편도체에서 감각 정보를 받아들이고
공포 기억 형성에 중요한 역할을 한다. –옮긴이

여태껏 내 입으로 한 말을 죄다 주워 담고 싶다.

아니, 죄다는 아니고 그냥 "비건 누텔라만 제외하고 모든 육체적 쾌락을 희생하며 일생을 신경과학에 바치겠다."고 떠들어댄 부분만. 딱 그 한마디만 취소한다. 친구 겸 동료 겸 섹스도 하는 이 관계가 이렇게 좋은데 왜 희생하겠나. 아주 달콤하고 환상적이고 마법에 홀렸나 싶을 정도로 좋은데.

나는 아주 평화롭다. 촉촉하다. 만족스럽다. 그리고 잘나가고 있다. 무섭게 집중하고 있다. 만개했다고 할까. 도넛&아트 캠프에서 조교로 일했던 일주일까지 포함해서 비교해도 어른이 된 이래 최고의 몇 주를 보내고 있는 것 같다. 그때 나한테 주어진 책무는 설탕 발린 도넛을 실컷 먹는 것과 세잔의 그림을 보고 "예쁜데 너무 주황색이에요."라고 평하는 열 살짜리 애들을 감시하는 것뿐이었는데. 껌뻑 죽도록 환상적인 섹스 덕일지도 모른다. 아마 껌뻑 죽도록 환성적인 섹스 덕이 맞을 것이다. 아니, 껌뻑 죽도록 환상적인 섹스 덕분임이 확실하지만 다른 뭔가도 있다.

하나 꼽자면 블링크가 그렇다. 시연은 다음 주 금요일로 예정되어 있다. 보리스가 미 의회 절반을 내 앞에 모셔 오기 전에 4주쯤 시간이 더 있었다면 조금은 덜 긴장됐을까? 아마 그랬겠지. 나는 집착적인 성격이라 완벽히 준비하는 걸 선호한다. 하지만 해법을 찾은 이후 테스트하는 족족 좋은 결과가 나왔지 않은가. 이제 우리는 '보람은 없고 진만 빠지는' 단계에서 '과학사에 한 획을 그을' 단계로 옮겨가는 중이고, 공은 나에게 넘어와 있다. 모든 헬멧은 그것을 착용할 우주비행사의 뇌 매핑을 기반으로 각자에 맞게 제작되어야 한다. 아주 많이 정밀 조정해야 한다는 뜻인데, 나는 그 과정의 일분일초가 즐거워 죽겠다. 모두가 즐기고 있다. 그간 열정을 바쳐 일궈온 과정이 드디어 결실을 맺는 것을 지켜보는 건 엄청나게 사기가 오르는 일이라 엔지니어들은 자발적으로 일찍 출근하고 늦게 퇴근하고 있고 리바이와 나에게 끊임없이 질문을 퍼붓는가 하면 또….

우리 사이는 비밀에 부치고 있다. 리바이와 나의 관계. 당연하다. 엔지니어들에게 말할 필요는 없다. 로시오에게도. 그리고 나한테 있지도 않은 남편의 안부를 묻거나 같이 놀자고 리바이를 초대하는 가이에게도. 수요일에는 "오늘 저녁에 농구 한 판 어때?"였고 목요일에는 "맥주 한잔할래?" 이러더니 금요일에는 "이번 주말에 약속 있어?"라고 묻던데. 리바이의 정해진 답변("미안, 할 일이 너무 많아서.")에 내가 다 죄책감을 느끼지만 어차피 이건 일시적이니까. 왜, 그런 거 있지 않나. 연애에 관심 없던 여자애가 오래 전부터 자기에게 반해 있던 남자애를 만나 둘이 침대에 뛰어들어 뜨거운 시간을 보내는 경우 말이다. 거추장스러운 감정은 배제하고 깔끔하게 육체적 관계만. 몇 주 후면 나는 집으로 돌아갈 테고 가이는 리바이를 독차지할 수 있다. 그때까지 우리는 한 쌍의 낙타처럼 둘만의 시간을 최대한 누릴 작정이다. 시간이든 섹스든. 내가 낙타처럼 섹스한다고 말했던가? 덕분에 채워야 할 수면 시간이 24시간쯤 쌓였을 텐데 이상하게 피곤하지 않다. 어쩌면 내 몸이 오르가슴을 휴식으로 전환할 수 있는 정교한 생물 무기로 진화하고 있는지도 모른다.

"아예 우리 집으로 들어와요." 금요일 아침에 리바이가 불쑥 말한다. 내 뇌가 그 말을 해독하려고 삐걱거리는 동안, 나는 그가 따라준 커피 너머로 뻑뻑한 눈을 끔벅거린다.

"무슨 소리예요?"

"비의 물건을 여기에 갖다 놓으라고요." 막 조깅하고 돌아온 리바이는 땀범벅에 웃이며 머리가 다 흐트러졌는데도 심란할 만치 잘생겨 보인다. "가방에 싸서 다 가져와요. 그럼 옷 갈아입으러 왔다 갔다 할 필요 없잖아요. 어차피 거기가 비의 진짜 집도 아니고."

나는 머그컵 너머로 그를 빤히 쳐다본다. 리바이가 더위를 먹었나 보다. "여기 들어와서 살 수는 없어요." 섹친 규칙서에 관련 조항이 분명 있을 텐데.

"왜요?"

"그냥요. 혹시 리바이가…."

'포르노 보고 싶으면 어떡해요?' 아마 그러지는 않을 거다. 내가 그의 반려 포르노가 될 테니. '다른 여자 데려오고 싶으면 어떡해요?' 그러지도 않을 것 같다. '남자만의 공간이 필요해지면 어쩌려고요?' 뭐, 집이 워낙 크니까. '나체로 돌아다니고 싶으면요?' 이미 그러고 있다. 내가 식스팩 있는 남자랑 자고 있다니 아직도 믿을 수가 없다.

"진지하게 하는 말이에요." 리바이가 말을 잇는다. "내 침대가 더 편하잖아요. 고양이도 우리 집 고양이가 더 낫고. 벌새도 더 낫고."

"거짓말. 리바이네 정원에는 벌새 안 오잖아요."

"비가 없을 때만 와서 그래요. 여기 살면 비도 볼 수 있어요."

"로시오가 눈치채면 어떡해요."

"그게 왜요?" 리바이는 입을 다물고 내 설명을 기다린다.

"그럼 케일리도 알아챌 거 아니에요. 그럼 케일리가 다른 사람들한테 말할 테고. 나라도 만약 샘 교수님이 모슬리 박사님과 은밀한 관계였다는 걸 알았다면 갈대밭에 대고 외쳤을 거예요." 나는 미간을 찌푸린다. "와, 나 못됐네. 불쌍한 우리 교수님."

"케일리가 다른 사람들한테 말하면 말하는 거죠. 그게 뭐가 문제예요?"

내가 눈을 비비며 대꾸한다. "내가 동료랑 그렇고 그런 사이인 게 팀 전체에 퍼지는 건 피하고 싶어요. 그런 종류의 소문은…."

"… 스템 계열 여자들한테 유독 가혹한 대가를 안겨주니까?"

"잘 아시네."

"이해해요. 근데 로시오가 알아챈다 해도 비가 내 집에서 지내는 건 모를 거예요. 게다가 다른 일에 정신을 뺏겨 있을 수도 있고요. 지난 일주일간 로시오랑 케일리가 서로 '자기야'라고 부르는 걸 내가 들은 횟수를 감안하면."

"그건 그래요." 나는 아랫입술을 깨문 채 진짜로 여기 들어와 살까 고민한다. 내가 미친 걸까? 그건 아닌 것 같다. 그냥 리바이가 좋아서 그렇다. 이것이, 그와 함께 있는 것이 좋아서 그렇다. 리바이랑 이런 관계로 지내는 게 나한테 잘 맞나 보다. 그것을 그저… 조금 더 누리고 싶을 뿐이다. "미리 경고하자면, 나 잘 때 치아교정기 해요."

"섹시한데."

"그리고 이 집 욕실은 보라색으로 물들어서 영원히 안 빠질 거예요. 진짜로. 내가 샤워 다섯 번만 하면 욕조가 거대한 가지 이모티콘이 될 걸요."

그러자 리바이가 진지한 얼굴로 고개를 끄덕이고는 나를 바짝 끌어당겨 안는다. "평생 원하던 바예요."

♥♥♥

토요일 아침이다. 우리는 같이 아침 식사를 준비하고 있다. 다시 말해 리바이가 팬케이크를 굽고 나는 옆에 서서 블루베리를 훔쳐 먹으며 그에게 『인어 이야기』 줄거리를 들려주고 있다는 뜻이다. 『인어 이야기』는 내가 대학원 시절부터 구상한 영 어덜트 소설이다(나노 단위인 쪼끄만 사무실에서 근무하면서 최저 소득 기준에 간신히 걸친 생활이 지속되는 것만큼 여자의 상상력을 자극해 현실도피성 소설을 낳게 하는 것도 없다).

"잠깐." 리바이가 미간을 찌푸린다. "그럼 온딘은 수영팀에 합류하기 전까진 자기가 반은 인어인 걸 모르는 거예요?"

"맞아요, 자기가 입양아인 걸 몰라요. 수영팀 첫 훈련 때 동료들이 물에 집어던졌는데 한 바퀴를 단 몇 초…. 한 바퀴 도는 데 얼마나 걸리는지 먼저 조사해야겠네. 아무튼 얼마나 빠르냐면…."

"마이클 펠프스만큼?" 리바이가 팬케이크를 휘릭 뒤집는다.

"그렇다고 해두죠, 누군진 모르지만. 그러다가 조 워터스가, 얘는 같은 학교 졸업반인 귀여운 남학생이에요. 얘가 온딘이 자아를 발견하는 여정에서 아주 충실한 보조 역할을 해요."

"둘이 나중에 맺어져요?"

"아뇨. 남자애는 대학에 진학하고 주인공은 꼬리가 생겨요."

"장거리 연애를 할 수는 없는 거예요?"

"못 하죠. 나는 쉽게 영향 받는 나잇대의 독자들한테 인간관계의 견고성에 대해 거짓말하지 않을 거예요."

그러자 리바이가 인상을 쓴다. "엔딩이 안 좋은데…."

"아니에요. 머-메이징한 엔딩이라고요!"

"장거리 연애가 유지 가능한 건 거짓이 아니에요."

"해피엔딩으로 끝나는 장거리 연애는 거짓 맞죠. 다른 모든 해피엔딩과 마찬가지로."

리바이가 의미심장한 눈길로 나를 본다. 팬케이크 가장자리가 위험할 정도로 색이 진해지고 있다. "그럼 우리도 안 좋게 끝나요?"

"아니죠." 내가 손을 저으며 대꾸한다.

"우린 괜찮을 거예요, 가벼운 관계니까."

그러자 리바이의 몸이 굳으면서 꽉 다문 입술이 가늘어진다.

"그렇군요." 그가 티 나게 의식적으로 몸의 긴장을 푸는데….

표정이 왠지 묘하다.

"그 표정은 뭐예요?" 내가 묻는다.

"어떤 표정 말이에요?"

"그거요. 너바나가 아니 디프랑코보다 낫다고 나를 설득하려고 들 때 짓는 표정."

"비를 설득할 생각 없어요."

"아. 그럼 내 말이 옳은 걸 인정하는 거죠?"

"비가 옳은 건 아니에요. 비는 그냥 고집스럽고 단단히 오해하고 있고 잘못 짚을 때도 많아요. 음악에 대해서든 다른 문제에 대해서든. 근데 논리적으로 설득하려고 해봤자 소용없으니까." 그러더니 그가 몸을 숙여 내게 키스한다. 여운이 남는 감미롭고 깊은 키스다. 잠시 내 머릿속이 텅 빈다. "내가 직접 보여주는 수밖에."

"뭘 보여준-?"

그때 리바이의 휴대폰이 울린다. 그가 가스레인지 불을 끈 다음 전화를 받는다. "네?"

수화기 너머에서 누군지 알 것 같은 사람의 목소리가 들려온다. 릴리 설리번이다.

"안녕. 비랑 같이 있어." 내가 그를 호기심 어린 얼굴로 본다. 릴리가 나를 어떻게 아는 거지? "그럼. 당연하지…. 물어볼게." 리바이가 휴대폰을 어깨에 대고서 나를 바라본다.

"거미 전문 수의사가 되는 게 꿈이고 포키몬에 대해 할 말이 많은 여섯 살짜리랑 몇 시간 놀 생각 있어요?"

잠시 멍해진다. 다음 순간, 무슨 소리인지 이해가 되자 내 입이 귀에 걸린다. "있고말고요! 근데, 리바이?" 휴대폰을 도로 귀에 갖다 대는 리바이에게 내가 속삭인다. "포키몬이 아니라 포켓몬이에요."

♥♥♥

릴리 설리번은 포근하고 서글서글하고 남부 사람 특유의 스스럼없이 다정한 매력이 철철 넘치는 사람이어서 나는 만나자마자 그녀에게 호감이 생긴다. 거기다 건국 초기 건축 양식인 그 집에도 폭 빠지고 만다. 페니 설리번은 또 어떤가 하면…. 보자마자 나는 그 아이와 사랑에 빠지고 만다.

아니, 정확히는 아니다. 거실에 납작 엎드려 있던 페니가 고개를 들고 커다란 눈망울로 호소하듯 올려다보며 "내 왕국 내줄게. 트윙키 과자 하나랑 내 왕국 전체 바꿀게."라고 말한 순간 사랑에 빠진다.

"케토 식단 나흘째라서 저래요." 릴리가 속삭여 알려준다.

"뇌전증 때문에 제한 식단 중이거든요." 그러고는 아이에게 달걀과 아보카도를 너무 많이 먹인 엄마만이 지을 수 있는 애달픈 눈빛을 나에게 보낸다. "재가 전에는 트윙키를 저렇게 먹고 싶어 한 적이 없었는데."

사촌 막달레나에게 곰 젤리가 동물 뼈로 만들어졌다는 소리를 들은 후 몇 년간 비건 대체식을 찾아내지 못해 죽도록 젤리가 먹고 싶은 걸 참아야 했던 아홉 살의 내가 떠오른다.

"맞아요, 제한 식단에는 그런 애환이 있죠."

그나마 페니는 리바이가 와서 그런지 이제 기분이 나아진 것 같다. 리바이가 페니를 번쩍 들어 어깨에 가로로 두르고 집 안을 돌아다니자 깔깔 웃는 소리가 난다. "페니하고 나는 뒷마당에 있을게. 같이 놀고 싶으면 나와." 보아하니 이미 셋만의 루틴이 있는 듯하다. 리바이가 높다란 나무에 달린 그네에 페니를 태우고 힘껏 밀어주면 페니는 "더 세게! 더 세게!"라고 외치고, 릴리는 테라스에 앉아 그 모습을 바라보며 흐뭇하게 미소 짓는 루틴이다. 나는 릴리 옆 의자에 앉는다. 그리고 레모네이드를 따라주는 릴리에게 고맙다고 인사한다.

"와줘서 얼마나 기쁜지 몰라요. 페니가 이번 주말에 친구네 집에 가서 자기로 했었는데 주초에 발작을 일으키는 바람에 취소했거든요. 애가 힘들어했어요."

"나라도 짜증나겠어요. 그리고 여기 오는 게 뭐가 힘들다고요. 집이 정말 예뻐요. 초대해줘서 고마워요."

그러자 릴리가 미소 지으며 자기 손바닥을 내 손에 포갠다.

"제가 더 고맙죠, 이러는 걸 이상하게 여기지 않아줘서요." 그러면서 자기 자신과 집, 리바이, 심지어 나까지 가리켜 보인다.

"남자친구를 웬 모르는 여자가 계속 호출하는데도-."

"앗, 저희 그런 사이 아니에요. 그냥…." 내 시선이 저절로 그네 쪽으로 간다. 반경 3미터 내에 아이가 있는데 섹스 얘기를 해도 되나? 불법 아닌가?

"마음이 편치 않을 거 알아요. 더군다나 리바이랑 제가 한때…." 릴리가 미안해하는 눈길을 보낸다. 여러 가지 이유로 이 얘기는 그만

했으면 좋겠다. 그 이유 중 하나는 내가 질투할 자격이 전혀 없는데도 심장 한구석이 콕콕 쑤시기 때문이다. 나, 질투하나? 약간? 으엑, 정신 차려.

"우린 한참 전에 끝난 사이에요." 릴리가 말을 잇는다. "딱 몇 주간 만났었고요. 리바이가 박사과정 마지막 해 시작하기 전에 피터랑 여름휴가 보내러 휴스턴에 왔을 때 만났어요. 그 후 리바이는 피츠버그로 돌아갔고요. 장거리 연애를 해보려고 했지만 리바이가 다른 사람을 만났다고 해서…."

콕콕 쑤시던 게 이젠 묵직한 통증으로 번졌다. 리바이가 박사 5년 차 때 누굴 만난 거지? 아, 나구나, 바보. 그렇지만 고작 나 때문에 릴리 같은 여자와 헤어졌을 리가 없는데….

"리바이가 피터한테 우리가 헤어졌다고 얘기한 후 피터가 나를 좋아한다고 고백하면서 만나자고 했어요." 릴리는 자신의 인생 이야기가 믿을 수 없다는 듯 두 손을 쫙 펼쳐 보인다.

"두 달 후 우린 결혼했고 나는 곧바로 아이를 가졌죠. 믿어져요?"

나는 미소 지으며 대꾸한다.

"정말 낭만적이네요. 피터가 그렇게 돼서 너무 안됐어요."

"네. 그 일은… 지금도 얘기하기 쉽지 않아요." 릴리가 시선을 돌린다. "블링크를 위해 그렇게 큰일을 해줘서 고마워요. 비밀 엄수 조항 때문에 자세히 얘기 못하는 거 아는데, 비가 팀에 합류했을 당시 리바이가 큰 보탬이 될 사람이 들어왔다고 좋아했거든요. 비 같은 인재가 피터의 유산을 이어받아 추진하는 게 얼마나 큰 위안인지 몰라요. 그리고 리바이를 우리한테 빌려주는 것도 고맙고요."

목이 메어 말이 잘 나오지 않는다. "제가 빌려주고 말고 할 처지도 아닌걸요."

"그런 처지인 것 같은데요. 앗, 저 녀석– 페니, 모자 써야지! 땡볕에 그렇게 나가 있으면 어떡해!"

"리바이 삼촌이 안 써도 된댔어!"

리바이가 그런 말 한 적 없다는 뜻으로 한쪽 눈썹을 스윽 치킨다. 그러자 페니가 툴툴거리며 엄마에게 다가오다가 수줍고 주저하는 표정으로 내 앞에 선다.

"그거 아파요?" 체중을 이쪽 발 저쪽 발로 옮겨대며 내게 묻는다.

"뭐가? 아, 코 피어싱. 오래전에 처음 뚫었을 때만 조금 아팠어."

페니가 믿지 못하겠다는 얼굴로 고개를 끄덕인다.

"아줌마 이름, 진짜 비(bee)예요?"

"맞아."

"그 '꿀벌'할 때의 비요?"

"응."

"왜요?"

리바이와 내가 웃음을 터뜨리고 릴리는 한 손으로 눈을 가린다.

"우리 엄마가 시인이었는데 꿀벌을 주제로 한 시 몇 편을 정말 좋아하셨거든."

페니가 고개를 끄덕인다. 그 설명이 마리아 데루카 쾨닉스바사 시인에게 그랬던 것만큼 페니에게도 납득이 되나 보다.

"아줌마네 엄마는 어디 있어요?"

"이 세상을 떠났어."

"우리 아빠도 세상을 떠났는데." 어른들이 순간 긴장하는 게 감지되지만 페니의 말투는 건조하기 짝이 없다.

"제일 좋아하는 동물은 뭐예요?"

"대답이 꿀벌이 아니면 실망할 거니?"

아이는 잠시 곰곰이 생각하더니 대꾸한다.

"글쎄요. 멋진 동물이면 괜찮아요."

"그렇구나. 고양이는 멋진 동물이야?"

"그럼요! 리바이 삼촌도 고양이가 제일 좋대요. 삼촌네 집에 검은 고양이가 있어요!"

"맞아." 리바이가 끼어든다.

"비도 고양이 키워. 근데 투명한 고양이야."

내가 그를 째려본다.

"나는 동물 중에 거미를 제일 좋아해요." 페니가 알려준다.

"아 그래, 거미는 참… 멋지지." 내가 소름이 쫘악 돋는 걸 무시하며 대답한다. "내 여동생은 블롭피시를 제일 좋아하는데. 어떻게 생겼는지 본 적 있어?"

페니는 눈이 휘둥그레지더니 내 무릎에 기어올라와 내가 휴대폰 화면에 띄운 사진을 들여다본다. 아, 이래서 애기들이 좋더라. 아니, 이 아이가 좋다. 무심코 고개를 드니 리바이가 묘한 눈빛으로 나를 빤히 보고 있다.

"여동생이 어린이예요?" 페니가 블롭피시를 보고 질색하는 표정을 짓더니 해맑게 묻는다.

"나랑 쌍둥이야."

"그래요? 그럼 똑같이 생겼어요?"

"그럼." 내가 즐겨찾는 사진함을 스크롤해 우리 자매의 열다섯 살 때 사진 한 장을 보여준다. 이 시절을 라이케는 "(타투와 피어싱으로) 소프트코어 수준의 신체 개조"를 하기 전 단계라고 부른다.

"우와! 둘 중 누가 아줌마예요?"

"오른쪽."

"둘이 사이 좋아요?"

"응. 뭐, 서로 많이 약 올리긴 해. 근데 사이는 좋아."

"같이 살아요?"

나는 고개를 젓는다.

"사실 동생을 많이 못 만나. 걔가 여행 다니는 걸 좋아하거든."

"동생이 떠나서 화나요?"

아, 애들이란. 정곡을 찌르는 질문을 아무렇지도 않게 던진단 말이지. "화났었지. 근데 지금은 그냥… 조금 슬퍼. 근데 괜찮아. 내가 한 곳에서 살아야만 하는 것처럼 걔는 돌아다녀야 직성이 풀리거든."

"내 친구가 그러는데 쌍둥이가 애 낳으면 걔네도 쌍둥이래요."

"그럴 확률이 높지."

"아줌마도 쌍둥이 낳고 싶어요?"

"페니." 릴리가 부드러운 투로 나무란다.

"아침 댓바람부터 손님한테 가족계획 꼬치꼬치 캐묻기 있어?"

"아, 괜찮아요. 쌍둥이를 낳으면 정말 좋을 것 같아." 실제로 나는 쌍둥이를 낳아 기르는 미래를 상상하곤 했다. 지금으로서는 빤한 이유로 인해 그럴 가능성이 거의 없어졌지만. 페니에게는 일일이 설명하기 힘든 이유들.

페니가 씨익 웃는다.

“잘됐네요. 왜냐하면 리바이 삼촌도 그러고 싶대요.”

“아. 아, 나는-.” 얼굴이 확 달아오르는 게 느껴진다. 똑같이 민망해할 걸 예상하고 리바이를 흘끔 쳐다본다. 하지만 그는 조금 전보다 스무 배는 강렬한 눈빛으로 나를 응시하고 있고 또-.

“셔벗 먹고 싶은 사람?” 이상한 기운을 감지한 릴리가 불쑥 말한다.

“엄마아아.” 페니가 뿌루퉁해서 말한다.

“나를 그렇게 고문해야겠어?”

“네 거는 따로 만들어뒀지.” 눈이 동전만 해진 페니가 집 안으로 후다닥 뛰어 들어간다. “불쌍한 녀석.” 다 같이 따라 들어가는데 릴리가 중얼거린다. “케토 아이스크림을 한입 먹으면 뱉고 싶을 텐데.”

“페니가 얼마나 절박한지 몰라서 그래요.” 내가 한마디 거든다. “저도 비건이 된 후에는 옛날에 쳐다보지도 않던 음식들을 없어서 못 먹-.”

“비! 비! 여기요, 보여줄 거 있어요!”

“뭔데 그래?” 내가 웃으며 아이의 키 높이로 쪼그려 앉는다.

“얘는 섀기라고 하는데요, 내-.”

페니가 내민 타란툴라 거미 인형에 시선이 꽂힌 순간 세상의 소리가 사라진다. 눈앞도 뿌얘진다. 몸이 차디찬 동시에 후끈거리고 다음 순간 눈앞이 캄캄해진다.

♥♥♥

“방금 대단했어요! 리바이 삼촌, 여자친구 진짜 멋지다!”

“나도 그렇게 생각해.”

“세상에. 구급차 불러야 하는 거 아니야?”

“아니야. 비는 괜찮아.” 모든 게 가물가물하지만 일단 나는 리바이의 품에 안겨 있는 것 같다. 그는 진득하게 내 머리를 받치고서 전혀 걱정기 없는 말투로 대답한다. 오히려 묘하게 즐거워하는 것 같다. “원래 이삼일에 한 번은 기절해.”

“순 날조예요.” 내가 힘겹게 눈을 뜨면서 웅얼거린다. “거짓말.”

리바이가 나를 내려다보며 씩 웃는데…. 아, 진짜 잘생겼다. 저 얼굴 너무 좋다. “마침내 친히 인간 세상으로 내려와주셨군.”

“저혈당 때문에 그래요?” 릴리가 조심스레 묻는다.

“혹시 내가 갖다줬으면 하는 게-?”

“비 아줌마도 나랑 똑같아!” 페니가 신나서 손뼉을 치며 말한다. “비 아줌마도 나처럼 뇌에 전기가 번쩍하는구나! 간질 발작 하는 거야!”

“간질 발작하고 비슷하긴 해.” 내가 몸을 일으키며 대꾸한다.

“비 아줌마의 부교감 신경계가 제대로 일을 안 해서 그러는데 덕분에 우리한테 재미난 오락거리를 안겨준단다.” 리바이가 페니에게 설명한다.

“이보세요.” 내가 인상을 쓰고 받아친다. “세상에는 안정된 혈압이라는 사치를 누리지 못하는 사람도 있다고요.”

"귀여우니까 됐죠 뭐." 리바이가 내 관자놀이에 입을 대고 알아듣기 힘들게 웅얼거린다. 내 살갗에 닿은 수염이 까끌까끌하다. 입술은 부드럽고.

페니도 내가 기절하는 게 상당히 재밌는 모양이다.

"쌍둥이 동생도 기절해요?"

"아니. 걔는 좋은 것만 가졌어." 예를 들면 프랑스 국가를 트림으로 연주하는 재주라든가.

"아줌마 너무 멋지다!"

"사실 적응력 나쁜 자율신경계가 보이는 반응인데."

"또 할 수 있어요?"

"그렇게는 못 해, 얘. 마음먹는다고 할 수 있는 게 아니거든."

"그럼 어떤 때 하는데요?"

"여러 가지 상황이 있을 수 있지. 스트레스를 너무 받았다거나 뭔가에 놀랐다거나. 또 뱀이나 거미처럼 내가 무서워하는 걸 봤을 때도 기절하고."

그러자 페니의 눈이 동전만큼 커진다.

"그럼 내가 새끼를 또 보여주면-."

리바이와 릴리가 동시에 "안 돼!"하고 외치지만 이미 늦었다. 페니가 등 뒤에 숨기고 있던 거미 인형을 다시 휙 꺼내고 다음 순간 세상이 또 한 번 캄캄해진다.

♥♥♥

우리는 설리번 가족과 꼬박 하루를 함께한다. 새기를 아이 손이 닿지 않는 벽장에 가둔 뒤로는 마음껏 재미난 시간을 보낸다. 집에 가려고 일어설 때쯤 나는 포켓몬에 대해 백과사전 분량의 정보를 흡수했고, 페니가 눈에 띄는 종이란 종이에 거미를 그려서 나를 기절시키려고 시도한 횟수가 대략 스무 번에 이르렀다.

꼬마 악당 같으니. 꼭 안아주고 싶네.

하지만 문 앞에서 다음에 또 만나서 놀자고 약속하며 작별인사를 나눌 때는 내 머리 위로 그랜드피아노 한 대가 쾅 떨어지는 것 같다.

"휴스턴에 얼마나 머물 거예요?" 릴리가 묻는다.

나는 어쩔 줄을 몰라 리바이의 옆구리에 더 깊이 파고든다.

"확실히는 몰라요. 원래는 블링크가 한 세 달에 걸쳐 진행될 계획이었는데 지금 일이 의외로 잘 풀려서…." 나는 어깨를 으쓱하는 것으로 대신 말을 맺는다. 나를 감싼 리바이의 팔에 힘이 들어간다. 리바이와 내가 사전의 '스쳐가는 관계' 항목에 예시로 실릴 만한 커플인 걸 잘 안다. 하지만 그걸 상기하기엔 내가 이걸 너무 즐기고 있다. 리바이와 함께하는 시간을, 그의 친구들을, 그가 만드는 음식을. 몇 주 후 모든 게 끝나면 너무 슬플 것 같다.

"부모님은 여전히 다음 주에 여기 오신대?" 릴리가 묻는다.

리바이의 팔에 또 한 번 힘이 들어가는데 이번에는 아까와 사뭇 다른 느낌이다. 조금 전에는 소유욕에서 나온 포근한 제스처였다면 이번엔 그냥 긴장만 묻어 있다. "응."

"으윽, 안됐다. 내 도움이 필요하면 얘기해."

호기심이 발동해서 그의 픽업트럭에 올라타자마자 묻는다.

"가족이 여기 와요?"

리바이는 시선을 전방에 고정하고 시동을 건다. 나는 슬슬 그의 기분을 정확히 파악해가고 있지만 지금은 감이 안 잡힌다. 아직은.

"부모님만요. 휴스턴 공군기지에 무슨 행사가 있대요."

"그래서 부모님 뵐 거예요?"

"아마 같이 저녁 식사 할 것 같아요."

"언제요?"

"그건 몰라요. 아버지가 시간 나면 연락 주시겠죠."

나는 잠자코 고개를 끄덕인다. 하지만 이내 내 목소리와 수상할 만치 똑같은 누군가의 목소리가 이렇게 묻는다.

"나도 가도 돼요?"

그러자 리바이가 짧게 헛웃음을 터뜨린다. "간간이 '갈릭 솔트 좀 집어줘'라고 말할 때만 깨지는 긴장감 어린 침묵을 좋아하나 봐요?"

"설마 그렇게 나쁘겠어요. 그렇다면 가족끼리 모이지도 않겠죠."

"우리 아버지가 나한테 실망한 걸 알려주려고 어떤 말까지 불사하시는지 비가 알면 놀라 자빠질 걸요."

"어머니는 어떠신데요?"

그는 어깨를 으쓱하는 걸로 대답을 대신한다.

"이건 어때요? 내가 블링크가 얼마나 잘되어 가는지 넌지시 암시하는 거예요. 신경과학자들이 엔지니어링 관련해서 의문이 생길 때마다 찾는 사람이 리바이라고 말해줄게요. 아니면 첫 번째 코스 다

먹고 〈네이처〉에 실린 리바이의 논문 기사로 입가를 톡톡 닦는다든가."

"나는 코스가 두 개 이상이면 자리 뜰 거예요. 그리고 비." 리바이가 고개를 젓는다. "비가 우리 가족 만나는 걸 꺼려서가 아니에요. 비가 부끄러운 것도 아니고요. 그보다는 분위기가 진짜 안 좋아서 그래요."

'거지같으나마 최소한 붙잡고 있을 가족은 있는 거잖아요.' 이런 내 생각을 입 밖에 내지는 않는다. 리바이의 부모님이 설마 그 정도는 아닐 거라고 거의 확신한다. 다만 리바이가 느끼기엔 아마도 그 정도로 끔찍했을 수 있고, 내 확신보다 리바이의 느낌이 중요하니까.

"강요하려는 건 아닌데 솔직히 정말로 같이 가고 싶어요. 가서 리바이의 여자친구인 척 연기해도 되잖아요."

그러자 그가 의아하다는 얼굴로 나를 흘끗 본다.

"연기할 것도 없잖아요."

"아니 내 말은, 당장 결혼해도 이상하지 않은 커플인 척할 수 있다고요. 그날 연꽃 모양 코 피어싱 끼고 타투도 훤히 내보일게요. AOC 상의에 찢어진 청바지를 입고요. 부모님이 나를 얼마나 싫어하시겠어요!"

그가 웃음을 꾸역꾸역 참는 기색이 역력하다. 기어이 피실피실 웃음이 새어 나온다. "비를 싫어할 수 있는 사람은 없어요. 우리 아버지라도 못 그래요."

내가 그에게 윙크하며 받아친다. "그럼 어디 한번 해볼까요?"

20장

복측 피개부: 연인 간의 사랑

*복측 피개부: 측좌핵으로 보내는 도파민을 합성하여 온몸으로 전달하는 쾌락 중추로, 사랑에 빠진 연인들은 이 영역이 활성화된다. -옮긴이

겪어 보니 리바이의 아버지는 얼마든지 나를 싫어할 수 있는 사람이었다. 리바이의 어머니와 또 별로 유쾌하지 않은 반전으로 뒤늦게 합류한 리바이의 형도 마찬가지다.

하지만 중요한 얘기부터 하자. '그날 저녁 식사' 전, 다가오는 블링크 시연에 대비해 며칠간 철저하고 또 철저하게 준비한다. 볼트란 볼트는 다 죄고 자극 프리퀀시도 철저히 조정하고 가이도 이리저리 두피를 찔리면서 수없이 여러 번 전기자극을 받는다. 그래도 그는 잘 견뎌낸다. 시연의 주인공은 헬멧이지만 가이는 그 헬멧을 첫 번째로 시작할 사람이기에 이목이 집중될 예정인지라 잔뜩 긴장한 티가 난다. 그는 지난 며칠간 기분이 저조했고 초조해 보였으며 전에 없이 피곤해했다. 팀의 사기를 떨어뜨리지 않기 위해 불안을 혼자 삭이고

있는 것 같은데, 그렇게 생각하니 가서 꼭 안아주고 싶다. 며칠 전 저녁에는 잘 있나 보려고 사무실에 들렀더니 가이가 자리에서 용수철처럼 튀어오르면서 모니터에 띄운 탭을 죄다 닫는 게 아닌가. 우주비행사들도 포르노 사이트에 접속해 스트레스 푸는 건 똑같은가 보다.

로시오와 케일리는 점점 더 닭살 돋는 애정 행각을 보이고 있다. 리바이를 놀라게 하려고 내가 유일하게 할 줄 아는 요리인 (어제 준비하다가 결국 내가 할 줄 아는 요리는 없다는 아픈 깨달음을 안겨준) 채소볶음을 휴게실에서 데우고 있는데 둘의 대화가 들려온다.

"이 운동이 시작된 계기에 대해 한마디 해준다면 진짜 좋을 텐데." 로시오가 말한다.

"근데 대중 앞에 나서기 싫어하는 타입 같아."

"얼굴은 모자이크 처리하면 되잖아. 헬륨 목소리 앱으로 목소리도 변조하고."

"자기야, 그렇게 하면 메시지의 진중함을 해칠 것 같아."

"가이 포크스 가면을 씌워서 내보내면 어떨까?"

"나도 〈브이 포 벤데타〉 영화는 좋아하지만, 좀 그래."

"무슨 얘기해요?" 겉이 탄 동시에 속은 설익은 당근 한 조각을 포크로 쿡 꿰며 내가 묻는다. 놀랍군. 태우면서 설익히는 기술은 잘만 개발하면 다른 데 적용할 수도 있겠어.

"#공정한대학원입시 아시죠?" 케일리가 묻는다.

나는 그만 타파웨어 용기에 당근을 툭 떨군다.

"어…. 대충은요."

"대학원 입시 과정에 포괄성을 도입하자는 운동이에요. 학생 조직들이 이미 활발하게 추진하고 있는데 로하고 저는 엄밀히 말해 학생은 아니라서….” 그러더니 자기 노트북 화면을 내 쪽으로 돌린다. “대신 #공정한대학원입시 웹사이트를 만들고 있어요! 아직 완성은 안 됐지만 곧 개설할 거예요. 관련 자료며 자원, 멘토링 기회 같은 정보를 올리려고요. 그리고 마리 퀴리한테 인터뷰도 요청할 거예요.”

나는 우선 다 씹고 삼킨다. 그런데 입안에 당근을 넣지도 않았다. 내 혀를 씹고 있었나 보다. “마리 퀴리?”

“진짜 마리 퀴리 말고요! 근데 진짜 퀴리가 인터뷰했다면 완전 웃겼겠다!” 케일리가 이름으로 인한 혼동이 재밌어서 30초간 깔깔 웃는다. 로시오는 그런 그녀를 30초 내내 하트가 가득한 눈으로 바라본다. 아, 막 싹튼 사랑이 제일 달콤하지.

“이 이슈를 처음 제기한 사람이에요. 우리 웹사이트 오픈하는 날 그분 인터뷰를 싣고 싶은데 목숨 걸고 익명성을 지키는 부류 같아서요.” 그러면서 케일리는 두 손을 펼쳐 보인다. 손톱에 무지갯빛으로 빛나는 하늘색 매니큐어가 칠해져 있다.

나는 헛기침을 한 후 넌지시 말한다.

“이메일 인터뷰에는 응할지도 모르죠.”

“그거 정말 좋은 아이디어네요!” 로시오와 케일리는 거북할 정도로 감탄한 표정을 주고받는다. 그러더니 케일리가 엄지에 침을 묻혀 로시오의 눈가를 닦는다. “잠깐, 자기야. 마스카라 번졌어.”

나는 휴게실을 나가면서 로시오와 눈을 맞추고 입모양으로 말한다. “나중에 봐, 자기야.” 둘의 관계가 발전되는 걸 지켜보는 즐거움이 얼마나 큰지.

이번 금요일 시연에 워낙 엄청난 명운이 달려 있어서 다들 혼이 쏙 빠져 있는지라 리바이가 매일 내 자리로 커피를 갖다 주는 걸 아무도 눈치채지 못한다. 내가 너무 오래 일하고 있으면 잠깐씩 쉬게 신경 써주는 것도. 연구실에 벌레가 날아들 때마다 그가 슬쩍 웃으며 나한테 또 기절할 거냐고 묻는 것도. 그리고 내가 펠리세트를 위해 까놓는 간식을 가지고 나를 놀리는 것도.

하지만 나는 눈치챘다. 그가 그저 제대로 친구 노릇을 하려 한다는 걸. 그저 친절한 사람, 훌륭한 연구협력자 노릇을 하려는 걸 알지만 조금은 마음이 아프다. 진짜 통증은 아니고 그 왜, 심장이 쿡쿡 찔리는 느낌이랄까? 리바이가 나를 지그시 바라볼 때마다 심장이 조여든다. 같이 조깅할 때 그가 의식하지 않고도 내 페이스에 맞춰줄 때나 내가 좋아하는 걸 알고 M&Ms에서 비건 초콜릿인 노란색(확실히 빨간색보다 맛있다.)을 따로 빼줄 때마다 느껴지는 심장의 저릿함이 이제는 슬슬 아프다. 심장 부근을 누가 칼로 후비는 느낌이다.

이상하고 묘하고 기이하고 별난 통증. 미리알림 앱에 '베데스다에 돌아가면 1차 의료기관에 방문할 것'이라고 한 줄 적어넣는다. 어차피 정기검진 받을 시기도 살짝 지났으니까.

어쨌든 일은 무지무지 재미있고 섹스는 말할 것도 없이 환상적이고 #공정한대학원입시 운동은 (중세 길드의 견습 모델의 최후 보루인) 대학원에서 파란을 일으키려 하고 있다. 이보다 더 잘 풀릴 수는 없을 것 같다. 그렇게 보이지 않나?

잘못짚었다. 그날의 저녁 식사로 돌아가 보자.

저녁 식사가 환상적으로 순조롭게 흘러가지 않을지 모른다는 첫 번째 단서는(나는 속으로 '앗, 이런'이라고 부르는데) 리바이의 가족이 저녁 식사 장소로 고급 스테이크하우스를 제안했다는 것이다. 여기서 "제안했다"란 결정했다는 뜻이다. 다른 사람들이 고기를 먹는 건 상관없다. 하지만 리바이가 비건식을 하는 걸 철저히 무시한 건 별로 아버지다운 행동이 아닌 것 같다.

식당에 들어서자마자 그릴에 구운 스테이크 냄새가 코를 찌른다. 내가 리바이를 흘끔 올려다보자 그는 미안해하며 말한다. "나중에 따로 저녁 만들어 줄게요." 그 말에 내 안에서… 한바탕 쓰나미가 인다. 아니, 진짜로. 심장이 쿡쿡 찔리는 느낌? 그건 아무것도 아니다. 나는 지금 배려심이라곤 전혀 없어 보이는 부모가 비건인 자신을 스테이크 식당으로 불러냈는데도 오늘 내가 저녁 굶을 걸 먼저 걱정하는 이 남자를 향한 애정의 파도에 휩쓸려 허우적대고 있으니까. 그 벅찬 감정이 흉곽 안에서 폭발할 것 같아서 입구에서 그의 회색 버튼다운 셔츠에 손을 얹어 잠깐 세운 후 확 끌어당겨 키스한다.

우리는 공공장소에서 키스를 잘 안 한다. 그리고 우리끼리 있을 때도 보통 먼저 스킨십을 시도하는 건 내 쪽이 아니다. 그래서 그의 눈이 휘둥그레지지만 이내 몸을 숙여 내게 입을 맞춘다.

"나도 어," 내가 그와 입을 포갠 채 중얼거린다. "뭐 해줄게요. 이따가." 어이. 좀 섹시하게 말할 순 없냐, 비. 자알한다, 유혹 스킬 9단이다 아주.

그의 얼굴이 확 달아오른다. "어…. 진짜로요?"

나는 갑자기 수줍어져서 고개만 끄덕인다. 그래도 우리는 어쨌든 키스를 한다. 그게 나의 두 번째 '앗, 이런'일 줄이야. 왜냐하면 바로 그때 뒤에서 누군가 헛기침을 했기 때문이다. 그리고 나는 그게 누군지 즉시 눈치챈다.

이크.

리바이의 아버지는 키가 리바이보다 조금 작고 조금 덜 잘생기고 근육도 덜 붙은 버전이다. 어머니는 리바이에게 곱슬머리와 초록색 눈을 물려준 장본인임을 딱 알겠다. 그리고 세 번째 인물로 말할 것 같으면…. 부모님과 함께 온 그 사람을 보고 리바이가 놀란 기색이 역력하다. 생김새가 닮은 걸 보아 그가 리바이의 형인 걸 바로 알겠다.

세상에나. 이게 리바이의 가족이구나. 리바이의 인생. 갑자기 호기심이 폭발한다. 그의 모든 것이 알고 싶다. 그래서인지 너무 빤히 쳐다보느라 한차례 소개가 이루어지는 걸 놓치고 만다. 이것이 세 번째 '앗, 이런'이겠군.

"… 우리 제일 큰형, 아이작이에요. 이쪽은 비 쾨닉스바사 박사입니다."

내가 미소 지으며 최대한 쾌활하게 "만나서 반갑습니다."라고 인사하려는데 리바이의 아버지가 말을 막는다. "여자친구라고?"

나는 긴장하지 않으려고 애쓰며 대답한다.

"네. 직장 동료이기도 하고요."

리바이의 아버지는 무심히 고개를 끄덕이고는 앞장서서 테이블로 가면서 똑같이 무심히 뒤따라오는 아내에게 "내가 쟤 게이 아니랬잖아."라고 툭 던진다. 아이작이 우리 둘에게 그래도 약간은 덜 무심하게 슬쩍 웃어 보인 후 따라 들어간다. 여기서 가장 놀랄 일은 내가 흘끔 올려다보니 리바이마저 무심한 얼굴을 하고 있는 것이다. 그는 내 손을 잡고 나를 테이블로 이끌 뿐이다.

"아무 때고 집에 가도 돼요, 알았죠?"

우리 둘 중 누구에게 하는 말일까.

리바이와 나는 메뉴를 결정하는 데 0.1초도 안 걸린다(하우스 샐러드, 치즈 빼고 드레싱은 올리브오일로). 그의 부모님이 차 안에서 시작된 게 분명한 대화를 아이작과 이어가는 동안 우리 둘은 한마디도 하지 않는다. 아무도 리바이에게 "어떻게 지내니?" 한마디조차 묻지 않는데도 그는… 심란할 정도로 아무렇지 않아 보인다. 오히려 아예 딴청을 피우고 있다. 허공을 응시하면서 테이블 밑에 있는 내 왼손을 만지작거리기만 한다. 마치 내가 기적의 스트레스 완화용 고무공이라도 되는 것처럼. 내가 '가족 모임'이나 '가족'에 대해 전문가는 아니지만, 이건 잘못돼도 한참 잘못됐다. 그래서 잠깐 침묵이 내려앉았을 때 워드 가족에게 우리의 존재를 일깨워준다.

"워드 씨, 혹시-."

"대령님." 그가 끼어든다. "대령님이라고 부르게." 그러더니 곧바로 아이작을 돌아보며 뭐라고 말한다. 이 정도면 네 번째 '앗, 이런'으로 쳐도 되겠지?

가족 간의 첫 교류는 음식이 서빙된 후 이루어진다. "샐러드 괜찮니, 리바이?" 그의 어머니가 묻는다. 리바이는 음식을 다 씹어 삼키고 대답한다. "아주 좋아요." 하루 4천 칼로리가 필요한, 키 192센티미터에 몸무게 90킬로그램인 거인치고는 꽤 진심 어린 말투다. 나는 믿기지 않아서 그를 살펴보다가 뭔가를 깨닫는다. 리바이는 침착하거나 무심하거나 편안한 상태가 아니다. 차단한 상태다. 아무도 들여다볼 수 없게 마음의 셔터를 내린 상태.

"일은 다 잘되어 가고?" 아이작이 묻는다.

"음. 새 프로젝트가 두어 건 진행 중이야."

"최근에 획기적인 진전이 있었는데 잘하면 엄청난 발명이 될 것 같아요." 내가 신나서 덧붙인다. "리바이가 이끄는 팀이–."

"나사에서 네 우주탐사대 지원서를 재고할 가망은 없는 거냐?" 워드 대령이 내 말을 씹고 불쑥 끼어든다. 다섯 번째 '앗, 이런'이다. '앗, 이런'이 나올 때마다 술 한 모금씩 마시는 게임을 할 걸 그랬나?

"별로요. 제 발목 아래로 잘라내지 않는 한."

"아버지한테 그 말투가 뭐냐?"

"재고 안 할 거예요." 리바이가 무감정하게 대꾸한다. 아무렇지 않게.

"공군에는 키 제한 없어." 아이작이 음식을 먹으며 웅얼거린다. "게다가 그럴싸한 학위 가진 사람도 환영하고."

"그래, 리바이." 이제는 어머니도 거든다.

"공군은 서른아홉 살 넘으면 지원도 못 해. 해군은–."

"마흔둘까지 받아주죠." 아이작이 대신 말한다.

"맞아, 마흔둘. 고민할 시간이 별로 안 남은 것 같구나."

리바이의 부모가 그가 얘기한 것만큼 형편없는 사람들은 아닐 거라고 생각했는데 실제로는 열 배는 더 형편없다.

"육군은 서른다섯 살이고…. 네가 몇 살이더라, 리바이?"

"서른둘이요, 어머니."

"음, 그럼 육군을 일순위로 고려하면 안 되겠-."

"프랑스 외인부대는 어떨까요?" 내가 보라색 머리 가닥을 손가락으로 배배 꼬며 툭 던진다. 접시에 포크 부딪는 소리가 일제히 멎는다. 불신 가득한 세 쌍의 눈이 나에게 쏠린다. 리바이에게서는 경계 태세가 읽힌다. 그는 곧 일어날 일을 염려하는 것처럼 보인다. 맙소사, 이 사람들 리바이한테 무슨 짓을 한 거야?

"프랑스 외인부대는 연령 제한이 어떻게 되죠?"

"내 아들이 뭣 하러 외국 군대에 입대하겠나?" 워드 대령이 차갑게 대꾸한다.

"미국 군대에 입대할 이유는 뭔데요?" 내가 바로 받아친다. 어떻게 팀 칼슨 같은 인간이 애정 넘치는 완벽한 가족을 가졌고, 리바이 같은 다정하고 완벽한 사람이 저런 거지같은 혈육에게서 태어났는지 이해할 수가 없다.

"아니면 공군이나 해군, 보이스카우트는요? 리바이의 천직이 아니니까 지원하지 않는 거잖아요. 리바이가 마약 조직에서 돈 세탁을 해주고 있는 것도 아닌데. 수천 명에게 인용되는 논문까지 낸 어엿한 나사 엔지니어라고요. 연봉도 두둑이 받고요." 솔직히 리바이가 얼마를 버는지 모르지만 그냥 한쪽 눈썹을 치켜올리며 밀어붙인다. "가망 없는 일을 하면서 인생을 낭비하고 있지 않다고요."

여섯 번째 '앗, 이런' 순간이다. 술 마시기 게임을 했으면 진짜 좋았을 뻔했다. 적어도 숨 막히게 내려앉은 이 침묵을 견디기는 더 수월했을 것이다. 끝나지 않는 침묵. 언제까지 늘어질 거지.

마침내 워드 대령이 침묵을 깬다.

“쾨닉스바사 양, 상당히 무례하시군-.”

“그렇지 않습니다.” 리바이가 단호한 투로 말을 막는다. 침착하지만 위압적으로. “그리고 쾨닉스바사 ‘박사’예요.” 그는 아버지와 잠시 시선을 맞추더니 형을 돌아본다.

“형은 어때? 일은 잘되어 가?”

나는 의자에 등을 기대다가 대령이 내게 보내는 의혹과 경멸이 가득한 시선을 의식한다. 그에게 가식적으로 환한 미소를 지어 보인 후 리바이가 하는 이야기로 주의를 돌린다.

♥♥♥

픽업트럭에 타자마자 나는 컨버스 운동화를 벗어던지고 못난이 발가락이 훤히 보이든 말든 발을 대시보드에 얹고서 울분을 터뜨린다. “어떻게 저럴 수가 있어요!”

“네?”

“황당한 수준을 넘어섰잖아요! 이거는 사례 연구감이에요. 〈사이언스〉가 실어줄 거예요. 〈네이처〉도요. 망할 〈뉴잉글랜드 저널 오브 메디신〉도 실어줄 거예요. 이걸로 내가 노벨상도 탈 수 있겠어요. 마리 퀴리, 말랄라 유사프자이 그 뒤를 이은 비 쾨닉스바사.”

“그럼 좋겠네요. 근데 ‘이거’가 뭐였죠?”

“적어도 노벨상 후보에는 오를 걸요? 그럼 스톡홀름에 초대받겠네요. 가서 피요르드도 보고 제멋대로 사는 내 동생도 만나고.”

리바이가 차 에어컨을 더 세게 튼다.

"원한다면 언제든 스톡홀름에 같이 가요. 근데 내가 대화에 참여하길 바란다면 나도 주제 좀 압시다."

"그냥 믿을 수가 없어서 그래요, 리바이가 이 정도로 사회화가 잘된 게! 아, 물론 우리 둘 사이에서는… 사회적 교류에 문제가 좀 있긴 했죠. 그치만 리바이가 저런 가족을 두고도 최악의 사이코패스가 되지 않은 게 이해가 안 가네요. 기적이 아니면 뭘로 설명하겠어요?"

"아." 리바이가 희미하게 미소 짓고는 말을 잇는다.

"아이스크림 먹을래요?"

"유전자도 성장 환경도 리바이의 편이 아니었던 거잖아요!"

"안 먹겠다는 뜻이에요?"

"당연히 아이스크림은 먹죠!"

리바이는 고개를 끄덕이고 우회전을 한다.

"상담을 받긴 받았어요."

"상담을 얼마나 받은 거예요?"

"한 2년."

"상담 과정에서 뇌 이식도 받았어요?"

"그냥 내가 가족 때문에 내 욕구를 제대로 소통하지 못하게 됐다는 얘기를 몇 년에 걸쳐 차근차근 풀어나갔을 뿐이에요. 흔한 경우죠."

"지금도 그러지 못하게 하고 있잖아요! 리바이를 아예 지워서 완전히 다른 사람으로 재창조하려고 들잖아요!" 피가 거꾸로 솟는다. 분노가 타오른다. 나는 지금 용암이 터져 나올 정도로 분노했다. 꿀벌 비에서 장수말벌 비로 변신해서 다음 추수감사절에 워드 일가를 조져버리고 싶다. 내년에 나 초대 안 하기만 해봐라.

"처음엔 설득해보려고 했어요. 소리도 질러 봤죠. 차분하게 내 입장을 설명해보기도 하고. 또…. 하여간 할 수 있는 건 다 해봤어요, 진짜로요." 그가 한숨을 푹 쉰다.

"결국엔 상담사가 늘 하던 말을 받아들이는 수밖에 없었어요. 바꿀 수 있는 건 일어나는 일에 대한 내 반응뿐이다."

"꽤 실력 있는 상담사 같네요."

"실력 있는 분 맞아요."

"그래도 부친 살해 충동은 가시지 않네요."

"자기 아버지가 아니면 부친 살해라고 안 해요."

분함을 참지 못해 괴성이 터진다.

"저 사람들 다시는 만나지 말아요!"

리바이가 픽 웃는다.

"그렇게 하면 비로소 우리 가족도 내 뜻을 알아채겠네요."

"아니, 진짜로요. 리바이 같은 아들을 둘 자격이 없어요."

"우리 가족이… 좋은 가족이 아닌 건 사실이에요. 인연 끊을 생각도 몇 번 해봤지만 형들하고 어머니는 아버지가 옆에 안 계실 땐 저것보단 나아요. 게다가…." 그가 잠시 머뭇거리다가 말한다. "오늘은 그렇게 나쁜 편도 아니었어요. 어쩌면 지난 몇 년 간 가족 모임 중 제일 나은 편이었다고 할 수도 있어요. 비의 공으로 돌릴게요. 비 덕분에 아버지가 말문이 막혀서 일시적으로나마 잠잠했으니까."

오늘 저녁 식사가 '그렇게 나쁜' 게 아니라니, 그럼 나는 케이팝 아이돌이다. 나는 황혼이 어스름히 내려앉은 휴스턴의 하늘을 내다본다. 가족한테 그런 취급을 받는 리바이가 천덕꾸러기로 보일 법도 한데 실상은 정반대임을 깨닫는다. 조용히 자기 자신을 방어하는 그의 태도가 어른스러워 보일 뿐. 그리고 그가 다른 사람을 받아들이는 태도도.

또 심장 근처가 욱신거린다. 왜 그러는지 모르겠네. 그냥 너무….

"리바이?"

"음?"

"하고 싶은 말이 있어요."

"말했잖아요. 5킬로미터 달리기 대비 훈련을 한다고 해서 폐가 쪼그라들지는 않는다고요."

"폐는 분명히 쪼그라들고 있거든요? 아무튼 그 얘기가 아니에요."

"그럼 뭔데요?"

나는 숨을 한 번 크게 들이마신 후 여전히 시선은 창밖에 둔 채 말한다. "난 리바이를 정말 정말 정말로 좋아해요."

한동안 대답이 없다. 그러더니 이렇게 말한다.

"내가 비를 더 많이 좋아할걸요."

"아닐걸요. 근데 그냥 리바이가 알았으면 해요. 모든 사람이 다 리바이네 가족 같지는 않다는 것. 그러니까… 나랑 있을 때는 얼마든지 리바이답게 굴어도 돼요. 원하는 대로 말하고 행동해도 돼요. 나는 절대로 저 사람들처럼 상처주지 않을 테니까." 나는 의식적으로 그에게 웃어 보인다. 이제는 그를 보며 미소 짓는 게 어렵지도 않다. "물어뜯지 않겠다고 약속할게요."

리바이가 팔을 뻗어 내 손을 잡는다. 손에 닿은 그의 살이 따스하면서 거칠다. 그도 똑같이 나를 향해 미소 짓는다. 아주 조금.

"얼마든지 나 갈기갈기 물어뜯어도 돼요, 비."

집에 도착할 때까지 우리는 더 말하지 않는다.

♥♥♥

내 백팩에 파고들어 봉투를 찢고 케일 과자칩을 와작와작 먹던 슈뢰딩거는 그게 자기 입맛에 안 맞는다고 결론 내리고는 어느새 반쯤 빈 봉투를 베개 삼아 잠이 들었다. 그 모습을 본 순간 나는 웃음이 터지고 라이케에게 보낼 사진을 백만 장 찍어야 되니까 리바이에게 슈뢰딩거를 깨우지 말라고 한다. 오늘 중 최고로 행복한 사건이다. 리바이와 피를 나눈 가족은 형편없을지 몰라도 그가 선택한 가족은 세계 최고라는 걸 알려주니까.

"너, 제법인데." 내가 슈뢰딩거의 털을 쓰다듬으면서 애정을 듬뿍 담아 말한다.

"오냐오냐해주지 말아요. 말썽 부려놓고 칭찬받는 줄 알잖아요." 리바이가 경고한다.

"이게 칭찬으로 들리니, 아가야?"

슈뢰딩거가 가르릉거린다. 리바이는 한숨을 쉰다.

"비가 뭘 해주건 오냐오냐하는 걸로 알면 안 된다, 너. 지금 그건 쓰다듬 벌이야." 엄하게 꾸짖는 걸 의도했을 텐데 실상은 어쩔 줄 몰라 하는 귀여운 말투다. 또 한 번 내 심장이 욱신거린다. 이번에는 생식기관도 함께. 리바이는 아이를 꼭 가졌으면 좋겠다. 세상에서 제일 좋은 아빠가 될 것 같다.

“저 과자가 내 책상 위에 며칠을 있었는데도 펠리세트는 못 뜯었다고요.”

“펠리세트가 가상의 고양이라서 그런 건 아니고요?” 리바이가 부엌에서 외친다.

“네가 펠리세트한테 생존법 좀 가르쳐주라.” 나는 슈뢰딩거한테 속삭인 다음 부엌으로 간다. 리바이는 내가 마트에서 산 말도 안 되게 비싼 과자칩 남은 걸 쓰레기통에 버리고 있다.

“아직 배고파요? 뭐라도 만들어줄까요?”

나는 고개를 젓는다.

“정말요? 금방 만들 수 있는데….”

내가 무릎을 꿇자 그가 조용해진다. 내 얼굴에 미소가 번지자 그의 눈도 커진다.

“비.” 그가 말한다. 아니, 말했다기보다는 내 손이 닿을 때마다 늘 그러듯 숨을 훅 뱉으며 입모양으로 나를 부른다. 내 손이 그의 벨트로 간다. 뭐 이것도 손이 닿은 거니까. “비.” 그가 또 한 번, 이번에는 목구멍 깊숙한 데서 끓어오르는 소리를 내뱉는다.

“내가 뭔가 해준다고 했잖아요.” 내가 미소를 지으며 말한다. 벨트의 버클을 풀자 달칵 소리가 부엌 가전들에 부딪혀 퍼진다. 그의 손가락이 내 머리칼을 파고든다.

“나는 비가… 나랑 같이 스포츠 중계를 봐준다는 줄 알았어요. 아니면 태운, *아*–. 채소볶음 또 해준다든가.”

내가 사각팬티에서 그의 성기를 꺼내 조그마한 내 손으로 감싼다. 벌써 단단히 서 있다. 큼지막하게. 손바닥에 닿자 놀랍도록 뜨겁다. 리바이에게서 비누와 특유의 체취가 난다. 그 기분 좋은 냄새를 밀폐용기에 담아 어디든 가지고 다니고 싶다.

"나 채소볶음 잘 못해요." 그의 살에 대고 숨을 내뱉자 그의 물건이 움찔한다. "이건 잘할 수 있었으면 좋겠네요."

솔직히 자신도 없고 그래서 버벅대지만 머리 부분을 가볍게 핥자 위에서 놀란 듯한 나지막한 신음이 들려온다. 그걸 듣는 순간 그냥 다 괜찮을 거라는 생각이 든다. 그의 물건을 입술로 감싸자 내 머리에 얹혀 있던 그의 두 손에 힘이 콱 들어가고 동시에 내 불안감도 녹아내린다.

이걸 왜 진작 안 했나 모르겠다. 어쩌면 늘 그가 못 참겠다는 듯 달려들어서, 한시라도 빨리 내 안에 들어오거나 내 위에 올라타 나와 몸을 섞고 싶다는 듯 참을성 없게 굴어서 그런지도 모른다. 우리가 함께할 땐 언제나 조급함이 깔려 있다. 우리 둘 다 상대방과 물리적으로 최대한 가까이 있고 싶은 듯, 그래야만 한다는 듯, 그럴 자격이 있다는 듯. 한시라도 빨리…. 그러다 보니 느긋하게 뭔가 시도해 볼 여지가 없는 것 같다.

하지만 리바이는 이걸 원한다. 대놓고 요구하진 않았지만 얼굴에 떠오른 쾌감이나 얕게 숨을 들이마시는 소리로 보아 충분히 알 수 있다. 내가 머리 바로 아랫부분을 빨자 그가 순간적으로 덮친 쾌락의 파도에 놀라 신음을 토해낸다. 그러더니 내 머리칼에 손가락을 넣고 자기가 원하는 쪽으로 내 머리를 움직이기 시작한다. 입안이 너무 꽉 차서 어떻게 해볼 여지는 별로 없지만 그래도 나는 최대한 힘을 빼고 즐겨보기로 한다. 최대한 그 맛과 꽉 찬 느낌을 음미해본다. 그가 신음 섞어 중얼거리는 말들에 집중한다. 이렇게 해줘서 얼마나 기분 좋은지 내 입이 얼마나 끝내주는지 이게 얼마나 짜릿한지 또….

"아아…." 그가 자기 물건으로 팽팽해진 내 볼의 살갗을 엄지로 살살 쓰다듬는다. 음탕해 보일 만치 늘어난 내 입술도. "비는 정말로 내가 원했던 모든 거예요." 그가 쉰 목소리로 경이감을 담아 조용히 중얼거리더니 또 한 번 내 머리를 조금 기울인다. 이번에는 작정한 듯 더 깊이 파고드는 리듬으로 쾌락을 위해 내 턱을 이리저리 움직인다. 그러더니 나를 바짝 끌어당긴 채 그것이 불가피한 일이라는 듯, 여기서 멈추기엔 우리 둘 다 이걸 너무나 원한다는 듯 "안에다 할 것 같아요."라고 말하고 나는 그러길 원하는 마음에 그를 문 채 콧소리 섞인 신음을 흘린다.

오르가슴이 덮치자 그는 통제력을 조금 잃고 내 머리를 세게 붙잡은 채 답지 않게 깊고 거친 신음을 토해낸다. 마치 내 몸이 겪는 것 마냥 그의 오르가슴이 나를 휩쓸고 가는 걸 느낀다. 마지막 파도가 잦아들 때까지 부드럽게 빨다가 문득 그를 올려다보는데 어느새 내 중심부도 흠뻑 젖고 부풀어 있다. 내 안이 텅 빈 기분을 느끼며 몸을 가늘게 떨면서 바닥에 아무렇게나 주저앉아 있다.

"입을 벌려요." 그가 쉰 목소리로 말한다.

내가 영문 모를 표정으로 눈을 깜빡이자 그가 내 볼을 살며시 쥐고 말한다.

"입을 열고 보여줘요."

나는 그의 말대로 하고, 그가 마침내 충족된 소유욕에 취해 아직도 허기진 동시에 만족한 소리를 내자 그 소리가 파도처럼 나를 훑고 지나간다. 내가 삼키고 또 삼키는 동안 그가 내 목뒤를 주무르고 그의 엄지가 내 턱을 살살 쓰다듬는다. 내가 올려다보자 그는 마치 내가 천상의 선물이라도 안겨준 양 감격한 눈빛으로 나를 빤히 내려다본다.

오늘 밤은 다른 밤보다 길다. 이유는 모르지만 다른 밤들과 다르게 펼쳐진다. 리바이는 시간을 들여 정성껏 내 옷을 벗긴다. 그러다 잠깐씩 멈추고는 어느 한 군데에 시선과 손길이 머물고, 마치 내 맨살과 몸의 굴곡과 내가 내는 소리에 정신이 팔린 듯 어디까지 갔는지 자꾸 잊어버린다. 나는 신음을 토하고 꼼지락대고 절박하게 빈다. 그런데도 그는 아직도 내 안에 들어오지 않고 있다. 봉긋한 내 가슴을 쓰다듬거나 혀로 내 중심부를 문지르거나 내 목덜미에 입술을 비비는 데 열중한다. 나는 너무 오래 절정의 초입에 위태롭게 매달려 있다. 그건 내 안에서 미동도 없이 멈춰 있는 리바이도 마찬가지다. 어느새 그가 굵게 부푼 물건을 황홀할 만치 천천히 움직이기 시작하고 천천히 들어왔다가 최대한 마찰하며 천천히 나가기를 반복한다. 우리가 키스에 점점 심취하면서 쾌락도 점점 강도를 더해가고 내 몸이 그의 몸을 더 갈구하며 움찔거린다. 어느 순간 그가 내 손에 자기 손을 깍지 낀 채로 나를 내려다보자 서로의 시선이 얽혀들고 숨결이 섞여든다.

“비.” 그가 숨을 몰아쉬며 열띤 간청을 섞어 내 이름을 부른다. 내가 자신을 소유한 듯 나를 내려다본다. 자신의 미래가 내 손에 달린 듯. 평생 원했던 모든 것이 내 안에 있는 듯. 그 눈빛에 심장이 욱신거리는 동시에 번개처럼 강렬하고 위험한 희열로 솟구쳐 오른다.

나는 보지 않으려고 눈을 감고, 밤이 깊도록 내 안에서 높아졌다 가라앉았다 너울 치는 물결 같은 진득한 열기를 느낀다.

21장

우측 하전두회: 미신

*우측 하전두회: 전두엽 피질의 일부로,
언어 처리 및 음성 생성에 관여하는 브로카 영역이 있다. -옮긴이

보통 재앙은 세 가지가 한꺼번에 닥친다는데, 그건 사실이 아니다. 그건 그냥 인간 정신 특유의 사고 기전이다. 혼돈을 이해해보고자 무작위의 통계 관찰 결과에서 패턴을 발견하려고 애쓰다가 그렇게 믿게 된 것이다.

예를 들어 내가 1911년의 마리 스쿼도프스카 퀴리 박사라고 해보자. 수십 년간 어린이 수영장만 한 분량의 폴로늄에서 헤엄친 결과, 건강은 하루가 다르게 악화되고 있다. 모든 게 고통스럽고 앞도 잘 못 보고 걷지도 못하고 잠도 못 자고 하물며 폴로늄에 헤엄치며 노는 것도 이제는 안 될 말이다. 이쯤 되면 삶이 지긋지긋할 것이다.

그런데 거기서 더 나빠질 수 있다. 나는 미룰 수 있을 때까지 미뤄온 일을 드디어 하기로 한다. 프랑스 과학 아카데미에 정회원 자격

을 신청하는 것이다. 노벨상도 두 번이나 탔겠다, 어서 옵쇼 환영받을 법도 하다. 그렇지 않나? 농 *Non(아니)*. 아카데미 측이 나 대신에 에두아르 브랑리라는 자를 뽑는다. 물론 그도 훌륭한 자질을 많이 갖췄을 것이다. 이를테면 고추라든가. (이 얘기를 듣고 여러분이 "에두아르가 뭐하는 놈인데? 들어본 적도 없구만!"이라고 했다면, 그게 바로 내 포인트다. 자알했어, 프랑스 과학 아카데미! 크라쿠프 대학과 나란히 '패자가 쓰는 역사'석에 앉으시길.)

여기까지 재앙이 두 건이다. 이런 생각이 들 수도 있다. 삼재의 저주가 풀렸구나. 한동안 다른 재앙은 안 일어나겠네. 하지만 아뿔싸, 대박 큰 재앙이 남아 있었다. 누군가 나의 젊고 섹시한 애인의 집에 침입해, 내가 보낸 연애편지를 싸그리 훔친 뒤 그걸 19세기 초 프랑스 버전의 폭스 뉴스에 팔아버린다. 장 해니티 앵커는 복권에 당첨된 듯 좋아 죽는다.

여러분이 퀴리 박사라고 상상해 보라. 밖에는 모여든 군중이 아우성인데 코딱지만 한 파리 아파트에서 조용히 까망베르 치즈를 얹은 바게트를 먹고 있는 모습을. 성난 군중이 외친다. "*감히(히익!) 난민 주제에! 그것도 여자가 스템 계열에 비집고 들어오고 말이야! 거기다 애인이랑 재미까지 보고!*"

이 지경이 된 이유가 있을 거라는 의심이 들지 않겠나? 토성이 궁수좌를 침범했다든가. 스파게티 괴물에게 제물로 바친 양이 부족했다든가. 나쁜 일은 세 가지가 한꺼번에 온단다. 우리는 나약한 인간이다. 걸핏하면 '도대체 왜'를 부르짖고, '도대체 왜'를 따지느라 밤을 샌다. 그래서 가끔은 '왜냐하면 이래서 그래'라는 설명이 필요한

데, 이게 쉽게 주어지지 않을 경우 우리는 마음대로 원인을 지어낸다.

긴 애기를 그냥 길게 하자면, 대중의 믿음과 달리 속담은 그저 속담일 뿐 재앙은 세 가지가 한꺼번에 오지 않는다는 얘기다.

실제로 한꺼번에 올 때만 빼고.

첫 번째 재앙은 목요일 저녁, 정확히는 금요일 시연을 위한 드레스 리허설을 성공적으로 마친 직후에 닥친다. 이튿날 트레버를 볼 순간이 기대되기까지 한다. 아, 트레버라는 '사람'을 만나는 것 말고 내 열등한 여성의 뇌가 성취한 업적을 본 순간 그가 지을 '표정'이 보고 싶다는 거다. 나는 휴대폰 메시지를 확인하는 데 정신이 팔려서 라마르와 대충 하이파이브를 한다. 그러다 트위터 알림 소리에 너무 놀라 손을 들고 있는 걸 까먹는다.

트위터에 대혼란이 펼쳐져 있다. 물론 늘 그렇듯이 나쁜 쪽으로. 그런데 비방과 욕설을 퍼붓는 이들이 방구석 도태남들이나 공대 찌질이들, 남성 연대가 아니다. 스템 계열 여성들이다.

"계속 들고 있을 거예요?" 라마르가 내 팔을 가리키며 묻는다. 나는 어정쩡하게 웃고는 자리를 피한다.

@사빈마치 이런 식으로 우리를 배신하냐?

@아스트로레나 STC가 너 고소하길 빌게, XX년아. #마리가좆되기를바라는사람들

@새라_08980 스템 계열 여성 수백 명이 #공정한대학원입시 운동에 피땀을 흘렸는데 그동안 너는 동지인 척하면서 뒤로 네 잇속만 차렸구나. 쪽팔린 줄 알아라.

마지막 트윗은 바로 어제 나와 채팅한 유저가 쓴 것이다. 자신이 기획 중인 행사와 관련해서 나에게 조언을 구한 것을 계기로 대화를 나눴고, 내 계정 팬이라고 했는데. 뭐가 뭔지 모르겠다. 나는 휴대폰 액정을 보며 눈을 깜빡거리다가 이 사태를 촉발한 원인을 찾아 트위터를 뒤지기 시작한다.

오래 걸리진 않는다. 벤자민 그린이라는 계정이 원흉이었다. 익숙한 이름인데…. 누군지 가물가물하다가 계정 소개 글을 보고 퍼뜩 생각난다. STC의 상임이사. 나는 미간을 찌푸린다. 다음 순간 문제의 그 트윗을 발견한다.

정확히는 다수의 스크린샷이다. 그린 씨와 다른 누군가가 사적으로 주고받은 대화를 캡쳐한 이미지. 선글라스 쓴 마리 퀴리와 굉장히 비슷해 보이는 사진을 아이콘으로 쓰는 사람. 계정 이름을 확인한다. @마리라면어떻게할까? 나잖아.

말도 안 돼. 난 이 남자와 온라인에서 대화한 적이 없는데. 이 계정이 가짜임을 알려줄 오탈자를 찾아 계정의 주소를 한 번, 두 번, 세 번 빠르게 훑어본다. 오탈자가 없다. 나는 인상을 쓴 채 대화를 훑어 내려간다. 타임 스탬프가 어제 저녁으로 찍혀 있다.

@마리라면어떻게할까 안녕하세요. 이런 식의 접근은 정석적인 방법이 아닌 걸 알지만, 우리 둘 모두에게 이로울 제안을 하나 하려고요. STC가 #공정한대학원입시 운동 때문에 부정적 이미지를 갖게 되는 바람에 최근 어려움을 겪은 줄로 압니다. 그 운동이 더 동력을 얻을 것을 우려하고 계시리라 짐작하고요. 아시다시피 저는

그 운동의 최선봉에 선 활동가이고, 대중이 이 이슈를 인식하는 데 핵심적 역할을 했습니다. 이런 저를 적으로 간주하시겠지만 우리가 꼭 대립할 필요가 있을까요.

@마리라면어떻게할까 제안을 하나 하겠습니다. 저는 여론이 STC에 유리하게 흐르도록 유도하고 내 팔로워들과 협력자들에게 #공정한대학원입시 요구사항이 지나치다고 설득할 의향이 있습니다. 제도를 손볼 필요는 있지만 표준화 시험이 필요한 건 사실이니 기존 회사들에 협조해 이미 널리 사용 중인 평가도구를 개선하는 게 우리에게도 최선이라고요. 물론 대가 없이 그렇게 해드릴 순 없고요. 제 신원을 확인해보셔도 됩니다. 제 실명은 [illegible]입니다. 귀하의 제안을 기다리겠습니다.

심장이 철렁 내려앉아서 휴대폰 화면만 멍하니 내려다본다. 그러다가 스크롤을 올려 스크린샷 위에 있는 그린이 쓴 트윗을 읽어본다.

@J그린STC #공정한대학원입시를 전심전력 밀고 있는 활동가들과 대학 및 연구소들은 핵심 주동자 중 한 사람인 **@마리라면어떻게할까**가 내게 뭘 요구했는지 한번 읽어보기 바랍니다. 이 운동의 숨은 목적은 이것이었습니다. 돈 뜯어내기.

@J그린STC STC는 이 사람의 정체를 (일단은) 공개하지 않기로 결정했습니다. 현재 사내 법률팀과 의논 중이며 여러 가지 대응을 고려하고 있습니다. 그와 별개로 #공정한대학원입시 운동의 지지자들은 자신의 입장을 재고해볼 때입니다.

머리가 핑 돈다. 숨을 참고 있어서 그렇다. 의식적으로 호흡을 한다. 들이마시고 내쉬고 다시 들이마시고 내쉬고. 포토샵으로 조작한 게 틀림없어. 그래. 달리 설명이 안 돼. 정말 그럴싸하게 해놨네. 근데 뭐… 대학원 때 애니도 자기 엉덩이에서 촉수가 뻗어 나온 모습을 아주 그럴듯하게 포토샵으로 만든 적이 있으니까. 뭐든 못 할까.

자리에 털썩 주저앉는다. 그리고 최근 멘션을 주고받은 계정 다수가 나를 블록한 것을 알아챈다. 이 헛소리를 믿는단 말이야? 어떻게 이걸 믿을 수가. 나를 잘 알면서. 안 그래?

마리: 슈맥, 나 방금 STC 날조 쇼를 봤어요. 슈맥도 봤어요?

한쪽 발을 동동거리며 대답을 기다린다. 그런데 잠시 후 로시오가 들어와 자기 물건을 백팩에 쓸어 담기 시작한다. 여기서 "쓸어 담다"는 "곧 벌어질 돌팔매질에 대비해 연습하듯 물건을 공격적으로 던져 넣는다"는 뜻이다.

"괜찮아?" 나는 말이 채 끝나기 전에 물은 걸 후회한다. 로시오의 문제가 뭐건 나부터가 지금 너무 불안하고 초조해서 도와줄 상태가 아니기 때문이다.

"아니요."

젠장. "케일리는 괜찮아?"

"아니요. 기분 완전 더럽대요." 로시오는 백팩 지퍼를 여미더니 가방끈에 팔을 거칠게 낀다. "우리가 여태 #공정한대학원입시 운동에 쏟아 부은 노력이 주동자 중 한 명이 사기꾼으로 드러나는 바람에 똥

통에 처박혔잖아요."

나는 얼어붙는다. 이보다 더 가시방석 같고 타이밍이 구리고 불쾌하고 불편한 대화는 없을 것이다.

"나, 나도 봤어." 말이 잘 안 나온다. 입안이 바싹 말랐다.

"근데… 그거, 사실 맞아? 누군가가 조작한-."

"조작 아닐 걸요. STC가 올린 스크린샷이 가짜라는 말이 하도 많아서 계정주가 #공정한대학원입시 운동을 이끄는 몇 명한테 증거를 보냈어요. 마리가 정말로 그 남자한테 디엠 보내서 돈 요구했던데요. 그 여자가 우리한테 똥물을 뿌렸어요. #공정한대학원입시를 처음 시작한 게 그 여자라 이제 아무도 우리를 신뢰하지 않게 됐다고요. 이건 수많은 선량한 사람들이 수많은 좆같은 일을 당하게 됐다는 뜻이에요. 심지어 별로 선량하지 않은 사람도요. 예를 들면 나 같은 사람. 그 시험에 수천 달러를 들여서 재응시하게 생겼어요. 그럴 필요도 없는데. 그 시험의 변별력 지수는 내가 수집한 전갈 수보다도 적다고요. 참고로 알려주자면, 전갈은 총 일곱 마리예요." 끝에 가서 로시오의 목소리가 갈라지고 내 마음도 갈가리 찢긴다. 로시오가 고개를 돌리지만 뺨에 흘러내린 눈물 한 줄기를 나는 보고야 만다.

"이제 존스홉킨스에 진학 못하게 됐어요. 나는 직장도 없는 루저가 될 거고 케일리는 대학원 가서 공부하느라 나를 잊어버릴 거예요."

내가 벌떡 일어선다. "아니, 아니야. 그렇게 되지 않을-."

"실망이 너무 커요." 로시오는 기가 푹 꺾여서는 떨리는 숨을 크게 들이마신다. "세상에 믿을 사람이 없어요. 정말로 온 세상이 흡혈

귀 같아요." 그러더니 어깨를 으쓱한다. 가냘픈 어깨에 멘 백팩이 덩달아 들썩인다.

"보스, 이건 딴 얘긴데요. 그거, 관두는 게 좋을 거예요."

"뭐 말이야?" 로시오의 시선을 따라가 본다. 그 시선은 내 손에 머물러 있다. 내가 초조하게 뱅글뱅글 돌리고 있는 외할머니의 반지가 끼워져 있는 손.

"어제 보스가 유부녀냐 아니냐로 가이랑 15분이나 입씨름했어요. 남의 결혼반지를 끼고 다니면 이런 일이 생긴다고요."

젠장. 젠장, 젠장, 젠장. 가이가 드디어 알았나? 오늘 좀 냉담하게 구는 것 같던데. 내일 시연 때문에 긴장해서 그러는 줄 알았지. 가서 해명해야 하나?

"집에 가시게요?" 로시오가 묻는다.

"아니, 나는…." 평소처럼 리바이랑 같이 퇴근할 계획이었지만 도저히 아무 일도 없는 척하지 못할 것 같다. 그런데 이 난장판을 그에게 설명할 생각을 하니…. 뭐, 설명할 수는 있겠지. @마리라면어떻게할까 계정의 진실을 믿고 털어놓을 수 있는 상대를 꼽자면 그건 리바이일 테니까. 하지만 내 온라인 정체성을 두고 일어난 분란 때문에 저조해진 기분을 그에게 덩달아 감당하게 하는 건 지나친 요구일 것이다. "그래. 같이 나가자."

리바이에게 바뀐 퇴근 계획을 짤막하게 문자로 알린 다음, 로시오와 나란히 걷는다. 리바이는 내가 집에 다 와서야 무슨 일이 있는지 차로 데리러 가길 원하는지 집에 들렀으면 하는지 묻는 답장을 한다. 그리고 몇 초 후 슈맥도 마침내 답장을 한다.

슈맥: 네, 봤어요.

마리: 이게 무슨 일이래요. 당연히 나는 그린한테 메시지를 보낸 적이 없어요.

슈맥: 문제는 #공정한대학원입시 운동에 참여한 사람들은 그게 마리라는 증거가 있다고 믿는다는 거예요.

마리: 슈맥은 믿지 않는다고 제발 말해줘요.

슈맥: 나는 안 믿어요.

나는 안도감에 눈을 감는다. 다행이다.

슈맥: 내가 고민 좀 해볼게요. 여기저기 도움도 구해보고. 분명 방법이 있을 거예요. 그리고 로그 확인해봐요. 해킹 당했을 수 있으니까.

해킹은 아니다. 건드린 흔적이 없다. 내 계정은 휴스턴에서만 접속된 걸로 나온다. 너무 초조하고 불안하고 무섭다. 운동으로 쳐줘도 될 만큼 오랫동안, 미친 듯이 아파트 안을 서성인다. 리바이와 이런 대화를 나누며 (*"얼마나 늘었나 확인할 수 있어요. 뿌듯할 거예요."* *"뭐가 더 뿌듯한지 알아요?"* *"'운동 안 하는 거'라고는 하지 말아요, 비."* *"… 됐어요."*) 그가 내 휴대폰에 다운받게 유도한 그 바보 같은 운동 앱에 이것도 기록할걸. 차라리 나가서 달리면서 잡생각을 털어낼까 하는 순간(외계인한테 몸을 바꿔치기 당했나?) 이메일 수신 알림이 울린다.

본사 건물 벽에 창립자 이름이 여덟 개쯤 새겨져 있고 금으로 된 변기 뚜껑을 쓸 것 같은, 위세 있어 보이는 어느 법률회사에서 보낸 메일이다. 메일 내용은 별것 없어 보이는데 PDF 파일이 첨부되어 있다. 그 내용을 훑어 내려가는 순간, 내 심장과 온 세상이 철렁한다.

> 쾨닉스바사 박사님께,
>
> 최근 박사님의 부당한 괴롭힘 행위에 대한 경고의 의미로 이 이메일을 보냅니다. 다음 조항을 포함하여, 나아가 그 외의 어떠한 괴롭힘 행위도 즉시 중단할 것을 요구하는 바입니다.
>
> – '@마리라면어떻게할까'라는 가명 하에 트윗을 올리는 행위
>
> – STC 및 STC의 상품의 이미지를 해할 의도로 공개적으로 콘텐츠를 올리는 행위
>
> – STC 측에서 요청하지 않은 PR(을 비롯한 여타) 서비스를 제공하는 대가로 STC에게 금전이나 다른 종류의 보상을 요구하는 행위
>
> STC 변호인
>
> J. F. 팀버워스 드림

22장

전측 대상피질: 아, 망했다

*전측 대상피질: 뇌량을 둘러싸고 있는 대상피질로, 주의와 감정, 운동을 통제하고 스트레스를 관장한다. -옮긴이

그 이메일을 읽고 어떻게 밤을 보냈는지 모르겠다. 잘 기억이 나지 않는다. 시간은 흐르고 하염없이 눈물만 난다. 간신히 숨만 쉬고 있다. 이 난장판을 이해해보려고 한다. 화가 나고 충격으로 멍해지고 진이 빠지고 혼자인 기분이 들어서 슬퍼진다.

리바이가 두 번이나 전화하지만, 로시오의 뺨에 흐른 한줄기 눈물이 떠오르면서 나 자신이 너무 더럽고 비열한 인간이 된 기분이 들어 전화를 받지 못한다. 리바이가 알면 뭐라고 할까? 내 말을 믿어줄까? STC가 내 실명을 알고 있는 마당에 리바이가 나를 어찌 믿겠나? 이제는 나도 나를 못 믿겠는데.

이튿날에는 내가 아는 집중 스킬을 총동원해 일을 한다. 사실 아는 스킬이 많지도 않다. 머릿속에서 생각을 몰아내는 건 내 장기와

거리가 멀지만 그래도 그럭저럭 일을 해낸다. 리바이가 아침에 또 전화하지만 나는 이번에도 전화를 받지 않고, 대신 블링크 때문에 바빠 죽겠는데(같은 팀에서 일하는 마당에 참 형편없는 변명이다.) 공항에 트레버를 마중 가야 한다고(이건 변명이 아니지만 형편없기는 마찬가지다.) 둘러댄다.

"크레이머는 WHO 심포지엄에 가야 한대서 못 왔지만 그래도 굉장히 흡족해하고 있어." 트레버가 "안녕."이라든가 "잘 지냈어?" 같은 정상적이고 예의바른 사람들이 주고받는 평범한 인사말을 생략하고 대뜸 말한다.

"크레이머가 흡족해하면 무슨 일이 벌어지는지 알아?"

나한테 당신과 십 리는 떨어진 연구실을 주기라도 하나요? 최소한 복도 반대편에 있고 가능하면 다른 층, 이상적으로는 다른 건물에 있는 연구실을요. 나한테 학계에서의 미래라는 게 남아 있기나 하다면 말이죠. 내가 엄청나게 위선적인 협잡꾼인 걸로 만천하에 소문이 나지 않는다면. "글쎄요."

"우리 연구실에 지원금을 쏟아부어줄걸. 수트는 언제 완성돼?"

나는 차를 몰아 공항의 도착 구역에서 빠져나오면서 말한다.

"수트 아니고 헬멧이에요. 이론상으로만 보면 프로토타입은 완성됐어요. 착용하는 우주비행사 한 사람 한 사람에 맞춰 조금씩 조정은 해야겠지만요."

"맞다, 자네가 보낸 보고서 중 한 건에 그 얘기도 있었지." 이 얘기는 보고서에 매번 언급했건만 '읽고 이해하기'는 트레버의 강점이 아니기에 그냥 넘어간다. "워드라는 사람, 나사 측이 붙여준 팀장 맞지? 이렇게 빨리 해결하다니 난놈이네."

나는 천천히 숨을 뱉는다. 이미 기분 더러운 하루를 보내고 있는 마당에 직장 상사에게 당신은 변기세정제 같은 놈이라고 욕해서 상황을 악화시킬 필요는 없겠지. 그렇지만 어차피 기분 더러운 하루를 보내고 있으니 당신은 변기세정제 같은 놈이라고 쏘아주는 걸 못 참을 가능성도 다분하다. 이래도 욕보고 저래도 욕보는 상황이다.

"워드 박사랑 저는 프로젝트 공동 팀장이에요." 내가 트레버를 상대로 전에 없이 뾰족한 어조로 받아친다. 그건 또 알아챘는지 트레버가 짜증 섞인 눈길을 보낸다.

"그래, 그건 알지만–."

"알지만, 뭐요?"

그러자 그가 뜨끔한 표정으로 시선을 창밖으로 돌린다. "됐어."

그래, 할 말 없으시겠지.

변기세정제 트레버는 오늘 참관자 가운데 가장 하찮은 사람이다. 텍사스 상원의원 두 명과 보리스의 상관만 최소 세 명에다 블링크와 직접적 연관이 없는 스페이스 센터 관계자들도 한 트럭이나 참관한다. 나는 모두를 소개받지만 단 한 명의 이름도 머리에 담지 못한다. "대단한데요.", "헬멧이 작동하는 걸 어서 보고 싶어요.", "역사적인 순간이네요." 따위의 찬사가 난무하고 덕분에 나는 더 안절부절못하며 걱정에 사로잡힌다. 하지만 다 잘될 거라고 애써 자신을 다독인다. 이 순간 내가 통제할 수 있는 건 내가 맡은 일뿐이니까. 다 퀴리 박사님 덕분이지.

오늘 시연의 목표는 비행 시뮬레이션을 하는 동안 헬멧이 가이의 집중도를 향상시키는 걸 보여주는 것이다. 리바이와 제1 엔지니어링 팀 그리고 내가 상황통제실에서 모든 단계가 착착 진행되도록 만전을 기하는 동안 참관객들은 바로 옆 회의실에서 대형 스크린으로 과정을 지켜볼 것이다. 5분만 얘기하자고 가이를 불러내 내가 미혼인 걸 실토할까 고민하지만, 하도 사람이 많고 정신없어서 그러기는 힘들게 생겼다.

시연 절차를 다시 한번 확인하는데, 리바이가 들어와 곧장 내게로 온다. "비." 그가 진지한 표정으로 인사한다. 눈동자가 진한 녹색이다. 깊은 숲속에서 자라는 덤불 같은 아름다운 색. 그가 내 의자 옆에 다른 의자를 끌어다 놓자 우리 사이의 거리가 동료를 넘어 다른 무언가로 좁혀진다. 내 의자를 약간 빼야 하나 싶지만 어차피 아무도 우리를 안 보고 있다.

리바이를 보니 감정이 울컥한다. 최근에 느낀 알 수 없는 심장의 욱신거림이 열 배는 증폭된 느낌이다. 문득 어젯밤이 우리가… 뭔지는 몰라도 우리 사이가 그렇게 된 이래 처음으로 떨어져 지낸 밤이었음을 깨닫는다. 그래서 그런지 다시 그의 옆에 있으니 기분이 참….

아니. 집에 돌아온 느낌은 아니다. 집은 다른 무언가일 테니. 이 프로젝트가 발판이 되어 얻게 될 새로운 연구실이 나의 집일 것이다. 오늘의 결과를 토대로 쓸 논문이 나의 집일 것이다. 나 자신을 위해 만들고 어떻게든 싸워 지켜낼 스템 계열 여성 커뮤니티가 나의 집이다. 그것이 내 집이지, 리바이는 아니다.

"안녕." 나는 시선을 피하며 대꾸한다.

"괜찮아요?"

"긴장돼요. 리바이는요?"

"괜찮아요." 괜찮지 않아 보이는데. 내가 그렇게 생각하는 티를 냈는지 리바이가 덧붙인다. "복잡한 일이 생겨서요. 일과 관계된 건 아니고. 나중에 얘기해줄게요."

나는 고개를 끄덕인다. 나답지 않게 무모해진 한순간, 내 복잡한 일을 그에게 털어놓고픈 묘한 충동이 든다. 얘기해야 하지 않을까? 언제고 내 이름이 대중에 폭로될 텐데. 지금 털어놓으면 리바이는….

마리가, 그러니까 내가 사기꾼이라고 생각할 것이다. 슈맥 빼고 모두가 그러듯이. 아니, 말할 수 없다. 어차피 마음도 안 쓸 텐데 뭐.

"비한테 보여줄 게 있어요." 리바이가 입 끝을 살짝 올려 미소 지으며 말한다. 그의 손등이 내 손등을 스치고 내 심장이 요동친다. 남들이 보면 우연히 부딪힌 줄 알 것이다. 하지만 우연이 아닌 것 같은 느낌이다.

"뭔데요?"

"나중에 보여줄게요. 비가 애지중지하는 투명 고양이랑 관련된 거예요."

내가 힘없이 웃는다.

"펠리세트가 리바이의 키보드에 한번 토해야 하는데."

리바이는 어깨를 으쓱한다. "투명한 토사물이라니, 토사물 중 제일 낫네요." 그가 내 무릎에 자기 무릎을 지그시 갖다 대더니 일어선다. 하지만 몸을 다 일으키기 전에 내 귓가에 대고 속삭인다. "어젯밤에 너무 보고 싶었어요."

전율이 몸을 훑는다. 미처 대답하기 전에 그는 가버린다.

♥♥♥

"론리니스 이즈 킬링 미– 앤드 아이 머스트 컨페스 아이 스틸 빌리브–."

가이의 우렁찬 노래에 이번에도 통제실에 있던 모두가 웃음을 터뜨린다. 회의실 분위기도 아마 화기애애할 것이다.

"잘 들었어요. 고마워요, 브리트니." 리바이가 재미있어하며 마이크에 대고 나직하게 말한다. 우리는 짧게 시선을 교환한다. 내 심장이 또 쿵쿵댄다. 일 년 내내 준비한 학예회 발표를 하러 무대에 올라가는 기분이다. 하지만 나는 어른이고 오늘 무대에는 내 직업적 미래에 대한 희망과 꿈이 달렸다. '나 자신에게 유일하게 허락한 종류의 희망과 꿈이지.'라고 잊을 새라 속으로 되뇐다.

"준비됐어?"

"나는 태어날 때부터 준비된 몸이야." 가이가 헬멧의 챙 밑으로 한쪽 눈썹을 슥 치켜올린다. "아니다. 울 엄마가 평생 가장 고통스러운 43시간이었다고 한 출산 직후부터 쭉 준비되어 있었지."

"어머니가 고생 많으셨네." 리바이가 미소를 띤 채 고개를 절레절레 젓는다. "실험 과정은 이미 알겠지만, 한 번 더 설명할게요. 화면에 주의 과제를 띄울 겁니다."

"돈 받고 비디오게임 하는 거네. 신난다."

"그런 다음 적당한 타이밍에 헬멧을 활성화해서 반응 시간과 정확도, 두 조건에 따른 가이의 퍼포먼스를 측정할 거예요."

"알겠습니다."

“몇 초 후 시작됩니다.” 리바이가 마이크를 끈다. 그와 내가 한 번 더 시선을 교환한다. 이번엔 더 의미심장하게 눈빛이 머문다.

이거예요.

우리가 해냈어요.

리바이와 내가.

함께.

곧 리바이가 고개를 돌리고 라마르에게 시작하라고 고개를 끄덕여 신호한다. 프로토콜이 프로그래밍되어 있고 버튼만 누르면 되니까 나는 여기서 더 할 일도 없다. 그래서 의자에 등을 기대고 모니터로 눈을 돌려 헬멧을 쓰고 앉아 있는 가이에게 시선을 고정한다.

가이에게 선물을 사줘야겠다는 생각이 든다. 비싼 술 한 병이나 아니면 브리트니 스피어스 콘서트 티켓. 내가 테타 파열 자극을 계속 쏘는데도 참을성 있게 버텨준 것에 대한 감사의 표시로. 나한테 잘해준 것에 대한 감사의 의미도 있고 또 거짓말한 것에 대한 미안함의 의미도 있다. 이윽고 화면에 주의 과제가 뜨고 나는 시연 과정을 주시하느라 더는 딴생각할 틈이 없어진다.

여느 때처럼 시작된다. 가이가 할 일은 화면에서 자극 과제를 골라내는 것이다. 가이는 우주비행사라 기본적으로 비리비리한 내가 기를 쓰고 했을 때보다 백만 배는 잘 해낸다. 몇 분 후 리바이가 또 신호를 보내자 내가 설계한 뇌 자극 프로토콜이 활성화된다.

10초가 흐른다. 20초. 30초. 나는 퍼포먼스 측정치를 훑어본다. 아무 변화가 없다. 정확도와 반응 시간이 아까와 비슷한 값을 기록하고 있다.

망할. 어떻게 된 거지? 나는 앉은 자리에서 꼼지락거린다. 자극 개시부터 퍼포먼스 향상 사이의 지연은 보통 지금쯤 상쇄됐어야 마땅하다. 걱정 어린 얼굴로 리바이를 흘끗 보지만 그는 팔짱을 낀 채 편한 자세로 차분히 앉아 그저 가이와 측정치만 번갈아 확인하고 있다. 팔뚝을 두드리는 손가락에서 유일하게 초조한 티가 난다. 집중할 때 보이는 행동이다. 리바이. 나의 리바이.

가이의 배측 전운동피질에 자극을 주는 중인데…. 퍼포먼스 향상이 나타나지 않는다. 왜지?

순간 측정치가 변하기 시작한다. 퍼포먼스 정확도가 83퍼센트에서 94퍼센트로 치솟는다. 반응 시간 중간값은 수백분의 일 초 단위로 감소한다. 새 측정값이 처음에는 요동을 치더니 이윽고 거의 일정한 수치를 보인다. 통제실의 모두가 안도의 한숨을 내쉰 것 같다.

"짜릿하네." 누군가 중얼거린다.

"짜릿하다고?" 라마르가 말한다. "이건 천지개벽 수준이야."

내가 만면에 웃음을 띠고 리바이를 돌아보자 그도 이미 행복한 그리고 조금은 알 수 없는 표정으로 나를 바라보고 있다. 최소한 이건 잘되어 가는군. 내 인생의 나머지가 통제불능의 소용돌이라 해도 이것만은 잘 풀리고 있는 것 같다. 우리가 뭔가 좋은 것, 유용한 것, 아무튼 끝내주는 것을 만들어낸 것이다.

내가 뭐랬어? 퀴리 박사가 가진 것 중 기댈 만하고 믿음직하며 결코 절대로 배신하지 않을 한 가지가 뭐랬지? 과학이랬잖아. 제일 중요한 건 과학이라고.

어쨌든 어느 순간 모든 게 잘못되기 전까지는 그렇다.

잘못된 걸 제일 먼저 알아챈 건 나다. 엔지니어들은 대부분 떠들고 있고 리바이는 조금 전의 그 묘하고도 진지한 표정으로 여전히 나를 빤히 보고 있다. 그런데 내 시야에 있던 모니터들에 뜬 측정값이 본 적이 없는 수치로 변하는 것을 나는 바로 알아챈다. 그리고 가이의 팔꿈치가 움찔거리는 것도.

"이게 무슨-." 내가 화면을 가리킨다. 리바이가 곧바로 돌아본다. "가이는 괜찮은 거예요?"

"팔 말이에요?" 리바이의 미간에 주름이 생긴다.

"저러는 거 처음 보는데."

"운동피질을 자극할 경우에 보일 법한 반응과 유사한데 지금은 거기를 자극하고 있지 않- 세상에." 움찔거림이 눈에 띄게 심해진다. 곧 가이의 온몸이 경련하기 시작한다.

리바이가 마이크 스위치를 켠다. "가이! 괜찮아?"

대답이 없다.

"가이? 내 말 들려?"

대답 대신 침묵이 돌아온다. 리바이의 미간 주름도 더 깊어진다.

"가이, 내 말-."

다음 순간 나무처럼 굳은 동시에 축 늘어진 가이의 몸이 의자에서 바닥으로 철퍽 떨어진다. 통제실은 아비규환이 된다. 모두 자리에서 벌떡 일어서고 의자 대여섯 개가 동시에 바닥에 끼이익 끌린다.

"프로토콜 중지해!" 리바이가 외치더니 곧장 통제실에서 뛰쳐나가 연구실로 간다. 모니터에는 리바이가 가이의 옆에 무릎을 꿇고서 두 팔로 그의 몸을 들어 올리는 모습이 잡힌다. 그러더니 가이를 옆으로 누이고 근처에 널린 자질구레한 물건들을 치운다.

발작이야. 가이가 발작을 일으키고 있어.

나사 상주 의료진과 엔지니어, 다른 사람들도 죄다 뛰어 들어가 리바이에게 자극 프로토콜에 대해 이것저것 묻는다. 의료진이 처치하는 동안 리바이는 여전히 가이를 두 팔로 감싸안은 채 최대한 자세히 대답한다.

페니 때문이구나. 리바이는 페니를 돌보던 경험으로 어떻게 대응할지 아는 거야.

사방이 혼란의 도가니다. 복도에도 사람들이 분주히 뛰어다니고 통제실을 들락거리고 고함을 치고 욕을 뱉고 아무도 대답 못할 질문을 해댄다. 나한테 던지는 질문도 있지만 나는 대답을 하지 못한다. 가이의 얼굴을, 리바이가 그를 조심스레 안고 있는 모습을 쳐다보는 것 말고는 아무것도 할 수가 없다. 그러다 의자에 털썩 주저앉는다. 한 시간처럼 느껴진 몇 분이 흐른 후 내 시선이 마침내 다른 데로 옮겨간다.

바닥에 떨어져 저 구석에 굴러가 처박힌 헬멧에.

♥♥♥

"… 코왈스키는 어떻게 됐어요?"

"병원으로 이송됐습니다."

"괜찮던가요?"

"네. 의식을 되찾았습니다. 간단한 검사만 했는데 그래도-."

"미쳤나, 발작을 하게 만들다니. 이건 엄청난-."

"정말 말도 안 되는-."

"블링크는 이제 끝이야. 맙소사, 얼마나 무능하면 이 지경을!"

나는 요새다. 아무도 침입할 수 없다. 나는 아예 여기에 없다. 나는 아무와도 눈을 마주치지 않는다. 보리스가 어금니를 꽉 문 채 당장 사무실로 오라고 한 후 그리로 이동하면서 저런 얘기를 듣지 않으려고 애쓴다. 호출 받은 지 벌써 4분 30초가 지났다. 서둘러야 한다.

문에 노크하고는 안에서 들어오라고 하기도 전에 들어간다. 리바이는 벌써 와서 네모난 창으로 내다보이는 스페이스 센터의 예쁜 잔디밭을 물끄러미 바라보고 있다. 나는 그를 못 본 체한다. 나를 보는 그의 시선이, 기분이 어떤지 묻는 눈길이 따갑도록 느껴지는데도 모른 체한다.

리바이가 무슨 생각을 하고 있을까 궁금하다. 하지만 곧 그런 생각도 그만둔다. 안다 해도 어차피 견딜 수 없을 것 같아서.

"어디서 에러가 난 거야?" 책상 뒤에서 보리스가 묻는다. 늘 피곤하고 부스스해 보이던 보리스지만 지금은 트럭에 받혔다 해도 믿을 정도다. 오늘 일로 어떤 여파가 미칠지 상상조차 못 하겠다. 보리스와 나사에, 리바이에게도.

"아직은 분명치 않습니다." 리바이가 보리스의 시선을 똑바로 받아내며 대꾸한다. "현재 조사 중입니다."

"하드웨어가 불량이었던 건가?"

"그 부분을 확인하기 위해 현재-."

"개소리."

잠시 침묵이 흐른다. "알아내는 대로 보고 드리겠습니다."

"리바이, 자네는 내가 상부에 보고나 하는 꼰대인 줄 알겠지. 아마 맞을 거야. 살다 보니 그렇게 되어버렸어. 근데 이건 알아둬. 나도 공학 학위를 땄고 현장 경험은 자네보다 20년은 더 된다는 걸. 내가 자네처럼 창의력 넘치는 천재는 아닐지 몰라도 문제가 하드웨어 쪽인지 다른 데인지 알아내는 데 자네가 3주나 시스템 분석을 할 필요는 없다는 것쯤–."

"하드웨어 쪽 아니에요." 내가 불쑥 끼어든다. 두 사람이 나를 돌아보지만 나는 보리스에게 시선을 고정한다. "적어도 아닐 거라고 추측돼요. 아직 분석은 안 해봤지만 에러는 자극 프로토콜에서 발생했다고 봐요." 여기서 나는 침을 꿀꺽 삼킨다. "제가 담당한 부분요."

보리스가 입을 꽉 다문 채 고개를 끄덕인다. "어떻게 된 건가?"

"모르겠어요. 언뜻 봐서는 자극 강도가 너무 강했거나 너무 고주파였던 것 같고, 부위를 잘못 잡았거나 아니면 너무 분산됐을지도 몰라요. 그래서 광범위하게 잘못된 신경부위에 자극이 갔고–."

"알겠네." 그가 또 고개를 끄덕인다.

"근데 어쩌다 그렇게 된 거지?"

"그건 저도 모르겠어요. 가이의 뇌를 몇 주나 매핑했는데 이런 일은 한 번도 없었어요. 가이한테 특별히 맞춘 프로토콜이었어요." 나는 고개를 떨구고 내 손을 내려다본다. 나도 모르게 할머니의 반지를 뱅글뱅글 돌리고 있다. 늘 그렇듯.

"다시는 이런 일 없도록 하겠습니다. 죄송합니다."

"물론 없을 거야." 보리스가 한 손으로 얼굴을 쓸어내린다.

"블링크는 끝났으니까."

누군가가 날카롭게 숨을 들이마신다. 리바이다. 나는 고개를 번쩍 든다. "네?"

"이 정도의 실수는 용납할 수 없네. 몇 년에 걸쳐 우주비행사 훈련을 받은 사람이 자네들 때문에 발작으로 쓰러졌어. 가이는 큰 이상 없지만 다른 우주비행사가 멀쩡하리라는 보장이 있나?"

나는 믿을 수 없어서 고개를 젓는다.

"다른 우주비행사는 절대 그럴 일-."

"애초에 그런 우주비행사는 없었어야 했네. 더구나 나사 직원 절반이 지켜보는 앞에서는!"

"소장님." 어느 틈에 리바이가 내 뒤에 와 서 있다. 모르긴 몰라도 아주 바짝 붙어 있을 것이다. "이 프로토콜을 가지고 열 번은 실험했어요. 그런데 이와 비슷한 일조차 일어난 적 없습니다. 저희가 몇 주 더 필요하다고 했는데 애초에 시연을 서두른 건 소장님이었잖-."

"국립보건원이 비를 보냈을 때 실력을 보증한 건 자네였잖나. 그런데 비 때문에 내 우주비행사 한 명이 발작을 일으켰어!" 보리스가 스스로 진정하느라 턱에 힘을 준다.

"리바이, 자네를 탓하는 건 아니네만-."

갑자기 요란한 노크 소리가 들린다. 문이 벌컥 열리더니 상황이 열 배는 나빠진다.

안 돼. 제발 트레버만은 안 보게 해줘. 내가 가장 처참해진 이런 순간에는.

내 마음속 울부짖음에도 불구하고 보리스가 그에게 들어오라고 손짓한다. "그러잖아도 논의 중-."

"다 들었습니다." 트레버가 험악한 표정으로 어깨를 으쓱한다. "큰 소리로 말씀하셔서." 그가 손뼉을 한 번 짝 치며 말을 잇는다.

"어쨌든, 의원님들한테는 제가 잘 얘기해놨습니다. 블링크가 아직은 손볼 만하다고요."

"잠깐." 보리스가 인상을 쓴다. 나는 토하기 직전이다.

"여기에 이해가 얽힌 기관이 많은 건 잘 알지만, 그렇게 서두르지는 맙시다. 뭔가가 잘못된 건 분명한데-."

"누군가가 잘못된 거겠죠." 트레버가 끼어든다. 나에게 보내는 눈길에 경멸이 담겨 있다. "이야기 다 들었다니까요. 보아하니 어느 한 사람 때문에 문제가 발생한 것 같은데, 약한 고리를 제거하고 다른 국립보건원 연구관을 프로젝트에 투입하면 해결이 가능해 보입니다. 마침 조시 마틴하고 행크 말리크가 그 자리에 지원했어요."

"지금 제정신이에요?" 리바이가 트레버에게 한 걸음 다가가 그를 위압적으로 내려다본다. "쾨닉스바사 박사가 약한 고리라고 생각한다면 자기 팀원들을 제대로 파악도 못 하고 있는-."

"잠시만요." 내가 말한다. 목소리가 떨린다. 울면 안 돼, 지금은. "이 얘기는 저 없이 진행하셔도 될 것 같네요. 저는 가서 가이가 괜찮은지 살펴보고…."

내 책상도 비울게요. 그래, 끝이다.

최대한 재빨리 거기서 나온다. 문에서 열 발짝도 채 못 갔는데 뒤에서 쫓아오는 발소리가 들리더니 곧 그 발이 나를 막아선다. 내 앞에 리바이가 절박함에 가까운 감정이 드러난 얼굴로 서 있다.

"비, 우리가 수습할 수 있어요. 나랑 같이 다시 들어가서-."

"나는, 가봐야겠어요." 흔들림 없는 목소리로 말하려고 애쓴다. "하지만 리바이는 남아서 블링크가 완성되는 걸 봐주세요."

리바이가 믿을 수 없다는 표정을 짓는다.

"비 없이는 못해요. 정확히 뭐가 잘못된 건지 아직 모르잖아요. 보리스가 과민반응 하는 거고 트레버는 그냥 멍청이예요. 나는 여기서 물러날-."

"리바이." 나는 의식적으로 손을 뻗어 그의 손목을 잡는다. 그리고 손에 살짝 힘을 준다. "다시 돌아가서 어떻게든 블링크가 완성되게 해달라고 부탁하는 거예요. 부탁이에요. 피터를 위해서 그렇게 해줘요. 페니를 위해서. 또 나를 위해서도." 치사한 한 수다. 리바이의 눈이 가늘어지고 턱에 힘이 들어가는 게 보인다. 내가 다시 걸음을 옮기기 시작했을 때, 그는 이번에는 따라오지 않는다.

지금 당장은 그걸로 됐다.

23장

다시, 편도체: 공포

라이케는 그렇게 벼르던 노르웨이 여행 중이라 내가 몇 번이나 전화를 걸어도 받지 않는다. 차라리 잘된 일인지도 모른다. 전화를 받았더라도 나는 뉴런 탈분극이니 전자 유도니 횡설수설하며 엉엉 울었을 것이다. 그건 내 건강에도 안 좋고 라이케에게도 전혀 유쾌한 일이 아니었을 테니. 가이에게 병문안을 가고 싶지만, 가서 뭘 하겠는가. 특식이라도 바치려고? 아니면 참회의 뜻으로 내 미래의 첫째 아이를 바치려고? 그것도 아니면 침대 발치에서 스스로를 채찍질이라도 하게? 어차피 가이가 어느 병원으로 이송됐는지 아직 입원 중인지도 나는 모르고, 솔직히 그가 나를 보고 싶어 할 것 같지도 않다. [내 부주의와 무능 때문에 발작을 겪어서 내가 미운가요? 예/아니요/그럴지도 셋 중 하나에 동그라미 쳐주세요.]라고 문자를 보내는 게 나으려나.

나 혼자 생각에 빠져 있는 게 차라리 낫다. 모순적이지만 덕분에 지나치게 생각에 사로잡히지 않을 수 있으니까. 곧 여러 가지 나쁜 일들이 터질 것이다. 내가 @마리라면어떻게할까의 계정 주인인 것이 만천하에 드러날 것이고, 몇 년에 걸쳐 차곡차곡 다져온 공동체가 나에게 등을 돌릴 것이다. 트레버가 나와의 고용계약을 갱신해줄 거라는 희망도 품을 수 없다. 발밑의 땅이 꺼지는 것 같지만 그걸 말로 뱉지 않으면 아무 일 없는 척할 수 있다.

24시간 만에 첫 끼니로 바나나를 하나 먹고 내 방으로 간다. 침대 밑에서 여행 가방을 꺼내 먼지를 털어 놓고 옷을 개키기 시작한다. 청바지, 청바지 하나 더, 아직 못 입어본 치마, 제일 좋아하는 청록색 윗도리, 판초 모양의 우비, 또 청바지.

가방이 거의 다 찰 때쯤 현관벨이 울린다. 한숨을 쉬며 억지로 현관으로 나간다. 찾아온 사람이 누구인지 벌써 알 것 같다. 내 짐작이 맞다.

"안녕." 리바이는 몹시 피곤해 보인다. 계속 손으로 머리를 쓸어 넘기고 있었던 것 같다. 그리고 숨이 멎도록 아름답다. 심장이 조여든다. "전화를 안 받아서요. 걱정돼서 왔어요."

"미안, 휴대폰 확인하는 걸 깜빡했어요. 무슨 일 있어요?"

그가 '당연히 무슨 일 있죠.'라고 말하는 듯, 황당하다는 눈길을 보내며 나를 따라 거실로 들어온다. 발코니 문 너머로 벌새 모이통이 보인다. 저것도 내려서 가방에 넣어야 하는데. 그치만 벌새들은…. 로시오에게 나 대신 모이통을 걸어놔 달라고 부탁해야겠다. 만날 오던 그 귀여운 녀석이 어느 날 밥통이 사라져서 저녁을 굶는 건 원치 않으니까.

"… 가이한테서요." 리바이가 뭐라고 말을 하고 있다.

내가 휙 돌아본다. "가이는 좀 어때요?"

"괜찮아요. 퇴원했어요. 비한테 너무 걱정 말라고, 자기는 그런 일을 당해도 싼 놈이라고 전해 달래요. 그리고 평생 못 해볼 경험을 시켜줘서 고맙다고." 리바이도 안도한 티가 난다.

"혹시… 내가 보러 가도 된다는 말은 없었어요?"

"지금은 쉬고 있어서 좀 그렇지만 내일은 가도 될 것 같아요. 아마 비가 가면 반가워할 거예요." 그러더니 그의 어조가 조금 진중해진다.

"비, 가이도 비 잘못이 아닌 거 알아요. 수백 가지가 잘못될 수 있는 실험이었고 그중 어느 하나도 온전히 비만의 책임이라고 할 수 없어요. 소장님이 시연을 서두르는 바람에-."

"소장님이 서두르는 걸 내가 용인했잖아요." 나는 손가락으로 눈을 꾹꾹 마사지한다. "내가 그 안에 준비할 수 있다고 했어요. 그것도 그렇지만, 어차피 벌어질 일이었어요. 그렇게 공개적으로는 아닐지라도. 내가 뭔가 잘못한 게 틀림없어요. 미처 계산에 넣지 못한 게 있다거나…. 모르겠어요. 정말 모르겠어요. 계속 생각해봤는데 망할, 정말로 내가 뭘 잘못했는지 모르겠다고요. 그러니까 리바이는 나 말고 다른 사람, 자기 일을 완벽하게 해내는 사람하고 같이 일해야 해요."

리바이가 눈을 깜빡거린다. "무슨 뜻이에요?"

"그냥, 말 그대로예요." 내가 어깨를 으쓱한다. "보건원에서 행크를 보냈으면 좋겠어요. 조시는 재수 없거든요. 그리고 로시오가 팀에 잔류하게 리바이가 힘써줘야겠어요. 로시오는 그럴 자격이 있잖아요. 아, 그리고 또 로시오의 대학원 추천서 좀 써줄 수 있어요? 내가 써줘봤자–."

"아니요." 리바이가 다가와 손을 뻗는다. 그 손이 내 뒤통수 아래쪽에 닿는다. 손이 커서 목덜미부터 어깨와 이어지는 부분까지 다 덮는다. 그 손길이… 당연하게 느껴진다. 익숙하게. 리바이가 너무나 익숙하다. "비, 아무도 비를 대체하지 않을 거예요. 블링크는 내 것인만큼 비의 것이기도 하니까. 비가 없었으면 우리는 문제를 해결하지도 못했을 거예요."

"모르는 소리 말아요." 내가 한 걸음 물러선다. 그의 손이 나와 닿지 않을 때까지, 마지막 순간까지 머물다가 툭 떨어진다.

"난 더 이상 블링크 팀원이 아니에요. 트레버도 그렇게 말했잖아요."

"빌어먹을 트레버는 곧 생각을 바꿀 거예요."

"안 그럴 걸요. 그래서는 안 되고요. 리바이, 오늘 내가 다른 사람을 위험에 빠뜨렸어요. 또 리바이랑 제일 친한 친구가 남긴 유산을 아예 없애버릴 뻔했고요." 나는 손가락을 입술에 갖다 댄다. 손이 떨리고 있다. 아니 온몸이 떨린다.

"그런데도 어떻게 내가 남기를 바랄 수 있어요?"

"비를 믿으니까요. 비를 아니까요. 어떤 사람인지 어떤 과학자인지 잘 알고–." 순간 그의 시선이 내 침실로 가 꽂힌다. 거의 꽉 차서 활짝 열린 채로 바닥에 놓여 있는 여행 가방에. 몸이 굳은 그가 가방을 가리킨다. "저게 뭐예요?"

나는 침을 꿀꺽 삼킨다. "말했잖아요. 양심상 블링크에 남지 못하겠어요."

리바이가 믿을 수 없다는 표정으로 입을 벌린 채 나를 바라본다. "그래서 당장 짐 싸서 떠나겠다고요?" 정답과 오답이 정해져 있을 것 같은 공격적인 질문이다. 나는 정해진 답 말고 다른 대답을 떠올려보려 애쓴다.

"그럼 어떻게 해요?" 내가 무력하게 되묻는다.

"여기 남아서 뭐 하게요?"

지난 두 달간 리바이 워드의 다양한 모습을 봤다. 행복한 모습, 집중한 모습, 속상한 모습, 슬퍼하는 모습, 뛸 듯이 좋아하는 모습, 화난 모습, 흥분해서 달아오른 모습, 진솔한 모습, 실망한 모습, 그리고 그 모든 모습의 다양한 조합까지 전부 목격했다. 하지만 지금 나를 보는 그는… 이제껏 한 번도 보지 못한 모습이다. 형언이 불가하다.

나에게 몇 발짝 다가온 리바이가 뭔가 말하려는 듯 입을 열더니 다시 휙 돌아서고 이건 말도 안 된다는 듯 고개를 저으며 몇 걸음 물러난다. 거기서 숨을 깊이 한 번 그리고 또 한 번 들이마신다. 하지만 나를 다시 돌아봤을 때도 별로 진정되지 않은 얼굴이다.

"진심으로 하는 소리예요?" 얼음장 같다. 목소리가, 눈빛이, 턱선마저도. 소름 돋는 살얼음이다.

"난…. 리바이. 내가 여기 머무느냐 마느냐는 애초에 블링크에서 내가 맡은 역할에 달린 문제였어요."

"그랬었죠. 근데 지금은 다르잖아요."

"그때랑 지금이랑 뭐가 다른데요?"

"글쎄요. 우리가 지난 2주간 한시도 떨어져 있지 않았던 것? 우리가 매일 밤 사랑을 나눈 것? 비가 자다가 한숨 쉬는 버릇이 있고 광적으로 치실질을 하고 온몸에서 달콤한 맛이 나는 걸 내가 지금은 안다는 것?"

내 뺨이 확 달아오른다. "그게 도대체 무슨 의미가 있는데요?"

"진심이에요?" 그가 반복해 말한다.

"그 모든 게- 그게 다… 비가 휴스턴에 머무는 동안 가볍게 즐긴 것에 불과했다는 거예요? 그저 즐긴 것, 그뿐이라고요?"

"아니요. 아니에요. 하지만 다르잖아요, 가볍게 즐기는 것하고…."

"곁에 머무는 것 말이죠? 관계에 헌신하는 것. 마음먹고 노력하는 것. 그 말을 하려는 거예요?"

"난…."

나는 뭐? 무슨 말을 해야 할지 모르겠다고? 혼란스럽다고? 겁이 난다고? 하지만 정말로 뭐라고 말해야 할지, 리바이가 뭘 원하는지 모르겠다. 우리는 친구인데. 좋은 친구. 잠자리를 하는 친구. 어차피 다른 길을 갈 예정이었던 사이. 모두가 그런 것처럼.

"리바이, 처음부터 우린…. 난 그냥 솔직하게 얘기하려는 거예요."

"솔직하게라." 그가 소리 없이 쓴웃음을 터뜨린다. 그러고는 혀로 볼 안쪽을 쓸면서 벌새 모이통을 물끄러미 본다.

"솔직하게. 나도 솔직해져 볼까요?"

"그럼요. 나도 최대한 솔직하게 터놓으려고-."

"그럼 내 솔직한 마음도 들어봐요. 나는 비를 사랑해요. 그건 새로운 얘기도 아니죠. 적어도 나한테는요. 그리고 비한테도 아닐 거라

생각해요. 비가 자기 자신에게 솔직하다면요. 근데 방금 솔직하게 얘기한다고 했잖아요?" 내 눈이 휘둥그레진다. 리바이는 태풍 같은 기세로 가혹할 만치 무자비하게 밀어붙인다. 내 폐에서 공기가 훅 빠져나가도록.

"또 하나 솔직하게 말해줄게요. 비도 나를 사랑하고 있어요."

"리바이." 조금만 삐끗하면 패닉에 빠질 것 같은 기분으로 내가 고개를 젓는다. "나는-."

"근데 겁이 나는 거예요. 혼이 나갈 정도로 겁에 질려 있죠. 그건 충분히 이해해요. 팀이 워낙 쓰레기였으니까. 나도 마음 같아선 그 새끼 물건을 잘라버리고 싶어요. 게다가 절친한 친구는 비한테 기댈 어깨가 필요할 때 세상 누구보다 이기적으로 굴었고요. 부모님은 어릴 때 돌아가시고 친척들은…. 글쎄요, 최선을 다했는지는 몰라도 비에게 절실했던 안정감을 주는 데는 철저히 실패했어요. 비가 아껴마지않는 쌍둥이 동생은 늘 어디론가 떠나 버리고요. 동생이 10분 내로 문자에 답장 안 하면 비가 몇 초마다 휴대폰 확인하는 거 내가 모를 거 같나요. 근데 다 이해해요. 무슨 일이 생겨서 동생마저 사라지는 건 아닐까 왜 걱정이 안 되겠어요? 다른 사람들이 전부 그렇게 됐는데. 비가 아꼈던 사람은 전부 다 어떤 식으로든 비의 인생에서 사라졌잖아요."

어떻게 화난 동시에 침착하고 또 동시에 연민까지 보일 수 있는지 참 놀랍다.

"다 이해해요. 얼마든지 기다릴 수 있어요. 지금까지도 그러려고 노력했고 앞으로도 그럴 거예요. 하지만 비도… 나한테 한 가지는 해줘야 해요. 우리 관계가 비가 쓰는 가상의 이야기와는 다르다는 걸 알아줘요. 우리가… 그럴싸한 결말을 위해 서로 떼어놓아도 되는 등장인물이 아니라는 걸요. 이건 우리의 실제 인생이라고요, 비."

내 목을 타고 눈물 한 줄기가 흐른다. 이어서 또 한 방울이 쇄골에 톡 떨어진다. 나는 눈을 질끈 감는다.

"우리가 학회에 갔을 때 있잖아요? 팀하고 마주쳤을 때." 그가 고개를 끄덕인다. "힘들었어요. 견딜 수 없을 정도로. 근데 시간이 좀 흐른 뒤에는 내가 팀한테 더는 감정이 없다는 걸 깨달았어요. 그러고 나니까… 마음이 참 편했어요. 내가 원하는 건 바로 그거예요. 마음이 편한 것." 평생 그런 상태를 거의 누려보지 못했다. 나는 항상, 매번 남겨지는 쪽이었다. 그렇다면 남겨지지 않는 유일한 방법은 먼저 떠나는 것 아닌가. 나는 훌쩍거리며 손등으로 뺨을 훔쳐낸다.

"혼자 있어야만 마음이 편할 수 있다면… 난 얼마든지 그렇게 할 거예요."

"내가 마음 편하게 해줄 수 있어요. 그보다 더 좋은 것도 줄 수 있어요. 뭐든 해줄 수 있다고요." 리바이가 희망 가득한 미소를 짓는다.

"나를 사랑한다는 걸 인정하지 않아도 돼요, 비. 내가 우리 두 사람 몫만큼 사랑하니까. 대신 여기 있어줘요. 머물러줘요. 꼭 휴스턴이 아니어도 돼요. 내가 비를 따라가면 되니까, 말만 해요. 그렇지만-."

"그러다 내가 지겨워지면요?" 내가 눈물범벅인 얼굴로 몸을 떨며 묻는다. "리바이가 더는 내 곁에 못 있겠다 싶으면요? 다른 여자를 만나면요?"

"그럴 일 없어요." 리바이가 대꾸한다. 너무 확신에 차 있으면서 체념한 말투인 게 거슬린다.

"그건 모르는 일이죠. 그걸 어떻게 알아요. 리바이가-."

"다른 여자 없었어요." 그의 턱이 경직되더니 꿈틀거린다.

"비를 본 순간부터요. 비랑 처음 대화하면서 내가 재수 없게 군 그 순간 이후로 다른 여자는 한 명도 없었어요."

그게 무슨…. 설마 그럴 리가. 그런 뜻일 리 없어.

"맞아요." 내 생각을 읽었는지 그가 열띤 어조로 이야기한다.

"비가 어떤 경우를 상상하고 있든 전부 다 맞아요. 결정을 내리려면 전후 상황을 다 알아야죠. 겁나는 거 알아요. 나는 겁 안 날 줄 알아요?"

"나만큼은 아니-."

"몇 년 동안, 몇 년이나 비만큼 끌리는 상대를 만나기를 바랐어요. 다른 사람한테 그런 감정을, 어떤 감정이든 느끼기를요. 그런데 비가 여기로 왔고 또… 나는 비를 가져봤어요. 얼마나 행복해질 수 있는지 맛봤다고요. 어떤 기분인지 내가 모를 것 같아요? 너무 간절히 원하던 걸 손에 넣으면 오히려 두려워지는 걸 내가 모르겠어요? 심지어 그게 바로 앞에 있는데. 나는 죽도록 무섭지 않은 줄 알아요?" 그가 숨을 토하며 손으로 머리칼을 쓸어 넘긴다.

"비는 어딘가에 속하기를 원하잖아요. 자신을 놓지 않을 누군가를 원하잖아요. 그게 나예요. 나는 몇 년 동안이나 비를 놓지 않았어요. 그때는 비가 내 것이 아닌데도 그랬어요. 하지만 비도 내가 그럴 수 있게 해줘야 해요."

그를 쳐다보는 게 힘들다. 눈앞이 뿌옇게 흐려져서 그렇다. 내가 숨을 곳을 그가 남겨놓지 않아서 그렇다. 지난 몇 주간 함께한 순간들이 떠올라서 그렇다. 비좁은 부엌에서 팔꿈치를 부딪치던 순간, 고양이로 말장난을 주고받던 순간, 차에서 자기가 좋아하는 노래를 틀겠다고 티격태격한 순간, 그래 놓고 노래가 나오건 말건 떠들던 순간. 내가 잠에서 완전히 깨지 않았을 때 이마에 해준 입맞춤도 떠오른다. 내 가슴과 골반, 목덜미 아니 온몸을 깨물던 감각도. 해지기 직전 집 안 가득히 퍼지던 아가스타슈 향기도. 여섯 살 꼬마를 웃겼다고 둘이 좋아서 깔깔대던 것도. 리바이가 스타워즈에 대해 말도 안 되는 소리를 늘어놓던 것도. 그가 밤새 나를 안아줬던 것, 나에게 그가 필요할 때 나를 꼭 안아줬던 것도.

그와 함께한 지난 몇 주를 떠올려본다. 그리고 그 없이 보낼 여생을 떠올린다. 더 많이 가졌다가 전부 잃었을 때 내가 어떻게 될지를. 그동안 살면서 지레 포기했던 모든 것을 떠올린다. 애써 입양하지 않은 고양이들, 상처받은 마음을 누덕누덕 기우느라 기를 썼던 시간들.

리바이가 내 볼을 살며시 감싸며 이마를 맞댄다. 그의 손. 그게 바로 내 집인데.

"비. 우리한테서 이걸 빼앗지 말아요." 그가 중얼거린다. 거친 목소리로 조심스럽게 희망을 담아.

"부탁이에요."

이 순간 그러겠다고 대답하는 것보다 더 간절히 원한 건 없었다. 이것만큼 간절히 손에 넣고 싶은 건 없었다. 동시에 이보다 더 뭔가를 잃는 게 눈앞이 캄캄해지도록 두려웠던 적도 없었다.

나는 의식적으로 리바이와 눈을 맞춘다. 그리고 떨리는 목소리로 말한다. "미안해요. 난… 못 하겠어요."

그가 눈을 감고 자신을 거세게 덮친 뭔지 모를 감정의 파도에 맞선다. 하지만 이내 고개를 끄덕인다. 아무 말도 보태지 않고 그저 고개만 끄덕인다. 짧게 딱 한 번만. 그러더니 나를 놔준다. 한 손을 주머니에 넣더니 뭔가를 꺼내 테이블에 올려놓는다. 딸깍 소리가 크게 울린다. "비 주려고 가져온 거예요."

내 심장이 세게 한 번 요동친다. "뭔데요?"

리바이가 고통 어린 미소를 살며시 짓는다. 방금 전보다 더 심하게 위가 꼬인다. "비가 겁내서 도망갈 또 한 가지요."

그가 가버린 후 한참 동안 문을 멍하니 바라본다. 발소리가 멀어진 후에도. 그의 트럭 엔진 소리가 주차장을 벗어난 후에도. 더는 눈물이 안 남고 뺨이 말라버린 후에도. 하염없이 문을 바라보면서 단 이틀 만에 내가 아끼는 모든 것을 다시 모조리 잃었다는 사실을 상기한다.

재난이 세 개씩 동시에 온다는 건 결국 맞는 말이었다.

24장

우측두엽: 아하!

*우측두엽: 측두엽은 대뇌 반구의 양쪽 측면에 위치한다.
그중 우측두엽은 비언어적 정보 학습과 기억에 관여한다. -옮긴이

내가 광기 어린 과학자가 된 배경을 풀어놓기엔 다소 늦은 감이 있다는 건 안다. 하지만 어둠 속에서 발코니 문에 비친 울긋불긋 못난 내 얼굴과 빛 때문에 거의 갈색으로 보이는 보라색 머리나 쳐다보고 있는 마당에 뭘 따지겠나. 조금 전 누군가 내 주머니를 뒤져서 가장 소중한 물건들을 털어갔는데 그 범인이 바로 나라니. 1911년의 마리 스쿼도프스카 퀴리 박사와 굉장한 동질감을 느끼는 지금이야말로 자기 폭로에 최적의 타이밍이 아닐까.

원래 나는 우리 엄마처럼 시인이 되고 싶었다. 그래서 별의별 것을 소재로 소네트를 썼다. 비, 예쁜 새, 라이케가 체리파이를 만든답시고 난장판을 만들어놓은 부엌, 털실을 가지고 노는 새끼고양이 뭐 그런 것들. 그러다 우리는 열 살이 됐고 5년 새 벌써 네 번째 이사를

가게 되었다. 이번에는 독일과 국경을 맞댄 크지도 작지도 않은 프랑스 마을이었는데, 아빠의 제일 큰형이 건설업자로 자리를 잡은 곳이었다. 큰아버지는 좋은 분이었다. 큰어머니도 다소 엄하지만 좋은 분이었다. 십 대 후반이었던 그집 사촌 형제들도 착했다. 마을 사람들 다 착했다. 내 동생의 절친이었던 이네스라는 애도 착했다. 온통 착한 사람들뿐이었다.

이사 오고 2~3주 됐을 때 나는 외로움에 대해 첫 시를 썼다.

솔직히 낯 뜨거울 정도로 형편없는 시였다. 열 살 먹은 비는 어둠의 왕국에서 온 음울한 공주였으니까. 가장 드라마틱한 시구 몇 줄을 소개하고 싶지만 그러면 나도 죽고 그걸 읽은 사람도 전부 죽여야 하니 참겠다. 아무튼 그때는 내가 에밀리 디킨슨의 뒤를 이을 시인이 될 줄 알았기에 당당히 내 작품을 선생님에게 보여드렸다(지금 생각하면 쪽팔려서 죽고 싶다). 프랑스어로 쓴 첫 행을 영어로 옮기면 "가끔씩 외로울 때면 내 뇌가 쪼그라드는 것 같다."인데, 선생님은 그 구절을 유심히 보더니 이렇게 말했다. "실제로 그런단다. 알고 있었니?" 몰랐다. 그렇지만 2000년대 초반인 그때도 인터넷은 이미 일상화되어 있었다. 그래서 그날 저녁 라이케가 친구 이네스네 집에서 한나절 놀고 귀가했을 때쯤 나는 '외로운 뇌'에 대해 많은 정보를 알게 되었다.

외로운 뇌는 쪼그라들지는 않지만 약간 시든다. 외로움은 추상적이고 손으로 만질 수 없는 은유가 아니다. 무인도나 짝짝이 신발, 에드워드 호퍼의 그림 속 창밖을 물끄러미 내다보는 인물, 피오나 애플의 전체 디스코그래피 같은 게 아니란 말이다. 외로움은 바로 여기에 있다. 그것은 우리의 영혼뿐 아니라 우리의 신체까지 조형한다. 우측 하측두회, 후측 대상피질, 측두두정 접합, 후두엽 피질, 배측 솔기. 외로운 사람의 뇌는 생김새가 다르다. 그리고 나는 내 뇌가… 그렇게 생기지 않았으면 좋겠다. 건강하고 통통하고 좌우 대칭이 완벽했으면 좋겠다. 최고로 대단한 기계라는 기대에 걸맞게 부지런하고 야무지게 돌아갔으면 좋겠다. 시키는 대로 했으면 좋겠다.

잠깐, 여기서 스포일러 주의. 내 멍청한 뇌는 시키는 대로 하지 않는다. 그런 적이 없다. 내가 열 살이었을 때도 스무 살이었을 때도 그러지 않았다. 그로부터 8년 후, 스스로에 대한 기대치를 낮추도록 철저히 훈련시킨 후에도 마찬가지다. 혼자인 상태가 기준이라면 뇌가 시들지 말아야 한다. 맛있는 간식을 얻어먹어 본 적이 없는 고양이는 간식을 간절히 원하지 않을 것이다. 안 그런가?

모르겠다. 창에 비친 내 모습을 보고 있자니 더는 확신하지 못하겠다. 어쩌면 내 뇌는 고양이의 뇌보다 멍청할지도 모른다. 어쩌면 라이케의 블롭피시 마냥 내 해골 안에서 둥둥 떠다니기만 하는지도. 이젠 아무것도 모르겠다.

6월이다. 곧 본격적인 여름이다. 이제는 해도 늦게 진다. 지금 밖이 어둡다면, 리바이가 집에 돌아간 지 한참 됐다는 뜻이다. 몸이 무거운 동시에 무중력 공간에 떠 있는 느낌이라 소파에서 조심조심 일어선다. 관절이 쑤시는 할머니면서 동시에 갓 태어난 송아지가 된 것 같다. 아직도 여러 개의 자아를 품고 있다니 나도 참 고약하네. 아무튼, 자기 연민에 마냥 빠져 있고 싶지만 이 상황은 내가 판 무덤이니 이러고 있을 수만은 없다. 해야 할 일이 있다. 보살펴야 할 사람들도 있고.

제일 먼저 로시오. 지금 자기 숙소에도 없고 전화도 받지 않는다. 케일리랑 같이 오늘의 비극을 뒤로하느라 바빠서, 나를 미워해서, Z세대 젊은이라서. 세 가지 모두 이유일 수도 있지만 어쨌든 로시오에게 전할 중요할 말이 있고, 로시오가 그토록 꿈꾸던 박사과정을 나 때문에 포기해야 할 수도 있기에 꾸역꾸역 이메일을 보낸다.

> 블링크의 향방이 어떻게 되건 당장 트레버에게 연락해서 프로젝트에 연구 조교로 남게 해달라고 해(내가 부탁할 수 있다면 하겠지만, 다른 사람이 얘기하는 게 나을 거야). 리바이도 도와줄 거야. 오늘 일어난 일은 오롯이 내 책임이니 로시오의 경력에 흠이 되지 않을 거야.

좋아. 하나 해치웠다. 힘겹게 침을 삼키고 심호흡한 후 트위터 앱을 켠다. 다음은 슈맥 차례다. STC 건이 어떻게 되어 가고 있는지 알려줘야 한다. 그가 마리와 계속 친하게 지낸다면 그도 한순간에 곤란해질 수 있다고. 어찌된 일인지 아직도 모르겠지만, 공개적으로 나와 연을 끊는 게 그에게는 최선일지 모른다.

디엠을 보내 잠깐 얘기할 수 있느냐고 묻지만 그는 곧바로 대답하지 않는다. 그 여자랑 같이 있나. 슈맥이 모든 것을 불사를 듯 강렬하게 쥐어짜는, 고통스럽고도 희열 넘치는 사랑을 붙잡을 만큼 용감한 사람 같아서 갑자기 지독한 시기심이 덮쳐온다. 리바이와 한 편의 비극 같은 대화를 나눈 후라 그런지도 모르겠다. 나는 온 힘을 다해 그 감정의 파도에 저항한다.

슈맥이 마지막으로 접속한 게 언제인지 궁금해서 그의 프로필을 클릭한다. 지난 주 내내 트윗을 거의 안 하던데. 해도 거의 대부분 #공정한대학원입시 관련한 얘기나 동료 평가 시스템에 대한 비판이었다. 그리고 자기는 논문을 쓰고 싶어 죽겠는데 고양이가 자꾸 노트북 컴퓨터에 앉으려고 해서 도무지-.

잠깐.

뭐지?

그 트윗에 첨부된 사진을 클릭한다. 검은 고양이 한 마리가 노트북 키보드 위에 잠들어 있다. 단모종에 녹색 눈이고 또….

슈뢰딩거는 아니겠지. 그럴 리가. 검은 고양이는 원래 다 비슷하게 생겼잖아. 게다가 이 사진은 고양이 얼굴도 또렷이 안 보이는걸. 얘가 어느 집 고양이인지 어떻게 분간….

근데 배경을 봐. 저 배경은…. 나, 저 싱크대 벽 알아. 리바이네 부엌의 진파란색 타일하고 똑같아. 지난주에 리바이가 나를 부엌 카운터에 엎드리게 해놓고 뒤에서 들어왔을 때 30분 동안 뚫어져라 쳐다본 타일이잖아. 그 벽 말고도 리바이가 "으웩, 비, 그딴 걸 먹다니."라고 질색해놓고 내가 제일 좋아한다니까 쟁여놓기 시작한 두유 갑의 가장자리도 보이고 또….

아니야. 아니, 아니, 아니. 그럴 리 없어. 말도 안 돼. 슈맥은… 아랫배 볼록 나오고 머리가 벗겨진 키 175센티의 샌님일 거라고. 세상에서 제일 완벽하고 귀엽고 섹시하고 잘생긴 남자가 아니라. "아니야." 괜히 소리 내 말해본다. 그렇게 하면 다 사라질 것처럼. 재앙 같았던 지난 며칠과 슈맥의 트윗 그리고 이… 이것이 현실일 가능성이 사라질 것처럼. 하지만 사진은 여전히 거기 있다. 타일 벽도 두유도 그리고….

"슈맥." 속삭여 부른다. 손이 떨리고 호흡이 가빠지는 걸 의식하며 우리가 주고받은 메시지 히스토리를 스크롤한다. 그 여자, 그 여자. 우리가 처음 그 여자 얘기를 하기 시작한 게…. 잠깐, 그 여자 얘기를 언제 처음 했더라? 또 다시 눈물로 흐려진 시야로 날짜를 확인한다. 내가… 내가 휴스턴에 온 날 슈맥이 처음 그 여자 얘기를 꺼냈다. 과거에 마음을 줬던 여자라며. 그렇지만, 아니야. 그 여자는 결혼했다고 했어. 그 여자의 남편이 그 여자한테 거짓말을 했다고. 나는 결혼 안 했으니까….

그런데 리바이는 내가 결혼한 줄 알았잖아. 팀과 내가 부부인 줄 알았잖아. 오랫동안. 그리고 팀이 나한테 거짓말을 한 것도 맞고.

"리바이." 나는 힘겹게 침을 삼킨다. "리바이." 어떻게 이런 일이. 이런 일은… 현실에서는 안 일어나는 줄 알았는데. 적어도 내 인생에서는. 이런 식의 우연의 일치는 〈유브 갓 메일〉 같은 90년대 로맨틱 코미디에서나 일어나는 일이라고. 순간, 그가 내게 보낸 가장 긴 메시지에 시선이 꽂힌다.

> 나는 그녀의 몸이 어떻게 생겼는지 잘 알아요. 그걸 떠올리면서 잠드는데, 아침에 일어나서 출근하면 그녀가 거기 있어요. 어떻게 이러나 싶죠.

세상에.

> 그녀를 벽에 밀어붙이고 싶고 그녀도 나를 있는 힘껏 밀어붙여줬으면 좋겠어요.

내가 그렇게 했던 것 같은데. 리바이가 나를 벽에 밀어붙여서 나도 똑같이 밀어댔지. 밀고 밀고 또 밀고. 그러다 영영 돌이킬 수 없는 지경까지 그를 밀어내 버렸지…. 아, 맙소사. 리바이는 내게 모든 걸, 내가 일생 동안 원했던 모든 걸 줬는데. 나는 어리석은 겁쟁이처럼 굴었어.

뺨을 적신 눈물을 훔치는데 리바이가 테이블에 놓고 간 물건이 눈에 띈다. 고양이 발바닥 모양의 귀여운 USB 메모리스틱이다. 삼색 고양이의 발바닥 모양. 내 노트북에 USB 포트가 없어서 황급히 어댑터를 찾는다. 물론 어댑터는 망할 여행 가방 제일 깊숙한 데 있다. 메모리에는 문서가 딱 하나만 저장되어 있다. F.mp4. 나는 아무렇게나 던져놓은 옷더미 위에 털썩 앉아 곧장 그 파일을 클릭한다.

디스커버리 빌딩 곳곳에 CCTV 카메라가 있는 건 알았지만 리바이가 그 영상에 접근할 수 있는 줄은 몰랐다. 그가 내게 30분짜리 야간 녹화 영상을 왜 줬는지 모르겠다. 혹시 파일을 잘못 업로드한 건가 해서 미간을 찌푸리는 순간, 조그맣고 색이 연한 덩어리가 화면 가장자리로 슬금슬금 들어온다.

펠리세트잖아.

날짜를 확인하니 4월 14일이라고 되어 있다. 내가 휴스턴에 오기

며칠 전이다. 화면 속 펠리세트는 지난번에 봤을 때보다 몸집이 약간 작다. 녀석은 복도를 총총 가로지르더니 주위를 한번 둘러보고는 모퉁이를 돌아 사라진다. 녀석을 쫓아가려고 내 몸도 화면을 향해 기울이는데 갑자기 영상이 4월 22일자로 바뀐다. 펠리세트가 로비의 소파로 훌쩍 뛰어오른다. 녀석은 빙빙 돌다가 마음에 드는 곳을 정해 웅크리고는 제 앞발에 머리를 얹고 쿨쿨 자기 시작한다. 나는 눈물 젖은 웃음을 터뜨린다. 곧 영상이 또 바뀐다. 이번엔 어스름한 엔지니어링팀 연구실이다. 리바이가 몇 번 썼던 도구들을 펠리세트가 킁킁 냄새 맡고 있다. 또 휴게실 정수기의 물 받침대에서 할짝할짝 목을 축인다. 계단을 아래위로 후다닥 오가는 모습도 있다. 회의실 창틀에서 그루밍하는 모습도.

그러더니 이번에는, 왜 아니겠어, 내 연구실이 나온다. 녀석이 내 의자 팔걸이를 발톱으로 득득 뜯는다. 내가 놓아둔 간식을 먹어치운다. 내가 구석에 설치해놓은 작은 간이 침대에서 꿀잠을 잔다. 나는 깔깔 웃다가 운다. 왜냐하면 이럴 줄 알았으니까. 이럴 줄 알았어. 리바이도 알고 있었던 거야. 이걸 어젯밤 몇 시간 만에 후다닥 편집했을 리가 없다. 이건 녹화분을 몇 시간이고 꼼꼼히 뒤져서 추려낸 편집본이다. 리바이는 펠리세트가 존재하는 걸 한동안 알고 있었던 게 틀림없다. 그 인간 목을 조르고 싶다. 키스하고 싶다. 전부 다 하고 싶다.

이런 건가 보다. 사랑에 빠지는 건. 진정 사랑에 빠지는 건. 끔찍하고 경이롭고 폭력적인 감정들이 쉴 새 없이 몰아친다. 나에게 이런 건 어울리지 않는다. 리바이를 쫓아버린 게 차라리 잘된 일인지도 모른다. 이런 감정을 느끼며 살아갈 순 없으니까. 일주일도 안 지나서 나는 진이 빠져 널브러질 테고 그러면….

> 그녀를 벽에 밀어붙이고 싶고 그녀도 나를 있는 힘껏 밀어붙여줬으면 좋겠어요.

아, 리바이. 리바이. 나도 용감해질 수 있어요. 리바이만큼 용감하고 솔직해질 수 있어요. 리바이가 방법을 가르쳐준다면.

나는 등을 기대고 앉아 눈물이 흐르든 말든 영상을 계속 시청한다. 펠리세트 녀석, 내 책상이 어지간히 마음에 든 모양이다. 로시오의 책상보다 더. 영상 날짜가 바뀌면서 녀석이 내 컴퓨터 앞에 웅크리고 쉬는 모습이 점점 더 자주 등장한다. 내가 녀석의 발자국을 발견했던 곳들을 딛고 다닌다. 내 컵 가장자리에 코를 대고 냄새를 맡는다. 내 컴퓨터 전원선을 잘근잘근 씹는다. 그러다 문이 벌컥 열리자 후다닥 숨고-.

잠깐만.

나는 영상을 정지시키고 화면으로 몸을 기울인다. 불빛이 움직인 모양새로 보아 누군가 연구실에 들어온 모양인데, 하필 영상이 곧바로 다음 장면으로 넘어간다. 대체 누가 내 사무실 문을 연 거야? 그것도 새벽 2시 37분에. 미화부원들은 항상 오후 늦게 들렀는데. 블링크에 헌신적인 로시오조차 새벽 2시 반에 출근할 정도로 열심은 아니다. 아니, 나도 새벽 2시 반에 사무실에 가지는 않는다.

눈물을 닦고 전후 상황을 알아내려고 스페이스바를 눌러 영상을 계속 재생한다. 전후 사정은 아니지만 뭔가가 드러나긴 한다. 이틀 전 찍힌 영상이 이어지고, 역시 내 연구실이다. 펠리세트가 내 책상에서 자는 영상이 몇 초간 나온다. 내 컴퓨터 모니터가 켜져 있다.

나는 컴퓨터를 로그인한 채 두지 않는데. 절대로.

일단 영상을 멈추고 극도로 의심 가득한 음모론자가 된 기분으로 화면을 최대한 확대한다. 다행히 영상 해상도가 어느 정도는 돼서 화면을 식별할 수….

"저거, 내 트위터 아냐?" 내가 허공에 대고 묻는다.

그럴 리가. 나는 절대로 회사 컴퓨터로 @마리라면어떻게할까 계정에 로그인하지 않는데. 여러 가지 이유가 있지만 그중 제일 신경 쓰이는 건 로시오의 자리에서 내 모니터가 훤히 보인다는 것이다. 그런데 지금 그 트위터가 로그인되어 있다. 내가 환각을 보는 게 아니라면. 아님 혹시 키체인으로 원격 접근한 거라면 가능할 수도? 그렇지만….

"펠리세트?" 내가 속삭여 묻는다. "혹시 네가 새벽에 내 컴퓨터 켜는 거니? 네가 내 나사 패스워드로 로그인하는 거야? 트위터에서 미성년 고양이들 낚고 그러니?" 당연히 아니다. 펠리세트가 그럴 리 없잖은가. 대신 다른 누군가는 그러고 있는 것 같다. 하지만 당최 말이 안 된다. 아니 잠깐, 말이 되는지도 모른다. 내 트위터 계정에서 발견된 수상한 활동 기록을 떠올리면 말이 되고도 남는다. 제기랄.

나는 테이블을 더듬거려 휴대폰을 집어 들고 리바이에게 문자를 보낸다. 그가 마지막으로 보낸 문자가 눈에 들어와서 휴대폰을 쥔 손이 덜덜 떨리지만 이를 악물고 글자를 입력한다.

[디스커버리 빌딩의 보안 카메라 전체 영상을 보려면 어떻게 해야 돼요?]

1분이 흐른다. 3분, 7분이 흐른다. 리바이에게 전화를 해본다. 그는 받지 않는다. 시계를 확인한다. 11시 15분이다. 내가 미워졌나? 나보다 내가 더 밉진 않을 텐데. 그래서 전화를 안 받는 건가? 잠들었나? 그냥 휴대폰을 확인 안 하는 것일 수도 있다.

망할. 이메일도 보내야겠다.

> 디스커버리 빌딩의 보안 카메라 전체 영상을 보려면 어떻게 해야 돼요? 최대한 빨리 알려줘요. 수상한 일이 벌어지고 있어요.

다음 순간 어떤 아이디어가 떠올라서 답장을 기다리지도 않고 행동에 나선다. 신발을 꿰어 신고 나사 사원증을 덥석 집어들고는 퀴리 박사님한테 제발 이 사원증으로 아직 출입이 가능하게 해달라고 기도하면서 스페이스 센터로 냅다 달려간다.

몹시 수상한 일이 벌어지고 있다. 내 짐작이 옳다는 확신이 99.9퍼센트 든다. 그리고 내가 틀렸다는 확신도 43퍼센트 든다.

♥♥♥

엘리베이터 가장자리에 발가락을 찧는 바람에 "아얏!" 큰소리를 내며 2층 복도로 휘청휘청 나온다.

아마추어같이 왜 이래. 샌들 말고 다른 걸 신었어야지. 그냥 집에 있어야 했는지도 모른다. 그냥 내가 미쳐가는 건지도 모르겠다.

그러거나 말거나. 연구실로 가서 수상한 활동 기록이 없나 컴퓨터 로그를 확인한 다음 꼬리 내리고 집에 돌아가지 뭐. 달리 할 일도 없다. 어차피 내 연구 커리어는 끝났고 곧 내 이름도 먹물을 뒤집어쓸 텐데. 거기다 사랑하는 남자와 함께하기엔 감정을 어른답게 마주할 줄 모르는 주제에 스스로 내린 선택을 감당하기엔 그를 너무 사랑한다. 그러니 비건 청키 멍키 아이스크림 출시나 기대하며 넷플릭스에서 하이틴 드라마를 검색하는 건 잠시 미뤄두고, 탐정 흉내에 20분쯤 할애해도 되지.

내 (옛?) 연구실은 늘 그렇듯 아늑하고 산만하다. 펠리세트는 털 한 오라기도 보이지 않는다. 내 자리에 앉아 컴퓨터에 로그인한다. 짐작대로 트위터 페이지를 띄우자 내 패스워드가 저장되어 있다. 심장이 쿵쿵 뛴다. 토할 것 같다. 사방을 둘러보지만 이 건물에 나 말고는 아무도 없는 것 같다. 좋아. 자, 누군가가 이 컴퓨터로 @마리라면어떻게할까 계정에 접속할 수 있었다고 치자.

그렇게 STC 대표한테 메시지를 보냈다고? 헐.

하지만 대체 누가? 로시오? 아니야. 나의 아기 고스족 아가씨가 그럴 리 없어. 리바이? 에이 설마. 지난 몇 주간 밤마다 나랑 침대에 있었는데. 침대에 있는 동안 자는 대신 다른 거 하느라 바빴고. 그럼 누가? 게다가 왜 나를 사칭해 STC에 접근한단 말인가? 나를 비열한 사람으로 보이게 하려고 그랬겠지. 하지만 대체 왜? 이런 식의 뒷공작은 나 같은 사람은 불러일으키지 못할 수준의 증오를 품어야만 저지를 수 있을 텐데. 그런 원한을 사기엔 나는 엄청 평범한 사람인데.

내가 미친 건가 의심하며 손가락으로 책상을 똑똑 두드리는데… 문득 어떤 생각이 또 떠오른다. 몇 배는 더 기함할 생각이. 누군가가 내 컴퓨터에 로그인했다면 그 사람은 내 하찮은 소셜미디어뿐 아니라 블링크 서버에도 접근할 수 있었을 것이라는 생각.

"이런 미친."

당장 서버 저장소를 뒤져본다. "그럴 리가." 오늘 시연과 관련된 문서가 저장되어 있는 폴더를 클릭한다.

"있을 수 없는 일이야. 내가 미친 게 분명해. 대체 누가 이런…."

리바이가 로그에 어떻게 접근했더라? 젠장, 이래서 엔지니어들이 얄밉다니까. 하나같이 손가락이 안 보일 정도로 빠르게 타이핑한단 말이야. "그게… 여기 있었나? 망할, 리바이가 어디를 클릭했었지? 아, 이거다." 가이의 뇌 자극 실험과 관계된 자료가 담긴 파일의 로그를 연다. 내가 사흘 전 최종 완성한 자료다. 나 말고 다른 사람에게는 접근이 금지되어 있어야 하는 파일.

그런데 어젯밤 누군가가 파일에 손을 댔다. 새벽 1시 24분에.

내가.

어젯밤에 나는 내 침대에서 잠 못 이루고 뒤척이고 있었는데.

좋아. 누군가 이 컴퓨터로 접근해 손을 댔다고 쳐.

"대체 어떤 놈이-."

"괜찮아요?"

너무 화들짝 놀라서 나도 모르게 꽥 소리를 지르며 마우스를 홱 던지고 만다. 날아간 마우스는 가이를 몇 센티미터 비껴간다.

"아, 세상에." 나는 손으로 입을 틀어막는다. "미안해요. 너무 놀라서 그만. 내가-." 반쯤은 안도감으로 또 바지에 오줌 지리지 않은 걸 남모르게 감사하며 손바닥에 대고 하하 웃는다. 하마터면 진짜 지릴 뻔했으니까.

"정말 미안해요. 오늘 두 번째로 가이를 죽이려고 한 건 절대 아니었어요!"

가이는 문간에 기댄 채 씩 웃는다.

"도전은 무조건 삼세번이라잖아요."

"아휴." 나는 손을 이마에 갖다 댄다. 심장 박동이 진정되어 간다. 마지막으로 본 가이의 모습이 떠오른다. 나 때문에 발작을 일으켜서 상태가 안 좋아 보였는데. "좀 어때요?"

가이가 자조적 미소를 띠며 자기를 가리킨다.

"건강한 나로 돌아왔어요. 근데 비는 안색이 안 좋아 보이는데요?"

"오늘 좀… 파란만장한 하루를 보내서요. 가이, 오늘 일 사과하고 싶어요. 제가 전적으로 책임질 거고-."

"그러면 안 되죠."

"그래야 해요." 내가 한 손을 들어 보이며 말을 잇는다.

"당연히 그래야죠. 뭔가 수상한 일이 벌어지고 있는 것 같은데…. 그건 나중에 보여줄게요. 근데 상관없어요. 가이의 안전이 달린 일인데 제가 더 신중했어야 해요. 전적으로 책임질 거고-."

"그러면 안 된다고요." 가이가 방금전보다 조금 힘이 들어간 말투로 반복한다. 왠지 모르게 그 말투가 거슬린다. 보통은 따스한 느낌을 주는 그의 금빛 갈색 눈동자가 오늘밤엔 어쩐지 차갑게 빛나는 것 같다.

문득 그가 왜 여기 있는지 내가 전혀 모르고 있다는 걸 깨닫는다. 밤 11시를 훌쩍 넘긴 시각에 내 연구실에. 병원에서 퇴원한 지 얼마 안 됐으면 집에서 쉬어야 하는 것 아닌가? 쉬어야 할 것 같은데.

"혹시… 뭐 놓고 갔어요?" 나는 이유도 모른 채 몸을 약간 틀어 모니터를 가린다. "이렇게 늦은 시간에."

"맞아요." 그가 어깨를 으쓱한다. 그가 단 하나뿐인 출입구를 막고 있는 게 날카롭게 의식된다. 그리고 내가 미친 게 틀림없다는 것도 뚜렷이 의식된다. 다른 사람도 아니고 가이인데. 내 친구이자 리바이의 친구고 우주비행사이기도 하고. 게다가 미친, 나 때문에 오늘 발작까지 겪었잖아. 그러니 당연히 이상하게 굴지.

"그럼 혹시…. 나는 집에 가려고요. 어차피… 볼 일 다 봤거든요."

"그래요?"

"네. 같이 나갈까요?"

가이는 꿈쩍하지 않는다.

"수상한 일이 벌어지고 있다고, 나한테 보여준다고 했죠?"

왜 얼굴에 웃음기가 가신 거지?

"아뇨, 그건…." 나는 땀이 밴 손바닥을 허벅지에 문지른다. 축축하고 찝찝하다. 할머니의 반지가 솔기에 걸린다.

"말이 잘못 나갔어요."

"아닌 것 같은데요."

심장이 불규칙하게 뛴다. 그러더니 곧 쿵쾅쿵쾅 질주하기 시작한다.

"상관없어요." 목소리가 이렇게 떨리지 않으면 좋으련만.

“가야겠어요. 너무 늦었고 어차피 저는 더 이상 블링크 팀원도 아니라서. 원래 여기 있으면 안 되는데…. 보리스 소장이 경찰을 부를지도 몰라요.” 나는 가이에게서 눈을 떼지 않은 채 몸을 뒤로 빼 컴퓨터를 끈다. 그런 다음 문을 향해 걸음을 뗀다.

“그럼, 안녕히 가세요. 저 좀 지나가도 될까요? 지나갈 공간이 없네.”

“비.” 그는 비키지 않는다. 약간 나무라는 말투다.

“비 때문에 일이 복잡해졌잖아요.”

“왜요?” 나는 소리 나게 침을 삼킨다.

“그렇잖아요.”

“그렇다니…. 무슨 소리예요? 발작 때문에 그래요? 정말로 내가 일부러 그런 게–.”

“내가 그거 가지고 성질부리면 위선자겠죠.” 그가 한숨을 내쉰다. 그 순간, 그의 몸집이 나의 몇 배는 되는 게 의식된다. 리바이에 비하면 별것 아니지만 워낙에 내가 난쟁이 똥자루만 해서. 근데 지금 그건… 상당히 불리하다.

“무슨 상황이에요?” 목소리가 잦아들어간다. “가이?”

“리바이한테 뭐라고 했어요?” 그가 침착함과 짜증이 섞인 표정으로 묻는다. 우유 쏟은 아이를 다그치는 부모 같다.

“… 리바이한테 뭘 말해요?”

“보안 카메라 영상 말이에요. 리바이한테 이메일 보낸 다음 통화도 했어요?”

몸이 얼어붙는다. “내가 이메일 보낸 건 어떻게 알았어요?”

"대답이나 해요."

"어, 어떻게 알았어요? 이메일 보낸 거요." 나는 허벅지가 책상에 닿을 때까지 뒷걸음질 친다.

"비." 가이가 눈을 굴린다. "내가 얼마나 오랫동안 비의 이메일에 들락거렸는데요. 리바이가 보낸 메일을 못 읽게 하느라 모종의… 소통 에러를 조작해가면서. 패스워드를 어렵게 설정하라고 권하는 건 다 이유가 있어요, 마리몬아무르123 씨."

"당신이었어." 나는 날카롭게 숨을 들이마시며 뒤로 더 물러나려고 한다. 하지만 더는 갈 곳이 없다.

"내 컴퓨터에는 어떻게 로그인했는데요?"

"내가 세팅해줬잖아요." 그가 황당하다는 얼굴로 대꾸한다.

"IT 쪽은 하나도 모르는군요?"

충격 상태였던 나는 즉시 분노가 이글이글 타올라 인상을 팍 쓴다. "이봐요! 나도 프로그램 언어 세 가지로 코딩할 줄 안다고요!"

"혹시 그 중 하나가 HTML이에요?"

내 얼굴이 확 달아오른다. "HTML도 프로그램 언어 맞거든, 이 찌질한 공돌이야. 그리고 나 컴퓨터공학 부전공도 했다고. 근데 내 망할 이메일은 왜 뒤진 거야!"

"왜냐하면, 댁이 씨팔 남의 일에 참견하고 다니니까 그렇지."

가이가 콧구멍을 벌름대며 한 발짝 다가온다.

"설리번 프로토타입이 원래는 코왈스키-설리번이었던 거 알아요? 근데 피터 자식 대가리가 깨지는 바람에-." 여기서 말을 멈칫 끊더니 잠시 숨을 고른다. "아, 말이 잘못 나왔어요. 그 일은 나도 마음 아파요. 근데 내가 블링크에서 한 일이 전부 묻혔다고요. 피터는 뒈졌다는 이유로 한 것도 없이 공을 독차지했고. 뭐 거기까지는 괜찮다고 쳐요. 그런데 리바이가 같잖은 죄책감에 지가 블링크를 이끌겠다고 나서더니 나사도 나를 제치고 그 새끼를 팀장으로 뽑지 뭐예요. 프로젝트에 몇 년간 헌신해온 나는 발언권조차 없다 이거지." 언성이 점점 높아진다. 그가 점점 다가오는 바람에 나는 책상에 납작하게 눌린다.

"한동안은 블링크가 잘 안 풀릴 거라 확신했지. 질질 늘어질 거라고. 그럼 리바이는 손을 떼고 다른 프로젝트로 갈 거고. 그 자식, 이젠 뇌 영상 쪽은 건드리지도 않는 거 알아요? 피터가 그렇게 되지만 않았어도 리바이는 제트추진연구소에 그냥 남아 있었을 거라고. 근데 봐. 내 프로젝트에 발을 디밀어야 직성이 풀리지."

"무슨 짓을 한 거예요?" 내가 기어들어가는 목소리로 묻는다.

"해야 할 일을 했을 뿐이에요. 오늘 아침에 각성제를 몇 알 복용했어요. 그래야… 쉽게 흥분할 테니까. 그리고 프로토콜에도 손 좀 댔고. 비 때문에 어쩔 수 없었어요. 비하고 리바이. 왜냐하면…. 그 새끼가 당신한테 얼마나 집착했는지 알아? 국립보건원이 당신 이름을 꺼내자마자 그 자식이 블링크를 성공시켜야 한다고 어찌나 나대던지. 그래서 나도 나름 수를 썼지. 둘이 싸우게 유도하고 진행을 지연시키고 파일도 삭제하고. 덕분에 한동안 지체되는 것 같았는데. 그러다 기한이 다 되어서 비가 국립보건원으로 돌아가길 바랐다고." 그의 눈이 이제는 광기로 번득인다.

"근데 댁이 오류를 해결한 거야. 그래서… 나도 어쩔 수 없었어.

오늘 일은 그렇게 할 수밖에 없었다고. 이제 나사는 리바이를 프로젝트에서 방출할 거야."

"트위터는요. 트위터에서는 무슨 짓을 한 거예요?"

가이가 한 손으로 얼굴을 쓸어내린다. "그건… 믿거나 말거나지만 그 일에는 비를 끌어들이지 않으려고 했어요. 근데 비가 결혼을 한 게 아니었고, 리바이도 나한테 거짓말한 걸 안 순간 빡쳐서 돌아버리겠더라고요. 가만 보니 둘이…. 당신이 그 새끼랑 자다니 믿을 수 없어. 마침 비의 노트북에 트위터가 뜨기에 온라인 계정을 쭉 훑쳐보던 차에… 그렇게 해야겠다 싶었지."

"세상에."

"그 새끼를 미워했어야지! 국립보건원이 비를 보내기로 했을 때 리바이가 둘이 옛날에 사이 안 좋았다고 했단 말이야. 그 얘기를 듣고 생각했지- 이거다!" 가이는 지칠 대로 지친 사람처럼 한숨을 토한다. "그런데 비가 그 새끼한테 푹 빠지지 뭐야. 대체 어떤 인간이 자존심도 없이 그래요?"

"정신 나갔어요?"

"화가 났을 뿐이야. 당신이 보안 카메라 영상만 눈치채지 못했어도 다 순조롭게 풀렸을 텐데. 내가 나온 부분을 철저히 잘라냈어야 했는데 놓쳤나보군. 아무튼 그건 왜 들여다보고 있었던 거야?"

나는 고개를 절레절레 젓는다. 이딴 인간한테 펠리세트 얘기를 해줄 생각은 없다. "당신은 미쳤어."

"그래." 가이가 눈을 질끈 감는다. "그럴지도 모르지."

내가 주위를 둘러보며…. 뭘 찾으려는 건지 나도 모르겠다. 화재

경보기? 야구 방망이? 〈스타트렉〉에 나오는 휴대용 차원 이동기? "나 보내줘요." 내가 차분히 말한다.

"비." 가이가 눈을 뜬다. "보내줄 수 없는 건 천하의 악당이 아니어도 납득할 수 있잖아요."

"보내줘야 할 걸요. 나를 어떻게 할 수도 없잖아요. 보안 카메라도 곳곳에 있겠다–."

"아까 설명했지만 그건 내가 얼마든지 조작할 수 있지. 말 나왔으니 말인데, 다 비의 연구 조교 덕분이에요. 그 조교가 여기서 부적절한 짓을 벌인 덕분에 내가 CCTV 영상에 접근할 수 있게 된 거니까."

"그래도 건물 들어올 때 사원증을 썼을 거–."

"내 걸로 안 했어. 남의 사원증 복제하는 게 얼마나 쉬운데."

책상 가장자리를 꽉 쥔 내 손이 덜덜 떨린다.

"그래서, 어쩌려고요?"

그러자 가이가 주머니에서 뭔가를 꺼낸다. 안 돼. 안 돼.

안 돼, 안 돼, 안 돼.

"그거 총이에요?" 잦아들 것 같은 목소리로 내가 묻는다.

"맞아요." 거의 미안해하는 말투다. 온 세상이 일시 정지된다.

겁에 질린 상태는 익숙하다. 늘 두려움 속에 사니까. 버려지는 것에 대한 두려움, 실패할 거라는 두려움, 모든 것을 잃는 것에 대한 두려움. 하지만 이건 좀 다르다. 이게 공포인가? 후뇌에서 느끼는 진짜 공포? 〈스크림〉 1, 2, 3, 4편에서 여자주인공이 전화 발신자가 집안에 있는 걸 안 순간 느낀 게 이런 걸까? 〈스크림〉 5편도 나왔던가? 맙소사, 〈스크림 5〉를 보기도 전에 나는 죽는 건가?

"뭘…. 그걸 대체 어디서…. 그거 진짜 총이에요?"

"진짜야. 구하기 쉬워요." 가이는 나만큼 총을 혐오하는 양 진저리치며 들어 보인다.

"텍사스에서 전미총기협회 입김이 얼마나 센데."

"내가 텍사스를 골고루 체험하고 가네." 내가 마비된 듯 멍하니 웅얼거린다. 이게 현실인가 꿈인가. 공대 찌질이들이 여자를 혐오하는 건 익히 알고 있었지만 아무리 그래도 죽이려 든다고? 미친, 이건 너무 나간 것 아냐? "총 쏠 줄은 알아요?"

"다 가르쳐줘요. 우주비행사 훈련에서. 우주 방위군 농담하기 딱 좋은 타이밍이지?" 그가 농담기 없이 짧게 웃음을 터뜨린다.

"근데 총을 쏠 필요도 없을 거예요. 이제 옥상으로 갈 거거든. 불쌍한 비, 며칠 만에 모든 걸 잃더니 스트레스를 감당할 수 없었구나. 옥상에서 뛰어내리다니."

"나는 그런 짓 절대-."

가이가 총구를 내게 겨눈다.

아, 망할. 죽는구나. 어이없이 내 연구실에서. 공대 찌질이의 손에. 고양이 한번 길러보지 못하고 죽다니. 이럴 줄은 몰랐는데 당신을 깊이 사랑하게 됐다고 리바이한테 고백도 못 하고 죽다니. 리바이한테 그리고 나 자신에게, 나도 용감해질 수 있다는 걸 보여주지도 못하고.

최소한 마리는 한동안 피에르와 같이 생을 누리기라도 했지. 최소한 마리는 대담하게 기회라도 잡았지. 최소한 나처럼 어리석은 겁쟁이처럼 굴지 않으려고 노력은 했지. 아 맙소사, 가이한테 빌면 리바이한테 문자라도 보내게 해줄까. 그럼 말해줄 텐데. 말해주고 싶은데. 이 말도 못 하고 죽다니 너무 아까운데….

어디선가 미야옹 소리가 들린다. 우리는 동시에 돌아본다. 펠리세트가 문 옆에 있는 파일 캐비닛 위에서 가이를 향해 으르릉대고 있다. 가이가 어리둥절해서 녀석을 쳐다본다. "이건 또 뭐–."

그 순간 펠리세트가 날카로운 소리를 지르며 가이를 덮치더니 그의 머리통을 발톱으로 마구 할퀴어댄다. 가이가 몸부림을 치는 바람에 문간에 틈이 생긴다. 나는 그 틈으로 당장 뛰쳐나가 있는 힘껏 달린다. 그렇지만 역부족이다. 뒤에서 쫓아오는 발소리가 들린다.

"거기 서! 비, 거기 서지 않으면 씨발!"

나는 복도 끝에 다다른다. 다리가 풀리고 폐는 타들어가는 것 같다. 여기서 죽나. 맙소사, 가이가 나를 쏠 거야.

모퉁이를 돌아 층계참을 향해 내달린다. 가이가 뭐라고 외치지만 못 알아듣겠다. 911에 전화하려고 휴대폰을 꺼내는 순간 뒤에서 웬 굉음이 들려온다. 젠장, 쏜 건가? 아니야, 총성이 안 들렸어.

가이가 나를 덮칠지도 모른다는 각오를 하고 뒤를 돌아보는데–.

리바이다.

리바이 맞나?

리바이야.

그가 가이와 바닥에서 한데 엉켜 사납게 뒹굴며 신음을 뱉고 몸부림치고 있다. 나는 그 자리에 얼어붙어서 입을 벌리고 몇 초간 멍하니 바라본다. 리바이가 덩치는 더 크지만 가이는 망할 권총을 갖고 있다. 그가 그 총을 리바이에게 겨눈 순간 나는–.

리바이!

생각할 겨를조차 없다. 둘이 엎치락뒤치락하고 있는 데로 다시 달려가 가이의 옆구리를 힘껏 찬다. 하도 세게 차서 발가락의 통증이 척추까지 타고 올라온다.

너무 아파서 눈을 깜빡거리다가 다시 제대로 떠보니 리바이가 가이의 두 팔을 등 뒤로 꺾어 제압한 채 그를 바닥에 누르고 있다. 총은 몇 미터 떨어진 데로 굴러가 있다. 다시 보니 나와 굉장히 가까운 데까지 굴러왔다.

그걸 내려다본다. 주울까 고민한다. 안 줍기로 한다.

리바이.

"괜찮아요, 비?" 숨을 몰아쉬며 그가 묻는다.

나는 고개를 끄덕인다. "그 사람이… 그 사람이…." 가이가 몸부림친다. 자기를 놓으라고 욕설을 뱉으며. 리바이를, 나를, 온 세상을 저주하며. 내 다리가 젤리처럼 후들거린다. 근처에 양동이가 있다면 좀 토하면 좋겠네.

"비?" 리바이가 말한다.

"… 왜요?"

"뭘 좀 해줄 수 있어요?"

없을 것 같은데요.

"뭔데요?"

"오른쪽으로 한 발만 움직여요. 한 발 더. 한 발만 더." 한쪽 무릎이 로비 소파 가장자리에 닿는다. 리바이는 내가 말도 못하게 자랑스럽다는 듯 환히 웃는다. "좋아요. 이제 앉아요."

나는 영문을 모르겠지만 그렇게 한다. 손에 뭔가 축축한 게 닿아서 내려다본다. 펠리세트가 내 손가락을 핥고 있다.

“나는…. 근데 왜요?”

“경비원들이 오기 전까지 가이를 붙잡고 있어야 하거든요. 비가 기절하면 잡아줄 수가 없잖아요.”

“하지만 난….” 저절로 눈꺼풀이 파르르 감기더니 어느새….

뭐. 이쯤 되면 그다음에 어떻게 됐는지 설명할 필요 없겠지.

25장

OLM 신경세포: 용기

*OLM 신경세포: '문지기 세포'로도 불리는 해마에 있는 신경세포로, 정보 습득과 새로운 기억 형성에 관여하여 학습에 중요한 역할을 한다. -옮긴이

"징징대려는 건 아닌데요." 내가 '고맙기는 한데 너무 절박해서'라고 호소하는 미소를 띠고 간호사에게 말한다. "잘해주셔서 감사하지만 국립보건원은 건강보험이 거지같기로 유명하거든요. 게다가 박사 연봉이 얼마나 하찮은지 말씀드리면 선생님도 저를 당장 퇴원시키실 걸요?"

거기다 택시비 10달러까지 얹어줄 지도 모른다.

"나사가 병원비 지원해줄 거예요." 케일리가 대신 대답한다. 케일리는 내 베개에 기대앉아 틱톡이 얼마나 재미난 앱인지 옆에 있는 나에게 보여주던 참이었다. 눈 깜빡할 새 몇 시간은 후루룩 잡아먹는 저 무서운 앱을 나도 조만간 다운받을 것 같다.

"지원 안 해주겠다면 나사를 고소하면 돼요." 손님용 의자에 앉아

있던 로시오가 한마디 거든다. 무릎에 GRE 문제집을 펼쳐놓고 부츠를 신은 발은 침대 커버에 턱 얹은 채 아주 편안히 늘어져 있다. 케일리 말마따나 내가 '아끼는 애'라고 얼마나 많은 걸 봐주는지 참.

"고소 안 할 거야."

"나사가 차세대 화성탐사선에 '마리 퀴리호'라는 이름을 붙이려다가 '머라이어 캐리호'라고 오타를 내면요?"

나는 잠시 고민해본다. "그 경우엔 고소할지도 모르겠다."

로시오가 그럴 줄 알았다는 흡족한 미소를 짓는다. 내 휴대폰이 진동한다.

[라이케: 오마이갓, 너 뉴스에 나왔어. **여기 노르웨이에서! 나 지금 술집에 있는데.** 스타의 측근이 이런 기분일까?]

눈을 감는 순간 실수했다는 생각이 든다. 라이케가 베르겐의 어느 허름한 동네 술집 카운터에 올라가 TV 화면을 가리키는 장면이 너무 생생히 그려지기 때문이다.

[비: 너 노르웨이 말도 못 하잖아.

라이케: 응. 근데 여자 앵커가 나사랑 휴스턴이라고 똑똑히 말했고 가이라는 배드가이 머그샷도 띄웠어.

라이케: 가이라는 배드가이 ㅋㅋㅋ 나 진짜 웃긴다.

비: 취했냐?

라이케: 야, 내가 제일 사랑하는 자매가 어젯밤 죽을 뻔했는데, 노르웨이어산 독주로 트라우마를 달래지도 못하냐?

비: 자매라고는 나밖에 없잖아.

라이케: 😊]

나는 휴대폰 액정을 끄고 베개 밑에 밀어 넣는다. 내가 왜 병원에 있는지조차 모르겠다. 의사들이 내가 기절한 게 우려스럽다고 할 때 하마터면 그 자리에서 웃음이 터질 뻔했다. 나 좀 제발 집에 보내줘. 가서 창밖이나 멍하니 내다보고 있게. 인간 존재의 덧없음에 대해 아련히 곱씹으면서. 고양이 나오는 영상도 잔뜩 보고.

"있죠. '어브레스트(abreast)'가 '최신의'라는 뜻이고 '브레스트(breast 가슴)'하고는 아무 관련이 없대요." 로시오가 문제집의 단어 테스트를 뚫어져라 들여다본다. "뻥 같은데."

케일리와 나는 걱정 어린 눈길을 주고받는다.

"그리고 '봄버스틱(bombastic 과장된)'이 진짜 있는 단어라고? 뭔가 잘못된 것 같은데."

"자기야, 나사를 돌아다니는 미치광이가 더 이상 없다고 발표 나면 내가 또 과외 해줄게."

내가 케일리에게 고마워하는 눈길을 보낸다. 케일리와 로시오는 오늘 아침 내가 잠에서 깼을 때 이미 병실에 있었다. 그리고 다정하게도 지금까지 줄곧 내 옆에 붙어 있던 참이다. 덕분에 나는 신체 부패와 메이크업 팔레트에 대해서 존재하는 줄도 몰랐던 것까지 시시콜콜 알게 됐지만, 후회는 없다. 이 정도면 천국이지 뭐.

하지만 곧 보리스가 암울한 표정으로 들어온다. 리바이도 바짝 따라 들어온다.

심장이 두근거린다. 오늘 아침에 리바이는 어쩌고 있느냐고 물었을 때 케일리와 로시오는 그가 디스커버리 빌딩에 경찰과 함께 있다고만 했다. 그는 나와 눈을 맞추며 희미한 미소를 짓고는 침대 옆 협탁에 웬 봉투 하나와 내가 제일 좋아하는 브랜드의 비건 브라우니 한 상자를 내려놓는다.

침대 옆으로 다가와 선 보리스가 피곤하고 짜증나고 궁지에 몰린 표정으로 이마를 문지른다. 불쌍한 보리스. 어젯밤에 잠은 잤는지 모르겠다.

"내가 이러지도 저러지도 못하게 됐네, 비." 그가 한숨 섞어 말한다. "나사는 자네가 고소할 경우 법정에서 불리한 증거로 적용될 수 있으니 절대 사과하지 말라고 신신당부했네만…." 그가 어깨를 으쓱하며 말을 잇는다. "어쨌든 미안한 건 사실이고."

"그러지 마세요." 내가 웃으며 말한다. "이 일로 법률팀 심기를 거스르지 마세요. 저도 똑같이 속아 넘어가서 제 잘못인 줄 알았잖아요. 매일 같이 일한 저도 가이가 미친 놈인 줄 전혀 몰랐는데 소장님이 어떻게 알았겠어요?"

"가이는… 당연히 해고됐어. 법적 조치도 따를 걸세. 디스커버리 빌딩에 쳐진 노란 테이프를 치우는 대로 블링크 프로젝트를 재개할 거고 시연도 다시 할 거야. 내가 국립보건원이랑 나사의 높은 분들한테 다 해명했고, 당연히 비한테도 이렇게 무릎 꿇고 돌아와달라고 빌-."

"무릎 안 꿇었잖아요." 로시오가 뚱한 말투로 지적한다. 리바이가 웃음을 참느라 어금니를 깨물고 고개를 돌린다.

"로시오." 내가 조용히 타이른다.

"왜요? 바닥을 기어도 모자란데."

나는 로시오에게 애정 어린 눈길을 보낸다. "소장님은 잘못 없어.

그리고 존슨 스페이스 센터 연구소장이 써줄 로시오의 대학원 추천서가 얼마나 삐까뻔쩍할지 상상해봐." 이렇게 말하면서 보리스에게 은근한 눈빛을 보낸다. 그는 잠시 머뭇거리다가 만사 포기한 표정으로 고개를 끄덕인다. 한숨 푹 자야 할 사람처럼 보인다. 아니면 커피를 아홉 잔쯤 들이키거나.

"기꺼이 써줄게요, 코르토레알 씨. 그럴 만하니까."

"내가 세상에서 제일 아름다운 여자랑 연구실에서 섹스했다는 얘기도 써주실 거예요?" 로시오가 케일리를 흘끔 보며 말하자 케일리는 수줍게 얼굴을 붉힌다.

"그건," 보리스가 관자놀이를 문지른다. "그건 잊고 있었는데."

"안 써주시겠다는 건가요? 태어나서 제일 뿌듯한 업적 중 하난데."

보리스는 조금 더 머물다가 돌아간다. 리바이가 내 옆에 의자를 끌어다놓고 앉아 근황을 전해준다. "어떤 혐의가 적용될지는 모르겠어요. 가이가 직책이 높고 접근 가능했던 정보가 많아서 곤란하게 됐더라고요. 우리가 여태 짠 코드며 제작한 하드웨어를 일일이 더블체크해야 되게 생겼어요. 일정에 어마어마하게 차질이 갈 거예요. 그런데 이러나저러나 결국 블링크는 잘될 거예요." 리바이는 별로 걱정하지 않는 기색이다.

"그 사람, 아이도 있지 않아요?" 케일리가 불쑥 묻는다.

"응. 작년에 요란하게 이혼했는데, 솔직히 그것도… 비뚤어지는데 한몫한 것 같아. 나는 가이랑 매일 함께 작업했는데도 전혀 눈치를 못 챘어. 정말 전혀 몰랐어."

"그건 우리도 딱 알겠네요." 로시오가 중얼거린다. 리바이와 내가 재미있어하는 눈빛을 주고받고 그러다가 이내….

시선이 잠시 엉켜든다. 그의 시선을 쉽게 놓지 못하겠다. 그도 내게서 눈을 떼지 못한다. 우리가 마지막으로 대화를 나눈 후에 한바탕 감정의 소용돌이를 맛봤기 때문일 것이다. 그 전에 대화했을 때 역시 그보다 더 거센 소용돌이에 휘말렸었고. 그런데 지금 이렇게 또 다른 거센 소용돌이를 마주하고 있으니….

숨이 가빠지기 시작한다.

"자, 그럼." 케일리가 벌떡 일어선다. "로시오랑 저는 가볼게요."

로시오가 미간을 찌푸린다. "어디 가게?"

"어, 자러."

"아직 오후 3시밖에-." 케일리가 로시오의 손목을 덥석 잡고 끌어당긴다. 그런데 문까지 다 갔을 때 로시오가 손목을 빼더니 돌아와서 리바이 앞에 선다.

"보스의 목숨을 구해줘서 고맙다고 말하고 싶어요." 로시오가 자못 진지하게 말한다.

"나한테 보스는 엄마나 마찬가지니까요. 한 번도 가져본 적 없는."

"볼티모어에 자상한 어머니가 멀쩡히 살아 계시잖아." 내가 끼어든다. "그리고 나는 로시오랑 다섯 살밖에 차이 안 나." 내 말은 벽에 부딪힌다.

"힘써주신 것에 대한 감사의 의미로 선물을 드리고 싶어요."

"그럴 것까지야." 리바이가 똑같이 진지하게 대꾸한다.

로시오는 청바지 주머니를 뒤적거리더니 껍질도 없고 약간 눌린 빨간색 동그란 껌사탕을 내민다.

"고마워요. 이런…." 리바이가 껌을 내려다본다.

"이런 걸 다 주다니."

로시오가 진지하게 고개를 끄덕이고, 이윽고 리바이와 나는 둘만 남겨진다. 아, 그리고 껌사탕하고.

"이거 줄까요?" 리바이가 묻는다.

"그걸 어떻게 뺏어요. 날 구해준 게 고마워서 주는 선물이라는데."

"비가 스스로 구한 거겠죠."

"같이 했다고 칩시다." 잠시 대화에 공백이 생긴다. 불편한 침묵은 아니다. 어쩐지 그와 눈 맞추기가 멋쩍어서 괜히 병실을 휘 둘러본다. "저 브라우니, 내 거예요?"

"병원에서 어떤 음식이 나오는지 몰라서요." 리바이가 입술을 축인다. "봉투엔 든 것도 비 거예요."

"아." 봉투 안을 슬쩍 들여다보니 신문지로 둘둘 싼 물건이 들어 있다. 그걸 무릎 위에 놓고 포장을 풀기 시작한다.

"혹시 가이한테서 파낸 심장은 아니겠죠?"

리바이가 고개를 젓는다. "그건 이미 슈뢰딩거 먹이로 줬어요."

"어…." 나는 말하다가 멈칫한다. "이번 일은 정말 안됐어요. 리바이가 어떤 심정일지 상상도 안 가요. 가이는 제일 가까운 친구 중 하나였을 텐데 리바이랑 피터를 그렇게 질시하다니…."

"그렇죠, 음…. 가이랑 얘기 나눠볼게요. 시간이 좀 지나서, 가이의 얼굴에 주먹을 날리고 싶은 충동이 가라앉으면요. 근데 지금은…." 그가 어깨를 으쓱한다. "그거나 풀어 봐요."

나는 다시 신문지 포장을 풀기 시작한다. 다섯 겹쯤 벗겨내고야 정체가 드러난다.

"머그컵?" 컵을 빙빙 돌려 보다가 갑자기 입 찢어지게 미소 짓는다. "맙소사, '요다 베스트 신경과학자'잖아! 주문 제작했네요!"

"안에도 봐요."

내가 안을 들여다본다. "보블헤드 인형? 이거 마리 퀴리예요?" 나는 환히 웃으며 인형을 들어 올린다. "연구실 작업대 앞에 서 있네! 게다가 이건… 마리 퀴리가 결혼식 때 입은 실험 가운이잖아. 알고 있었어요?"

"몰랐어요." 리바이는 잠시 머뭇거리다가 말을 잇는다.

"중학교 때 부상으로 받은 거예요. 과학발명대회에서 2등을 했거든요. 퀴리 박사가 들고 있는 비커들은 어둠 속에서 빛도 나요."

내 얼굴에서 웃음기가 서서히 가신다. 마리의 예쁜 얼굴을 들여다보느라 과학발명대회 얘기를 전에 들은 적 있다는 걸 한 박자 늦게 깨닫는다. 아니, 아니야. 들은 게 아니지. 읽은 거지. 어디서냐면 내….

양팔이 무릎에 툭 떨어진다. "알고 있군요. 내 정체를…."

리바이가 고개를 끄덕인다. "보안 카메라 영상을 돌려봤어요. 처음엔 못 알아챘는데 비가 그 문자를 보내고 나서…. 그건 그렇고 그때 나 조깅 하고 있었거든요? 다음에 또 혼자 위험한 일을 하려거든, 문자 보내고 15분은 움직일 시간을 줘요. 아무튼 문자 받고서 녹화 영상을 더 자세히 들여다봤어요. 그러다 비의 컴퓨터 화면을 봤죠."

나는 그를 멍하니 바라본다. 이 대화를 나눌 준비가 전혀 안 되어 있는데. "난…."

"처음부터 알고 있었어요?"

"아뇨." 나는 고개를 세차게 젓는다. "아니에요. 난…. 그 사진, 슈뢰딩거요. 그게… 리바이가 그 사진을 트윗에 올렸잖아요. 그런데 내가…. 아무튼 전혀 몰랐어요. 어제야 알았죠."

리바이는 몸을 숙여 자기 무릎에 팔꿈치를 괴고 참을성 있게 나를 바라본다. "나도요." 그러더니 짓궂게 씩 웃는다.

"알았다면 비한테 비 얘기를 그렇게 많이 하지 않았을 거예요."

"아." 내 얼굴이 교미철을 맞은 홍관조처럼 주홍색으로 물든다. 흉곽 안에서 심장이 미친 듯이 날뛴다. 역시 교미철을 맞은 홍관조처럼. "그렇군요."

그가 얼마나 엄청난 이야기를 털어놓았던가.

> 그녀를 벽에 밀어붙이고 싶고 그녀도 나를 있는 힘껏 밀어붙여줬으면 좋겠어요.

얼마나.

엄청난.

이야기를.

털어놓았던가.

"괜찮아요?" 리바이가 걱정스레 묻는다. 걱정할 만도 하다. 지금 나는 숨이 넘어갈 지경이니까.

“괜, 괜찮아요. 그… 혹시 〈유브 갓 메일〉 봤어요?”

“아뇨.” 그가 주저하는 기색으로 대답한다. “같이 볼까요?”

“좋아요.”라고 냅다 말하고 싶다. 대답하려고 입을 벌리지만 멍청하고 고집스러운, 이놈의 겁에 질린 성대가 찍 소리도 내지 못한다. 다시 시도해보지만 이번에도 아무 소리가 안 나온다. 내 손이 저절로 이불을 콱 거머쥔다. 다 간파했다는 듯 재밌어하는 리바이의 눈빛을 나는 가만히 들여다본다. 내 머릿속에서 무슨 일이 벌어지고 있는지 다 아는 기색이다.

“가정교사였던 것 알아요? 마리 퀴리 말이에요.”

나는 벙쪄서 고개를 끄덕인다. “언니랑 거래를 했죠. 마리가 가정교사로 일하면서 언니 의대 학비를 대주기로. 그러다가 언니가 졸업하고 취직하면서 서로 역할을 바꿨잖아요.”

“그럼 카지미에슈 조로스키도 알겠네요?”

내가 고개를 갸우뚱하며 되묻는다. “그 수학자요?”

“훗날 수학자가 됐죠. 뛰어난 수학자. 그런데 처음엔 마리가 가정교사로 일했던 집의 아들 중 하나였어요. 마리랑 같은 또래였는데 둘 다 남다르게….”

“범생이였다고요?”

“어떤 타입인지 잘 알죠?” 그가 활짝 미소 짓지만 그 미소는 곧바로 사그라진다. “두 사람은 사랑에 빠졌지만 카지미에슈는 부잣집 자제인데 마리는 가난했고 당시는 누구와 결혼하고 싶다고 그냥 할 수 있는 시대가 아니었어요.”

"남자 쪽 부모가 둘을 갈라놨잖아요." 내가 중얼거린다.

"두 사람은 하늘이 무너진 듯 슬퍼했죠."

"운명이었는지도 몰라요. 마리가 폴란드에 머물렀으면 피에르를 못 만났을 테니까. 그 두 사람은 어느 모로 보나 무척 행복한 삶을 살았어요. 방사능을 발견한 건 마리였지만 피에르도 한몫했죠. 카지미에슈는 수학자였으니 피에르만큼 마리의 연구에 참여하지 못했을 거예요." 리바이는 어깨를 으쓱한다. "전부 다 가정에 불과하지만."

나는 고개를 끄덕인다.

"그렇지만 그는 죽을 때까지 마리를 잊지 못했어요. 조로스키 말이에요. 피아니스트와 결혼해서 아이를 낳았고 그중 한 명에게 마리아라는 이름을 붙여줬는데, 생각해보면 재밌죠. 독일에서 유학한 뒤 바르샤바 공과 대학에서 교수가 됐고 이후에는… 기하학 연구에 매진한 걸로 알아요. 충만한 삶을 산 거죠. 그런데도 노년에 바르샤바의 마리 퀴리 동상 앞에 앉아 있는 모습이 목격되곤 했대요. 몇 시간이고 하염없이 동상을 바라봤다고. 무슨 생각을 했을까요. 이랬더라면 저랬더라면 하는 생각을 했을지도 모르죠." 리바이의 녹색 눈동자가 빠져들 듯 빛나서 눈을 뗄 수가 없다. "어쩌면 수십 년 전 자신이 푹 빠졌었던 마리의 이런저런 매력을 회상했을 수도 있고요."

"혹시…." 문득 내 뺨이 젖어 있는 걸 알아챈다. 이번에는 눈물을 닦지도 않는다. "혹시 마리도 형편없는 채소볶음을 만들었을까요?"

"그랬을 것도 같네요." 리바이가 자기 뺨 안쪽을 잘근거리다가 말을 잇는다. "어쩌면 상상 속 고양이한테 밥을 먹여야 한다고 우겼을지도 모르죠."

“펠리세트는 내 목숨도 구해준 은인이라고요.”

“봤어요. 대단하던데요.”

복도에서 의료용 카트가 덜덜 지나가는 소리가 들린다. 어느 병실 문이 닫히고 다른 병실 문이 열린다. 누군가 웃음을 터뜨린다.

“리바이?”

“왜요?”

“그 사람들… 마리랑 피에르랑 그 수학자 말이에요, 다른 사람들도 그렇고… 서로 만나지 않았다면 좋았을 거라고 생각하지는 않았을까요? 사랑에 빠진 걸 후회했을까요?”

리바이는 자신도 그런 궁금증을 품어본 적 있다는 듯 고개를 끄덕인다. “솔직히 모르겠어요, 비. 확실한 건, 나는 그런 적 없다는 거예요. 단 한 번도.”

갑자기 복도가 조용해진다. 내 머릿속에 멜로디 같이 묘한 혼돈이 달콤하게 요동친다. 벼랑이야, 이건. 여기서 삐끗하면 위험천만한 깊은 바다에 빠지는 거야. 어쩌면 이건 나쁜 생각일지 모른다. 겁내는게 당연할지도 모른다. 어쩌면 이 결정을 후회하게 될 수도 있다. 어쩌면, 어쩌면, 어쩌면.

어쩌면 집이라는 게 바로 이런 느낌인지 모른다.

“리바이?”

그가 평온한 얼굴로 나를 바라본다. 희망에 차서. 내 사랑은 인내심도 많지.

“리바이, 나는―.”

그때 문이 요란하게 벌컥 열린다. “오늘은 좀 어때요, 비?” 담당의와 간호사가 차례로 들어온다.

리바이의 시선이 1초간 더 내게 머문다. 아니, 5초쯤. 그러더니 그가 일어선다. "저는 가려던 참이었어요."

나에게 손을 흔드는 그의 얼굴에 희미한 미소가 번져 있다. 병실에서 나가는 그의 목덜미에 곱슬곱슬하게 말려 올라간 머리칼을 나는 가만히 바라본다. 그의 등 뒤로 닫히는 문을 바라보는데 의사가 내 쓸모없는 부교감 신경계에 대해 이것저것 묻기 시작한다. 나는 그녀를 뾰루퉁하게 노려보고 싶은 걸 간신히 참는다.

♥♥♥

이틀.

무려 이틀이나 병원에 붙잡아두다니. 의사가 눈을 가늘게 뜨고 못미더운 듯 "딱히 큰 문제는 없어 보이네요."라는 한마디와 함께 드디어 퇴원시켜준다. 로시오가 나를 데리러 와서는 "고대 이집트에서는 여자가 죽으면 부패가 시작될 때까지 시체를 집에 뒀대요. 방부 처리사의 집에서 사후 모욕을 당하지 않게 하려고요. 알고 있었어요?", "덕분에 이젠 알아." 이런 대화를 나눈다. 나를 디스커버리 빌딩에 내려주고 차는 놓고 가라고 하자 로시오는 내 담당의와 똑같이 눈을 가늘게 뜨고 못 미덥다는 표정으로 본다.

건물 내부에 출입 통제 테이프가 안 쳐져 있다. 아예 복도를 자유롭게 돌아다니는 엔지니어도 몇 명 마주친다. 나는 그들의 호기심 어린 눈초리를 못 본 척하고 그냥 예의 바르게 미소를 지어 보인 뒤 내 연구실로 간다. 벽에 "들어가지 마시오" 표시가 붙어 있지만 무시하고 들어간다.

여섯 시간 후, 아까만큼은 우아하지 못한 걸음걸이로 사무실에서 나온다. 커다란 상자를 들고 있는 탓에 내 발이 안 보여서 자꾸 발을 헛디딘다. (뭐, 나는 발이 보여도 허구한 날 헛디디긴 한다.) 차에 탄 뒤 휴대폰에서 마음에 드는 노래를 찾아보지만 딱히 듣고 싶은 곡이 없다.

벌써 해가 져서 캄캄하다. 휴스턴의 고요한 밤하늘을 보니 나 자신도 알 수 없는 이유로 20세기 초의 파리가 떠오른다. 벨 에포크라고 불렸던 그 시대 그곳. 퀴리 박사가 창고를 개조한 연구실에 틀어박혀 있는 동안 앙리 드 툴루즈 로트렉은 물랑 루즈에서 압생트 술을 들이켰지. 에드가 드가는 발레 무용수와 목욕하는 여인들을 음흉하게 훔쳐봤고, 마르셀 프루스트는 책상 앞에 웅크려 앉아 내가 몇 번을 시도해도 꾸준히 읽지 못할 책을 써내려갔고. 오귀스트 로댕은 생각하는 남자들을 조각하면서 멋들어진 턱수염을 길렀어. 뤼미에르 형제는 〈시민 케인〉, 〈제국의 역습〉 그리고 〈아메리칸 파이〉 시리즈 같은 명작이 탄생할 토대를 다져놓았지.

마리는 저녁에 외출을 했을까? 궁금하다. 가끔은 하지 않았을까. 피에르가 마리의 손에서 우라늄 광석 가득한 비커를 뺏어서 치워놓고 그녀를 몽마르트로 데려가 함께 산책하거나 쇼를 보여주지 않았을까. 두 사람은 함께한 몇 해 동안 즐거웠을까.

응. 분명 그랬을 거야. 아주 신나는 시간을 보냈을 것이다. 그리고 마리가 그 어떤 것도 후회하지 않았을 거라고 나는 확신한다. 모든 순간을 소중히 여겼을 거라고.

리바이의 집 앞뜰에 있는 환한 태양광 조명 덕분에 보라색과 노란색, 붉은색의 아가스타슈가 아주 잘 보인다. 나는 슬며시 웃으며 조수석에 놓인 큼지막한 상자를 가뿐히 들어올린다. 상자에 대고 "아이구우." 소리를 내가며. 로즈메리 화분 밑에 여분의 열쇠가 숨겨져 있는 걸 알지만 굳이 현관 벨을 누른다. 기다리면서 상자 윗면에 내가 뚫어놓은 숨구멍으로 안을 들여다본다. 거의 아무것도 안 보인다.

"비?"

내가 고개를 든다. 숨이 멎는 것 같다. 무서워서는 아니다. 더는 무섭지 않다.

"안녕. 저기, 어…. 안녕." 새삼 잘생겼다. 어이없고 불공평할 정도로. 저 어이없고 불공평하게 잘생긴 얼굴을… 가능한 한 오래 보고 싶다. 일이 분밖에 못 볼 수도 있겠지. 한 70년 볼 수 있다면 좋고.

"괜찮아요?"

숨을 깊게 들이마신다. 슈뢰딩거도 나와서 나와 내 짐을 어리둥절한 얼굴로 올려다본다. "안녕."

"안녕. 괜찮…?" 리바이가 나를 향해 손을 뻗는다. 그러다 멈칫한다. "안녕."

"혹시…." 내가 상자를 들어 보인다. 그걸 그에게 내민다. 그리고 목을 가다듬는다. "이래도 될지 모르겠지만… 우리가 고양이 한 마리를 더 입양하면 가엾은 슈뢰딩거가 우릴 미워할까요?"

리바이가 넋 나간 얼굴로 눈을 끔벅거린다. "무슨 얘기…?"

상자 안에서 펠리세트가 구슬픈 울음을 길게 뽑아낸다. 녀석의 분홍 코가 공기 구멍 밖으로 비죽 나오고 다른 구멍으로는 앞발 하나가 튀어나온다. 나에게서 울음 섞인 행복한 웃음이 터진다. 나, 또 울고 있나 보다.

눈물이 앞을 가린 와중에도 리바이의 얼굴에 뭔가 깨달은 기색이 떠오르는 건 보인다. 이어서 말로 표현 못할, 다리가 풀려버릴 것 같은 순수한 기쁨이 그의 눈에 어린다. 하지만 이내 잦아든다. 상자로 손을 뻗을 때쯤 그는 이미 차분해져 있다. 흔들림 없이, 마음 깊이 조용히 행복해하며.

그가 약간 먹먹한 목소리로 말을 신중히 골라 천천히 대꾸한다. "내 생각엔… 해보기 전엔 모를 것 같은데요."

에필로그

내가 세상에서 가장 좋아하는 잡학적 상식이 있다. 바로 마리 스쿼도프스카 퀴리 박사와 비 코닉스바사 워드 박사 둘 다 자기 결혼식에 연구실 가운을 입고 왔다는 것이다.

그러니까, 연구실 출근복 위에 말이다. 요즘엔 가운 타입의 드레스는 잘 안 입기는 한다. 멧 갈라 레드카펫에 선다거나 아니면… 결혼을 한다거나 그런 경우가 아니면. 내 경우엔 결혼한 게 맞지만. 아무튼. 나는 가끔 출근할 때 입는 타깃 마트에서 산 원피스를 입고 식을 올렸다. '그' 타깃 원피스 말이다. 그런데 나는 나사 연구실에서 일하니까 따지고 보면 이게 '연구실 출근복'이 맞다. 나는 실용적인 여자이기도 한 모양이다.

리바이와 나는 올여름까지 예식을 미룰 생각이다. 정확히는 7월 26일까지. 왜 그 날로 정했는지 얼마든지 설명할 수 있지만 그랬다간 내 인상이 '재미난 마리 퀴리 팬'에서 '위험할 정도로 집착이 심한 스토커'로 변할지 몰라서… 이쯤에서 관두겠다. 정 궁금하면 구글에서 검색해보시라. 아무튼 우리가 혼인 서약을 하긴 했지만 그걸 아는 사람은 한 손에 꼽힌다. 예를 들면 라이케("나도 성 바꿔야 돼? 마라이케 쾨닉스바사 워드. 흠, 꽤 괜찮은데?")라든가 페니와 릴리(즉석에서 캐스팅한 증인들) 정도. 슈뢰딩거와 펠리세트에게도 물론 알렸지만 그 둘은 별로 감흥이 없어 보였다. 졸린 눈으로 우리를 멍하니 쳐다보다가 곧 서로의 몸을 베고 다시 잠들었고 결혼 기념용 휘핑크림 한 접시가 등장했을 때에야 겨우 관심을 보였다.

배은망덕한 녀석들. 그래야 내 새끼들이지.

우리의 비밀 결혼은 조금 이상하게 전개됐다. 리바이가 대략 아홉 번째로 청혼했을 때 나도 당신이랑 결혼하고 싶긴 한데, 막판에 엎어진 적이 있고 그 덕에 계약금 수천 달러까지 날려서 트라우마가 생겼다고 대답했다. 그러자 그가 속으로 미치려고 하는 걸 내가 눈치챘다. 그런데 이 답 없는 상황에 대한 해결책이 어느 날 꿈에 나타났다(뻥이다, 눈썹 뽑다가 갑자기 떠올랐다).

나는 몰래 혼인 허가서를 신청했다. 그런 후에, 어느 목요일 아침 리바이에게 픽업트럭을 오늘은 내가 몰고 싶다고 했다(리바이는 달가워하지 않았지만 크게 티내지는 않았다). 그는 우리가 출근하는 줄 알았겠지만(그래서 타깃에서 산 원피스를 입었던 거다.) 나는 교묘하게 차를 시청으로 몰고 갔다. 이미 북적거리는 이른 오전의 시청 주차장에서 대체 여기가 어디야 하는 얼굴로 두리번거리는 리바이에게 나는 그날 당장 당신과 결혼하겠다고 했다. 당장 결혼을 해버리면 나도 더 이상 그가 식장에 나를 버리고 떠나지 않을까 두려워하지 않을 거 아니냐고. 내 〈제국의 역습〉 리미티드 에디션 DVD를 탐내지 않겠다는 혼전서약도 건너뛰게 해주겠다고. 왜냐하면 나는 이혼할 생각이 없으니까. 평생.

"그래도 이 말은 해야겠죠?" 나는 갑작스레 식을 올리려는 이유를 차근차근 설명한 후 이렇게 덧붙였다. "나랑 결혼해줄래요, 리바이?" 리바이는 이렇게 답했다. "좋아요." 꽉 잠긴 목소리로 혀가 굳은 채 숨을 몰아쉬며. 그 와중에 잘생겨서, 아니 너무 잘생겨서 나는 약간 눈물이 어린 채 그에게 키스를 하지 않을 수가 없었다. 여기서 "약간"은 "많이"라는 뜻이다. 그리고 "눈물이 어렸다"라 함은 콧물까지 찔찔 흘리며 울었다는 뜻이다. 추했단다, 얘들아.

아름답기도 했고.

94초 만에 서약식이 끝났고 우리는 스페이스 센터로 달려갔다. 지각한 이유를 대충 둘러댄 후 나는 자리에서 린 퀴진을 먹으면서 우주비행사들의 MRI 스캔 이미지에 나타난 형편없는 신호 소실을 눈살 찌푸리며 들여다봤다. 그날 공공장소에서 리바이와 마주친 건 한 번뿐이고 그나마 우리가 몰래 주고받은 애정표현은 그가 내 등허리를 살며시 쓰다듬고 지나간 게 전부다. 참나.

그래도 내 생애 최고의 날이었다.

오늘과 사뭇 다르게. 오늘은 생애 최악의 날이 될 예정이다. 아직 오전 8시 43분인데도 벌써 알겠다.

"정말로 이거 하는 거야?" 라이케가 우리 머리 위의 "#공정한대학원입시 경주, 출발선" 배너를 올려다보며 묻는다.

"내 마음은 하지 말라는데."

"몸은 뭐라고 해?"

"몸도 하지 말래. 더 큰소리로."

라이케가 그럴 줄 알았다는 듯 고개를 끄덕인다. "할 수 있을 거야. 5킬로미터잖아. 그래도 여신님께 맹세코 5킬로니까 응원해주지, 하프 마라톤은 꿈도 꾸지 마라."

"체질도 비리비리하니 나랑 똑같고 누구보다 나를 잘 아는 애가, 너무 낙관하는 거 아냐?"

"체질이랑 상관없고 리바이가 훈련만 잘 시켜놨으면 완주하겠지. 몇 달 했더라…. 8개월?"

"거기서 8개월만 덜 했으면 좋았을 텐데."

우리는 서로를 보며 깔깔 웃는다. 라이케가 여기에 있어서 참 좋다. 리바이와 둘이서 나 모르게 라이케의 입국을 계획해놓고 나를 깜짝 놀라게 해줘서 행복하다. 라이케가 우리 집에 비건 음식밖에 없다며 "닭가슴살 한 점 갖고 고양이들이랑 눈치 싸움 하는 것도 지긋지긋해!"라고 잔소리해대는 것도 기분 좋다. 라이케가 여기 와 있는 동안 그 혀가 코끝에 닿는다는 남자랑 만나는 것도 마음에 든다. 사랑하는 라이케가 곁에 있어서 좋다. 그냥 다 좋다.

"너도 경주에 참가할 거야?" 내가 묻는다.

"응. 좋은 뜻에서 하는 거잖아. 박사건 대학원 입시건 알 바 아니고 대체 왜 자진해서 학교에 가려는지도 이해 안 되지만, 그동안 대변해줄 사람이 없었던 집단을 돕는 일이라면 적극 찬성이야. 로시오랑 나는 수다 떨면서 천천히 걷기로 했어. 체포되지 않은 연쇄살인범들 얘기를 해주겠대."

"다정하네."

"그치? 그런 사람이 볼티모어로 돌아가는데 안 잡다니 믿을 수가 없다."

"나도 알아. 근데 그렇게 꿈꾸던 학교에 합격하고 여자친구랑 동거할 아파트도 생겼으니 뭐. 그리고 아마 그 지역 마법 숭배교 리더도 됐을걸. 로시오랑 케일리가 이번 행사 주최하느라 그렇게 애썼는데, 경주에 참가할 수 있게 된 것만으로 기쁘다."

그때 한 젊은 여자가 미소 띤 얼굴로 라이케에게 다가온다.

"실례합니다. 쾨닉스바사 박사님이세요?"

"앗." 라이케가 엄지로 나를 가리킨다.

"저는 다른 쾨닉스바사예요."

"맞습니다. 쟤는 사악한 쌍둥이고요, 제가 비입니다."

"케이트라고 해요. 저는 미네소타 대학 심리학과 졸업생이에요." 케이트가 맞잡은 내 손을 열성적으로 흔든다. "오랫동안 @마리라면 어떻게할까 계정을 팔로우해왔어요. 이 행사가 너무 멋지다고 말씀드리고 싶어요." 그러면서 주위를 가리켜 보인다. 5킬로미터 달리기 행사에 3천 명이 참가 신청을 했는데, 체감상으로는 3백만 명쯤 온 것 같다. 아마 이 행사가 대학원 박람회와 비슷한 자리가 되어서 그런 것 같다.

행사 주최 위원회는 공정하고 전인적인 입시 절차를 약속한 대학들에게 결승선 부근에 입학생 모집 부스를 세우는 걸 허가해주기로 했다. 나는 모여든 사람들을 둘러보다가 애니를 발견하고 손을 흔든다. 애니가 경주 참가를 위해 비행기로 하루 일찍 와서 어제 둘이 저녁 식사를 했다. 큰 상처를 준 옛 절친과 식사하는 자리가 어색하지 않았다고는 할 수 없지만 그래도 우리는 무너진 울타리를 서서히 복구하는 중이다. 그리고 애니가 5킬로미터 완주 요령을 알려주기도 했고.

나는 @마리라면어떻게할까 계정주의 정체를 밝히면 계정을 운영하는 재미가 사라질 거라고 늘 생각해 왔다. 그래서 가이가 벌인 짓 때문에 더 이상 숨길 수 없게 됐을 때 화가 났다. 게이머 게이트 시절을 그리워하는 인터넷 찌질이들에게 신상 털릴 게 무섭다고 내가 얘기했었나? 그런 일이 실제로 일어나긴 했다. 크게 터진 건 아니고. 소식이 퍼지고 내 실명이 밝혀지면서 불쾌한 일이 좀 있었다. 그런 심기 불편한 일들이 벌어지면서 적응할 시간도 필요했다. 그런데 어느 날 로시오가 전화해서 대뜸 이렇게 말하지 뭔가.

"보스가 알고 보면 쿨한 사람 아닐까 늘 의심했지만 그건 내 바람일 뿐이라고 생각했어요. 근데 내 상상을 뛰어넘으시네요!"

그때 알았다. 다 괜찮아지리라는 걸. 그리고 시간이 흐르면서 실제로 괜찮아졌다. 한물간 사람 취급 받는 게 이렇게 안심될 줄이야.

"미네소타에서 여기까지 와줘서 정말 고마워요, 케이트."

"박사님도 비행기로 오셨잖아요? 메릴랜드에서요."

"저, 이제는 여기 살아요. 휴스턴에요. 작년에 국립보건원에서 나사로 이직했거든요."

블링크 시연은 대성공을 거두었다. 아니 잠깐, 첫 시연은 대실패였지. 하지만 두 번째 시연은 아주 순조롭게 잘 풀렸다. 폭삭 망한 걸로 유명세를 얻은 첫 시연의 반대급부로 두 번째 시연은 긍정적 관심을 많이 받았고, 그 덕에 리바이와 나는 원하는 자리로 골라서 갈 수 있게 되었다. 전에 내가 성난 거미가 우글대는 굴다리 밑에서 노숙하게 될지 몰라서 걱정했다는 얘기를 했었나? 한 달 후 트레버의 자리를 대신하지 않겠느냐는 제의가 들어왔다. 거절하자 트레버를 관리하는 자리의 제안이 들어왔다. 학계의 삶이 이런 건가 보다. 번뇌와 희열이 교차하는 삶. 모자랐다가도 어느새 넘치는 삶. 제안을 받아들여 트레버에게 남자들이 뇌세포 밀도가 낮아서 더 멍청한 현상에 대해 상세한 보고서를 써내도록 지시하는 상상을 하지는 않았냐고? 굉장히 자주 했다. 상상하면서 오르가슴도 조금 느꼈다.

결국 리바이와 나는 국립보건원 자리를 숙고해봤다. 나사 자리도 고려해봤다. 다 그만두고 창고를 마리 퀴리 스타일로 개조한 후 거기에 연구실을 차리고 독립하는 것도 고려해봤다. 교수직도 고려해봤다. 유럽 이민이나 민간 연구도 고민했다. 너무 많은 옵션을 고려해서 한동안 아무것도 안 하고 고민만(그리고 섹스도. 더불어 대략 일주일에 한 번 〈제국의 역습〉 감상하기도.) 한 시기도 있었다. 하지만 고민할 때마다 마음이 나사로 돌아왔다. 여기에 좋은 추억이 많아서 그런지도 모른다. 사실은 우리가 이곳 날씨를 좋아해서일지도 모른다. 보리스를 괴롭히는 걸 진심으로 즐거워해서 그럴지도 모른다. 우리가 없으면 벌새들이 뜯어먹을 아가스타슈가 없을까 걱정되어서 그랬을 수도 있다.

아니면 어느 날 밤 현관 앞에서 리바이가 자기 무릎을 베고 누운 나와 함께 밤하늘을 올려다보며 이렇게 말했기 때문인지도 모르겠다. "이 동네에는 좋은 학교가 참 많아요." 그러더니 그는 아주 잠깐 나와 눈을 맞췄고 그 순간 그가 얼굴을 붉혔다고 나는 74퍼센트 장담한다. 아무튼 우리는 이튿날 나사의 제의를 공식적으로 수락했다. 이는 곧 내가 리바이의 연구실 바로 옆에 나만의 연구실을 영구적으로 운영하게 되었다는 뜻이다. 1년 전만 해도 그건 악몽으로 느껴졌을 것이다. 역시 오래 살고 볼 일이다.

출발 2분 전을 알리는 호각 소리가 울리자 사람들이 출발선으로 하나둘 몰려들기 시작한다. 커다란 손이 내 손을 감싸 나를 그 군중 쪽으로 이끈다.

“도망칠 거 같아서 데리러 온 거예요?” 라이케가 묻는다.

리바이가 웃어 보인다.

“아, 도망 안 칠 걸요. 그럼 뛰어야 하잖아요.”

내가 한숨을 폭 쉰다. “성공적으로 따돌린 줄 알았는데.”

“핑크 머리 덕에 금방 찾았죠.”

“난 완주 못 할 것 같아요.”

“그렇게 생각하는 거 나도 알아요.”

“제일 많이 달려본 게…. 아무튼 5킬로는 안 돼요.”

“아무 때고 힘들면 걸어도 돼요.” 리바이의 손이 내 등허리를 떠민다. 새로 타투를 한 자리다. 리바이의 집 윤곽과 집 안에 있는 조그만 고양이 두 마리 타투. “그냥 한번 해 봐요.”

“나랑 속도 맞춘다고 설렁설렁 뛸 거 아니죠?”

“당연히 그럴 거예요.”

“그럴 줄 알았어.” 나는 샐쭉한 표정을 짓는다. 그러고는 그를 향해 씩 웃는다. 그가 나에게 미소를 되돌려주자 내 심장이 요동친다.

‘사랑해요.’ 나는 속으로 말한다.

'당신이 바로 내 집이에요.'

누군가가 호각을 길게 분다. 나는 정면을 바라보고 숨을 깊이 들이마신 후 달리기 시작한다.

저자 후기

이 소설은 표준화된 시험을 향한 증오의 편지다. 동시에 신경과학과 스타워즈, 스템 계열 여성들, 심하게 흔들렸던 우정을 어떻게든 바로잡으려 애쓰는 사람들, 연구 조교들, 학제 간 협력 연구, 엘 우즈, '연구자들이 내뱉는 황당한 말들' 계정, 인어들, 벌새 모이통, 운동을 유독 힘겨워하는 사람들 그리고 세상의 모든 고양이들에게 바치는 사랑 고백 편지이기도 하다. 그런데 일단 증오 편지 얘기부터 해보자!

십 년 전, 내가 박사과정에 지원하면서 GRE 시험에 대비하던 때가 생각난다. '내가 구제불능의 멍청이인 걸까?' 매일 고민했었다(아마도 멍청이 맞겠지만, 다른 이유로 그렇다). 그리고 각기 다른 역에서 출발한 두 기차가 정확히 언제 만날지 계산하는 법을 배우는 데 그렇게 많은 돈과 시간과 기운을 쏟아야 하는 것에 진심으로 화가 나고 짜증났던 것도 기억난다. 그 시간을 내 연구 분야와 관련된 논문을 읽는 데 썼더라면. (아니면 자는 데 쓰거나. 솔직히 시간이 있었어도 나는 잠이나 잤을 것이다.)

이 소설은 당연히 허구의 이야기지만 케일리가 GRE 시험에 대해 한 말은 다 사실이며, SATs나 GRE 같은 시험은 응시자의 학업능력에 대한 변별력이 매우 의심스러울 뿐 아니라 예나 지금이나 경제적으로 풍족한 배경의 응시자에게 더 유리하다. 일반적으로 혜택을 받지 못한 가정 출신의 응시자는 고등교육을 더 적게 접하게 되고 표준화된 시험은 이 문제를 심화하기만 할 뿐이다. 그런데 지난 몇 년간 변화가 있었다. 점점 더 많은 연구기관 및 대학원이 이러한 시험을 연구자나 학생을 뽑는 데 요구하지 않기 시작한 것이다. 옳은 방향을 향한 실로 놀라운 변화라 할 수 있다.

흠흠, 지금까지 저의 TED 강연을 들어주신 여러분께 감사드리며 부디 이 점을 기억하시길. 만약 연구를 하다가 여러분이 어딘가 부족하거나 충분히 똑똑치 않다는 기분이 든다면… 그건 여러분 잘못이 아니라 학계의 잘못이라는 것을.

감사의 말

♥

출판 생태계는 매우 요상하고 긴 시간표에 따라 움직인다. 말인즉슨, 내가 두 번째 책의 헌사를 첫 번째 책이 출간된 직후인 2021년 10월에 쓰고 있다는 말이다. 지금 나는 심장이 터질 것만 같다. '사랑의 가설 The Love Hypothesis' 발간 후 일어난 모든 좋은 일들은 다 버클리 출판사에서 나를 위해 힘써준 다음 분들 덕분이다. 멀티버스를 통틀어 최고의 에디터인 (그리고 마지막의 마지막 순간까지 내가 섹스 장면을 추가하게 해준!) 새라 블루멘스톡, 능력 끝내주는 홍보 담당자 제스 브록, 마케팅의 천재 브리지트 오툴 그리고 이들에게 나를 소개시켜준 사랑하는 에이전트 타오 러. 솔직히 말하면, 책을 내는 건 겁나 무서운 일이다. 하지만 이 네 여성의 끝없는 응원과 성실함, 재능 덕분에 조금은 덜 무서운 일이 되었다. 게다가 그들을 통해 세계 최고의 출판사와 함께 일할 기회도 얻었으니 뭐. 한마디로 이렇게 말하고 싶다. 어떤 식으로든 내 소설을 내는 데 물심양면 도와준 버클리 출판사와 SDLA의 모든 분들, 감사합니다, 감사합니다, 감사합니다. 항상 원고를 마감날 밤 11시 58분에 보내서 죄송해요. 똑같은 질문을 마흔 번 반복한 것도 죄송하고. 그리고 대문자 남발하는 것도. 맹세코 나도 더 나아지려고 노력 중이에요! 펭귄 크리에이티브(특히 데이나 멘델슨)와 협업할 수 있으리라 감히 꿈도 못 꿨던 표지 아티스트 릴리스에게 특별히 감사의 마음을 전한다. 또 내 첫 작품의 뒤표지에

실을 홍보 글을 써주고 끊임없이 용기를 북돋워준 제시카 클레어와 엘리자베스 에버레트, 크리스티나 로렌, 마리아나 사파타에게도 감사의 말을 전한다(뒤표지 홍보 글 써달라고 부탁하기는 바지에 오줌 지릴 정도로 무섭답니다, 여러분).

'러브 온 더 브레인 Love on the Brain'은 클레어와 줄리 소토, 린지 메릴, 캣, 스테파니, 조던, 그리고 물론 나의 첫 에디터 샤런 이보트슨의 피드백이 없었더라면 이렇게 다듬어진 모습으로 세상에 선보이지 못했을 것이다. 케이트 골드베크와 새라 홀리, 실리아, 리베카, 빅토리아는 내가 집필하는 동안 쌓인 스트레스를 마음껏 쏟아낼 수 있게 해준 고마운 이들이다. 그렘스, 에지챗, TM, 패밀리 챗 그리고 버클리츠 멤버들은 내 생존에 없어서는 안 될 이들이었고, 이런 놀라운 사람들을 만난 것을 죽을 때까지 감사히 여길 것이다.

그리고 당연히 나의 첫 작품을 지지해주고 두 번째 작품도 열렬히 기다려준 독자들, 책을 소재로 틱톡 영상 올리는 사람들, 인스타그램에 책 올리는 사람들, 블로거들, 저널리스트들, 서평단, 또 레이/카일로 렌 쉬퍼 동지들에게도 한마디 전하고 싶다. 두 번째 작품을 내는 데 대한 공포는 분명 존재하며(아니면 존재하지 않는데 나만 그런가!?) 나는 하루에도 몇 시간씩 독자들이 내 두 번째 소설을 싫어하면 어쩌나 걱정했지만, 여러분의 열정적 기대가 그 공포를 극복하는 데 엄청, 어어어엄청 도움이 됐음을 이 자리에서 밝힙니다.

결코 뒷전에 세울 분들은 아니지만 하여간 마지막으로, 내게 필요한 줄도 몰랐던 아버지 노릇을 해준 루시에게 그리고 좋은 날 힘든 날 할 것 없이 꾸준히 내 손을 잡아준 젠에게 감사를 전한다. 다들 인생에 젠 같은 사람 하나는 있어야 한다. 하지만 나의 젠은 내가 이미 맡았다.

(아 그리고 스테판도 뭐 고맙다. 아주 조금만.)

러브 온 더 브레인

지은이 알리 헤이즐우드
옮긴이 허형은
펴낸이 정규도
펴낸곳 황금시간

초판 1쇄 발행 2024년 1월 22일

편집총괄 허윤영
편집 김은혜
디자인 하태호
전산편집 이승현

황금시간 Golden Time

주소 경기도 파주시 문발로 211
전화 (02)736-2031(내선 522)
팩스 (02)738-1713
인스타그램 @goldentimebook

출판등록 제406-2007-00002호
공급처 (주)다락원
구입 문의 전화 (02)736-2031(내선 250~252)
팩스 (02)732-2037

ISBN 979-11-91602-46-3 (03840)